白居易選集

中國古典文學名家選集

王汝弼 選注

圖書在版編目(CIP)數據

白居易選集/王汝弼選注. —上海：上海古籍出版社,2012.12(2020.4重印)
（中國古典文學名家選集）
ISBN 978 - 7 - 5325 - 6462 - 0

Ⅰ.①白… Ⅱ.①王… Ⅲ.①唐詩—詩集 Ⅳ.①I222.742

中國版本圖書館 CIP 數據核字(2012)第 091802 號

中國古典文學名家選集
白居易選集
王汝弼　選注
上海世紀出版股份有限公司
上海 古 籍 出 版 社 出版
（上海瑞金二路 272 號　郵政編碼 200020）
（1）網址：www. guji. com. cn
（2）E-mail：gujil@guji. com. cn
（3）易文網網址：www. ewen. co
上海世紀出版股份有限公司發行中心發行經銷
上海中華商務聯合印刷有限公司印刷
開本 890×1240　1/32　印張 14.375　插頁 6　字數 360,000
2012 年12月第 1 版　2020 年 4 月第 7 次印刷
印數：7,951 - 10,050
ISBN 978 - 7 - 5325 - 6462 - 0

Ⅰ·2560　定價：46.00 元
如有質量問題,請與承印公司聯繫

出 版 説 明

　　上海古籍出版社及其前身中華書局上海編輯所一向重視中國古典文學的普及工作，早在二十世紀六十年代，在出版《中國古典文學作品選讀》等基礎性普及讀物的同時，又出版了兼顧普及與研究的中級選本。該系列選本首批出版的是周汝昌先生選注的《楊萬里選集》和朱東潤先生選注的《陸游選集》。

　　一九七九年，時值百廢俱舉，書業重興，我社爲滿足研究者及愛好者的迫切需要，修訂重印了上述兩書，并進而約請王汝弼、聶石樵、周振甫、陳新、杜維沫、王水照等先生選輯白居易、杜甫、李商隱、歐陽修、蘇軾等唐宋文學名家的作品，略依前書體例，加以注釋。該套選本規模在此期間得以壯大，叢書漸成氣候，初名“古典文學名家選集”。此後，王達津、郁賢皓、孫昌武等先生先後參與到選注工作中來，叢書陸續收入王維、孟浩然、李白、韓愈、柳宗元、杜牧、黃庭堅、辛棄疾等唐宋文學名家的選本近十種，且新增了清代如陳維崧、朱彝尊、查慎行等重要作家的作品選集，品種因而更加豐富，并最終定名爲“中國古典文學名家選集”。

　　本叢書的初創與興起得到學界和讀者的支持。叢書作品的選注者多是長期從事古典文學研究的名家，功力扎實，勤勉嚴謹，選輯精當，注釋、箋評深淺適宜，選本既有對古典文學名家生平、作品

1

特色的總論，又或附有關名家生平簡譜或相關研究成果，所以推出伊始即深受讀者喜愛，很快成爲一些研究者的重要參考用書，在海內外頗獲好評。至上世紀九十年代，本叢書品種蔚然成林，在業界同類型選集作品中以其特色鮮明而著稱：既可供研究者案頭參閱，也可作爲古典文學愛好者品評賞鑒的優秀版本。由於初版早已售罄，部分品種雖有重印，但印數有限，不成規模，應讀者呼籲，今特予改版，重新排印，并稍加修訂。此叢書將以全新的面貌展現在讀者面前。

上海古籍出版社

二〇一二年十二月

前　言

一

　　白居易在創作上的主要成就是詩歌。他的許多詩歌，和李白、杜甫同樣真實地反映了所處的歷史時代，深刻地揭露了當時的社會矛盾，強烈地表達了人民的呼聲與抗議。在思想內容和創作方法上，對當時和後代，國內和國外，都發生過廣泛而深遠的影響。同時，他又是一個卓越的文藝理論家，別具風格的散文作者。他所留給後輩的這份珍貴遺產，至今仍值得我們借鑑。

二

　　白居易(七七二—八四六)，字樂天，晚號醉吟先生，又稱香山居士。先世太原人，至曾祖溫，移家下邽(今陝西渭南縣東北)；祖鍠，又移居新鄭(今河南新鄭縣)，他就出生於新鄭縣的東郭宅。因他父親季庚曾在徐州作官，因此他的家屬又曾有一個時期僑寓在徐州符離縣(在今安徽宿縣符離集)。

　　他出生於一個沒落的官僚地主家庭，對於接受封建時代的文化教養有較好的條件。同時因爲"時難年荒世業空"，迫使他不得不從童年開始，就流轉四方。南而蘇、杭、宣、饒、襄樊，北而邯鄲、太行,西而洛陽、長安,都曾印下他的足迹。這種生活,雖然較苦,但對詩人却是一種很好的鍛煉:擴大了他的視野,密切了他和廣大勞動人民思想感情的聯繫,爲爾後寫出大量反映民間疾苦的詩文打下了廣泛的社會生活基礎。

約與早年流浪同時,詩人生活的另一內容,是努力讀書寫作,準備參加科舉考試,同當時的士大夫子弟一樣,他想通過科舉,登上仕宦途徑,以施展自己的政治抱負。從二十八歲開始參加鄉貢考試,到二十九歲進士及第,以及三十歲、三十五歲連中戶部和尚書省兩次特科考試,一共花去七八年的寶貴時光,從此算是勉强踏上了仕宦途徑。起初作校書郎,後來又作盩厔(今作周至)縣尉,授翰林學士,作左拾遺,當諫官。詩人的政治生活開始了,詩人的創作生活也開始了,而且很快就達到了旺盛時期。

在創作過程中,由於白氏的筆鋒舌劍,真正刺着了當權者的痛處,使他們"變色"、"扼腕"與"切齒"。因此立即受到對方一系列的排擠與打擊。三年左拾遺任滿,他不能繼續在朝廷立足,只能作一名京兆戶曹參軍(爲京兆府掌戶口簿籍、催徵租稅的官佐),從此詩人離開了可言的諫職,心中的憤慨是不言而喻的。

母喪休官(當時叫"丁憂"),退居渭上,使他進一步脱離政治生活,置身田園,接近了勞動農民,而且親嘗到封建統治者掠奪老百姓的況味,内心的感觸,是情見乎辭的。

休官期滿,雖然又算是回到朝廷,可是被任命爲太子左贊善大夫這樣一個閑冷職位,這本來已經够使他失意了,不料,還有更大的挫折在等待着他。

元和十年,盗殺宰相武元衡,傷御史中丞裴度,白氏首先上書請求追捕凶犯,當權者以其"越職言事",懷恨在心,便藉了一個口實,把他趕出朝廷,遠去江州作一名有職無權的司馬。這是統治階級當權派對白氏最沉重的一次打擊,同時也是白氏所經歷的最嚴峻的一次考驗。

貶江州後,白氏在政治態度上發生了很大的變化,這不能不明顯地反映到他的作品中來。政治鬥爭的勇氣銳減,逃避現實的思想上升。佛道兩教成了他的遯世津梁,泉石雲林成了他的寄情樂土。此時的創作,雖仍時露不平之氣,可是往往爲一種沉鬱感傷的情調所籠罩。“閒適”、“感傷”的作品在數量上突然增加,“諷諭詩”在數量上則顯著減少。他的詩作第一次結集於這一年的冬天,總結歷史上和他自己的現實主義創作傳統和經驗的《與元九書》也寫在這一年的冬天,看來都不是偶然的。江州之貶是白氏前後期創作的轉折點。

元和十三年(八一八)十二月二十日,江州司馬任滿,白氏奉詔改官忠州刺史,於次年三月到任。忠州在當時是個偏僻的山區,生產落後,稅役繁重,人民生活困苦。他開始整頓地方行政,寬刑均稅,獎勵生產,積極想辦法使人民生活過得好一點。沒等任滿,朝廷又調他回京。這時憲宗李純已死,繼位的是穆宗李恒。李恒是個荒淫昏慣的皇帝。面對當時官僚黨爭,愈演愈烈;藩鎮叛亂,又若當年;他不是束手無策,就是處置乖方。這次詩人回京,雖然一連幾任京官,也照例上了一些奏摺,對軍國大政陳述了自己的意見,但很少被朝廷採納。於是在長慶二年(八二二)請求外調,至七月十四日,詩人又由中書舍人轉任杭州刺史。

詩人在杭州,“鰥惸心所念,簡牘手自操”;並注意興修西湖水利,疏浚李泌六井;充分利用地方官的有限職權興利除弊,爲人民做些好事。長慶四年(八二四)五月任滿,以太子左庶子被詔回京。可是先於是年正月,穆宗李恒死去,敬宗李湛嗣位,年僅一十六歲。愚蠢貪玩,不理政事,朝政完全被一些貪暴官吏所把持。因此白氏不願入京,到洛陽就停了下來。

敬宗寶曆元年(八二五)三月,白氏又解除庶子分司職務,出任蘇州刺史,以是年五月五日到任。白氏這回再次出任地方官,也和從前在忠、杭兩州一樣,爲人民做了一些好事。因此當他第二年離任的時候,"蘇州十萬戶,盡作小兒啼"(劉禹錫《白太守行》),老百姓對他戀戀不捨。

白氏北上途中,敬宗李湛爲宦官所殺;文宗李昂繼位。從此以後,白氏雖又連續受任西京長安、東都洛陽幾次官職,但均非愜意,政治生活可以説是基本結束。倒是他在武宗李瀍的會昌二年(八四二)以刑部尚書致仕(退休)以後,特意施散家財,協助當地人民,開鑿洛陽龍門八節灘以利漕運,可以算是詩人晚年差足引以自慰的一椿義舉。

會昌六年(八四六)八月,詩人病逝,終年七十五歲。遺命葬於洛陽龍門山,李商隱爲作墓碑。

三

白居易生於大詩人杜甫死(七七○)後二年,卒於王仙芝、黃巢等農民大起義(八七四—八七五)前近三十年,他的主要創作活動時期正處於這兩者之間。這正是唐朝自從"安史之亂"以後,社會諸矛盾繼續深入、擴大,全國規模的農民大起義正在醖釀、成長的時代。這一歷史時代的特點是:社會上的各種矛盾進一步激化,由統治階級內部分化出來的部分人士所發起的"永貞革新"(順宗)和"甘露之變"(文宗),一次比一次失敗得快,一次比一次失敗得慘。這一時期的歷史情景,正如許渾的著名詩句"溪雲初起日沉閣,山雨欲來風滿樓"那樣,怕人的死寂,窒息的低壓,不諧和地結合在一起,在在預示暴風雨的即將來臨。但另一面,貞元、元和之際,唐代文化又出現一個豐富多彩的繁榮局面:小説有傳奇的興起,詩歌有

詞體的創始,古文有韓柳的提倡。這些在中國文學發展史上,都是
了不起的大事。而白氏適逢其會,他既爲時代風氣所薰陶,又以自
己傑出的創作,引導着當時的詩壇,把他們納入"裨補時闕(缺)"的
軌道,這就是一般人所説的白氏所領導的"新樂府運動"的實質。
前乎白氏,"新樂府"作者代不乏人,但目的並不一定都在"裨補時
闕";有的詩人雖然作到這點,但是還没有來得及把創作經驗加以
總結,使它上升爲理論。白氏則不僅僅有相當豐碩的創作成果,而
且有比較完整的創作綱領和創作理論,分别系統地闡明在他的名
著《與元九書》以及其他一些散文當中,而且也直接標舉在詩歌的
正文和序引裏面。

　　作者在《與元九書》裏,對作家創作明確地提出了"救濟人病,裨
補時闕"的戰鬥任務,十分具體地提出了"文章合爲時而著,歌詩合爲
事而作"的響亮口號。這是一個現實主義的理論綱領,是從我國古代
詩歌創作正反兩方面的經驗總結出來的。這個綱領,這種理論,既
批判了六朝以來逃避現實的"田園派"、"山水派"的陶、謝詩風,也
突破了三代以下詩人藉口"言志"而搞自我吹噓自我陶醉的狹隘傳
統。過去《文心雕龍》、《詩品》反對江左頹風,但很不徹底;陳子昂、
元結思革六朝餘習,而語焉不詳。白居易比起他的前輩,則顯然向
前大大跨進了一步。所以對於這些論述應當給以足夠的重視。

　　白居易特别關懷勞動人民,在他的筆下,勞動人民不僅是辛勤
的生活資料生産者(如《觀刈麥》的丁壯,《賣炭翁》的老翁),而且是
古代世界最高水平的手工業技藝的熟練的掌握者(如《繚綾》和《紅
綫毯》的紡織女工)。因此,他對當時勞動人民寄以深厚的同情,對
他們所受的剥削,進行了深刻的揭露,表示了強烈的抗議(如《杜陵
叟》:"虐人害物即虎狼,何必鈎爪鋸牙食人肉?"《紅綫毯》:"地不知
寒人要暖,少奪人衣作地衣!")。更加可貴的是:白氏還經常把勞

動人民和剝削階級相對比，顯示兩個階級對客觀事物有着截然不同的感情和愛憎：如在《秦中吟·買花》裏，上面寫長安城裏的有閑階級，對於牡丹迷戀成俗；而下面忽然一轉："有一田舍翁，偶來買花處；低頭獨長嘆，此嘆無人諭：一叢深色花，十户中人賦！"就是很能說明問題的例子。最後，白氏還有極其難能可貴的一點，就是他雖身爲官吏，但並不認爲自己高人一等；倒是在農民辛勤勞動面前，想到自己不事農桑而坐食厚禄，不勝慚愧；如大家所極爲熟悉的《觀刈麥》就是這樣。這實際是出身剝削階級的作家的自我批判。這種自我批判的精神，竟能出現於九世紀的作家，應當説是很了不起的事情。

在同情勞動人民的同時，白詩有不少篇章(不限於"諷諭詩")，都接觸到婦女問題。

在封建社會裏，由於男子在家庭中處於絕對支配地位，由於一夫多妻制度的合法存在，即使是貴族婦女，她們絕大多數也無法擺脱年貌盛時被玩弄、衰時被遺棄的悲慘命運。因此在白氏筆下，她們也每是任憑命運擺布的受侮辱、受損害的人。例如《新樂府》裏的《上陽人》、《陵園妾》、《太行路》、《母別子》以及不屬於《新樂府》的《後宮辭》等，就都具有這種性質。但這裏需要附帶説明一下的是：白氏在描寫這些婦女的不幸遭遇時，大多數情況下只是借題發揮，而真正的意圖則在反映朝官的内部傾軋和進步勢力的受打擊和排擠。試看《太行路》的小序是"借夫婦以諷君臣之不終"，《陵園妾》的小序是"託幽閉喻被讒遭黜"，《母別子》的小序是"刺新間舊"，(按"新間舊"，見柳宗元的《六逆論》，是當時統治集團内部新舊黨爭的政治口號，詳解請參考原詩注釋。)都屬於這一類，其中只有《上陽人》等少數篇章是例外。但客觀上儘管如此，我們仍然不妨這樣認爲：白氏既同情被朝廷放逐的政治革新派，又同情那些因遭嫉而被打入冷宮的不幸婦女，現集中有《請揀放後宮人狀》一篇，就是明證。因之上述這些詩篇，所借用的婦女問題的題材本身，就同時具有副主題的性質。

宮女的身份是奴隸，且有不少人是來自下層人民；因此對她們的不幸遭遇，就不能一律以宮廷貴族婦女的特殊遭遇來看待；而這就是《上陽人》等篇章，也仍然能夠吸引廣大讀者同情的原因所在（開元末年，唐明皇李隆基派遣花鳥使從民間選拔宮女，呂向作《美人賦》以諷諫，作者在篇末特別點明這一點，值得注意）。

白詩寫婦女的名篇是《井底引銀瓶》和《琵琶行》。《井底引銀瓶》塑造一個"感君松柏化爲心，暗合雙鬟逐君去"的大膽少女形象。這個少女不爲封建家庭所容，與封建禮法格格不入，在當時説來，是具有叛逆性格的婦女形象。《琵琶行》的女主人公是一個有高度藝術才能和造詣的女性。她具有特殊的生活經歷，獨立的生活觀點，是屬於市民階層的婦女典型，也是天涯淪落的詩人的藝術化身。

白氏也沒有忘記爲數更多的貧家女。她們雖然沒有被打入冷宮的幽閉之苦，却有老大獨居之恨，這在《秦中吟·議婚》一篇中有所反映。

《婦人苦》這首詩，體現了白氏當時對婦女問題的總認識。其中有兩句是這樣説的："人生莫作婦人身，百年苦樂由他人！"這兩句話道盡了封建時代廣大婦女人格上處於依附地位的黑暗社會生活現實。

此外，白氏還描繪了一些出身寒族的知識分子，如唐衢、張籍等，他們大多數是有成就的詩人，在創作上和白居易的觀點相近，因之這些詩篇，往往體現着作者自己的創作觀點，對研究白氏的文藝思想，有一定的參考價值。還有一些在藝術上有特殊造詣的人，如善於畫竹的蕭悅、善吹觱篥的薛童陽陶，也都在他筆下寫得栩栩如生，令人崇敬。這些作品，往往是在描繪藝術家卓越成就的同時，也闡發了詩人對某種藝術創作理論的獨特見解，能給予藝術家們以啓發和指導。

如上所述，廣大的農民、手工業工人、被壓迫婦女、出身地主階級較低層的詩人以及各種藝術家，是白氏同情、聲援以至歌頌的對象。另一方面，壓在這些人們頭上的是龐大的封建統治集團當權派及其爪牙，上自皇帝、大宦官、宰相、節度使、州刺史、縣令，下至鄉吏、里胥，則都是白氏揭露、批判和鞭撻的對象。皇帝是封建社會最大的剝削者和壓迫者，是廣大勞動人民飢寒交迫的總根源。用白氏的話説，就是："人之困窮，由君之奢欲。"（《策林》二一標題）在他的眼裏，當時的皇帝，特別是德宗李适：荒淫無恥，貪得無厭，橫行無忌，萃於一身（《雜興》三首中的楚、越、吳三國的國王，都是中唐時代"當今皇帝"的化身）。他們爲了滿足他們的窮奢極欲，不僅僅是通過名目繁多的苛捐雜税對老百姓進行敲骨剥髓的掠奪；而且還假手於他們的親信，借"進奉"爲名，對老百姓進行漫無止境的搜括。對此，《舊唐書·食貨志》有怵目驚心的記載。昏君在位，壞人掌權；太監（宦官）專橫跋扈，氣焰薰天（《輕肥》）；官僚紅燭青樓，金迷紙醉（《歌舞》）；州官忙於進羨（《紅綫毯》）；藩鎮只顧殺人（《贈友》第一首）；壞事儘管是奴才幹的，而根源却是主子。因爲"君之命令行於左右（宦官和宰相），左右頒於方鎮（節度使、觀察使等地方大員），方鎮布於州牧（刺史），州牧達於縣宰（縣令），縣宰下於鄉吏，鄉吏傳於村胥……上開一源，下生百端……君好則臣爲，上行則下效……故上苟好奢，則天下貪冒之吏將肆心焉；上苟好利，則天下聚斂之臣將竭（致）力焉……上益其侈，下成其私……"（《策林》二一）所以在他看來，皇帝貪官，上行下效；要反貪官，必反皇帝;反貪官只是反皇帝的起點,反皇帝才是反貪官的歸宿。從這樣一種基本認識出發,當他對黑暗的社會現實進行揭發和批判的時候,矛頭都不僅僅是指向貪官污吏,而最終必然要刺擊到皇帝:《重賦》篇"奪我身上暖,買爾眼前恩,進入瓊林庫,歲久化爲塵"是如此;《輕肥》篇"借問何爲者? 人稱是内臣。……果擘洞庭橘,鱠切天池鱗(皇帝御賜)"是如此;《歌舞》篇"雪中退朝者,朱紫盡公侯(皇帝親近)"是如此;此外像《繚綾》篇的"去年中使宣口敕,天上取樣人間織";《道州民》篇的"一自陽城來守郡,不進矮奴頻詔問";《杜陵叟》篇的"昨日里胥方到門,手持敕牒榜鄉村;十家租稅九家畢,虛受吾君蠲免恩";也莫不如此。即使下到掠奪炭工的"宮使",搶劫郊區的暴卒,白氏也是絕不滿足於就事論事,而是一揭到頂。像《賣炭翁》篇的"手把文書口稱敕,迴車叱牛牽向北";《宿紫閣山北村》篇的"口稱採造家,身屬神策軍;主人慎勿語,中尉正承恩"等就是。儘管白氏揭露皇帝,在態度上是有保留的,在手法上是比較隱蔽的;但范圍相當廣泛,鞭責相當有力,則是無可否認的事實。如果我們把這些材料匯合起來,那麼當時端拱深宮的皇帝的累累罪行,就大白於天下了。

　　白氏筆下皇帝的爪牙,對主子則拚命討好:"小人知所好,懷寶四方來"(《雜興》第三首);"奪我身上暖,買爾眼前恩"(《重賦》);暴露出一副卑鄙下流的奴才相。對人民則盡量欺壓:兇如強盜,行搶劫於京郊(《宿紫閣山北村》:"奪我席上酒,掣我盤中飧"的描寫);壞過流氓,拿窮人開玩笑(《賣炭翁》在宮使劫走燒炭老人的千斤炭後,有關於他們"半匹紅紗一丈綾,繫向牛頭充炭值"的細節描寫)。使每一個人讀了,都自然而然會產生一種"是可忍孰不可忍"的階級義憤,這種階級義憤,也是從人民的思想深處體驗得來的。

　　整個封建統治集團,不僅僅是在物質享受方面,跟老百姓天地懸殊;就是在精神生活方面,跟老百姓也是枘方鑿圓,格格不入。老百姓天寒歲歉,愁吃愁穿,所想的是"身上衣裳口中食"(《賣炭翁》)這些千百萬人急待解決的迫切問題;而他們則"貴有風雪興,富無饑寒憂,所營唯第宅,所務在追遊"(《歌舞》);內心世界竟是那麼樣的醜惡空虛! 不僅如此,遇着亢旱霜凍自然災害十分嚴重的年景,農民面對"三月無雨旱風起,麥苗不秀多黃死;九月降霜秋早寒,禾穗未熟皆青乾"的要命慘景,心急似火,情殷待賑,而"長吏明知不申破,急斂暴徵求考課"(并見《杜陵叟》),置老百姓生死存亡於不顧,照常急徵暴斂,作爲自己升官的階梯。請看這又是多麼冷酷、狠毒而又卑鄙! 除此以外,白氏在《秦中吟·議婚》篇,批評了地主階級在婚姻問題上的嫌貧愛富;在《題岳陽樓》詩裏詛咒了華堂貴人以旁觀者甚至欣賞者的態度看待嚴重危害人民生命財產的水災;在《烏夜啼》裏通過寒鴉與鸚鵡兩種飛禽的不同生活對比,具現了社會上貴與賤、貧與富兩個階級"冷暖不相知"的精神隔閡,類似這樣的例子,在《白氏長慶集》裏,還可以找出不少。

白居易又是一個愛國的政論家。他不僅寫了五十首《新樂府》這一組詩反映并評議了唐代白武德至元和的政治、經濟、軍事、文化、社會風尚等多方面的社會現象,而且還寫了七十五道《策林》,抒發他的政治見解,兩者互爲表裏。除此而外,還寫過不少單篇文章,其中《爲人上宰相書》一篇,是寫給"永貞革新"的首要人物之一韋執誼的。書中闡發了我國古代政治上較正派的用人唯賢的優良傳統。《江州司馬廳記》則通過刻畫江州司馬這個官:"無言責,無事憂。噫! 爲國謀,則尸素之尤蠹者;爲身謀,則仕祿之優穩者。"從而揭露了唐代官僚制度的腐敗。文筆飛騰,内涵却十分深刻。

白氏在造就人才的問題上,也有一些比較可取的見解。譬如他在《霓裳羽衣舞歌》裏,對元稹以體型和天才爲選擇青年歌妓的標準的觀點，提出了不同的意見，而強調培養和提拔的重要性，這種論點無疑也是進步的。再如，白氏對前輩作家，即使像杜甫那樣偉大，也只肯定其作品中十之三四，類似這種勇於批判的精神，見於《與元九書》中者，雖不爲當時韓愈所喜(見所作《調張籍》)，而且評價也未必盡是，但他那不盲目崇拜古人的精神，却仍有值得學習之處。

　　下面，我們再談談白氏和當時同後世的俗文學的關係與影響問題。

　　中唐以後，城市經濟空前發展，市民階層陡然壯大；市民階層既是俗文學的市場，又是它繁育生長的土壤。白居易際此時會，不能不和當時蔚然興起的俗文學發生關係。《白氏長慶集》有些詩篇，像《長恨歌》、《琵琶行》、《井底引銀瓶》、《燕子樓詩并序》、《龍花寺主家小尼》，題材新穎，風格獨特，大都是受了當時俗文學的影響，而和後世戲曲文學的關係又甚密。例如白樸的《梧桐雨》、《牆頭馬上》，就直接取材於《長恨歌》與《井底引銀瓶》；馬致遠的《青衫淚》，就直接取材於《琵琶行》；王實甫的《西廂記》，雖主要取材於元稹的《會真記》和《會真詩》，但和白氏的《井底引銀瓶》也似乎不無瓜葛。又如《龍花寺主家小尼》，實當視爲後世崑曲《思凡》之祖。又如曹本《錄鬼簿》、《今樂考證》諸書，著錄侯克中的《燕子樓》、趙善慶的《七德舞》諸雜劇正名，雖原本久佚，但顧名思義，比類而推，不能不是敷演白氏《七德舞》、《燕子樓詩并序》(均未選)所傳史事。白氏這些作品，到了後代，才得到真正的發揚光大。

　　另外，《白氏長慶集》還有一些對地方風俗、自然景物的描寫，有助於我們視野的擴大，美感的陶冶，同樣應當加以適當的肯定。

　　總之，白氏詩文創作的思想內容十分豐富，還大大有待於我們的研究和發掘。

四

下面我們再談談白氏詩文創作的藝術成就。

先談詩歌：

白詩許多篇章在思想性和藝術性上，都達到了很高的水平，他在藝術上的成就是多方面的。從主流來説，白氏的創作方法是現實主義的，其藝術成就也主要表現在這方面。

白詩的精華部分是"諷諭詩"，因此我們探討他的現實主義創作方法的時候，也就從"諷諭詩"着手。其不屬於"諷諭詩"的，只要藝術成就較高，而又足以説明問題，亦擇要撮舉。

白居易善於選擇題材，揭露矛盾，大抵取自耳聞目覩的社會現實生活。《長慶集》的一些名篇，如《賣炭翁》、《新豐折臂翁》等，其所依據的生活素材，本身就具有典型意義，再經過適當的藝術加工，遂成爲情文並茂的不朽名作。他的許多詩篇，使用了敍事詩這一體裁。因爲敍事詩有人物形象，有故事情節，便於塑造典型性格。比起自抒胸臆的抒情詩，更有利於揭露社會矛盾。他的一些被人傳誦的敍事詩，如《賣炭翁》、《新豐折臂翁》、《井底引銀瓶》以及《長恨歌》、《琵琶行》等，上承漢樂府《陌上桑》、《羽林郎》、《孔雀東南飛》、陳琳《飲馬長城窟行》、六朝的《木蘭辭》等作品優秀的藝術傳統，和唐代偉大現實主義詩人杜甫的代表作《三吏》、《三別》等名篇一樣，都是我國詩歌藝術的瓌寶。

白氏的"諷諭詩"中也常有一些生活特寫，如《輕肥》、《歌舞》、《買花》、《宿紫閣山北村》、《觀刈麥》、《新製布裘》等。這些詩篇，沒有完整的故事情節，沒有集中的人物形象，只是着力刻畫生活上的某一片段某一側面，從而表示作者對這種或那種生活的評價。值得提出的是：當白氏評價某種生活的時候，往往避開自己直接抒發議論，而是通過對另一階級生活的描寫作對比而體現出來。

　　下面我們試用《輕肥》、《歌舞》兩篇爲例，談談白氏創作方法的某些特點。《輕肥》寫的是"吃"，宦官們吃的是"罇罍九醞，水陸八珍"，而老百姓則遇到荒年，連"糠菜半年糧"都混不上，只能互相交換，"吃"掉自己的至親骨肉，而後同歸於盡。這兩種極端對立的社會生活，在詩人的筆下，緊密地聯繫在一起，構成了鮮明的對比。在《歌舞》中，劊子手的頭子(秋官、廷尉)酒肉爭逐，畫閣裏炭火熊熊，又有重裘庇身；而大獄裏却關押着數不盡的衣不蔽體的老百姓，在三九大雪天橫七豎八地默默死去。而要了他們命的，不是別人，正是那些酒酣耳熱的傢伙們。這又是用強烈對比的技法勾勒出來的一幅悲慘陰森的社會生活圖景。

　　除去敍事詩和生活特寫以外，白氏"諷諭詩"裏又有不少的寓言詩。寓言詩的特點是：言在此而意在彼，這是在言論極不自由的歷史條件下，詩人所採用的一種紆迴、隱蔽鬥爭的表現方法。《長慶集》有許多咏物詩和咏史詩，往往都是寓言體：像《觀海圖屏風》、《感鶴》、《贈賣松者》、《自蜀江至洞庭湖口有感而作》等篇，就都屬於這一類。《贈賣松者》和《新樂府·澗底松》實際上是同一主題，寓言的意味十分明顯。《自蜀江至洞庭湖口有感而作》一首，表面上似是作者在感嘆大禹治水，半途而廢，貽患至今；實際上這首詩乃是作者借古諷今，慨嘆憲宗李純對削平藩鎮，統一中國，有始無終，沒有取得徹底勝利。故結尾有"坐添百萬戶，書我司徒籍"的想望語，這顯然和消滅割據有關，而和治水無涉，和《觀海圖屏風》用的是同一手法。詩中魚、鱉、鰲、龍，都是擬人。

　　白氏還寫了不少咏懷詩，以直抒胸臆。這類詩緣事而發，因心成咏，藝術價值雖不都是很高，但所涉及的社會問題比較廣泛，有的且足以考見作者的政治理想,因此也值得引起我們重視。

白居易的詩作善於集中描寫,突出主題。陳寅恪《元白詩箋證稿》曾把白居易和元稹所作的《新樂府》作過比較,發現元稹在一篇詩裏,有時並寫兩事,這樣就容易導致結構松散,主題不明確。白氏則總是一題詠一事,因此就沒有上述元稹所犯的那些毛病。他又發現:白氏即使是寫同一題材,而每篇各有側重,因此形象十分鮮明,主題十分突出。一題詠一事的好處,是在詩歌的有限篇幅內,簡化頭緒,藉此騰出更多的運斤之地,以供作者的揮灑和渲染。就以兩首長篇敍事詩《長恨歌》和《琵琶行》而論,情節也仍然比較簡單,但却刻畫出了鮮明生動的人物形象;而故事情節,在這裏則居於次要的地位。

白氏也長於描寫風景,集中有許多描寫風景的詩篇;這些詩模山範水,抹月批風,風格剛健而清新,境界鮮明而生動;使人讀了,能獲得一些美感享受;故亦選注少量篇章,以備一格。

五

最後我想談談白詩向口語化的方向努力的問題。

首先,詩歌創作的口語化不是一個技術性的問題,而歸根結柢是一個態度問題。這是和他那種"非求宮律高,不務文字奇,惟歌生民病,願使天子知"的創作目標密切聯繫着的,而這更根本的是決定於對人民的態度。劉熙載《藝概·詩概》說得對:

> 代匹夫匹婦語最難,蓋饑寒勞頓之苦,雖告人人且不知,知之必物我無間也。杜少陵、元次山、白香山不但如身入閭閻,目擊其事,直與疾病之在身者無異;誦其詩,顧可不知其人乎?

　　“物我無間”，就是作家和羣衆思想感情打成一片，這是問題的關鍵。這一特點，在當時的衆多作家中，白氏確實是比較突出的。

　　李肇《國史補》說：“元和以後，爲文章則學奇詭於韓愈，學苦澀於樊宗師；歌行則學流暢於張籍；詩章則學矯激於孟郊，學淺切於白居易，學淫靡於元稹，俱爲元和體。大抵天寶之風尚黨；大曆之風尚浮，貞元之風尚蕩，元和之風尚怪也。”李肇所論唐代詩文種種，並非專主語言，但語言實應看作重要因素。值得提出的是：白氏的獨標淺切，是在當時淫靡、奇詭、矯激的風氣包圍中進行的。語言的通俗易懂，並非輕易能够做到的，而是經過艱辛的努力才獲得的成果。劉熙載《詩概》又說：“常語易，奇語難，此詩之初關也；奇語易，常語難，此詩之重關也。香山用常得奇，此境良非易到！”劉氏這種說法是正確的。宋朝何薳《春渚紀聞》云：“自昔詞人琢磨之苦，曾有一字窮歲月者。白香山詩詞疑皆衝口而成，及見今人所藏遺稿，塗竄（塗改）甚多。”試看白氏爲了琢磨自己詩歌的語言，曾經付出多少辛勤的勞動！但尤其值得注意的是：白氏對自己詩歌創作屢次修改加工，是以盡量寫得通俗讓人易懂作爲自己的努力方向的。宋朝一個僧人惠洪所作的《冷齋夜話》曾說：“白樂天每作詩，令一老嫗解之；問曰：解否？ 嫗曰，‘解’，則采之；‘不解’，則易之。”這一記載可能有些誇張，但至少表明白詩確實有這種顯著的特點。

　　此外，還有待於進一步申論的是：自從文人書面作品和民間口頭創作分道揚鑣以後，文人的創作就越來越脱離羣衆；而民間口頭創作，則因限於作家的生活條件，藝術上的提高往往大受限制。因而兩者對流就成爲促進文藝向前發展的必由之路。白氏革新詩體的功績，就在於他以自己的創作實踐，把作家的書面文學向人民口頭創作的方向推進了一步，使可讀的文學變成可聽的文學，這樣就無形中擴大了文學的社會作用,同時又反轉過來提高了作家的創作水平。唐張爲作《詩人主客圖》,稱白居易爲"廣大教化主",是很有道理的。有人不了解作者在這方面的苦心孤詣,仍以一般書面文學的標準衡量白詩,見其不合,即斥其"下偶俗好"(《新唐書》本傳評語);此"猶鵁朋(朋,或作明;鵁朋,鳳凰的異稱)已翔乎寥廓(高空),而羅者(捕鳥人)猶視乎藪澤(沼澤)也。"

正因爲白氏存心要使人聽懂,他就不能像別的詩人那樣,一味追求詩句的簡練與多變,大量地使用飛躍式的語言;而只能按部就班,妥帖布置,着重地使用一些連鎖式(一環扣緊一環)的語言。白氏使用這種語言,毀譽各半:譽之者以爲可比"郢人斤斲無痕跡,仙人衣裳棄刀尺"(劉禹錫《翰林白二十二學士見寄詩一百篇,因以答貺之》)。毀之者認爲:"老杜……如百金戰馬,注坡驀澗,如履平地,得詩人之遺法。如白樂天詩詞甚工,然拙於紀事,寸步不遺,猶恐失之,此所以望老杜之藩垣而不及也。"(魏慶之《詩人玉屑》)我們認爲這兩種説法都有一定的道理。白詩力求關節密合,成功處真如無縫天衣,風雨不透;失敗處不免黏皮帶骨,索寞寡神。這也是一個作家向新的方向探索中不可避免的缺點。

白氏妙解音律,他把做律詩的某些法則運用於七古之中,這樣就使得七言歌行的音調,更加和諧幽美。當我們誦讀《長恨歌》、《琵琶行》的時候,使我們感到它的韻律轉折靈活,真如行雲流水;音節響亮,不啻戛玉鏘金;把詩歌的文采、聲音、情意三者結合得再好没有了。

次談白氏古文(散文):

白氏創作的主要成就,是在詩歌方面,這是人們公認的;而他對中唐時期古文運動蓬勃發展所起的作用,則很少有人注意。所以一談到倡導古文運動,就單舉韓愈,而提到白氏的人不多。實際上，白氏古文，也有很高的成就。這不僅僅從《舊唐書·元稹白居易傳論》裏"史臣曰：元和(文壇)主盟，微之(元稹)、樂天(白居易)而已。臣觀元之制策(代皇帝起草的詔令)，白之奏議(向朝廷所上的奏摺)，極文章之壼奧(深邃)，盡治亂之根荄(根源)；非徒謠頌(意指《風·雅》)之片言；盤盂(《尚書》及鐘鼎銘文)之小説(短論)"，這一總結五代以前對白的評價中，可以知道；就是他自己，似乎也把文和詩看成同等重要。在他的《與元九書》中，曾經這樣寫道："始知文章合爲時而著，歌詩合爲事而作。"在同一篇書信裏，又説："日者又聞親友間説(閑談)，禮、吏部舉選人，多以僕私試賦判(自己擬作的辭賦和判詞，這是唐朝考進士的兩種科目)，傳爲準的(典範)。其餘詩句，亦往往在人口中。"由此可見，在當時人和他自己的心目中，他的文章成就，決不在詩歌以下，至於把唐代倡導古文運動的功勞，片面地記在韓愈的簿子上，那乃是宋朝歐陽修、宋祁所修《新唐書》的論點(蘇軾《韓文公廟碑》有韓愈"文起八代之衰"的説法，對造成後人錯覺，影響很大)，既不符合作家創作的實際(柳宗元寫古文時間比韓愈早)，也不符合當時流傳情況的實際。

我們決不想抹煞韓愈在唐代古文運動中的歷史功績。但是必須指出：韓愈所做古文有一種力追古奧的傾向，因而有時不免流於晦澀費解；影響所及，則成爲樊宗師、皇甫湜等人的怪誕不經(如《舊唐書·元白傳論》説："向古者傷於太僻，徇華者或至不經。"這種評語，是深中古文運動中韓愈一派的要害的)。結果使古文運動的普及推廣受到限制。白氏生與韓愈並世，同作古文，但一如其作詩，是以"淺切"爲宗，而不以"古奧"爲尚，他的所長，正是韓愈所短。惜時人狃於宋人對韓愈的過度稱揚，不以爲疑，而白氏自己亦爲詩名所掩；因此他那些流傳下來的不少優秀古文，就不再能夠引起人們應有的注意。

　　白氏在政治上以漢朝的賈誼自命；其所作《策林》七十五道，是有意識地追蹤賈誼的《治安策》的。他所上的許多奏摺，又似乎是漢朝晁錯、匡衡、劉向等人“上書言事”的進一步發展。他最重要的一篇古文《爲人上宰相書》，上繼李白的《上韓荆州書》，下開宋代王安石《上仁宗皇帝言事書》、《上時政疏》，都是我國古代政論文的重要作品。由此可見，論次唐代的古文運動，而不把白居易計算在內，無論是從歷史實際來講，抑或是從創作成就來講，都是説不過去的。

　　《策林》之外，本書所選的《與元九書》，是中國文學批評史上很重要的文獻，不但思想性很強，而且藝術性也很高；不但是“文學批評”，而且可以稱得起是“批評文學”。此外則還有一些抒情、寫景小品，像《江州司馬廳記》、《三遊洞序》等，或則旨趣雋永，或則丘壑鬱盤，足以發皇耳目，澡雪精神；其《錢唐湖石記》一篇，雖題名爲記，實際是一篇通俗文告。讀此文告，我們不但可以看出白氏興修杭州西湖水利，工作做得如何細緻踏實；而且可以通過此文，知道唐代通俗文告的體式涯略。

　　最後，要特別指出的一點是：《白氏長慶集》所收白氏文章篇目，根據岑仲勉的考訂，有不少是後人託擬之作，見所著《白氏長慶集僞文》及《白集醉吟先生墓誌銘存疑》二文，研究白氏詩文者，可以參考。

六

　　從主流説，白居易是偉大的現實主義作家，但他畢竟是一個封建士大夫，孔、孟儒家學説，釋、道思想，以及作爲根本的他的地主階級的階級意識，都不能不在他的作品中表現出來，而形成他作品中的消極部分。儒家以倫理綱常設教，在白氏詩文創作中，教忠教孝以及宣揚其他封建倫理綱常的言辭是數見不鮮的。這類言辭，有的獨立成篇，如《新樂府》中《青石》、《慈烏夜啼》、《燕詩示劉叟》等；有的通過歌頌聖君、賢相、忠臣、孝子來體現；這在《諷諭古調》和《新樂府》裏都可以舉出很多。這種傾向，在大量"諷諭詩"中，表現得比較明顯，這不能説與儒家積極用世的態度無關。等到元和十年(八一五)，因上書言事，觸怒當權，被貶江州以後，詩人的政治理想破滅，政治態度由積極而轉向消極；這時詩人的内心世界，佛道思想逐漸擡頭，這是因爲道家尚虛無，佛家談寂滅，很容易和白氏在政治上失意情緒合拍的緣故。白氏在後期寫了大量閑適詩，深衷所在，主觀上是想用佛道兩家説教解脱他内心的苦悶，塡補他内心的空虛；客觀上，也不能説没有受到李唐王朝尊崇道釋二教所産生的嚴重不良影響。

　　白氏在《與元九書》中説："中朝無緦麻之親，達官無半面之舊。"這反映他有十分明確出身庶族寒門(即庶族地主)的自覺。庶族地主出身的人士當他們還没有走上政治舞臺以前，在經濟上和政治上受豪門貴族兼併和排擠的時候，容易和廣大勞動人民的利害相接近，因此在政治上有要求變革的迫切願望；這是整個地主階級不太安分的一個階層。但庶族地主和豪族地主同屬一個階級，它們和豪族地主之間並没有不可逾越的鴻溝。只要有朝一日變成豪族地主，政治鬭爭就立刻停止，他們的目光是十分短淺的，他們的世界觀是充滿矛盾的。這種世界觀中存在的矛盾，無論是在白氏的創作理論當中抑或是在創作的實踐當中都有充分的表露。例如他在創作理論上，是以孟軻所説的"窮則獨善其身，達則兼濟(原作善)天下"爲準則，並把它提到十分明顯的地位的；這並非僅僅是爲裝門面。看他自己不是分明在講："謂之'諷諭詩'，是兼濟之志也；謂之'閑適詩'，是獨善之義也。"(《與元九書》)而且在創作實踐上,不是在寫了大量"諷諭詩"以外,又寫了大量"閑適詩"嗎?實際上孟軻所説的"獨善其身",其狹隘性和利己性是顯而易見的,是以有産階級優厚的物質生活條件爲前提的。至於"兼濟天下",表面看去,比"獨善其身"前進了一大步,似乎無可非議;可是一接觸到它的具體內容,包括"爲君、爲臣、爲民、爲物、爲事"(《新樂府序》)五個方面,問題就出來了。在封建社會裏,君、臣與民,是屬於相對的兩個階級:白氏既要爲君(包括爲臣),又如何能爲民?既要爲民,又如何能爲君(臣)?這不是自相矛盾嗎?階級矛盾是要靠階級鬥爭來解決,而"兼濟"則是不切實際的幻想。

"兼濟"的實質,既非完全爲民;"獨善"的局限,那就更顯而易見,它是十分狹隘的利己主義。這種利己主義用儒家的"樂天知命",道家的"安時委順",佛家的"寂滅止觀"一些玄妙的辭藻粉飾起來,就容易迷惑一些人,甚至使他們逐漸走向脱離現實的道路而不自覺。當我們讀到白氏在"獨善"思想指導下所做的"閑適詩"的時候,印象並非都像他在《與元九書》中所説的那麽美好,原因就在這裏。

而且"兼濟"和"獨善",本身就有矛盾。白氏對之,似乎也沒有處理得很好。只不過是有時偏於"兼濟",有時偏於"獨善"而已。這兩種思想在他內心起伏不定,自然會給他精神上帶來無限痛苦。

還有,白氏對作官的興趣很高,這也可能和他"兼濟天下"的抱負有關,但也不容否認這主要是受了儒家"學也禄在其中矣"那種説教的影響。譬如他在《悲哉行》裏寫道:"縱有宦達者,兩鬢已成絲;可憐少壯日,適在窮賤時。丈夫老且病,焉用富貴爲?"意思是:年輕時年富力強,做了官,可以吃喝玩樂,足足享受一番;老頭子年邁力衰,縱然升了官,發了財,又有什麽用處?請看這些話哪有一點"兼濟天下"的意味?白氏還有時似乎把做官本身就當作生活目

的。其《讀李杜集因題卷後》有這樣兩句話:"不得高官職,仍逢苦
亂離。"這豈不等於說:李、杜的終生恨事,是没有做上高官,如果做
上高官,就可以含笑九泉了。請問這種思想又是多麽庸俗?

還有,這位以"獨善"自矢的詩人,似乎也有行不顧言之處。既
然早年諷諫皇帝揀放宫女,爲何自己晚年也蓄養聲妓?既然寫了
《夢仙》、《草茫茫》等詩以破除迷信,爲何自己也煉丹吃藥,企圖長
生,同僧人道士搞得如膠似漆?既然反對別人作文"以多爲貴"的
貪多習氣和"爲文作文"的純藝術觀點,爲何自己也寫下那麽多毫
無意義的東西?清葉燮《原詩》云:

> 詩文務多者必不佳。古人不朽可傳之作,正不在多。蘇、
> 李數篇,自可千古。後人漸以多爲貴,元、白《長慶集》實始濫
> 觴。其中頹唐俚俗,十居六七,若去其六七,皆卓然名作也。

我與葉氏,具有同感。

七

最後談談本書的編選和注釋。

白集詩文近四千篇,本書所選不及三百篇,不及全集十分之
一。作品以思想性、藝術性俱強者爲首選,其思想性強而藝術性稍
弱或藝術性強而思想性稍弱者,亦酌選録。作品力求兼備各體,而
又適當照顧到作者對當時重大歷史事件的反應。所選作品以詩爲
最多,文次之,詞最少(不是單指篇目,而是指的實際分量),這是因
爲白詞思想多不健康的原故。

本書詩、詞、文皆試用編年體,打破《白氏長慶集》原書的編排
體制。《白氏長慶集》原書雖係分體編排,但各體大致皆以年代先

後爲次,這樣給我們選編此書以不少方便。此外則計有功《唐詩紀事》、陳振孫《白文公年譜》、汪立名《白香山年譜》以及近人所作的多種白氏評傳、選注本後附簡譜,編注者亦廣爲涉獵,適當參考。作品寫作年代,有能確切指出者,有能大致指出者,亦有不能指出者。其不能指出但亦無礙我們對原文的理解者,則以類相從,以便讀者比較對照。《白氏長慶集》原書雖由作者及元稹共同編纂,但經唐末五代社會變動,早已顛倒錯亂,非盡舊觀;後人編年,亦或踵誤。本書編注者,儘其管窺,試爲釐正。

白居易詩在唐人詩歌中雖以淺顯著稱,但他究竟是九世紀的作家,今天的讀者仍然不易完全讀懂,本書對所選詩文,作了必要的注釋。如原文淺顯易懂,則仍引用原文,而附注其難字難詞;原文不注亦可解者,一般不注。亦有原文雖若可解,然不注則無以盡其豐富的涵義者,亦加注。所注不限精華,糟粕也注,這樣有助於讀者全面了解作家與作品。白詩多用口語,注時不僅要知其涵義,還要儘可能和現代漢語溝通,因而也適當地運用了訓詁學上的音訓原則,以免臆造。又封建時代,對本朝皇帝名字,往往避諱,如唐太宗名世民,高宗名治,唐人往往避世用代或曰,避民用人,避治用理,但有時又有例外。如《白氏長慶集》即民、人雜用,蓋自杜甫時代已然。凡遇此等,則擇要注明。又後人著述及隨筆,多有涉及白氏及其創作掌故者,並非皆可信據。如宋贊寧《高僧傳》以白氏貶江州,其刺史爲李渤即是,凡遇此等,本書編注者未敢輕引。

近來書店所出關於研究白居易的專書、專論、資料、選注等不下數十種,給選注者編寫本書,很多便利,很大啓發,謹此聲明,對原著者表示感謝!又原師大中文系古典文學教研組助教馬士貞同志當我開始選注本書時,曾助我搜集資料,並分擔本書初稿的部分編寫工作;辛志賢同志協助查對並提供有關古今地理沿革的資料;

三弟紹尊同志曾幫助我謄清部分底稿,皆有助於本書選、編、注各項工作的順利進行。上海古籍出版社編輯室同志在審稿過程中,補苴了漏句,改正了誤字,查對了原書,對本書的進一步修改提出了不少寶貴的意見,這種對工作對人民積極負責的態度,是使我深受教育的。謹在此鄭重聲明,深致謝意!

　　本人文質無底,不足以言著述;今雖勉強成書,而缺點錯誤,在所難免。熱望讀者同志,不吝賜教!

王汝弼
一九七八年國慶節前於北京

目　　録

詞選

文選

詩選

江南送北客因憑寄
徐州兄弟書〔一〕

　　故園望斷欲何如〔二〕！楚水吳山萬里餘〔三〕。今日因君訪兄弟〔四〕，數行鄉淚一封書〔五〕。

〔一〕本詩作者原注："時年十五。"當在唐德宗貞元二年(七八六)。這是現存白氏最早的作品。當時作者在江南吳楚一帶飄泊，而兄弟或在徐州(安徽宿縣符離集)家中，因此他在送客北上時，託他捎回一封家書。

〔二〕故園望斷：故園，家鄉。望斷，義同"望極"或"望盡"，意爲望而不見。

〔三〕楚水句：楚水吳山在唐代泛指長江中上游(如劉禹錫稱長江中上游爲楚水巴山之比)，此詩則具體指作者當時旅遊的江浙一帶。旅遊時跋山涉水，道路奔馳；北望故園徐州，不啻萬里，故不勝感嘆。

〔四〕因君：由您，託付您。

〔五〕書：信。

賦得古原草送別〔一〕

離離原上草〔二〕，一歲一枯榮〔三〕。野火燒不盡，春風吹又生〔四〕。遠芳侵古道，晴翠接荒城〔五〕。又送王孫去，萋萋滿別情〔六〕。

〔一〕古代舉子依限定的成語爲題目作詩，照例在詩題上加"賦得"兩字，這是詩人練習應考的擬作，所以詩題上也加這兩個字。

〔二〕離離：新苗細軟的樣子。

〔三〕一歲句：一年一度的枯萎和返青。

〔四〕野火二句：寫出乘着浩蕩東風苗壯成長的新生事物，任何力量也扼殺不了。

〔五〕遠芳二句：芳，芳草之略詞；遠芳，言遠方的草叢；晴翠，雨後嫩綠的草色。古道、荒城，皆用以點染古原景色。

〔六〕又送二句：《楚辭·招隱士》："王孫遊兮不歸，春草生兮萋萋"，爲此詩末二句所出。王孫，原指貴族子弟，此處則借稱被送的人。萋萋，草盛的樣子。詩意說：古人見芳草而思遊子之歸，今我踏芳草而送友人之別，離情別緒，充滿胸懷。

唐張固《幽閑鼓吹》："白尚書應舉，初至京，以詩謁著作顧況。顧睹姓名，熟視白公，曰：'米價方貴，"居"亦弗"易"！'乃披卷，首篇曰：'離離原上草，一歲一枯榮。野火燒不盡，春風吹又生。……'即嗟賞曰：'道得個（這）語，"居"即"易"矣！'因爲之延譽，聲名大振。"以後王定保《唐摭言》、尤袤《全唐詩話》、蔣一葵《堯山堂外紀》諸書，亦有類似記載。此詩汪立名《白香山年譜》編於貞元三年（七八七），時白氏年十六歲。

初 入 太 行 路〔一〕

天冷日不光,太行峯蒼莽〔二〕。嘗聞此中險〔三〕,今我方獨往。馬蹄凍且滑,羊腸不可上〔四〕。若比世路難,猶自平於掌。

〔 一 〕太行:山名。起自河南濟源,北入山西境,東北走經晉城、平順、潞城等縣,入河北境,經武安、井陘至獲鹿縣而止。是華北很著名的一條山脈。

〔 二 〕蒼莽:草木深邃的樣子。

〔 三 〕此中險:曹操《苦寒行》:"北上太行山,艱哉何巍巍!"當爲此句所本。

〔 四 〕羊腸句:羊腸,坂名,有三,此處當指河内(今河南沁陽縣)縣北的羊腸坂。按《元和郡縣志·懷州》:"太行陘在(河内)縣北三十里,闊三步,長四十里。"此陘狹窄而曲折,故言不可上。曹操《苦寒行》有云:"羊腸坂詰屈,車輪爲之摧。"

長安正月十五日

誼誼車騎帝王州〔一〕,羈病無心逐勝遊。明月春風三五夜〔二〕,萬人行樂一人愁。

〔 一 〕誼誼句:誼誼,聲音嘈雜貌。車騎,指貴族官僚們所乘騎的高車駟馬。騎,讀仄聲(jì)。帝王州,封建時代稱國都曰皇州或帝王州,因係皇帝所在地。
〔二〕三五:即十五日。

此爲白氏早年旅遊長安時作品。

遊襄陽懷孟浩然〔一〕

楚山碧巖巖〔二〕,漢水碧湯湯〔三〕,秀氣結成象〔四〕,孟氏之文章〔五〕。今我諷遺文,思人至其鄉。清風無人繼〔六〕,日暮空襄陽〔七〕。南望鹿門山,藹若有餘芳〔八〕。歸隱不知處〔九〕,雲深樹蒼蒼。

〔一〕襄陽,唐代屬襄州,即今湖北襄陽縣。孟浩然(六八九—七四〇),襄陽人。早年曾隱居襄陽城南的鹿門山,四十歲才去長安,求仕失望。漫遊數年,回鄉歸隱,死在家裏。長於五言詩,風格與王維相近,是盛唐時田園詩派的重要作家。

〔二〕楚山句:襄陽附近有鳳山(鳳林山)、太山、峴山、萬山、馬頂山、鹿門山等。巖巖,層巒叠嶂的樣子。《詩·小雅·節南山》:"維石巖巖。"

〔三〕漢水句:漢水即漢江。湯湯(shāng shāng),波瀾壯闊的樣子。《尚書·堯典》:"湯湯洪水方割。"

〔四〕秀氣句:秀氣指山川言。結,凝結。成象,《易·繫辭》:"在天成象。"此句指山川靈秀,鬱結成孟氏的作品,是極度推崇的意思。

〔五〕文章:指詩歌。

〔六〕清風:清高的風格。

〔七〕日暮句:王維《憶孟六》詩:"借問襄陽老,江山空蔡州。"此本其意,表示對孟懷念。
〔八〕藹若:同藹(ǎi)然,香氣馥郁的意思。
〔九〕歸隱句:謂當時歸隱之處,已無從知曉。

貞元十四年(七九四),白氏父季庚卒於襄州別駕任所,白氏於是年
曾去襄陽,詩或作於此時。

秋暮西歸途中書情〔一〕

耿耿旅燈下〔二〕,愁多常少眠。思鄉貴早發,發在雞
鳴前〔三〕。九月草木落,平蕪連遠山〔四〕。秋陰和曙色,萬
木蒼蒼然。去冬偶東遊,今秋始西旋,馬瘦衣裳破,別家
來二年。憶歸復愁歸,歸無一囊錢。心雖非蘭膏,安得不
自燃〔五〕!

〔一〕秋暮西歸,謂西歸渭上。書情,寫詩抒情。
〔二〕耿耿:光亮貌。
〔三〕發:起身。
〔四〕平蕪:草原。
〔五〕心雖二句:《楚辭·招魂》:"蘭膏明燭。"蘭膏,點燈的香油。"膏
　　　火自燃",語出《莊子·人間世》。此處借用,表明詩人內心焦灼,
　　　且以照應頭四句。

此詩亦早年飄泊時作。

自河南經亂〔一〕，關內阻饑〔二〕，兄弟離散，
各在一處。因望月有感，聊書所懷。寄
上浮梁大兄〔三〕、於潛七兄〔四〕、烏江十五
兄〔五〕，兼示符離〔六〕及下邽弟妹〔七〕

　　時難年荒世業空〔八〕，弟兄羈旅各西東。田園寥落干
戈後〔九〕，骨肉流離道路中〔一〇〕。弔影分爲千里雁〔一一〕，
辭根散作九秋蓬〔一二〕。共看明月應垂淚，一夜鄉心五
處同〔一三〕。

〔一〕河南經亂：貞元十五年二月，宣武軍節度使董晉死，部下舉兵叛
　　亂，殺繼任節度使陸長源；三月，彰義軍節度使吳少誠又反，寇唐
　　州。這兩處藩鎮叛亂，皆發生在當時河南道境內。白氏家在河南
　　新鄭縣，自然要受到影響。

〔二〕關內阻饑：關內，道名，主要包括陝西關中道一帶和甘肅東部地
　　區。阻飢，古代成語，《尚書·舜典》：“黎民阻饑。”阻是艱難的意
　　思，饑是饑荒。貞元十四五年，關中一帶，連年亢旱，民不聊生。
　　白氏有家在華州下邽，當時正屬關內道。

〔三〕浮梁大兄：浮梁，今江西景德鎮市。白氏大兄幼文，於貞元十五
　　年作浮梁主簿。

〔四〕於潛七兄：白氏的從父兄或從祖父兄。於潛，唐縣名，時屬杭州
　　（今浙江臨安縣）。

〔五〕烏江十五兄：白氏的從祖兄。時爲烏江縣（烏江縣治在今安徽和
　　縣東北四十里的烏江鎮）主簿。

〔六〕符離：當作符離，唐代屬宿州，（即今安徽宿縣符離集。）白氏家屬
　　曾居此。

〔七〕下邽：即今陝西渭南縣北的下邽鎮。白氏曾祖温,始自同州移居
　　　下邽,故白氏在下邽有家。
〔八〕時難句：時難,難讀仄聲,指上河南經亂言；年荒,指上關内阻飢
　　　言。世業空,指白氏祖輩相傳的儒業和官僚地主家庭所享受的種
　　　種特權走向破滅。
〔九〕田園句：寥落,荒廢；干戈,本古代的兩種兵器,借以表明戰亂。
〔一○〕骨肉句：骨肉,指兄弟；流離,流亡。
〔一一〕弔影句：自顧形影,如失羣的大雁一樣。古人以兄弟相從,比之
　　　雁行有序。
〔一二〕辭根句：曹植《雜詩》："轉蓬離本根,飄飄隨長風……類此客遊
　　　子,捐軀遠從戎。"古人家庭觀念較重,以家庭爲個人根本,故白氏
　　　借以比喻離家背井之苦。蓬,草名,到秋日則枝蔓脫離本根而隨
　　　風飄轉。九秋,秋季九十日,此處側重指九月。
〔一三〕鄉心五處：鄉心,思鄉的心；五處,指序文中五個地名而言。

　　綜合題目及詩句,知此詩寫作,必在貞元十五年(七九九)以後,十七
年(八○一)之前。因題目所說的烏江十五兄,在十七年已經死去,而大
兄幼文作浮梁主簿,又是十五年以後的事情。

生　離　別〔一〕

　　食檗不易食梅難〔二〕,檗能苦兮梅能酸〔三〕；未如生別
之爲難,苦在心兮酸在肝〔四〕。晨鷄再鳴殘月没,征馬連
嘶行人出〔五〕；回看骨肉哭一聲〔六〕,梅酸檗苦甘如蜜〔七〕。
黄河水白黄雲秋,行人河邊相對愁；天寒野曠何處宿,棠
梨葉戰風颼颼〔八〕。生離別,生離別,憂從中來無斷

絕〔九〕。憂極心勞血氣衰，未到三十生白髮。

〔一〕生離別：屈原《九歌·少司命》："悲莫悲兮生別離。"爲白詩題目
　　　　所本。白氏於貞元十五年(七九九)春，曾由浮梁去洛陽探母，住
　　　　到秋天，需回宣州參加省試，母親適於是時病倒，白氏亦不能不忍
　　　　痛離開，故内心十分酸楚。時白氏年二十八歲，故詩末有"未到三
　　　　十"之語。
〔二〕檗：黄檗，亦即黄柏，可以入藥，味極苦。
〔三〕檗能苦句：《子夜吳歌》："高山種芙蓉，復經黄檗塢，果得一蓮時，
　　　　流離嬰辛苦。"又鮑照《代東門行》："食梅常苦酸。"爲白詩此句所
　　　　本。能，當時口語，略同於現在的"恁"，有"如此"、"非常"的意思。
　　　　如杜甫《贈裴南部》詩："羣小謗能深"即是。
〔四〕苦在心句：言酸苦在心，甚於在口。
〔五〕連嘶：一本作"嘶風"。
〔六〕骨肉：指親人。時白氏母親陳氏、弟行簡皆在洛陽。
〔七〕甘如蜜：《詩·邶風·谷風》："誰謂荼苦，其甘如薺。"白詩本之，
　　　　而語更淺切。
〔八〕戰：顫抖。
〔九〕憂從中來句：曹操《短歌行》："憂從中來，不可斷絕。"爲白詩此句
　　　　所本。中，内心。

杏園中棗樹〔一〕

人言百果中，唯棗凡且鄙。皮皴似龜手，葉小如鼠
耳〔二〕。胡爲不自知〔三〕，生花此園裏？豈宜遇攀玩〔四〕，
幸免遭傷毀。二月曲江頭〔五〕，雜英紅旖旎〔六〕。棗亦在

其間，如嫫對西子〔七〕。東風不擇木，吹煦長未已〔八〕。眼看欲合抱，得盡生生理〔九〕。寄言遊春客，乞君一迴視：君愛繞指柔〔一〇〕，從君憐柳杞〔一一〕；君求悅目豔，不敢爭桃李；君若作大車〔一二〕，輪軸材須此。

〔一〕此詩爲寓言體。杏園，在陝西西安市曲江西、慈恩寺北。唐新進士多遊宴於此。

〔二〕皮皴二句：皴(cūn)，粗裂；皸(jūn)手，古成語，見《莊子·逍遙遊》，即凍裂的手。鼠耳，老鼠的耳朵，和上皸手構成假對。

〔三〕胡爲句：爲甚麼這樣沒有自知之明？

〔四〕豈宜句：哪裏適宜被攀折和玩賞？意爲被玩弄。

〔五〕曲江：曲江，苑名，是漢唐以來長安著名的遊宴區。有紫雲樓、芙蓉苑、杏園、慈恩寺諸勝。每當三月，進士登科，皇帝往往賜宴於此。故址在今陝西西安市大雁塔東。

〔六〕雜英、旖旎：雜英，雜花；旖旎(yǐ nǐ)，柔媚動人的樣子。

〔七〕如嫫句：嫫(mó)，即嫫母。嫫母是傳說中黃帝的一個妃子，貌醜而賢，此處用以比棗樹，亦喻賢才。西子，即西施，春秋時越國的美女，此處以之比桃李柳杞，亦喻佞人。

〔八〕吹煦(xǔ)：以暖氣相吹噓的意思。

〔九〕生生理：語本《易·繫辭》及嵇康《養生論》，意思是生生不息的天性，也就是生長的本能。

〔一〇〕君愛句：表面指遊客，實際指皇帝，語意雙關，下同。繞指柔，語本晉劉琨《重贈盧諶》詩，但涵義小別；此以暗斥小人逢迎諂媚的作風。

〔一一〕從：聽任。

〔一二〕大車：喻能任重致遠的人材。

白氏於貞元十六年(八〇〇)二月十四日進士及第，照例皇帝要賜宴於曲江，故詩有"二月曲江頭……君若作大車"之語。此詩通首皆用比興，冀君見用，所謂"婉而多諷"。

續古詩十首〔一〕（選二）

雨露長纖草，山苗高入雲〔二〕。風雪折勁木，澗松摧爲薪〔三〕。風摧此何意？雨長彼何因〔四〕？百丈澗底死，寸莖山上春〔五〕。可憐苦節士〔六〕，感此涕盈巾〔七〕！

〔一〕續古詩：擬作的五言古詩。五言古詩起源於漢代，主要是文人感事抒情之作。沈德潛《古詩源·古詩十九首評語》説：“大抵逐臣、棄妻、朋友闊别、死生新故之辭。”其表現手法，多用比興，間亦有直抒胸臆者。白氏的這十首《續古詩》，有的是代人立言，有的是自感身世，也有的這兩者同時出現在一首詩裏。

〔二〕雨露二句：雨露，借喻皇帝的恩澤，纖草比小人。山苗，承上纖草而言，左思《詠史》詩：“離離山上苗。”爲此詩所本。高入雲，形容小人的得據高位。

〔三〕風雪二句：風雪喻惡勢力的淫威，勁木冒下澗松而言，比喻耿介的賢才。摧爲薪，成語，見《古詩十九首》，意思是百丈長松被摧殘成爲劈柴，以比賢才的横遭迫害。以上四句，兩句一排，構成扇對。

〔四〕此、彼：此，表親而近之；彼，示拒而遠之。

〔五〕百丈、寸莖、春：百丈指松，寸莖指草，春喻得時。

〔六〕苦節士：指出身寒族，有操守和才幹的封建文人，亦作者自喻。

〔七〕盈巾：濕透佩巾。

《續古詩》，《白氏長慶集》編在《秦中吟》前。觀此十首的具體內容和所流露的思想感情，是作者經過長期飄泊，已經考中進士，但還不能馬上做官，感到仕途坎坷，因而發抒身世之嘆。據此，當爲八〇〇年，白氏初中進士尚未得官時所作。此詩大意同於左思《咏史‧鬱鬱澗底松》一首，可以參看。

　　春旦日初出〔一〕，瞳瞳耀晨暉〔二〕；草木照未遠〔三〕，浮雲已蔽之〔四〕。大地暗以晦，當午如昏時；雖有東南風，力微不能吹。中園何所有？滿地青青葵〔五〕。陽光委雲上〔六〕，傾心欲何依？

〔一〕春旦：春日，疑指元旦而言。封建時代以舊曆正月初一爲元旦。
　　　皇帝於此日受百官朝賀，並宣布一年重大政令。
〔二〕瞳瞳(tóng tóng)：日出時紅光煥發貌。
〔三〕草木句：言草木被照的時間還不久。
〔四〕浮雲句：《史記‧龜策傳》："日月之明，而時蔽於浮雲。"浮雲比喻
　　　妬賢害正的讒佞之臣。
〔五〕中園二句：漢樂府《長歌行》："青青園中葵，朝露待日晞。陽春布
　　　德澤，萬物生光輝。"又曹植《求通親親表》："若葵藿之傾葉，太陽
　　　雖不爲之迴光，然終向之者誠也。臣竊自比葵藿。"葵，即向日葵；
　　　葵心向日，白氏用以自比對國君的衷心擁戴。
〔六〕委：留滯。

　　此詩白氏一方面感到社會現實的黑暗，一方面又對封建皇帝抱有幻想。這種思想的矛盾，在封建士大夫作家中，有一定的代表性。

　　羸　　駿〔一〕

　　驊騮失其主，羸餓無人牧〔二〕。向風嘶一聲，莽蒼黃

河曲〔三〕。蹋冰水畔立，卧雪冢間宿。歲暮田野空，寒草不滿腹〔四〕。豈無市駿者〔五〕？盡是凡人目；相馬失於瘦，遂遺千里足〔六〕。村中何擾擾，有吏徵芻粟〔七〕，淪彼軍廄中〔八〕，化作駑駘肉〔九〕。

〔一〕贏(léi)駿：瘠瘦的駿馬。古人有許多借詠贏駿或瘦馬用以寄託"賢士失志"的詩篇。

〔二〕驊騮二句：驊騮，傳説是周穆王八駿之一，此處則泛指駿馬，以喻賢士。主，指善於相馬的人，借喻有用人之權者。《九章·懷沙》："伯樂(古之善相馬者)既没，驥(駿馬)焉(如何)程(施展才能)兮！"千古志士，蓋有同慨！

〔三〕莽蒼：廣漠荒涼貌。

〔四〕蹋冰四句：喻賢士的飢寒交迫的境遇。蹋，同踏。

〔五〕市駿者：市，買；市駿，借喻求賢。戰國時代，郭隗就曾向燕昭王打過這個比喻。見《戰國策·燕策》。

〔六〕相馬二句：《史記·滑稽列傳》引諺："相馬失之瘦，相士失之貧。"意思是説：相馬要嫌體瘦，就會失掉神駿；看人要嫌家貧，就會失去賢才。

〔七〕村中二句：意思是説：賢士不僅没人賞識，還在殘酷地受着官府的勒索，使他們生活朝不保夕。

〔八〕廄(jiù)：馬圈。

〔九〕化作二句：駘(tái)，遲鈍的馬。這句詩的意思是説：駿馬因爲太瘦，就被庸人看成是駑鈍的馬，殺掉吃肉了。

　　《白氏長慶集》一三有《敍德書情上宣歙崔中丞》詩，作者自注云："宣州薦送及第後，重投此書。"汪立名年譜據此編於貞元十六年(八○○)。該詩末有"相馬須憐瘦"之句，與此詩辭旨脗合，故知當是同一時期的作品。時崔衍爲宣歙觀察使，掌握地方軍政大權，故白氏《敍德書情》詩有"盛幕招賢士，連營訓鋭師"之句，亦可與此詩"相馬失於瘦，遂遺千里足……淪彼軍廚中，化作駑駘肉”之言互證。此詩雖爲作者自述抱長材利器而不得施展的個人苦悶，但實際上也是傾吐了當時封建寒士的共同憤怨。

感　鶴

　　鶴有不羣者，飛飛在野田〔一〕。飢不啄腐鼠〔二〕，渴不飲盜泉〔三〕。貞姿自耿介〔四〕，雜鳥何翩翾〔五〕；同遊不同志，如此十餘年。一興嗜慾念，遂爲矰繳牽〔六〕；委質小池內〔七〕，爭食羣雞前〔八〕。不惟懷稻粱〔九〕，兼亦競腥羶〔一〇〕；不惟戀主人〔一一〕，兼亦狎烏鳶〔一二〕。物心不可知，天性有時遷〔一三〕。一飽尚如此，況乘大夫軒〔一四〕！

〔一〕飛飛句：曹植《野田黄雀行》：“飛飛摩蒼天，來下謝少年。”案此詩以鶴的“飛飛在野田”，比喻封建知識分子在野時的自由自在，無拘無束。
〔二〕腐鼠：《莊子·秋水》篇，曾把惠施爲魏相，比做像貓頭鷹吃死老鼠那樣貪婪可憎。
〔三〕盜泉：相傳山東泗水縣有泉，名曰盜泉。人飲此水，立萌貪心。事載《水經·洙水注》。以上二句詩意，本之陸機《猛虎行》：“渴不飲盜泉水，熱不息惡木陰，惡木豈無陰？志士多苦心！”
〔四〕貞姿句：貞潔的姿體自然具有光明磊落的情操。
〔五〕雜鳥句：辭本張衡《西京賦》“衆鳥翩翾”，而用意不同。翩翾（piān xuān），飛舞貌。衆鳥飛舞，暗喻小人的善於逢迎獻媚。
〔六〕一興二句：興，起；嗜慾念，貪食之心。矰（zēng），短箭；繳（zhuò），繫箭長繩；詩意是：貪心一起就要被統治者的名韁利索

13

所牽纏。

〔七〕委質、小池：委質，語見《左傳》僖公二十三年"策名委質"，意爲卑躬屈膝，投靠當權。小池，借喻天地狹小的官府。

〔八〕爭食句：本《楚辭·卜居》："與雞鶩爭食"意，借喻與世俗官僚爭名奪利。

〔九〕懷稻粱：懷，貪圖；稻粱，禄米。杜甫《同諸公登慈恩寺塔》詩："君看隨陽雁，各有稻粱謀。"此用其意。

〔一〇〕腥羶：指貪墨等惡行。《莊子·徐無鬼》篇："羊肉不慕蟻，蟻慕羊肉；羊肉羶也。"

〔一一〕戀主人：指諂媚上司及皇帝。

〔一二〕狎烏鳶：狎，親近；烏鳶，老鴉和鵰鷹，古人以爲貪鳥，以比贓官，如梁武帝蕭衍《霸府去苛令》云："朽肉枯骸，烏鳶是厭（饜）。"案以上四句，在修辭上是雙領雙承，在命意上是層層推進。意思是：既然你貪圖禄米，就自然要諂媚皇帝；既然你招權納賄，就自然要勾結贓官。

〔一三〕天性句：言同流日久，必然合污。

〔一四〕況乘句：春秋時，衞懿公愛鶴，豢養鶴的費用約相當於上大夫的俸禄。軒，上大夫所乘坐的華貴車子。這句詩的意思是：這種人一旦做官得寵，就要更加丢醜作惡，肆無忌憚。

贈　元　稹〔一〕

自我從宦遊〔二〕，七年在長安〔三〕，所得唯元九〔四〕，乃知定交難。豈無山上苗〔五〕？徑寸無歲寒〔六〕；豈無要津水〔七〕？咫尺有波瀾〔八〕。之子異於是〔九〕，久處誓不諼〔一〇〕。無波古井水，有節秋竹竿；一爲同心友，三及芳歲闌〔一一〕。花下鞍馬遊,雪中杯酒歡;衡門相逢迎〔一二〕,不具帶與冠。春風日高睡,秋月夜深看。不爲同登科,不爲同署官,所合在方寸〔一三〕,心源無異端〔一四〕。

〔 一 〕元積:(七七九—八三一)字微之。德宗貞元十九年(八〇三),積與白居易中書判拔萃科後,同授校書郎(祕書省的屬官。祕書省掌收藏國家圖書。校書郎,官九品上階,掌校閱圖書),兩人過從甚密。

〔 二 〕宦遊:即出仕。白氏貞元十五年參加進士考試及第,走上了做官的途徑。

〔 三 〕七年:從貞元十五年至永貞元年,共佔七個年頭。

〔 四 〕元九:即元積。唐人好用大排行。各本作"君",非是,此從汪立名本。

〔 五 〕山上苗:見前《續古詩》注。

〔 六 〕徑寸句:左思《咏史》詩:"以彼(山上苗)徑寸莖,蔭此(澗底松)百尺條。"歲寒,《論語·子罕》:"歲寒然後知松柏之後凋也。"後人因以喻貞士之歷久彌堅,此指友情的始終不渝。

〔 七 〕要津水:杜甫《麗人行》:"賓從雜遝實要津。"要津,猶後代説當局或當道。

〔 八 〕咫尺波瀾:咫,八寸。句意謂人情翻覆。

〔 九 〕之子:此人,指元積。

〔一〇〕不諼:《詩·考槃》:"永矢弗諼。"矢,同誓。諼(xuān),忘記。

〔一一〕三及句:元、白訂交自貞元十九年,至永貞元年,共三年。歲闌,即年終。闌,或作蘭,非。

〔一二〕衡門:橫木爲門,極言貧士居處簡陋。見《詩·衡門》注。此指白氏長安長樂里新居。

〔一三〕方寸:即心,古人稱心爲方寸地。

〔一四〕心源句:心源,佛家術語,言爲萬念所起,此喻深心。無異端,謂無意見分歧,志同道合。

15

此詩當爲永貞元年冬作。

答 友 問 〔一〕

大圭廉不割〔二〕，利劍用不缺〔三〕。當其斬馬時〔四〕，良玉不如鐵；置鐵在洪爐，鐵銷易如雪；良玉同其中，三日燒不熱〔五〕。君疑才與德，咏此知優劣。

〔一〕答友問：友當是元稹。《元氏長慶集》有《喻寶》詩：“莫邪(寶劍名)無人淬(蘸水磨礪)，兩刃幽壞鐵。……圭璧無卞和(楚玉工識玉者)，甘與頑石列……鏡懸姦膽露，劍拂妖蛇裂。珠玉(一作“生”)照乘光，冰瑩環座熱。此物比在泥，斯言爲誰發？於今盡凡耳，不爲君不說。”與白詩一問一答，十分密合。白詩蓋以要經得起鍛煉考驗的話勉勵元稹，至大圭、寶劍之譬，則隨事設喻，讀者不必以辭害意。

〔二〕大圭句：大圭是古代皇帝所執的玉質手版。形狹長而銳上，略似劍鋒。廉不割，語本嵇康《卜疑》：“廉而不割。”《禮記·聘義》孔穎達《正義》曰：“言玉體雖有廉稜而不傷割於物；人有義者，亦能斷割而不傷物，故云義也。”案：廉即稜角，喻人方正；割，謂損傷別人。

〔三〕缺：謂劍刃因屢用而缺損。

〔四〕斬馬：《漢書·朱雲傳》：“願賜尚方(皇家造辦處所製)斬馬劍，斷佞臣一人，以厲(激勵)其餘。”

〔五〕良玉二句：古時曾有“鍾山之玉，灼(燒)以爐炭，三日三夜而色澤不變”的傳說，雜見《呂氏春秋·士容》、《淮南子·俶真》高誘注。

長　恨　歌

漢皇重色思傾國〔一〕，御宇〔二〕多年求不得；楊家有女初長成，養在深閨人未識〔三〕。天生麗質難自棄，一朝選在君王側；迴眸一笑百媚生〔四〕，六宮粉黛無顏色〔五〕。春寒賜浴華清池〔六〕，溫泉水滑洗凝脂〔七〕；侍兒扶起嬌無力，始是新承恩澤時。雲鬢花顏金步搖〔八〕，芙蓉帳暖度春宵〔九〕；春宵苦短日高起，從此君王不早朝。承歡侍宴無閑暇，春從春遊夜專夜。後宮佳麗三千人〔一〇〕，三千寵愛在一身。金屋裝成嬌侍夜〔一一〕，玉樓宴罷醉和春。姊妹弟兄皆列土〔一二〕，可憐光彩生門戶〔一三〕；遂令天下父母心，不重生男重生女〔一四〕。驪宮高處入青雲〔一五〕，仙樂風飄處處聞。緩歌謾舞凝絲竹〔一六〕，盡日君王看不足。漁陽鞞鼓動地來〔一七〕，驚破《霓裳羽衣曲》〔一八〕。九重城闕煙塵生〔一九〕，千乘萬騎西南行〔二〇〕。翠華搖搖行復止〔二一〕，西出都門百餘里〔二二〕：六軍不發無奈何〔二三〕，宛轉蛾眉馬前死〔二四〕。花鈿委地無人收〔二五〕，翠翹金雀玉搔頭〔二六〕，君王掩面救不得，回看血淚相和流。黃埃散漫風蕭索，雲棧縈紆登劍閣〔二七〕；峨嵋山下少人行〔二八〕，旌旗無光日色薄。蜀江水碧蜀山青，聖主朝朝暮暮情；行宮見月傷心色〔二九〕，夜雨聞鈴腸斷聲〔三〇〕。天旋日轉迴龍馭〔三一〕，到此躊躇不能去〔三二〕：馬嵬坡下泥土中，不見玉顏空死處〔三三〕。君臣相顧盡沾衣，東望都門信馬歸。歸來池苑皆依舊，太液芙蓉未央柳〔三四〕。芙蓉如面柳如

眉,對此如何不淚垂? 春風桃李花開日,秋雨梧桐葉落
時。西宮南内多秋草〔三五〕,落葉滿階紅不掃。梨園弟子
白髮新〔三六〕,椒房阿監青娥老〔三七〕。夕殿螢飛思悄然,
孤燈挑盡未成眠;遲遲鐘鼓初長夜,耿耿星河欲曙
天〔三八〕。鴛鴦瓦冷霜華重〔三九〕,翡翠衾寒誰與共〔四〇〕?
悠悠生死別經年,魂魄不曾來入夢。臨邛道士鴻都
客〔四一〕,能以精誠致魂魄:爲感君王展轉思〔四二〕,遂教方
士殷勤覓〔四三〕。排雲馭氣奔如電,升天入地求之遍;上窮
碧落下黃泉〔四四〕,兩處茫茫皆不見。忽聞海上有仙山,山
在虛無縹緲間:樓閣玲瓏五雲起〔四五〕,其中綽約多仙
子〔四六〕。中有一人字太真〔四七〕,雪膚花貌參差是〔四八〕。
金闕西廂叩玉扃〔四九〕,轉教小玉報雙成〔五〇〕;聞道漢家
天子使,九華帳裏夢魂驚〔五一〕。攬衣推枕起徘徊,珠箔銀
鈎迤邐開〔五二〕;雲髻半偏新睡覺〔五三〕,花冠不整下堂來。
風吹仙袂飄飄舉〔五四〕,猶似《霓裳羽衣舞》;玉容寂寞淚
闌干〔五五〕,梨花一枝春帶雨。含情凝睇謝君王〔五六〕:"一
別音容兩渺茫。昭陽殿裏恩愛絶〔五七〕,蓬萊宮中日月
長〔五八〕。回頭下望人寰處〔五九〕,不見長安見塵霧。唯將
舊物表深情〔六〇〕,鈿合金釵寄將去〔六一〕。釵留一股合一
扇〔六二〕,釵擘黃金合分鈿〔六三〕;但教心似金鈿堅,天上人
間會相見。"臨別殷勤重寄詞〔六四〕,詞中有誓兩心知;七
月七日長生殿〔六五〕,夜半無人私語時:"在天願作比翼
鳥,在地願爲連理枝〔六六〕。"天長地久有時盡,此恨綿綿
無盡期〔六七〕。

〔一〕漢皇句:漢皇,字面是説漢帝,實際是暗指唐玄宗李隆基。傾國,

原意謂有個美人一露面,居民争看,以致萬人空巷。《漢書·外戚傳》:"李延年(漢武帝李夫人兄)歌曰:'北方有佳人,絕世而獨立。一顧傾人城,再顧傾人國。寧不知傾城與傾國,佳人難再得!'"後人因以"傾國傾城",爲絕代佳人的代稱。

〔二〕御宇:人君統治天下。

〔三〕楊家二句:楊家女,指楊貴妃。妃乳名玉環,弘農華陰人,徙居蒲州永樂縣獨頭村。父玄琰早死,養於叔父玄璬家。開元二十三年十一月,册封爲壽王(玄宗之子瑁)妃;二十八年十月,玄宗度她爲女道士,道號太真。天寶四載七月,召還俗,立爲貴妃,備極寵幸。安史亂起,安禄山兵破潼關,玄宗奔蜀,途中六軍譁變,貴妃被迫自縊,年三十八歲。"養在深閨"句,此白氏故爲玄宗皇帝隱諱。

〔四〕迴眸:即迴首顧盼。眸,眼珠。

〔五〕六宫粉黛:古代宫廷後宫六,前一後五,以居后妃。粉以搽臉,黛以畫眉。此處借妃嬪的飾物,喻妃嬪本人。

〔六〕華清池:即驪山(在今陝西臨潼縣東南二里)上華清宫的温泉。開元十一年建温泉宫,天寶六載改名華清宫。錢易《南部新書》己:"驪山華清宫,繚垣之内,湯泉凡八九所。有御湯,周環數丈,悉砌以白石,瑩澈如玉。石面皆隱起魚龍花鳥之狀,千名萬品,不可殫記。四面石座,皆級而上。中有雙白石甕,腹異口,("腹"上疑有闕文,其字可能是"同")甕中涌出,潰注白蓮之上。御湯西北角,則妃子湯,面稍狹。湯側紅白石盆四,所刻作菡萏之狀,陷於白石面。"

〔七〕凝脂:像凝結的脂肪那樣滑潤的皮膚。《詩·衛風·碩人》:"膚如凝脂。"

〔八〕雲鬢句:《木蘭詩》:"當窗理雲鬢。"雲鬢,女人鬈曲如雲的鬢髮。花顔,美麗如花的容貌。金步摇,古代貴婦頭飾,上有金花,下有垂珠,隨人步行而摇,故名步摇。

〔九〕芙蓉帳:上繡并蒂蓮花的幔帳。

〔一〇〕佳麗三千:佳麗,美人。三千,《後漢書·皇后紀》:"自武元之後,世增淫費,乃至掖庭三千。"爲此詩"後宮三千"故實所本。然玄宗後宮美女,多至四萬;此言三千,不及實數十分之一,當是特指其中佳麗。

〔一一〕金屋句:漢武帝劉徹少時,曾言欲築金屋,以娶其姑母長公主女阿嬌,事出《漢武故事》。此處借用,暗指玄宗爲了寵愛貴妃而爲她大營第宅一事。

〔一二〕姊妹句:列土,即裂土,言分地受封。玄宗既寵貴妃,因封其三姊爲韓、虢、秦三國夫人。封其族兄銛爲鴻臚卿,錡爲侍御史,釗(即國忠)爲右丞相,領四十餘使。

〔一三〕可憐:古漢語中意爲可愛,可羨。如《世説新語》:"我見猶憐。"

〔一四〕不重句:《史記·外戚世家》:"生男無喜,生女無怒!獨不見衛子夫霸天下?"又陳鴻《長恨歌傳》:"當時謠詠有云:'生女勿悲酸,生男勿喜歡!'又曰:'男不封侯女作妃,看女却爲門上楣。'其爲人羨慕如此!"

〔一五〕驪宮:驪山上的華清宮。

〔一六〕緩歌句:謾舞,即曼舞,意思是輕盈美妙的舞姿;絲竹,管絃樂;凝,徐聲引調。意思是在輕柔舒緩的音樂伴奏下翩翩起舞。

〔一七〕漁陽句:漁陽,郡名,郡治在今河北省薊縣城,當時屬范陽節度使管轄。鞞,通鼙(pí),鼙鼓,是騎兵用的小鼓;漁陽鞞鼓,是借用東漢彭寵據漁陽起兵反漢的典故(見《後漢書·彭寵傳》)。此句追述天寶十四載十一月,平盧、范陽、河東三鎮節度使安禄山舉兵叛唐一事。

〔一八〕驚破句:《霓裳羽衣曲》,唐代大型舞曲,"散序"後曰"入破"。"驚破",兼有驚斷和"入破"二重涵義。故白氏是以雙關語入詩。餘詳後《霓裳羽衣舞歌》注。

〔一九〕九重:古代京畿,前建九重門:路門、應門、雉門、庫門、皋門、城門、近郊門、遠郊門、關門。語本《楚辭·九辯》"君之門以九重。"

〔二〇〕千乘句:漢末民謠:"侯非侯,王非王,千乘萬騎上北邙。"此處千乘萬騎,指跟隨玄宗逃蜀的衛隊。西南行,謂路綫先西後南。

〔二一〕翠華句:翠華,皇帝乘輿上所樹的華蓋,以翠鳥羽爲飾,故名。搖

摇,寫行色匆忙,兼喻道路坎坷。行,冒下"西出都門";止,冒下
"六軍不發"。

〔二二〕西出句:暗示明皇已逃至馬嵬坡。馬嵬坡,在今陝西興平縣西二
十五里,也叫馬嵬驛,今稱馬嵬鎮。

〔二三〕六軍句:《周禮‧夏官‧司馬》:"王,六軍。"故後世習用"六軍"爲
皇帝扈衛總數。但唐代此時只有左右龍武、左右羽林四軍;至肅
宗至德二載(七五七),始益左右神武二軍,備六軍之數。不發,不
再前進;暗指譁變。無奈何,無可奈何。

〔二四〕宛轉句:宛轉,悽楚貌;《後漢書‧馬援傳》:"曉夕號泣,宛轉塵
中。"蛾眉,古人以稱美女的眉毛,見《詩‧衛風‧碩人》:"螓首蛾
眉。"常作美女的代稱,此處指楊妃。玄宗至馬嵬,衛隊譁變,請殺
楊國忠和貴妃以洩天下之憤,玄宗不得已,從之。

〔二五〕花鈿委地:鈿(diàn,又 tián),上嵌珠寶的古代貴族婦人金屬頭
飾。委地,丟棄在地上。

〔二六〕翠翹句:委地之各種頭飾:翠翹,《山堂肆考》:"翡翠鳥尾上長毛
曰翹,美人首飾如之,因名翠翹。"金雀,以黃金爲鳳(古稱朱雀)
形。玉搔頭,即玉簪;《西京雜記》:"武帝過李夫人,就取玉簪搔
頭,自此後宮人搔頭皆用玉。"

〔二七〕雲棧句:古代於山路高險處,架木渡人,名曰棧道。雲,言其高。
此指劍閣北之南棧道而言。縈紆,迂迴曲折貌。劍閣,縣名,今屬
四川省。縣北有劍門關要塞。

〔二八〕峨嵋山:在今四川峨眉山市。此山遠在成都西南。玄宗逃蜀,未
至此處。白氏以此泛指蜀道,用來渲染氣氛。

〔二九〕行宮:皇帝外出住所。

〔三〇〕夜雨聞鈴:《明皇別錄》:"明皇既幸蜀,西南行,初入斜谷,屬(值)
霖雨涉(經)旬,於棧道雨中聞鈴音與山相應,上(明皇)既悼念貴
妃,采其聲爲《雨霖鈴》曲以寄恨焉。"

〔三一〕天旋句:指郭子儀等收復西京,時局好轉,迎玄宗回長安一事而
言。龍馭,皇帝車駕。

〔三二〕到此躊躇：此冒下馬嵬坡而言。躊躇(chóu chú)，徘徊不進貌。

〔三三〕馬嵬坡二句：至德二載十二月，玄宗從四川回長安，經馬嵬坡貴妃葬地，派人以禮改葬，掘土，貴妃香囊猶在，不勝悲切。（見《新唐書·后妃傳》）

〔三四〕太液、未央：漢長安有太液池，成帝與趙飛燕常玩樂於此；唐亦有太液池，在大明宮北。未央，漢宮名，舊址在今陝西西安城西北；唐時曾就漢宮原址，復加修繕。

〔三五〕西宮、南內：唐代以興慶宮爲南內，太極宮爲西內。古稱禁城爲大內，故宮、內互文見義。興慶宮故址在今西安城區東南（今興慶公園即其遺址）；太極宮遺址在今陝西西安城迤北故宮城內，是唐朝最大的宮殿。此句暗指唐肅宗李亨，在上元二年，聽宦官李輔國之讒，遷玄宗到西內甘露殿居住，等於把他軟禁起來。因此白氏着重刻劃他住所的荒涼，以烘托對貴妃追念的傷感氣氛。

〔三六〕梨園弟子：玄宗喜愛歌舞並通曉音律，曾選“坐部伎”子弟三百人，教習於梨園；又有宮女數百人，習藝於宜春苑北，均稱梨園弟子。

〔三七〕椒房、阿監、青娥：椒房，皇后所居，以椒粉塗壁，取其温暖，且辟惡氣。阿監，宮内女官。青娥，少女。

〔三八〕星河：即銀河。

〔三九〕鴛鴦瓦、霜華：鴛鴦瓦，一俯一仰，即陰陽瓦。霜華，即霜花。

〔四〇〕翡翠衾：翡翠，亦雌雄雙栖，形影不離之鳥；繡在被上，象徵夫妻情好。以上兩句，均以比翼雙飛之鳥反襯玄宗孤單之狀。

〔四一〕臨邛句：臨邛(qióng)，今四川邛崍縣地。鴻都，漢代洛陽門名。然此處似與上都、大都爲同義語，暗指長安。鴻都客，宋樂史《楊太真外傳》謂其人爲楊通幽，乃是後人編造的神仙故事附會之説。此詩以下即以傳説的神仙故事叙寫。

〔四二〕展轉思：反覆思念。

〔四三〕方士：道士，秦漢時叫方士，以求仙服藥欺世。

〔四四〕碧落、黃泉：碧落，道書東方第一層天名碧落，此指天堂。黃泉，地深處，此指地獄。這句和陳鴻《長恨歌傳》所説"出天界，入地府"是同一内容。詩人張祜曾嘲諷白氏以《目連變》入詩，雖似戲言，却是實話。

〔四五〕五雲：五色雲。

〔四六〕綽約：柔弱美好貌。《莊子·逍遥遊》："藐姑射之山，有神人居焉，肌膚若冰雪，綽約若處子（處女）。"

〔四七〕太真：見上注。

〔四八〕參差(cēn cī)：此處作依稀、約略解。

〔四九〕金闕、玉扃：闕，門上樓觀；扃(jiōng)，門户。道教相傳，天堂之一上清宮，左金闕，右玉扃；金闕玉扃，上下互文見義。

〔五○〕小玉、雙成：小玉，吴王夫差的女兒，相傳死後成仙。雙成，董雙成，相傳是西王母的侍女。此處借喻太真的侍女。

〔五一〕九華帳：繡着各種迴環圖案的帷帳。曹植《九華扇賦》序："帝賜尚方竹扇，不方不圓，其中結成文，名曰九華。"

〔五二〕珠箔、迤邐：珠箔，即珠簾；迤邐，形容珠簾拉開時斜垂流動之狀。

〔五三〕雲髻、睡覺：雲髻，是鬈曲如雲的髮髻；睡覺，睡醒。

〔五四〕袂(mèi)：袖。

〔五五〕玉容句：形容面色慘淡，淚痕縱横。

〔五六〕凝睇(tì)：即定睛，出神的樣子。

〔五七〕昭陽殿：漢武帝後宫八區之一。借喻貴妃生前所居。

〔五八〕蓬萊宫：傳説中的仙山神宫。這兩句是説貴妃已不復回到人間而長居仙境。

〔五九〕人寰：人世。

〔六○〕舊物：指下面金釵鈿盒等玄宗贈與貴妃定情之物而言。陳鴻《長恨歌傳》："定情之夕，授金釵鈿合（盒）以固之。"

〔六一〕鈿合：用金絲和珠寶鑲嵌的盒子叫鈿合；合，通"盒"。

〔六二〕釵留句：古代釵形皆雙股折腰，故折之則成兩股。合有底有蓋，故分之則成兩扇。

〔六三〕釵擘句：擘(bāi)，分剖。此句承上句，補足留釵一股，留鈿合一扇之動作。黄金和鈿皆極堅牢之物,故又啓下句。

〔六四〕重:讀平聲,意爲重複,反覆。因上面貴妃已經叮囑了道士一番話,下面又叮囑了他幾句更爲語重心長的話,所以着一"重"字以表無限深情。

〔六五〕七月句:民間傳説,七月七日,牛郎、織女星在天上相會,故古代男女皆在此日"乞巧"。長生殿,在驪山華清宫内。此處詩人蓋借用其名。或以此句違反史實,立説未免拘執。

〔六六〕在天二句:傳説有比翼鳥和連理樹,皆象徵男女堅貞不渝的愛情。

〔六七〕綿綿:長遠不絶,此句總結詩題"長恨"之意。

《長恨歌》作於元和元年(八〇六年),時白氏任盩厔縣尉。與此詩一道流傳的還有陳鴻的《長恨歌傳》。此詩寫唐玄宗和楊貴妃的愛情悲劇,既有諷刺,又有同情。諷刺的是:唐玄宗的荒淫誤國,始亂終棄;同情的是:楊貴妃的遇人不淑,抱恨遥天。此詩前半寫實,後面則運用浪漫主義的幻想手法,比較顯著地受了變文的影響,寫實與虚構,前後遞轉流暢,天衣無縫。極爲後世所傳誦。

附:長恨歌傳

陳　鴻

開元中,泰階平,四海無事。玄宗在位歲久,倦於旰食宵衣,政無大小,始委於右丞相;深居遊宴,以聲色自娛。先是,元獻皇后、武淑妃皆有寵,相次即世;宫中雖良家子千數,無可悦目者;上心忽忽不樂。時每歲十月,駕幸華清宫,内外命婦,熠燿景從;浴日餘波,賜以湯沐,春風靈液,淡蕩其間。上心油然,若有顧遇;左右前後,粉色如土。詔高力士潛搜外宫,得弘農楊玄琰女於壽邸。既笄矣,鬌髮膩理,纖穠中度,舉止閑冶,如漢武帝李夫人。別疏湯泉,詔賜澡瑩。既出水,體弱力微,若不任羅綺;光彩焕發,轉動照人。上甚悦。進見之日,奏《霓裳羽衣曲》以導之。定情之夕,授金釵鈿合以固之。又命戴步摇,垂金璫。明年,册爲貴妃,半后服用。繇是冶其容，敏其詞，婉變萬態，以中上意，上益嬖焉。

時省風九州，泥金五嶽，驪山雪夜，上陽春朝，與上行同室，宴專席，寢專房；雖有三夫人、九嬪、二十七世婦、八十一御妻，暨後宮才人，樂府妓女，使天子無顧盼意。自是六宮無復進幸者，非徒殊豔尤態致是；蓋才智明慧，善巧便佞，先意希旨，有不可形容者。叔父昆弟，皆列在清貫，爵爲通侯；姊妹封國夫人，富埒王室，車服邸第，與大長公主侔，而恩澤勢力，則又過之；出入禁門不問，京師長吏爲側目。故當時謠詠有云："生女勿悲酸，生男勿喜歡。"又曰："男不封侯女作妃，看女却爲門上楣。"其人心羨慕如此。

天寶末，兄國忠盜丞相位，愚弄國柄。及安祿山引兵向闕，以討楊氏爲辭。潼關不守，翠華南幸，出咸陽道，次馬嵬亭，六軍徘徊，持戟不進，從官郎吏，伏上馬前，請誅錯以謝天下。國忠奉氂纓盤水，死於道周。左右之意未快。上問之，當時敢言者，請以貴妃塞天下怒。上知不免，而不忍見其死，反袂掩面，使牽之而去。蒼黃展轉，竟就絕於尺組之下。既而玄宗狩成都，肅宗受禪靈武。明年，大凶歸元，大駕還都，尊玄宗爲太上皇，就養南宮，遷於西內。時移事去，樂盡悲來，每至春之日，冬之夜，池蓮夏開，宮槐秋落，梨園弟子玉琯發音，聞《霓裳羽衣》一聲，則天顏不怡，左右歔欷。三載一意，其念不衰。求之夢魂，杳不能得。

適有道士自蜀來，知上皇心念楊妃如是；自言有李少君之術。玄宗大喜，命致其神。方士乃竭其術以索之，不至。又能遊神馭氣，出天界、沒地府以求之，不見。又旁求四虛上下，東極大海，跨蓬壺，見最高山，山上多樓闕：西廂下有洞戶東向，闔其門，署曰玉妃太真院。方士抽簪扣扉，有雙鬟童女出應門。方士造次未及言，而雙鬟復入。俄而碧衣侍女又至，詰其所從。方士因稱唐天子使者，且致其命。碧衣云："玉妃方寢，請少待之。"於時雲海沉沉，洞天日晚，瓊戶重闔，悄然無聲。方士屏息斂足，拱手門下。久之，而碧衣延入，且曰："玉妃出。"見一人，冠金蓮，披紫綃，佩紅玉，曳鳳舄，左右侍者七八人，揖方士，問皇帝安否？次問天寶十四年（按，當作載）以還事。言訖，憫默。指碧衣取金釵鈿合，各拆其半，授使者曰："爲謝太上皇，謹獻是物，尋舊好也。"方士受辭與信，將行，色有不足。玉妃固徵其意。復前跪致詞："請當時一事,不爲他人聞者,驗於太上皇。不然,恐鈿合金釵,負新垣平之詐也。"玉妃茫然退立,若有所思。徐而言之,曰:"昔天寶十載,侍輦避暑驪山宮,秋七月,牽牛織女相見之夕,秦人風俗,是夜張錦綉,陳飲食,樹瓜果,焚香於庭,號爲'乞巧'。宮掖間尤尚之。夜殆半,休侍衞於東西廂,獨侍上。上憑肩而立,因仰天感牛女事,密相誓心:願世世爲夫婦。言畢,執手各嗚咽。此獨君王知之耳。"因自悲曰:"由此一念,又不得居此,復墮下界,且結後緣,或爲天,或爲人,決再相見,好合如舊。"因言:"太上皇亦不久人間,幸唯自安,無自苦耳。"使者還奏太上皇,皇心震悼,日日不豫。其年夏四月,南宮晏駕。

　　元和元年冬十二月,太原白樂天自校書郎尉於盩厔,鴻與琅邪王質夫家於是邑。暇日相攜遊仙遊寺,話及此事,相與感嘆。質夫舉酒於樂天前曰:"夫希代之事,非遇出世之才潤色之,則與時消没,不聞於世。樂天深於詩,多於情者也;試爲歌之,如何?"樂天因爲《長恨歌》。意者:不但感其事,亦欲懲尤物,窒亂階,垂於將來也。歌既成,使鴻傳焉。世所不聞者,予非開元遺民,不得知;世所知者,有《玄宗本紀》在。今但傳《長恨歌》云爾。前進士陳鴻撰。

婦　人　苦

　　蟬鬢加意梳〔一〕,蛾眉用心掃〔二〕;幾度曉妝成〔三〕,君看不言好。妾身重同穴〔四〕,君意輕偕老〔五〕;惆悵去年來,心知未能道〔六〕。今朝一開口,語少意何深!願引他時事,移君此日心〔七〕。人言夫婦親,義合如一身〔八〕;及至死生際,何曾苦樂均〔九〕?婦人一喪夫,終身守孤子〔一〇〕。有如林中竹,忽被風吹折;一折不復生,枯死猶抱節〔一一〕。男兒若喪婦,能不暫傷情!應似門前柳,逢春易發榮；風吹一枝折，還有一枝生〔一二〕。爲君委曲言，願君再三聽〔一三〕；須知婦人苦，從此莫相輕！

〔一〕蟬鬢：古代婦女一種經過梳整後平滑光澤的鬢髮型。相傳爲魏文帝曹丕宮人莫瓊樹首創，見崔豹《古今注》。

〔二〕蛾眉：見前《長恨歌》注。

〔三〕度：次。

〔四〕同穴：《詩・王風・大車》：“穀則異室，死則同穴。”言夫妻生雖異室，死則同墓，亦白頭偕老之意。

〔五〕偕老：《詩・衞風・氓》：“及爾偕老，老使我怨。”鄭箋：“及，與也。我欲與汝俱至於老。老乎，汝反薄我，使我怨也。”

〔六〕惆悵二句：使人難過使人感嘆的是，自從去年以來，你就對我變心厭棄；我心裏明白，但是未肯出口。

〔七〕願引二句：我願意預告將來守節時候的情況，挽回你目前厭惡我的心思。移，轉變，挽回。

〔八〕義合句：理當像一個人一樣。意謂夫妻應當同心同德。

〔九〕及至二句：死生際，即生死關頭。何曾，何嘗。

〔一〇〕婦人二句：一，一旦。孤子，亦即孤苦零丁。

〔一一〕抱節：雙關語，暗喻寡婦的守節。

〔一二〕風吹二句：暗喻男子喪妻，可以另娶。

〔一三〕爲君二句：委曲，即委婉；再三，即仔細。

此篇寫作年代無考，姑附於此。

觀　刈　麥〔一〕

田家少閑月，五月人倍忙。夜來南風起〔二〕，小麥覆

27

隴黄〔三〕。婦姑荷簞食〔四〕，童稚攜壺漿〔五〕；相隨餉田去〔六〕，丁壯在南岡〔七〕。足蒸暑土氣，背灼炎天光〔八〕；力盡不知熱，但惜夏日長〔九〕。復有貧婦人，抱子在其傍；右手秉遺穗〔一〇〕，左臂懸弊筐。聽其相顧言，聞者爲悲傷：家田輸税盡〔一一〕，拾此充飢腸。今我何功德，曾不事農桑〔一二〕；吏禄三百石〔一三〕，歲晏有餘糧。念此私自愧，盡日不能忘。

〔一〕此詩白氏原注："時爲盩厔縣尉。"刈，割。

〔二〕夜來：來，表時之詞，有從彼時到現在之意。故夜來，謂從夜至旦也。餘同此例。

〔三〕覆：蓋。

〔四〕婦姑句：東漢桓帝時童謠："小麥青青大麥枯，誰當穫者婦與姑。"爲此詩"婦姑"二字所出。婦姑，照《禮記·内則》，可以解釋成媳婦和婆母，也可照《孔雀東南飛》詩，解釋成嫂嫂和小姑。此詩則似泛指一般婦女。荷，讀去聲，意爲背負、擔挑。簞(dān)，盛食物的竹器。

〔五〕壺漿：壺罐内盛着飲料，如湯水酒漿之類。

〔六〕餉田：給在田裏刈麥的人送飲食。

〔七〕丁壯、南岡：白氏時期，二十五歲曰成丁。又《禮記·曲禮》："三十曰壯"，此處丁壯連文，蓋泛指一般壯年人。南岡，意同南畝，與東皋、西疇等皆古人泛稱田地之辭，不必拘泥方位。

〔八〕灼：烤。

〔九〕但惜句：農民雖然熱極疲極，但仍爲收穫的熱情所鼓舞，珍惜着長長夏日每分每秒的寶貴時光。

〔一〇〕秉：把。

〔一一〕輸税：交納租税。

〔一二〕曾不句：曾(céng)，意爲竟然；事，從事。

〔一三〕吏禄句：根據《唐六典》的規定，從九品官年禄是五十二石，白詩
　　　　所説"吏禄三百石"，是漢朝制度，見《漢書·百官公卿表》。不過
　　　　唐朝的九品官，俸禄以外，另有職分田兩頃五十畝，錢一千九百一
　　　　十七文。所以縣尉每年的實際收入，仍然很多。

　　白氏授盩厔縣尉，在唐憲宗元和元年（八〇六）冬季，而此詩所寫，則
爲夏季之事，故知此詩只能作於元和二年。

京兆府新栽蓮〔一〕

　　污溝貯濁水〔二〕，水上葉田田〔三〕。我來一長歎，知是
東溪蓮〔四〕。下有青泥污〔五〕，馨香無復全；上有紅塵撲，
顏色不得鮮。物性猶如此，人事亦宜然。託根非其所，不
如遭棄捐〔六〕，昔在溪中日，花葉媚清漣〔七〕；今來不得地，
憔悴府門前。

〔　一　〕此詩作者原注："時爲盩厔縣尉，趨府作。"唐京兆府管下有長安、
　　　　昭應等十二縣，盩厔是其屬縣之一。考之史籍，元和元、二年（八
　　　　〇六—八〇七）作京兆尹的，有鄭雲逵、韋武和董叔經等人，盡是
　　　　些橫徵暴斂的酷吏。而縣尉的職務，主要是替上司充當鷹犬。據
　　　　他後來所寫的《論和糴狀》敍述當時的情況説："臣近爲畿尉，曾領
　　　　和糴之司，親自鞭撻，所不忍覩。"可見這是他所不忍和不願幹的。
　　　　他之受到上司的申斥，是必然的。此詩末云："憔悴府門前"，寫出
　　　　作者好官難當的滿腔義憤。
〔　二　〕污溝句：暗喻當時官府的污濁。
〔　三　〕田田：圓圓的荷葉浮在水面上的樣子。漢樂府相和歌《江南》篇：

“蓮葉何田田！”

〔四〕東溪：指渭水，白氏祖居渭上，在鼇屋縣東，故曰東溪。渭水隋唐
時格外清澈，故此處作者以東溪蓮自比。

〔五〕下有四句：青泥，意即黑泥。四句借物暗喻當時官府，上自京尹，
下至縣吏，無人不貪。縣尉雖欲潔身自好，亦不可得。

〔六〕棄捐：即抛棄。

〔七〕媚清漣：相映增妍曰媚。用法蓋本謝靈運《登池上樓》：“潛虯媚
幽姿”的“媚”。漣，水上微波。

此詩當作於元和元年或二年。

贈　　内〔一〕

生爲同室親，死爲同穴塵〔二〕。他人尚相勉，而況我
與君？黔婁固窮士，妻賢忘其貧〔三〕。冀缺一農夫，妻敬
儼如賓〔四〕。陶潛不營生，翟氏自爨薪〔五〕。梁鴻不肯仕，
孟光甘布裙〔六〕。君雖不讀書，此事耳亦聞。至此千載
後，傳是何如人〔七〕？人生未死間，不能忘其身。所須者
衣食，不過飽與溫。蔬食足充飢，何必膏粱珍〔八〕？繒絮
足禦寒，何必錦繡文〔九〕？君家有貽訓，清白遺子
孫〔一〇〕。我亦貞苦士，與君新結婚。庶保貧與素〔一一〕，
偕老同欣欣〔一二〕！

〔一〕贈内：舊時士大夫稱妻叫内子。《禮記·曾子問》：“大夫内子有
殷事。”注：“内子，大夫妻也。”故贈内即贈妻。白氏結婚，約在元
和二、三年間；妻楊氏，爲楊穎士堂妹，是一個官僚家庭出身的

女人。

〔二〕死爲句：《詩・王風・大車》：“死則同穴。”又李白《長干行》：“願同塵與灰。”皆言夫妻有生死不離的情誼。

〔三〕黔婁二句：黔婁，春秋時齊國的賢者。魯恭公想用他做宰相，齊威王想聘他做卿士，他都不肯就任。他很有韜略，能退敵兵，國人對他十分敬重。但他生活非常窮困，死的時候，被子太短，掩蓋不了他的屍體。孔丘門徒曾西看到這種情形，替他的妻子出主意説：“斜着一蓋，就蓋嚴了。”他的妻子拒絶説：“與其斜而有餘，不如正而不足。”

〔四〕冀缺二句：冀缺，春秋時晉人，姓郤，耕於冀土，因名冀缺。他的妻子也有賢德，雖然和丈夫過着極艱困的生活，但始終互相敬重。

〔五〕陶潛二句：陶潛(三六五—四二七)，即陶淵明，東晉末詩人。家貧，躬耕不足以自給，有時甚至挨餓。妻翟氏，亦能勤儉，協助陶潛操作。

〔六〕梁鴻二句：梁鴻，東漢末年的詩人，著名的作品有《五噫歌》。妻孟光，布衣荆釵，和他同甘共苦。

〔七〕傳是句：誰能傳此安貧守素的高風？

〔八〕膏粱：肥肉同白米，代表富貴人家的主副食品。

〔九〕繒絮、錦繡：繒是粗糙無花紋的綢子；絮，粗綿，《急就篇》注：漬繭擘之，精者爲綿，粗者爲絮。又新者爲綿，故者爲絮。錦，是用綵絲織成各種圖案的緞子；繡，是用綵絲刺繡成花紋的綾綢。錦與繡，是貴族豪門所用的衣料。

〔一〇〕君家二句：貽訓，即遺教。傳説後漢楊震爲涿郡太守，奉公守法，不納賄賂。子孫時常只吃菜粥，徒步走路。有人勸他置買田產，他説：“使後世稱爲清白吏子孫，以此遺(贈與)之，不亦厚乎？”事載《後漢書・楊震傳》。按：楊震家庭，四世三公，是豪族地主，這種傳説，可能出自後人溢美。

〔一一〕庶、素：庶是希望詞。素有寒苦、清白二義。

〔一二〕偕老句："偕老"，《詩》成語，此處有始終不渝的意義在內。欣欣，心情舒暢貌。

贈賣松者〔一〕

一束蒼蒼色〔二〕，知從澗底來〔三〕。斸掘經幾日〔四〕？枝葉滿塵埃〔五〕。不買非他意，城中無地栽〔六〕。

〔一〕此詩以賣松者喻有骨氣有才幹而願爲國家貢獻力量的舉子們。他們想通過科舉途徑入仕，却遭到統治階級當權派的嫉恨而被黜落。白氏作翰林學士時，曾一度充任制策考官。對一些應當被録取而橫遭黜落的舉子表示了深厚的同情。這就是本篇寓義。

〔二〕一束句：束，捆；蒼蒼，深緑色，古人以爲正色。

〔三〕澗底：左思《詠史》曾以"鬱鬱澗底松"比喻出身庶族而有才幹的寒士，爲後代詩家襲用。

〔四〕斸（zhù）：挖掘。

〔五〕枝葉句：形容寒士進入都市，風塵勞頓，蹭蹬坎坷的神態。

〔六〕城中句：此處所謂無地，並非真無空地，而是説高貴的人們局量狹小，容不下真正有用之材。

此詩約作於元和三年（八〇八）爲制策考官時。

初授拾遺〔一〕

奉詔登左掖〔二〕，束帶參朝議〔三〕。何言初命卑〔四〕，

且脱風塵吏〔五〕。杜甫陳子昂〔六〕，才名括天地，當時非不
遇，尚無過斯位〔七〕。況予蹇薄者〔八〕，寵至不自意；驚近
白日光〔九〕，慚非青雲器〔一〇〕。天子方從諫，朝廷無忌
諱〔一一〕；豈不思匡躬〔一二〕，適遇時無事〔一三〕。受命已旬
月，飽食隨班次〔一四〕，諫紙忽盈箱〔一五〕，對之終自愧。

〔一〕初授拾遺：白氏於元和三年(八〇八)四月，以翰林學士出任左拾
　　　遺。授，被任命。唐設左右拾遺各六人，分屬門下、中書兩省，品
　　　級都是從八品上階。其主要任務，是諷諫皇帝的施政得失。

〔二〕左掖：指門下省。唐朝的門下省在太極門左(東)側，所以叫
　　　"左掖"。

〔三〕束帶句：《論語・公冶長》："束帶立於朝。"古時官員，公服外束一
　　　腰帶。參朝議，參加評議朝政。

〔四〕初命卑：初命，首次擔任朝官。拾遺是諫官最下的一級，所以
　　　說"卑"。

〔五〕風塵吏：奔走風塵的地方小官吏，如縣尉等。

〔六〕杜甫、陳子昂：杜甫(七一二—七七〇)，唐代大詩人。陳子昂(六
　　　六一—七〇二)，初唐詩人，他的詩歌剛健樸素，一掃六朝初唐萎
　　　靡風氣，爲唐代現實主義詩人的先驅。

〔七〕斯位：此位，指拾遺一職。杜甫曾作左拾遺，陳子昂曾作右拾遺，
　　　故云。

〔八〕蹇(jiǎn)薄：言出身寒門，困頓薄命。

〔九〕白日光：封建士大夫尊稱皇帝的容顏。

〔一〇〕青雲器：古代稱做大官爲"致身青雲"。《史記・范雎傳》："須賈
　　　頓首言死罪曰：'賈不意君能自致於青雲之上。'"

〔一一〕天子二句：天子，指憲宗李純。《舊唐書・憲宗紀》："元和二年十
　　　二月丙辰，上謂宰臣曰：'朕覽國書(史)，見文皇帝(太宗)行事少
　　　有過差，諫臣論爭，往復數四；況朕之寡昧，涉道未明；今後事或未

當,卿等每事十論,不可一二而止。'"這不過是官樣文章。作者説"從諫"、"無忌諱",也只是照例的粉飾之詞。

〔一二〕匪躬:《易·蹇》卦:"王臣蹇蹇,匪躬之故。"意思是:王臣之所以能直言不諱,是因爲忘掉自身利害的原故。

〔一三〕適遇句:暗用岑參《寄左省拾遺》詩:"聖朝無闕事,自覺諫書稀"意,乃待機進言的託辭。

〔一四〕班次:朝臣按等級排班。

〔一五〕諫紙:朝廷所發,備諫官謄寫諫書。

李 都 尉 古 劍〔一〕

古劍寒黯黯〔二〕,鑄來幾千秋〔三〕。白光納日月〔四〕,紫氣排斗牛〔五〕。有客借一觀,愛之不敢求。湛然玉匣中〔六〕,秋水澄不流〔七〕。至寶有本性,精剛無與儔〔八〕。可使寸寸折,不能繞指柔〔九〕。願快直士心〔一〇〕,將斬佞臣頭〔一一〕。不願報小怨,夜半刺私仇。勸君慎所用,無作神兵羞〔一二〕。

〔 一 〕此詩借物詠懷,通過詠劍,表明長材利器,宜慎所用。比喻諫官侍臣,應剛介廉直,扶正抑邪;即使得罪權貴,身受挫折,亦不應改節。李都尉古劍,或爲此劍藏主爲李都尉,或爲鑄劍時在劍身上面鑴有用主之名,如出土"吳王夫差劍"和"越王勾踐劍"等之比。

〔 二 〕寒黯黯(àn):黯黯,即暗暗;寒黯黯,形容寒光陰森。

〔 三 〕幾千秋:幾千年。

〔 四 〕白光句:盛讚劍之光芒,謂可吸日月之光。僞《列子·湯問》:"衛孔周,其祖得殷帝之寶劍……其一曰含光,視之不可見……二曰承影,將旦昧爽之交,日夕昏明之際,溲焉若有物存,莫識其狀。三曰霄練,方晝,見其影不見光。"

〔 五 〕紫氣句:《晉書·張華傳》:"初吳之未滅也,斗牛之間,常有紫氣……雷煥曰:'寶劍之氣,上徹於天耳。'"排,上衝;斗牛,兩個星宿名。

〔 六 〕湛然句:湛然,水光澄澈的樣子。也是形容寶劍的光芒。玉匣,以美玉裝飾的劍鞘。

〔 七 〕秋水句:《越絕書》風胡子說劍:"太阿劍,視之如秋水。"澄不流,言清澈如水,但不流動。

〔 八 〕精剛句:言此古劍純粹(精)堅硬(剛)的程度沒有別的武器能得上它。

〔 九 〕可使二句:晉劉琨《重贈盧諶》詩:"何意百煉剛,化爲繞指柔。"此二句反用其意,謂古劍極爲剛堅,只能把它一寸寸地折斷,但不能使它彎曲少許;借喻剛正不屈的直士,決不肯隨波逐流,因人俯仰。

〔一〇〕直士:語見《荀子·不苟篇》,此處借指守正不阿的人。

〔一一〕將斬句:漢朱雲嘗請尚方(皇家)斬馬劍,斷佞臣張禹頭,事載《漢書·張禹傳》。

〔一二〕無作句:不要沾辱古劍這一神奇兵器的光輝稱號。晉張協《七命》,稱寶劍爲"希世之神兵",後世因以神兵作爲寶劍的代稱。

題 海 圖 屏 風〔一〕

海水無風時,波濤安悠悠〔二〕。鱗介無小大〔三〕,遂性各沉浮〔四〕。突兀海底鰲,首冠三神丘〔五〕。釣網不能制,其來非一秋〔六〕。或者不量力〔七〕,謂茲鰲可求〔八〕。贔屭

牽不動〔九〕,綸絶沉其鈎〔一〇〕。一鼇既頓頷,諸鼇齊掉
頭〔一一〕。白濤與黑浪,呼吸繞咽喉。噴風激飛廉〔一二〕,
鼓波怒陽侯〔一三〕。鯨鯢得其便〔一四〕,張口欲吞舟。萬里
無活鱗,百川多倒流〔一五〕。遂使江漢水,朝宗意亦
休〔一六〕。蒼然屏風上,此畫良有由〔一七〕。

〔一〕此詩白氏原注:"元和己丑年作。"己丑爲元和四年(八〇九),是
　　年,唐憲宗李純和宦官吐突承璀,想利用成德藩鎮王士真剛死的
　　機會,用兵河北。一部分朝臣像宰相裴垍等都強烈反對,認爲這
　　一行動十分冒險;萬一出師無功,則將加深各地藩鎮和朝廷的對
　　立與衝突。白氏曾於是年五月十日進《請罷兵第二狀》,六月十五
　　日進《請罷兵第三狀》,除切論當時戰守形勢利弊外,更着重指出:
　　"今以府庫錢帛,百姓脂膏,資助河北諸侯,轉令富貴強大。臣每
　　念此,不勝憤歎!"以及"今天時已熱,兵氣相蒸;至於飢渴疲勞,疫
　　疾暴露,衣甲暑濕,弓箭瘡痍,上有赤日,前有白刃,驅以就戰,人
　　何以堪?"可見他是從關懷人民疾苦出發,來反對這次朝廷用兵,
　　進行內戰的。這種意見,李純不但不採納,還兒戲似地把領兵大
　　權交給了素不知兵的宦官吐突承璀,從此兵連禍結,久而無功,老
　　百姓死亡遍野。詩中"萬里無活鱗,百川多倒流",即針對這一事
　　實而發。唐人屏風上多畫海圖,故杜甫《北征》有"海圖坼波濤"之
　　句。但白氏此詩並非真詠海圖,而是借題發揮,反對朝廷在準備
　　不充分,條件不成熟,用人不得當的情況下,輕率用兵河北。
〔二〕悠悠:安靜貌。
〔三〕鱗介:泛指水族。
〔四〕遂性:適性。
〔五〕突兀二句:突兀(wù),高聳突出的樣子。鼇(áo),傳說以爲海中
　　大鼇。三神山,指傳說中的方壺、瀛洲、蓬萊。僞《列子·湯問》:
　　"渤海之東……有五山焉:一曰岱輿,二曰員嶠,三曰方壺,四曰

瀛洲,五曰蓬萊,而五山之根,無所連著,常隨潮波上下往還,不得暫峙焉……帝乃命禺彊(強)使巨鼇十五舉首戴之,五山始峙,而龍伯之國有大人,一釣而連六鼇……於是岱輿與員嶠二山,流於北極……"這兩句的意思是說:當時藩鎮勢力,跋扈難制。

〔六〕釣網二句:釣網,漁具,比藩鎮作鼇,故比制服它爲漁。唐朝藩鎮割據,自從德宗李适以來,已根深蒂固;想一下征服他們,勢難辦到。以成德鎮言,王武俊父子相承,到元和四年,已有四十多年之久;其他藩鎮,亦大體類此。故曰:"其來非一秋。"

〔七〕或者:有人,暗指憲宗李純和宦官吐突承璀等。

〔八〕謂兹句:硬說這個大鼇可以釣取(這個藩鎮可以攻下)。

〔九〕贔屭(bì xì):傳說以爲力氣最大的神龜。

〔一○〕綸絕句:綸,即釣絲。綸絕鉤沉,言徒然勞民喪財,損兵折將。案以上二句所指事實,可證明《請罷兵第二狀》所說:"今承璀自去以來,未敢苦戰,已喪大將,先挫軍威……遷延進退,貴引(遲延)日時。不唯意在逗留,兼是力難支敵。希朝茂昭,數月以來,方入賊界……則其進討之勢,想亦可知。"

〔一一〕一鼇二句:頓頷(hàn),即點頭、低頭,寫大鼇負嵎頑抗之狀。掉頭,想要背叛的樣子。此二句的意思是說:如果王承宗制服不了,則其餘藩鎮亦將相率背唐而去。《請罷兵第二狀》:"(李)師道、(田)季安,元(原)不可保;今看情狀,似相計會(商議),各收一縣,便不進軍。"詩文互證,作意甚明。

〔一二〕飛廉:神話傳說裏的風神名,也叫風伯。

〔一三〕陽侯:神話傳說裏的波浪神。

〔一四〕鯨鯢:海中大魚,古人用以比喻稱兵作亂的首惡分子。《左傳》宣公十二年:"古者明王伐不敬,取其鯨鯢而封之,以爲大戮。"

〔一五〕萬里二句:喻百姓遭殃,地方叛變。

〔一六〕遂使二句:古人稱水流歸海叫"朝宗",用以比喻諸侯的歸附天子。此二句意謂:如果用兵河北失敗,其餘諸鎮,亦皆離心離德。《論罷兵第三狀》:"今果聞神策所管徐泗、鄭滑兩道兵馬,各有言語,似少不安。臣自聞之,不勝憂切!"所言正可作此二句注脚。

〔一七〕由:來由,道理。

贈 樊 著 作〔一〕

陽城爲諫議,以正事其君,其手如屈軼,舉必指佞臣;卒使不仁者,不得秉國鈞〔二〕。元稹爲御史,以直立其身,其心如肺石,動必達窮民;東川八十家,冤憤一言伸〔三〕。劉闢肆亂心,殺人正紛紛;其嫂曰庾氏,棄絶不爲親〔四〕。從史萌逆節,隱心潛負恩;其佐曰孔戡,捨去不爲賓〔五〕。凡此士與女〔六〕,其道天下聞。常恐國史上,但記鳳與麟〔七〕。賢者不爲名,名彰教乃敦〔八〕;每惜若人輩〔九〕,身死名亦淪。君爲著作郎,職廢志空存;雖有良史才,直筆無所申〔一○〕。何不自著書?實錄彼善人,編爲一家言〔一一〕,以備史闕文〔一二〕。

〔 一 〕樊著作:即樊宗師,字紹述。元和三年爲著作佐郎,生平事蹟,詳《新唐書》本傳。

〔 二 〕陽城六句:陽城,字亢宗,北平(今河北完縣)人。唐德宗李适時,作右諫議大夫。貪官裴延齡誣陷陸贄,德宗欲治贄罪,無人敢替陸贄辯護。獨陽城抗表力爭,并揭發延齡罪狀多種。李适想用裴延齡作宰相,因陽城強烈反對,始未實現。事載《舊唐書·隱逸傳》、《新唐書·卓行傳》。屈軼,傳説中的草名,也叫"指佞草"。《宋書·符瑞志上》:"黃帝軒轅氏有屈軼之草生於庭,佞人入朝,則草指之。"不仁者,指貪官裴延齡。秉國鈞,意爲掌握國家大權。鈞,本爲陶工旋轉泥坯之器,説見《漢書·律曆志》顏師古注;後因

掌握封建王朝行政大權的宰相,也有旋天轉地的權能,故亦稱"秉
國鈞"。

〔三〕元稹六句:元和四年(八〇九),元稹爲監察御史(職掌彈糾違法
官吏),去東川考察地方行政,查出已故東川節度使嚴礪在國家正
稅之外,私徵數百萬,及侵佔塗山甫等八十家田產和奴婢;東川所
屬七刺史皆被罰奪俸。事詳新、舊《唐書·元稹傳》。肺石,色赤
如肺。《周禮·秋官·大司寇》:"以肺石達窮民。"詩意謂稹赤膽
忠心,能反映人民疾苦於朝廷。

〔四〕劉闢四句:西川節度使劉闢,元和元年(八〇六)自請作三川節度
使,憲宗李純不許,遂反。李純派遣左神策軍行營節度使高崇文、
神策京西行營兵馬使李元奕、山南西道節度使嚴礪同時討闢。是
年九月,崇文等攻克成都,擒闢,囚送長安,斬之。事詳《舊唐書》
卷一四,《新唐書》卷七。其嫂庚氏事,待考。

〔五〕從史四句:盧從史作澤潞節度使,任命孔戡掌書記(秘書)。從史
和另外兩個藩鎮王承宗、田緒勾結,陰謀叛變,命孔戡草擬文告,
攻擊朝廷。孔戡不肯,并和他力爭;從史大怒,戡因託病去職。從
史不肯罷休,向皇帝李純誣告孔戡。李純不分曲直,竟將孔戡下
獄,戡含冤抑鬱,不久病死。孔戡,是孔巢父的侄子,他的父親叫
岑父,弟弟叫戣和戢。生平事迹,韓愈有《孔戡墓志》,《舊唐書》卷
一五四、《新唐書》卷一六三有傳。

〔六〕士與女:指陽城、元稹、孔戡和庚氏。

〔七〕常恐二句:封建王朝的御用文人,編修國史時,捏造鳳凰和麒麟
等種種所謂"祥瑞"歌頌"天子聖明",竭盡阿諛諂媚之能事,白氏
對此深表不滿。

〔八〕賢者二句:賢人做好事,決不是爲了沽名釣譽;但必須把他們的
美名公之於衆,然後才能使衆人受到教化。

〔九〕若人:語出《論語·憲問》,意思是那些人。

〔一〇〕職廢四句:言當時史官,有職無權,徒抱以直筆修史之志,而不能
如願。

〔一一〕一家言：獨立成家的著述。《史記·太史公自序》：“略以拾遺（指史傳）補藝（六藝、六經），成一家之言。”案此指私人著書。
〔一二〕史闕文：意指官修國史所不願載、不敢載的確切史料。始見《論語·衛靈公》篇，白氏詩意，與《論語》微異。

樊宗師任著作佐郎在元和三年（八〇八），此詩當作於是年或稍後。

宿紫閣山北村

晨遊紫閣峯〔一〕，暮宿山下村；村老見予喜〔二〕，爲予開一尊〔三〕。舉杯未及飲，暴卒來入門，紫衣挾刀斧〔四〕，草草十餘人〔五〕。奪我席上酒，掣我盤中飧〔六〕。主人退後立，斂手反如賓〔七〕。中庭有奇樹〔八〕，種來三十春；主人惜不得，持斧斷其根。口稱採造家，身屬神策軍〔九〕。主人慎勿語，中尉正承恩〔一〇〕！

〔一〕紫閣峯：陝西終南山的一個山峯，故詩亦稱爲紫閣峯，因夕照色紫得名。在今戶縣東南。
〔二〕見予喜：見予而喜。
〔三〕開一尊：斟酒敬客。
〔四〕紫衣：唐代軍人服黃，新、舊《唐書·輿服志》有明文；獨神策軍服紫，此詩及于濆《恨從軍行》“不嫁白衫兒，愛君新紫衣”詩句可證。但此紫衣是粗紫，非三品以上的官員所服的細紫。
〔五〕草草：既慌張又粗暴的樣子。
〔六〕掣我句：掣，搶走。飧（sūn），熟食；此處通指菜肴。
〔七〕斂手：拱手，作揖。

〔八〕中庭：庭中,俗稱當院。

〔九〕口稱二句：採造家,採伐建築材料,營造宮室的機關人員。神策軍,當時是皇家禁衛軍之一,士兵多由市井富家無賴子弟賄買軍籍充任;橫行霸道,成爲長安市面或近郊一大禍害。其最高統帥是中尉,以大宦官充任。唐元和時,有時調遣神策軍修繕宮殿苑囿,或即在將作監和京都苑總監的統一指揮下進行。

〔一○〕中尉句：當時宦官吐突承璀作左神策軍中尉,最得憲宗李純寵信,勢燄薰天。

　　此詩當作於元和三年官拾遺以後。詩人揭露皇家禁衛軍公然在京城近郊掠奪人民,戰鬥性極強。故《與元九書》云:"聞宿紫閣村詩,則握軍要者切齒矣。"

雜　興　三　首〔一〕

　　楚王多内寵〔二〕,傾國選嬪妃〔三〕！又愛從禽樂〔四〕,馳騁每相隨〔五〕。錦韝臂花隼〔六〕,羅袂控金羈〔七〕。遂習宮中女,皆如馬上兒〔八〕。色禽合爲荒〔九〕,刑政兩已衰〔一○〕。雲夢春仍獵〔一一〕,章華夜不歸〔一二〕。東風二月天,春雁正離離〔一三〕,美人挾銀鏑〔一四〕,一發疊雙飛〔一五〕。飛鴻驚斷行〔一六〕,斂翅避蛾眉〔一七〕。君王顧之笑,弓箭生光輝。迴眸語君曰〔一八〕:"昔聞莊王時,有一愚夫人,其名曰樊姬,不有此遊樂,三載斷鮮肥〔一九〕。"

〔一〕雜興三首：雜興,意爲雜感。三詩託春秋時楚、越、吳三國故事以諷憲宗李純的失政。詩中既有歷史故事,也有當時政治現實,非徒詠史,故題作"雜興"。

〔二〕楚王句:楚王,指楚靈王,曾建章華臺,窮極侈麗;又常去雲夢澤打獵。事詳《左傳》和《國語‧楚語》。內寵,即女寵。憲宗李純是個好色、多內寵的人,《舊唐書‧郭后傳》云:"帝後庭多私愛"可證。

〔三〕傾國句:謂刷選美女作嬪妃。李純後宮美人極多,仍不能滿足其貪慾;又親下密令,挑選良家美女及臣下別第妓人進宮,弄得長安合城騷動。李錡被誅,李純強納其妾爾朱氏;奸臣于頔投其所好,又把許多歌舞人做進獻,史籍多有記載。

〔四〕從禽:意即狩獵,語出《易‧屯》卦:"即鹿無虞,以從禽也,君子舍之。"憲宗李純,性喜射獵,車騎所過,騷擾人民,破壞莊稼。引起不少大臣激烈反對。

〔五〕馳騁句:謂乘馬逐獸時常以美人相隨。

〔六〕錦韝句:韝,用皮革做成的套臂,供射獵時用。錦韝(gōu),裝飾華麗的皮革套臂。臂,此處作動詞用,使隼立在人臂上,即俗語"駕隼"的"駕"。隼,與鷹同屬猛禽類,獵人馴養以捕鳥、兔等小動物。

〔七〕羅袂句:羅袂,即羅袖,與上錦韝,皆以女裝喻女子。金羈,是用黃金裝飾的馬絡頭。

〔八〕遂習二句:王建《宮詞》云:"射生宮女宿紅裝,把得新弓各自張,臨上馬時齊賜酒,男兒跪拜謝君王。"知白氏所詠,爲當時宮廷實事。

〔九〕色禽句:意謂又好色,又好獵。僞古文《尚書‧五子之歌》:"內作色荒,外作禽荒,有一於此,罔或(沒有)不亡。"

〔一○〕刑政句:刑法和政令,是封建階級統治人民的兩大工具。在作者看來,這才是皇帝的正業。兩已衰,謂二者同時廢弛。

〔一一〕雲夢句:雲夢,古大澤名,今湖北京山縣以南、枝江縣以東、蘄春縣以西和湖南北部華容縣一帶,都是它的範圍。春仍獵,言獵非其時。

〔一二〕章華句：章華，即章華臺，故址在今湖北監利縣離湖上。夜不歸，
　　　　謂縱情游樂，不舍晝夜。

〔一三〕離離：形容行列整齊。

〔一四〕銀鏑(dí)：閃銀光的箭頭。

〔一五〕一發句：一箭連中雙雁。

〔一六〕飛鴻句：鴻，大雁。驚斷行，受驚飛散。

〔一七〕蛾眉：見前《長恨歌》注。

〔一八〕迴眸句：迴眸，見前《長恨歌》注。語，讀去聲，作動詞用，即告訴。

〔一九〕昔聞五句：莊王名侶(或作呂、旅)，是楚靈王的先祖，故稱昔。樊
　　　　姬是莊王妻。莊王好畋獵，樊姬諫而不聽，從此她就不吃鳥獸的
　　　　肉，結果感動莊王，停止了遊獵。事載《列女傳》。不有此遊樂，言
　　　　不喜愛這種遊樂；三載斷鮮肥，意謂三年斷了葷腥，自討苦吃。作
　　　　者是用反意，對當時宮廷的腐爛生活進行深刻的諷刺。

　　　三首皆作於元和四年前後。第一首借古諷今，揭露憲宗李純的好色
好獵，荒廢國政。

　　越國政初荒〔一〕，越天旱不已〔二〕：風日燥水田，水涸
塵飛起〔三〕。國中新下令，官渠禁流水；流水不入田〔四〕，
壅入王宮裏〔五〕。餘波養魚鳥，倒影浮樓雉〔六〕。澹灔九
折池〔七〕，縈迴十餘里。四月芰荷發〔八〕，越王日遊嬉；左
右好風來，香動芙蓉蕊〔九〕。但愛芙蓉香，又種芙蓉子；不
念閶門外〔一〇〕，千里稻苗死！

〔一　〕越國句：《國語·越語》："(越王勾踐)四年，王召范蠡而問焉，曰：
　　　　'先人即(逝)世，不穀(不賢，謙詞)即位，吾年既少，未有恒常(生
　　　　活準則)，出則禽荒(打獵着迷)，入則酒荒(酗酒)；吾百姓之不圖

（關懷），唯舟與車。上天降禍於越，委質（做人質）於吳。’”時憲宗
李純初即位，嗜好射獵，和越王勾踐初即位時，情況有些相似，故
詩人引以爲喻。

〔二〕越天句：越史於此無考。但唐憲宗元和四年春，淮南、江南、江
西、湖南、山南東道亢旱，《舊唐書・憲宗紀》、《資治通鑑・唐紀・
憲宗》都有明文記載，可知此所反映爲唐事。

〔三〕涸：乾。

〔四〕田：民田。

〔五〕壅入句：《舊唐書・德宗本紀》：“貞元十三年六月辛巳，引龍首渠
水自通化門入，至太清宮前。八月丁巳，詔京兆尹韓皋修昆明池
石炭、賀蘭兩堰兼湖渠。”這是唐皇室擅自把灌漑民田的官渠水
道，引入京城内苑，供私家玩樂的官方記録，這種暴政，一直到憲
宗時代還在繼續。

〔六〕樓雉：城樓和城垛。

〔七〕澹灩（dàn yàn）：水光動蕩的樣子。

〔八〕芰（jì）：即菱。

〔九〕芙蓉蕊：指蓮花。

〔一〇〕閶門：蓋泛指君門。此本屈原《離騷》：“吾令帝閽開關兮，倚閶闔
而望予。”作者以此影射唐王朝的宮門，暗示讀者非詠越國史事。

　　吴王心日侈〔一〕，服玩盡奇瓌〔二〕。身卧翠羽帳〔三〕，
手持紅玉杯〔四〕；冠垂明月珠〔五〕，帶束通天犀〔六〕；行動自
矜顧〔七〕，數步一徘徊〔八〕。小人知所好，懷寶四方來；奸
邪得藉手，從此倖門開〔九〕。古稱國之寶，穀米與賢
才〔一〇〕；今看君王眼，視之如塵灰。伍員諫已死，浮屍去
不迴〔一一〕。姑蘇臺下草，麋鹿暗生麑〔一二〕。

〔一〕吳王句：吳王夫差，晚年十分荒淫。《左傳》哀公元年："（吳王夫差）玩好必從，珍異是聚，觀樂是務，視民如仇"，卒爲越王勾踐所滅。此詩借夫差以諷憲宗。

〔二〕服玩句：服飾、器用以及賞玩，盡是些奇瓌（guī奇異珍貴）之物。

〔三〕翠羽帳：用翠鳥羽毛裝飾的幔帳。

〔四〕紅玉杯：玉以紅玉最爲希罕珍貴。《洛陽伽藍記》："河間王（元）琛嘗會宗室，陳寶器，有赤玉卮，中土所無，云來自西域。"作者此處係以後代事渲染古代史。

〔五〕明月珠：言光如明月的寶珠。李斯《諫逐客書》："垂明月之珠。"

〔六〕通天犀：相傳犀牛角中有一道白綫，直通兩頭，名通天犀。見《抱朴子·登涉》。通天犀帶，是以犀牛角爲飾的腰帶。唐憲宗曾以通天犀帶賜李吉甫和裴度。

〔七〕矜顧：即"顧影自憐"意。

〔八〕數步句：走幾步就停留一下，對身上的寶物作自我欣賞。

〔九〕小人四句：憲宗李純，驕奢淫佚。奸臣于頔，進奉美人，投其所好；裴均進奉銀器，供其享樂；王鍔私納大量"羨餘錢"，均買得朝官，甚至做到宰相。以上所述，就是這四句詩所揭露的社會現實。藉手，意思是趁機鑽空子。倖門，指用卑劣手段博取高官厚禄的門徑。

〔一〇〕古稱二句：《范子》（佚書）計然曰："五穀者，萬民之命，國之重寶。"又張衡《東京賦》："所貴唯賢，所寶唯穀。"

〔一一〕伍員二句：伍員，字子胥，吳國賢臣。勸諫夫差，不聽，反而被迫自殺。伍員死後，棄尸江中。事載《史記》、《吳越春秋》等書。

〔一二〕姑蘇臺二句：姑蘇臺，吳王闔閭所建，故址在今江蘇省蘇州城西南姑蘇山上。《吳越春秋》記載，伍員諫夫差説："我的話你不聽信，看着吧！不出幾年，姑蘇臺（吳都）的熱鬧地區，就要變成野豬野鹿亂跑的場所了。"麑（ní），小鹿。此二句是詩人援引伍員告誡夫差的話，暗示唐朝已瀕於危亡。

這首詩是告誡憲宗李純，要汲取吳王夫差亡國的經驗教訓，生活不要過於奢侈，以免開佞臣招權納賄之端，塞賢臣直言極諫之路。

月夜登閣避暑

旱久炎氣甚，中人若燔燒〔一〕。清風隱何處？草樹不動搖。何以避暑氣，無如出塵囂〔二〕。行行都門外，佛閣正岧嶢〔三〕。清涼近高生，煩熱委靜銷〔四〕。開襟當軒坐，神泰意飄飄〔五〕。迴看歸路傍，禾黍盡枯焦；獨善誠有計，將何救旱苗〔六〕？

〔一〕中人句：中，讀去聲，中人，使人感受的意思。燔（fán）燒，即焚燒。

〔二〕無如句：沒有再比躲開塵土飛揚、人聲嘈雜的鬧市環境更好的了。

〔三〕正岧嶢：正，恰；岧嶢，高峻。意即佛閣恰巧很高，因而十分涼爽。

〔四〕煩熱句：委，隨即化爲；靜，承上煩說；銷，承上熱說。整句的意思是說：煩囂隨即化爲清靜，炎熱隨即化爲涼爽。

〔五〕神泰：心情舒暢。

〔六〕獨善二句：《孟子·盡心》：“窮則獨善其身，達則兼善天下。”此兩句意即：追求個人生活舒適的目的誠然有可能達到，可是拿甚麼辦法去救濟那因干旱而枯焦的禾苗（人民的苦難）呢？

元和四年夏季，關中大旱，詩當作於此時。

有　木　詩　八　首〔一〕（選二）

　　有木名凌霄〔二〕，擢秀非孤標〔三〕；偶依一株樹〔四〕，遂抽百尺條。託根附樹身〔五〕，開花寄樹梢；自謂得其勢，無因有動搖〔六〕。一旦樹摧倒，獨立暫飄飄〔七〕；疾風從東起〔八〕，吹折不終朝〔九〕。朝爲拂雲花〔一〇〕，暮爲委地樵〔一一〕；寄言立身者，勿學柔弱苗〔一二〕。

〔一〕此詩原有序，今刪。八首皆寓言體。
〔二〕凌霄：即紫葳，紫葳科，蔓生木本。莖生多數小氣根，攀援他物而上昇，有至數丈者。故詩人取以爲喻，揭露巴結權貴得勢的那些人的寄生性和脆弱性。
〔三〕擢秀、孤標：擢，抽條；秀，開花；孤標，獨立。
〔四〕依：附着。
〔五〕託根句：依靠生許多氣根攀援在樹幹上。
〔六〕無因句：沒有任何緣由能使它地位動搖。
〔七〕獨立句：即使還能獨立，但也只是暫時的，左右搖擺的。
〔八〕疾風：大風、勁風或暴風。
〔九〕不終朝：極言時間短暫。語出《詩·鄘風·蝃蝀》。
〔一〇〕拂雲：遮蔽雲層，極言其高。
〔一一〕委地樵：倒伏在地面上的柴薪。此句極言其倒臺後身世之慘。
〔一二〕寄言二句：奉勸人們立身處世，要獨立自主，不要學柔弱的凌霄那樣依附於權勢，自取覆亡。

　　有木名丹桂〔一〕，四時香馥馥〔二〕。花團夜雪明〔三〕，葉剪春雲緑〔四〕。風影清似水，霜枝冷如玉〔五〕。獨占小山幽〔六〕，不容凡鳥宿〔七〕。匠人愛芳直，裁截爲廈屋〔八〕。幹細力未成，用之君自速〔九〕。重任雖大過，直心終不曲；縱非梁棟材，猶勝尋常木〔一〇〕。

〔一〕丹桂：桂樹中的一種。嵇含《南方草木狀·木類》："桂有三種：葉如柏葉，皮赤者爲丹桂。"李時珍《本草綱目·木部》一："時珍曰：巖桂，俗呼爲木犀：其花白者爲銀桂，黃者爲金桂，紅者名丹桂。"說法與嵇含不同。與白詩所寫"花團夜雪明"的情況也不一樣。疑白詩是借用丹桂之名泛稱一般桂樹；而具體描寫又似以俗稱"四季桂"（四季開白花）者爲標本，所以出現與古文獻記録相出入的現象。這首詩是作者的自我寫照。宋葛立方《韻語陽秋》一六：白樂天賦《有木》八章，其六章……以諷在位者；第七章有木名凌霄，以諷附麗權勢者；其八章則曰："有木名丹桂……"蓋自謂也。樂天素善李紳，而不入德裕之黨；素善牛僧孺、楊虞卿，而不入宗閔之黨；素善劉禹錫，而不入伾、文之黨。中立不倚，峻節凜然。於八木之中，而自比於桂，殆未爲過也。葛氏對白氏的這種評語，雖與史實未盡相符，但是從基本傾向看，他對中唐以後官僚集團的内部傾軋不感興趣，態度是比較鮮明的。特別是到晚期，這種傾向就更加顯著。

〔二〕四時句：四季桂四時開花，放香長久。馥馥，形容香氣濃郁。

〔三〕花團句：四季桂花色淡黃近白，故用夜雪形容其皎潔。

〔四〕葉剪：桂葉茂密，很象從天空剪下朵朵緑色的春雲，春雲富有生機且含暖意，故古人多以取喻育德愛人。如梁蕭綱《七勵》："愛人育德，澤等春雲"，這是白氏的寄興所在。

〔五〕風影二句：也是借"體物"以"寫志"：倩影臨風，形清似水；霜枝寄傲，其人如玉。

〔六〕獨占句：王逸《楚辭章句》有《招隱士》一篇，序云："《招隱士》者，淮南小山之所作也。"其首句云："桂樹叢生兮山之幽。"

〔七〕不容句：王逸《九思·守志》：“桂樹列兮紛敷，吐紫華兮布條。實孔鸞兮所居，今其集兮唯鴞！”注：“鴞，小鳥也；以言名山宜神鳥處之。言朝廷宜賢者居位，而今唯小人，故云鴞萃之也。”白詩此句蓋有雙重涵義：一喻朝廷宜賢者居位；二喻賢者決不肯與小人共處。宿，棲，或作巢而居。

〔八〕匠人二句：芳直，南方桂樹大至合抱，而且木質有強烈香氣，故曰芳直。案此二句是暗用《左傳》隱公十一年“周諺有之曰：‘山有木，工則度之；賓有禮，主則擇之’”的意思，借以闡發我國古代“任人唯賢”這一正派政治路綫的優良傳統。“度”，郭璞注《爾雅》引《左傳》此文作“劇”，即白詩下句“裁截”二字之所從出。以桂木作棟梁，古有其事，《三輔黃圖》四：“甘泉宮南有昆明池，池中有靈波殿，皆以桂爲殿柱，風來自香。”廈屋，同夏屋，《詩·秦風·權輿》：“於我乎，夏屋渠渠。”毛傳：“夏，大也。”所以廈屋意即大廈，大殿。

〔九〕幹細二句：這是詩人自謙之辭。言我現在還未成材，還不能負荷朝廷重任；但國君已開始起用，近於操之過急。

〔一〇〕重任四句：意思是説：個人的能力雖然不足以擔當重任，但心地正直而不邪辟。即使算不上棟梁之材，但也決非庸碌之輩可比。

新樂府〔一〕五十首（選二十三）并序

序曰：凡九千二百五十二言，斷爲五十篇。篇無定句，句無定字；繫於意，不繫於文〔二〕。首句標其目，卒章顯其志，《詩》三百之義也〔三〕。其辭質而徑〔四〕，欲見之者易諭也〔五〕。其言直而切〔六〕，欲聞之者深誡也；其事覈而實〔七〕，使採之者傳信也〔八〕。其體順而律〔九〕，可以播於樂章歌曲也〔一〇〕。總而言之，爲君、爲臣、爲民、爲物、爲事而作，不爲文而作也。

〔一〕新樂府：題下作者原注："元和四年，爲左拾遺時作。"樂府本來是西漢時朝廷採詩配樂的機關，以後就把能入樂的詩歌都稱"樂府"。"樂府"詩的特點是：因爲樂章固定，而歌曲的牌名也固定。但是到後來，有些作家爲了更好地反映現實，不願意受舊曲調的束縛而自度新曲，其樂章和歌辭，都是從新創制，於是有"新樂府"的産生。在唐代，"新樂府"的創制，並不始自白居易。初唐謝偃、長孫無忌作《新曲》，盛唐李白的《塞上》、《塞下》，杜甫的《兵車行》、"三吏"、"三別"、《悲青坂》、《悲陳陶》，元結的《系樂府》，實際都是"新樂府"。到了中唐時代，王建、李紳、元稹、張籍和白居易等都有意識地寫這種詩，他們常常同寫一題，彼此唱和，一時形成風尚，把"新樂府"的創作，從個別人的分散行動推進到較多人的共同行動的新階段，這在我國詩歌史上具有相當重要的意義。《新樂府》在《白氏長慶集》歸入"諷諭詩"一類。"諷諭詩"有諭有諷，它的用意，是諷諫皇帝，批評時政。原共五十章，自太宗創業，玄宗失政，一直寫到德宗、憲宗，幾乎概括了有唐一代由盛而衰的全部歷史。這裏選錄其中的二十三首。每首皆有作者小序，概括全詩大意；前面又有總序，介紹作者寫《新樂府》的基本精神。它和《與元九書》一樣，都是我國文學批評史上的寶貴遺産。

〔二〕繫於意不繫於文：依意遣辭，不因辭造意。

〔三〕首句標其目三句："詩三百"指《詩經》。《詩經》共計三百五篇，古人舉其成數，故名。這三句説明白氏作"新樂府"是有意識地繼承《詩經》的傳統：《毛詩》有大序，《新樂府》也有這篇總序；《毛詩》每篇有小序，《新樂府》每首下也另有小序；《詩經》以每首的首句爲題，《新樂府》也如此；《詩經》大多在每篇末章展示題意，《新樂府》每首最末幾句，也揭櫫全首主題，及作者命意所在。

〔四〕質而徑：樸素而又直率。

〔五〕諭：領會。

〔六〕直而切：直是用直筆，不用曲筆；切是懇切、激切、痛切之意。

〔七〕覈而實：確切、真實。又，《文心·定勢》引桓譚佚文以"實覈"和

"浮華"作對比。和現在說覈實的意思稍有區別。

〔八〕傳信：有憑有據，可以相信。"傳信"一作"有徵"。

〔九〕順而律：是說樂聲必須便於歌詠而又合乎音律。

〔一〇〕播：流傳。

海　漫　漫〔一〕

海漫漫，直下無底旁無邊。雲濤煙浪最深處，人傳中有三神山〔二〕；山上多生不死藥〔三〕，服之羽化爲天仙〔四〕。秦皇漢武信此語，方士年年採藥去；蓬萊今古但聞名，煙水茫茫無覓處！海漫漫，風浩浩，眼穿不見蓬萊島；不見蓬萊不敢歸，童男丱女舟中老〔五〕。徐福文成多誑誕〔六〕，上元太一虛祈禱〔七〕；君看驪山頂上茂陵頭，畢竟悲風吹蔓草〔八〕！何況玄元聖祖五千言〔九〕，不言藥，不言仙，不言白日昇青天〔一〇〕。

〔一〕海漫漫：漫漫，讀平聲，廣闊無邊貌。

〔二〕三神山：見前《題海圖屏風》詩注。

〔三〕不死藥：即所謂"長生不老"的丹藥。此皆道士妄傳，借以欺騙愚人。

〔四〕羽化：道士騙人，說人如果成仙，就能飛昇上天，叫做"羽化"。天仙，也叫"飛仙"或"神仙"，皆道教虛構的迷信說法。

〔五〕童男句：丱(guàn)女，童女，即頭上梳雙髻的女孩。秦始皇時，方士徐福(或作市)欺騙他說，海裏有三神山，上有不死藥。始皇信以爲真，叫徐福帶領童男童女數千人，乘舟入海，結果一去不返，見《史記·秦始皇本紀》。又漢武帝聽信方士李少君的謊言，遣方士入海，求蓬萊安期生(神名)之屬。見《史記·封禪書》。

〔六〕文成：漢武帝時，方士齊人少翁封爲文成將軍。他曾欺騙漢武帝説,能招回已死李夫人的亡靈。

〔七〕上元、太一:上元,當指上元夫人。《漢武帝内傳》中説,她和西王
　　　母都是當時所謂極尊貴的"女仙"。太一,秦、漢兩朝,一直是所謂
　　　最尊貴的"天神"。

〔八〕君看二句:驪山,在陝西臨潼縣東南,下有秦始皇墓。茂陵,漢武
　　　帝墓,在陝西興平縣東北。二句諷刺秦皇、漢武迷信方士,終歸死
　　　去,未能長生。

〔九〕玄元句:玄元聖祖,指老子李耳,唐朝皇帝認他做始祖。天寶二
　　　年,封他爲大聖祖玄元皇帝。五千言,即《道德經》,相傳爲老子所
　　　作,全書約共五千多字,故亦稱"五千言"。

〔一〇〕白日句:道士迷惑人的宣傳,説人成仙得道,就能白日昇天,語見
　　　《漢武帝内傳》。

　　白氏自序:"戒求仙也。"憲宗元和五年,曾向侍臣李藩詢問神仙有無
的事,李藩答辭,内容和白氏此詩基本相同。此詩作者以秦皇、漢武求長
生而不免一死,力斥方士求仙説的虛妄,反對有神論,主張無神論,在當
時具有現實意義和進步意義。同時利用唐朝皇帝所依託的始祖老子的
著作《道德經》不言藥、不言仙的思想,告誡他的子孫不要違反祖訓,理直
氣壯,有説服力。

上　陽　人〔一〕

　　上陽人,上陽人,紅顏暗老白髮新。綠衣監使守宮
門〔二〕,一閉上陽多少春!玄宗末歲初選入〔三〕,入時十六
今六十;同時採擇百餘人,零落年深殘此身〔四〕。憶昔吞
悲別親族,扶入車中不教哭,皆云入内便承恩,臉似芙蓉
胸似玉。未容君王得見面,已被楊妃遥側目〔五〕;妒令潛
配上陽宮〔六〕,一生遂向空房宿。宿空房,秋夜長,夜長無

寐天不明;耿耿殘燈背壁影,蕭蕭暗雨打窗聲。春日遲,日遲獨坐天難暮。宮鶯百囀愁厭聞,梁燕雙棲老休妒。鶯歸燕去長悄然,春往秋來不記年;惟向深宮望明月,東西四五百迴圓。今日宮中年最老,大家遙賜尚書號〔七〕。小頭鞋履窄衣裳,青黛點眉眉細長;外人不見見應笑,天寶末年時世裝〔八〕。上陽人,苦最多:少亦苦,老亦苦,少苦老苦兩如何?君不見昔時呂向《美人賦》〔九〕!又不見今日上陽宮人白髮歌!

〔一〕上陽人:或作《上陽白髮人》。上陽,唐代宮名,在東都洛陽皇宮內苑的東面,高宗上元年間(六七四——六七五)建造。天寶以後,漸就荒廢。此題原由李紳首作(原詩已佚),元稹、白居易和之。

〔二〕綠衣監使:唐制京都諸苑各置監一人、副監一人,衣深綠或淺綠的公服。

〔三〕玄宗末歲:依作者原注,當指天寶五載以後至十五載(七四六—七五六)李隆基逃到四川以前這一段時間。

〔四〕殘:剩留。

〔五〕側目:斜眼看,表嫉妒。

〔六〕潛配:暗地裏發配。

〔七〕大家、尚書:大家,從漢代起到唐代,宮裏對皇帝的習用稱號。尚書,《舊唐書·職官志》,宮官有六尚(尚宮、尚儀、尚服、尚食、尚寢、尚功)。注云:“六尚,如六尚書之職掌。”唐代有女尚書,王建《宮詞》云:“御前新賜紫羅襦,不下金階上輦輿;宮局總來爲喜樂,院中新拜內尚書。”

〔八〕小頭鞋履四句:意思是説:這個宮人穿小頭鞋,瘦衣裳,畫着細長的翠眉,還是天寶年間的時裝打扮;到貞元年間,時新宮裝早已改樣,但她一點也不曉得,足見和外方隔絕時間的長久。

〔九〕昔時句：宋本、汪本此下有注："天寶末，有密採豔色者，當時號花
　　鳥使，呂向獻《美人賦》以諷之。"（敦煌卷子殘本、嚴震本、覆宋本
　　《白氏諷諭詩》等無此注。）案呂向，新、舊《唐書》均有傳，獻賦當爲
　　開元時事。注謂天寶末，不知係白氏記誤，抑此注爲後人僞托。

　　白氏自序："愍（憐憫）怨（怨女）曠（曠夫）也。"白氏原注云："天寶五
載以後，楊貴妃專寵，後宮人無復進幸矣。六宮有美色者，輒置別所，上
陽是其一也。貞元中尚存焉。"案白氏十分反對皇帝以一人而佔有數千
甚至數萬宮女的罪惡制度，認爲這樣不僅會在宮廷中造成極大浪費，而
且在社會上會出現衆多的怨女和曠夫；歸根結底，是老百姓遭殃。他在
元和初年所上的《請揀放後宮內人狀》，就是從上述這一論點出發的，和
序意完全吻合。

新豐折臂翁〔一〕

　　新豐老翁八十八，頭鬢眉鬚皆似雪；玄孫扶向店前
行，左臂憑肩右臂折〔二〕。問翁"臂折來幾年？"兼問"致折
何因緣？"翁云"貫屬新豐縣，生逢聖代無征戰〔三〕；慣聽梨
園歌管聲〔四〕，不識旗槍與弓箭。無何天寶大徵兵〔五〕，戶
有三丁點一丁。點得驅將何處去〔六〕？五月萬里雲南行。
聞道雲南有瀘水〔七〕，椒花落時瘴煙起〔八〕；大軍徒涉水如
湯，未過十人二三死〔九〕。村南村北哭聲哀〔一〇〕，兒別爺
娘夫別妻；皆云‘前後征蠻者，千萬人行無一回！’是時翁
年二十四，兵部牒中有名字〔一一〕；夜深不敢使人知，偷將
大石槌折臂〔一二〕。張弓簸旗俱不堪〔一三〕，從茲始免征雲
南〔一四〕。骨碎筋傷非不苦，且圖揀退歸鄉土〔一五〕。此臂
折來六十年〔一六〕，一肢雖廢一身全。至今風雨陰寒夜，直

到天明痛不眠。痛不眠，終不悔，且喜老身今獨在。不然
當時瀘水頭，身死魂孤骨不收。應作雲南望鄉鬼，萬人冢
上哭呦呦〔一七〕。"老人言，君聽取！君不聞開元宰相宋開
府〔一八〕，不賞邊功防黷武〔一九〕；又不聞天寶宰相楊國忠，
欲求恩幸立邊功〔二〇〕；邊功未立生民怨，請問新豐折
臂翁！

〔一〕此首或本作《折臂翁》，無"新豐"兩字，白氏大序明言"首句標其
　　目"，故題有"新豐"兩字爲是。唐新豐縣故治今陝西臨潼縣東北
　　的新豐鎮。

〔二〕左臂句：一本左、右二字互倒。

〔三〕翁云二句：貫屬，籍貫屬於。聖代，指玄宗開元時代，那時李隆基
　　還處於壯年有爲的時期，勵精圖治，並任用一批賢臣如姚崇，宋
　　璟，減輕一些對人民的剝削壓迫，社會上表面呈現一片繁榮太平
　　景象。因此有人把這一時期的政治稱爲"小貞觀"。其實社會各
　　種矛盾已在逐漸深化中。

〔四〕慣聽句：一本作"唯聽驪宮歌吹聲。"梨園，見前《長恨歌》注。

〔五〕無何句：無何，不久。天寶大徵兵，指天寶十載(七五一)鮮于仲
　　通和十三載(七五四)李宓兩次征雲南南詔閣羅鳳之役而言。

〔六〕驅將：趕到，遣往。

〔七〕瀘水：金沙江的上游。諸葛亮征孟獲時曾五月渡瀘。鮮于仲通、
　　李宓當亦由此出兵南詔。

〔八〕椒花句：農曆五月間，椒花落。瘴煙，即瘴氣，亦即惡性瘧疾。南
　　方惡性瘧疾，農曆五月後流行最厲。

〔九〕未過：一本作"未戰"。

〔一〇〕哭聲哀：一本作"哭聲悲"。

〔一一〕兵部牒：唐代尚書省分六部，兵部是其一，見《舊唐書·職官志》。
　　又"凡諸州諸府應行兵馬之名簿器物之多少，皆申兵部"，見《唐六

《典》五。牒(dié)，名簿。

〔一二〕偷將：一本作"自把"。

〔一三〕張弓簸旗：張弓，即拉弓；簸旗，即搖旗，打旗。

〔一四〕從茲始免：從此才能避免。

〔一五〕揀退：挑選下來。

〔一六〕此臂句：根據陳寅恪的考訂，此句原文當作"臂折來來六十年"，
　　　　　來來，是唐人的習慣用語。後人不曉，因此改爲"此臂折來六
　　　　　十年"。

〔一七〕萬人冢句：白氏原注："雲南有萬人冢，即鮮于仲通、李宓曾覆軍
　　　　　之所也。"案：萬人冢在今雲南鳳儀下關市西。

〔一八〕君不聞句：君字，一本作何。開元，(七一三—七四一)唐玄宗李
　　　　　隆基的年號。宋開府，就是宋璟，是唐玄宗開元時期的賢宰相。
　　　　　因爲他作過開府儀同三司，因此尊稱宋開府。

〔一九〕不賞句：白氏自注："開元初，突厥數犯邊，時天武軍牙將郝靈佺
　　　　　出使，因引特勒、迴鶻(鉄勒和維吾爾)部落，斬突厥默啜(chuò)，
　　　　　獻首於闕下，自謂有不世之功。時宋璟爲相，以天子年少好武，恐
　　　　　邀功者生心，痛抑其黨，逾年始授郎將，靈佺遂痛哭嘔血而死。"

〔二〇〕又不聞二句：楊國忠拜相是在天寶十一載(七五二)，唐朝第一次
　　　　　派遣鮮于仲通征雲南，是由他推薦；第二次派遣李宓，則由他自己
　　　　　親手下令。白氏自注末四句詩説："天寶末，楊國忠爲相，重搆(兩
　　　　　次促成)閣羅鳳之役，募人討之，前後發二十餘萬衆，去無返者。
　　　　　又捉人連枷赴役，天下怨哭，人不聊生，故禄山得乘人心而盗天
　　　　　下。元和初，而折臂翁猶存，因備(盡)歌之。"

　　白氏自序："戒邊功也。"邊功，開疆拓土的功勞，實質上是指對邊疆
少數民族地區的窮兵黷武。《舊唐書·杜佑傳》説："元和元年，河西党
項，潛導吐蕃入寇。邊將邀功，亟請擊之。佑上疏(奏摺)論之曰：'國家
自天后(武則天皇后)以來，突厥默啜兵强氣勇，屢寇邊城，爲害頗甚。開
元初，邊將郝靈佺親捕斬之，傳首闕下。自以爲功莫與二，坐望榮寵。宋

璟爲相,慮武臣邀功,爲國家生事,止授以郎將。由是訖開元之盛,無人復議開邊,外夷亦靜。'杜佑的話,可與白詩參證。詩人同時也借古喻今,意在懲戒當時的武將因妄想邀功而輕啓邊釁。

道　州　民〔一〕

　　道州民,多侏儒〔二〕;長者不過三尺餘。市作矮奴年進奉,號爲道州"任土貢〔三〕"。任土貢,寧若斯〔四〕?不聞使人生別離,老翁哭孫母哭兒!一自陽城來守郡〔五〕,不進矮奴頻詔問。城云"臣按《六典》書,任土貢有不貢無〔六〕。道州水土所生者,只有矮民無矮奴。"吾君感悟璽書下:"歲貢矮奴宜悉罷〔七〕!"道州民,老者幼者何欣欣!父兄子弟始相保,從此得作良人身〔八〕。道州民,民到於今受其賜〔九〕,欲説使君先下淚〔一〇〕;仍恐兒孫忘使君,生男多以"陽"爲字〔一一〕。

〔一〕道州:唐屬江南道湖南觀察使,見《元和郡縣志》二九。州治在今湖南省道縣。

〔二〕侏儒:身材特別矮小的人。從漢以後,即成爲宮廷玩弄的對象。到了唐玄宗、德宗時代,道州的地方官,竟把這個地區的土著矮民非法充當"貢品"送到京城長安。

〔三〕任土貢:《尚書・禹貢》:"任土作貢。"意思是:根據地方出産,規定貢物品種。

〔四〕寧若斯:哪有像這樣幹法的!

〔五〕陽城:字亢宗,北平(今河北完縣)人。少時貧苦自力,德宗時,舉進士,後爲諫議大夫,居官廉正,敢於彈劾權奸裴延齡。德宗貞元末,他奏免供"矮奴"事詳下〔一〇〕。

〔六〕城云二句:六典,即《唐六典》,玄宗李隆基所修,李林甫作注。此

57

書卷三"户部員外郎"條云："郎中、員外郎,掌領天下户口之事,凡天下十道,任土所出而爲貢賦之差。"注云："舊額貢賦多非土物:或本處不産而外處市(買)供;或當土所宜,緣無額遂止。開元二十五年,令中書、門下對朝集使隨便(相機行事)條革,以爲定準。"陽城上書的根據在此。

〔七〕璽書:即詔書,因加蓋皇帝的印璽而得名。悉罷,都停。

〔八〕良人:即良民,"矮奴"屬奴隸籍,地位較良民(平民)卑下。

〔九〕民到句:借用《論語·憲問》篇中孔丘讚管仲成語。

〔一〇〕欲説句:使君,是自東漢以後相沿下來對刺史或太守的稱呼。《舊唐書·陽城傳》:"道州土地產民多矮,每年常配鄉户,貢其男,號爲矮奴。城下車(初到任),禁以良爲賤,又憫其編氓歲有離異之苦,乃抗疏(上書)論而免之,自是乃停其貢,民皆賴之,無不泣荷(感激涕零)。"

〔一一〕生男句:字,即名字。《新唐書·陽城傳》:"州人感之,以'陽'名子。"史文即本白詩。

　　白氏自序:"美賢臣遇明主也。"這首詩實際是作者在表揚陽城抗議朝廷嚴重蹂躪人權的非法行爲。是對被侮辱與損害者的堅強捍衞。

百　錬　鏡〔一〕

　　百錬鏡,鎔範非常規〔二〕,日辰置處靈且奇〔三〕:江心波上舟中鑄,五月五日日午時〔四〕。瓊粉金膏磨瑩已〔五〕,化爲一片秋潭水。鏡成將獻蓬萊宮〔六〕,揚州長吏手自封。人間臣妾不合照,背有九五飛天龍〔七〕。人人呼爲天子鏡,我有一言聞太宗:太宗常以人爲鏡〔八〕,鑒古鑒今不鑒容。四海安危居掌内,百王治亂懸心中。乃知天子別有鏡,不是揚州百錬銅〔九〕。

〔 一 〕百鍊鏡：唐代手工業發達，銅鏡鑄造亦臻精妙。此百鍊鏡則爲貢
　　　　品，尤能代表當時工藝美術的較高水平。

〔 二 〕鎔範句：鎔範，古代冶鑄都有範，此指鏡範而言。非常規，言製作
　　　　異於常品，規格非常高，式樣非常美。

〔 三 〕日辰句：即日時。古人迷信，凡鑄器物，都要找好日子和好時辰。
　　　　奇，一作“祇”，亦神奇之意。

〔 四 〕江心二句：李肇《國史補》下：“揚州舊貢江心鏡，五月五日揚子江
　　　　心所鑄也。或言無有百鍊者，或至六七十鍊，則已易破難成，往往
　　　　有自鳴者。”所言可與此詩相參證。

〔 五 〕瓊粉金膏：瓊粉，即玉屑，可以磨鏡。金膏，即水銀。今所見古銅
　　　　鏡，表面皆塗水銀，以增强映照功能。

〔 六 〕蓬萊宮：唐宮名，本名大明宮。

〔 七 〕背有句：言鏡的背面，有飛龍浮雕爲飾。《易·乾卦》：“九五，飛
　　　　龍在天，利見大人。”因此後人就把這句話附會皇帝在位，説甚麼
　　　　“九五之尊”、“飛龍在天”等。

〔 八 〕太宗句：《貞觀政要·論任賢》篇：“太宗(李世民)後常謂侍臣曰：
　　　　‘夫以銅爲鏡，可以正衣冠；以古爲鏡，可以知興替(盛衰)；以人爲
　　　　鏡，可以明得失。朕常保此三鏡，以防己過。今魏徵殂逝(逝世)，
　　　　遂亡一鏡矣！’因泣下久之。”爲鏡，就是做借鑑。

〔 九 〕百鍊銅：銅礦石中本含有雜質，須經多次提鍊，才能變成精銅。

　　　白氏自序：“辨皇王鑒也。”詩人意在希望皇帝借鑒古人，借鑒今人，
勇於納諫。

兩　朱　閣〔一〕

　　兩朱閣，南北相對起。借問何人家？貞元雙帝
子〔二〕。帝子吹簫雙得仙，五雲飄飈飛上天〔三〕；第宅亭臺
不將去，化爲佛寺在人間〔四〕。妝閣妓樓何寂靜，柳似舞

腰池似鏡。花落黃昏悄悄時，不聞歌吹聞鐘磬。寺門敕榜金字書〔五〕，尼院佛庭寬有餘；青苔明月多閑地，比屋齊人無處居〔六〕。憶昨平陽宅初置〔七〕，吞并平人幾家地〔八〕。仙去雙雙作梵宮〔九〕，漸恐人家盡爲寺〔一〇〕！

〔一〕兩朱閣：宋敏求《長安志》十：“靖安坊、韓國正(貞)穆公主廟。”注引《禮閣新儀》曰：“德宗女曰唐安公主追册，貞元十七年祔廟。”又：“嘉會坊，鄭國莊穆公主廟。”注引《禮閣新儀》曰：“德宗女曰義章公主追册，貞元十七年祔廟。”可見唐德宗李适確有爲自己的女兒死後在長安城坊立廟之舉。結合白氏此詩所反映，此兩廟當即就兩公主生前住宅擴建而成。朱閣，紅色油漆的樓閣；指佛寺。

〔二〕貞元雙帝子：指上德宗唐安(亦或作義陽)、義章兩公主而言。帝子，見《九歌》，此處借喻公主。

〔三〕帝子吹簫二句：借用神話傳說中秦穆公女弄玉吹簫昇天事，暗示兩公主的死去。五雲，見前《長恨歌》注。

〔四〕第宅二句：樓閣亭臺沒有帶去，改建佛寺留在人間。

〔五〕寺門句：廟門懸着敕建某寺的金字匾額。敕，一種皇帝詔令。

〔六〕比屋句：挨家挨户的平民却無處安身。比屋，成排的平民住宅；《周禮·地官》：“五家爲比。”齊人，一本作疲民，或作齊民，意同。

〔七〕平陽：漢武帝有姊封平陽公主，此處借喻二公主。

〔八〕平人：唐避太宗李世民諱，“民”常作“人”。

〔九〕梵宮：梵王宮的省稱，指佛寺。

〔一〇〕人家：或本作“人間”。

　　白氏自序：“刺佛寺寖多也。”唐朝大多數皇帝迷信佛教。根據《唐會要》四七的記録，武宗會昌五年，廢毁官立佛寺四千六百餘區，私立寺院六萬餘區；還俗僧尼二十六萬五百人，没收良田數十(原作千，誤。)萬頃。這雖然是後來的事，但元和時，這種情況當也相當嚴重。因此白氏在《策林·議釋教》中說：“僧徒日益，佛寺日崇；勞人力於土木之功，耗人利於金寶之飾……今天下僧尼不可勝數，皆待農而食，待蠶而衣……天下凋弊，未必不由此矣。"白詩與文各從一個角度揭發封建統治者由於狂熱地提倡佛教所造成的嚴重後果，互相補充，問題就暴露得比較全面。

西涼伎〔一〕

　　西涼伎，西涼伎，假面胡人假獅子。刻木爲頭絲作尾，金鍍眼睛銀帖齒。奮迅毛衣擺雙耳〔二〕，如從流沙來萬里〔三〕。紫髯深目兩胡兒〔四〕，鼓舞跳梁前致辭〔五〕。道是涼州未陷日〔六〕，安西都護進來時〔七〕。須臾云得新消息，安西路絕歸不得；泣向獅子涕雙垂，涼州陷沒知不知？獅子回頭向西望，哀吼一聲觀者悲〔八〕。貞元邊將愛此曲〔九〕，醉坐笑看看不足；享賓犒士宴監軍〔一〇〕，獅子胡兒長在目。有一征夫年七十，見弄"涼州"低面泣〔一一〕。泣罷斂手白將軍："'主憂臣辱'昔所聞〔一二〕。自從天寶兵戈起〔一三〕，犬戎日夜吞西鄙；涼州陷來四十年〔一四〕，河隴侵將七千里〔一五〕。平時安西萬里疆，今日邊防在鳳翔〔一六〕。緣邊空屯十萬卒，飽食溫衣閑過日。遺民腸斷在涼州，將卒相看無意收。天子每思常痛惜〔一七〕，將軍欲說合慚羞〔一八〕。奈何仍看西涼伎，取笑資歡無所愧？縱無智力未能收，忍取西涼弄爲戲〔一九〕！"

〔一〕西涼伎：此篇李紳原作亦佚，元稹和白氏和章現存。《西涼伎》具
　　體描寫的是"獅子舞"。段安節《樂府雜錄·龜茲部》條云："戲有
　　五方獅子，高丈餘，各衣五色，每一獅子，有十二人，戴紅抹額，衣
　　畫衣，執紅拂子，謂之獅子郎，舞太平樂曲。"伎即戲，亦稱戲弄。
　　杜佑《通典》謂始自印度（天竺）、錫蘭（師子國，今斯里蘭卡）。其

後自新疆傳入中國,進河西走廊,盛行於敦煌(唐沙州)、酒泉(唐肅州,爲西涼故地)、武威(唐涼州)一帶。通行本首句不重,此從《樂府詩集》九八。

〔二〕奮迅:振奮迅疾之狀。王維《老將行》:"漢兵奮迅如霹靂。"

〔三〕流沙:自玉門關以西,至新疆,皆沙漠地區,古稱流沙。

〔四〕胡兒:古稱北方、西北民族曰胡人。

〔五〕跳梁:本字當爲跳踉,意思是跳躍。

〔六〕道是句:道是,一本作"應似"。涼州未陷日,廣德二年(七六四),涼州爲吐蕃所陷;大曆元年(七六六),肅州(即西涼)爲吐蕃所陷,見新、舊《唐書·吐蕃傳》及《元和郡縣圖志·隴右道》諸條。

〔七〕安西都護:唐太宗平高昌,置安西都護府於交河城,故址在今新疆吐魯番西十公里。統轄龜兹、焉耆、于闐、疏勒四鎮和月支等府、州四十六。

〔八〕哀吼以上六句:是敍述獅子舞的胡兒致語與假獅演伎互相配合,在觀衆中所引起的反應。

〔九〕貞元邊將:據陳寅恪的考訂,認爲此邊將可能指的是涇原節度使劉昌。

〔一〇〕享賓句:宴餉幕僚、犒賞士兵和宴請監軍的宦官。唐德宗時,軍權握于宦官之手,監軍權勢,在將軍之上。

〔一一〕見弄句:弄,演奏。《涼州》,舞曲名,此指舞獅時的伴奏曲。

〔一二〕主憂臣辱:《史記·越王勾踐世家》:"范蠡以書辭勾踐曰:'臣聞主憂臣勞,主辱臣死。'"《國語·越語》"主"作"君"。

〔一三〕自從句:天寶十四載冬十二月,安禄山反於范陽,從此安史之亂開始。

〔一四〕犬戎二句:犬戎是周朝時代居住在陝西鳳翔以西的一個部族,也叫昆夷。曾乘周幽王昏亂,出兵内侵,迫使平王東遷。此處借喻唐時經常在西部邊疆地區進行侵擾的吐蕃部貴族。吐蕃貴族曾於代宗廣德二年(七六四)率部屬侵擾涼州;永泰二年(七六六)和大曆元年(七六六)侵擾甘州和肅州。計至白氏作此詩時(元和四年），已有四十多年。西鄙，指西部邊疆地區。

〔一五〕河隴侵將：河西和隴右，唐時通屬隴右道，約當現在甘肅省全省
地區。侵將，侵佔了去。

〔一六〕平時二句：白氏原注："平時開遠門外立堠。云去安西九千九百
里，以示戍人不爲萬里行，其實就盈數也（謂足够萬里）。今蕃漢
使往來，悉在隴州交易。"案唐代在安西設大都護府，轄域遼闊，奄
有今新疆維吾爾自治區及中亞細亞許多地區。所以這條白詩原
注，還不能説已經充分反映了當時具體行政區域情況。這兩句的
大意是：唐代盛時安西大都護府所轄的方圓萬里廣大地區，因爲
不斷受到叛亂的吐蕃貴族率部侵擾，已經全部淪陷，致使邊界内
移到鳳翔。

〔一七〕天子句：《通鑑·唐紀》："憲宗元和五年，上（憲宗）曰：'河湟數千
里淪於左袵（指吐蕃族），朕日夜思雪祖宗之恥。'"

〔一八〕將軍句：意謂：將軍應知失土未復之羞。

〔一九〕忍取句：意思是説：上述西涼伎所演出的場景，正是對你辛辣的
諷刺，還有什麽心腸看這玩意兒！

　　白氏自序説："刺封疆之臣也。"封疆之臣，指負有保衛邊疆責任的封
疆大吏。這首詩的主旨是：唐朝負有守衛邊疆重責的封疆大吏，坐視少
數民族上層的叛亂，侵佔大片國土，不圖收復，反整天花天酒地，看獅子
舞；殊不知獅子舞的演技内容，正飽含着淪陷區人民的血和淚；應使將軍
愧煞。

八　駿　圖〔一〕

　　穆王八駿天馬駒〔二〕，後人愛之寫爲圖：背如龍兮頸
如象〔三〕，骨竦筋高脂肉壯〔四〕；日行萬里疾如飛〔五〕，穆王
獨乘何所之〔六〕？四荒八極踏欲遍〔七〕，三十二蹄無歇時。
屬車軸折趁不及〔八〕，黃屋草生棄若遺。瑤池西赴王母

宴〔九〕，七廟經年不親薦〔一〇〕；璧臺南與盛姬遊〔一一〕，明堂不復朝諸侯〔一二〕。《白雲》、《黃竹》歌聲動，一人荒樂萬人愁〔一三〕。周從后稷至文武〔一四〕，積德累功世勤苦；豈知纔及四代孫〔一五〕，心輕王業如灰土！由來尤物不在大〔一六〕，能蕩君心則爲害〔一七〕。文帝却之不肯乘，千里馬去漢道興〔一八〕；穆王得之不爲戒，八駿駒來周室壞〔一九〕。至今此物世稱珍，不知房星之精下爲怪〔二〇〕。八駿圖，君莫愛！

〔一〕八駿圖：《柳宗元集·觀八駿圖説》："古之書有記周穆王馳八駿升昆侖之墟者，後之好事者爲之圖，宋、齊以下傳之。觀其狀甚怪，咸若騫若翔，若龍鳳麒麟，若螳螂然。"（《李翱集》有《八駿圖序》，亦可參看）周穆王八駿馬：華騮、緑耳、赤驥、白義、渠黃、踰輪、盜驪、山子。

〔二〕穆王、天馬：周穆王，姓姬名滿。天馬，漢代始有此稱。白氏借用以言八駿皆神馬。

〔三〕如象：一本作"如鳥"。不叶韻，非是。

〔四〕骨聳句：言八駿骨節筆直，筋脈外露，肌肉豐滿，皆多力善走之相。

〔五〕日行萬里：依僞《列子·周穆王》篇"八駿之乘……日行萬里"以爲誇張描寫。

〔六〕之：意爲"往"或"至"。

〔七〕四荒八極：泛指中國遥遠的邊疆地區。《爾雅·釋地》："觚竹、北户、西王母、日下，謂之四荒。"又《淮南子·地形》："九州之外，乃有八殥；八殥之外，而有八紘；八紘之外，乃有八極。"

〔八〕屬車：皇帝出遊的扈從車輛。

〔九〕黃屋二句：黃屋，皇帝乘車，以黃繒飾帷蓋，故曰黃屋。瑤池，傳説中西王母所居之處，在昆侖之圖；左帶瑤池，右環翠水。王母，即西王母。或本西方部族的一個女酋長,後來成爲神話中的女仙,和周穆王、漢武帝都打過交道。

〔一〇〕七廟、親薦:古代皇帝有始祖廟和最近的六世祖廟,合爲七廟。親薦,皇帝親自主祭和上供。

〔一一〕璧臺句:周穆王雲遊,到漯水流域,得一美女曰盛姬,建重璧之臺以居之,事載《穆天子傳》。

〔一二〕明堂:古代天子舉行大典和諸侯朝會之處。

〔一三〕白雲、黃竹:白雲,即《白雲謠》。《穆天子傳》:"乙丑,天子觴(宴會)西王母於瑶池之上。西王母爲天子謠曰:'白雲在天,山陵自出,道里悠遠,山川間之。將子無(如果你没)死,尚復能來!'"又:"天子遊黃臺之丘,獵於苹澤,日中大寒,北風雨雪。天子作《黃竹》詩三章,以哀人民。"

〔一四〕后稷、文武:后稷,名棄,古史稱其堯舜時爲司徒,教民稼穡,是周人的始祖。文武,指文王姬昌、武王姬發,是周朝的兩個著名開國帝王。

〔一五〕四代孫:自周武王算起,成王、康王、昭王計至穆王爲四代孫;如從文王算起,則爲五代,故覆宋單行本作五代孫。

〔一六〕尤物句:尤物,原指尤異的人,後專指美女;此處指奇物,八駿即是。不在大,意思是:不論大小。

〔一七〕能蕩句:蕩,使之動蕩。白氏認爲,八駿能使周穆王的心動蕩,因而是有害的東西。這是把問題看顛倒了。實際上周穆王自己追求佚樂,又怎能歸咎于八駿呢?

〔一八〕文帝二句:《漢書·賈捐之傳》:"捐之上書曰:'至孝文帝時,有獻千里馬者,詔曰:"鸞旗在前,屬車在後,吉行日五十里,師行日三十里,朕行千里之馬獨先,安之?"於是還馬與道里費而下詔曰:"朕不受獻也,其令四方毋求來獻!"'"在詩人看來,漢文帝拒絕千里馬的進獻,是杜絕了自己走向荒淫享樂之道,故有"千里馬去漢道興"的説法。

〔一九〕八駿句:史稱周自穆王雲遊天下之後,四夷即停止來朝,周室始

衰。這是白氏從政治效果上給周穆王得八駿雲遊天下一事做了
否定的評價。

〔二〇〕房星之精：《史記·天官書》稱房星爲“天駟”，故詩人據此託言八
駿是天上房星下界，興妖作怪，値不得人君喜愛。

白氏自序：“誠奇物，懲佚遊也。”據《新唐書·德宗紀》、《唐會要》二
八《蒐狩》條，都歷敍德宗李适、憲宗李純愛好打圍射獵，李吉甫、柳公綽
以爲傷稼病民，極力諫止。白氏此詩，蓋同此意。田獵和馳騁，在今天看
起來，是涵義不同的兩種概念。可是在古代，這兩個詞卻往往聯在一起
用。例如屈原《離騷》：“(后)羿淫遊(雲遊)以佚畋(遊獵)兮，又好射夫封
(大)狐。”《漢書·五行志》：“若酒(乃)田獵馳騁，不反(返)宮室。”皆足證
明。白氏此詩，就是把周穆王駕八駿馬雲遊天下和李适、李純篤好打圍
射獵二事加以類比，借以警告封建最高統治者，不要過於貪圖佚樂。

這首詩的精粹部分是中間一句：“一人荒樂萬人愁。”這句詩和《策
林》二一《人之困窮在君之奢欲》那個標題一樣，都集中而突出地揭示了
封建社會中皇帝和廣大人民利益的根本對立。這種議論能出於封建王
朝“臣子”之口，應當説是難能可貴的。

澗　底　松〔一〕

　　有松百尺大十圍，生在澗底寒且卑。澗深山險人路
絕，老死不逢工度之〔二〕。天子明堂欠梁木〔三〕，此求彼有
兩不知〔四〕。誰諭蒼蒼造物意〔五〕，但與之材不與地〔六〕。
金張世祿黃憲賢〔七〕，牛衣寒賤貂蟬貴〔八〕。貂蟬與牛衣，
高下雖有殊；高者未必賢，下者未必愚。君不見沉沉海底
生珊瑚〔九〕，歷歷天上種白榆〔一〇〕。

〔一〕澗底松：晉左思《詠史》第二首，以“鬱鬱澗底松”的比喻，抒發出

身庶族地主的封建文人"英俊沉下僚"的政治苦悶,爲此詩題目所本。

〔二〕工度之:《左傳》隱公十一年引周諺:"山有木,工則度之;賓有禮,主則擇之。"以木工的選材,比喻國君的求賢。度(duò),同"劇",斷,鋸。

〔三〕明堂:見前《八駿圖》注,此處借喻廟堂、朝廷。

〔四〕此求句:白氏《策林》二七《請以族類求賢》條云:"君求賢而不得,臣效用而無由者,豈不以貴賤相懸,朝野相隔,堂遠於千里,門深於九重,上下茫然,兩不相遇?"可與此兩句參證。

〔五〕誰諭句:諭,領會、理解;蒼蒼,指天。古人認爲世界有個"主宰",即造物。

〔六〕但與句:只是賦予賢者才能而不給他施展才能的地位。

〔七〕金張句:金日磾(dī)、張安世是西漢昭帝和宣帝時的寵臣,都世世代代做高官,享厚祿。黃憲,字叔度,父爲牛醫。憲很有學問和道德,終身沒有做過官。此"黃憲賢",是據覆宋單行本;《文苑英華》、南宋本則作"原憲賢",原憲也是貧困的賢士,春秋時人。

〔八〕牛衣、貂蟬:牛衣,用草編成,以覆蓋牛身。古代寒士,也有時把它當被子。《漢書・王章傳》:"疾病無被,臥牛衣中。"貂蟬,是漢代侍中、中常侍朝冠上的兩種飾物。《後漢書・輿服志》:"武冠……侍中、中常侍加黃金璫,附蟬爲文,貂尾爲飾,謂之趙惠文冠。"後世因以前者爲寒士、後者爲貴族衣飾的代稱。

〔九〕海底生珊瑚:《説文》:"珊瑚,色赤,生於海中。"實際珊瑚是朱標色。

〔一〇〕歷歷句:漢樂府《隴西行》:"天上何所有?歷歷種白榆。"歷歷,清晰的樣子。白榆,星名,借喻凡材。案以上兩句,是詩人設二喻,暗示寒士位卑而品德崇高,貴族位尊而才能低劣。

白氏自序:"念寒雋也。"寒雋,即寒俊。指出身於社會下層而有才能的讀書人。他們想通過仕宦途徑,施展自己的政治抱負,但往往受到壓抑和排擠,結果使理想落空。這首詩反映了這種人的願望和苦悶,有一定的典型意義。

紅　線　毯〔一〕

紅線毯,擇繭繰絲清水煑〔二〕,揀絲練線紅藍染〔三〕。染爲紅線紅於花〔四〕,織作披香殿上毯〔五〕。披香殿廣十丈餘,紅線織成可殿鋪〔六〕。綵絲茸茸香拂拂〔七〕,線軟花虛不勝物〔八〕;美人踏上歌舞來,羅襪繡鞋隨步没。太原毯澀氈縷硬〔九〕,蜀都褥薄錦花冷〔一〇〕;不如此毯溫且柔,年年十月來宣州。宣州太守加樣織〔一一〕,自謂爲臣能竭力。百夫同擔進宮中〔一二〕,線厚絲多卷不得〔一三〕。宣州太守知不知:一丈毯,千兩絲。地不知寒人要暖,少奪人衣作地衣〔一四〕!

〔一〕紅線毯:即紅色絲絨地毯,也叫"絲頭紅毯",在唐代是宣州土產常貢之外的特殊貢品。見《元和郡縣志》、《新唐書・地理志・宣州下》。

〔二〕繰絲:即繅絲。

〔三〕揀絲句:選絲紡線,用紅藍花染成彩色。紅藍,即紅藍花,越年生草本,花紅黃色,可作臙脂和染料,見《本草綱目》。"揀",汪本作"練",此從南宋本。兩字同義。

〔四〕紅於花:意思是比原來的紅藍花還要紅。"花",南宋本作藍。

〔五〕披香殿:漢代後宮的一個殿名。趙飛燕曾在此歌舞。此處是借用,以喻唐朝的後宮。

〔六〕可殿鋪:言毯之尺寸,完全合乎殿內地面的大小。

〔七〕茸茸、拂拂:茸茸,如今説毛茸茸。拂拂,同馥馥,形容香氣濃郁。此毯舞時加龍腦和鬱金香,故花蕊夫人詩有"青錦地衣紅繡毯,盡鋪龍腦鬱金香”之句。

〔八〕不勝物：勝，讀平聲，義爲承擔；不勝物，意爲承擔不起一點壓力，
　　　言輕軟之極。

〔九〕太原句：《元和郡縣志·太原府》貢物沒有毛毯，可見當時斥而不
　　　用。毳（cuì），鳥獸的細毛；毳縷，即毛線。

〔一〇〕蜀都句：花蕊夫人《宮詞》：“蜀錦地衣呈隊舞，教頭先出拜君王。”
　　　蜀都褥，即蜀地成都所織的錦緞地毯。其缺點是單薄而又滑冷。

〔一一〕宣州句：篇末白氏原注：“貞元中，宣州進開樣加絲毯。”案：宣州
　　　太守，當時的宣州刺史；其人爲劉贊，是著名會逢迎諂媚皇帝的貪
　　　官。加樣，即開樣加絲的省略。謂按照宮廷所開的花樣加絲
　　　織造。

〔一二〕百夫：百人。

〔一三〕卷：同“捲”。

〔一四〕少、地衣：少，有勸止之意，今猶有此用法。地衣，指地毯，唐人慣
　　　語；如王建《宮詞》“自誇歌舞勝諸人……地衣帟額一時新”是。

　　白氏自序：“憂蠶桑之費也。”此詩通過宣州進貢紅線毯的事實，一方
面對宣州刺史一類地方官的逢迎行徑痛加諷刺；一方面着重暴露皇帝爲
了自己荒淫享樂，任意浪費人力物力，毫不顧惜織工辛勤勞動的罪行。
末二句對統治者提出嚴重責問，義正辭嚴，聲色俱厲，是全詩的頂峯，很
有感染力。

杜　陵　叟〔一〕

　　杜陵叟，杜陵居，歲種薄田一頃餘〔二〕。三月無雨旱
風起〔三〕，麥苗不秀多黃死。九月降霜秋早寒，禾穗未熟
皆青乾。長吏明知不申破〔四〕，急斂暴徵求考課〔五〕。典
桑賣地納官租，明年衣食將何如！剝我身上帛，奪我口中

粟；虐人害物即豺狼，何必鈎爪鋸牙食人肉！不知何人奏皇帝〔六〕？帝心惻隱知人弊〔七〕；白麻紙上書德音〔八〕："京畿盡放今年稅〔九〕。"昨日里胥方到門〔一〇〕，手持尺牒牓鄉村〔一一〕。十家租稅九家畢〔一二〕，虛受吾君蠲免恩〔一三〕！

〔一〕杜陵：在今陝西西安市東南二十里少陵原上，秦時爲杜縣地，因漢宣帝葬此，故稱杜陵。

〔二〕歲種句：這是反映中唐均田制基本破壞後倖存的少數中人之家的耕地面積。《舊唐書·食貨志》："武德七年(六二四)，始定律令：丁男中男給一頃(百畝)，所授之田十分之二爲世業，八爲口分。世業之田，身死則承戶者便授之；口分則收入官。"所以杜陵叟雖能種田一頃左右，而所承受的世業田則不過二十畝。

〔三〕三月句：元和四年三月，關中及南方廣大地區亢旱，事載白氏《賀雨詩》及《通鑑·唐紀》憲宗元和四年條下。

〔四〕長吏句：長吏，即長官，如京兆尹及州郡刺史等。申破，上報，向上反映。像這樣的事情，在白居易到長安以後，確實遇見過。韓愈《順宗實録》一記載："是時春夏旱，京畿乏食，(京兆尹李)實一不以介意，方務聚斂徵求，以給進奉。每奏時，輒曰：'今年雖旱而穀甚好'，由是租稅皆不免。人窮至壞屋賣瓦木貸麥田以應官。優人成輔端爲謠嘲之。"這種壞風氣積重難返，直到憲宗元和初年，仍在繼續，故白氏形諸諷詠。

〔五〕考課：唐代最高統治者制訂一種定期對官吏考核成績的辦法，名叫考課，京官由吏部考功郎中、外官由員外郎主其事，實際上是考查他們是否勝任剥削和壓榨老百姓。《舊唐書·憲宗紀》記載："元和七年五月庚申，上謂宰臣曰：'卿等累言吳越去年水旱，昨有御史自江淮迴，言不至爲災，人非甚困。'李絳對曰：'臣得兩浙淮南狀，繼言歉旱⋯⋯御史非良，或容希媚，此正當姦佞之臣⋯⋯'"

這件事發生在白氏寫《新樂府》以後。可見當時這類壞人壞事,層出不窮,詩人所説的"急斂暴徵求考課",不僅可以出現在地方官身上,而且可以出現在皇帝所派遣的欽差大臣御史身上,則情況之嚴重,可想而知。

〔六〕不知何人:元和四年三月,白氏和另外一位翰林學士李絳,都曾經因爲國内亢旱,上書皇帝,請求減租,並禁諸道橫斂,事載《通鑑·唐紀·憲宗紀》。則這裏所謂"不知何人"者,乃詩人自隱其善的委婉措辭。

〔七〕惻隱知人弊:惻隱,憐憫;知人弊,知道官吏欺上壓下的弊端。

〔八〕白麻紙、德音:唐朝一般詔書,都用黃麻紙書寫;遇國有大事,如遣將、拜相、大赦、特赦、賑災等則用白麻紙書寫。又唐代詔書,有的稱爲"德音",意爲恩詔,用于賑災和赦免等事。

〔九〕京畿句:唐代京城附近四十多個縣的地面,統稱京畿。《通鑑·唐紀》:"元和四年三月,上以久旱,欲降德音……閏月己酉,制降天下繫囚,蠲租税……"這不過是官樣文章,白氏並不相信,觀結尾自知。

〔一○〕里胥:唐制:百家爲里,里置里胥,掌管"課植農桑,催驅賦役",見《唐六典》。

〔一一〕尺牒、牓:尺牒,一尺見方的告示,用以謄寫皇帝減租的命令,或本作"敕牒"。牓,同"榜",意爲張貼。

〔一二〕十家句:李絳《論事集》四《論放旱損百姓租税》條云:"昨正月所降德音,量放(江淮)去年租米,伏聞所放數内,已有納者。"這是大臣對皇帝所上的奏摺,措辭當然要委婉得多;實際情況當如白氏此詩所揭露,所謂"德音",完全是皇帝欺騙老百姓的空頭支票。

〔一三〕虛受句:蠲(juān),減免,即放免。這句話是全詩的主題,所謂"卒章顯其志"。

白氏自序:"傷農夫之困也。"這首詩揭露地方官明知廣大農村遭受嚴重自然災害,隱情不報;繼續橫徵暴斂,市寵邀功;以及皇帝假仁假義,一直等到百姓繳完租税，才下詔豁免的僞善伎倆。用意深刻，措辭激烈，充分表達了廣大人民的憤怨。佐證是《資治通鑑·唐紀·德宗紀》有這樣一段記載："上(德宗李适)畋於新店，入民趙光奇家，問：'百姓樂乎？'對曰：'不樂。'上曰：'今歲頗稔(豐收)，何爲不樂？'對曰：'詔令不信(兑現)；前云："兩税之外，悉無他徭。"今非税而誅求者，殆過於税；每有詔書優恤，徒空文耳！'"詩人秉筆，與史官實録，若合符節。

繚　綾〔一〕

　　繚綾繚綾何所似？不似羅綃與紈綺〔二〕；應似天台山上明月前，四十五尺瀑布泉〔三〕。中有文章又奇絶〔四〕，地鋪白煙花簇雪〔五〕。織者何人衣者誰？越溪寒女漢宫姬〔六〕。去年中使宣口敕〔七〕，天上取樣人間織〔八〕；織爲雲外秋雁行〔九〕，染作江南春水色。廣裁衫袖長製裙，金斗熨波刀剪紋〔一〇〕。異彩奇文相隱映〔一一〕，轉側看花花不定〔一二〕。昭陽舞人恩正深〔一三〕，春衣一對直千金〔一四〕；汗沾粉汙不再著，曳土踏泥無惜心。繚綾織成費功績，莫比尋常繒與帛，絲細繰多女手疼，扎扎千聲不盈尺〔一五〕。昭陽殿裏歌舞人，若見織時應也惜〔一六〕！

〔一〕繚綾：或本作"撩綾"，是一種極珍貴的高級絲織品，産於吴越一帶，織造非常費工。元稹《陰山道》一詩中有"越縠撩綾織一端，十匹素縑工未到"之句，可與此詩所寫互證。

〔二〕羅綃、紈綺：羅綃，一種精細的生絲織品。紈綺(wán qǐ)，一種輕細有提花的熟絲織品。

〔三〕應似二句：天台，山名，爲游覽勝地，在浙江天台縣北。《太平寰宇記·天台縣》："瀑布山，亦天台之别岫也。西南瀑布懸流，千丈飛瀉，遠望如布。"明月，一本作"月明"。四十五尺，蓋暗示繚綾一匹長度。

〔四〕文章：圖案花紋。

〔五〕地鋪句：言繚綾的質地像白煙那樣輕柔；圖案像雪花那樣晶瑩
　　　奇麗。

〔六〕織者二句：此詩人故意設爲問答，揭示封建時代，生產者不得消
　　　費、消費者不事生產的不合理社會現實。漢宮實指唐宮。

〔七〕中使宣口敕：中使，被皇帝派到外邊出差的宦官。宣口敕，傳達
　　　皇帝的口諭。

〔八〕天上句：言自宮廷裏開出式樣，由百姓精心織造。

〔九〕行(háng)：行列。

〔一〇〕金斗句：言用銅熨(yùn)斗熨出精美的波紋，然後再用剪刀剪成
　　　舞衣裙袖。因爲舞衣裙袖需要有波浪紋，始能裊娜多姿。波與紋
　　　此處拆字成格。

〔一一〕隱映：襯托映照。

〔一二〕轉側：翻過來，掉過去。

〔一三〕昭陽舞人：漢成帝寵妃趙飛燕，曾居昭陽殿，此處借喻唐內廷
　　　宮女。

〔一四〕一對直千金：一對，兩件。直，同“值”。

〔一五〕扎扎句：扎(yà)扎，機聲。此句形容繚綾織造的特別費工。

〔一六〕昭陽二句：一本作：“昭陽殿裏歌舞人，不見織，若見織時應合
　　　惜。”一本作：“昭陽人，不見織時應不惜。”

　　　白氏自序：“念女工之勞也。”這首詩揭露豪華奢侈的唐王朝，把勤勞
智慧的女工所織造的精美絕倫的繚綾，大量掠奪、任意作踐的嚴重罪行。

賣　炭　翁

　　　賣炭翁，伐薪燒炭南山中〔一〕。滿面塵灰煙火色，兩
鬢蒼蒼十指黑〔二〕。賣炭得錢何所營〔三〕？身上衣裳口中

食。可憐身上衣正單，心憂炭賤願天寒。夜來城外一尺雪，曉駕炭車輾冰轍。牛困人飢日已高，市南門外泥中歇。兩騎翩翩來是誰〔四〕？黄衣使者白衫兒〔五〕。手把文書口稱敕〔六〕，迴車叱牛牽向北〔七〕。一車炭重千餘斤，宮使驅將惜不得〔八〕。半匹紅紗一丈綾〔九〕，繫向牛頭充炭直！

〔一〕伐薪、南山：伐薪，斫柴。南山，即終南山。

〔二〕兩鬢句：謂此老翁受盡煙薰火燎，白髮變成蒼鬢，而十指變得烏黑，這是對燒炭老人的特徵作了畢肖的勾勒。

〔三〕營：營求。

〔四〕翩翩：得意忘形的神氣。

〔五〕黄衣句：黄衣使者，指宦官；白衫兒，指宦官指使下的"白望"。唐代無品級的平民都穿白衫，"白望"則盡是些市井惡少，專替宦官們做眼綫。

〔六〕手把句：唐代宮市制度，起初還帶公文；而後來則連公文也不帶，只要口裏喊着"宮市"，就可以從市上恣意掠奪，没人敢於攔阻。口稱敕，敕是皇命，這裏就是喊着"宮市"的意思。

〔七〕迴車句：唐代長安東、西兩市在南，皇宮内苑在北，白望等強迫這位老翁把炭送進宮裏，故需把車迴向北方。

〔八〕驅將：即趕着走。

〔九〕半匹句：此即《通鑑》所云"多以紅紫染故衣敗繒，尺寸裂而給之"的那些東西；不可拘泥字面，徑認爲是新好綾紗。

白氏自序："苦宮市也。"宮市是中唐以後，皇帝公開派遣宦官在城市掠奪貧民的罪惡制度。韓愈《順宗實録》二、《通鑑·唐紀》德宗貞元十三年有如下記載："舊事(制)，宮中市外間物，令官吏主之。與人爲市(交易)，隨給其值。貞元末，以宦者爲使，抑(壓價)買人物，稍(漸)不如本估

（價）。末年，不復行文書，置白望數百人於兩市及要鬧坊曲，閱人所賣物，但稱宮市，即斂手付與，真僞不復可辨，無敢問所從來與論價之高下者。率用值百錢物，買人值數千錢物。多以紅紫染故衣敗繒，尺寸裂而給之，仍索進奉門户及脚價錢。人將物詣市，至有空手而歸者。名爲宮市，而實奪之。嘗有農夫以驢負柴至城賣，宦者稱宮市取之。纔與絹數尺，又就索門户錢，仍邀驢送柴至内（宫裏）；農夫涕泣，以所得絹與之，不肯受，曰：‘須得爾驢。’農夫曰：‘我有父母妻子，待此然後食；今以柴與汝，不取直而歸，汝尚不肯，我有死而已！’遂毆宦者。”可與白詩互相參證。

母　別　子

母別子，子別母，白日無光哭聲苦。關西驃騎大將軍〔一〕，去年破虜新策勳〔二〕；敕賜金錢二百萬，洛陽迎得如花人。新人迎來舊人棄，掌上蓮花眼中刺〔三〕。迎新棄舊未足悲，悲在君家留兩兒：一始扶行一初坐，坐啼行哭牽人衣。以汝夫婦新燕婉〔四〕，使我母子生別離。不如林中烏與鵲，母不失雛雄伴雌。應似園中桃李樹，花落隨風子住枝〔五〕。新人新人聽我語：洛陽無限紅樓女；但願將軍重立功，更有新人勝於汝〔六〕。

〔一〕關西句：《後漢書·虞詡傳》：“諺云：‘關西出將，關東出相。’”則此詩的關西將軍，乃泛指一般高階武官而言。驃騎大將軍，乃唐代武散官最高的一級（從一品），見《舊唐書·職官志》、《唐會要》八〇。他們多以貴族充任，實際並不通曉軍事。

〔二〕去年句：正史所記，元和初年，並不見有某一驃騎大將軍破敵立功之事。可見這裏所説的“破虜”，實際上是他們虛報軍功，借此邀賞而已。虜，封建時代，往往稱敵爲“虜”。策勳，把功勳記在簡

策上,叫"策勳"。唐代官吏勳級,自武騎尉至上柱國共十二級,見
《新唐書·百官志》。

〔 三 〕掌上句:和上句"新人迎來舊人棄"是雙領雙承。"掌上蓮花"表
　　　明愛撫之極;"眼中刺",表明厭惡之至。

〔 四 〕燕婉:夫妻恩愛之情。

〔 五 〕花落句:住枝,一本作"在枝"。花是花朵之花,也是花貌之花;子
　　　是種子之子,也是子女之子。此爲雙關隱語,表明子生母老,母去
　　　子留。

〔 六 〕但願二句:此不僅意在嘲諷新人,實際也是對這個喜新厭舊的官
　　　僚作進一步揭露。

　　白氏此詩自序説:"刺新間舊也。""新間舊"見柳宗元《六逆論》,在當
時是一個政治術語,白氏不會不知道。柳宗元參與以王叔文爲首的永貞
革新運動,運動失敗後,領導人或被"賜死",或被貶謫到邊遠地區,兩派
政治勢力的地位正好顛倒過來。所以白居易所説的"新間舊"和柳宗元
所説的"新間舊"的"新"與"舊"的內容,正好相反。正是因爲這樣,他才
在"卒章顯志"的時候説:"更有新人勝於汝。"白氏的《新樂府》是上擬
《詩》三百篇的。自漢代以降,傳統的見解,都認爲《詩經》即使是咏男女
情愛之詞,都是借以評議政事的。白氏此詩是否在發抒對永貞革新的看
法,很值得推敲。如果真是那樣,那末白氏此詩顯然是在感嘆當時各派
政治勢力消長的起伏無定,和社會動盪不安的局面的加劇,是由於最高
統治者任人不專的作法所造成的了。

陵　園　妾[一]

　　陵園妾,顏色如花命如葉。命如葉薄將奈何[二],一
奉寢宮年月多[三]!年月多,時光換,春愁秋思知何限?
青絲髮落叢鬢疏[四],紅玉膚銷繫裙縵[五]。憶昔宮中被
妬猜,因讒得罪配陵來。老母啼呼趁車別,中官監送鎖門

迴。山宮一閉無開日，未死此身不令出。松門到曉月徘徊，柏城盡日風蕭瑟。松門柏城幽閉深〔六〕，聞蟬聽燕感光陰〔七〕。眼看菊蕊重陽淚〔八〕，手把梨花寒食心〔九〕。把花掩淚無人見，綠蕪牆遶青苔院。四季徒支裝粉錢，三朝不識君王面。遙想六宮奉至尊，宣徽雪夜浴堂春〔一〇〕。雨露之恩不及者〔一一〕，猶聞不啻三千人〔一二〕。我爾君恩何厚薄〔一三〕？願令輪轉直陵園，三歲一來均苦樂〔一四〕！

〔一〕陵園：古代皇帝和皇后的墳地，内有墳墓和享殿。

〔二〕將奈何：意謂有什麼辦法！

〔三〕寢宮：指陵園裏面的享殿，以備四時祭祀。

〔四〕叢鬢：茂密的鬢髮。

〔五〕紅玉句：紅玉膚，謂色如紅玉的皮膚。《西京雜記》記載漢成帝趙后飛燕及其妹昭儀，並色如紅玉，爲當時第一。繫裙縵，繫在腰間的裙子因體瘦而顯得鬆緩。

〔六〕松門柏城：皇帝皇后的陵墓，栽松做門，植柏爲牆。

〔七〕聞蟬聽燕：秋聞蟬，春聽燕。

〔八〕眼看句：言每年一到秋天，因看到菊花，才知道又到了重陽節，“每逢佳節倍思親”，就會因感到自己孤棲而垂淚。

〔九〕手把句：從冬至節下數一百零五日，即清明節前二日，禁火三天，叫做寒食節（見《荆楚歲時記》）。劉長卿《長門怨》：“蕙草生閑地，梨花發舊枝。”作者借用此典，以明宮人長期幽閉之苦。

〔一〇〕遙想二句：至尊，指皇帝。宣徽殿，在大明宮内浴堂東。浴堂也是殿名。唐朝皇帝時常召集翰林學士在此問話。這兩句是嚮往留在後宮裏的嬪妃（以見信的侍臣作比）的承受恩寵。

〔一一〕雨露句：雨露恩，見前《續古詩》注。不及者，指受不到寵愛的人。

〔一二〕不啻：不僅。

〔一三〕我爾句：謂彼此承受君恩何以如此厚薄不均？

〔一四〕願令二句：此詩通首以陵園妾喻被貶官，不獨自序揭示此旨，即
　　　此二句亦深致此意。唐朝京官被貶者，一定要挨到二十五個月
　　　（三個年頭）始能調任，故末句以"三歲一來均苦樂"爲言。

　　白氏自序："託幽閉喻被讒遭黜也。"唐制：凡遇皇帝皇后死亡，宮人
沒有生子的，全都發遣到先皇陵墓守陵。洗臉梳頭，鋪牀疊被，就像皇帝
和皇后活着一樣服侍他們，這樣的人就叫"陵園妾"。這是十分殘酷的制
度。況且皇帝以獨夫而擁有成千上萬宮女，哪能個個都生子？那麼被打
入冷宮的，數目就必然十分驚人。不過這首詩的小序分明説："託幽閉
喻被讒遭黜也。"則其真實命意，必然不是在談婦女問題，而是密切關聯着
當時重大的政治鬥爭事件。陳寅恪《元白詩箋證稿》説："樂天此篇所寄
慨者，其永貞元年竄逐之八司馬乎？《舊唐書》壹肆《憲宗紀》上略云：'永
貞元年十一月（舊紀原脱"十一月"三字，茲據《新唐書》柒《憲宗紀》及《通
鑑》貳叁陸《唐紀·順宗紀》補入）壬申，貶正議大夫中書侍郎韋執誼爲崖
州司馬，己卯，再貶撫州刺史韓泰爲虔州司馬，河中少尹陳諫台州司馬，
台州刺史柳宗元爲永州司馬，連州刺史劉禹錫朗州司馬，池州刺史韓曄
饒州司馬，和州刺史凌準連州司馬、岳州刺史程異柳州司馬，皆坐王叔文
（也）。元和元年壬午，左降官韋執誼，韓泰，陳諫，柳宗元，劉禹錫，韓曄，
凌準，程異等八人；縱逢恩赦，不在量移之限。'則以隨豐陵（順宗墓）葬
禮，幽閉山宮，長不令出之嬪妾，喻隨永貞內禪，竄逐遠州，永不量移之朝
臣，實一一切合也。唯八司馬最爲憲宗所惡，樂天不敢明以豐陵爲言，復
借被讒遭黜之意以變易其辭，遂不易爲後人覺察耳。"陳氏所論，可以
信據。

鹽　商　婦

　　鹽商婦，多金帛，不事田農與蠶績〔一〕；南北東西不失
家，風水爲鄉船作宅。本是揚州小家女〔二〕，嫁得西江大
商客〔三〕。綠鬟富去金釵多〔四〕，皓腕肥來銀釧窄〔五〕。前

呼蒼頭後叱婢〔六〕，問爾因何得如此？壻作鹽商十五年〔七〕，不屬州縣屬天子〔八〕。每年鹽利入官時，少入官家多入私。官家利薄私家厚，鹽鐵尚書遠不知〔九〕。何況江頭魚米賤，紅鱠黃橙香稻飯〔一〇〕；飽食濃裝倚柁樓〔一一〕，兩朵紅顋花欲綻。鹽商婦，有幸嫁鹽商；終朝美飯食，終歲好衣裳。好衣美食有來處，亦須慚愧桑弘羊〔一二〕。桑弘羊，死已久，不獨漢時今亦有。

〔一〕不事、蠶績：事，從事，以……爲業。蠶績，養蠶、紡絲、績麻、織布等家內女工。

〔二〕揚州：唐州名，故治在今江蘇省揚州市，唐代於此設鹽鐵巡院，是鹽的重要集散地。

〔三〕西江：指長江下游南部，安徽、江西一帶地。當時商業比較發達。

〔四〕綠鬟句：烏黑而略微發青的髮鬟叫綠鬟。富去，富，發財；"富去"與下"肥來"相對成文，"來"、"去"均語助詞，無義。金釵，頭飾。

〔五〕皓腕句：銀釧(chuàn)，銀手鐲。窄，過緊。金釵、銀釧，揭發鹽商婦的妝飾違制(唐制：流外及庶民飾物，限用銅鐵，見《舊唐書·輿服志》)，與官僚貴族眷屬誇比豪奢。

〔六〕蒼頭：《漢書·鮑宣傳》注："漢名奴爲蒼頭，非純黑(裹頭巾之色)，以別於良人(平民)也。"這裏蒼頭是指男僕，婢是指女僕，身份都是奴隸。

〔七〕壻：夫壻，丈夫。

〔八〕不屬句：鹽商無田產，浮家泛宅，故他們的戶籍不在州縣，而屬天子所設的鹽鐵機關。這就是《策林》二三所說"居無徵徭，行無榷稅，身則庇於鹽籍"那種事實。

〔九〕鹽鐵尚書句：中唐以後，尚書省下設置鹽鐵使，專管鹽鐵運輸、稅收事務。多由六部尚書或侍郎兼任，有時也由宰相兼任。當時兼充諸道鹽鐵使的是吏部尚書李巽(xùn)和刑部尚書李鄘(yōng)。

遠不知，揭露他們高高在上，不了解下情，對鹽商營私舞弊，置若
罔聞。

〔一〇〕鱠(kuài)：細切魚肉。

〔一一〕柁樓：即舵樓。舊式大木船，船尾安舵的地方有樓，以備瞭望，叫
做"舵樓"。

〔一二〕桑弘羊：(前一五二—前八〇)，洛陽人。是漢代著名的財政經濟
專家。漢武帝時，曾做治粟都尉，領大農，掌管全國鹽鐵；行官營，
禁私營，廢除了奸商的中間剝削，充裕了國庫的收入；白氏對桑弘
羊抑制奸商這一點，認爲是可取的；但他又認爲桑弘羊是一個祇
顧"利歸於國"討好皇帝的"計數之吏"，所以對他褒中有貶。

　　白氏自序説："惡幸人也。"幸人，指用投機的手段，在經濟上牟取暴
利的奸商，和在政治上依附權貴、竊取祿位的佞臣。白氏《策林》二三《議
鹽法之弊》説："臣又見自關以東，上農大賈(地主富商)，易(轉移)其資
産，入(納款)爲鹽商，率皆多藏私財，別營稗販(賤買貴賣)；少出官利，唯
求隸名(挂名做官商)；居無徵徭(納稅服役)，行無權稅(捐稅)；身則庖於
鹽籍，利盡入於私室；此乃下有耗(損)於農(民)商(販)，上無益於筦(管)
榷(稅收)明矣。蓋山海之饒，鹽鐵之利，利歸於人(民)，政之上也；利歸
於國，政之次也。若上既不歸於人，次又不歸於國，使幸人(奸商)奸黨
(佞臣)，得以自資(自私自利)；此乃政之疵，國之蠹(寄生蟲)也。"與此詩
互相表裏，各揭發鹽商非法活動的一個側面，可以參看。

井底引銀瓶〔一〕

　　井底引銀瓶，銀瓶欲上絲繩絶〔二〕；石上磨玉簪，玉簪
欲成中央折。瓶沉簪折知奈何〔三〕，似妾今朝與君別〔四〕！
憶昔在家爲女時，人言舉動有殊姿：嬋娟兩鬢秋蟬
翼〔五〕，宛轉雙蛾遠山色〔六〕。笑隨女伴後園中，此時與君

未相識。妾弄青梅倚短牆，君騎白馬傍垂楊〔七〕；牆頭馬上遙相顧，一見知君即斷腸。知君斷腸共君語，君指南山松柏樹〔八〕；感君松柏化爲心，暗合雙鬟逐君去〔九〕。到君家舍五六年，君家大人頻有言〔一○〕：聘則爲妻奔是妾〔一一〕，不堪主祀奉蘋蘩〔一二〕。終知君家不可住，其奈出門無去處！豈無父母在高堂〔一三〕，亦有親情滿故鄉；潛來更不通消息〔一四〕，今日悲羞歸不得。爲君一日恩，誤妾百年身。寄言癡小人家女，慎勿將身輕許人〔一五〕！

〔一〕引銀瓶：引，提起，或汲引。銀瓶，汲水器。

〔二〕銀瓶欲上句：銀瓶快到井口上的時候，絲繩斷了。欲，作"快要"解，下同。

〔三〕瓶沉句：以瓶將上而沉下、簪將成而斷絕的痛心事作比興，形象地概括了主人公愛情的悲劇結局。

〔四〕似妾句：就同我和你今天被迫而分別的情況相似。古代妻對夫謙稱妾。

〔五〕嬋娟句：嬋娟(chán juān)，美好貌。蟬鬟，見前《婦人苦》注。

〔六〕宛轉句：宛轉，彎曲合度之貌；雙蛾，即雙眉，見前《長恨歌》注。遠山，漢司馬相如妻卓文君眉似遠山，見《西京雜記》。

〔七〕妾弄二句：李白《長干行》："郎騎竹馬來，繞牀弄青梅。"白氏本之而略加變化，寫青年男女初戀時的狀況。

〔八〕君指句：松柏經冬不凋，故男方指以爲誓，明己永不變心。

〔九〕暗合句：唐代少女頭梳雙鬟，結婚則合而爲一，故曰合。稱暗，謂背着自己家長。

〔一○〕大人：指家長，即男方父母。

〔一一〕聘則句：語本《禮記‧内則》，意思是：男家下聘把女的娶過來，才算正妻；私下結合，只能做妾。

〔一二〕不堪句：意思是説：既然作妾，當然就不能承擔主持宗廟祭祀的主婦任務。蘋、蘩是兩種水草,古代大夫家祭祖時用之,取其潔淨。説載《詩‧召南‧采蘋、采蘩》小序。

〔一三〕高堂:正房、正廳。家長所居。

〔一四〕潛來:背着親朋私奔。

〔一五〕癡小人家女:癡小,無知而年輕。"人",即民。

　　白氏自序:"止淫奔也。"封建士大夫把男女的自由結合,統統斥爲淫奔,封建禮法不允許青年男女自由結合成爲夫婦。如果發生了這樣的事情,則一定是以片面犧牲女方的幸福爲結局,這是對女權極大的摧殘與蹂躪。儘管詩人在主觀上想維護封建禮教,作詩反對"淫奔",客觀上卻通過極其生動的人物形象,熱情地歌頌了這個大膽向封建禮教挑戰的女性,把讀者的同情吸引到這被損害者的一邊。

紫 毫 筆

　　紫毫筆,尖如錐兮利如刀〔一〕。江南石上有老兔,喫竹飲泉生紫毫。宣城工人採爲筆,千萬毛中選一毫〔二〕。毫雖輕,功甚重〔三〕,管勒工名充歲貢〔四〕,君兮臣兮勿輕用!勿輕用,將何如〔五〕?願賜東西府御史〔六〕,願頒左右臺起居〔七〕。搦管趨入黃金闕〔八〕,抽毫立在白玉除〔九〕。臣有奸邪正衙奏〔一〇〕,君有動言直筆書〔一一〕。起居郎,侍御史〔一二〕,爾知紫毫不易致。每歲宣城進筆時,紫毫之價如金貴。慎勿空將彈失儀〔一三〕,慎勿空將錄制詞〔一四〕!

〔一〕尖:一本作"纖"。

〔二〕江南四句:《元和郡縣志‧宣州溧水》條云:"中山在縣東南一十五里,出兔毫,爲筆精妙。"案溧水,即今江蘇省溧水縣,縣東南十

五里有中山,亦名溧陽山,出紫毫。可以製筆,從晉朝以後就很
馳名。

〔三〕功甚重:言做起來很費工。

〔四〕管勒句:筆管上刻着制筆工人的姓名,每年進貢到朝廷。

〔五〕將何如:拿它怎樣用?

〔六〕東西府御史:御史府,漢代官署名,到唐朝改爲御史臺。西京長
安,東都洛陽,都有設置。御史職在糾彈失職違法官吏。

〔七〕左右臺起居:唐時稱門下省叫東臺,中書省叫西臺,左東右西,故
門下、中書兩省可稱爲左右臺。門下省官屬有起居郎,中書省官
屬有起居舍人。都管記録皇帝言行,如果他們盡職,也可以對皇
帝起一定的監督作用。

〔八〕搦管、黄金闕:搦(nuò),一本作"握",意同。搦管即執筆。黄金
闕,指朝門。

〔九〕抽毫、白玉除:抽毫,毛筆上有筆帽,用時則抽出,故曰抽毫。白
玉除,一作白玉墀,"除"是"階除"的省語,大臣上朝時站班的
位置。

〔一〇〕正衙:當朝。

〔一一〕君有句:國君言行,秉筆直書,不加隱諱。

〔一二〕侍御史:唐朝的御史臺有三個屬院:第一殿院,第二臺院,第三察
院。殿院、臺院都有侍御史,是最高級的御史。

〔一三〕彈失儀句:千萬不要只是把它(指紫毫筆)來彈劾某官上朝禮貌
不周等瑣碎事務。案白氏此言實有所指。《舊唐書·憲宗紀》:
"元和二年癸亥,御史臺奏:'文武常參官,准乾元元年三月十四日
敕:"如有朝堂相弔慰,及跪拜待漏,行立失序,語笑諠譁;入衙入
閣,執笏不端;行立遲慢,立班不正;趨拜失儀,言語微諠;穿班穿
仗,出入閣門;無故離位,廊下飲食;行坐失儀,諠鬧入朝;及退朝
不從正衙出入,非公事入中書等;每犯奪一月俸。班列不肅,所由
指攝(揮),猶或飾非,即具聞奏貶責。"臣等商量,於舊條每罰各減
一半,所貴有犯必舉!'從之。"

83

〔一四〕慎勿句：制詞，皇帝命令。這句話的意思是説：千萬不要只是把它用來草擬或抄録皇帝命令。言外之意，是要認真記録皇帝的言行，特別是錯誤的言行。

　　白氏自序："誠失職也。"實際上白氏是想通過當時的侍御史、起居郎等言官，對貪官污吏甚至國君的禍國殃民行爲，大量揭發，發揮他們應有的"裨補時闕"的戰鬥作用。否則，就是失職。

黑　潭　龍〔一〕

　　黑潭水深色如墨，傳有神龍人不識〔二〕。潭上架屋官立祠，龍不能神人神之〔三〕。災凶水旱與疾疫，鄉里皆言龍所爲。家家養豚漉清酒〔四〕，朝祈暮賽依巫口〔五〕。神之來兮風飄飄，紙錢動兮錦傘摇。神之去兮風亦靜，香火滅兮盃盤冷。肉堆潭岸石，酒潑廟前草；不知龍神享幾多，林鼠山狐長醉飽〔六〕。狐何幸？豚何辜〔七〕？年年殺豚將餒狐〔八〕！狐假龍神食豚盡〔九〕，九重泉底龍知無〔一〇〕？

〔一〕黑潭龍：可能指的是陝西終南山下，萬年縣南六十里澄源夫人廟的龍潭。其地在炭谷，潭深水黑，故曰黑龍潭。元和四年春，長安左近也鬧旱災，故居民有祈龍求雨的迷信舉動。

〔二〕傳：傳説，相傳的不實之辭。

〔三〕龍不能神句：意即龍根本不能起神的作用，而人們却把它看作神。錢易《南部新書》丁："長安有龍户，見水色即知有龍。或引出，但如鰍魚而已。"把泥鰍當龍王，這就是"龍不能神人神之"的客觀實際。

〔四〕豚、漉：豚，即猪。祭龍神時所用。漉，過濾。

〔五〕朝祈句：祈，求。賽，字本作"塞"，酬神祭。句意謂：早求晚祭，一切全憑巫人信口開合。

〔六〕不知二句：享，食用。神龍，喻皇帝；狐鼠，喻貪官污吏。白氏認爲，地方官橫徵暴斂，十之八、九入了私囊，十之一、二送到朝廷，而皇帝所得無幾。這就表明他對皇帝是封建社會最大的剝削者這一客觀現實，不是認識不足，就是有意迴護。

〔七〕狐何幸二句：狐喻貪官，豚喻人民。

〔八〕殺豚句：殺死肥豬，拿它餵（餧）狐狸。

〔九〕狐假句：喻貪官污吏，藉仗皇帝威勢，吸盡天下良民膏血。

〔一〇〕九重句：九重泉，喻九重君門。《楚辭·九辯》："君門九重。"無，疑問助詞，同"嗎"。此句覆宋單行本作："重泉之下龍知無？"

　　白氏自序："疾貪吏也。"而此詩的前面説："災凶水旱與疾疫，鄉里皆言龍所爲"；末尾又説："狐假神龍食豚盡，九重泉底龍知無？"則知本篇的主旨，在於諷誡皇帝，貪官污吏魚肉人民，都是打着你的旗號，憑藉你的威權；因此鄉里人民所受的一切災難，都要記在你的名下。考唐憲宗時，朝廷地方的貪官是很多的。如集中《論于頔、裴均狀》説："臣聞諸道路，皆云于頔、裴均，累有進奉，並請入朝……竊見外使入奏，不問賢愚，皆欲仰希聖恩，傍結權貴，上須進奉，下須人事(賄賂皇帝左右)，莫不減削軍府(軍需藏)，割剝疲人(勞苦貧民)。……又聞于頔、裴均等數有進奉，若又許來，荊襄之人，必重困於剝削矣……"此外還有《論王鍔欲除官事宜狀》、《論裴均進奉銀器事宜狀》，也同樣表明因爲朝廷招權納賄，已使濫官污吏肆無忌憚地剝削人民。這些奏摺正可以作這首詩的注腳看。

天 可 度〔一〕

　　天可度，地可量〔二〕，唯有人心不可防！但見丹誠赤如血〔三〕，誰知僞言巧似簧〔四〕？勸君掩鼻君莫掩！使君夫婦爲參商〔五〕；勸君掇蜂君莫掇！使君父子成豺狼〔六〕。

海底魚兮天上鳥，高可射兮深可釣〔七〕；唯有人心相對時，咫尺之間不能料〔八〕。君不見李義府之輩笑欣欣，笑中有刀潛殺人〔九〕！陰陽神變皆可測〔一○〕，不測人間笑是嗔〔一一〕。

〔一〕此詩白氏自序："惡詐人也。"有人認爲這首詩諷刺的矛頭是針對當時的宰相李吉甫的。此事確否，固難遽爾斷定，可是白氏詩中所抨擊的"詐人"，在社會上却是常見的，是一種典型現象。至今還具有現實意義。

〔二〕天可度二句：《淮南子・天文》："天有九野，九千九百九十九隅，去地五億萬里（《開元占經・天占》篇引此作億五萬里。《太平御覽・地部》引《詩緯・含神霧》同）。"又同書《墬形》篇："禹乃使太章步自東極至於西極二億三萬三千五百里七十五步；使豎亥步自北極至於南極二億三萬三千五百里七十五步。"這大約就是白氏所理解的"天可度，地可量"的實際情況。這和今天對天體和地球的理解完全是兩回事。

〔三〕丹誠：即丹心，忠貞之心。

〔四〕誰知句：《詩・小雅・巧言》："巧言如簧，顏之厚矣！"孔穎達正義："巧爲言語，結構虛辭，速相待合，如笙中之簧，聲相應和。"案管樂器上的音舌叫簧。句意是說：誰知聽起比音樂還悅耳的言辭却是一派謊言呢？

〔五〕勸君掩鼻二句：掩鼻，典出《戰國策・楚策》四："魏王遺（贈）楚王美人。楚王説（悅）之。夫人鄭袖（袖）知王之説新人也，甚愛新人……因謂新人曰：'王愛子（你）美矣。雖然，惡子之鼻；子如見王，則必揜（掩）子鼻！'新人見王，因揜其鼻。王謂鄭袖曰：'夫新人見寡人則揜其鼻何也？'鄭袖曰：'妾知也。'王曰：'雖惡，必言之！'鄭袖曰：'其似惡聞王之臭也。'王曰：'悍哉！令劓（割鼻）之，無使逆命。'"案，亦見《韓非子・六微》篇。參商，典出《左傳》昭公元年："昔高辛氏有二子：曰閼伯、實沈，不相能（容），日尋干戈，以相征討。帝遷閼伯于商丘,主辰,商人是因,爲辰爲商星;遷實沈于大夏,主參,唐人是因,以服事夏商。"後人因謂兩人不睦曰"參商"。

〔六〕勸君掇蜂二句:掇蜂,典出蔡邕《琴操》:"《履霜操》者,尹吉甫之子伯奇所作也。吉甫,周上卿也。有子伯奇。伯奇母死,吉甫更娶後妻,生子曰伯邦。乃譖(造謠誣蔑)伯奇於吉甫曰:'伯奇見妾有美色,然有欲心。'吉甫曰:'伯奇爲人慈仁,豈有此也?'妻曰:'試置妾空房中,君登樓而察之!'後妻知伯奇仁孝,乃取毒蜂綴衣領,伯奇前持之,於是吉甫大怒,放伯奇於野。"掇(duò),原義是拾取,此處用同"捉"字。使君父子成豺狼,意思是說:能够讓你們父子之間,骨肉相殘,像豺狼那樣。

〔七〕海底二句:《史記·老子韓非列傳》:"孔子謂弟子曰:'鳥,吾知其能飛;魚,吾知其能游;獸,吾知其能走。走者可以爲罔(網),游者可以爲綸(釣絲),飛者可以爲矰(繫繩之箭)……'"此用其意。言魚鳥無知,容易制伏。

〔八〕唯有二句:意與俗諺所説"知人知面不知心"略同。咫,八寸。咫尺,喻最近的距離。料,猜測。

〔九〕李義府二句:唐高宗時曾居相。《舊唐書·李義府傳》:"義府貌温恭,與人語,必嬉怡微笑,而褊忌陰賊。既處權要,欲人附己;微忤意旨,輒加傾陷,故時人言義府笑中有刀;又以其柔而害物,亦謂之'李貓'。"

〔一〇〕陰陽句:《易·繫辭》上:"精氣爲物,遊魂爲變,是故知鬼神之情狀。"作《繫辭》的人認爲:只要掌握了《易》的"變動不居,周流六虛(四方上下)"的基本原理,則物質世界、精神世界,以及在此基礎上派生的幻覺如鬼神之類的情況都是可知的。説陰陽可測,只是反襯人心難測。

〔一一〕不測句:這句詩可以做兩種解釋:一種是:難於防備的是詐人在滿面笑容背後却暗藏着狠毒的殺機;另一種是:令人猜不透這種人到底是在歡喜,還是在憤怒?

秦　吉　了〔一〕

　　秦吉了，出南中〔二〕，彩毛青黑花頸紅；耳聰心慧舌端
巧，鳥語人言無不通。昨日長爪鳶，今朝大嘴烏〔三〕，鳶捎
乳燕一窠覆，烏啄母雞雙眼枯〔四〕。雞號墮地燕驚去〔五〕，
然後拾卵攫其雛〔六〕。豈無鵰與鶚〔七〕，嗉中肉飽不肯搏；
亦有鸞鶴羣〔八〕，閑立颺高如不聞〔九〕。秦吉了〔一〇〕，人
云爾是能言鳥，豈不見雞燕之冤苦！吾聞鳳凰百鳥
主〔一一〕，爾竟不爲鳳凰之前致一言，安用噪噪閑
言語〔一二〕！

〔一〕秦吉了：即鷯鴝，南人或稱“吉了”，或稱“料”，都是一聲之轉。此鳥
　　　　能言，過於鸚鵡、八哥。開元時，廣州獻之。見《舊唐書·音樂志》。

〔二〕南中：指中國南方兩廣地區。

〔三〕長爪鳶、大嘴烏：鳶，即鷂子。大嘴烏，烏鴉中最貪食的一種。參
　　　　見《和大嘴烏》詩。案以上兩種鳥，喻貪狠的文武官吏，豪家大族。

〔四〕乳燕、母雞：喻身受侵凌欺侮的無告良民。

〔五〕號：叫，讀平聲，同“嚎”。

〔六〕攫(jué)：抓取。

〔七〕鵰、鶚：鵰，大於鷹，舊時常混鵰爲鷲。鶚，指“鵰鶚”，亦大型猛
　　　　禽，形體像鵰，但背毛褐黑，腹面白，頸下有褐色斑紋(魚鷹名鶚，
　　　　與“鵰鶚”不同)。鵰鶚性剛猛，比喻憲司執法之官。《舊唐書·韋
　　　　思謙傳》：“永淳中，歷尚書左丞御史大夫……每見王公，未嘗行拜
　　　　禮。或勸之，答曰：‘鵰鶚鷹鸇，豈衆禽之偶？奈何設拜以狎之。’”

〔八〕鸞鶴羣：鸞，傳説是鳳凰的近屬，毛色五彩，十分華美。鸞鶴羣比
　　　　喻省閣翰苑清要近侍之臣。

〔九〕颺高：《全唐詩》作“高颺”，意即高飛。

〔一〇〕秦吉了：此處借喻諫議大夫、左右補闕、左右拾遺一類的諫官。

〔一一〕鳳凰：古代認爲百鳥之王，此處借喻皇帝。
〔一二〕安用句：安用，何用？噪噪，一作喋喋，形容聲音噪雜；喻諫官們
　　　　虛應故事的諫奏。

　　白氏自序：“哀冤民也。”此詩揭露朝廷所設的言官侍臣，眼看老百姓
被貪官污吏、權豪勢要欺壓得家敗人亡，而不敢向皇帝面前説一句話，以
致他們陷入有冤無處訴的絶境。

鴉　九　劍〔一〕

　　歐冶子死千年後〔二〕，精靈暗授張鴉九〔三〕。鴉九鑄
劍吳山中〔四〕，天與日時神借功〔五〕。金鐵騰精火翻焰，踴
躍求爲鏌鋣劍〔六〕。劍成未試十餘年，有客持金買一觀；
誰知閉匣長思用，三尺青蛇不肯蟠〔七〕。客有心，劍無口，
客代劍言告鴉九：君勿矜我玉可切〔八〕，君勿誇我鐘可
刜〔九〕；不如持我決浮雲，無令漫漫蔽白日〔一〇〕！爲君使
無私之光及萬物〔一一〕，蟄蟲昭蘇萌草出〔一二〕。

〔一〕鴉九劍：張鴉九，唐時江東著名劍工。鴉九劍，蓋以喻詩人的詞
　　　鋒，如後人説“筆鎗舌劍”之比。
〔二〕歐冶子：春秋時代越國著名的劍工；曾替越王鑄湛盧、巨闕、豪
　　　曹、魚腸、純鈎五把寶劍。又曾和另一著名劍工干將合作，爲楚王
　　　鑄太阿等寶劍。事見《吳越春秋》及《越絶書》。
〔三〕精靈句：説歐冶子死後的英靈把鑄劍技術暗中傳授給張鴉九，這
　　　是一種誇張的寫法。案這兩句詩實際是表明作者要上繼古代詩
　　　人的戰鬥傳統。在他看來，這個傳統從戰國秦漢以後，就已中斷。
　　　這種看法，在他的《與元九書》中，也有所陳述，此不具引。覆宋單
　　　行本前三句作：“歐冶子，死千年，死後精靈暗授傳鴉九。”

〔四〕吳山：在今杭州市，然非越王鑄劍之處。《越絕書》載歐冶子劍用
　　　若耶溪水，若耶溪在紹興若耶山下，鑄劍當在此處。又舊傳莫邪、
　　　干將，鑄劍於浙江莫干山，山即以此得名，白氏此處當泛指越中
　　　之山。

〔五〕天與句：《越絕書·外傳記·寶劍》：“薛燭曰：‘……臣聞王之造
　　　此劍吉時良辰，雨師灑道，雷公發鼓，蛟龍捧爐，天帝裝炭，太一下
　　　觀。’”又《吳越春秋·闔閭內傳》四：“干將作劍，采五山之鐵精，六
　　　合之金英，候風伺地，陰陽同光，百神臨觀，天氣下降，而金鐵之
　　　精，不銷淪流。”白詩蓋合此二書所載故實，極寫鴉九劍的鑄造
　　　非凡。

〔六〕踴躍句：《莊子·大宗師》：“今之大冶鑄金，金踴躍曰：‘我且必爲
　　　莫邪(即鎮鋣，寶劍名)！’大冶必以爲不祥之金。”踴躍，寫奮勇之
　　　態。白詩此句，借用《莊子》典故，喻己欲以舌鎗筆劍，斫盡皇帝左
　　　右的濫官污吏，結果招致了皇帝的不滿，用意十分深婉。

〔七〕誰知二句：匣，劍匣。《莊子·説劍》(宋本《太平御覽·兵部·
　　　劍》引)：“干越之劍，匣而藏之，不敢輕用，寶之至也。”白氏用其典
　　　而反其意，認爲寶劍不願長久封閉，冀見一用。青蛇，劍采。見
　　　《白氏六帖》。蟠，盤曲蠕伏之狀。

〔八〕君勿矜句：君，表面上似指鴉九，實則暗指國君。矜，誇耀；我，劍
　　　自謂，亦詩人自喻。《尸子》佚文：“昆吾之劍可切玉。”(《列子·湯
　　　問》張湛注引)

〔九〕君勿誇句：《説苑·雜言》：“干將、莫邪，刜鐘不錚(響)，試物不
　　　知。”刜(fú)，斫。以上兩句，意思是不要認爲大材小用。

〔一〇〕不如二句：《莊子·説劍》：“此劍上抉浮雲，下絕地紀。”又《史
　　　記·龜策列傳》：“日月之明，而時蔽于浮雲。”白日，比國君；浮雲，
　　　指蒙蔽國君的奸臣。決和抉，都是撥開、切開的意思。以上四句
　　　覆宋單行本作：“君勿矜，玉可切！君勿誇，鐘可刜！不如決浮雲，
　　　無令蔽白日！”

〔一一〕無私之光：指日月。《禮記·孔子閑居》：“日月無私照。”

〔一二〕蟄蟲句:此句白氏用《禮記·樂記·月令》成語,而稍變其辭,暗
　　　示詩人切望人民的得救。蟄(zhé),昆蟲冬眠。蘇,同甦,意爲
　　　再生。

　　白氏自序:"思決壅也。"決壅,指排除淤塞,疏浚水道,使之暢通。比
喻除去皇帝左右的奸邪佞臣,使皇帝不受蒙蔽。三國時魏桓範著《世要
論·決壅》篇,力主國君要開言路,廣視聽,勿爲少數近臣所蒙蔽,爲白氏
此序所本。白氏《策林》亦有《決壅蔽》篇,可與此詩參觀互證。詩中所説
的寶劍,在一定程度上比擬白氏自己的作品,特別是像《新樂府》、《秦中
吟》一類戰鬥性很強的詩篇,寄託他用這些詩篇作武器來"救濟人病,裨
補時闕"的理想。

采　詩　官〔一〕

　　采詩官,采詩聽歌導人言〔二〕;言者無罪聞者誡〔三〕,
下流上通上下泰〔四〕。周滅秦興至隋氏,十代采詩官不
置〔五〕。郊廟登歌讚君美〔六〕,樂府豔詞悦君意〔七〕;若求
興諭規刺言〔八〕,萬句千章無一字。不是章句無規刺〔九〕,
漸恐朝廷絶諷議〔一〇〕;諍臣杜口爲冗員〔一一〕,諫鼓高懸
作虛器〔一二〕。一人負扆常端默〔一三〕,百辟入門皆自
媚〔一四〕。夕郎所賀皆德音〔一五〕,春官每奏唯祥瑞〔一六〕。
君之堂兮千里遠,君之門兮九重閟〔一七〕;君耳唯聞堂上
言〔一八〕,君眼不見門前事〔一九〕。貪吏害民無所忌,奸臣
蔽君無所畏。君不見厲王胡亥之末年〔二〇〕,羣臣有利君
無利。君兮君兮願聽此:欲開壅蔽達人情〔二一〕,先向歌
詩求諷刺!

〔一〕采詩官:《漢書·藝文志》:"古有采詩之官,王者所以觀風俗,知得失,自考正也。"又同書《食貨志》:"男女有不得其所者,因相與歌詠,各言其傷……春秋之月,羣居者將散,行人振木鐸徇於路以采詩。獻之太師,比其音律,以聞於天子。故曰:'王者不窺户牖而知天下。'"《漢書》所説的"古",實指周朝。

〔二〕導:誘導,此處有將下言導致於上之意。

〔三〕言者句:誠,同戒。《詩·大序》:"上以風化下,下以風刺上,主文而譎諫,言之者無罪,聞之者足以戒,故曰風。"意思是説:詩人微言婉諷,自己可因未犯科條而免於得罪。聞者(指當政)則足以改過。

〔四〕下流句:《易·泰卦》:"天地交而萬物通也,上下交而志同也。"詩語本此。意思是説:君民上下,感情交流,互相瞭解,則國家可致太平。

〔五〕十代:秦、漢、魏、兩晉、宋、齊、梁、陳、隋,共十代。但漢代實曾設樂府以採詩,見《漢書·藝文志》;此處説十代采詩官不置,蓋言其基本情況。

〔六〕郊廟登歌:郊以祭天,廟以祭祖。登歌是皇帝祭祀宴饗時在廟堂所唱的歌曲,亦叫升歌,都是歌功頌德之辭。

〔七〕樂府句:六朝後期,樂府歌詞發展爲宮體詩,多半描寫統治階級淫靡享樂生活,和吟風弄月、飽食無聊的情趣,形式則競趨雕琢華麗。如《臨春樂》、《玉樹後庭花》等就是樂府艷詞的代表作。以上兩句,白氏概括唐以前的詩歌,不外兩種:一種是歌功頌德的廊廟詩,一種是荒淫享樂的宮體詩,都不是樂府的"正聲"。

〔八〕興諭規刺:興是啓發;諭是建議;規是勸誡;刺是諷刺。

〔九〕不是句:不是,不只、不但之意。此爲唐人特殊用法。或本作"自始",非是。

〔一〇〕諷議:對施政有所規諫和評議。

〔一一〕諍臣句:唐代諫官,有諫議大夫、左右補闕、左右拾遺和監察御史等官。這些官都有言責,所以統稱爲諍臣。杜口,閉口,指不向皇帝進諫。冗員,多餘的、没有事作的閑官。

〔一二〕諫鼓句:諫鼓,又名敢諫鼓或登聞鼓,設在朝堂大門外。遇有含
　　　　冤莫伸而想向皇帝告狀的,可鳴此鼓,謂能隨時催促皇帝升朝。
　　　　實際這也不過是封建王朝欺騙人民的裝飾品。

〔一三〕一人句:《禮記・明堂位》:"天子負斧依(扆),南鄉(向)而立。"一
　　　　人,指皇帝;負,背向;扆(yǐ),屏風;端默,端坐不言。這句詩的意
　　　　思是:皇帝上朝,除接受百官朝賀外,絶不徵詢民間疾苦。

〔一四〕百辟句:百辟,百官;入門,進了朝門;自媚,衒己諛人以邀寵。

〔一五〕夕郎句:唐代稱給事中爲夕郎。給事中,官名,屬門下省。"凡制
　　　　敕宣行大事,則稱揚德澤,褒美功榮。"見《舊唐書・職官志》。則
　　　　其主要任務,爲對朝廷歌功頌德。

〔一六〕春官句:春官,周官舊名,即後世禮部。凡遇國有景雲、白狼、蒼
　　　　烏、嘉禾等特殊"祥瑞"出現,百官都要向皇帝祝賀;如發現一般
　　　　"祥瑞",則由禮部員外郎歲終向皇帝報告。事見《新唐書・百官
　　　　志》。這兩句的意思是説:不管什麽官員都只知報喜,不肯報憂,
　　　　一味向皇帝討好。

〔一七〕君之門兮句:《楚辭・九辯》:"君之門以九重。"閟(bì),關閉。這
　　　　句是説:朝門重重閉鎖,臣民難於見君。

〔一八〕堂上言:謂左右近臣阿諛奉承之言。

〔一九〕門前事:意即門外事,指貪吏害民、民怨載道等事。

〔二〇〕厲王、胡亥:厲王爲西周暴君。他胡作非爲,還禁止人民議論,結
　　　　果惹起公憤,把他流放到彘(在今山西霍縣東北)。胡亥,即秦二
　　　　世皇帝。他受大宦官趙高蒙蔽,不採納羣臣意見。結果被趙高
　　　　殺死。

〔二一〕欲開句:《楚辭・九辯》:"何氾濫之浮雲兮,猋壅蔽此明月!"壅
　　　　蔽,即蒙蔽意。人情,民情。

　　白氏自序:"監前王亂亡之由也。"這篇是《新樂府》五十篇的總結。
主要的意思是,希望皇帝聽納忠諫,作爲自己施政的參考。白氏所作《策

林》六九,有《采詩》一篇;一四,有《辨興亡之由》一篇,皆與此題有關,可作參考。

秦中吟十首〔一〕(選六)并序

貞元、元和之際,予在長安,聞見之間,有足悲者。因直歌其事,命爲秦中吟。

重　賦〔二〕

厚地植桑麻〔三〕,所要濟生民〔四〕;生民理布帛〔五〕,所求活一身。身外充徵賦〔六〕,上以奉君親〔七〕。國家定兩稅,本意在愛人〔八〕;厥初防其淫〔九〕,明敕內外臣〔一〇〕:稅外加一物,皆以枉法論〔一一〕。奈何歲月久,貪吏得因循〔一二〕。浚我以求寵〔一三〕,斂索無冬春〔一四〕。織絹未成匹,繅絲未盈斤;里胥迫我納〔一五〕,不得暫逡巡〔一六〕。歲暮天地閉〔一七〕,陰風生破村;夜深煙火盡,霰雪白紛紛〔一八〕。幼者形不蔽,老者體無溫。悲喘與寒氣〔一九〕,併入鼻中辛。昨日輸殘稅〔二〇〕,因窺官庫門:繒帛如山積〔二一〕,絲絮似雲屯。號爲羨餘物〔二二〕,隨月奉至尊〔二三〕。奪我身上暖,買爾眼前恩。進入瓊林庫〔二四〕,歲久化爲塵。

〔一〕《秦中吟》和《新樂府》都是白氏《諷諭詩》裏最重要的部分。其中有些篇章深刻地揭露了當時社會的根本矛盾,沉重地打擊了當時統治集團中的最反動的勢力。白氏《與元九書》曾經這樣介紹過它:"聞《秦中吟》則權豪貴近者,相目(視)而變色矣。"可見它所發揮的戰鬥作用,是相當巨大的。原詩十首,今選六首。白氏序稱詩作於貞元元和之際。按白氏從德宗貞元十六年(八〇〇)在長安中進士,貞元十九年(八〇三)作校書郎,直到元和五年(八一〇)作左拾遺時,基本上定居在長安。

〔二〕重賦:意即重稅。韋縠《才調集》此題作《無名稅》,即叫不上名堂來的苛捐雜稅。

〔三〕厚地句:厚地,猶言大地,唐初計口授田:露田種莊稼,另有桑田供種桑養蠶織帛,麻田供種麻織布。

〔四〕濟生民:滿足人民生活需要。上"要",汪本、《才調集》并作"用"。所用,所以。

〔五〕理布帛:理,治;唐人避高宗李治諱,往往以理代治。治是"從事"的意思。布,麻織;帛,絲織。合起來的意思是:從事布帛生產。

〔六〕身外:本身所需之外。

〔七〕君親:即君父。封建時代稱皇帝叫"君父"。

〔八〕國家二句:兩稅法,是當時國家用以代替初唐時期的租(糧)庸(役)調(絹)法而實行的正稅。兩稅法始自德宗建中元年(七八〇),一年分夏、秋兩季徵收,故曰兩稅。由於天寶之亂以後,戶籍紊亂,兼併大行。初唐時期在計丁口授田制(後經調整爲均田制)基礎上建立起來的租庸調法,已無法貫徹。德宗用宰相楊炎議,行兩稅法。其辦法如德宗詔書所説:"戶無主客(土著和客家之分),以現居爲簿;人無丁中(壯丁和未成丁者),以貧富爲差;行商者在郡縣稅三十分之一;居人(農民和地主富農)之稅,夏、秋兩徵之……餘徵賦悉罷。夏徵無(不許)過六月,秋稅無過十一月。"案兩稅法的實施,是由於舊的剝削方法行不通,不能不改變一些花樣,根本談不上愛民。愛人,或本作"憂人"。

〔九〕厥初句:起初爲了防止官吏營私舞弊,濫增稅目稅額。

〔一〇〕敕:見《兩朱閣》注。

〔一一〕稅外二句：枉法，即違法。李适在下定兩稅詔之後，又下一道《停雜稅制》："自艱難以來，徵賦名目繁亂，委黜陟使（掌管升降官吏的欽差大臣）與諸道觀察使（十道行政長官）、刺史（州長），作年支兩稅徵納。比來新舊徵科名（項）目，一切停罷。兩稅外別率（徵斂）一錢，四等官準擅興賦（擅自增加稅額），以枉法論。"（以上兩詔，并見《全唐文》卷五。）

〔一二〕貪吏句：因循，是說把過去橫徵暴斂的弊政沿襲下來。按，從德宗初年到憲宗初年，四十年間，表面稅額不變，但因官吏在徵收時任意折價，農民實際負擔已增加了不止三倍。

〔一三〕浚我句：浚（jùn），一本作朘。浚的本義是煎熬，《國語·晉語》："浚民之脂膏以實之。"意爲擠淨老百姓身上的油水，裝滿自己的腰包。以求寵，博得皇帝的寵信。

〔一四〕無冬春：兩稅法規定夏、秋兩季交稅，而此時則連冬、春也向農民勒索。無，是不管和不論的意思。

〔一五〕里胥：見前《杜陵叟》詩注。

〔一六〕逡巡：遲延。

〔一七〕天地閉：《禮記·月令》："孟冬之月……天氣上騰，地氣下降，天地不通，閉塞而成冬。"氣，指陽氣或暖氣而言。又《易·坤卦·文言傳》："天地閉，賢人隱。"白氏兩用其意，一以喻天寒，一以喻世險。

〔一八〕霰（xiàn）：雪珠。

〔一九〕悲喘句：悲哀的抽搐和外面的冷氣。喘與氣，上下相應成文。喘，南宋本作"端"；在唐代，端可讀喘。《荀子·勸學篇》："端而言。"楊倞注："端讀爲喘，喘，微言也。"微言，亦即抽搐而言。

〔二〇〕殘稅：一本作餘稅；指總是交納不完的賦稅。

〔二一〕繒帛：絲織品的總名。

〔二二〕羨餘物：多餘的東西。指賦稅的盈餘。唐代地方的貪官污吏把向人民超額徵收得來的賦稅獻給皇帝，美其名叫做"羨餘"。

〔二三〕隨月句：上言斂索無冬春，此又言隨月奉至尊，則一年十二月，老百姓都在完税。根據歷史記載,唐德宗李适在位二十多年中,大小官僚剥下媚上,相習成風。《舊唐書·食貨志》記載:"常賦之外,進奉不息:韋皋劍南(西川節度使)有日進,李兼江西(觀察使)有月進,杜亞揚州、劉贊宣州、王緯、李錡浙西,皆競爲進奉,以固恩澤。貢入之奏,皆曰:臣於正税外'方圓',亦曰'羡餘'……"以後節度使以下,刺史,判官,都有進奉;馴致巧立名目的苛捐雜税,營私舞弊,層出不窮。

〔二四〕瓊林庫:瓊林庫和大盈庫是唐朝最大的兩個皇帝私人内庫,從玄宗李隆基時就開始搜刮,到德宗李适時已非常充實。中經姚令言的叛變,兩庫珍寶大量散亡。李适又在奉天(今陝西乾縣)新設兩庫,繼續搜刮;因陸贄反對,始行撤廢,但是徵斂并未因此而停止。

《唐詩紀事》和汪立名《白香山年譜》都將《秦中吟》編在元和五年(八一〇),良是。

傷　宅〔一〕

誰家起甲第〔二〕? 朱門大道邊〔三〕:豐屋中櫛比〔四〕,高牆外迴環。累累六七堂,棟宇相連延〔五〕。一堂費百萬,鬱鬱起青煙〔六〕。洞房温且清,寒暑不能干〔七〕;高堂虚且迥,坐卧見南山〔八〕。繞廊紫藤架,夾砌紅藥欄〔九〕,攀枝摘櫻桃〔一〇〕,帶花移牡丹〔一一〕。主人此中坐,十載爲大官;廚有臭敗肉,庫有貫朽錢〔一二〕。誰能將我語,問爾骨肉間;豈無窮賤者,忍不救飢寒? 如何奉一身,直欲保千年〔一三〕? 不見馬家宅,今作奉誠園〔一四〕!

〔一〕傷宅:《才調集》作《傷大宅》。唐朝自從玄宗晚年特別優寵外戚貴族集團以後,以楊國忠爲代表的皇家裙帶族屬,窮奢極侈,競尚豪華;大興土木,營造第園。據《舊唐書·后妃傳》記載:"楊貴妃姊妹昆仲(兄弟)五家,甲第洞開,僭擬宮掖,車馬僕御,照耀京邑,遞相誇尚。每構一堂,費踰千萬計。見制度宏壯於己者,即撤(原作徹,義同)而復造。土木之工,不捨晝夜。"惡例一開,上行下效。到了中唐時代,武臣宦官,也相習成風。同書《馬璘傳》説:"天寶中,貴戚勳家,已務奢靡,而垣屋猶存制度。……及安史大亂之後,法度隳弛,内臣戎帥,競務奢豪,亭館第舍,力窮乃止,時謂'木妖'。璘之第,經始中堂,費錢二十萬貫(宋敏求《長安志》七長興坊馬璘宅注引《德宗實録》"十"作"千"。),他室降等無幾。德宗……踐阼,……詔毁璘中堂及内官劉忠翼之第,進屬官司。"這篇可與《秦中吟》另一篇《歌舞》參看,所諷都是同一類型的歷史事實。

〔二〕甲第:第一等封建官僚住宅。《史記·武帝紀》:"賜列侯甲第。"裴駰《集解》:"有甲乙第次(等級),故曰第。"

〔三〕朱門:塗飾紅色的大門。《公羊傳》莊公元年何休注:"禮有九錫:……四曰朱户。"朱户即朱門,是古代天子賞賜有功諸侯九種優寵事物之一。

〔四〕豐屋句:意思是説:宅院中高大的房屋一排排像木梳齒般多而且密。豐屋,語出《易·豐》:"豐其屋。"意思是:把住房蓋得高而且大。

〔五〕累累、棟宇:累累,接連不斷的樣子。汪本作"纍纍",義同。棟,房屋的大梁。宇,房檐。《易·繫辭》:"上棟下宇。"

〔六〕鬱鬱句:形容甲第一片青堂瓦舍的高聳崇麗氣象。

〔七〕洞房二句:洞房,幽深嚴密的住室,意謂住室中冬暖夏涼;嚴寒和酷暑的氣候,是侵襲不到的。漢枚乘《七發》云:"洞房清宫",白詩本此。干或作"忓",皆侵犯意。

〔八〕高堂二句:意思是説:高大的廳堂寬敞而又適于瞭望。坐起和躺倒都可以觀賞終南山色。迥,遠;此處作可遠眺解。南山,終南山,其主峯在唐朝京都長安之南。

〔九〕夾砌句:夾在臺階兩旁的是用欄干圈起的芍藥花畦。謝朓《直中書省》詩："紅藥當階翻。"

〔一○〕攀枝：杜甫《野人送朱櫻》詩，有"數回細寫愁仍破"之句，則此詩
　　　　攀字當係折斷之意。暗示豪門大族，摘菓嘗新，把樹木帶枝折下，
　　　　毫無愛惜之心。

〔一一〕帶花句：一般移植牡丹，皆在早春尚未萌芽以前。若至花時，除
　　　　非連帶大量根部附土，少能成活。如此則必浪費多倍人力物力。
　　　　以上兩句詩看來如描寫豪華的泛泛之詞，却寓斧鉞嚴貶。

〔一二〕貫朽錢：古代通用方孔圓廓的小銅錢，用繩穿起，每千一貫。貫
　　　　即"錢串"。《史記·平準書》："京師之錢，累百巨萬，貫朽而不可
　　　　校。"意思是説：錢太多，用不完，時間久了，錢串朽爛，數不過來。

〔一三〕誰能以下六句：將我語，把我的話帶給對方。將，讀平聲，作動詞
　　　　用。意爲捎、轉告。奉，保養；直，簡直、竟然。

〔一四〕不見二句：宋敏求《長安志》九："朱雀街東第四街安邑坊奉誠
　　　　園。"注云："司徒兼侍中馬燧宅在安邑里。燧子少府監暢以貲
　　　　（資）甲天下。暢亦善殖財（發財）。貞元末，神策中尉申志廉諷
　　　　（暗示）使納田產，遂獻舊第爲奉誠園。"這實際是被查封沒收，所
　　　　以白詩引此以諷。

立　　碑〔一〕

　　勳德既下衰〔二〕，文章亦陵夷〔三〕。但見山中石，立作
路旁碑。銘勳悉太公，敍德皆仲尼〔四〕。復以多爲貴，千
言直萬貲〔五〕。爲文彼何人，想見下筆時，但欲愚者悦，不
思賢者嗤〔六〕。豈獨賢者嗤，仍傳後代疑〔七〕。古石蒼苔
字，安知是愧詞〔八〕。我聞望江縣〔九〕，麴令撫惸嫠〔一○〕。
在官有仁政，名不聞京師。身殁欲歸葬，百姓遮路
歧〔一一〕；攀轅不得歸〔一二〕，留葬此江湄〔一三〕。至今道其
名，男女涕皆垂。無人立碑碣〔一四〕，唯有邑人知〔一五〕。

〔一〕立碑：《才調集》此題作《古碑》。此詩主要指斥當時“諛墓”文字的虛妄不實，可能是上受魏桓範《世要論·銘誄篇》的啓發。其言曰：“公卿牧守，所在宰蒞，無清惠之政，而有饕餮之害……而門生故吏，合集財貨，刊石紀功，稱述勳德。高邈伊、周，下陵管、晏，遠追豹、產，近踰黄、邵；勢重者稱美，財富者文麗……其流之弊，乃至于此！”白氏《策林》六八亦云：“故歌詠詩賦，碑碣讚頌之製，有虛美者矣，有愧辭者矣。若行於時，則誣善惡而惑當代；若傳於後，則混真僞而疑將來……”所論與此詩可以互證。

〔二〕勳德句：勳德即功勳和道德。下衰，即下降。言當時執政者的品德和功業既日益墮落和衰敗。

〔三〕文章句：文章也愈益走下坡路，言其阿諛當政，粉飾現實。陵夷，亦作“陵遲”，意爲如丘陵之漸平，喻日益衰頹。

〔四〕銘勳二句：石碑上銘刻着的功勳都可以比得上周初的太公（吕尚）；所敍述的品德，都跟孔丘差不多。

〔五〕復以多爲貴二句：當時文人替豪門貴族作碑文，按字數計算潤筆。傳説古文家韓愈就得過許多“諛墓錢”，因而受到詩人劉叉的揶揄。韓門弟子皇甫湜也自高文價，曾因撰寫三千多字的碑文，向裴度索取了九千多匹絹的高額潤筆。直，即值。萬貲，萬錢。

〔六〕嗤（chī）：恥笑。

〔七〕仍：還要。

〔八〕安知句：哪里知道這些都是應該內愧的文辭！《後漢書·郭泰傳》記蔡邕語云：“吾爲碑銘多矣，皆有慚德，唯郭有道（漢科目名）無愧色耳。”

〔九〕望江縣：今安徽望江縣。

〔一〇〕麴令句：作者原注：“麴令，名信陵。”信陵曾爲舒州望江縣令，有惠政。洪邁《容齋五筆·書麴信陵事》云：“信陵以貞元元年鮑防（榜）下及第爲（第）四人，以六年爲望江令。讀其《投石祝江文》云：‘必以私欲之求，行於邑里；慘黷之政，施於黎元（人民），令長之罪也。神得而誅之，豈可移於人（民）以害其歲（指天旱歉收）！’詳味此言，其爲政無愧於神天可見矣。"撫,安撫;惸(qióng)嫠(lí),鰥夫和寡婦。

〔一一〕遮路歧:遮,攔留。路歧,交叉路口。

〔一二〕攀轅:拉住車轅不讓車走。《白氏六帖》:"漢侯霸爲臨淮太守,被
　　　　徵,百姓攀轅卧轍,願留期年。"這裏是説人民攀住麴信陵的靈車
　　　　不放行。

〔一三〕江湄:江邊。

〔一四〕碑碣:方的叫碑,圓的叫碣。古代五品官以上立碑,七品官以上
　　　　立碣。

〔一五〕邑:縣。

輕　肥〔一〕

　　意氣驕滿路〔二〕,鞍馬光照塵。借問何爲者?人稱是
内臣〔三〕。朱紱皆大夫〔四〕,紫綬或將軍〔五〕。誇赴軍中
宴,走馬去如雲〔六〕。罇罍溢九醞〔七〕,水陸羅八珍〔八〕,果
擘洞庭橘〔九〕,膾切天池鱗〔一〇〕。食飽心自若〔一一〕,酒酣
氣益振〔一二〕。是歲江南旱,衢州人食人〔一三〕!

〔一〕輕肥:《才調集》作《江南旱》。《論語·雍也》:"乘肥馬,衣輕裘。"
　　　此詩《輕肥》即輕裘肥馬的略詞,是古代達官貴人優越生活的兩種
　　　顯著標誌。

〔二〕意氣句:行走之間驕縱的意氣充塞道路,使別人没有立足之地的
　　　樣子。極言盛氣凌人。《史記·管晏列傳》:"意氣揚揚,甚自
　　　得也。"

〔三〕借問、内臣:借問,請問;内臣,太監、宦官。

〔四〕朱紱句:紱(fú),古代官僚,有大帶垂膝前叫紱。朱紱亦稱赤紱,
　　　《詩·曹風·候人》傳:"大夫以上,赤紱乘軒。"爲此句所本。然唐
　　　時詩文用"朱紱",實際指的是緋衣,而非僅僅是垂帶。

〔五〕紫綬句：綬有時指印繫，然此處紫綬亦謂紫衣，爲三品官僚的朝服。所以白氏《王夫子》詩半開玩笑地説："紫綬朱紱青布衫，顏色不同而已矣。"此詩所謂"朱紱"和"紫綬"，其義亦同。這兩句詩的意思是説：宦官因爲受到皇帝寵信，非次提升，已經竊據了許多重要文武官職：文職可以作到三公、開府儀同三司；武職可以做到驃騎大將軍或輔國大將軍。"或"，一本作"悉"。

〔六〕誇赴二句：中唐時代，左右神策軍中尉實際掌握着朝廷的軍政大權；故一般宦官，以能赴他們的宴會而感到自豪。如雲，極言其多。

〔七〕罇罍、九醞：罇和罍(léi)皆古代盛酒器，大約相當于今天的酒壺和酒瓮。九醞，美酒名。後漢南陽郭芝傳"九醞春"釀造法，見曹操佚文。到了唐朝，有宜城九醞，見李肇《國史補》。

〔八〕水陸、八珍：《晉書·石崇傳》："庖廚窮水陸之珍。"水陸之珍，意猶今言"山珍海味"。八珍，八樣珍奇食品。《周禮·天官·膳夫》："珍用八物。"鄭注："珍謂淳熬、淳母、炮豚、炮牂、擣珍、漬、熬、肝膋也。"陶宗儀《輟耕録》説法又别，不具引。

〔九〕洞庭橘：太湖中洞庭山，産名橘，自古即充貢品。

〔一〇〕鱠切句：膾，是用刀切得非常細的魚肉等做成的菜。天池，可能指的是禁苑内的池塘，也可能指大海。鱗，魚類。以上兩句，形容果看都係珍品。

〔一一〕食飽句：言飽食後心情舒暢。

〔一二〕氣益振：振，讀平聲。氣益振，意氣更加飛揚浮躁。

〔一三〕是歲二句：據《通鑑》記載：元和三、四年，江南亢旱。衢州，在今浙江衢縣、龍游、江山、開化、常山一帶。

歌　　舞〔一〕

秦城歲云暮〔二〕，大雪滿皇州〔三〕。雪中退朝者，朱紫盡公侯〔四〕：貴有風雪興〔五〕，富無飢寒憂〔六〕；所營唯第宅〔七〕,所務在追遊〔八〕;朱輪車馬客〔九〕,紅燭歌舞樓;歡酣促密坐〔一○〕,醉暖脱重裘;秋官爲主人〔一一〕,廷尉居上頭〔一二〕;日中爲樂飲,夜半不能休。豈知閿鄉獄〔一三〕,中有凍死囚!

〔一〕歌舞:《才調集》作《傷閿(wěn)鄉縣囚》。白集有《奏閿鄉縣禁囚狀》云:"縣獄中有囚數十人,並(皆)積年禁繫(監禁),其妻兒皆乞於道路,以供獄糧。其中有身禁多年,妻已改嫁者;身死獄中,取其男(子)收禁者。云是……負欠官物,無可填賠,一禁其身,雖死不放。"可與此詩參看。

〔二〕秦城句:秦城,即長安。長安爲古秦地。歲云暮,就是年終,"云",語助詞。《詩·唐風·蟋蟀》:"歲聿云暮。"

〔三〕皇州:即帝都。

〔四〕朱紫句:朱紫,參見《輕肥》篇注。按:中唐官爵極濫,凡是有錢的人,都可以通過賄買取得大官要職。因此《新唐書·鄭餘慶傳》説:"時每朝會,朱紫(唐制:三品官以上,服朱紫)滿廷;而少衣綠(六品以下服色)者。品服太濫,人不以爲貴。"這種情況,實和后代"中書隨地有,都督滿街走"的情況差不多。這正是朝廷賣官鬻爵的結果。

〔五〕貴有句:貴族有輕裘暖室,風雪威脅不到他們,故有吟雪嘲風的閑情逸致。

〔六〕富無句:富家豐衣足食,故不憂飢寒,同時也就不會替飢寒人耽憂。反之,"賤無風雪興,貧有飢寒憂"。兩相對照,説明了在階級社會裏,不同的階級,感情和愛好往往不同。

〔七〕所營句:所營求的,只限於如何擴建自己豪華的宅院這類事。

〔八〕所務句:所操心的,盡是些聲色狗馬等游蕩之事。

〔九〕朱輪:古代高級官僚所乘車,輪塗朱色。輪,汪本作"門"。

〔一○〕歡酣句:言酒酣興濃,男女又亂成一片。不過作者在這裏寫得比較含蓄。

〔一一〕秋官:《周禮·秋官》,大司寇,掌刑。唐朝的刑部尚書,相當於這
　　　　個職位。秋官即刑部官員,專掌刑法。
〔一二〕廷尉:秦漢時管理刑獄審判的官名。唐代的大理寺卿與之相當。
〔一三〕閺鄉:在今河南靈寶縣西北。

買　花〔一〕

　　帝城春欲暮〔二〕,喧喧車馬度;共道牡丹時,相隨買花去。貴賤無常價〔三〕,酬直看花數〔四〕。灼灼百朵紅〔五〕,戔戔五束素〔六〕;上張幄幕庇〔七〕,旁織笆籬護〔八〕;水灑復泥封,移來色如故。家家習爲俗,人人迷不悟。有一田舍翁〔九〕,偶來買花處,低頭獨長歎,此歎無人諭〔一○〕:一叢深色花,十户中人賦〔一一〕!

〔　一　〕買花:《才調集》此題作《牡丹》。唐朝京城裏的豪門貴族,除去看
　　　　　花賞月以外,無所事事。他們之所以能過這樣的優越生活,實從
　　　　　殘酷剝削農民得來。此詩結句説一叢牡丹價值十户中等人家的
　　　　　賦税之額,寫盡了階級社會中的人間不平。
〔　二　〕帝城句:李肇《國史補》中:“京城貴遊,尚牡丹三十餘年矣。每春
　　　　　暮車馬若狂,以不耽玩爲恥。執金吾鋪官圍外寺觀種以求利,一
　　　　　本有值數萬者。”
〔　三　〕常價:固定的價格。
〔　四　〕直:值,意指買價。
〔　五　〕灼灼(zhuó zhuó):光彩焕發貌。
〔　六　〕戔戔句:戔戔(jiān jiān),義爲修剪合度;五束,即五捆;素,白色細
　　　　　絹,此處則指白牡丹花。白氏《白牡丹》詩云:“素花人不愛,亦占
　　　　　牡丹名。”足以考見唐代貴族賞牡丹,重在紅紫。故詩中言“深色
　　　　　花”價昂。

〔 七 〕幄幕：幔帳。

〔 八 〕笆籬：即籬巴。

〔 九 〕田舍翁：莊稼漢，即農夫。

〔一〇〕諭：領會。

〔一一〕十戶句：《漢書·文帝紀》：“百金，中人十家之産也。”“中人”語本
　　　　此。十戶“中户”所出的賦税額。封建社會以人丁家産多少分百
　　　　姓爲上户、中户、下户。唐初，授田一頃者，每年輸粟二斛，稻三
　　　　斛，絹二匹，綾絁二丈，綿三兩，麻三斤；不産絲麻之地，折銀十四
　　　　兩。此外還有徭役(參見《新唐書·食貨志》)。中唐以後，剥削更
　　　　多。十户中人的賦税，錢以萬計。證以《國史補》所載牡丹“一本
　　　　有直數萬者”，可知白氏絶非誇張。

采 地 黄 者〔一〕

　　麥死春不雨，禾損秋早霜。歲晏無口食〔二〕，田中采
地黄。采之將何用？持以易餱糧〔三〕。凌晨荷鋤去，薄暮
不盈筐。攜來朱門家〔四〕，賣與白面郎〔五〕：“與君啖肥馬，
可使照地光〔六〕。願易馬殘粟〔七〕，救此苦飢腸〔八〕。”

〔 一 〕地黄：藥草名，玄参科，根可入藥，生者叫“生地”，熟者叫“熟地”，
　　　　是一種滋補劑。

〔 二 〕歲晏：歲暮，年尾。

〔 三 〕易餱糧：易，換取；餱糧，乾糧。餱(hóu)。

〔 四 〕朱門：已見《傷宅》注。

〔 五 〕白面郎：富家子弟，語本杜甫《少年行》：“白面誰家馬上郎。”

〔 六 〕照地光：言馬的毛色光潤，可以照地。

〔七〕馬殘粟：馬吃剩下的飼料。
〔八〕苦飢腸：餓極了的肚子。

此詩首云："麥死春不雨，禾損秋早霜。"則這年氣候同於《新樂府·杜陵叟》所説的："三月無雨旱風起，麥苗不秀多黃死；九月降霜秋早寒，禾穗未熟皆青乾"那種情況；故知當與《新樂府·杜陵叟》作於同時，即元和四年。

和 答 詩 十 首〔一〕（選二）并序

　　五年春，微之從東臺來〔二〕；不數日，又左轉爲江陵士曹掾〔三〕。詔下日，會予下內直歸〔四〕，而微之已即路；邂逅相遇於街衢中〔五〕。自永壽寺南抵新昌里北〔六〕，得馬上話別；語不過相勉保方寸、外形骸而已〔七〕，因不暇及他。是夕，足下次於山北寺〔八〕。僕職役不得去〔九〕，命季弟送行〔一〇〕，且奉新詩一軸〔一一〕，致於執事〔一二〕；凡二十章，率有興比〔一三〕；淫文豔韻，無一字焉。意者欲足下在途諷讀，且以遣日時，消憂懣，又有以張直氣而扶壯心也〔一四〕。及足下到江陵，寄在路所爲詩十七章〔一五〕，凡五六千言；言有爲〔一六〕，章有旨〔一七〕，迫於宮律體裁，皆得作者風〔一八〕。發緘開卷〔一九〕，且喜且怪。僕思牛僧孺戒〔二〇〕，不能示他人；唯與杓直、拒非及樊宗師輩三四人〔二一〕，時一吟讀，心甚貴重。然竊思之：豈僕所奉者二十章，遽能開足下聰明〔二二〕，使之然耶？抑又不知足下是行也〔二三〕，天將屈足下之道，激足下之心，使感時發憤，而臻於此耶〔二四〕？若兩不然者，何立意措辭，與足下前時詩如此之相遠也？僕既羨

足下詩，又憐足下心，盡欲引狂簡而和之〔二五〕；屬直宿拘
牽〔二六〕，居無暇日，故不即時如意〔二七〕。旬月來，多乞病
假，假中稍閑，且摘卷中尤者〔二八〕，繼成十章，亦不下三千
言。其間所見，同者固不能自異，異者亦不能強同。同者謂
之和，異者謂之答。並別錄《和夢遊春》詩一章，各附於本篇
之末。餘未和者，亦續致之。頃者在科試間〔二九〕，常與足下
同筆硯；每下筆時，輒相顧語，共患其意太切而理太周；故理
太周則辭繁，意太切則言激。然與足下爲文，所長在於此，所
病亦在於此。足下來序，果有"辭犯文繁"之説。今僕所和
者，猶前病也。待與足下相見日，各引所作，稍删其繁而晦其
義焉〔三〇〕。餘具書白〔三一〕。

〔一〕和答詩：對元稹詩的和答。"和"與"答"義不同，序文中有説明。

〔二〕微之從東臺來：微之，元稹字。東臺，唐代於洛陽東都分設御史
　　臺，叫東臺。元稹作監察御史起初是在長安，後來因奉使東川，彈
　　劾東川節度使嚴礪的違法貪污案件，爲朝廷大臣所不滿，因此被
　　調到洛陽東臺任職。

〔三〕左轉、江陵士曹掾：左轉，也叫左遷，即貶官。士曹掾，即士曹參
　　軍，掌管工役事項。掾(yuàn)，地方官屬下的佐史。

〔四〕會予下內直：正趕上我從內廷值班完畢退出。時白氏爲翰林學
　　士，需要在大明宮值班。

〔五〕邂逅(xiè hòu)相遇：不期而遇。《詩·鄭風·野有蔓草》："邂逅
　　相遇，適我願兮。"

〔六〕永壽寺、新昌里：宋敏求《長安志》上："朱雀街東第二街永樂坊永
　　壽寺，注：景龍三年(七〇九)，中宗爲永壽公主立。"新昌里，即新
　　昌坊，在朱雀街西第一街，見《長安志》。時白氏住新昌里北。

〔七〕保方寸、外形骸：古人稱心爲"方寸"，五官百體爲"形骸"。外，置
　　之度外之意。保方寸，外形骸，就是要堅持素志節操，奮不顧身，
　　繼續揭發貪暴，抨擊權貴。

〔八〕次於山北寺：途中投宿在山北寺。次，住宿，停留。《左傳·莊三
　　　年》：“凡師一宿爲舍，再宿爲信，過信爲次。”但“舍”、“信”、“次”
　　　三字，連文則別，散文則通。山北寺當在藍田山北。《文苑英華》
　　　卷二三八有喻鳧《遊山北（原注：集作北山）寺》詩云：“藍峯露秋
　　　院，灞水入春廚。”藍峯，即指藍田山而言。藍田山即玉山，在今陝
　　　西藍田縣東南三十里。

〔九〕僕職役不得去：僕，白氏自己的謙稱。職役不得去，言官差在身，
　　　不得擅離職守。

〔一〇〕季弟：指白行簡。

〔一一〕軸：唐人寫書，都用卷子，故稱軸。

〔一二〕致於執事：送給閣下的執事，古代封建士大夫書翰中對人的套
　　　語，言不敢直送，交給您的管事人轉達。以示謙遜。《國語·越
　　　語》大夫文種見吳王時言：“不敢徹（直接）聲聞於大王，私於下
　　　執事。”

〔一三〕率有興比：率，大都，皆；“興”和“比”是中國詩歌傳統的兩種表現
　　　手法。比是“以彼物比此物”，興是“先言他物以引起所詠之詞”，
　　　比興一詞，後來就引申爲有寓意、有內涵的意思。此處指政治
　　　寄託。

〔一四〕張直氣：發揚正氣。

〔一五〕在路所爲詩十七章：指《元氏長慶集》的《思歸樂》以下十七首詩。

〔一六〕言有爲：逐字逐句，都有所爲而發。

〔一七〕章有旨：每篇都有作意或宗旨。

〔一八〕迨於宮律體裁二句：以至於音律和體裁，都具有名作家應有的
　　　風格。

〔一九〕發緘：打開書函的封口。

〔二〇〕思牛僧孺戒：考慮到牛僧孺以直言執政罪過而受打擊的經驗教
　　　訓。牛僧孺，鶉觚（今甘肅靈臺縣東北）人，字思黯，以賢良方正對
　　　策取第一。因他條指失政，不避豪強，得罪當權者。連累考官楊
　　　于陵、韋貫之，都因此被貶。作者時亦爲制策考官，有《論制科人

狀》,力爲牛僧孺等辯護。

〔二一〕杓直、拒非、樊宗師:杓直,李建字,時爲侍御史。拒非,李復禮
　　　字,復禮於貞元十八年,與白氏同登書判拔萃科。樊宗師,字紹
　　　述,於元和二年爲著作佐郎。此三人均爲元、白知交。

〔二二〕遽:匆促,此處猶言"如此之快"。

〔二三〕抑:且。

〔二四〕臻:至。

〔二五〕狂簡:狂妄粗疏,言矜誇而行不能相副的意思。語出《論語·公
　　　冶長》:"吾黨之小子狂簡,斐然成章。"白氏此處是自謙之辭。

〔二六〕屬直宿拘牽:正趕上爲值班内宿的事務所牽掣。

〔二七〕即時如意:立刻做到。

〔二八〕摘卷中尤者:摘,選擇;尤者,最好的。

〔二九〕頃者:前者。

〔三〇〕晦其義:使詩文的思想内容,表達得曲折隱約些。

〔三一〕餘具書白:其餘的事,另在書信中敍述。

和 大 嘴 烏〔一〕

　　烏者種有二,名同性不同:嘴小者慈孝〔二〕,嘴大者
貪庸。嘴大命又長,生來十餘冬。物老顏色變,頭毛白茸
茸。飛來庭樹上,初但驚兒童。老巫生奸計〔三〕,與烏意
潛通〔四〕;云"此非凡鳥,遥見起敬恭;千歲乃一出,喜賀主
人翁。祥瑞來白日〔五〕,神靈占知風〔六〕;陰作北斗使〔七〕,
能爲人吉凶。此烏所止家,家産日夜豐;上以致壽考〔八〕,
下可宜田農。"主人富家子〔九〕,身老心童蒙〔一〇〕;隨巫拜
復祝,婦姑亦相從〔一一〕。殺鷄薦其肉〔一二〕,敬若禋六
宗〔一三〕;烏喜張大嘴,飛接在虛空。烏既飽羶腥,巫亦饗
甘濃;烏巫互相利,不復兩西東〔一四〕。日日營巢窟,稍稍

近房櫳〔一五〕；雖生八九子〔一六〕，誰辨其雌雄〔一七〕？羣雛又成長，衆嘴騁殘凶〔一八〕；探巢吞燕卵，入簇啄蠶蟲〔一九〕。豈無乘秋隼〔二〇〕，羈絆委高墉〔二一〕；但食烏殘肉，無施搏擊功。亦有能言鸚〔二二〕，翅碧嘴距紅〔二三〕；暫曾説烏罪，囚閉在深籠！青青窗前柳，鬱鬱井上桐；貪烏占棲息，慈烏獨不容。慈烏爾奚爲〔二四〕？來往何憧憧〔二五〕！曉去先晨皷〔二六〕，暮歸後昏鐘〔二七〕。辛苦塵土間，飛啄禾黍叢；得食將哺母，飢腸不自充。主人憎慈烏，命子削彈弓；絃續會稽竹〔二八〕，丸鑄荆山銅〔二九〕。慈烏求母食，飛下爾庭中；數粒未入口，一丸已中胸〔三〇〕。仰天號一聲〔三一〕，似欲訴蒼穹〔三二〕；反哺日未足，非是惜微躬〔三三〕。誰能持此冤，一爲問化工〔三四〕：胡然大嘴烏〔三五〕，竟得天年終？

〔一〕和大嘴烏：唐代有拜烏陋俗，老巫藉此以騙取人民飲食和金錢，這是野蠻時代拜物教的殘餘。凡是知書達理的開明人士，皆知其事屬虛妄。白氏取元稹詩而廣其義，以寓言詩的形式，揭露憲宗元和時貪官污吏互相勾結，殘害人民，排擠正士，受到皇帝的縱容和信任；廉正之士，彈劾贓官，反而得罪遭貶的黑暗現實。大嘴烏，即白頸老鴉，此詩以比貪官污吏。

〔二〕慈孝：指寒鴉，似烏鴉而形體略小。相傳此烏能反哺其母，故稱慈烏。此詩以比善良之士。

〔三〕老巫：比喻那些包庇貪官污吏的權臣和宦官。

〔四〕意潛通：暗中勾結。

〔五〕祥瑞句：古代傳說，謂日中有金烏。《春秋元命苞》："日中有三足烏，烏者陽(太陽)精(神)。"這當然是迷信。《長慶集·策林》一六有《議祥瑞》，力陳此類傳說的虛妄。

〔六〕神靈句：神靈,宋本作"神聖"。《西京雜記》："長安靈臺有相風銅烏,有千里風則動。"相風銅烏,實爲我國古代勞動人民所創製的一種候風儀,詩中謂老巫把它神祕化,用以欺人。

〔七〕北斗使：《春秋運斗樞》："瑤光散而爲烏。"瑤光,是北斗的第七星。因此,巫者把烏曲意附會成是北斗(神君)的使者。

〔八〕壽考：長壽。

〔九〕富家子：語意雙關：一方面指那些受騙的有錢人,一方面也用以暗喻"生于深宮之中,長于婦人之手"的皇帝,故下文有"禋六宗"之言。

〔一〇〕身老句：年紀老大,思想昏憒或幼稚。

〔一一〕婦姑：見前《觀刈麥》詩注,此處則泛指眷屬。

〔一二〕薦：祭獻。

〔一三〕禋六宗：《書·舜典》："禋于六宗。"禋(yīn),古代皇帝舉行的莊嚴祭禮。六宗,六種莊嚴的祭典的對象：日、月、星、四時、寒暑、水旱。此外還有其他説法。

〔一四〕不復句：言長期合夥結幫。

〔一五〕近房櫳：櫳,窗;房櫳,泛指内室,此以老鴉的靠近住室,比喻貪官的升遷内調。例如憲宗元和初年,山南東道節度使頔、荆南節度使裴均、淮南節度使王鍔等都依靠向皇帝進奉(納賄),做了司空同平章事、右僕射,或檢校司空兼太子太傅。類似的例子很多。分見《舊唐書·憲宗紀》、《通鑑·唐紀·憲宗紀》和白氏的一些奏狀。

〔一六〕雛生句：語出漢樂府《烏生》篇："烏生八九子。"

〔一七〕誰辨句：《詩·小雅·正月》："具曰予聖,誰知烏之雌雄!"意思是説：朝臣都吹噓自己是聖人,就像亂叫的老鴉一樣,誰能分辨是雌是雄?

〔一八〕騁：一本作"逞",義同。

〔一九〕燕卵、蠶蟲：比喻受害的良民。

〔二〇〕乘秋隼：隼(sǔn),猛禽,即獵鷹。《漢書·五行志》："立秋而鷹隼擊。"此處以比御史等司法官吏。

〔二一〕委高墉：委，棄置；高墉，《易·解》："公用射隼於高墉之上。"高墉，即城牆。

〔二二〕能言鸚：《禮記·曲禮》："鸚鵡能言。"此處以比諫議大夫、左右補闕、左右拾遺等諫官。

〔二三〕翅碧句：綠的翅膀，紅嘴紅爪。

〔二四〕奚爲：做什麼？

〔二五〕憧憧：《易·咸》："憧憧往來。"憧（chōng）憧，奔波勞碌的樣子。

〔二六〕晨鼓：唐朝京城，早、晚打鼓，放止行人。《大唐新語》："舊制：京城内金吾曉暝傳呼，以戒行者。馬周獻封章，始建街鼓，號鼕鼕鼓，公私便焉。"

〔二七〕昏鐘：唐都城早、晚亦撞鐘。故鄭錫《長樂鐘賦》曰："聞之者朝警而夕惕。"昏鐘，即夕鐘。

〔二八〕絃續句：此句蓋取《吳越春秋》引古《彈歌》"斷竹續竹，飛土逐肉"之意，續竹，謂以絃張弓也。《爾雅·釋地》："東南之美者，有會稽之竹箭焉。"大者曰竹，小者曰箭。

〔二九〕荆山銅：《史記·封禪書》："黄帝採首山之銅，鑄鼎于荆山下。"按首山即雷首山、首陽山，在今山西省永濟縣南，荆山在唐虢州閡鄉縣南（在今河南靈寶縣西）。以上兩句形容弓與彈取材之精美。

〔三〇〕中：讀去聲，意爲命中。

〔三一〕號：讀平聲，意爲叫。

〔三二〕蒼穹：即青天。

〔三三〕微躬：藐小的身命。

〔三四〕化工：指天。古人謂天地能産生萬物，故稱化工。

〔三五〕胡然：爲什麼？

答 箭 鏃〔一〕

矢人職司憂〔二〕，爲箭恐不精；精則利其鏃，錯磨鋒鏑成〔三〕。插以青竹簳，羽之赤雁翎；勿言分寸鐵，爲用乃長兵〔四〕。聞有狗盜者〔五〕，晝伏夜潛行；摩弓試箭鏃〔六〕，夜射不待明。一盜既流血，百犬同吠聲〔七〕；狺狺嗥不已〔八〕，主人爲之驚。盜心憎主人〔九〕，主人不知情；反責鏃太利〔一〇〕，矢人獲罪名。寄言控弦者〔一一〕，願君少留聽：何不向西射〔一二〕？西天有狼星〔一三〕；何不向東射？東海有長鯨〔一四〕。不然學仁貴，三矢平虜廷〔一五〕；不然學仲連，一發下聊城〔一六〕。胡爲射小盜〔一七〕，此用無乃輕！徒沾一點血〔一八〕，虛污箭頭腥。

〔一〕答箭鏃：此詩規勸元稹，要把鬥爭矛頭對準首要敵人，不要因細故而引起無原則的紛爭，以致爲敵人所乘，受到打擊報復。例如元稹彈劾嚴礪一案，意義就比較大；而和宦官劉士元在敷水驛爭廳，就沒有多少原則性。以致執政者借這一事實，給他加上一個"少年後輩，務作威福"的罪名，輕易地把他貶官，就是一個值得吸取的經驗教訓。箭鏃，即箭頭，元稹以爲詩題。

〔二〕矢人句：矢人，《周禮·考工記》有矢人，即為皇帝做箭頭的工人。白氏借此以喻監察御史之管"彈劾"。職司憂，《詩·唐風·蟋蟀》："職思其憂。"意思是當官的考慮如何克盡職守。

〔三〕鏑(dí)：箭頭。

〔四〕長兵：古人以戈矛爲短兵(器)，因爲用在短距離作戰；以弓箭爲長兵，因爲用于長距離作戰。

〔五〕狗盜：裝狗叫的小偷，見《史記·孟嘗君列傳》。此借喻幫兇的狗腿子。

〔六〕摩弓句：有躍躍欲試終於發射之意。此句主語爲"矢人"，省略。

〔七〕百犬句：《潛夫論·賢難》："諺云：一犬吠形，百犬吠聲。"案此指不問實情，隨聲附和地誣陷元稹的人。

〔八〕狺狺、嗥：狺狺(yín yín)，犬叫聲。嗥，同"嚎"。

〔 九 〕盜心句：《左傳·成公十五年》：“伯宗每朝，其妻必戒之曰：‘盜憎主人，民惡其上，子好直言，必及於難。’”此借喻奸臣陰謀傷害君上，累及直言者。

〔一○〕利：鋒利。

〔一一〕寄言句：奉告持弓人。控弦，意爲引弓，引申爲持弓之戰士。

〔一二〕何不句：以下八句，總謂既有銳利武器，則當對準首要敵人，萬不可因洩小憤而亂大謀。

〔一三〕西天句：《楚辭·九歌·東君》：“舉長矢兮射天狼。”《晉書·天文志》：“狼一星，在東井東南，狼爲野將，主侵掠。”

〔一四〕長鯨：古代稱大逆不道的人叫鯨鯢。《左傳·宣公十二年》：“古者明王伐不敬，取其鯨鯢而封之，以爲大戮。”鯨鯢與上天狼，當指進行軍事叛亂的藩鎮、外族。

〔一五〕仁貴句：薛仁貴，龍門人。高宗時，屢破強敵。爲鐵勒道總管時，九姓十餘萬來挑戰。仁貴發三矢，殺三人，餘衆懾服，遂降。軍中歌曰：“將軍三箭定天山，壯士長驅入漢關。”事詳新、舊《唐書》本傳。

〔一六〕不然二句：仲連，即魯仲連，戰國時齊人。燕將攻下齊國聊城，聊城人或讒之(於)燕。燕將懼誅，因保守聊城，不敢歸。齊田單攻聊城歲餘，士卒多死，而聊城不下。魯連乃爲書約之矢，以射城，書遺燕將；燕將自殺，遂下聊城。事詳《戰國策·齊策》案：“聊城”，各本多作“遼城”，是音誤。亦有作“燕城”者，蓋涉“燕將”字而誤，不可從。

〔一七〕胡爲：因何？

〔一八〕徒：空。

酬元九對新栽竹有懷見寄〔一〕

昔我十年前，與君始相識〔二〕；曾將秋竹竿，比君孤且直〔三〕。中心一以合，外事紛無極〔四〕；共保秋竹心，風霜侵不得〔五〕。始嫌梧桐樹，秋至先改色；不愛楊柳枝，春來軟無力。憐君別我後，見竹長相憶；常欲在眼前，故栽庭戶側〔六〕。分首今何處？君南我在北〔七〕。吟我贈君詩，對之心惻惻〔八〕。

〔一〕此詩作者原注："頃有《贈元九》詩云：'有節秋竹竿。'故元感之，因重見寄。"元詩指《元氏長慶集》二《種竹》篇。序云："昔樂天贈予詩：'無波古井水，有節秋竹竿。'予秋末種竹廳下，因而有懷，聊書十韻。"白氏故復以此酬和。

〔二〕昔我二句：據《唐登科記》，白居易以貞元十六年（八〇〇）二月在高郢主試下進士及第，和元稹開始相識，當在此時。下距元稹於元和五年被貶江陵士曹參軍寫《種竹》詩，已滿十年之數。

〔三〕曾將二句：作者《養竹記》云："竹性直，直以立身；君子見其性，則思中立不倚者。"這裏的"孤"字，就是"中立不倚"的意思。

〔四〕中心二句：中心，内心，指志趣。一以合，完全一致。外事，指社會現實；紛無極，意謂紛紜擾攘，沒完沒了。

〔五〕共保二句：和上二句雙領雙承，層層推進。因翠竹經冬不凋，不怕風霜侵襲，故節士引以自喻。

〔六〕始嫌以下八句：梧桐，比喻氣質脆弱，容易變節的人；楊柳，比喻趨炎附勢，奴顔媚骨之輩。"憐君別我後"以下，抒寫因睹物而思人，復因人而重物。其"常欲在眼前"二句，即轉述元詩"秋來苦相憶，種竹廳前看"二句之意。

〔七〕分首二句：時元貶江陵，白在長安，故曰"君南我在北"。

〔八〕吟我二句：贈君詩，指《贈元稹》那一篇，見前。惻惻，憂念狀。杜甫《夢李白》："死別已吞聲，生別常惻惻。"

贈 友 五 首〔一〕（選三）并序

　　吾友有王佐之才者〔二〕，以致君濟人爲己任〔三〕，識者深許之〔四〕，因贈是詩，以廣其志云〔五〕。

〔一〕贈友：所贈之友，當即與白居易同時作翰林學士的李程、王涯、裴垍、李絳、崔羣。五人皆一時人望，後皆陸續入相。故白氏晚年作詩，有“同時六學士，五相一漁翁”的句子。在入相前，他們對國家大政、人民疾苦，屢有陳述。而崔羣、李絳又嘗與錢徽、韋弘景、白居易等同撰《君臣成敗》五十條，寫上長屏，放在憲宗座右。其所論內容，多與白氏《贈友》詩相同。可見《贈友》五首，是實有所指的。

〔二〕王佐之才：班固《漢書·董仲舒傳贊》：“劉向稱董仲舒有王佐之材，雖伊、呂無以加。”王佐材，即帝王的輔佐之才。

〔三〕致君濟人：輔佐皇帝，使他能够成爲治國安邦的明君，叫“致君”。杜甫《奉贈韋左丞丈二十二韻》：“致君堯舜上，再使風俗淳。”濟人，即救民。

〔四〕識者深許之：有見識的人，都很贊許他們。

〔五〕廣其志：廣，原是推廣、引申之意，惟屈原《九章·懷沙》有“定心廣志，余何畏懼兮”之句；廣志，當有堅定其信心之意。

　　一年十二月，每月有常令〔一〕，君出臣奉行〔二〕，謂之握金鏡〔三〕。由兹六氣順〔四〕，以遂萬物性〔五〕。時令一反常〔六〕，生靈受其病〔七〕。周漢德下衰〔八〕，王風始不競〔九〕；又從斬晁錯，諸侯益強盛〔一〇〕。百里不同禁，四時自爲政〔一一〕。盛夏興土功〔一二〕,方春剿人命〔一三〕。誰能救其失〔一四〕?待君佐邦柄〔一五〕。峨峨象魏門,懸法彝倫正〔一六〕。

〔一〕每月句:《禮記》有《月令》篇,鄭玄《禮記目録》云:"名曰《月令》者,以其記十二月政之所行也。"常令,不能隨便更動的命令。包括積極方面應當做什麽,消極方面禁止做什麽,這在《月令》裏都有明文規定,每月内容各不相同。

〔二〕君出句:出,發布命令;奉行,奉令行事。《禮記·月令》:"孟春之月(舊曆正月),天子……命相布德和令,行慶施惠,下及兆民。"諸如此類,遠古時未必實行,漢以後更是虚文。

〔三〕金鏡:見《文選》劉峻《廣絶交論》,李善以"明道"釋"金鏡",意指封建時代統治階級必須遵守的原則。

〔四〕由兹句:由兹,從此;六氣,六種不同的天氣變化。《左傳·昭公元年》:"陰、陽、風、雨、晦、明也。"陰陽指陰晴,也指寒暖;晦明指晝夜,也可指陰晴。

〔五〕遂:適應,宣洩。

〔六〕時令句:言氣候變化,違反常規。如旱、澇、冬暖、夏涼等。也指國家不按時序的常令行事,如春夏不應伐木而伐木等。

〔七〕生靈:指人。

〔八〕周漢句:意思是説周、漢兩朝末葉,皇帝的品德才能,比起開國盛世君主,逐漸走向腐化墮落。此處係影射唐自玄、肅、代、德以後,皇帝一個不如一個,朝廷威望一落千丈。

〔九〕王風句:《王風》,是《詩》十五《國風》中的一種。所收十篇都是周平王東遷以後的詩。那時周天子名存實亡,統治區域不過洛陽周圍方圓六百里,實際等於一個諸侯。所以這十篇詩不列《大雅》、《小雅》,而只編入《國風》。説見《王風·黍離序》鄭玄《箋》。"不競",語見《左傳·襄公十八年》,意思是不景氣。所以這句詩的意思是:皇帝的威望開始下降。

〔一○〕又從二句：晁(cháo)錯(約前二○○—前一五四)，漢潁川(郡治在今河南禹縣)人。是西漢初著名的政論家。景帝時做御史大夫(副丞相)，倡議加強中央集權，主張削減諸侯封地，吳楚等七國藉口懲辦晁錯，進行武裝叛亂，景帝信用袁盎讒言，把他殺害，但七國并沒有就此罷兵。事見《漢書·晁錯傳》。案此事實暗喻永貞革新領袖王叔文因建議朝廷，奪取大宦官俱文珍兵權，讓富有作戰經驗的老將范希朝做統帥，削平藩鎮。結果被宦官勾結藩鎮，在太子李純(即後來的憲宗)跟前，挑撥離間，因而被貶謫殺害一事。

〔一一〕百里二句：是説藩鎮割據，各自爲政，儼然成了許多獨立王國。

〔一二〕盛夏句：盛夏指舊曆六月，《禮記·月令》："季夏之月，不可以興土功……以妨神農之事也。"土功，指土木工程；"神農之事"，指農事。詩意爲當前政令違反時序，在農忙時搞修建，破壞農業生產。

〔一三〕方春句：方，正當；剿，殺戮。案唐朝根據《月令》，一般不在春季行刑。例如《舊唐書·玄宗紀》載"開元四年春正月癸未，尚衣奉御長孫昕恃以皇后妹壻，與其妹夫楊仙玉毆擊御史大夫李傑，上(玄宗)令朝堂斬昕以謝。百官以陽和之月，不可行刑，累表陳請，乃命杖殺之"可證。這句詩是説當時刑罰，也不依時序，非時殺人，違反制度。

〔一四〕救其失：改正這些過失。

〔一五〕佐邦柄：輔佐皇帝，執掌國家大權。

〔一六〕峨峨二句：峨峨，崇高貌。象魏門，即宮闕門，是古代朝廷公布法令的地方。《周禮·天官·大宰》："乃縣(懸)治象之法於象魏。"懸法，把政令和法律懸掛在那裏。彝倫，指古代奴隸制、封建制國家的大經大法。《書·洪範》："彝倫攸斁。"彝倫，指臣民必須遵守的國家的倫常法制。詩意是指望能整肅政令。

銀生楚山曲〔一〕，金生鄱溪濱〔二〕。南人棄農業，求之多苦辛。披砂復鑿石，矻矻無冬春〔三〕；手足盡皴胝〔四〕，愛利不愛身。畬田既慵斫〔五〕，稻田亦懶耘；相攜作游手〔六〕，皆道求金銀。畢竟金與銀，何殊泥與塵？且非衣食物，不濟飢寒人。棄本以趨末〔七〕，日富而歲貧。所以先聖王，棄藏不爲珍〔八〕。誰能反古風，待君秉國鈞〔九〕！捐金復抵璧〔一〇〕，勿使勞生民。

〔一〕銀生句：《元和郡縣志·江南道·鄂州》：“開元貢銀、碌、紵布。元和貢銀。”可見唐代湖北產銀。

〔二〕金生句：鄱溪濱，指鄱陽。《元和郡縣志·江南道·饒州（鄱陽）》：“開元、元和貢麩金。”可見唐代鄱陽產金。

〔三〕矻矻句：矻矻(kū kū)，辛勞貌。無冬春，言一年四季都在忙碌，不像農民冬春尚有農閑。

〔四〕皴胝：皴，見前《杏園中棗樹》詩注。胝(zhī)，腳下所生厚皮。

〔五〕畬田句：畬(shē)，古代南方一種叫“刀耕火耨”的原始種地方法。直到唐、宋時長江流域仍有部分保存。《舊唐書·嚴震傳》：“梁漢間刀耕火耨，民末粗爲食。”王禹偁《畬田詞序》說：“上雒郡南六百里屬邑有豐陽、上津，皆深山窮谷，不通轍迹。其民刀耕火種，大抵先斫山田，雖懸崖絕嶺，樹木盡仆。俟其乾且燥，乃行火焉。火尚熾，即以種播之。然後釀黍稷，烹鷄豚，先約曰：‘某家某日，有事于畬田。’如期而集，鉏斧隨焉。至則行酒啗炙，鼓噪而作，蓋斸而掩其土也。斸畢則生，不復耘矣。”慵(yōng)，懶；斫(zhuó)，砍樹。

〔六〕游手：古代以農爲本，工商爲末，其餘作投機事業以獲厚利者爲游手虛僞之業。《後漢書·章帝紀》：“務盡地力，勿令游手！”《潛夫論》：“浮末者什（十倍）於農夫，虛僞游手者什浮末。”白詩似以農業以外的生產亦屬之游手事業，蓋用《後漢書·章帝紀》舊義。

〔七〕棄本句：謂舍農桑而事工商。《史記·商君傳》：“大小戮力本業耕織,致粟帛多者復其身。"此本業指農桑而言。《後漢書‧仲長統傳》:"去末作以一本業。"此末作指工商而言。

〔八〕所以二句:先聖王,指老子,老子被唐代皇帝託爲始祖,故稱先聖王。《老子》云:"金玉滿堂,莫之能守。"又曰:"不貴難得之貨,使民心不亂。"

〔九〕秉國鈞:掌握國家大權。

〔一〇〕捐金句:《抱朴子‧安貧》:"上智不貴難得之財,故唐虞捐金而抵璧。"捐,抛棄;抵,拒絕接受。璧,玉器名,形扁圓,中有小孔,古代貴族用爲禮器。

　　白氏《策林》一九《息遊惰》條云:"臣伏見今之人,舍本業趨末作者,非惡本而愛末,蓋去無利而就有利也。夫人之蚩蚩趨利者甚矣!苟利之所在,雖水火蹈焉。雖白刃冒焉,故農桑苟有利也,雖日禁之,人亦歸之,而況於勸之乎?遊惰苟無利也,雖日勸之,亦不爲矣,而況於禁之乎?當今遊惰者逸而利,農桑者勞而傷;所以傷者,由錢刀重而穀帛輕也。"案唐代開採金銀,專供皇室、貴族、官僚及少數富商大賈作器鑄錢使用(有的由朝廷直接開採,有的規定爲地方常貢;有的方鎮靠進奉金銀器向朝廷行賄,如裴均一次就向朝廷進奉銀器一千五百兩,見《舊唐書‧憲宗紀》元和四年四月)。解放以來,西安市曾出土大量金銀器皿和錢幣,就是證明。金銀開採,官營(《舊唐書‧憲宗紀》:"元和三年六月詔……天下銀坑不得私採。")要由農村抽調勞動力做礦工,私營(同書:"元和四年六月……五嶺以北銀坑,任人開採。")要由農民轉業舉辦。總之都要向農村爭奪勞動力,從而造成農村勞動力缺乏,農業生產遭受嚴重破壞的不良後果。白氏此詩,即就上述現象立論。

　　私家無錢鑪〔一〕,平地無銅山〔二〕;胡爲秋夏稅,歲歲輸銅錢〔三〕?錢力日已重〔四〕,農力日已殫〔五〕。賤糶粟與麥,賤貿絲與綿;歲暮衣食盡,焉得無飢寒〔六〕!吾聞國之初,有制垂不刊〔七〕；傭必算丁口,租必計桑田〔八〕；不求土所無,不強人所難；量入以爲出,上足下亦安。兵興一變法,兵息遂不還〔九〕。使我農桑人,憔悴畎畝間〔一〇〕。誰能革此弊？待君秉利權〔一一〕。復彼租傭法,令如貞觀年〔一二〕。

〔一〕私家句：唐初鑄錢,皆由官爐,禁止私鑄,違者處死。這種規定,《舊唐書·食貨志》有明文記載。但事實上,唐代仍有私鑄,自初唐時已然。上引同書,也有明確記載。不過貧苦農民當然不會有。

〔二〕平地句：意思是説：耕地都是平原,絕不會出銅礦。銅山,出銅礦的山。《漢書·佞幸傳》："賜(鄧)通蜀嚴道銅山,得自鑄錢。"

〔三〕胡爲二句：胡爲,何爲,爲什麼？秋夏税,指兩税法規定農民交納夏税不得過舊曆六月,秋税不得過十一月。這兩句詩意,正如陸贄在《論兩税之弊》裏所説："人不得鑄錢而限令供税"。

〔四〕錢力句：中唐以後,流通的錢越來越少,對實物的比價越來越高(重),主要由三種原因造成：一,商人囤積居奇,《舊唐書·食貨志》："元和三年六月詔曰：泉貨(貨幣)之法,義在通流,若錢有所壅,則貨當益賤,故藏錢者得乘人之急,居貨者必損己之資……"就反映了這種情況。二,當時銅器價格,貴於錢價；投機商人因此多銷毀銅錢,改鑄銅器,牟取暴利。三,當時佛教盛行,僧徒信士,許多銷錢化銅,鑄造佛像。

〔五〕農力句：農民折賣實物,換錢交租,經濟能力,日益枯竭。殫,盡,枯竭。

〔六〕賤糶四句：《新唐書·食貨志》："自初定兩税,貨重錢輕,乃計錢而輸綾絹；既而物價愈下,所納愈多,絹匹爲錢三千二百,其後一匹爲一千六百；輸一者過二,雖賦(税額)不增舊,而民愈困矣。"又："貞元十二年,河南尹齊抗復論其敝,以爲……百姓本出布帛,而税反配錢；至輸時，復取布帛，更爲三估計折，州縣升降成奸。
若直完布帛，無估可折。蓋以錢爲税，則人力竭而有司不之覺。
今兩税出於農人，農人所有，唯布帛而已。用布帛處多，用錢處
少，又有鼓鑄(錢爐)以助國計，何必取於農人哉。"這四句詩總的
意思是説：農民爲了湊錢交税，只好賤賣農産品，衣食所資既盡，
豈能不挨餓受凍。貿，賣。

〔七〕吾聞二句：指唐高祖武德年間，初行"租庸調"税制而言。唐高祖
　　　武德二年(六一九)二月，始訂"租庸調"法。七年(六二四)三月，
　　　又訂均田賦税制，使租庸調法更趨完備，其剥削較中唐時爲輕。
　　　古代公私文書皆用竹簡；有所更定，則用刀削去另寫，故曰刊。不
　　　刊，即不能更改之義。劉歆《答揚雄書》："是懸諸日月不刊之
　　　書也。"

〔八〕庸必二句：言"租庸調"制，徭役以丁口計算，租調以田畝計算。
　　　比較合理。按唐初制度：租，規定每丁歲納粟二石或稻二斛；調，
　　　規定每户納絹二匹，綾綢各兩丈，綿三兩；如納布，加五分之一，并
　　　輸麻三斤。庸是每丁歲役二十日，有閏月加二日；如不能應役，納
　　　綾、絹、綢每日三尺。

〔九〕兵興二句：指安史亂後，因戰爭關係，代宗李豫開始實行計畝定
　　　税法；至德宗李适又改行兩税法。白氏認爲德宗、憲宗以後，唐朝
　　　的局勢趨向穩定，爲了減輕農民負擔，抑制地主兼并，應當恢復初
　　　唐舊制，當然他不懂得，當時條件，已不可能。

〔一〇〕畎畝：田地。畎(quǎn)，田間小溝。

〔一一〕利權：財政和經濟大權。

〔一二〕令如句：貞觀，是唐太宗李世民的年號(六二七—六四九)。意
　　　思是説：如目前恢復"租庸調"制，則"貞觀之治"，不難重現於
　　　今日。

　　白氏《策林》一九《息遊惰》條云："當今遊惰者逸而利，農桑者勞而
傷；所以傷者，由天下錢刀(古代一種刀形錢幣)重而穀帛輕也，由賦斂失

其本也。夫賦斂之本者，量桑地以出租，計夫家以出庸，租庸者，穀帛而已。今則穀帛之外，又責之以錢；錢者，桑地不生，私家不敢鑄；業於農者，何以得之？至乃胥吏追徵，官限迫蹙(促)，則易其所有，以赴公程(交納公家稅款)。當豐歲賤糶半價，不足以充緡錢；遇凶年，則息利倍稱，不足以償逋債；豐凶既若此，爲農者何所望焉！"所論可與此詩互證。

哭　孔　戡〔一〕

　　洛陽誰不死？戡死聞長安；我是知戡者，聞之涕泫然〔二〕。戡佐山東軍〔三〕，非義不可干〔四〕；拂衣向西來〔五〕，其道直如弦〔六〕。從事得如此，人人以爲難。人言明明代，合置在朝端〔七〕。或望居諫司〔八〕，有事戡必言；或望居憲府〔九〕，有邪戡必彈。惜哉兩不諧〔一〇〕，沒齒爲閑官〔一一〕；竟不得一日，謇謇立君前〔一二〕。形骸隨衆人，斂葬北邙山〔一三〕；平生剛腸內〔一四〕，直氣歸其間。賢者爲生民，生死懸在天。謂天不愛人〔一五〕，胡爲生其賢？謂天果愛民，胡爲奪其年！茫茫元化中〔一六〕，誰執如此權〔一七〕？

〔一〕孔戡：字君勝。其生平事蹟見《贈樊著作》詩注。
〔二〕泫(xuàn)然：落淚的樣子。
〔三〕山東軍：澤潞鎮在太行山東，故稱山東軍(節署設在今河北省邢臺市)。
〔四〕非義句：澤潞節度使盧從史和王承宗、田緒暗中勾結，陰謀反抗朝廷，叫孔戡草擬攻擊朝廷文告，孔戡認爲不義，斷然拒絕。干，侵犯。

〔五〕拂衣句：拂衣，猶振衣，人欲起行，必先振其衣。亦即拂袖而去之
　　　　意。向西來，指自山東西來洛陽。

〔六〕直如弦：形容孔戡的性格非常耿直。漢代童謠：“直如弦，死
　　　　道邊。”

〔七〕人言二句：人們都説在這政治清明的朝代，理應把他(指孔戡)放
　　　　在朝廷上。

〔八〕諫司：諫職。唐代有諫議大夫、左右補闕、左右拾遺等。

〔九〕憲府：彈劾機關。唐代有御史臺，設大夫一人，中丞二人，掌邦國
　　　　刑憲(法)及彈劾中外百僚。詳《舊唐書·職官志》。

〔一〇〕諧：成功，遂意。

〔一一〕没齒句：没齒，終生。閑官，有職無權的散官。

〔一二〕謇(jiǎn)謇：剛直敢言的樣子。

〔一三〕北邙山：在洛陽北，爲古墓地。

〔一四〕剛腸：剛正的心腸，亦即耿直的性格。《文選》嵇康《與山巨源絶
　　　　交書》：“剛腸疾惡，輕肆直言，遇事便發。”

〔一五〕謂天：下“謂天”二字，一本作“爲天”，非。

〔一六〕元化：即造化。

〔一七〕誰執句：此句表面似在問天，實則質問朝廷，是誰在掌握這種壓
　　　　抑賢才的特權？

　　此詩即《與元九書》所謂：“聞僕《哭孔戡》詩，衆面脈脈盡不悦矣”的
那一首。孔戡死在元和五年(八一〇)，此詩當作於是年。

折　劍　頭〔一〕

　　拾得折劍頭，不知折之由。一握青蛇尾〔二〕，數寸碧
峯頭〔三〕。疑是斬鯨鯢〔四〕，不然刺蛟虬〔五〕。缺落泥土

中,委棄無人收〔六〕。我有鄙介性〔七〕,好剛不好柔。勿輕
直折劍〔八〕,猶勝曲全鈎〔九〕。

〔一〕折劍頭:被折斷的劍鋒。此詩爲寓言體,作者借以自喻。
〔二〕一握句:一握,一把來長,形容其短;青蛇,見前《新樂府·鵶九
　　　劍》注,蛇尾,比喻劍鋒。
〔三〕碧峯頭:古人常以劍名山,如廬山有雙劍峯,川北有大劍山、小劍
　　　山是。白氏此處則以峯喻劍。
〔四〕鯨鯢:漢李尤《寶劍銘》:"水截鯨鯢。"案:雄曰鯨,雌曰鯢,海中大
　　　魚名。鯨鯢在海裏興風作浪,故詩以比唐朝一些野心勃勃的方鎮
　　　節使(即藩鎮)。餘詳前《答箭鏃》詩注。
〔五〕蛟虬(qiú):龍子。蛟虬意即蛟龍。蛟龍雖能爲人害,然我國古代
　　　則多刺蛟、斬蛟的英雄:如楚之佽飛,見《吕氏春秋·知分》篇;晉
　　　之周處,見《世説新語·自新》。此詩蓋以蛟虬暗喻大宦官吐突承
　　　璀等竊據要職,把持軍政者。
〔六〕委棄:拋棄。
〔七〕鄙介性:樸實而又耿直的性格。
〔八〕直折劍:白氏曾因直言而得罪憲宗李純,直道而受摧折,故以直
　　　折劍自比。
〔九〕曲全鈎:鈎雖全而曲。比喻靠逢迎諂媚而當權的奸臣。漢代童
　　　謠:"直如弦,死道邊;曲如鈎,反封侯。"

　　此詩當作於元和五年(八一○)。在這一年以前,白居易連上了許多
奏摺,揭發和反對頔、裴均、王鍔向皇帝行賄以及吐突承璀竊取軍權的
非法行爲。這些人不是方鎮節使,就是深受皇帝寵信的大宦官。同時又
寫了五十篇《新樂府》,十首《秦中吟》,甚至還和皇帝李純當面争論。李
純曾怒對李絳説:"白居易小子是朕提擢致名位,而無理於朕,朕實難
奈!"(見《舊唐書》本傳)賴李絳勸解,方才免禍。這是白氏在政治上第一
次受到打擊,故寫詩以"折劍頭"自比,表明自己寧肯"直折",不願"曲全"

的堅強鬭志。

登樂遊園望

　　獨立樂遊園〔一〕,四望天日曛〔二〕。東北何靄靄〔三〕,宮闕入煙雲！愛此高處立,忽如遺垢氛〔四〕。耳目暫清曠,懷抱鬱不伸。下視十二街〔五〕,綠樹間紅塵。車馬徒滿眼,不見心所親。孔生死洛陽〔六〕,元九謫荆門〔七〕。可憐南北路,高蓋者何人〔八〕？

〔一〕樂遊園:即樂遊原,在長安西南。宋敏求《長安志》:"樂遊原居京城之最高,四望寬敞,城內瞭如指掌。"

〔二〕曛:日入餘光。

〔三〕靄靄(ǎi ǎi):煙雲密集貌。

〔四〕垢氛:土氣,亦指都市濁氣。謝靈運《述祖德詩》:"兼抱濟物性,而不嬰垢氛。"

〔五〕十二街:《長安志》:"唐皇城,城中南北七街,東西五街,其間並列臺、省、寺、衞。"

〔六〕孔生句:見前《哭孔戡》詩。

〔七〕元九句:元九即元稹,稹於元和五年被貶作江陵士曹參軍。荆門,縣名,在今湖北省。唐代屬江陵府,見《元和郡縣志》。《元氏長慶集》有《和樂天登樂遊原見憶》詩。

〔八〕高蓋:蓋,車蓋。高蓋指駟馬高車的大官僚。四皓《紫芝歌》:"駟馬高蓋,其憂甚大。"

　　此詩即《與元九書》所說:"聞《登樂遊原》寄足下詩,則執政者扼腕

矣"那一首。考孔戡的死，元稹的貶，皆在元和五年(八一〇)，則此詩當
亦作於是年。

寄　唐　生〔一〕

　　賈誼哭時事〔二〕，阮籍哭路歧〔三〕；唐生今亦哭，異代
同其悲。唐生者何人？五十寒且飢。不悲口無食，不悲
身無衣；所悲忠與義〔四〕，悲甚則哭之。太尉擊賊日〔五〕，
尚書叱盜時〔六〕，大夫死凶寇〔七〕，諫議謫蠻夷〔八〕。每見
如此事，聲發涕輒隨。往往聞其風，俗士猶或非〔九〕。憐
君頭半白，其志竟不衰。我亦君之徒〔一〇〕，鬱鬱何所
爲〔一一〕？不能發聲哭，轉作樂府詩〔一二〕。篇篇無空文，
句句必盡規〔一三〕；功高虞人箴〔一四〕，痛甚騷人辭〔一五〕。
非求宮律高〔一六〕，不務文字奇；惟歌生民病〔一七〕，願得天
子知。未得天子知，甘受時人嗤。藥良氣味苦〔一八〕，琴淡
音聲稀〔一九〕。不懼權豪怒，亦任親朋譏；人竟無奈何，呼
作"狂男兒"。每逢羣盜息〔二〇〕，或遇雲霧披〔二一〕。但自
高聲歌，庶幾天聽卑〔二二〕。歌哭雖異名，所感則同歸。寄
君三十章〔二三〕，與君爲哭詞。

〔一〕唐生：生，猶如後世稱"先生"，唐生，是對唐衢的敬稱。唐衢，滎
　　陽人。曾應進士試，未被錄取，關心國家大事，看到貞元、元和國
　　事日非，時常痛哭流涕，因以善哭著名，享年約五十多歲。據説他
　　著作達千篇，惜未留存。貞元十八年前後，他在滑州李翺家裏與
　　白居易相識。其生平事蹟，《舊唐書》一六〇、李肇《國史補》都有

127

簡略記載。

〔二〕賈誼句：賈誼(前二○○—一六八)洛陽人，漢文帝時政論家，他在《陳政事疏》中説：“臣竊唯事勢可爲痛哭者一，可爲流涕者二，可爲長太息者六。”此詩所謂“哭時事”即指此。

〔三〕阮籍句：阮籍(二一○—二六三)字嗣宗，三國時陳留尉氏(今河南尉氏縣)人，爲魏正始時傑出詩人，和嵇康齊名，並稱“嵇阮”。又是“竹林七賢”之一。《晉書》本傳説他：“本有濟世志，屬魏晉之際，天下多故，名士少有全者。籍由是不與世事，遂酣飲爲常……時率意駕車，不由路徑，車迹所窮，遂慟哭而返。”其《詠懷詩》有“楊子泣路歧”之句，實其自我寫照。

〔四〕所悲句：傷悼當時忠臣義士，或死非命，或遭貶謫。

〔五〕太尉句：白氏自注：“段太尉以笏擊朱泚。”案段太尉指段秀實。秀實字成公，汧陽(今陝西千陽)人。德宗時爲司農卿。太尉朱泚想叛唐自立，謀結秀實自助；秀實知其謀，奪取別人的笏版痛打朱泚，並唾面大罵，打得朱泚頭破血流，因此遇害。後追贈太尉。事詳新、舊《唐書》本傳。朱泚後來果自立爲帝，國號大秦，又改稱漢；不久被李晟趕出長安，爲部將所殺。

〔六〕尚書句：白氏自注：“顏尚書叱李希烈。”按顏尚書指顏真卿。真卿，字清臣，臨沂人。作吏部尚書，爲奸臣盧杞所忌，值淮西藩鎮李希烈起兵叛唐，攻下汝州。杞借刀殺人，使真卿前往勸諭；希烈以利誘真卿，真卿不爲動，並罵不絕口，因而遇害。事詳新、舊《唐書》本傳。李希烈後自立爲帝，國號楚，旋爲部將所殺。

〔七〕大夫句：白氏自注：“陸大夫爲亂兵所害。”案陸指陸長源。長源字泳之。貞元十二年，作檢校禮部尚書宣武軍行軍司馬。宣武鎮節度使董晉死後，長源繼爲該鎮留後；開始整頓軍紀，結果爲驕兵悍將所殺。事詳《舊唐書》本傳。案《長慶集》有《哀二良文》，即爲哀悼陸長源和徐州軍副使祠部員外郎鄭通誠而作。

〔八〕諫議句：白氏自注：“陽諫議左遷道州。”案陽指陽城，事蹟見前《贈樊著作》詩注。諫議大夫是唐朝最高一級的諫官。

〔九〕非：不以爲然。

〔一〇〕君之徒：您的同道。

〔一一〕鬱鬱：憂悶狀。

〔一二〕樂府詩：指《新樂府》和《秦中吟》等詩。

〔一三〕盡規：盡規勸諷諫之道。

〔一四〕虞人箴：虞人，古代掌山澤園囿的官吏。《虞人箴》，見《左傳·襄公四年》。大意是諫諍周王不問國政，而專事射獵的遊蕩行爲，舉夏代后羿失國作爲教訓。白氏於元和十五年，曾作《續虞人箴》，諷諫唐穆宗溺於游獵，見《白氏長慶集》文集卷三十九。

〔一五〕騷人辭：指屈原所作《離騷》、《九章》等揭露楚國政治黑暗的作品。

〔一六〕宮律：古人以宮、商、角、徵、羽等五音代表五個調號。此處泛指音律、曲調。

〔一七〕生民病：人民疾苦。

〔一八〕藥良句：《史記·留侯世家》："良藥苦口而利於病，忠言逆耳而利於行。"

〔一九〕琴淡句：琴，即古代的五弦琴。音色和琴曲的旋律大抵樸素無華，故曰"淡"。《老子》："大音稀聲。"意爲正派的音樂不要花腔。此處喻正派的詩歌作風樸素，不事浮華。

〔二〇〕羣盜：指稱兵作亂的藩鎮。

〔二一〕雲霧披：《世說·賞譽》："披雲霧，見青天。"此處借喻皇帝暫時不爲邪臣所蔽的時機。

〔二二〕庶幾句：庶幾，表希望。《史記·宋微子世家》："天高聽卑。"白氏引此，表明作者希望皇帝聽納臣民的意見。

〔二三〕三十章：《新樂府》共五十篇，此云三十，當是指其中戰鬥性較強的作品。還可能有一部分是《秦中吟》裏的。

　　白氏《傷唐衢》第二首説："遂作《秦中吟》，一吟悲一事……唯有唐衢見，知我平生志"；《與元九書》也説："有唐衢者，見僕詩而泣。"所詠正是寫這首詩時候的情況。假使《秦中吟》完成於元和五年,則知此詩必五年以後所作。白氏寫《新樂府》和《秦中吟》時,除元稹、李紳等唱和者外,唐衢、孔戡是少數的知音。

納　粟〔一〕

有吏夜扣門,高聲催納粟;家人不待曉〔二〕,場上張燈燭〔三〕。揚簸淨如珠,一車三十斛〔四〕;猶憂納不中〔五〕,鞭責及僮僕。昔余謬從事〔六〕,內愧才不足〔七〕;連授四命官〔八〕,坐尸十年祿〔九〕。常聞古人語:損益周必復〔一〇〕。今日諒甘心,還他太倉穀〔一一〕!

〔一〕納粟:觀此詩所寫,"納粟"當非繳納正稅,而極像當時強迫執行的"和糴"。"和糴"始行於天寶,當時因關中缺糧,軍供不足,因此由少府出錢,遇豐年將糧買進;遇荒年賣出。本具有平衡糧價的積極作用。但行到後來,弊端百出,實爲對百姓的額外攤派。白氏《論和糴狀》曾說:"臣久處村閭,曾爲和糴之戶。親被迫蹙,實不堪命。"雖事非同時,但所述情況,可與此詩互證。

〔二〕不待曉:不等天亮。

〔三〕張燈燭:燃起燈燭。

〔四〕斛(hú):十斗。

〔五〕納不中:繳納不上。

〔六〕謬從事:從事,意即從政。謬,錯誤。此處爲自謙之辭,即才力不足,謬蒙任用之意。

〔七〕內愧句:自此以下至末尾,皆憤慨語。

〔八〕四命官:白氏做過校書郎、盩厔縣尉、左拾遺、京兆戶曹參軍,都

由朝廷任命(命官)。四命官,是四次爲命官他如制策考官之類,
是臨時委派性質,故不計入。

〔九〕坐尸句:白白地喫了十年的俸祿。尸祿,典出《漢書・鮑宣傳》:
"以恭默尸祿爲智。"顏師古注:"尸,主也,不憂其職,但主食祿而
已。"意爲乾領祿米,未盡職責。白氏從貞元十八年任校書郎起,
到元和六年丁憂退休,恰好是十年。故自謙"坐尸十年祿"。

〔一〇〕損益句:"損"和"益"是《易》裏意義相反的兩個卦名。損卦象徵
減少或下降,益卦象徵增多或上升。增減升降,周流變化,故有
"七日來復"的説法(見《易・復卦》)。

〔一一〕今日二句:意思是説:按照《易》的"損"、"益"循環反復的規律,則
知今日之損,正是昨日之益的後果,因此甘心把以前取之於太倉
之穀,還之太倉。唐太倉在長安宮城北,禁苑西,是朝廷貯藏糧食
的倉庫。官員的祿米,都由那裏發放。

此詩至以下《新製布裘》等諸篇,皆元和六年(八一一),白氏退居渭
村時所作。

秋 遊 原 上〔一〕

七月行已半〔二〕,早涼天氣清。清晨起巾櫛〔三〕,徐步
出柴荆〔四〕。露杖筇竹冷〔五〕,風襟越蕉輕〔六〕。閑攜弟姪
輩,同上秋原行。新棗未全赤,晚瓜有餘馨。依依田家
叟〔七〕,設此相逢迎。自我到此村,往往白髮生〔八〕。邨中
相識久,老幼皆有情。留連向暮歸〔九〕,樹樹風蟬
鳴〔一〇〕。是時新雨足〔一一〕,禾黍夾道青。見此令人飽,
何必待西成〔一二〕。

〔一〕原：指渭村附近的原野。

〔二〕行已半：將到一半，指月之十四五日。

〔三〕巾櫛：猶言梳洗。用巾擦面，用櫛（木梳）梳髮。

〔四〕柴荊：即柴門。村舍門常編柴薪或荊條爲之。

〔五〕露杖句：筇竹杖因着露而覺冷。筇（qióng），字亦作邛。筇竹，四川名產，可以爲杖。

〔六〕風襟句：用葛布做成的長衫遇風而顯得格外輕爽。越蕉，即廣東所產的葛布。《廣東新語》：“蕉類不一，其可爲布者曰蕉麻。山生或田種，以蕉身熟踏之，煮以純灰水，漂澼（沖洗）令乾，乃績（織）爲布。出高要、寶查、廣利等村者尤美。”

〔七〕依依：親熱貌。

〔八〕往往：有忽忽之意，韓愈《祭十二郎文》：“比得軟脚病，往往而劇。”別本作“往來”。此從汪立名本。

〔九〕留連句：留連，或作流連、留戀，不忍離開的樣子。向暮，近晚、傍晚。

〔一〇〕樹樹句：林風送來陣陣蟬鳴。

〔一一〕新雨足：剛下了一場透雨。

〔一二〕西成：即秋收。古人以秋天配西方，秋天萬物成熟，故叫“西成”，見《書·堯典》孔疏。

觀　稼〔一〕

世役不我牽〔二〕，身心常自若〔三〕。晚出看田畝，閑行旁村落〔四〕。纍纍繞場稼〔五〕，嘖嘖羣飛雀〔六〕。年豐豈獨人〔七〕，禽鳥聲亦樂。田翁逢我喜，默起具杯杓〔八〕。斂手笑相延：“社酒有殘酌〔九〕。”愧茲勤且敬，藜杖爲淹

泊〔一〇〕。言動任天真，未覺農人惡〔一一〕。停杯問生
事〔一二〕，夫種妻兒穫，筋力苦疲勞，衣食常單薄〔一三〕。自
慚祿仕者〔一四〕，曾不營農作〔一五〕；飽食無所勞，何殊衞
人鶴〔一六〕？

〔一　〕觀稼：看農夫收穫。
〔二　〕世役句：世間的勞役。此處指做官的差事。牽，是糾纏羈絆的意
　　　　思。不我牽，就是不再糾纏羈絆我。古代語法習慣，外動詞是否
　　　　定式時，賓語居動詞前。
〔三　〕自若：安閑自在。
〔四　〕旁(bàng)：沿着。
〔五　〕纍纍：堆積貌。
〔六　〕嘖(zè)嘖：同喳喳，雀叫聲。
〔七　〕豈獨人：言不僅人快樂；“樂”字涉下文而省略。
〔八　〕具杯杓：準備酒食，杓(shuò)，酌酒器。這句寫農夫不聲不響待
　　　　客的純樸性格。
〔九　〕社酒句：此社當指秋社而言。秋社是從秋分後數到第五個戊日
　　　　（古代以甲、乙等十干計日）。古時農民，於社日集會，殺猪宰羊，
　　　　祭神飲宴，叫做作社。殘酌，即餘酒。此句是農民宴客的謙辭。
〔一〇〕藜杖句：藜，蒿類，莖堅老時可以作杖。爲，因此，爲之。淹泊，逗留。
〔一一〕言動二句：意思是說：我感到農民待人，純是一片天真至誠，並不
　　　　（如某些貴人那樣）感到他們粗野可厭。
〔一二〕生事：生計，生産。
〔一三〕夫種三句：記農民的答辭。
〔一四〕祿仕者：白氏此時雖已退居渭上，但不久前却是有俸祿的官僚。
〔一五〕曾不：見前《觀刈麥》詩注。
〔一六〕衞人鶴：見前《感鶴》詩注。

溪 中 早 春

南山雪未盡〔一〕，陰嶺留殘白〔二〕；西澗冰已消〔三〕，春溜含新碧〔四〕。東風來幾日，蟄動萌草坼〔五〕；潛知陽和功〔六〕，一日不虛擲。愛此天氣暖，來拂溪邊石；一坐欲忘歸，暮禽聲嘖嘖〔七〕。蓬蒿隔桑棗〔八〕，隱映煙火夕；歸來問夜餐，家人烹薺麥〔九〕。

〔一〕南山：即終南山。
〔二〕陰嶺：山北曰陰，陰嶺即朝北的山峯。
〔三〕西澗：即渭水。
〔四〕春溜：春天山上冰雪溶化，流入河中，叫做春溜。
〔五〕蟄動句：《莊子·天運篇》：“蟄蟲始作。”作、動同義。又《禮記·月令》：“孟春之月……草木萌動。”坼，草木破土發芽。
〔六〕潛知句：潛知，默默領會，陽和功，陽春化育萬物的作用。
〔七〕嘖嘖：見前《觀稼》詩注。
〔八〕蓬蒿：漢代張仲蔚居處，蓬蒿没人；白氏此處借喻其清貧。
〔九〕薺麥：把薺菜和麥飯煮在一起，此亦清素家庭食物。

歸 田 三 首（選一）

種田計已決，決意復何如？賣馬買犢使〔一〕，徒步歸田廬。迎春治耒耜〔二〕，候雨闢菑畬〔三〕。策杖田頭立〔四〕，躬親課僕夫〔五〕。吾聞老農言，爲稼慎在初〔六〕。

所施不鹵莽，其報必有餘〔七〕。上求奉王稅〔八〕，下望備家
儲〔九〕。安得放慵惰〔一〇〕，拱手而曳裾〔一一〕。學農未爲
鄙〔一二〕，親友勿笑余。更待明年後，自擬執犁鋤〔一三〕。

〔一〕賣馬句：已休官，所以賣馬；想歸耕，所以買牛(犢)；白氏表明自
　　　己歸田的決心。
〔二〕治耒耜：修整好耕具。耒(lěi)，犁的木把；耜(sì)，木製犁頭。
〔三〕闢菑畬：即墾荒。菑(zī)，一年新墾地；畬(yú)，二年新墾地。
〔四〕策杖：拄着拐杖。
〔五〕課：指揮監督。
〔六〕爲稼句：種莊稼須認真做好開頭的農活。
〔七〕所施二句：所施，指全部耕作過程；鹵莽，粗疏、草率。報，指收穫
　　　成果。詩意爲精耕細作，必獲豐收。
〔八〕奉王稅：交納封建王朝的租稅。
〔九〕家儲：家庭糧食儲存。
〔一〇〕安得句：安得，哪能？放，聽任；慵(yōng)惰，懶散怠惰。
〔一一〕拱手句：形容游手好閑。裾(jū)，長衫的大襟。陶淵明《勸農詩》：
　　　　"曳裾拱手。"
〔一二〕學農句：這句話批判封建統治階級輕視體力勞動的傳統觀念。
　　　　春秋時，孔丘弟子樊須，向老師問耕種、園藝技術，孔丘鄙薄樊須
　　　　是"村小子"。見《論語·子路》。此後，士大夫就引爲經典而作爲
　　　　他們鄙視體力勞動的口實。
〔一三〕自擬句：打算親自扶犁種地。

得 袁 相 書〔一〕

穀苗深處一農夫，面黑頭斑手把鋤〔二〕。何意故人猶

識我，就田來送相公書。

〔一〕袁相：指袁滋。滋字德深，陳州汝南人。順宗永貞（八〇五）時，
太子李純（憲宗）監國，由左金吾衞大將軍拜中書侍郎同平章事，
故此詩稱他爲“袁相”；實際的意思是“前宰相”。生平事跡，《舊唐
書》入《良吏傳》。

〔二〕頭斑：頭髮花白。

此詩反映退居渭村第二年，詩人親自參加農業生產勞動的生活。

聞 哭 者

昨日南鄰哭，哭聲一何苦！云是妻哭夫，夫年二十
五。今朝北里哭，哭聲又何切〔一〕！云是母哭兒，兒年十
七八。四鄰尚如此，天下多夭折。乃知浮世人〔二〕，少得
垂白髮。余今過四十，念彼聊自悅。從此明鏡中，不嫌頭
似雪〔三〕。

〔一〕切：悲慘。
〔二〕浮世：猶言浮生。這是舊時知識分子的一種消極思想。意謂世
事虛空，人壽短促。李白《春夜宴從弟桃花園序》：“浮生若夢，爲
歡幾何！”
〔三〕頭似雪：言頭髮全白。

元和中，人民生活困苦，所在多至夭亡。詩人在渭上所聞所見，實際
上具有普遍意義。詩言“余今過四十”，則當是元和七、八年退居渭村時

作。時詩人年四十一二歲。

村 居 苦 寒〔一〕

八年十二月，五日雪紛紛。竹柏皆凍死〔二〕，況彼無
衣民！迴觀村閭間〔三〕，十室八九貧〔四〕。北風利如劍，布
絮不蔽身。唯燒蒿棘火〔五〕，愁坐夜待晨。乃知大寒歲，
農者尤苦辛。顧我當此日〔六〕，草堂深掩門，褐裘覆絁
被〔七〕，坐臥有餘溫。幸免飢凍苦，又無壟畝勤〔八〕。念彼
深可愧〔九〕，自問是何人？

〔 一 〕村居苦寒：村，即白氏所居的渭上蔡渡的紫蘭村。《舊唐書·憲
　　　　宗紀》：“元和八年冬十月丙申，以大雪放朝(停止朝見)，人有凍踣
　　　　(pù,僵倒)者，雀鼠多死。十一月，京畿水旱霜損田三萬八千頃。”
　　　　參此詩所記，知元和八年冬季，關中一帶，凍災十分嚴重。
〔 二 〕竹柏句：竹柏經冬不凋。此句記元和八年冬十二月，關中一帶發
　　　　生歷史上罕見的酷寒現象，和東漢桓帝延熹九年在洛陽發生“竹
　　　　柏枯傷”的現象相同(事載《後漢書·桓帝紀》)；故宋人王楙《野客
　　　　叢談》引述此詩時，稱道它“於以見當時之氣令，亦足以裨史
　　　　之闕。”
〔 三 〕村閭(lú)：里門，此處意爲鄉村。
〔 四 〕室：家。
〔 五 〕蒿棘：黄蒿和枳棘。
〔 六 〕顧：念。
〔 七 〕褐裘句：身穿毛布面的綿袍，蓋綿綢的被子。褐，毛布；裘，皮袍；
　　　　但亦可指綿袍，白氏《新製布裘》詩可證。絁(shī)，綿綢。

137

〔八〕壠畝勤：田間勞動的辛苦。

〔九〕念彼句：想想農民的苦難，自己深感慚愧。

新 製 布 裘〔一〕

桂布白似雪〔二〕，吳綿軟於雲〔三〕。布重綿且厚〔四〕，爲裘有餘溫〔五〕。朝擁坐至暮〔六〕，夜覆眠達晨。誰知嚴冬月，支體暖如春〔七〕。中夕忽有念〔八〕，撫裘起逡巡〔九〕。丈夫貴兼濟，豈獨善一身〔一〇〕。安得萬里裘，蓋裹周四垠〔一一〕；穩暖皆如我〔一二〕，天下無寒人。

〔一〕布裘：布做的棉袍。

〔二〕桂布：用棉紗織成的布。唐時桂管（今廣西壯族自治區一帶）盛產木棉，棉紗可織布，稱桂布。

〔三〕吳綿：吳，今蘇南一帶，其地唐時盛產絲綿，見《元和郡縣志》。

〔四〕且：又。

〔五〕餘溫：謂暖體而有餘，極言其的溫暖。

〔六〕擁：披覆，遮護。

〔七〕支：同肢。

〔八〕中夕：半夜。

〔九〕逡巡：此處刻畫心有所思的來回踏步。和《重賦》篇的“逡巡”用法少別。

〔一〇〕丈夫二句：語出《孟子·盡心》：“古之人得志加於民，不得志修身見於世；窮則獨善其身，達則兼善天下。”但白氏志在“兼濟”，而不滿於“獨善”。《月夜登閣避暑》：“獨善誠有計，將何救旱苗？”是一例；這首：“丈夫貴兼濟，豈獨善一身？”又是一例。這是他思想的積極之處。

〔一一〕四垠(yín)：四方的極遠處。

〔一二〕穩：舒適。

　　此詩當與《村居苦寒》爲同時之作。蓋白氏感於元和八年冬季的關中嚴寒，親眼看到百姓無衣無褐；而自己則還能穿得温暖；因步杜甫寫《茅屋爲秋風所破歌》之意，寫成此篇。集中尚有《新製綾襖成感而有詠》一篇，與此同旨。

效陶潛體詩十六首〔一〕(選一) 并序

　　余退居渭上，杜門不出〔二〕；時屬多雨〔三〕，無以自娛。會家醖新熟〔四〕，雨中獨飲，往往酣醉，終日不醒；懶放之心〔五〕，彌覺自得〔六〕；故得於此而有以忘於彼者〔七〕。因詠陶淵明詩，適與意會，遂傲其體，成十六篇。醉中狂言，醒輒自哂〔八〕；然知我者，亦無隱焉。

〔一〕效陶潛體詩：陶潛(三六五——四二七)，字淵明，世稱靖節先生，潯陽柴桑(在今江西九江市西南)人，南朝晉宋之交的著名詩人。鍾嶸《詩品》稱他爲"隱逸詩人之宗"。白氏十六首所效，是他的《飲酒詩》，此選其第四。

〔二〕杜門：即閉門。

〔三〕屬(zhǔ)：值。

〔四〕會家醖新熟：會，恰逢；家醖，也叫家釀，家中自釀的酒。

〔五〕懶放：即懶散。

〔六〕彌：更。

〔七〕得於此、忘於彼：得於此，指酒中趣；忘於彼，指世間憂。

〔八〕自哂：自己笑自己。

　　東家採桑婦，雨來苦愁悲；簇蠶北堂前〔一〕，雨冷不成絲。西家荷鋤叟，雨來亦怨咨〔二〕：種豆南山下〔三〕，雨多落爲萁〔四〕。而我獨何幸？醞酒本無期〔五〕。及此多雨日，正遇新熟時。開瓶瀉尊中〔六〕，玉液黄金脂〔七〕；持玩既可悦，歡嘗有餘滋〔八〕。一酌發好容〔九〕，再酌開愁眉；連延四五酌〔一〇〕，酣暢入四肢〔一一〕。忽然遺我物，誰復分是非〔一二〕！是時連夕雨，酩酊無所知〔一三〕。人心苦顛倒，反爲憂者嗤〔一四〕。

〔一〕簇蠶句：簇蠶，在竹箔中束草作簇，使蠶做繭其上。俗稱“蠶上　　　　山”。北堂，向陽的房子。蠶性喜暖，故養蠶須在北房。

〔二〕怨咨：怨嗟、怨嘆。

〔三〕種豆句：陶潛《歸園田居》詩中句。

〔四〕落爲萁：豆怕水潦，潦則莢落，但剩豆稭。豆萁，即豆稭。楊惲　　　　《報孫會宗書》：“種一頃豆，落而爲萁。”

〔五〕醞酒句：釀酒本不受時令(晴雨寒熱)的限制。

〔六〕尊：酒杯。

〔七〕玉液句：玉液，指清酒；黄金脂，指濁酒。

〔八〕餘滋：即餘味。

〔九〕發好容：指顏面發紅。

〔一〇〕連延：接連。

〔一一〕酣暢：微醉後的舒暢感。

〔一二〕忽然二句：古代道家，以自己爲我，我外爲物。遺我物，即人我的　　　　　分野泯滅。下句言在是非顛倒的時代裏，誰能有真是真非。案，　　　　　此爲作者憤慨語。

〔一三〕酩酊(míng dǐng)：爛醉。

〔一四〕人心二句：言世人貪財逐禄，有酒不飲；反爲貧困(憂者)的飲者所譏笑。

　　這十六首詩主要是寫飲酒自得之情，時間似不應早於作者丁憂服滿之前。又是年夏秋多雨，情況和元和九年(八一四)夏旱大不相同；故斷爲元和八年(八一三)秋季所作，可無大誤。

傷唐衢〔一〕二首

　　自我心存道〔二〕，外物少能逼〔三〕；常排傷心事〔四〕，不爲長歎息。忽聞唐衢死，不覺動顏色〔五〕；悲端從東來〔六〕，觸我心惻惻〔七〕。伊昔未相知〔八〕，偶遊滑臺側；同宿李翺家〔九〕，一言如舊識〔一〇〕。酒酣出送我，風雪黄河北；日西並馬頭，語別至昏黑。君歸向東鄭〔一一〕，我來遊上國〔一二〕；交心不交面〔一三〕，從此重相憶。憐君儒家子，不得詩書力〔一四〕；五十著青衫，試官無禄食〔一五〕。遺文僅千首〔一六〕，"六義"無差忒〔一七〕；散在京索間〔一八〕，何人爲收得〔一九〕？

〔　一　〕唐衢：見前《寄唐生》詩注。

〔　二　〕存道：《莊子·田子方》："目擊而道存矣。""存道"語本此。意思是留心道家不動感情的養生之術。

〔　三　〕外物句：很少爲身外發生的事情所激動。《莊子》有《外物篇》，"外物"語本此。道家的出世哲學，把自身以外的一切都視爲身外之物，不應爲之産生榮辱得失、愛憎悲喜之情。逼有刺激、侵襲之意。

〔四〕排：排遣。

〔五〕忽聞二句：據白氏《與元九書》中所説，他指陳時政得失的一些奏摺和所作的一些諷諭詩，不僅當權者對他恨之入骨，就連許多朋友甚至他的家屬都反對他這樣做。這時在精神上大力支持他的，只有孔戡、元稹和唐衢三數個最親密的朋友。孔戡最早死去，唐衢不久又辭世，知己越來越少，因此他聽到消息，悲痛萬分。可見白氏的"道心"，並没有真正壓倒他的政治熱情。

〔六〕悲端句：悲端，可悲的事件。《梁書·明山賓傳》："追憶談緒，皆爲悲端。"這裏指唐衢逝世的消息。時唐死河南，白居關中，故噩耗從東傳來。

〔七〕觸：觸動，刺激。

〔八〕伊昔：伊，同"維"，發語詞；昔，過去。

〔九〕偶游二句：滑臺，唐代河南道滑州治所，在今河南滑縣。李翱，字習之，隴西狄道（今甘肅省臨洮縣）人，貞元十四年進士。貞元十八年冬，任鄭滑觀察使李元素幕府判官。時白氏正由宣州回京，在其家與唐衢相遇。

〔一〇〕一言句：意即一見如故。《左傳·襄公二十年》："吳公子札……聘於鄭，見子産，如舊相識。"

〔一一〕東鄭：指鄭州滎陽縣（今河南滎陽縣）。因唐時華州有鄭縣（在今陝西華縣西北），故稱滎陽爲東鄭。

〔一二〕上國：或稱上都，並指唐朝首都長安。白氏由宣回京，係應吏部侍郎鄭珣瑜主持下的書判拔萃科考試。

〔一三〕交心句：言與唐心心相印，而少能會面。

〔一四〕憐君二句：儒家子，泛指有封建文化教養的人。下句言屢困科場不能得志。即《舊唐書·唐衢傳》所説："應進士，久不第。"

〔一五〕五十二句：唐代八、九品官的官服是青色。唐衢蓋曾以八、九品官被人試用過，故得著青衫；但始終未受正式任命，故云："無禄食。"《舊唐書·唐衢傳》説："嘗客遊太原，屬戎帥軍宴，衢得預會，酒酣言事,抗音而哭,一席不樂,爲之罷會……竟不登一命而卒。"
可與白詩互證。

〔一六〕遺文句:言遺著不僅千篇,僅字用反義,自杜詩已然。

〔一七〕六義句:六義,《詩》三百篇有風、雅、頌三種體裁,賦、比、興三種
　　　表現手法,合稱六義。差忒(tè),差誤。此句的涵義是:唐衢的
　　　詩歌創作的基本原則與《詩》並無二致。

〔一八〕京索:二地名。京,春秋時鄭邑,在滎陽縣東南。索,古爲大索
　　　城,即滎陽。二地即唐衢故鄉。一作京洛,亦可。

〔一九〕收得:收集保存。一本作收拾。

　　憶昨元和初,忝備諫官位〔一〕。是時兵革後,生民正
憔悴〔二〕。但傷民病痛,不識時忌諱〔三〕;遂作《秦中吟》,
一吟悲一事〔四〕。貴人皆怪怒,閒人亦非訾〔五〕。天高未
及聞,荊棘生滿地〔六〕。惟有唐衢見,知我平生志;一讀興
歎嗟,再吟垂涕泗。因和三十韻〔七〕,手題遠緘寄〔八〕。致
我陳杜間〔九〕,賞愛非常意〔一〇〕。此人無復見,此詩猶可
貴〔一一〕;今日開篋看〔一二〕,蠹魚損文字〔一三〕。不知何處
葬,欲問先歜歙〔一四〕;終去哭墳前〔一五〕,還君一
掬淚〔一六〕!

〔一〕憶昨二句:此作者追述自元和三年(八〇八)四月至元和五年(八
　　　一〇)四月爲左拾遺時事。忝,意爲辱,謙辭;備位,亦謙辭,意思
　　　是:空佔名位,不能盡職。餘詳《初授拾遺》詩注。

〔二〕是時二句:兵是兵器,革指鎧甲,合起來代表戰亂。生民正憔悴,
　　　是說人民正處於水深火熱的苦難中。德宗時,有藩鎮李希烈、朱
　　　滔、朱泚、李懷光、吳少誠等的叛亂。憲宗初年,又有劉闢、李錡等
　　　的叛亂。這些由統治集團的內部矛盾釀成的戰爭,使人民大量死

亡流離,賦稅日益加重。

〔三〕但傷二句:詩人自述其《秦中吟》的創作動機:只知同情人民疾苦,而不暇顧慮批評時政將招致當權者忌恨。

〔四〕遂作二句:見前《秦中吟》序注。

〔五〕貴人二句:白氏《與元九書》:"凡聞僕《賀雨詩》,而衆口藉藉,已謂非宜矣。聞僕《哭孔戡詩》,衆面脈脈,盡不悦矣。聞《秦中吟》,則權豪貴近者相目而變色矣。聞《紫閣村詩》,則握軍要者切齒矣。大率如此,不可徧舉。不相與者,號爲沽名,號爲訕訐,號爲訕謗;苟相與者,則如牛僧孺之戒焉。乃至骨肉妻孥皆以我爲非也。"貴人指當權的大臣、宦官而言;閑人指在野人士包括朋友家屬而言。非訾(zì),非議,指責。

〔六〕天高二句:言皇帝還沒有聽到我的意見,而我已成衆矢之的;周圍環境儼如滿地荊棘,使人寸步難行。

〔七〕因和句:謂唐衢見白氏所作而寫和詩三十韻。古詩隔句一押韻,三十韻則當爲六十句。

〔八〕手題句:親手謄寫,外加緘封,從遠方寄來。

〔九〕致我句:白氏原注:"謂子昂與甫也。"致,有抬舉、稱許之意。這句是説:唐衢對白詩評價很高,認爲可以與陳子昂和杜甫相提並論。

〔一〇〕賞愛句:言唐衢和詩之所以激賞白氏"諷諭"諸作者,乃因白詩不同尋常詩意,有憂國愛民之心在。

〔一一〕此詩句:白氏原注:"謂唐衢詩也。"案"猶"字用法同"尤"。

〔一二〕篋(qiè):書箱。

〔一三〕蠹(dù)魚:蛀書蟲,也叫蟫魚,爲銀白色長形小蟲。

〔一四〕歔欷(xū xī):即慨嘆。

〔一五〕終去:總要去。

〔一六〕掬:把。

此詩第二首云:"遂作《秦中吟》,一吟悲一事……唯有唐衢見,知我平生志;一讀興嘆嗟,再吟垂涕泗。"此和《與元九書》所説"有唐衢者,見僕詩而泣,未幾而衢死",可以互證。《與元九書》作於元和十年十二月,作者於是年十月始貶江州,故知《傷唐衢》詩當作於貶江州之前。唐衢生前,曾及見白氏所寫《秦中吟》,並作和詩三十韻;至白氏寫《傷唐衢》詩時,謂此和詩已"今日開篋看,蠹魚損文字",去寫《秦中吟》時的元和五年,亦不會太近。則此二首當爲白氏退居渭村後期,至入朝爲左贊善大夫時所作,時間當不出元和八、九、十三年之間。《邵氏聞見録》一九有"衢聞樂天之謫,輒大哭"的記載,似其人曾及見白氏江州之貶者,絶不可信。

夏　　旱

　　太陰不離畢〔一〕,太歲仍在午〔二〕。旱日與炎風,枯焦我田畝。金石欲銷鑠〔三〕,況茲禾與黍?嗷嗷萬族中〔四〕,唯農最辛苦。憫然望歲者〔五〕,出門何所覩〔六〕?但見棘與茨〔七〕,羅生徧場圃。惡苗承沴氣〔八〕,欣然得其所。感此因問天:可能長不雨?

〔一〕太陰句:古代稱月叫太陰。離,同"麗",靠近。畢,畢宿,二十八宿之一,古人認爲它是陰星。雨水也屬陰,故月球和畢宿接近時,則爲雨象。《詩·小雅·漸漸之石》:"月離於畢,俾(使)滂沱(大雨貌)矣。"《毛傳》:"月離陰星則雨。"此詩用《詩》舊文,而反其義,故以"不離畢"表明旱象。

〔二〕太歲句:古代以天干、地支順次配合以紀年月日。元和九年歲在甲午,故曰"太歲在午"。古人迷信,認爲午年主旱,和"月不離畢"的天象相值,故形成嚴重旱災。仍,又。

〔三〕欲銷鑠：將要熔化。《淮南子·詮言》：“大熱鑠石流金，火弗爲益其烈。”鑠石流金，極言其熱。

〔四〕嗷嗷句：嗷(áo)嗷，衆口哀號聲。《詩·小雅·鴻雁》：“鴻雁于飛，哀鳴嗸嗸。”傳：“未得所安集，則嗸嗸然。”釋文：“本又作嗷。”陳奐傳疏引《説文》：“嗷，衆口愁也。”萬族，萬姓，亦即萬民。

〔五〕憫然句：可憐地盼望好收成的農民。

〔六〕覩：見。

〔七〕棘、茨：棘，凡艸木刺人者謂之棘，見《方言》。茨，蒺藜。此處泛指野生草木。

〔八〕惡苗句：惡苗如稂莠之類；承沴氣，受到邪氣的助長。沴(lì)氣，即災氣。

　　《舊唐書·憲宗紀》：“元和九年五月旱，出太倉粟七十萬石，開六場糶，以惠饑民。以旱免京畿夏税十三萬石，青苗錢五萬貫。”可見當時災情十分嚴重。元和九年(八一四)是甲午，此詩云“太歲在午”，故知作於是年。

白　牡　丹〔一〕

　　城中看花客，旦暮走營營。素華人不顧，亦占牡丹名；開在深寺中，車馬無來聲〔二〕。唯有錢學士，盡日繞叢行〔三〕；憐此皓然質，無人自芳馨〔四〕。衆嫌我獨賞，移植在中庭。留景夜不暝，迎光曙先明。對之心亦靜，虛白相向生〔五〕。唐昌玉蕊花〔六〕，攀翫衆所争〔七〕。折來比顔色，一種如瑶瓊〔八〕。彼因稀見貴〔九〕，此以多爲輕〔一〇〕。始知無正色〔一一〕，愛惡隨人情〔一二〕；豈唯花獨爾〔一三〕，理與人事并〔一四〕；君看入時者〔一五〕，紫豔與紅英〔一六〕！

〔一〕此詩白氏自注：“和錢學士作。”錢學士即錢徽。徽字蔚章，元和初入朝，充翰林學士，三遷中書舍人。生平事蹟，詳《舊唐書》一六八、《新唐書》一七七。白氏作此詩時，任太子左贊善大夫（東宮屬官，職掌傳令、諷過、贊禮、授經的正五品上階官員），職位雖然不低，但却是一個閑冷差使，很難施展自己的政治抱負。故此詩爲自況自嘲之作。

〔二〕城中六句：白氏另一首《白牡丹》詩：“白花冷淡無人愛，亦占芳名近牡丹，應似東宮白贊善，被人還喚作朝官。”是點明“白贊善”的，這六句只是不點明而已。營營，忙碌貌。素華，即白花。“開在深寺中”二句，即白氏《初授贊善大夫早朝寄李二十助教》詩所説“寂寞曹司非熱地”的意思。

〔三〕繞叢行：圍着白牡丹團團轉，極言其賞玩不已。

〔四〕憐此二句：賞愛這具有潔白姿質的白牡丹那種馨香自矢的品格。

〔五〕虛白句：《莊子·人間世》：“虛室生白。”司馬彪注：“室比喻心，心能空虛，則純白獨生。”此句本《莊子》語意，暗喻潔白的人，對潔白的花，互相感應，相得益彰。

〔六〕唐昌句：《劇談録》：“長安安業坊唐昌觀舊有玉蕊花，每發如瓊林瑶樹。”周必大《周益公集》有《玉蕊花辨證》。

〔七〕攀翫：見前《杏園中棗樹》詩注。

〔八〕折來二句：意謂將白牡丹折來與玉蕊花相比，兩者同樣如瑶瓊。瑶、瓊，皆美玉名。

〔九〕彼：指玉蕊花。

〔一〇〕爲輕：爲，表被動。言此白牡丹以多而被俗人所輕。

〔一一〕始知句：意思是：才知道世俗審美並無固定標準。

〔一二〕人情：此處暗含“人情逐冷暖”之意。

〔一三〕爾：如此，這樣。

〔一四〕并：讀平聲，作“同”解。

〔一五〕入時：時髦。

〔一六〕紫豔、紅英：古人以紫色和紅(粉紅)色，都是下色和雜色，故詩人用以比喻人品的邪僻。

白集中有《白牡丹》詩兩首，皆當爲元和九、十年(八一四—八一五)間所作。

別 行 簡〔一〕

漠漠病眼花〔二〕，星星愁鬢雪〔三〕；筋骸已衰憊，形影仍分訣〔四〕。梓州二千里〔五〕，劍門五六月〔六〕，豈是遠行時，火雲燒棧熱〔七〕！何言巾上淚，乃是腸中血。念此早歸來，莫作經年別！

〔一 〕別行簡：行簡，居易季弟，字知退，詩人兼傳奇小説作家。白氏原注此詩題云：“時行簡辟盧坦劍南東川府。”盧坦爲劍南東川節度使，其首府治梓州，在今四川三台縣。

〔二 〕漠漠：即昏昏。

〔三 〕星星句：兩鬢因愁慮而出現星星白髮。

〔四 〕形影句：形影不離的兄弟又要分手話別。

〔五 〕梓州句：梓州去京城長安爲一八六四里，見《元和郡縣志》三三。約言之則爲二千里。

〔六 〕劍門：縣名，唐置，在今四川劍閣縣東北。

〔七 〕火雲句：火雲，即火燒雲，亦即旱雲。蜀地多火雲，時見唐人詠歌。棧，即棧道，古代秦、蜀交界，曾修棧道，以便行人。

此詩作於元和九年(八一四)夏季。白氏蓋不滿其弟行簡應盧坦的徵聘,故着力寫天時炎熱、自身衰羸,以發行簡思親遄返之情。

酬張十八訪宿見贈〔一〕

昔我爲近臣〔二〕,君常稀到門;今我官職冷〔三〕,唯君來往頻。我受狷介性〔四〕,立爲頑拙身〔五〕;平生雖寡合,合即無緇磷〔六〕。況君秉高義,富貴視如雲〔七〕;五侯三相家〔八〕,眼冷不見君。問其所與遊,獨言韓舍人〔九〕;其次即及我,我愧非其倫〔一〇〕。胡爲謬相愛〔一一〕,歲晚逾勤勤〔一二〕?落然頹簷下〔一三〕,一話夜達晨。牀單食味薄,亦不嫌我貧。日高上馬去,相顧猶逡巡〔一四〕。長安久無雨,日赤風昏昏;憐君將病眼〔一五〕,爲我犯埃塵〔一六〕。遠從延康里〔一七〕,來訪曲江濱〔一八〕。所重君子道,不獨愧相親〔一九〕。

〔一〕張十八,即張籍(七六八─八三〇),字文昌,祖籍蘇州,移居烏江(今安徽和縣烏江鎮),貞元十五年(七九九)進士。時爲太常寺太祝。歷任國子博士、水部員外郎、主客郎中、國子司業等職。爲著名詩人,著有《張司業集》。訪宿見贈,謂張去昭國里訪白,住在那里,作詩相贈。原作已佚。

〔二〕爲近臣:白任左拾遺時,可以有較多機會面見皇帝。

〔三〕官職冷:見前《白牡丹》詩注。

〔四〕我受句:受,稟賦;狷介,廉潔鯁直。

〔五〕立爲句:以頑拙爲立身之道。頑拙,堅強直率的謙辭。

149

〔六〕平生二句：言自己生平絕少交游；其能密切投合的，只限於少數
　　　性格堅強，品質潔白，染不上任何污點的人。緇磷，語出《論語·
　　　陽貨》："不曰堅乎！磨而不磷；不曰白乎！涅而不緇。"磷的意思
　　　是薄，緇的意思是黑。涅，沾染。

〔七〕況君二句：秉高義，具有高尚的品德。富貴視如雲，把富貴看得
　　　像浮雲那樣淡薄。《論語·述而》："不義而富且貴，於我如浮雲。"

〔八〕五侯句：泛指貴戚權臣之家。《漢書·元后傳》："河平二年，上悉
　　　封舅譚爲平阿侯，商、成都侯，立、紅陽侯，根、曲陽侯，逢時、高平
　　　侯，五人同日封，故世謂之五侯。"案王譚、王商、王立、王根、王逢
　　　時皆漢外戚，故後世即以五侯爲外戚顯宦之代稱。唐代尚書省尚
　　　書令，中書省中書令，門下省侍中，皆宰相職（因太宗李世民曾爲
　　　尚書令，其後無人敢當此位，故尚書省主官以僕射充之），合稱三
　　　相。又唐代張嘉貞相玄宗，張延賞相德宗，張弘靖相憲宗，當時號
　　　"一門三相"。

〔九〕韓舍人：即韓愈（七六八—八二四），字退之，河陽（今河南孟縣）
　　　人。唐代古文運動的倡導者，時爲中書舍人。

〔一〇〕倫：比。

〔一一〕胡爲句：爲什麼錯愛於我。

〔一二〕歲晚句：歲晚，有年深日久意，也有歲暮時衰意。勤勤，態度真誠
　　　　熱烈。

〔一三〕落然句：落然，落莫，寂寞冷落之狀；頹，低矮傾圮。

〔一四〕逡巡：流連不捨狀。

〔一五〕將病眼：帶着害病的眼睛。

〔一六〕犯埃塵：冒着飛揚的路塵。

〔一七〕延康里：參看下《讀張籍古樂府》詩注。

〔一八〕曲江濱：指昭國里白氏住宅。

〔一九〕愧相親：愧爲知己，謙辭。

　　此詩白氏自注："自此後詩爲贊善大夫時作。"則當作於元和九年（八

一四）冬季以後。

讀張籍古樂府〔一〕

　　張君何爲者？業文三十春〔二〕；尤工樂府詩〔三〕，舉代少其倫〔四〕。爲詩意如何？六義互鋪陳〔五〕；風雅比興外〔六〕，未嘗著空文。讀君《學仙》詩〔七〕，可諷放佚君〔八〕。讀君《董公》詩〔九〕，可誨貪暴臣。讀君《商女》詩〔一〇〕，可感悍婦仁〔一一〕。讀君《勤齊》詩〔一二〕，可勸薄夫敦〔一三〕。上可裨教化〔一四〕，舒之濟萬民〔一五〕；下可理情性〔一六〕，卷之善一身〔一七〕。始從青衿歲〔一八〕，迨此白髮新〔一九〕；日夜秉筆吟〔二〇〕，心苦力亦勤。時無采詩官，委棄如泥塵；恐君百歲後，滅沒人不聞〔二一〕。願藏中祕書〔二二〕，百代不湮淪；願播內樂府〔二三〕，時得聞至尊。言者志之苗〔二四〕，行者文之根〔二五〕；所以讀君詩，亦知君爲人。如何欲五十，官小身賤貧〔二六〕；病眼街西住〔二七〕，無人行到門！

〔一〕張籍古樂府：張籍生平，見前《酬張十八訪宿見贈》詩注。古樂府，意如元稹《樂府古題序》所云：“寓意古題，刺美見事，猶有詩人引古以諷之意焉。”因本篇所舉《學仙》、《董公》、《商女》、《勤齊》等，皆元稹所謂“寓意古題”之作，而非“沿襲古題，重複贅賸”之作；故白氏備極推崇。

〔二〕業文：從事詩文創作。

〔三〕工：擅長。

〔四〕舉代：即舉世，普天下之意。唐代避太宗李世民諱，世改爲“代”。

〔五〕六義句：六義，參前《傷唐衢》詩注。互，是交替、反復的意思。鋪陳，排比組合（各種體裁和藝術方法進行描敍）。

〔六〕風雅句：按照《詩·大序》的説法，風是“上以風化下，下以風刺上”，雅是“言王政之所由興廢”，總之，它們都是爲當時的現實服務的。比興，見前《和答詩序》注。

〔七〕學仙詩：今存。詩中反對學仙、煉丹可致長生之説。是一篇破除宗教迷信的佳作。

〔八〕放佚君：放恣淫佚的皇帝。唐朝皇帝大都迷信道佛二教，勞民傷財，荒廢國政。

〔九〕董公詩：今存。董公，指董晉，唐德宗時宰相。貞元十二年宣武軍節度使李萬榮死，部將鄧維恭陰謀叛變。董晉以宰相領宣武軍節度使，隻身赴任，對該鎮將士曉以大義，因此避免了一場戰禍。

〔一〇〕商女詩：今亡。

〔一一〕悍婦：兇暴蠻橫的婦人。

〔一二〕勤齊詩：今亡。

〔一三〕薄夫敦：語出《孟子·萬章》，這裏的意思是：薄情的丈夫變成厚道。

〔一四〕裨教化：裨，補益、幫助。《詩·大序》：“風以動之，教以化之。”這當然是指維護封建秩序的教化。

〔一五〕舒之句：舒，擴展、發揮；之，代詞，指樂府詩的作用。

〔一六〕理情性：理，有引導、限制的涵義。理情性，即《詩·大序》所説：“發乎情，止乎禮義”那個意思。

〔一七〕卷之句：卷同“捲”，與上“舒”爲對詞，意爲縮小。善一身，即“獨善其身”，與上“濟萬民”相對。

〔一八〕青衿歲：謂少年進學時。古代青年學子穿青領上衣，謂之青衿。《詩·鄭風·青衿》：“青青子衿。”《傳》：“青領也，學子之所服。”

〔一九〕迨此：到現在。

〔二〇〕秉筆：握筆。

〔二一〕滅没：散失。

〔二二〕中祕書：皇家藏書處，唐代是祕書省。

〔二三〕内樂府：此以漢代的樂府，比喻唐代的教坊。唐禁中有内教坊，主按習雅樂，見《舊唐書·職官志》二。

〔二四〕言者句：白氏《與元九書》：“詩者，根情，苗言，華聲，實義。”此同其意。

〔二五〕行者句：行，人類的社會生活實踐。根，根本、源泉。

〔二六〕官小：張籍做太常寺太祝時間很久，是一個品級最低的九品小官。

〔二七〕病眼句：張籍曾連續害過三年眼病，集中有《患眼》詩可證。街西住，籍曾借住延康里王姓的房子，地在長安朱雀門西街。

此詩寫作時間，可能較《酬張十八夜訪宿見贈》稍後。

得微之到官後書，備知通州之事，悵然有感，因成四章〔一〕

來書子細説通州〔二〕，州在山根峽岸頭〔三〕：四面千重火雲合〔四〕，中心一道瘴江流〔五〕；蟲蛇白晝攔官道〔六〕，蚊蚋黄昏撲郡樓〔七〕。何罪遣君居此地？天高無處問來由〔八〕！

〔一〕此詩當作於元和十年(八一五)十月之前。元稹本任監察御史，因彈劾貪暴官吏，得罪權臣宦官，被貶作江陵士曹參軍。期滿回京，賴有李絳、崔羣、白居易等爲他辯護，才得轉任通州(今四川達縣)司馬，事在元和十年三月。同年十月，白氏自己也被貶爲江州司

馬,這四首詩均未涉及本人被貶事,可知當在十月以前,時白氏任
太子左贊善大夫。

〔二〕來書句:來書即指《元氏長慶集》中所載《敍詩致樂天書》。書中
有云:"授通之初,有習通之熟者曰:'通之地,濕墊卑褊,人士稀
少。近荒札,死亡過半。邑無吏,市無貨,百姓茹草木;刺史以下,
計粒而食。大有虎貙蛇虺之患,小有蚊蚋浮塵蜘蛛蛞蜂之類,皆
能鑽嚙肌膚,使人瘡痏。夏多陰霖,秋爲瘌瘧,地無醫巫,藥石萬
里,病者有百死一生之慮。'夫何以僕之命不厚也如此,智不足也
又如此,其所詣之幽險也又復如此!則安能保持萬全,與足下必
復京輦,以須他日立言立事之驗邪?"所言與此四章,多可印證。
子細,即仔細。

〔三〕州在句:通州州治北、南、西三面環山。餘詳下注。

〔四〕四面句:此火雲爲實景。《元氏長慶集》二一有《酬樂天嘆窮愁見
寄》詩,即作於通州司馬時,中有:"三冬有雪連春雨,九月無霜盡
火雲"之句。唐人寫四川景物而及火雲者蓋不少見。此句寫通州
的炎蒸氣候。

〔五〕中心、瘴江:中心,即中間,當腰。瘴江,指通江,是四川省長江的
一個支流。因地多瘴氣,故稱瘴江。

〔六〕蟲蛇:蟲,疑當作虫,虫,古字同虺(huī),與蝮蛇相近,此蛇有大
毒,故元稹書云:"大有虎貙蛇虺之患。"

〔七〕蚋(ruì):蚊屬,頭小,色黑,腹背隆起,吸食人畜的血液。

〔八〕何罪二句:極言元稹之無罪被貶,這是對最高統治者提出質問。
遣,放逐,意即貶謫。

　　匝匝巚山萬仞餘〔一〕,人家應似甑中居〔二〕。寅年籬
下多逢虎〔三〕,亥日沙頭始賣魚〔四〕。衣斑梅雨長須
熨〔五〕,米澀畬田不解鉏〔六〕。努力安心過三考〔七〕,已曾
愁殺李尚書〔八〕。

〔一〕匼匝句：匼匝(ǎn zà)，周圍；巔山，即高山。案通州西有鐵嶺，北有鳳凰山，南有翠屏山，見《太平寰宇記·達州通川縣》條及曹學佺《蜀中廣記》引陳昇《翠玉軒序》。仞，古代以周尺(約當今尺六寸)七尺或八尺爲仞。萬仞餘，極言其高。

〔二〕甑中居：甑(zèng)，即鍋。四川多山，人家多聚居盆地上。遠望去就像住在鍋底。

〔三〕寅年句：十二屬，寅年屬虎，故古人有寅年寅日多虎之說。《抱朴子·登涉》：“山中寅日稱虞吏者，虎也。”案此句不過是說四川多虎患而已。

〔四〕亥日句：徐筠《水志》：“荆吳俗，以寅、巳、申、亥日集於市。”又張籍詩：“江村亥日常爲市。”此句言通州偏僻，副食品貧乏。

〔五〕衣斑句：熨(yùn)，用熨斗燙乾。這句說，梅雨季節，衣服常生霉斑，須經常用熨斗熨乾。此極言其地之蒸濕。

〔六〕米澀句：畬田，見前《贈友》詩注。畬田產量較少，而且米味苦澀，難於下嚥。解，懂得，會。鉏，古鋤字。此句極言糧食質量之粗劣。

〔七〕三考：“三載考績”，見《書·舜典》。唐制，據杜佑《通典·選舉》：“開元二十五年十二月，命諸道採訪使考課官人善績，三年一奏，永爲常式。至二十七年二月敕文：‘三載考績，黜陟幽明，允叶大猷，以勸天下’。”此句是要元安心等待“三載考績”，任滿轉官。

〔八〕已曾句：白氏原注：“李實尚書，先貶此州，身歿於彼處。”案《舊唐書·李實傳》，實官至工部尚書、司農卿。因貪暴罪，順宗時內貶爲通州長史。後又移虢州，在途中病死。尚書的“尚”，古皆讀平聲。

人稀地僻醫巫少〔一〕，夏旱秋霖瘴瘧多〔二〕。老去一身須愛惜〔三〕，別來四體得如何〔四〕？侏儒飽笑東方朔〔五〕，薏苡讒憂馬伏波〔六〕。莫遣沉愁結成病，時時一唱

《濯纓歌》〔七〕。

〔一〕醫巫：古代巫醫不分，治病兼用藥劑、針灸和祈禳，故"醫"字亦从"巫"作"毉"。

〔二〕瘴癘：瘴，即惡性瘧疾，故"瘴癘"成一複合詞。

〔三〕老去：時元稹年僅三十七歲，不能説老，但白氏此詩獨言其老，蓋與貶黜、降職等詞爲同一涵義，以避免再因文字罹禍。

〔四〕四體句：四體本義是四肢，古人多用以代表全身。得，可、竟。

〔五〕侏儒句：侏儒，見《道州民》詩注。東方朔，是漢武帝時代的文學家和政治諷刺家。《漢書·東方朔傳》："對曰：'朱儒（即侏儒）長三尺餘，奉一囊粟，錢二百四十；臣朔長九尺餘，亦奉一囊粟，錢二百四十。朱儒飽欲死，臣朔飢欲死。'"白氏此處喻小人得志，長材莫展。

〔六〕薏苡句：薏苡，草名，實可入藥，叫"薏苡仁"。馬援，東漢初人，官伏波將軍。《後漢書·馬援傳》："援在交阯（同趾），常餌（服食）薏苡實，以勝瘴氣。南方薏苡實大，援欲爲種，軍還，載之一車，時以爲南土珍怪（珠寶），權貴皆望（怨）之。援時方有寵，故莫以聞；及卒後，有人上書譖（造謡中傷）之者，以爲前所載還，皆明珠文犀。"此句喻陰險小人捕風捉影，中傷好人。

〔七〕濯纓歌：《孟子·離婁上》："有孺子歌曰：'滄浪之水清兮，可以濯我纓；滄浪之水濁兮，可以濯我足。'"此句勸勉元稹隨遇而安，善自排遣。

通州海內恓惶地〔一〕，司馬人間冗長官〔二〕。傷鳥有弦驚不定〔三〕，臥龍無水動應難〔四〕。劍埋獄底誰深掘〔五〕，松偃霜中盡冷看〔六〕。舉目爭能不惆悵〔七〕？高車大馬滿長安！

〔一〕通州句：恓惶，悲慘驚駭。通州偏僻，常爲官員貶放之地，故謂。

〔二〕司馬句：司馬，唐制，上州設司馬一人，從五品下。是州刺史的佐僚。實際上無一定職掌，是閑員，故曰“冗長官”。“長”字下原注云：“去聲”。冗(rǒng)，閑散。

〔三〕傷鳥句：以“驚弓之鳥”這一成語刻劃元積連續被貶的惶恐心理。《戰國策·楚策》曾記更嬴扣弓虛射，即能嚇掉受傷的飛雁。

〔四〕卧龍句：三國時諸葛亮號稱“卧龍”。又《管子·形勢》篇有“蛟龍乘於水則神立，失於水則神廢”的説法。白氏引此，借喻元積困於下僚，長材無所施展。

〔五〕劍埋句：《晉書·張華傳》，言雷煥作豐城令(今屬江西)，到縣之後，見有紫氣上衝牛斗，因發掘監獄屋底，得寶劍兩柄：一曰太阿，一曰龍淵。此以喻元積懷抱利器而被埋没，竟無人發掘。

〔六〕松偃句：宋鮑照《從拜陵登京峴》詩：“寒甚有凋松”，言松本性雖耐冷，但大寒之年，亦不免凋零，以比元積性非脆弱，而環境過於惡劣，亦不免暫時受挫，遂被俗人以冷眼相看。偃，僵仆。

〔七〕争能：怎能？

偶 然 二 首〔一〕

　　楚懷邪亂靈均直〔二〕，放棄合宜何惻惻〔三〕？漢文明聖賈生賢〔四〕，謫向長沙堪嘆息〔五〕！人事多端何足怪，天文至信猶差忒〔六〕；月離於畢合滂沱，有時不雨誰能測〔七〕？

〔一〕偶然：無辜遭貶，事出意料之外，故以“偶然”爲題。

〔二〕楚懷句：楚懷，指楚懷王，名熊相(《史記·楚世家》作熊槐，此從

《詛楚文》);靈均,屈原《離騷》:"字余曰靈均。""靈均"是屈平字
"原"的化名。楚懷王受上官大夫靳尚、令尹子蘭等包圍,放逐了
屈原,把國家搞得亂七八糟。根據《戰國策·楚策》蘇秦的說法,
就是:"今王之大臣父兄,好傷賢以爲資,厚賦斂諸臣百姓……"這
就是此詩"邪亂"二字之所本。

〔 三 〕放棄句:言昏君放逐賢臣,乃理所當然,用不着感傷。

〔 四 〕漢文句:漢文帝,名劉恒,是西漢初年較清明的皇帝。明聖,古代
封建文人稱頌好皇帝的詞語。賈生,即賈誼,爲大臣所毀,被漢文
帝貶爲長沙王太傅。餘見前《寄唐生》詩注。

〔 五 〕謫向句:謫(zhé),貶官,降職。二句是說:君聖臣賢,理應合作,
而賢臣仍然不免遭貶,這就未免令人感到遺憾了。白氏以此喻憲
宗對自己的貶謫一事。

〔 六 〕人事二句:言政治生活,風雲多變;根本值不得大驚小怪,連天文
的運行常規有時也有差失呢。天文至信,表面的意思是:天體運
行,極有規律;骨子裏是說:皇帝是國家元首,理應賞罰分明。

〔 七 〕月離二句:合,應當;滂沱(páng tuó),大雨。餘見前《夏旱》詩注。

　　火發城頭魚水裏,救火竭池魚失水〔一〕;乖龍藏在牛
領中,雷擊龍來牛枉死〔二〕。人道蓍神龜骨聖〔三〕,試卜魚
牛那至此〔四〕?六十四卦七十鑽〔五〕,畢竟不能知
所以〔六〕。

〔 一 〕火發二句:東魏杜弼《檄梁文》:"楚國亡猿,禍延林木;城門失火,
殃及池魚。"當爲此二句所本。喻意料不及的禍變。

〔 二 〕乖龍二句:《太平廣記》四二五(《郭彦郎》)引《北夢瑣言》:"世言
乖龍苦於行雨,而多竄匿,爲雷神捕之,……無處逃匿,即入牛角
或牧童之身,往往爲此物所累而震死也。"案:今通行本《北夢瑣
言》無此條。且《瑣言》係宋初著作,白氏無引用之理。但所謂"世

言”，當係民間有此傳説。白氏用牛領而非牛角，疑另有所本，待
考。領，即頸。

〔三〕人道句：人道，人們都説；蓍(shì)，是一種多年生草本，古人誤認
爲它是神草，有靈性，折其莖以占吉凶禍福。《易·説卦》曰：“昔
者聖人之作《易》也，幽贊于神明(暗中得到天神的幫助)而生蓍。”
龜骨，商朝人用龜甲(和獸骨)來占卦，今出土的龜甲文即其遺物。
餘詳下注。

〔四〕試卜句：意思是：蓍草和龜甲既然“神靈”，就不妨試行占卜一下：
爲什麽魚和牛無辜遭殃，像上面所説的那樣？

〔五〕六十四卦句：傳統的説法：《易經》的八卦，是伏羲所畫；六十四
卦，是文王所演。《莊子·外物》：“神龜……智能七十二鑽而無遺
筴(失算)；不能避刳腸之患；如是則智有所困，神有所不及也。”

〔六〕畢竟句：到底不能知道事故的所以然。這句詩是簡括《楚辭·卜
居》所説：“夫尺有所短，寸有所長，物有所不足，智有所不明，數有
所不逮，神有所不通；用君之心，行君之意，龜筴誠不能知此事”的
涵義，以抒自己對無辜遭貶的憤慨之情。

按白氏於元和十年被貶爲江州司馬。此兩首當作於此時。

寓 意 詩 五 首〔一〕(選二)

豫樟生深山，七年而後知〔二〕。挺高二百尺〔三〕，本末
皆十圍〔四〕。天子建明堂，此材獨中規〔五〕。匠人執斤墨，
采度將有期〔六〕。孟冬草木枯〔七〕，烈火燎山陂〔八〕。疾風
吹猛燄，從根燒到枝。養材三十年〔九〕，方成棟梁姿。一
朝爲灰燼〔一〇〕，柯葉無孑遺〔一一〕。地雖生爾材，天不與

爾時〔一二〕。不如糞上英〔一三〕，猶有人掇之〔一四〕。已矣勿
重陳〔一五〕，重陳令人悲！不悲焚燒苦，但悲采用遲。

〔一〕寓意詩：等於現在説寓言詩。寓言詩的特點是：言在此而意在
彼。這是在言論極不自由的階級社會裏，作家所採用的一種隱蔽
鬥爭的詩歌形式。

〔二〕豫樟二句：豫，枕木；樟，樟木。這兩種樹小的時候很相像，必待
七年以後才能分辨出來。説見《史記·司馬相如傳》張守節
《正義》。

〔三〕挺：卓然獨立。

〔四〕本末：根與梢，指樹身而言。

〔五〕天子二句：明堂，參見前《八駿圖》詩注。《唐會要》一一："垂拱
(武后年號)三年(六八七)，毀乾元殿，就其地創造明堂。四年正
月五日畢功。凡高二百九十四尺……亭中有巨木十圍，上下通
貫……"白詩言明堂，蓋以暗諭朝廷；巨木，蓋以暗喻具經世之才
者。中，讀去聲；中規，意即合乎規格。

〔六〕匠人二句：斤，砍木之斧。墨，墨斗，所以繩木。有期，謂爲時不
遠。此言匠人即將入山採伐。《左傳·隱公十一年》引古諺："山
有木，工則度之；賓有禮，主則擇之。"爲白詩二句所本。案唐代最
高級的考選人材，皆由皇帝親自主持，謂之"制舉"，故此詩"匠人"
實喻皇帝及主考官。

〔七〕孟冬：古代以舊曆十月爲孟冬，意即初冬。

〔八〕烈火句：燎，即燒；陂(pí)，即坡。

〔九〕養材句：此以木材喻人材。古代地主階級子弟成童(七歲)上學，
至四十"強而仕"，大約需要三十多年的時間。

〔一〇〕爐：餘火。

〔一一〕柯葉句：柯，樹杈；孑(jié)遺，《詩·大雅·雲漢》："周餘黎民，庶
有孑遺。"意爲殘存。

〔一二〕地雖二句：地，借喻社會；爾，你；天，借喻朝廷天子；時，機會。這

　　兩句的意思是説：社會上雖然生了你這棟梁之材,而朝廷天子却
　　不給你施展才能的機會。
〔一三〕糞上英：晉石崇《王明君辭》：“昔爲匣中玉,今爲糞上英。”糞上
　　　英,就是糞堆上長的菌子(蘑茹)。《太平御覽》九九八《菌》注引司
　　　馬云：“朝菌,大芝也。天陰時出糞土。見陽則萎。”“上”,汪本
　　　作“土”。
〔一四〕掇：採摘。
〔一五〕已矣句：算了吧! 不要再嘮叨了。重,重複。

　　案白氏被貶,固然是由於當權派的排擠,但朝廷前此任命他做閑官
(太子左贊善大夫),也給了他們以可乘之機。此詩情隱語悲,當是初聞
被貶消息時所作。

　　促織不成章〔一〕,提壺但聞聲〔二〕。嗟哉蟲與鳥〔三〕,
無實有虛名。與君定交日,久要如弟兄〔四〕。何以示誠
信? 白水指爲盟〔五〕。雲雨一爲別,飛沉兩難并〔六〕。君
爲得風鵬〔七〕,我爲失水鯨〔八〕。音信日已疏,恩分日已
輕。窮通尚如此〔九〕,何況死與生〔一〇〕! 乃知擇交難,須
有知人明。莫將山下松〔一一〕,結託水上萍〔一二〕。

〔 一 〕促織句：促織,即蟋蟀。《禮記·月令注》引諺：“蟋蟀鳴,懶婦
　　　驚。”此句的大意是：蟋蟀徒有促織的虛名,但是它不會織成文彩
　　　燦爛的錦繡。
〔 二 〕提壺句：提壺,是一種鳥,以鳴聲似“提胡盧”而得名。此句的大
　　　意是：提壺鳥亦徒擁虛名,而實際它並不會斟酒。以上兩句比方
　　　有的朋友只是徒擁虛名,而實際却無一點情誼。
〔 三 〕嗟哉句：嗟哉,可嘆;蟲指促織,鳥指提壺。

〔四〕與君二句：《論語·憲問》：“久要不忘平生之言。”久要，意爲舊交，舊約。意即《與楊虞卿書》中所説的“故”和“親”。君，指白居易的内兄楊虞卿。案白氏的被貶，固然由於執政者的排擠；而楊虞卿的賣友求榮，也起了幫兇作用。楊虞卿是白氏在宣城結識，有十七八年交誼。當白氏受打擊時，竟見利忘義，出賣戚友，故白氏極爲怨憤。《長慶集》有《與楊虞卿書》詳述此事原委，可以參看。其中有曰：“且與師皋(虞卿字)始於宣城相識，迨於今十七八年，可謂故矣；又僕之妻，即足下從父妹，可謂親矣；親如是，故如是，人之情又何加焉？”

〔五〕白水句：《左傳·僖公二十四年》：“(晉)公子(重耳，即晉文公)曰：‘所不與舅氏同心者，有如白水！’投其璧於河。”詩蓋借晉文公與舅犯相盟，隱喻白氏與楊虞卿的郎舅關係。

〔六〕雲雨二句：梁蕭統與人書：“風流雲散，一别如雨。”爲此詩上句所本。飛，指雲，喻楊；沉，指雨，喻白。

〔七〕得風鵬：《莊子·逍遥遊》有大鵬“摶扶摇(旋風)而上者九萬里”語，白詩本此，借諷楊虞卿因出賣好友，而青雲得志，鵬程萬里。

〔八〕失水鯨：語本《戰國策·齊策》：“海大魚，蕩而失水，則螻蟻得意”，借喻自己爲羣小所困。

〔九〕窮通句：窮，窮困；通，走運；句意謂我窮而你通，尚且疏遠起來。

〔一〇〕何況句：古代諺語，有“一死一生，乃見交情；一貴一賤，交情乃見”的説法，白詩本此，暗示楊虞卿決不是生死不渝的金石之交。

〔一一〕山下松：《論語·子罕》：“歲寒然後知松柏之後彫也。”從此松柏成了久不變節的象徵。又此處以山下松自喻，亦本左思《詠史》所謂“澗底松”，意指出身寒族的人。

〔一二〕水上萍：古代有“楊花落水爲浮萍”的傳説，見陸佃《埤雅》及蘇軾《再和曾仲錫荔枝詩》。知此詩不僅致慨於勢利之交勢去交疏的世態，蓋亦用以暗斥楊姓豪族。白氏對楊虞卿十分不滿，集中詩文，多可證明。

初貶官過望秦嶺

　　草草辭家憂後事〔一〕，遲遲去國問前途〔二〕。望秦嶺上回頭立〔三〕，無限秋風吹白鬚。

〔一〕草草：匆匆。
〔二〕去國：離京。古代均稱京爲國。
〔三〕望秦嶺：在陝西省驪山脚下，亦名望峯。

　　此詩作於元和十年(八一五)八月。

襄　陽　舟　夜〔一〕

　　下馬襄陽郭，移舟漢陰驛〔二〕。秋風截江起〔三〕，寒浪連天白。本是多愁人，復此風波夕。

〔一〕此詩"舟夜"或本作"舟中"。襄陽，今湖北省襄陽縣。
〔二〕下馬二句：謂到襄陽前，都是旱路；到襄陽後，改從水路。漢陰，實際指的也是襄陽，因古襄陽在漢水之南，水南曰陰。驛，原指驛傳所用的馬，後用以代表驛站。
〔三〕截江，意即攔江。

　　此詩爲元和十年(八一五)十月，貶江州司馬，路過襄陽時所作。

寄微之三首〔一〕

江州望通州〔二〕,天涯與地末〔三〕。有山萬丈高,有地千里闊〔四〕。間之以雲霧,飛鳥不可越〔五〕。誰知千里險,爲我二人設!通州君初到〔六〕,鬱鬱愁如結〔七〕。江州我方去,迢迢行未歇〔八〕。道路日乖隔〔九〕,音信日斷絕。因風欲寄語〔一〇〕,地遠聲不徹〔一一〕。生當復相逢,死當從此別。

〔一〕此詩三首係白氏被貶爲江州司馬途中寄元稹之作。時稹爲通州司馬。第二首言及襄陽,則此三首,至少是寫在過襄陽時或以後。

〔二〕江州:治所在今江西九江市。

〔三〕天涯、地末:即天涯地角,喻相距之遠。

〔四〕有山二句:言江州、通州之間隔有高山廣原。

〔五〕飛鳥句:言途遠鳥難飛越,也可能暗喻巫山縣的烏飛山("言山高,鳥飛不能越也。"見《太平寰宇記·夔州》)。

〔六〕君初到:元稹以元和十年三月貶通州司馬。

〔七〕鬱鬱句:見前《得微之到官後……》詩注。如結,言不易解開。

〔八〕迢迢:遙遠貌。

〔九〕乖隔:隔離。

〔一〇〕因風句:《九歌·少司命》:"望美人兮未來,臨風怳兮浩歌。"爲白詩此句所本。

〔一一〕聲不徹:言音信不通。

君遊襄陽日,我在長安住〔一〕;今君在通州,我過襄陽

去。襄陽九里郭,樓堞連雲樹〔二〕;顧此稍依依〔三〕,是君
舊遊處。蒼茫蒹葭水〔四〕,中有潯陽路〔五〕;此去更相思,
江西少親故。

〔一〕長安住:元稹貶通州經襄陽時,白氏任太子左贊善大夫,住在
　　　長安。
〔二〕樓堞:城樓和垛口。
〔三〕依依:不捨貌。
〔四〕蒼茫句:用《詩・秦風・蒹葭》"蒹葭蒼蒼,白露爲霜;所謂伊人,
　　　在水一方"意,以表對元的懷念。
〔五〕潯陽:江州首府,今江西九江市。

　　去國日已遠〔一〕,喜逢物似人〔二〕;如何含此意,江上
坐思君。有如河嶽氣〔三〕,相合方氛氳〔四〕;狂風吹中絕,
兩處成孤雲〔五〕。風迴終有時〔六〕,雲合豈無因?努力各
自愛,窮通我爾身〔七〕。

〔一〕日已遠:已,通以;日以,日益。
〔二〕喜逢句:語出《莊子・徐無鬼》篇:"子不聞夫越之流人乎?去國
　　　數日,見其所知而喜;去國旬月,見其所嘗見於國中者而喜;及期
　　　(週)年也,見似人者而喜矣。不亦去人滋(愈)久,而思人滋
　　　深乎?"
〔三〕河嶽氣:猶言江山秀氣。白氏自以爲他和元氏都是人傑,故云。
　　　盛唐時殷璠曾選集常建至閻防等二十四人詩,題名即稱《河嶽英
　　　靈集》。
〔四〕氛氳:極盛的樣子。
〔五〕孤雲:陶淵明《詠貧士詩》曾以孤雲自喻:"萬族各有託,孤雲獨

無依。"

〔六〕風迴：指黑暗勢力衰退。上"狂風"喻惡勢力。

〔七〕努力二句：言你我無論窮困或通達，都應當努力自愛。

放 言 五 首〔一〕（選一）并序

　　元九在江陵時〔二〕，有《放言》長句詩五首〔三〕，韻高而體律，意古而詞新；予每詠之，甚覺有味。雖前輩深於詩者，未有此作。唯李頎有云〔四〕："濟水至清河自濁，周公大聖接輿狂〔五〕"，斯句近之矣。予出佐潯陽〔六〕，未屆所任〔七〕，舟中多暇，江上獨吟，因綴五篇，以續其意耳。

〔一〕放言：放言一辭，始見《論語·微子》，意義與此有別。《後漢書·孔融傳》："跌蕩放言。"注："放，縱也。"又同書《荀韓鍾陳傳論》："漢由中世以下，閹豎(宦官)縱恣，故俗遂以遁身矯潔放言爲高。"本詩題目涵義在此。元稹先作《放言》七律五首，此爲和作。元詩見《元氏長慶集》一八。

〔二〕元九在江陵時：元稹於元和五年(八一〇)貶江陵士曹參軍，至元和十年(八一五)三月，調任通州司馬。

〔三〕長句詩：唐代稱七言詩爲長句。

〔四〕李頎：(六九〇—七五一)東川(今雲南東川市附近)人，家居潁陽(今河南許昌附近)。開元十三年進士，官新鄉尉。和王維、綦毋潛、王昌齡、崔顥爲友。《全唐詩》收其詩三卷。

〔五〕濟水二句：見頎《雜興》詩。《戰國策·燕策》："齊有清濟濁河。"接輿狂，指楚狂接輿。《論語·微子》："楚狂接輿(人名)歌而過孔子曰：'鳳兮鳳兮，何德之衰！往者不可諫，來者猶可追。已而已而，今之從政者殆而！'"《疏》："接輿，楚人，姓陸名通，字接輿。昭王時,政令無常,乃被髮佯狂不仕,時人謂之'楚狂'也。"

〔六〕出佐潯陽:指他做江州司馬。潯陽是江州首府,司馬是刺史
　　　副職。

〔七〕未屆所任:還沒有到達任所。

　　贈君一法決狐疑〔一〕,不用鑽龜與祝蓍〔二〕;試玉要燒
三日滿〔三〕,辨材須待七年期〔四〕。周公恐懼流言日〔五〕,
王莽謙恭未篡時〔六〕,向使當初身便死〔七〕,一生真偽復
誰知?

〔一〕贈君句:屈原《離騷》:"心猶豫而狐疑。"狐性多疑,故人遇事猶豫
　　　不決叫狐疑。元稹在政治上受打擊後,情緒動盪。白氏勸他要經
　　　得起考驗,等到時機好轉,是非真偽自明。

〔二〕不用句:這句是說:吉凶禍福,在所不計;問卜求籤,更無必要。
　　　餘參看前《偶然》第二首注。

〔三〕試玉句:作者自注云:"真玉燒三日不熱。"此句喻貞士必須能經
　　　受磨煉。餘參看前《答友問》注。

〔四〕辨材句:意思是說:棟梁之材,不是短時間就能認出。餘參看前
　　　《寓意》詩注。

〔五〕周公句:周公,姓姬名旦,周武王弟,成王之叔。儒家奉為古代聖
　　　人之一。史稱西周初年,武王死,成王年幼,周公輔政。其弟管
　　　叔、蔡叔散布流言說:"公將不利於孺子(指成王)!"周公恐,避難
　　　居東三年。後來纔弄清楚,周公是忠於成王的。事載《史記·魯
　　　周公世家》。"日",一本作"後"。

〔六〕王莽句:史載王莽在未篡前,雖出身貴族,但不喜聲色狗馬,恭儉
　　　下士,對長輩盡禮,以偽善騙取人們的信任。故在篡位之前,是以
　　　正人君子的面目出現的。這兩句意為:真偽邪正,須日久方驗。
　　　王莽事蹟,詳《漢書·王莽傳》。

〔七〕向使：意即假如。

舟中讀元九詩〔一〕

把君詩卷燈前讀，詩盡燈殘天未明。眼痛滅燈猶暗坐，逆風吹浪打船聲。

〔一〕元九：即元稹。時貶通州司馬。

此元和十年秋，遭貶過襄陽，浮漢江赴江州途中所作。

登郢州白雪樓〔一〕

白雪樓中一望鄉，青山簇簇水茫茫〔二〕。朝來渡口逢京使〔三〕，道説煙塵近洛陽〔四〕。

〔一〕郢州白雪樓：郢州，州治在今湖北鍾祥縣。本漢江夏郡，唐代設州。轄長壽、京山、富水三縣。白雪樓，劉向《新序·雜事》："客有歌於郢中者，……其爲《陽春》、《白雪》，國中屬而和者不過數十人……是其曲彌高，其和彌寡。"後人因在郢州建此樓。《太平寰宇記·郢州·長壽縣》："白雪樓在州子城西。"《輿地紀勝·京西南路·郢州·景物下》："白雪樓，《圖經》：'子城三面墉基皆天造。正面絶壁，下臨漢江，白雪樓冠其上。'"又李緯《白雪樓序》云："憑欄下瞰，百有十尺，羣峯列其前，巨浸奔其下。"所言亦可與此詩第二句相證。
〔 二 〕青山句：簇簇，攢聚的樣子；茫茫，形容廣大無邊。
〔 三 〕京使：從京城（長安）來的使臣。
〔 四 〕煙塵句：白氏自注：“時淮西寇未平。”《資治通鑑·唐紀》：“憲宗
　　　　元和十年，吳元濟縱兵侵掠，至於東畿。”東畿，即洛陽郊區。煙
　　　　塵，指戰火。

此詩當爲元和十年秋，被貶赴江州，路經鄂州時作。

夜 聞 歌 者

　　夜泊鸚鵡洲〔一〕，秋江月澄澈〔二〕。鄰船有歌者，發調
堪愁絕〔三〕。歌罷繼以泣，泣聲通復咽〔四〕。尋聲見其人，
有婦顏如雪；獨倚帆檣立〔五〕，娉婷十七八〔六〕。夜淚似真
珠，雙雙墮明月〔七〕。借問誰家婦？歌聲何凄切？一問一
沾巾〔八〕，低眉終不說〔九〕。

〔 一 〕夜泊句：泊，停船於岸。鸚鵡洲，在今湖北省武漢市西南長江中。
　　　　相傳東漢末禰衡於此作《鸚鵡賦》，因此得名。
〔 二 〕秋江句：澄澈，清亮。一本作“江月秋澄澈”。
〔 三 〕堪愁絶：能使人愁煞。
〔 四 〕泣聲句：謂泣啜兼以哽咽。
〔 五 〕檣(qiáng)：桅桿。
〔 六 〕娉婷(pīng tíng)：形容女子美貌。
〔 七 〕明月：古代珍珠名。
〔 八 〕沾巾：淚濕手巾，一本作“沾襟”。

〔九〕低眉句：愁眉不展，始終不發一言。終，一本作"竟"。

此詩白氏原注："宿鄂州。"鄂州即今湖北武昌。又白集卷十《別李十一後重寄詩》下作者原注云："自此詩後在江州路上作。"合二者觀之，知此詩當作於元和十年秋。

舟行阻風寄李十一舍人〔一〕

扁舟厭泊煙波上〔二〕，輕策閑尋浦嶼間〔三〕。虎蹋青泥稠似印〔四〕，風吹白浪大於山。且愁江郡何時到，敢望京都幾歲還！今日料君朝退後〔五〕，迎寒新酎暖開顏〔六〕。

〔一〕李十一舍人：指李建，字杓直，白氏好友。時爲兵部郎中知制誥，唐人習慣，知制誥者，得稱之爲舍人。唐有中書舍人，掌詔誥制敕；此外又有起居舍人、通事舍人等。

〔二〕扁舟句：扁(piān)舟，小船。煙波，煙霧茫茫的水波。這一句的意思是嫌小船在江面上停泊得太久了。

〔三〕輕策句：策，手杖；浦，水邊；嶼(yǔ)，小島。

〔四〕虎蹋句：蹋即踏字；稠(chóu)，密。此句言道路泥濘，與杜甫《東屯月夜》"泥留虎鬭跡"之意相類。

〔五〕料：推想。

〔六〕迎寒句：白氏自注："李十一好小酎酒，故云。"酎(zhòu)，三度釀造之醇酒。

此詩《長慶集》一五次於《盧侍御與崔評事爲予於黃鶴樓致宴，宴罷同望》詩後，當係白氏貶江州司馬赴任，過武昌黃鶴樓，自長江順流而下時作。時當元和十年入冬之際。

謫　居

面瘦頭斑四十四[一]，遠謫江州爲郡吏。逢時棄置從不才[二]，未老衰羸爲何事[三]？火燒寒澗松爲爐，霜降春林花委地[四]。遭時榮悴一時間[五]，豈是昭昭上天意[六]！

〔一〕面瘦句：頭斑，頭髮花白；四十四，爲白氏當時年齡。
〔二〕逢時句：當時的皇帝憲宗李純曾被人看作是比較有爲的君主，白氏有時也把他比作漢文帝，在詩中屢明此意。此句與孟浩然《歲暮歸南山》詩“不才明主棄”的憤慨大致相同。從，由於。
〔三〕衰羸：衰弱。
〔四〕火燒二句：以花木遇災喻自身遭受打擊的憔悴之狀。
〔五〕遭時句：此句承上而來，以花木的繁榮比遭遇順利，委、悴，比遭受挫折。一時間，即突然之間。
〔六〕豈是句：白氏把自己的被貶，推原於受執政大臣的排擠，不一定是皇帝的意旨。他對皇帝仍抱有幻想。昭昭，即明明，形容皇帝的明智。

此詩作於元和十年冬，白氏初貶江州時。

司　馬　宅[一]

雨徑綠蕪合[二]，霜園紅葉多[三]。蕭條司馬宅，門巷無人過。唯對大江水，秋風朝夕波〔四〕。

〔一〕司馬宅：江州司馬的官舍。宅在潯陽西門外，距湓浦口很近。北
　　　臨大江，背依湓水（又名龍開河）。庭院北有土岡，翠竹成林；宅後
　　　有園，叢生雜樹。集中別有《江州司馬廳記》，可以參看。
〔二〕雨徑句：庭中雨後的小徑，已被綠草封蔽。
〔三〕霜園句：江南多楓樹和烏桕，故秋多紅葉。兩句極寫官舍荒涼。
〔四〕秋風句：此句即景抒情，暗喻詩人感情激動。

此詩當作於元和十年冬，白氏初到江州時。

編集拙詩成一十五卷，因題卷末，戲贈元九、李二十〔一〕

　　一篇長恨有風情〔二〕，十首秦吟近正聲〔三〕。每被老元偷格律〔四〕，苦教短李伏歌行〔五〕。世間富貴應無分〔六〕，身後文章合有名〔七〕。莫怪氣粗言語大〔八〕，新排十五卷詩成〔九〕。

〔一〕此詩可參白氏《與元九書》：“僕數月來，檢討囊帙中得新舊詩，各
　　　以類分，分爲卷目；自拾遺來，凡所遇所感，關於美刺興比者；又自
　　　武德至元和，因事立題，題爲《新樂府》者，共一百五十首，謂之諷
　　　諭詩。又或退公獨處，或移病閑居，知足保和，吟玩情性者一百
　　　首，謂之閑適詩。又有事物牽於外，情理動於內，隨感遇而形於歎
　　　詠者一百首，謂之感傷詩。又有五言、七言、長句、絕句，自一百韻
　　　至兩韻者四百餘首，謂之雜律詩。凡爲十五卷，約八百首。異時

相見,當盡致於執事。"所言即此事。拙詩,白氏自謙語。李二十,
即李紳。

〔 二 〕一篇句:長恨,即前選《長恨歌》。風情,風人(詩人)之情。《詩集
傳》:"風者,民俗歌謠之詩,……於以考其俗尚之美惡,而知其政
治之得失焉。"白氏自認其詩有風人之旨。

〔 三 〕十首句:秦吟,即前選之《秦中吟》。正聲,謂《詩》裏的雅詩。
《詩·大序》説:"雅者正也,言王政之所由興廢也。"李白《古風》也
説:"大雅久不作……正聲何微茫!"雅詩中有許多政治諷刺詩,白
氏的《新樂府》,就是創造性地繼承了這一傳統。

〔 四 〕每被句:白氏自注:"元九向江陵日,嘗以拙詩一軸贈行,自是格
變。"偷是朋友間戲辭,實際指的是學習模仿。格律,指詩的格調
和聲律。

〔 五 〕苦教句:白氏自注:"李二十嘗自負歌行,近見余樂府五十首,默
然心伏。"李紳短小精悍,時人稱爲"短李"。白氏的《新樂府》,有
些是受李紳的啓發,和其原作(俱亡佚)。但白詩一出,後來居上,
使李紳自嘆不如。伏,即"服",亦朋友間戲辭。

〔 六 〕應無分:應,大概,讀平聲;分,同"份",讀去聲。

〔 七 〕合:應當,應該。

〔 八 〕言語大:言辭浮誇。

〔 九 〕新排句:排,即編次。案此爲白氏第一次自編詩集。

　　此詩作於元和十年十二月,作者初到江州後不久。因同一個時期所
寫的《與元九書》已經談到十五卷詩集的編排。

山　鷓　鴣〔一〕

山鷓鴣,朝朝暮暮啼復啼,啼時露白風淒淒〔二〕。黄

茅岡頭秋日晚，苦竹嶺下寒月低〔三〕。畬田有粟何不啄〔四〕？石楠有枝何不棲〔五〕？迢迢不緩復不急，樓上舟中聲闇入〔六〕。夢鄉遷客展轉臥〔七〕，抱兒寡婦彷徨立〔八〕。山鷓鴣，爾本此鄉鳥，生不辭巢不別羣，何苦聲聲啼到曉！唯能愁北人，南人慣聞如不聞〔九〕。

〔一〕山鷓鴣：《樂府詩集》八〇《近代歌辭》曰：“山鷓鴣，羽調曲也。”可見是樂府民歌的一種。鷓鴣(zhè gū)，鳥名，屬鶉雞類，體大如鳩，頭頂暗紫赤色，背灰褐色，腹帶黃色，嘴紅。喜羣居，善啼，聲似“行不得也哥哥！”因此，古人常借其聲以抒寫逐客流人之情。

〔二〕啼時句：鷓鴣鳥性畏霜露，故白露節時叫聲最苦。而白氏亦適以元和十年秋末到江州，故加倍觸景傷情。淒淒，涼意。杜甫《暮歸》：“客子入門月皎皎，誰家擣練風淒淒。”

〔三〕黃茅岡、苦竹嶺：江西萬載縣西北九十里有黃茅嶺，湖南平江縣東北三十五里有苦竹嶺，以上兩地，皆去白氏所貶的江州較遠，或白詩本不局限於一個區域的風物；或黃茅、苦竹只是泛寫江州風物，如《琵琶行》言“黃蘆苦竹遶宅生”是。

〔四〕畬田：見前《贈友五首》詩注。

〔五〕石楠：即石南，植物名，生於深山中，常綠灌木，高七八尺。在高山者，蟠臥地上，葉大而厚。花類山躑躅，頗豔麗。

〔六〕闇：同暗。

〔七〕展轉臥：躺在床上，左右翻身。

〔八〕彷徨立：六神無主地站立在那裏。

〔九〕唯能二句：北人，北方人，亦詩人自喻之辭。古代有鷓鴣不過江北的説法，錢易《南部新書》云：“江南無野狐，江北無鷓鴣，此舊説也。”故白氏有“南人慣聞如不聞”的説法。

此詩當作於元和十年冬初。

江南遇天寶樂叟〔一〕

　　白頭老叟泣且言〔二〕："禄山未亂入梨園〔三〕，能彈琵琶和法曲〔四〕，多在華清隨至尊〔五〕。是時天下太平久，年年十月坐朝元〔六〕。千官起居環珮合〔七〕，萬國會同車馬奔〔八〕。金鈿照耀石甕寺〔九〕，蘭麝熏煮温湯源〔一〇〕。貴妃宛轉侍君側〔一一〕，體弱不勝珠翠繁〔一二〕。冬雪飄飄錦袍暖，春風蕩漾霓裳翻〔一三〕。歡娱未足燕寇至〔一四〕，弓勁馬肥胡語喧〔一五〕。幽土人遷避夷狄〔一六〕，鼎湖龍去哭軒轅〔一七〕。從此漂淪落南土〔一八〕，萬人死盡一身存。秋風江上浪無限，暮雨舟中酒一樽。涸魚久失風波勢〔一九〕，枯草曾沾雨露恩〔二〇〕。""我自秦來君莫問，驪山渭水如荒村〔二一〕。新豐樹老籠明月〔二二〕，長生殿闇鎖春雲〔二三〕。紅葉紛紛蓋欹瓦〔二四〕，緑苔重重封壞垣〔二五〕。唯有中官作宫使〔二六〕，每年寒食一開門〔二七〕。"

〔一〕此詩所指之江南，當即江州。天寶，唐玄宗李隆基年號（七四二—七五五）。樂叟，老樂師。此叟前在長安梨園作樂工，侍奉唐玄宗。

〔二〕老叟句：老叟，一本作病叟。泣且言，邊哭邊談。

〔三〕梨園：見前《長恨歌》注。

〔四〕能彈句：法曲，《新唐書·禮樂志》："初隋有法曲，其音清而近雅，其器有鐃、鈸、鐘、磬、幢簫、琵琶。"和，此處爲參加協奏意。

〔五〕華清：唐代長安和驪山華清宫都有梨園，見宋敏求《長安志》。

〔六〕年年句：唐玄宗以每年冬十月去驪山華清宫，到次年春始回長

175

安。朝元,閣名,在驪山頂上。

〔七〕千官句:千官,指朝臣,有時亦包括命婦。起居,古代臣僚每五日一覲見皇帝,問候起居情況,叫作"起居"。引申爲"朝賀"之意。環珮,佩玉;環指有圓孔之玉飾,珮通佩。合,聚集。此句形容千官朝服濟楚,集於殿廷。

〔八〕萬國會同:周朝列國諸侯到京城來會盟,叫"會同"。《周禮·大宗伯》:"時見曰會,殷見曰同。"合起來,意思就是定期朝會。唐代封王、公的宗室和官僚,以及掌握地方軍政大權的節鎮,可比擬爲古代諸侯。

〔九〕金鈿、石甕寺:金鈿,是貴族婦女所戴鑲嵌金花寶石的頭飾。石甕寺,在驪山半腰石甕谷中,有泉激而似甕形,因是以名谷,以谷名寺。説見錢易《南部新書》已。

〔一○〕蘭麝、温湯源:蘭麝,香料。温湯源,温泉的源頭,在華清宮九龍池上游。

〔一一〕貴妃句:貴妃,即楊貴妃。宛轉,柔媚的體態,與《長恨歌》中"宛轉蛾眉馬前死"句"宛轉"非一義。

〔一二〕體弱句:《長恨歌》:"侍兒扶起嬌無力。"又元稹《連昌宮詞》:"上皇正在望仙樓,太真同凭欄杆立。樓上樓前盡珠翠,炫轉熒煌照天地。"可與此句互證。不勝,禁不起;繁,繁重,極言裝飾之盛。

〔一三〕冬雪二句:冬雪、春風,所以點明玄宗遊驪山季節。蕩漾,言如水紋波動。霓裳,舞衣,《霓裳羽衣舞》服飾。

〔一四〕燕寇:安禄山兼范陽、平盧、河東三鎮節度使;范陽、平盧兩鎮,皆在古燕國(今河北北部)地,故曰"燕寇"。

〔一五〕胡語喧:古代蔑稱北方少數民族曰胡。安禄山本東胡雜種,其所部有奚、契丹、同羅等,故曰胡。喧,大聲叫囂。此句猶言胡騎遍地。

〔一六〕豳土句:豳(bīn),今陝西旬邑縣西。周族的先祖太王,本居豳原,後因北狄的侵擾,率人民遷至岐山(在今陝西岐山縣)脚下定居。夷狄,亦係古代對邊疆少數民族的蔑稱。此句借古喻今,指唐玄宗在天寶十五載,爲安禄山所迫,從長安逃往成都一事。

〔一七〕鼎湖句:軒轅,即黄帝。相傳黄帝曾鑄鼎於荆山(在河南靈寶
　　　　縣),鼎成之後,乘龍上天,後世因名其處曰鼎湖。事載《史記・封
　　　　禪書》。案此句喻寶應元年玄宗之死。

〔一八〕漂淪:即飄泊淪落。

〔一九〕涸魚、風波:涸轍之魚,語出《莊子・外物》。風波,謂江湖之水,
　　　　風起波動,浩渺無涯。

〔二〇〕雨露恩:封建時代,稱頌皇帝的恩惠。

〔二一〕我自秦來二句:秦,陝西古秦地。按自此以下,雖係實寫秦中風
　　　　物,然氣象蕭條,色調陰鬱,中間實蕩漾着白氏初貶江州時消沉苦
　　　　悶的情感。

〔二二〕新豐:見前《新豐折臂翁》詩注。

〔二三〕長生殿句:長生殿見前《長恨歌》注。春雲,一本作黄昏。

〔二四〕欹(qí)瓦:傾圮不正的屋瓦。

〔二五〕壞垣:倒塌的牆垣。案驪山行宫,週圍有繚牆,見錢易《南部
　　　　新書》。

〔二六〕中官、宫使:中官,即宦官。宫使,朝廷派遣去驪山祭掃的使臣。

〔二七〕寒食:見前《陵園妾》詩注。

　　此詩《長慶集》一二,編在白氏早年詩作一起,至遲當不晚於貶居江
州時。

放　旅　雁〔一〕

　　九江十年冬大雪,江水生冰樹枝折。百鳥無食東西
飛,中有旅雁聲最飢。雪中啄草冰上宿,翅冷騰空飛動
遲。江童持網捕將去〔二〕,手攜入市生賣之。我本北人今

譴謫〔三〕，人鳥雖殊同是客。見此客鳥傷客人〔四〕，贖汝放汝飛入雲。雁雁汝飛向何處？第一莫向西北去。淮西有賊討未平〔五〕，百萬甲兵久屯聚。官軍賊軍相守老〔六〕，食盡兵窮將及汝〔七〕。健兒飢餓射汝喫〔八〕，拔汝翅翎爲箭羽〔九〕。

〔一〕放旅雁：此詩借旅雁抒發謫居的愁思，并反映人民因遭天災、戰亂而到處流亡的悲慘生活。雁爲候鳥，春季北遷，秋季南遷，常往返於旅途，故稱"旅雁"。

〔二〕捕將去：逮了去。

〔三〕譴謫：貶謫。

〔四〕見此句：客鳥，北方來的旅雁；客人，北方來的客人。見客鳥之被捕，使客人(指作者自己)爲之傷感，即所謂"同病相憐"。

〔五〕淮西句：元和十年正月，彰義軍(即淮西)節度使吳元濟反，縱兵侵掠，竟至洛陽東郊。憲宗李純派遣嚴綬、令狐通等討元濟，久而無功。

〔六〕老：古代稱戰爭相持過久、士氣衰暮爲"師老"。如《左傳·僖公四年》："師老矣。"

〔七〕食盡句：食盡，即餉盡；兵窮，兵器用盡。及汝，向你身上打主意。案此句領起末二句。

〔八〕健兒：即軍士。《唐六典·兵部郎中》條"天下諸軍有健兒"注："舊健兒在軍皆有年限，更來往。開元二十五年敕：'自今以後，諸軍鎮置兵防健兒，於諸色征行人內及客戶中召募，取丁壯情願；健兒長住邊軍者，每年加常例給賜。'"

〔九〕翅翎爲箭羽：古代箭幹末尾，都附插鳥羽，以雁翎爲之者稱雁翎箭。

此詩題下白氏自注："元和十年冬作。"

放　　魚

　　曉日提竹籃，家僮買春蔬〔一〕。青青芹蕨下〔二〕，疊卧雙白魚。無聲但呀呀〔三〕，以氣相煦濡〔四〕。傾籃寫地上〔五〕，撥剌長尺餘〔六〕。豈唯刀机憂〔七〕，坐見螻蟻圖〔八〕。脫泉雖已久〔九〕，得水猶可蘇〔一〇〕。放之小池中，且用救乾枯〔一一〕。水小池窄狹，動尾觸四隅〔一二〕。一時幸苟活，久遠將何如？憐其不得所，移放於南湖〔一三〕。南湖連西江〔一四〕，好去勿踟躕〔一五〕。施恩即望報，吾非斯人徒〔一六〕。不須泥沙底，辛苦覓明珠〔一七〕。

〔一〕家僮、蔬：僮，少年僕人；蔬，蔬菜。
〔二〕芹蕨：芹(qín)，即芹菜。有水芹、旱芹兩種：水芹俗名楚葵，旱芹俗名藥芹。蕨(jué)，菜名，羊齒科，嫩葉及莖可食。
〔三〕呀呀：張口貌。
〔四〕相煦濡：《莊子·大宗師》：“泉涸，魚相與處於陸，相煦(xū,吹也)以溼，相濡以沫，不如相忘於江湖。”爲此句所本，言魚尚知患難相助。
〔五〕寫(xiè)：同瀉，即傾倒。
〔六〕撥剌(là)：魚跳動聲。
〔七〕刀机：屠刀和案板。
〔八〕圖：謀害。
〔九〕脫泉：《老子》：“魚不可脫於淵，國之利器不可以假人。”唐人避高祖李淵諱，改“淵”爲“泉”。脫淵，即離水，魚離水，喻人之喪失權位。
〔一〇〕蘇：復活。

179

〔一一〕且用：暫以。

〔一二〕四隅：指池的邊沿。

〔一三〕南湖：即鄱陽湖的南部。鄱陽湖分南湖、北湖，自星子縣、甕子口
以北爲北湖，以南爲南湖。南湖爲鄱陽湖的主要部分，故此詩即
以南湖稱鄱陽湖。

〔一四〕西江：即長江。此詩稱長江爲西江，蓋亦暗用《莊子·外物篇》
"激西江之水而迎子"的故實。

〔一五〕好去句：放心的游去，不要遲疑。踟躕(chí chú)，遲疑，遲延。

〔一六〕吾非句：《論語·微子》篇："吾非斯人之徒與而誰與？"白詩借用
此語，意思是說，我和那些施恩望報的人不一樣。

〔一七〕不須二句：古代傳說，隋侯曾救大蛇，後在江中相遇，蛇銜明珠一
顆，以相酬報(見《淮南子·覽冥》高誘注)。此二句反其意而用
之。白氏無辜被貶，故寄同情於脫水之魚。

此詩白氏原注："自此後詩，到江州作。"案白氏於元和十年秋末冬初
抵江州。此詩云"家僮買春蔬"，可知作於次年(八一六)春季。

大　水

潯陽郊郭間，大水歲一至。閭閻半漂蕩〔一〕，城堞多
傾墜〔二〕。蒼茫生海色，渺漫連空翠〔三〕。風卷白波翻，日
煎紅浪沸。工商徹屋去〔四〕，牛馬登山避。況當率稅
時〔五〕，頗害農桑事。獨有備舟子〔六〕，鼓枻生意氣〔七〕。
不知萬人災，自覓錐刀利〔八〕。吾無奈爾何〔九〕，爾非久得
志：九月霜降後〔一○〕，水涸爲平地。

〔一〕閭閻(lú yán)：原意是鄉里的大門,此處用作街坊里巷的代詞。

〔二〕城堞(diè)：城垛口。此處城堞,實際是指郡治的城垣。

〔三〕蒼茫二句：言夏潦積水廣大無邊,儼如大海,遠與天接。蒼茫、渺漫,皆形容水的廣大。生海色,形成大海的規模。空翠,指蒼天。

〔四〕徹屋：《詩·小雅·十月之交》：“徹我牆屋。”徹屋,意即毀屋。

〔五〕率稅：率,徵斂,率稅意即收稅。唐建中後行兩稅法,夏徵在六月,秋徵在十一月,此處當指夏徵而言。

〔六〕傭舟子：駕船攬生意的船夫。

〔七〕鼓枻句：枻(yì),即槳。鼓枻,意指用力划槳。意氣,見前《秦中吟·輕肥》詩注

〔八〕自覓句：錐刀利,比喻小利。《左傳·昭公六年》：“錐刀之利,將盡爭之。”此處錐刀利句與上“不知萬人災”句合觀,其義始見。謂舟子但知追求個人私利,而不知存卹廣大人民的深重災難。

〔九〕吾無句：我沒有辦法治你。

〔一○〕霜降：二十四節之一,約在舊曆九、十月間。

此詩當作於元和十一年到十三年的夏季。一方面反映由於統治者不關心人民生活,不修水利,致使江州地面夏汛氾濫成災,另一方面也是借題發揮,通過對得意一時的舟子的諷刺,來表達作者對那些圖私利而忘大義的當權者的憤怒譴責。

訪 陶 公 舊 宅〔一〕 并序

予夙慕陶淵明爲人。往歲渭上閒居,嘗有效陶體詩十六首。今遊廬山〔二〕,經柴桑〔三〕,過栗里〔四〕,思其人,訪其宅,不能默默,又題此詩云。

〔一〕陶公舊宅：陶公，即陶潛，傳略見前《效陶潛體詩》注。《大清一統志·江西省·九江府·古蹟》："陶潛宅，在德化縣西南九十里柴桑里。"德化，唐潯陽縣，今江西九江市。

〔二〕廬山：在今江西九江市南二十五里。慧遠《廬山記》："山在江州潯陽南，南濱宫亭湖，北對九江。九江之南爲小江。山去小江三十里，左挾彭蠡，右傍通川，引三江之流而據其會，大嶺凡七重，圓基週迴，垂五百里。"

〔三〕柴桑：山名，《嘉慶一統志·江西省·九江府·山川》："柴桑山，在德化縣西南九十里。漢以此名縣。《寰宇記》：'柴桑山近栗里原，陶潛此中人。'《省志》：'今面陽、馬首、桃花尖諸山皆是也。'"

〔四〕栗里：在柴桑與廬山之間。《南史·陶潛傳》："潛嘗往廬山，王弘令潛故人龐通之賣酒具，於半道栗里要之"的記載，足資證明。

　　垢塵不污玉〔一〕，靈鳳不啄羶〔二〕。嗚呼陶靖節〔三〕，生彼晉宋間〔四〕；心實有所守，口終不能言〔五〕。永唯孤竹子，拂衣首陽山〔六〕。夷齊各一身，窮餓未爲難〔七〕；先生有五男，與之同飢寒〔八〕。腸中食不充，身上衣不完；連徵竟不起，斯可謂真賢〔九〕。我生君之後，相去五百年〔一○〕；每讀《五柳傳》〔一一〕，目想心拳拳〔一二〕。昔嘗詠遺風，著爲十六篇〔一三〕；今來訪故宅，森若君在前〔一四〕。不慕尊有酒〔一五〕，不慕琴無絃〔一六〕；慕君遺榮利〔一七〕，老死在丘園〔一八〕。柴桑古村落，栗里舊山川；不見籬下菊〔一九〕，但餘墟中煙〔二○〕。子孫雖無聞〔二一〕，族氏猶未遷〔二二〕；每逢姓陶人，使我心依然〔二三〕。

〔一〕垢塵句：《管子·水地》："夫玉……鮮而不垢，潔也。"

〔二〕靈鳳句：古人認爲鳳不食動物血肉肢體，以其氣味羶腥。見《太平御覽・羽族部》引《樂計圖》:"(鳳)……不啄生蟲(活的小動物)。"案以上二句,言陶氏人格高潔,不汲汲於功名利祿。

〔三〕陶靖節:陶潛死後,時人因其品格高潔,守志不屈,謚爲靖節先生。

〔四〕生彼句:案陶氏生於三六五年,死於四二七年,正當東晉末,劉宋初。

〔五〕心實二句:陶詩時以孤松、秋菊自喻,蓋表明不願與當時統治集團同流合污。歷代評陶淵明的論者,都認爲陶氏因爲晉亡,"恥事二姓",不肯做劉宋的官,又不敢明言,所以許多帶政治性詩篇,就寫得特別隱諱;故下面特用伯夷、叔齊故事。其實陶潛不願仕進,未必由於忠於晉朝。

〔六〕永唯二句:陶氏《擬古詩・少時壯且厲》一首,曾經表示懷念殷末周初採薇首陽山的伯夷、叔齊。永唯,同永惟,意爲長久懷念;孤竹,古國名,故地在今河北盧龍、遼寧朝陽一帶。首陽,我國共有四五座首陽山。夷齊所隱,以在河南偃師縣西北及山西永濟縣南二説,較近情理。

〔七〕夷齊二句:言夷齊(伯夷和叔齊)皆獨身無家累,較易於度窮餓生活。

〔八〕五男:陶潛有五子:儼、俟、份、佚、佟。陶潛《與子儼等疏》:"吾佩倦辭世,使汝等幼而飢寒。"

〔九〕連徵二句:顏延之《陶徵士誄》:"初辭州府三命……有詔徵著作郎,稱疾不赴。"徵,是由地方官府和朝廷徵聘的意思。陶潛生平,確曾在飢寒交迫的情況下,拒絕過朝廷和地方的徵聘,可以説是言行一致的高士。案白氏此時亦萌退隱思想,故對陶氏和當時的腐敗統治集團不合作,退隱田園的行爲,評價很高。

〔一○〕相去句:案陶氏生於晉哀帝興寧三年(三六五),白氏生於唐代宗大曆七年(七七二),相去四百多年,此云五百,舉其成數。

〔一一〕五柳傳:即《五柳先生傳》,是陶氏的自況。

〔一二〕目想、拳拳:目想,意同目望,仰望;拳拳,殷勤勿忘。

〔一三〕十六篇：指《效陶潛體》十六首詩而言。

〔一四〕森若：凜然，嚴肅的氣氛。

〔一五〕尊有酒：陶潛《歸去來辭》：“有酒盈尊。”

〔一六〕琴無絃：《宋書·隱逸傳》：“潛不解音聲，而蓄素琴一張，無絃；每有酒，適，輒撫弄以寄其意。”

〔一七〕遺榮利：即《五柳先生傳》“不汲汲於富貴”之意。遺，輕視、放棄。

〔一八〕老死句：丘園意即田園和農村。陶氏《歸園田居》：“少無適俗韻，性本愛丘山……開荒南野際，守拙歸園田。”此本其意。

〔一九〕籬下菊：陶氏《飲酒詩》：“采菊東籬下，悠然見南山。”

〔二〇〕墟中煙：陶氏《歸園田居》：“曖曖遠人樹，依依墟里煙。”

〔二一〕無聞：沒有名聲，未出仕。

〔二二〕族氏：宗族，家族。

〔二三〕依然：戀戀不捨。

附：五柳先生傳

陶淵明

先生不知何許人也，亦不詳其姓氏。宅邊有五柳樹，因以爲號焉。閒靜少言，不慕榮利。好讀書，不求甚解；每有會意，便欣然忘食。性嗜酒，家貧不能常得；親舊知其如此，或置酒而招之；造飲輒盡，期在必醉，既醉而退，曾不吝情去留。環堵蕭然，不蔽風日，短褐穿結，簞瓢屢空，晏如也。常著文章自娛，頗示己志；忘懷得失，以此自終。

贊曰：黔婁之妻有言：“不戚戚於貧賤，不汲汲於富貴。”味其言，茲若人之儔乎？銜觴賦詩，以樂其志；無懷氏之民歟？葛天氏之民歟？

端居詠懷〔一〕

賈生俟罪心相似〔二〕，張翰思歸事不如〔三〕。斜日早知驚鵩鳥〔四〕，秋風悔不憶鱸魚〔五〕。胸襟曾貯匡時策〔六〕，懷袖猶殘諫獵書〔七〕。從此萬緣都擺落〔八〕，欲攜妻子買山居〔九〕。

〔一〕端居：閑居。孟浩然《臨洞庭》：“欲濟無舟楫，端居恥聖明。”

〔二〕賈生句：《文選》賈誼《弔屈原文》：“恭承嘉惠兮俟罪長沙。”言賈誼因疏論時政而被流放，與己之因上書言事而被貶，情況正同。

〔三〕張翰句：張翰，字季鷹，西晉時吳人。仕齊王冏爲大司馬東曹掾，他見晉朝的內亂不可避免，秋風一起，就想起吳郡蓴(chún)羹、鱸魚膾等故鄉風味(當時只是藉口，但後來傳爲口實)，因此辭官告歸。事詳《晉書·張翰傳》。白氏此時被貶，求歸故鄉而不可得，故云：“張翰思歸事不如。”

〔四〕驚鵩鳥：賈誼《鵩鳥賦序》：“單閼之歲(漢文帝七年，舊徐廣説以爲六年，誤；此據錢大昕《廿二史考異》。)歲在丁卯，四月孟夏，庚子日斜，鵩集余舍，止於座隅，貌甚閒暇。異物來萃，私怪其故，發書占之，讖言其度，曰：野鳥入室，主人將去。問於子服，余去何之？吉乎告我，凶言其災，淹速之度，語余其期！”此本其意。鵩(fú)，即夜鷹，善捕田鼠，有益農作物；但古人以爲不祥之鳥，入舍者凶多吉少。

〔五〕憶鱸魚：注已見上。鱸魚，巨口細鱗，產於吳松江者，肉最鮮美。句意：與其後來被貶，何如早日還鄉？以上三、四兩句與一、二兩句交錯相應，特別深切動人。

〔六〕胸襟句：胸襟，即懷抱；貯，即藏；匡時策，匡正時政得失的奏摺。匡時，語本唐太宗《幸武功慶善宮》詩：“弱齡逢運改，提劍鬱匡時。”《長慶集》中有許多論時政得失的奏摺，如《論制科人》、《論于頔裴均》、《論和糴》、《論太原事》、《奏閿鄉縣等禁囚》、《論罷兵》等不下數十狀；另外還有《策林》七十五道，都是評論當時大政的重要文獻。

〔七〕諫獵書：此當用賈誼《治安策》“夫射獵之娛與安危之機孰急”語

意。以上二句,仍借用賈誼上書漢文帝的掌故,借喻詩人對時政和憲宗好獵廢政的規諫。《文選》司馬相如有《諫獵書》,故此處借用其名。

〔八〕萬緣都擺落:萬緣,佛家用語,意思是一切與之交往的人和事。擺落,即擺脱,言從此不問世事。

〔九〕買山居:《世説·排調》:"支道林就深公買印山,深公答曰:'未聞巢、由買山而隱。'"後人遂"買山"爲隱居之代稱。白氏在江州,曾築草堂,以元和十一年(八一六)開始籌畫,到第二年落成。故知此詩作於元和十一年。

琵 琶 行〔一〕 并序

　　元和十年,予左遷九江郡司馬〔二〕。明年秋〔三〕,送客湓浦口〔四〕,聞舟中夜彈琵琶者,聽其音,錚錚然有京都聲〔五〕。問其人,本長安倡女〔六〕,嘗學琵琶於穆、曹二善才〔七〕;年長色衰,委身爲賈人婦〔八〕。遂命酒使快彈數曲〔九〕。曲罷憫默〔一〇〕。自敍少小時歡樂事,今漂淪憔悴〔一一〕,轉徙於江湖間〔一二〕。予出官二年,恬然自安〔一三〕,感斯人言〔一四〕,是夕始覺有遷謫意〔一五〕。因爲長句,歌以贈之,凡六百一十二言〔一六〕,命曰《琵琶行》〔一七〕。

〔一〕琵琶行:此詩《南宋本》、《汪立名本》題目都作《琵琶引》,而序文及正文則并作《琵琶行》,其中必有一誤。案當以作《琵琶行》者爲正。其主要根據是詩中"行"字用在韻脚,不容移易;且習用已久,約定俗成;旁證甚多,無煩改作。("行"、"引"二字行書形體相近,因而相亂)

〔二〕左遷:漢代尚右,故稱貶官爲左遷,後遂沿用。白氏原任太子左贊善大夫,職位較高;此時貶爲江州司馬,品級較低,故稱左遷。司馬本爲州郡刺史下的武職佐吏。但白氏時代的司馬,已經成了被貶京官的名義職位。集中有《江州司馬廳記》詳其原委,可參看。

〔三〕明年:指元和十一年(八一六)。

〔四〕湓浦口:湓浦,水名,發源江西瑞昌青盆山,至九江西注入大江,入江處叫湓浦口。

〔五〕錚錚然有京都聲:錚錚然,聲音鏗鏘宏亮。有京都聲,有京城長安琵琶名手演奏的韻味。京都,一本作"京邑"。

〔六〕倡女:即樂妓。

〔七〕穆、曹二善才:穆善才的名字無可考。段安節《樂府雜録》琵琶條:"貞元中有曹保保,其子善才,其孫曹綱,皆襲所藝。"曹善才究係以通名借爲專名,抑係由專名演爲通名,不可考,此言善才,猶今人言"名手"。

〔八〕委身爲賈人婦:古代婦女無獨立人格,故出嫁叫委身。此處委身,實際指的是妓女從良。賈人,即商人。

〔九〕命酒、快彈:命酒,吩咐僕人安排酒席。快彈,盡興彈奏。

〔一○〕憫默:因傷感而沉默。一作"憫然"。

〔一一〕漂淪憔悴:顛沛流離,容顏消瘦。

〔一二〕轉徙:展轉遷徙。

〔一三〕恬然自安:恬(tián),平靜悠閑。自安,自處泰然。案此乃白氏故作鎮靜之語,非其本心。

〔一四〕斯人:這個人,指長安娼女。

〔一五〕遷謫意:被貶逐的感受。

〔一六〕凡六百一十二言:案此詩實有六百一十六字,"二"字誤。言,即字。

〔一七〕命曰琵琶行:命,命名;行,樂府歌辭的一體,與"歌"相類,常連稱爲"歌行"。内容多敍事。

　　潯陽江頭夜送客〔一〕，楓葉荻花秋瑟瑟〔二〕。主人下馬客在船，舉酒欲飲無管絃〔三〕。醉不成歡慘將別〔四〕，別時茫茫江浸月〔五〕。忽聞水上琵琶聲，主人忘歸客不發〔六〕。尋聲暗問“彈者誰？”琵琶聲停欲語遲。移船相近邀相見，添酒回燈重開宴〔七〕；千呼萬喚始出來，猶抱琵琶半遮面〔八〕。轉軸撥絃三兩聲〔九〕，未成曲調先有情〔一○〕。絃絃掩抑聲聲思〔一一〕，似訴平生不得志〔一二〕。低眉信手續續彈〔一三〕，說盡心中無限事。輕攏慢撚抹復挑〔一四〕，初爲《霓裳》後《六么》〔一五〕。大絃嘈嘈如急雨〔一六〕，小絃切切如私語〔一七〕。嘈嘈切切錯雜彈，大珠小珠落玉盤〔一八〕；間關鶯語花底滑〔一九〕，幽咽泉流冰下難〔二○〕。冰泉冷澀絃凝絕〔二一〕，凝絕不通聲暫歇。別有幽情暗恨生，此時無聲勝有聲。銀瓶乍破水漿迸〔二二〕，鐵騎突出刀鎗鳴。曲終收撥當心畫〔二三〕，四絃一聲如裂帛。東船西舫悄無言，唯見江心秋月白。沉吟放撥插絃中〔二四〕，整頓衣裳起斂容〔二五〕。自言“本是京城女，家在蝦蟆陵下住〔二六〕。十三學得琵琶成，名屬教坊第一部〔二七〕。曲罷曾教善才伏〔二八〕，妝成每被秋娘妒〔二九〕。五陵年少爭纏頭，一曲紅綃不知數〔三○〕。鈿頭雲篦擊節碎〔三一〕，血色羅裙翻酒污〔三二〕。今年歡笑復明年，秋月春風等閒度〔三三〕。弟走從軍阿姨死〔三四〕，暮去朝來顏色故〔三五〕。門前冷落鞍馬稀，老大嫁作商人婦。商人重利輕別離，前年浮梁買茶去〔三六〕。去來江口守空船，繞船月明江水寒〔三七〕。夜深忽夢少年事，夢啼妝淚紅闌干〔三八〕。”我聞琵琶已歎息，又聞此語重唧唧〔三九〕；同是天涯淪落人〔四○〕，相逢何必曾相識！“我從去年辭帝京〔四一〕，謫居臥病潯陽城。潯陽地僻無音樂〔四二〕，終歲不聞絲竹聲。住近湓江地低濕，黄蘆苦竹繞宅生〔四三〕；其間旦暮聞何物？杜鵑啼血猿哀鳴〔四四〕。春江花朝秋月夜，往往取酒還獨傾；豈無山歌與村笛？嘔啞嘲哳難爲聽〔四五〕。今夜聞君琵琶語，如聽仙樂耳暫明；莫辭更坐彈一曲〔四六〕，爲君翻作《琵琶行》〔四七〕。”感我此言良久立〔四八〕，却坐促絃絃轉急〔四九〕；淒淒不似向前聲〔五○〕，滿座重聞皆掩泣〔五一〕。座中泣下誰最多，江州司馬青衫濕〔五二〕！

〔一〕潯陽江：長江經過江州左近的一段。

〔二〕楓葉句：楓，落葉喬木，葉呈掌狀三裂，邊緣有鋸齒，秋後變紅，鮮如血染。荻，即蘆葦，秋後秀穗如狼尾，遥望如雪海。瑟瑟，風吹草木聲。

〔三〕管絃：管絃，亦稱絲竹。管，管樂器，簫笛之屬；絃，絃樂器，琴瑟、琵琶之屬。此處作奏樂的代稱。古代官僚酒宴，往往以歌妓彈唱侑酒。

〔四〕慘：暗淡，指情緒消沉低落。

〔五〕江浸月：月影在水，就和江水浸着月亮一樣。

〔六〕不發：不忍動身。

〔七〕回燈：古代用油盞燈，燈芯燒短，光燄就暗淡，這時須添油撥芯，使燈光回亮。又，唐宋時，“重新”或“重復”的“重”皆讀仄聲，和今天不同。

〔八〕抱：一本作“把”，似不如“抱”字穩練。

〔九〕轉軸：轉軸，轉動繫絃的木軸，以調節絃音的高低，俗稱定絃。

〔一○〕未成句：此言在未正式演奏以前，只是定絃試彈，就使聽者感到她的技藝異常純熟，已經部分流露她的思想感情，所謂“先聲奪人”。

〔一一〕絃絃掩抑：言每根絃所發出的每個音響都飽含着低沉悲戚的思想感情。掩抑，雙聲聯緜字，意思是低沉憂鬱。

〔一二〕不得志：一本作"不得意"。

〔一三〕低眉：精神專注貌。

〔一四〕攏、撚、抹、挑：攏，一本作籠，意同，即扣絃；撚（niǎn），即揉絃；以上兩種是指法。抹是順手下撥，挑是反手回撥，以上兩種是撥法。指法用左手，撥法用右手，合稱"指撥"。此爲彈奏琵琶時所用手法的專門術語。

〔一五〕霓裳、六幺：《霓裳羽衣》和《六幺》，是琵琶演奏的兩種曲調。此兩曲前面皆有散序，音調比較緩慢、宛轉，故用輕攏慢撚。《六幺》，也叫《樂世》，也叫《綠腰》，也叫《録要》。元稹《琵琶歌》"《霓裳羽衣》偏宛轉……《六幺》散序多攏撚。"之言，猶可見其梗概。

〔一六〕大絃嘈嘈：琵琶共有四絃，大絃最粗，也叫"老絃"。嘈嘈，形容聲音粗壯厚重。

〔一七〕小絃切切：小絃即細絃，也叫"子絃"。切切，言聲音微細急促。

〔一八〕大珠句：暗用《禮記·樂記》："纍纍乎端如貫珠"之意，形容琵琶聲音清脆玲瓏，圓潤滾轉之妙。

〔一九〕間關：間關，鳥鳴聲；鶯，即黃鸝或黃鶯。滑，形容鶯啼的悠揚宛轉，即《牡丹亭·驚夢》所謂："嚦嚦鶯歌溜的圓。"

〔二〇〕冰下難：汪本原作"水下灘"。注云："水，一作冰；灘，一作難。"此依段玉裁説校改。難，是艱澀阻塞之意，與上"滑"字義正相對。

〔二一〕冰泉句：言彈奏頓挫，則絃聲亦隨之如冰泉冷澀。此爲因果倒裝句法。凝，一本作疑，兩字古通。此句是寫散序將終時的演奏狀況。

〔二二〕銀瓶句：此下寫散序結束，繼以入破。即作者《霓裳羽衣舞歌》所寫"中序擘騞初入拍（入破），秋竹竿裂春冰坼"的同一情態。乍，忽然。迸，四濺。

〔二三〕曲終句：案此寫琵琶演奏，繞到高潮，已至尾聲。撥，即"撥子"，形狀如鏟，用以撥絃。當心畫，當着絃的半腰一劃，琵琶曲終，均有此一著,古今無異。

〔二四〕沉吟:將語未語貌。

〔二五〕斂容:肅敬貌,謂收斂其興奮昂揚的情態。

〔二六〕蝦蟆陵:在今陝西長安縣,即漢董仲舒墓。封建王朝爲了崇敬先儒,叫人到此必須下馬,因稱"下馬陵",音訛成爲"蝦蟆陵"。見李肇《國史補》。

〔二七〕教坊第一部:唐高祖武德年間,設內教坊於宮禁中,掌教音樂、歌舞藝人。到玄宗開元年間,在蓬萊宮旁設內教坊,在京城光宅坊設右教坊,延政坊設左教坊。看下文,此娼女主要是和五陵年少交往,則當屬於左右教坊。歌舞隊、樂隊古皆稱部,第一部即第一隊,意指最優秀的歌舞演奏隊。

〔二八〕善才伏:善才,指其師曹、穆兩善才。伏,自嘆不如。

〔二九〕妝成句:唐代舞女化妝技術已經很高,崔令欽《教坊記》記龐三娘能化老爲少,顏大娘長於"勾臉"。秋娘,當時長安的名娼。白氏《和元九與呂二同宿話舊》詩"聞道秋娘猶且在"之句可證。

〔三〇〕五陵二句:言豪門子弟,趨之若鶩。五陵:漢朝的長陵、安陵、陽陵、茂陵、平陵,皆在長安北郊。左近住的盡是豪門大族。年少,當時習稱"子弟",指少爺公子。爭纏頭,搶着多給彩禮(纏頭)。紅綃,紅色綾緞。

〔三一〕鈿頭句:因欣賞歌舞曲調,情不自禁地用黃金珠寶鑲嵌的雲形髮卡擊節按拍,以致敲碎。

〔三二〕血色句:猩紅的羅裙灑上酒痕。以上兩句,極意寫此娼女盛時的豪華奢縱。污,讀去聲。

〔三三〕秋月句:此句追悔良辰美景,不知愛惜,輕易度過。

〔三四〕阿姨:即鴇母。

〔三五〕顏色故:容顏衰老。

〔三六〕浮梁:浮梁,是唐代茶葉一大集散地,每年產茶達七百萬馱,茶稅總額達十五萬貫,見《元和郡縣志·饒州·浮梁》條。餘見前《自河南經亂……》詩題注。

〔三七〕繞船句：寫獨守空船,孤淒牢落之狀。

〔三八〕夢啼句：夢中哭醒,夾雜着脂粉的淚珠,縱橫流灑。闌干,見前《長恨歌》注。此句一本作"啼裝淚落紅闌干"。

〔三九〕唧唧：嘆嗟之聲。

〔四〇〕天涯淪落：謂飄泊異地。

〔四一〕辭：一本作離。

〔四二〕地僻：一本作"小處"。

〔四三〕黃蘆苦竹：黃蘆,即黃葦;苦竹,以竹笋味苦得名。説詳李衎《竹譜詳録》。黃蘆苦竹,極寫江州週圍景物的荒涼。

〔四四〕杜鵑啼血：杜鵑,鳥名,即子規、思歸和催歸鳥。相傳其啼聲最苦,啼甚則口中流血。説見劉敬叔《異苑》。

〔四五〕嘔啞嘲哳(ōu yā zhōu zhā)：上二字形容村笛,謂其出音不清;下兩字形容山歌,謂其吐字繁碎。

〔四六〕莫辭：不要推辭。

〔四七〕翻：古人創新譜,填新詞,都叫翻。

〔四八〕良久：好久。

〔四九〕却坐促絃：重新入座上軸緊絃。

〔五〇〕向前聲：即向時聲,指剛才彈奏過的曲調音節。

〔五一〕掩泣：掩面落淚。

〔五二〕江州句：當時白氏任州司馬,在《與元九書》中自稱"官品至第五",其官服不應青色,此處"青衫",當暗示淪落之情。

宋洪邁《容齋五筆》云："白樂天《琵琶行》一篇,讀者但羨其風致,敬其辭章,至形于樂府,詠歌之不足,遂以謂真爲長安故娼所作,予竊疑之。樂天之意,直欲攄寫天涯淪落之恨爾。"白氏此詩抒發淪落之感,詩序及詩中均已分明,是否果有長安倡女事,可置勿論。但詩中所寫,則宛然一典型人物,具有藝術真實性,可貴在此,而不在是否真人真事也。

李　白　墓〔一〕

采石江邊李白墳〔二〕，繞田無限草連雲。可憐荒壠窮
泉骨〔三〕，曾有驚天動地文〔四〕。但是詩人多薄命〔五〕，就
中淪落不過君〔六〕。

〔一〕李白墓：李白(七〇一——七六二)，盛唐時偉大的浪漫主義詩人。
　　　生平除做過三年翰林供奉而外，没正式做官，大半生都是在各地
　　　流浪中度過。因一度參加永王李璘幕府，晚年且被流放夜郎(今
　　　貴州省桐梓縣)，雖中途遇赦得還，想參加李光弼戎幕，但因病未
　　　果，不久即病死在當塗。起初暫葬在龍山，直到元和十二年正月
　　　二十三日才遷葬到采石磯。見范傳正《唐左拾遺翰林學士李公新
　　　墓碑》(唐代宗初立，曾以左拾遺召，而白已卒，見《新唐書‧李白
　　　傳》，故新碑稱左拾遺)。墓在今安徽省馬鞍山市南采石山下采石
　　　鎮，至今其地猶存“唐李翰林之墓”的石碑。此詩《白氏長慶集》舊
　　　編在江州諸作一起，極是。當塗在唐代屬宣州。司馬閑職，故白
　　　氏得遠遊宣州。
〔二〕采石句：《舊唐書‧地理志‧宣州》：“牛渚山一名采石，在縣北四
　　　十五里大江中。”程大昌《演繁露》：“采石江之南岸田坂間有墓，世
　　　傳爲李白葬所。”
〔三〕荒壠窮泉：荒壠，荒涼的墓地；窮泉，深至地下的壙穴。
〔四〕驚天動地文：對李白詩文極力推崇之辭。言其詩文足以感天
　　　動地。
〔五〕但是句：但是，凡是，只要是；詩人無權無位，又不甘俯仰隨人，所
　　　以政治上易受打擊，陷於窮困潦倒之境。
〔六〕就中句：言因政治上受打擊排擠，而生活上又顛沛流離的詩人，
　　　再没有超過您的了。就中，其中；過，讀平聲。此詩通首借弔古自

傷被貶，所謂“用古人酒杯，澆自家塊壘。”

問 劉 十 九〔一〕

　　綠螘新醅酒〔二〕，紅泥小火爐。晚來天欲雪，能飲一杯無〔三〕？

〔一〕劉十九：名字未詳。他是白氏在江州時常往來的酒友。《長慶集》有四首關係到他的詩，其中《劉十九同宿》一首稱他爲“嵩陽處士”，蓋前此曾在嵩山之陽隱居一個時期。有人指明他是劉軻，按其生平事跡，無一相合，未可遽信。

〔二〕綠螘句：螘，即古“蟻”字。《文選》謝朓《在郡臥病呈沈尚書》詩：“綠蟻方獨持。”古代米酒，近似近時的醪糟酒；上浮米粒，微呈綠色，號爲“綠蟻”。新醅，即新釀或新熟之意。

〔三〕無：同“嗎”，疑問詞。

　　此詩當爲元和十一年(八一六)至十三年(八一八)在江州作。

夜　　雨

　　早蛩啼復歇〔一〕，殘燈滅又明〔二〕。隔窗知夜雨，芭蕉先有聲。

〔一〕蛩(qióng)：即蟋蟀。蟋蟀晴則鳴，雨則止。

〔二〕殘燈句：雨前氣壓過低,故燈焰縮短;雨後氣壓回升,故燈光
　　回明。

夜　雪

　已訝衾枕冷〔一〕,復見窗户明〔二〕。夜深知雪重,時聞
折竹聲。

〔一〕已訝句：此句寫雪夜氣温下降。訝,驚;衾,被。
〔二〕窗户明：雪光照亮窗户。

　　此詩《白氏長慶集》編在江州作品一起,當是元和十年(八一五)至十
三年冬季所作。

江　州　雪

　新雪滿前山〔一〕,初晴好天氣。日西騎馬出,忽有京
都意〔二〕。城柳方綴花〔三〕,簷冰纔結穗〔四〕;須臾風日暖,
處處皆飄墜。行吟賞未足,坐嘆銷何易! 猶勝嶺南看,雰
雰不到地〔五〕。

〔一〕前山：即廬山。
〔二〕京都意：祖詠《終南望餘雪》：“終南陰嶺秀,積雪浮雲端,林表明
　　霽色,城中增暮寒。”那是寫長安正南終南山的雪景,和白氏此時

195

所見雪後廬山的景象有些相同,且以表明南方見雪稀罕,故有
此句。

〔三〕城柳句:雪積柳枝,如綴白花,北方稱此爲"柳掛"。

〔四〕簷冰句:雪融而遇寒復凍,在屋簷下形成排排冰穗,北方稱此爲
"冰柱"。須臾,一會兒。

〔五〕霏霏:輕飄飄的樣子。

此詩元和十至十三年江州作。

香爐峯下〔一〕,新置草堂〔二〕,
即事詠懷〔三〕,題於石上

香爐峯北面,遺愛寺西偏〔四〕。白石何鑿鑿〔五〕,清流
亦潺潺〔六〕。有松數十株,有竹千餘竿。松張翠傘蓋〔七〕,竹
倚青琅玕〔八〕。其下無人居,惜哉多歲年。有時聚猿鳥,終
日空風煙〔九〕。時有沉冥子〔一〇〕,姓白字樂天,平生無所
好,見此心依然。如獲終老地,忽乎不知還〔一一〕。架巖結
茅宇〔一二〕,斸壑開茶園〔一三〕。何以洗我耳〔一四〕,屋頭飛落
泉;何以淨我眼,砌下生白蓮〔一五〕。左手攜一壺,右手挈五
絃〔一六〕。傲然意自足〔一七〕,箕踞於其間〔一八〕。興酣仰天
歌,歌中聊寄言。言我本野夫〔一九〕,誤爲世網牽〔二〇〕。時
來昔捧日〔二一〕,老去今歸山。倦鳥得茂樹〔二二〕,涸魚反清
源〔二三〕,舍此欲焉往〔二四〕,人間多險艱。

〔一〕香爐峯:《太平寰宇記》——"江州:香爐峯在廬山西北,其峯尖

圓，煙雲聚散，如博山香爐之狀。”案廬山不只一個香爐峯，李白《望廬山瀑布》詩：“日照香爐生紫煙”，彼香爐峯在廬山東南，與此非一。王琦注合而爲一，大誤。

〔二〕新置草堂：《長慶集》有《草堂記》一篇（見後文選），敍其建築經過，請參看。

〔三〕詠懷：詠胸中所思。

〔四〕遺愛寺：查慎行《廬山紀游》：“按寺本唐鄭宏憲所首創，韋應物刺江州時，有《題鄭侍御遺愛草堂》詩云：‘居士近依僧，青山結茅屋。’”寺在廬山香爐峯下，風景清幽。白氏有詩：“時時聞鳥語，處處是泉聲。”可見其景物清幽。草堂即在其西。

〔五〕白石句：《詩·唐風·揚之水》：“白石鑿鑿”，鑿鑿，鮮明貌；何，驚歎詞。

〔六〕清流句：陶潛《歸去來兮辭》：“臨清流而賦詩。”潺潺，水流聲。《木蘭詩》：“但聞黃河流水鳴濺濺。”

〔七〕傘蓋：古人常以車蓋之類的東西形容樹木的枝葉茂密。如《三國志·蜀志·先主劉備傳》云：“宅東南角籬上有桑樹生，高五丈，童童如小車蓋。”傘蓋，安在車上叫車蓋。

〔八〕竹倚句：琅玕，美玉名。此處青琅玕，是言竹幹。倚，是人倚，杜甫《佳人》詩：“日暮倚修竹”，爲此詩“倚”字所出。

〔九〕有時二句：吳筠《遊廬山九老峯》詩：“雲外聽猿鳥，煙中見杉松。”正寫廬山風物，可能爲白詩所本。白詩在寫景之外，又暗示惜此清幽之境，遊蹤罕至，鑑賞無人。

〔一○〕沉冥子：指養晦韜光的隱居者。揚雄《法言·問明》篇：“蜀莊沉冥，不作苟見，不治苟得，久幽而不改其操。”蜀莊，指蜀郡的莊遵，漢人避諱，改莊爲嚴，故後人習稱爲嚴君平。

〔一一〕忽乎句：忽，忘。此句言流連忘返。

〔一二〕茅宇：即草堂。

〔一三〕勵：見前《贈賣松者》詩注。

〔一四〕洗我耳：皇甫謐《高士傳》：“堯聘許由爲九州長，由不欲聞，洗耳於潁川濱。”洗耳，意思是説不願聞利禄之事。

〔一五〕淨我眼二句：依佛教徒的看法，人的六根（眼、耳、鼻、舌、身、意），
　　　很不清淨，要想六根清淨，必須皈依三寶（佛、法、僧），稱佛名號，
　　　如此者叫"淨土宗"，也叫"蓮宗"。晉慧遠法師在廬山虎溪東林
　　　寺，集儒、緇（僧）一百二十三人，於無量壽佛像前，立誓修西方淨
　　　業，寺中多植白蓮，故名蓮社。白氏此時，蓋亦想皈依佛教。砌，
　　　用石砌成的池岸。

〔一六〕挈五絃：即抱琴。《禮記·樂記》："昔舜作五絃之琴，以歌南風。"

〔一七〕傲然句：案此句意本於陶潛《勸農》詩："傲然自足，抱樸含真。"意
　　　與李白《夢游天姥吟留別》所説"安能摧眉折腰事權貴？使我不得
　　　開心顏"相同。

〔一八〕箕踞：略微屈膝而坐，其形如箕，叫箕踞。在古人看來，這是倨傲
　　　不恭的姿態。《戰國策·燕策》、《史記·張耳陳餘傳》，皆以"箕
　　　踞"和"罵詈"聯用可證。

〔一九〕野夫：即野人。《論語·先進》："先進於禮樂，野人也。"劉寶楠正
　　　義："野人者，凡民未有爵祿之稱也。"

〔二〇〕世網：也叫"塵網"。古代抱出世思想的人，認爲被世間的名韁利
　　　索所拘，即爲落入塵網。

〔二一〕時來句：喻過去爲皇帝侍臣，如翰林學士、左拾遺等。《宣室志》
　　　曾載楊炎夜夢捧日，後果爲相的傳説，知"捧日"蓋當時流行成語。

〔二二〕倦鳥：陶潛《歸去來辭》："鳥倦飛而知還。"

〔二三〕涸魚句：見前《放魚》詩注。

〔二四〕焉：何。

　　此詩作於元和十二年春季。

南湖早春〔一〕

風迴雲斷雨初晴，返照湖邊暖復明〔二〕。亂點碎紅山

杏發，平鋪新綠水蘋生。翅低白雁飛仍重〔三〕，舌澀黃鸝語未成〔四〕。不道江南春不好〔五〕，年年衰病減心情。

〔一〕南湖：見前《放魚》詩注。
〔二〕返照：陽光倒影。
〔三〕翅低句：寫雨後雁飛神情。
〔四〕舌澀句：寫鶯語亦寫早春。黃鸝，即黃鶯。
〔五〕不道：非謂。

此亦貶江州時所作。

草堂前新開一池〔一〕，養魚種荷，日有幽趣

淙淙三峽水〔二〕，浩浩千頃陂〔三〕，未如新塘上，微風動漣漪〔四〕。小萍加泛泛〔五〕，初蒲正離離。紅鯉二三寸，白蓮八九枝。繞水欲成徑，護堤方插籬。已被山中客，呼作白家池〔六〕。

〔一〕草堂：注見前。
〔二〕淙淙句：淙淙，奔流激石聲。三峽，即長江三峽：西曰瞿塘峽，中曰巫峽，東曰西陵峽。三峽相連，水勢洶湧。
〔三〕浩浩句：浩浩，廣大無邊貌。《書・堯典》："湯湯洪水方割，蕩蕩懷山襄陵，浩浩滔天。"
〔四〕漣漪：水面微波。
〔五〕泛泛：隨波上下貌。

〔六〕白家池：此池宋以後未見記録，當已埋没。

此詩當作於元和十二年春季，草堂築成以後。

栽　　杉〔一〕

勁葉森利劍〔二〕，孤莖挺端標〔三〕；纔高四五尺，勢若干青霄〔四〕。移栽東窗前〔五〕，愛爾寒不凋〔六〕。病夫卧相對，日夕閑蕭蕭〔七〕。昨爲山中樹，今爲簷下條；雖然遇賞翫，無乃近塵囂〔八〕！猶勝澗谷底，埋没隨衆樵〔九〕。不見鬱鬱松，委質山上苗〔一〇〕？

〔一〕此詩亦作者自我寫照。杉，常緑喬木。榦挺直過於松柏；葉針狀，有鋒芒；經冬不凋，能戰風雪。

〔二〕勁葉句：堅强有力的針葉密集如鋒利的寶劍。

〔三〕孤莖句：筆直的莖榦給人們樹立了端正的風範。

〔四〕纔高二句：儘管還僅僅是四五尺的幼苗，但是已經顯露了頂天立地的氣勢。干，冲；青霄，蒼天。

〔五〕東窗：草堂的東窗。

〔六〕寒不凋：《論語·子罕》：“歲寒然後知松柏之後凋也。”杉，屬松杉科，所以説松柏，杉也包括在内。它們都是常緑樹，有傲雪凌霜的耐寒性，故常以比節烈之士。

〔七〕日夕句：古代以日晡至黄昏時候爲日夕。閑蕭蕭，即蕭閑。此處蕭閑，兼人與杉而言；寫物我、人境如一的景象。

〔八〕昨爲以下四句：此句起至詩末，均借物喻人。此四句寫作者過去出仕入朝時的思想矛盾：一方面感到皇帝賞識的足欣，另方面也

看到官場污濁的可憎。“賞翫”一詞,亦有自我嘲弄意味,與司馬
遷所説“主上所戲弄”相近。
〔九〕猶勝二句:表明白氏雖曾蒙受政治打擊,但仍不甘退隱。因爲他
深知杉樹埋没澗底,就必然被樵夫以雜木看待,橫遭砍伐。
〔一〇〕不見二句:朝廷有貴族達官專政,鄉村有土豪惡霸逞凶。在朝在
野,都是一樣。所以與其退隱獨善其身,不如出仕兼濟天下。委
質,見前《琵琶行序》注。

白氏栽杉,在草堂成後;草堂落成於元和十二年(八一七)四月,而植
樹則不能早於次年春季,故此詩當作於十三年二、三月間。

過　李　生〔一〕

蘋小蒲葉短,南湖春水生〔二〕。子近湖邊住,靜境稱
高情〔三〕;我爲郡司馬,散拙無所營〔四〕。使君知性野,衙
退任閑行〔五〕。行攜小榼出〔六〕,逢花輒獨傾。半酣到子
舍〔七〕,下馬叩柴荆。何以引我步,繞籬竹萬莖;何以醒我
酒,吳音吟一聲。須臾進野飯,飯稻茹芹英〔八〕;白甌青竹
筯〔九〕,儉潔無羶腥〔一〇〕。欲去復徘徊,夕鴉已飛
鳴〔一一〕。何當重遊此,待君湖水平〔一二〕。

〔一〕過李生:過,讀平聲,走訪的意思。李生,詩言其操“吳音”,當係
江南人,名字未詳。
〔二〕蘋小二句:蘋,蘋科,生淺水中。此處疑用爲“萍”之借字;“萍”即
“浮萍”。蒲,亦水草,生水邊,葉形如劍。李賀《府試十二月樂
詞·二月》有“蒲如交劍風如薰”的描寫。南湖,見前《放魚》詩注。

201

〔三〕子近二句：子，你。二句意謂：湖邊安靜的自然環境，很契合隱者不慕榮利的高情。

〔四〕散拙句：此詩人自述情懷：個性懶散樸拙，無所營求。

〔五〕使君二句：使君，是自東漢以後對刺史或太守州郡行政長官的尊稱。當時的江州刺史，姓崔，對白氏比較優容放任，《白氏長慶集》一七有《山中酬崔使君見寄》詩可證。知性野，知道我的性格疎放，不拘禮法。唐朝對在職官吏約束較嚴。上班不到或遲到要喫大棍，下班臨時點名不到也要挨打。《唐律疏議‧職制》："在官應值不值、應宿不宿者，各笞二十……若點（名）不到者，一點笞十。"所以這裏"衙退任閑行"的意思是說：崔使君特別優待，退衙後不再點名，所以詩人可以到處閑逛。

〔六〕榼（hè）：盛酒器。

〔七〕酣：醉。

〔八〕須臾二句：須臾，不久；下"飯"，動詞，作"食"解；稻，稻米飯。茹，喫；《方言》："茹，食也。吳越之間，凡貪飲食者謂之茹。"注："今俗呼能粗食者爲茹。"觀此則白氏用"茹"字蓋有模仿李生吳越語音的微意。芹英，指芹菜尖上嫩葉，與莖皆可食。

〔九〕白甌、青竹筋：甌（ōu），小盆。青竹筋，意思是：用青竹削成的筷子。

〔一〇〕羶腥：魚肉等葷食。

〔一一〕欲去二句：徘徊，留戀。夕鴉已鳴，言天色近晚。

〔一二〕何當二句：何當，唐人詩中慣語（古諺已有"何當大刀頭"）。如杜甫《望岳》："何當凌絕頂？"李商隱《夜雨寄北》："何當共剪西窗燭？"義皆爲"何時纔能"。湖水平，暗指八月。孟浩然《望洞庭湖贈張丞相》詩："八月湖水平。"此二句乃李生送白約其八月重遊之辭。

感　情〔一〕

　　中庭曬服玩〔二〕，忽見故鄉履〔三〕。昔贈我者誰？東鄰嬋娟子〔四〕。因思贈時語〔五〕：“特用結終始。永願如履綦，雙行復雙止〔六〕！”自吾謫江郡，漂蕩三千里〔七〕；爲感長情人，提攜同到此〔八〕。今朝一惆悵〔九〕，反覆看未已。人隻履猶雙，何曾得相似〔一〇〕？可嗟復可惜！錦表繡爲裏〔一一〕。況經梅雨來，色黯花草死〔一二〕。

〔一〕感情：感念鄰女昔日的深情。鄰女和詩人發生愛情可能在他和夫人楊氏結婚以前，贈履實有信物的性質。此鄰女繡手錦心，能做很好的針綫活計；而且在擇配問題上大膽主動，但終於沒能和白氏結婚，最合乎情理的推斷是：因爲她家境貧寒。封建時代，門閥等級界限森嚴，門户不當，婚配比較困難。白氏所作《秦中吟·議婚》篇，《新樂府·井底引銀瓶》中所反映與此詩都是同一主題。與此相應，白氏和一位貴族小姐楊氏結婚，婚後生活並不美滿；此在《長慶集》某些詩篇的描述中隱約可辨。故詩人在閑暇時看到珍藏的舊物，重溫“東鄰子”對自己真摯而又純樸的愛情，感到十分珍貴。

〔二〕服玩：衣服和心愛的東西，如紀念品等。

〔三〕故鄉：白氏在新鄭、下邽、徐州都曾住家，不詳確指何地。

〔四〕東鄰句：《文選》宋玉《登徒子好色賦序》曾記東鄰美女登牆與宋玉相窺事，此後“東鄰子”就成了自主求婚的少女的象徵。嬋娟(chán juān)，秀美的樣子。語本左思《吳都賦》：“檀欒嬋娟，玉潤碧鮮。”子，古代亦以稱女性。

〔五〕贈時語：女方贈履時的話。

〔六〕特用以下三句:"東鄰子"贈履時囑咐詩人的贈言。意思是說:贈
　　履是意在用做愛情始終不渝的信物。希望兩人能象繫鞋的帶子
　　那樣緊密不離,如雙履似地同行同止。陶淵明《閑情賦》:"願在絲
　　而爲履,附素足以周旋。"此略本其意而措辭更爲雅正。特用,專
　　門用以;結終始,結自始至終之緣。永願,希望永遠如此。履綦
　　(jī),鞋帶。

〔七〕自吾二句:漂蕩,漂泊;三千里,《元和郡縣志》二八載江州西北至
　　上都(長安)二千七百六十里。此言三千,舉約數。

〔八〕長情:深情。此兩句點題。

〔九〕惆悵(chóu chàng):哀傷失志貌。一惆悵,即一何惆悵,無限哀傷
　　之意。

〔一〇〕人隻二句:情誼相投的人並未成雙,故曰"人隻",履雙,這是反襯
　　倒疊之筆,言信物空有其名,兩人之遭遇,何曾似履之永合。

〔一一〕可嗟二句:言人事可嘆,而信物可惜。往事已逝,徒存錦表繡裏
　　之履。此兩句呼應上"今朝一惆悵"句。

〔一二〕況經二句:江南四五月間霖雨不斷,衣物容易霉爛,稱霉雨,後來
　　音轉成爲"梅雨",故詩人有"梅子黃時家家雨"之句。黯,黯淡。
　　花草,指鞋上刺繡的圖案紋飾。死,形容色澤消褪。

讀 謝 靈 運 詩〔一〕

　　吾聞達士道〔二〕,窮通順冥數〔三〕:通乃朝廷來,窮即
江湖去〔四〕。謝公才廓落〔五〕,與世不相遇〔六〕。壯志鬱不
用〔七〕,須有所洩處〔八〕。洩爲山水詩,逸韻諧奇趣〔九〕;大
必籠天海,細不遺草樹〔一〇〕。豈唯玩景物,亦欲攄心
素〔一一〕;往往即事中,未能忘興諭〔一二〕。因知康樂作,不

獨在章句〔一三〕。

〔一〕謝靈運：(三八五—四三三)晉、宋之交的山水詩人。祖父是東晉在淝水之戰立過功的謝玄，靈運以蔭襲封康樂公，故世稱謝康樂。先後任永嘉太守，臨川内史，縱情山水，不理政事，多次被彈劾。後有言其謀叛，被宋文帝劉義隆殺害。他本有意過問政治，但在政治上却每失意，遂寄情於山水，寫下許多模山範水的詩篇，並開後代的山水詩派。過去正統派史學家對他多致貶辭，但唐代大詩人李白、杜甫、白居易則對他評價頗高，這是一件值得注意的事情。

〔二〕達士：指豁達明理，超出世俗的人。《後漢書・仲長統傳》："達士拔俗。"

〔三〕窮通句：窮通對文，始見《易・繫辭》下："窮則變，變則通，通則久。"窮，指貧賤，不得志；通，指富貴，政治理想能够實現。順，服從；冥數，不可見的支配力量，意指"命運"。

〔四〕通乃二句：謝詩佚句："本自江海人，忠義感君子。"白詩本之，寫謝，亦以自寫。

〔五〕廓落：放蕩不羈。

〔六〕與世句：謂與當道者不能協調。按靈運當宋少帝時，與權臣徐羨之不相容；宋文帝時，又屢受官僚孟顗等毁謗，以故終生不得重用。

〔七〕壯志句：晉朝末年，劉裕北伐，靈運嘗作《撰征賦》以壯其行；文帝時，靈運再次建議北伐，完成統一大業。這説明他具有壯圖遠略，惜不爲當權者所採納，因而内心十分苦悶。

〔八〕洩：發洩，寄托。

〔九〕逸韻句：高超的詩歌創作才能，適合於表達遊山選勝的情致。

〔一〇〕大必二句：言謝詩刻劃山水，既能大力包舉，又能精密入微。

〔一一〕豈唯二句：言豈是單純的爲了欣賞景物，也是想通過寫山水，抒發自己的懷抱。攄(shū)，同抒；心素，心願或懷抱。

〔一二〕即事、興諭：即事，義同“即景”，語本陶淵明《癸卯歲始春懷古田舍》：“平疇交遠風，良苗亦懷新；雖未量歲功，即事多所欣。”意爲只憑看到田野風光亦足欣喜。這兩句詩意是，謝靈運是通過寫山水詩發抒其政治抱負。興，指比興；諭，謂有所諷諭，有所寄託。

〔一三〕因知二句：言讀靈運詩，不應當僅限於字面理解，而應深入探索其思想底蘊。

　　白詩從貶江州以後，減少了對政治的批判，增加了對山水的描寫，寄慨於謝靈運，正標示了這個鮮明的轉折點。

讀李杜詩集，因題卷後〔一〕

　　翰林江左日〔二〕，員外劍南時〔三〕。不得高官職，仍逢苦亂離〔四〕。暮年逋客恨〔五〕，浮世謫仙悲〔六〕。吟詠流千古〔七〕，聲名動四夷〔八〕。文場供秀句〔九〕，樂府待新辭〔一〇〕。天意君須會，人間要好詩〔一一〕。

〔　一　〕此詩借題發揮，以評李白、杜甫，寄己貶謫淪落之慨，且以致力於詩歌創作自勉。

〔　二　〕翰林句：李白在唐玄宗天寶三載，曾任翰林供奉，晚年流落江蘇、安徽等地至死。江左，即江東。

〔　三　〕員外句：杜甫於廣德二年，由劍南節度使嚴武推薦他做參謀、檢校工部員外郎。四川北有劍閣，故稱劍南，唐設劍南道，首府成都，見《元和郡縣志》三一——三三。以上兩句，雖寫李、杜，實際也是寫自己被貶一事。

〔　四　〕苦亂離：李白在長江流域飄泊時，正逢安史之亂；杜甫流寓四川時,崔旰、韓澄内亂,西陲戰火頻仍。

〔五〕逋客恨:逋客,指杜甫。言杜甫晚年深以流落江湖,無從報効國家爲恨。

〔六〕浮世句:原注:"賀監知章目李白爲謫仙人。"浮世,已見前注。李白未能施展抱負,是悲劇的一生。

〔七〕吟詠句:謂二人詩歌創作,可傳至千秋萬代。

〔八〕聲名句:唐朝海外交通發達,著名詩人如李白、王維,就和日本人阿部仲麻呂爲好友,李詩多有流傳入國外者。又范傳正《唐左拾遺翰林學士李公新墓碑》,亦記李白曾被召上金鑾殿,起草《答蕃書》,可見白詩"聲名動四夷"的稱讚,並不過分。

〔九〕文場句:文場,猶今言"文壇"。杜詩有:"詩家傳秀句"之語,爲此句所本。

〔一〇〕樂府句:相傳唐玄宗和楊貴妃在沉香亭畔看牡丹,命梨園弟子作樂章,苦無歌辭,召李白爲之。白援筆立成,即今傳世的《清平調》三章。唐之梨園,相當於漢之樂府。

〔一一〕天意二句:君稱李杜,亦作者自稱。兩句弔慰古人,亦用以自勉。

此詩《白氏長慶集》舊排在江州詩内,今從之。

題 潯 陽 樓〔一〕

常愛陶彭澤,文思何高玄〔二〕!又怪韋江州,詩情亦清閑〔三〕。今朝登此樓,有以知其然〔四〕。大江寒見底,匡山青倚天〔五〕;深夜溢浦月,平旦爐峯煙;清輝與靈氣,日夕供文篇〔六〕。我無二人才,孰爲來其間〔七〕?因高偶成句,俯仰愧江山〔八〕。

〔一〕潯陽樓：是總名不是專名。它包括江州城四面的城樓和城内其
他可供登臨遠眺的樓閣。清光緒年修《江西通志》一一八《勝蹟
略》三云：“《九江府志・古蹟》無潯陽樓，審其詩（案指此詩）意，仍
是南樓。”這種説法，過於拘泥，不可信，詳下注。

〔二〕常愛二句：陶淵明在晉義熙元年（四〇五）八月，爲彭澤令；八十
日後，即辭官歸隱，這是他平生最後一次出仕，因此後人稱他爲陶
彭澤。餘詳前《效陶潛體詩》注。高玄，意即高妙。

〔三〕又怪二句：韋江州，即韋應物（七三六─七九〇?），長安人。德宗
建中時，由比部員外郎出爲滁州刺史；不久，又改任江州刺史，貞
元初，任蘇州刺史。著有《韋蘇州集》。應物工五言詩，工寫山水。
其詩向有“清深雅麗”之稱，與此言“清閑”，意近。

〔四〕今朝二句：今朝也包含下文“日夕”，此樓實也統言他樓；細讀下
文自見。有以知其然，意思是説：纔知其所以然。

〔五〕大江二句：從大的方面，總括江州山水形勝。這和《江州司馬廳
記》所寫：“由是郡南樓山，北樓水……”是同一眼前景色。意思是
説：冬天登上北樓，則有“大江寒見底”的新奇景象；夏天登上南
樓，則有“匡山青倚天”的域内宏觀。匡山，即廬山。因古有匡俗
（人名）者隱其中，故亦名匡山。此山三面臨水，西接陸地，萬壑千
巖，煙雲瀰漫，爲我國名山之一。倚天，意爲刺天或插天。言廬山
高峯插天，形如利劍。

〔六〕深夜四句：湓浦，水名，即盆浦，以出青盆山得名。平旦，清早；爐
峯，即香爐峯。餘見前《香爐峯下，新置草堂，即事詠懷，題於石
上》詩注。清輝，清光，承上湓浦月而言；靈氣，雲氣，承上爐峯煙而
言。案：江州有紫煙樓，在州治正寢後；又有清輝樓，劉禹錫曾有
題詩。並見《輿地紀勝》卷三〇，疑皆爲臨眺江州附近幽美的自然
景物而建。則知白氏此詩所寫，不主一時一物，其所登臨，亦不限
南樓北樓。

〔七〕我無二句：二人，謂陶、韋；孰爲，何爲，何以。

〔八〕因高二句：謂因登潯陽諸樓而緬懷陶、韋高風；結尾謂詩句偶成，

不能盡狀山川之美,以此愧對前修。

西河雨夜送客〔一〕

雲黑雨翛翛〔二〕,江昏水暗流。有風催解纜〔三〕,無月伴登樓。酒罷無多興〔四〕,帆開不少留〔五〕。唯看一點火〔六〕,遙認是行舟〔七〕。

〔一〕此詩題言西河,實指西江。白氏有時稱長江爲長河,如《潯陽春》三首中《春生》一首:"展張草色長河畔",此"長河"明顯是指長江。此詩題目用"河",而正文則用江,可見"西河"意即"西江"。"長江"而稱"西河",謂江州以西一段。因此客溯江而上,是逆水行舟,故篇中"有風催解纜……帆開不少留"之句,極言東風難得,機不可失。

〔二〕翛翛(xiāo):雨聲。

〔三〕解纜:解開繫船的繩子,準備開船。

〔四〕興:讀去聲,興致。

〔五〕帆開句:意謂東風正緊,船去如飛。

〔六〕一點火:指船上的燈光。

〔七〕認:辨別。

大 林 寺 桃 花〔一〕

人間四月芳菲盡,山寺桃花始盛開〔二〕。長恨春歸無覓處，不知轉入此中來！

〔一〕大林寺：廬山有上中下三個大林寺，此指上大林寺，晉僧曇詵法
　　　師創建。查慎行《廬山紀遊》云：“上大林寺，樂天先生曾遊此，於
　　　四月見桃花，集中有序（案指《遊大林寺序》），今猶稱白司馬
　　　花徑。”

〔二〕人間二句：白氏《遊大林寺序》說：“大林窮遠，人跡罕到……山高
　　　地深，時節絕晚；於時孟夏四月，如正二月天。梨桃始華，澗草猶
　　　短；人物風候，與平地聚落不同。”人間，指平地村落；芳菲，香盛花
　　　繁，三春景象。這兩句是寫大林寺的氣候景色要比平地晚兩
　　　個月。

　　　此詩據《遊大林寺序》，是作於元和十二年(八一七)四月九日。

北樓送客歸上都〔一〕

　　憑高送遠一悽悽〔二〕，却下朱欄手共攜〔三〕。京路人
歸天直北〔四〕，江樓客散日平西。長津欲渡迴船尾〔五〕，殘
酒重傾簇馬蹄〔六〕。不獨別君須強飲〔七〕，窮愁自要醉
如泥〔八〕。

〔一〕北樓、上都：北樓，江州北樓。上都，即京都長安。
〔二〕送遠：一本作“眺遠”。
〔三〕手共攜：一本作“即解攜”。解攜，分手。
〔四〕直北：杜甫《小寒食舟中作》詩：“愁看直北是長安。”以直北指長
　　　安，蓋本《史記·封禪書》：“因其直北立五帝壇。”

〔五〕長津句：長津，長江；迴船尾，掉轉船尾，準備渡客。

〔六〕殘酒句：此句疑即古代送客“祖道飲餞”之遺風。先於道旁設祭，
　　　然後就地飲宴。此時主客均須下馬，許多馬站立不動，故馬蹄攢
　　　聚(簇)。

〔七〕強飲：勉強喝酒。

〔八〕醉如泥：意爲醉倒。《藝文類聚》、《初學記》、《太平御覽》三書《職
　　　官部》引《漢官儀》：“時人爲之語曰：‘生世不諧，作太常妻，一歲三
　　　百六十日，三百五十九日齋，一日不齋醉如泥’。”爲白詩此句所
　　　本。白詩引此漢諺，旨在表述他被貶江州後“生世不諧”的政治
　　　苦悶。

　　此詩亦江州作。

西　樓〔一〕

　　小郡大江邊〔二〕，危樓夕照前；青蕪卑濕地〔三〕，白露
沈寥天〔四〕。鄉國此時阻，家書何處傳？仍聞陳蔡戍，轉
戰已三年〔五〕。

〔一〕西樓：江州西樓。

〔二〕小郡：唐制，戶滿四萬者，始得爲上州。天寶以前，江州僅有戶口
　　　二萬九千二十五，當爲中州。至德以後，全國戶口銳減，因此江州
　　　升格爲上州。但實際上只轄潯陽、彭澤、都昌三縣，仍然是中、下級
　　　州郡。

〔三〕青蕪句：青蕪，即草原。卑濕地，不僅寫江州地面卑濕，而且暗喻
　　　貶竄。《史記·賈誼傳》：“賈生既以適(謫)居長沙，長沙卑濕，自

以壽不得長。"爲白詩所本。

〔四〕沈(xuè)寥：空寂廓落貌。《楚辭·九辯》："沈寥兮天高而氣清，寂寥兮收潦而水清，坎廩兮貧士失職而志不平，廓落兮羈旅而無友生。"此句亦寓遣逐之悲思。

〔五〕仍聞二句：陳和蔡，是唐朝的兩個州，均屬河南道，在今河南南部和中部一帶。戍(shù)，以兵守邊。吳元濟反於陳蔡，在元和十年至元和十二年秋，正合三年之數。

湖亭晚望殘水〔一〕

湖上秋沈寥〔二〕，湖邊晚蕭瑟；登亭望湖水，水縮湖底出。清淳得早霜〔三〕，明滅浮殘日〔四〕；流注隨地勢，洼坳無定質〔五〕；泓澄白龍卧，宛轉青蛇屈；破鏡折劍頭，光芒又非一〔六〕。久爲山水客〔七〕，見盡幽奇物；及來湖亭望，此狀難談悉〔八〕；乃知天地間，勝事殊未畢〔九〕。

〔一〕湖亭：即南湖湖亭。《長慶集》別有《湖亭望水》詩，知此湖亭在南湖。

〔二〕沈寥：見前《西樓》詩注。

〔三〕清淳句：清，澄澈；淳，淳蓄；得早霜，意即得霜早。此句承上"水縮湖底出"，有水處清淳，無水處早霜。

〔四〕明滅句：亦承上而來，言殘照浮於湖面，有水處則明，無水處則暗（滅）。

〔五〕洼坳句：洼(wā)、坳(āo)，低陷之坑洼。無定質，無定形。案以上兩句冒以下四句。

〔六〕泓澄四句：言殘水之形，圓曲明暗，或似破鏡，或似折劍。古代銅

鏡,或以龍形圖案爲緣飾,上塗水銀。"泓澄白龍卧"句,即以古銅
鏡的鏡面形容澄澈的湖光(隋薛道衡《昔昔鹽》:"盤龍隨鏡隱,彩
鳳逐幃低")。"宛轉青蛇屈"句,是以折劍形容碧綠的流潦(前選
《折劍頭》詩:"一握青蛇尾",亦以青蛇形容劍采)。光芒,即光彩。

〔 七 〕山水客:遊山玩水的人。

〔 八 〕難談悉:難以形容得詳盡。

〔 九 〕勝事句:優美的景物探索不盡。

　　此詩亦元和十一年至十三年秋季在江州時作。

登西樓憶行簡[一]

　　每因樓上西南望,始覺人間道路長。礙日暮山青簇
簇[二],漫天秋水白茫茫[三]。風波不見三年面[四],書信
難傳萬里腸;早晚東歸來下峽[五],穩乘船舫過瞿塘[六]。

〔 一 〕西樓、行簡:見前《西樓》及《別行簡》詩注。

〔 二 〕礙日句:寫目前景,因時暮而聯想鄉關。崔顥《黃鶴樓詩》:"日暮
　　　　鄉關何處是,煙波江上使人愁。"句意出此。簇簇,攢聚貌。

〔 三 〕漫天句:寫目前景,亦誌手足闊別。杜甫《天末懷李白》:"鴻雁幾
　　　　時到,江湖秋水多。"爲此句所本。

〔 四 〕風波:喻風險,白氏自道。

〔 五 〕早晚:多早晚,甚麽時候?

〔 六 〕瞿塘:瞿塘峽,長江三峽之一,在四川奉節縣東十三里。白行簡
　　　　以元和九年夏應劍南東川節度使盧坦聘,去梓州,計至十三年秋,
　　　　已逾四年,而此言"風波不見三年面",乃舉約數,以調平仄。

213

贈　江　客

江柳影寒新雨地,塞鴻聲急欲霜天〔一〕。愁君獨向江頭宿,水繞蘆花月滿船。

〔一〕塞鴻:鴻,即雁;雁至秋末則從塞外南翔,故曰塞鴻。

此詩作於江州。題言贈客,可能係自贈。

東南行一百韻〔一〕,寄通州元九侍御〔二〕、灃州李十一舍人〔三〕、果州崔二十二使君〔四〕、開州韋大員外〔五〕、庾三十二補闕〔六〕、杜十四拾遺〔七〕、李二十助教員外〔八〕、竇七校書〔九〕

南去經三楚〔一〇〕,東來過五湖〔一一〕。山頭看候館〔一二〕,水面問征途〔一三〕。地遠窮江界〔一四〕,天低極海隅〔一五〕。飄零同落葉〔一六〕,浩蕩似乘桴〔一七〕。漸覺鄉原異〔一八〕,深知土俗殊〔一九〕。夷音語嘲哳〔二〇〕,蠻態笑睢盱〔二一〕。水市通闤闠〔二二〕,煙村混舳艫〔二三〕,吏徵魚戶稅,人納火田租〔二四〕。亥日饒蝦蟹,寅年足虎貙〔二五〕。成人男作丱〔二六〕,事鬼女爲巫〔二七〕。樓暗攢倡婦〔二八〕,

堤喧簇販夫〔二九〕。夜船論鋪賃〔三〇〕，春酒斷瓶沽〔三一〕。
見果多盧橘〔三二〕，聞禽悉鷓鴣〔三三〕。山歌猿獨叫〔三四〕，
野哭鳥相呼〔三五〕。嶺微雲成棧〔三六〕，江郊水當郛〔三七〕。
月移翹柱鶴〔三八〕，風汛颭檣烏〔三九〕。黿鼉潮無信〔四〇〕，
蛟驚浪不虞〔四一〕。黿鳴江擂鼓〔四二〕，蜃氣海浮圖〔四三〕。
樹裂山魈穴〔四四〕，沙含水弩樞〔四五〕。喘牛犁紫芋〔四六〕，
羸馬放青菰〔四七〕。繡面誰家婢〔四八〕，鴉頭幾歲奴〔四九〕？
泥中采菱芡〔五〇〕，燒後拾樵蘇〔五一〕。鼎膩愁烹鼊〔五二〕，
盤腥厭膾鱸〔五三〕。鍾儀徒戀楚〔五四〕，張翰浪思吳〔五五〕。
氣序涼還熱〔五六〕，光陰旦復晡〔五七〕。身方逐萍梗〔五八〕，
年欲近桑榆〔五九〕。渭北田園廢〔六〇〕，江西歲月徂〔六一〕。
憶歸恒慘澹，懷舊忽踟躕〔六二〕。

〔一〕這首長詩可分爲三大段：第一段從"南去經三楚"起至"懷舊忽踟
躕"止，描述到江州沿途所見的江南水鄉景色，當時江南社會的政
治經濟情況和民族習俗。第二段從"自念咸秦客"起至"驕不揖金
吾"止，追述過去在京都時期的得意生涯和友朋往來歡聚的情景。
第三段從"日近恩雖重"起至"滿頜白髭鬚"止，反映了被貶謫後的
苦悶和憤慨。作者經此挫折後，"壯志因愁減，衰容與病俱"，過去
的積極進取精神，大爲衰退了。這首長詩不但提供了我們研究白
氏思想轉變的過程，也給我們研究唐代政治經濟風土人情方面，
提供了生動而豐富的參考材料。此詩爲長篇排律，選此以備一
格。排律，爲近體詩之一種，近體詩均不能換韻。一韻到底，總計
之爲若干韻。此詩較長，爲便原詩與注釋參對計，特分段注釋。
〔二〕通州元九侍御：元稹曾爲監察御史，唐人習慣上得稱侍御。元和
十年春，元稹江陵士曹參軍任滿回京，不久即改授通州司馬。
〔三〕澧州李十一舍人：澧州，唐屬山南東道，治所在今湖南澧縣東南

三十里。李十一,即李建,建以元和十一年,被貶爲澧州刺史。

〔四〕果州崔二十二使君:果州,在今四川南充市北。崔二十二,崔韶,以元和十一年冬爲果州刺史。

〔五〕開州韋大員外:開州,唐置,州治在今四川開縣。韋大,韋處厚,以元和十一年爲開州刺史。

〔六〕庾三十二補闕:庾三十二,庾敬休。補闕,諫官,位在拾遺上,諫議大夫下。

〔七〕杜十四拾遺:即杜元穎。

〔八〕李二十助教:即李紳。唐國子監有助教一人,位從六品上階,助國子博士分經教授生徒。

〔九〕竇七校書:即竇鞏。唐秘書省設校書郎八人,位從九品上階,掌校讎四庫藏書。案《元氏長慶集》和此詩注,本題末尚有"兼投邘席八舍人"七字。

〔一○〕三楚:《史記・貨殖列傳》:"夫自淮北,沛、陳、汝南、南郡,此西楚也;彭城以東,東海、吳、廣陵,此東楚也;衡山、九江、江南、豫章、長沙,此南楚也。"後世言三楚,當始於此。

〔一一〕五湖:說者各異。白氏所謂,當據郭璞《江賦》:"具區、兆滆、彭蠡、青草、洞庭"(見《史記・河渠書・索隱》)之說,而重點在具區(太湖)。又太湖古時亦稱"五湖"。

〔一二〕候館:即驛館。《周禮・地官・遺人》:"五十里有市,市有候館。"

〔一三〕征途:即去路。

〔一四〕江界:當作江介,即江表,亦即江南。古代以黃河流域爲中原,大江以南,則視爲邊遠地區。

〔一五〕天低句:古人設想天如覆釜,愈遠愈低。極,一本作"接"。海隅,即海角。古人稱極遠之地曰"海角天涯"。

〔一六〕飄零句:北朝民歌《紫騮馬》:"高高山頭樹,風吹落葉去;一去數千里,何當返故處?"白氏本此,以寄其去鄉之感。飄零,意爲飄泊。

〔一七〕浩蕩句:浩蕩,本義爲水廣大,引申爲前途渺茫之意。桴(fú),竹

木所編,大曰筏,小曰桴。《論語·公冶長》:"道不行,乘桴浮於
海。"此句不僅自寫身世,也是自抒抱負。

〔一八〕鄉原異:鄉原,意即鄉土。南方號稱水鄉,與北方多旱地者迥異。

〔一九〕土俗殊:土俗,即風土人情;殊,不同。"俗",《南宋本》、《全唐詩》
均作"產"。

〔二〇〕夷音句:夷音,總稱西南少數民族的語音。嘲哳,已見《琵琶行》
注。古代北人不通南音,常稱南方語言爲鳥語。《孟子·滕文
公》:"今也南蠻鴃舌之人,非先王之道。"白氏和不少封建士大夫
一樣,也受到這種錯誤思想的影響。

〔二一〕蠻態句:蠻,亦古代侮辱南方兄弟民族之詞。睢盱(suī xú),質樸
之狀。《文選·魯靈光殿賦》:"厥狀睢盱。"注:"質樸之形。"又《字
林》:"睢,仰目也;盱,張目也。"

〔二二〕水市句:南方近水處於水上爲市,故稱水市。闤闠(huán huì),意
爲街肆。此句言江南水市,和陸地上的街肆相連。

〔二三〕煙村句:舳艫(zhú lú),舳,船尾;艫,船頭。語出《漢書·武帝
紀》:"舳艫千里。"句意爲:村中船舶雜泊。

〔二四〕吏徵二句:魚户,指專門以打魚爲業的漁民。火田,即畲田,見前
《贈友五首》詩注。案此兩句,詩人一方面寫南方人民的經濟生
活,另方面也反映當時賦稅繁重,雖漁户山民,亦受殘酷剝削。

〔二五〕亥日二句:貙(chū),獸名,形似貍而大。《文選》左思《蜀都賦》注
引《博物志》:"江漢有貙人,能化爲虎。"故虎貙聯用。案此兩句,
即前選《得微之到官後書⋯⋯》詩"寅年籬下多逢虎,亥日沙頭始
賣魚"意,謂南方偏僻,只有魚蝦可食,且有虎患堪憂。

〔二六〕成人句:丱(guàn),結髮於頭頂兩角,舊時未冠男子的髮形。
《詩·齊風·甫田》:"總角丱兮。"此句謂:南方成年,猶作童裝。

〔二七〕事鬼:古代吳楚信鬼好巫,至唐代其俗未改。"事",一本作"似"。

〔二八〕攢倡婦:攢(cuán),集聚貌。倡婦,即妓女。

〔二九〕堤喧句:"喧",一本作"長";簇,亦擁聚之意。

〔三〇〕論鋪賃:言租賃船艙,依鋪位爲計算單位。

〔三一〕斷瓶沽：言沽酒不稱斤兩，但以瓶爲計算單位。斷，估價之意。

〔三二〕盧橘：即給客橙，與橘近似，其皮經久變黑，故名盧橘。

〔三三〕鷗鴣：見前《山鷦鴣》注。

〔三四〕猿獨叫：《水經·江水注》引《民歌》曰："巴東三峽巫峽長，猿鳴三聲淚沾裳。"

〔三五〕野哭句：按南方杜鵑和鷦鴣鳥，叫聲悲慘，有似人的哭泣。杜甫《倦夜》詩"水宿鳥相呼"，爲此詩句法所本。

〔三六〕嶺微句：微(jiào)，邊防要塞。棧，木柵。言山峽要塞，皆有雲封，如天設柵欄。

〔三七〕江郊句：言江城之郊，以水爲郭。

〔三八〕翹柱鶴：翹，是一腿站立；柱，是華表的立柱。此句疑用《續搜神記》鶴歸華表故事："遼東城門有華表柱，忽有一鶴來，徘徊空中，言曰：'有鳥有鳥丁令威，去家千歲今始歸，城郭如故人民非……'遂上冲天。"集中有《望江州詩》一篇，係白氏因被貶再次至江州時作；地點、時間、生活情況，與此詩此句諸多吻合，故知所詠實爲一事，可參看。

〔三九〕颭檣烏：此即船桅杆上所設的候風烏。颭，凡物之受風搖曳者，謂之颭。餘詳前《和大嘴烏》詩注。

〔四〇〕鼇礙句：神話傳說：海中有十五鼇(大鱉)，每三鼇共戴一神山，潮波上下，寂然不動。見《列子·湯問》。故白詩有是句。

〔四一〕蛟驚句：張華《博物志》曰："澹臺子羽賚千金之璧渡河，河伯欲之，陽侯波起，兩蛟夾船……"蛟，有人謂即鯊魚。不虞，出乎意料。

〔四二〕鼉鳴句：言江中鼉鳴，聲如擂鼓。鼉，即鼉龍，俗稱猪婆龍，形似鱷魚，而無塊鱗。晉安《海物記》："鼉者，鳴如桴鼓。今江淮之間，謂鼉鳴爲鼉鼓，亦或謂鼉更。""江擂鼓"，《南宋本》作"泉窟室"。

〔四三〕蜃氣句：《史記·天官書》："海旁蜃氣象樓臺。"古人謂蜃爲海中大蛤，吹氣可以成樓臺。實際是海上由于空氣穩靜，潮濕濃度適合，光線折射而生的現象。浮圖，謂浮現圖景。"氣海"，《南宋本》

作“結氣”。

〔四四〕樹裂句：言樹有空心，則山魈穴居其中。山魈(xiāo)，是狒狒的一種，紅鼻藍頰，形相醜惡，古人以爲鬼怪。

〔四五〕沙含句：相傳有一種叫“蜮”的動物，一名射工，又名射影，背有甲，頭有角，有翼能飛，無目，耳的聽覺甚强，口中有橫物如角弩，聞人聲以氣爲矢，因水而射人。或曰含沙射人，中人即生瘡，中影者亦病。樞，即機。

〔四六〕喘牛句：《世説新語・言語》篇有“吳牛喘月”之説，爲白詩所本。紫芋，芋頭的一種，見《本草綱目》。

〔四七〕青菰：生淺水中，新芽如筍，名茭白。

〔四八〕繡面：《新唐書・南蠻傳》：“蠻有繡面種，生踰月，湼黛於面。”此句蓋亦寫南方異俗，下句同。

〔四九〕鴉頭：鴉毛黑，故鴉鬢、鴉鬟等因之，引申則稱婢女爲鴉頭，此處則指男僮。

〔五〇〕菱芡：菱角和芡實(俗稱鷄頭米)。

〔五一〕燒後句：燒，即燒田、燒山。南俗放火燒山，取其枯殘供炊爨，以求輕而乾。

〔五二〕鼎膩句：鼎，煮肉器；膩，油膩。愁烹鼈，言南方少猪羊，多魚鼈，非北人所嗜，故嫌膩而發愁。

〔五三〕厭膾鱸：肉細切爲膾；鱸，巨口細鱗，産於松江者尤美。但白氏北人，未賞此味，反聞腥而生厭。

〔五四〕鍾儀句：鍾儀，春秋時楚人，爲晉所俘，一日晉侯見之，與之琴，操南音，知其戀土，遂放歸。見《左傳・成公九年》。徒，空自。

〔五五〕張翰句：張翰事，見前《端居詠懷》詩注。白氏蓋借用典故而反其義：吳楚如此陋邦殊俗，不知鍾儀、張翰，何以戀戀不忘？

〔五六〕氣序句：氣序，即節氣；涼還熱，該涼還熱。

〔五七〕且復晡：午後日半落時叫晡。且復晡，言由早到晚光陰過得很快。

〔五八〕身方句：自稱曰身；萍梗，浮萍與枝梗，言自身正隨波逐流，不能自主。

〔五九〕桑榆：日將夕，在桑榆間，言晚暮也。《後漢書·馮異傳》：“所謂
　　失之東隅，收之桑榆。”晚暮，比人之老。

〔六〇〕渭北句：謂渭上故居，田園荒蕪。

〔六一〕徂：逝去。

〔六二〕憶歸二句：慘淡，沮喪貌。踟蹰，猶徘徊。《詩·邶風·靜女》：
　　“愛而不見，搔首踟蹰。”白詩本此意。

以上爲第一大段。

　　自念咸秦客〔一〕，嘗爲鄒魯儒〔二〕。蘊藏經國術〔三〕，
輕棄度關繻〔四〕。賦力凌鸚鵡〔五〕，詞鋒敵轆轤〔六〕。戰文
重掉鞅〔七〕，射策一彎弧〔八〕。崔杜鞭齊下〔九〕，元韋轡並
驅〔一〇〕。名聲逼揚馬〔一一〕，交分過蕭朱〔一二〕。世務輕摩
揣〔一三〕，周行竊覬覦〔一四〕。風雲皆會合〔一五〕，雨露各霑
濡〔一六〕。共偶昇平代〔一七〕，偏慚固陋軀〔一八〕。承明連夜
直〔一九〕，建禮拂晨趨〔二〇〕。美服頒王府〔二一〕，珍羞降御
廚〔二二〕。議高通白虎〔二三〕，諫切伏青蒲〔二四〕。柏殿行陪
宴〔二五〕，花樓走看酺〔二六〕。神旗張鳥獸〔二七〕，天籟動笙
竽〔二八〕。戈劍星芒耀〔二九〕，魚龍電策驅〔三〇〕。定場排越
伎〔三一〕，促座進吳歈〔三二〕。縹緲疑仙樂〔三三〕，嬋娟勝畫
圖。歌鬟低翠羽〔三四〕，舞汗墮紅珠〔三五〕。別選閒遊伴，
潛招小飲徒〔三六〕。一杯愁已破〔三七〕，三盞氣彌粗〔三八〕。
軟美仇家酒〔三九〕，幽閒葛氏姝〔四〇〕。十千方得斗〔四一〕，
二八正當壚〔四二〕。論笑杓胡觚〔四三〕，談憐鞏囁嚅〔四四〕。
李酣尤短寶〔四五〕，庾醉更蔫迂〔四六〕。鞍馬呼教住，骰盤

喝遣輸。長驅波卷白，連擲采成盧〔四七〕。籌併頻逃
席〔四八〕，觥嚴別置盂〔四九〕。滿巵那可灌〔五〇〕，頹玉不勝
扶〔五一〕。入視中樞草〔五二〕，歸乘內廄駒〔五三〕。醉曾衝宰
相〔五四〕，驕不揖金吾〔五五〕。

〔一〕自念句：秦以咸陽爲都，相當於唐代之長安。故咸秦客即長
　　安客。

〔二〕鄒魯儒：孟軻，鄒人；孔丘，魯人，是儒家兩個最重要人物。白氏
　　早年習儒，故稱"鄒魯儒"。

〔三〕蘊藏句：言胸中蘊蓄治國安邦之道。《書·周官》："唯三公論道
　　經邦，燮理陰陽。"這和杜甫《詠懷五百字》"許身一何愚，自比稷
　　與契"，是同一種抱負。

〔四〕輕棄句：繻，古代一種旅行證券，書帛而裂之，付關吏以爲信記。
　　《漢書·終軍傳》："初，軍當詣博士，從濟南步入關，關吏予軍繻，
　　軍問：'以此何爲？''爲復傳還，當以合符。'軍曰：'大丈夫西遊，
　　終不復傳還！'棄繻而去。"案以上兩句，白氏追溯當年雄心壯志，
　　視拾功名如草芥。

〔五〕賦力句：東漢末，禰衡曾作《鸚鵡賦》，顯名當時。白氏自謂作賦
　　能力，超過禰衡。凌，超越。

〔六〕詞鋒句：《世說·排調》："復作危語，桓曰：'矛頭淅米劍頭炊。'殷
　　曰：'百歲老翁挂枯枝。'顧曰：'井上轆轤卧嬰兒。'殷有一參軍在
　　坐云：'盲人騎瞎馬，夜半臨深池。'殷曰：'咄咄逼人。'"白氏言己
　　與朋友戲謔，一定能壓倒對方，不使"井上轆轤卧嬰兒"的"危
　　語"，獨自擅場。又轆轤，寶劍名，故"詞鋒敵轆轤"，謂詞鋒似劍。

〔七〕戰文句：戰文，謂應試詩賦。重，不只一次。靷，馬頸上革帶，爲
　　駕車工具；掉鞅，《左傳·宣公十二年》："掉鞅而還。"注："掉，正
　　也；鞅，鞊也。示閑暇。"此句白氏自誇下筆神速，下場時邊寫邊
　　休，綽有餘裕。

〔八〕射策句：古代朝廷取士，就國政民俗，擬爲試題，使舉子回答，叫

策問。舉子們臨試前,亦揣摩時事,試作許多答案,以備入場時一發而中,謂之射策。此句意謂自己應科舉時,一舉登第。弧,弓。

〔九〕崔杜句:崔韶、杜元穎與白氏同年中進士。就像賽馬,三人並駕齊驅。

〔一〇〕元韋句:白氏與元稹、韋處厚以元和元年應制舉,並登科。元稹首選,白氏則中第四等(乙等)。此"鞭齊下"、"轡並驅",蓋本曹丕《典論·論文》:"咸以自騁驥騄於千里,仰齊足而並馳。"而略加變化。

〔一一〕逼揚、馬:"逼",一本作"敵";揚、馬,揚雄和司馬相如,西漢時兩大辭賦作家。

〔一二〕交分句:交分,即友誼;蕭、朱,蕭育和朱博。《漢書》:"蕭育與朱博爲友,著聞當世。"

〔一三〕世務句:此即《策林序》所云:"閉户累月,以揣摩當代之事。"世務,即當代之事;輕,詩人自謙之辭;揣摩(汪本作"揣磨"),語本《戰國策·秦策》,意爲研究和探索。

〔一四〕周行句:周行,出《詩·周南·卷耳》。《毛傳》:"周之列位。"《鄭箋》:"周之列位,謂朝廷臣也。"竊,亦謙辭。覬覦(jì yú),非分的希望。此句意謂妄想作朝官。

〔一五〕風雲句:古人稱仕宦得意,謂"風雲際會"。《後漢書·耿純傳》:"以龍虎之姿,遭風雲之時。"龍得雲,虎乘風,喻人之遭遇時機,飛黃騰達。

〔一六〕雨露句:雨露,見《續古詩》注。霑濡,浸潤滋養之意。此言彼此都曾受皇帝提拔,分任朝職。

〔一七〕共偶句:偶,意爲遭遇,一本"偶"正作"遇"。《春秋》公羊家按社會的治亂,分成太平、昇平和據亂三種世代。太平即《禮記·禮運》所説的"大同"世;昇平即同篇所説的"小康"世;據亂即同篇所説的春秋亂世。昇平,即升平;代,即世,昇平代,指唐憲宗李純時代。李純,史家稱爲唐代"中興之主"。他在位時,唐王朝處於小康局面。

〔一八〕固陋軀：固，愚蠢；陋，鄙陋；軀即身，白氏自謙之詞。

〔一九〕承明句：此謂作翰林學士時在殿廷值宿。承明，即承明廬。《漢書・嚴助傳》注引張晏曰：“承明廬在石渠閣外，值宿所止曰廬。”此係以漢故事喻唐。按唐代翰林院所在不一：如天子在大明宮，其院在右銀臺門內；在興慶宮，其院在金明門內；若在西內，院在顯福門。皇帝走到哪里，翰林學士也就跟到哪里。

〔二〇〕建禮句：《晉書・職官志》：“尚書郎，主作文書起草，晝夜更值於建禮門內。”拂晨，即拂曉。案唐大明宮丹鳳門西有建福門，門外有百官待漏院，此句蓋以“建禮”喻“建福”。

〔二一〕美服句：唐制，翰林學士入院之初，按例頒賜衣服。白氏《長慶集》有《謝恩賜衣服狀》云：“臣初入院，特賜衣服……獻自遠方，降從御府，既鮮華而駭目，亦輕暖而便身。”此句即指其事。

〔二二〕珍羞句：唐翰林學士入院，用餐由御膳房供應。《長慶集》有《謝蒙恩賜設狀》即為此而作。珍羞，山珍海羞，指珍貴的筵席；御廚，即皇家的廚房。

〔二三〕議高句：白虎，漢朝觀名，在洛陽宮中，為皇帝召集諸儒講學之處。後漢章帝時，曾會博士、議郎、郎官及諸生、諸儒於白虎觀，講論《五經》異同，作《白虎奏議》。到唐代，於集賢殿書院置集賢學士，掌管收集古今的經籍，以辯明國家的典章制度，其作用亦略同於漢朝的白虎觀。白氏前者曾以集賢院校理官充翰林學士，亦有時參加講論經義。

〔二四〕諫切句：古代大臣，以青蒲為席，跪伏其上以諫。《漢書・史丹傳》：“丹以親密臣，得侍視疾，候上間獨寢時，丹直入臥內，頓首伏青蒲上。”《舊唐書・白居易傳》：“居易面論，辭情切至。”此謂其為左拾遺時事。

〔二五〕柏殿句：柏殿，即柏梁臺，在漢未央宮中。《漢武故事》：“以香柏為之，香聞數十里。”案白氏為翰林拾遺時，憲宗李純屢有賜宴曲江之事。《長慶集》有《三月三日謝恩賜宴曲江會狀》和《九月九日謝恩賜宴曲江會狀》可證。曲江賜宴，往往即席應制賦詩，與漢

223

武帝柏梁臺聯句故事略同，故白氏詩有此句。

〔二六〕花樓句：花樓，即花萼樓，唐玄宗李隆基始建。唐代大酺，侈陳百
戲，並賜高年酒醴。《開元天寶遺事》：“天寶中上元賜酺，上御花
萼樓觀燈，時陳魚龍百戲，百姓聚觀樓下，讙聲如雷。”這種習俗，
一直延續到中晚唐。酺，指酺燕，屆時天子詔賜臣民會飲爲樂。

〔二七〕神旗句：言神旗上張畫許多珍禽異獸之形。按以下諸句均係鋪
敍酺燕時光景。

〔二八〕天籟句：“天籟”之語，始見《莊子·齊物論》，本意是自然界的聲
音。此處則謂皇家樂奏，非民間可比。竽，大笙，共有三十六簧。

〔二九〕戈劍句：指《破陣樂》演奏情況。據《舊唐書·音樂》：該舞“被甲
執戟……有來往疾徐擊刺之象，以應歌節。”“若讌設酺會，……
爲《破陣樂》……。”《新唐書·禮樂志》亦有類似記載。星芒耀，
謂戈劍起舞時，光芒閃耀。“戈”，一本作“丸”。

〔三〇〕魚龍句：案此即百戲中的“魚龍曼衍”。《漢書·西域傳》注：“魚
龍者，爲舍利之獸，先戲於庭極畢，乃入殿前激水，化成比目魚，
跳躍漱水，作霧障日畢，化成黃龍八丈，出水敖戲於庭，炫耀日
光。《西京賦》云：‘海鱗變而成龍’，即爲此色也。”據《舊唐書
·音樂》：“每初年望夜，又御勤政殿，觀燈作樂，貴臣戚里，借看樓
觀望。……若繩戲竿木，詭異巧妙，固無其比。”可知包括各種
幻術。

〔三一〕定場句：定場，即“定場詩”。戲曲中人物自我介紹的一種程式。
內容大致是介紹劇中規定情境，定場以後，戲劇正式開始排演。
“越伎”，一本作“漢旅”。

〔三二〕促座句：促座，見前《秦中吟·歌舞》篇注。吳歈(yú)，即吳地的
歌舞伎。

〔三三〕縹緲：隱約，將隱將現，若有若無貌。

〔三四〕歌鬟、翠羽：歌鬟，歌女的髮鬟；翠羽，頭飾，即翠翹，見前《長恨
歌》注。

〔三五〕舞汗句：脂粉和汗點俱下，望如紅珠。

〔三六〕閒遊伴、小飲徒：指情侶密友。

〔三七〕愁已破：即愁已散，愁已解。

〔三八〕氣彌粗：言意興更壯。

〔三九〕仇家酒：當係長安一家酒館，《長慶集》一五有《仇家酒》七絶一
首，知白氏常到此家飲酒。

〔四〇〕葛氏姝：當爲一家酒館的女侍者。姝(shū)，美女。

〔四一〕十千：曹植《名都篇》："歸來宴平樂，美酒斗十千。"白詩蓋用此故
實，表明仇家酒價昂貴。

〔四二〕二八句：二八，十六歲。壚，暖酒竈。漢辛延年《羽林郎》："胡姬
年十五，春日獨當壚。"當壚，意即温酒。案此兩句順承以上兩句。

〔四三〕枸胡碑：枸，枸直，李建字；胡碑(lù)，同胡盧，大笑貌。僞《孔叢
子·抗志》："衞君乃胡盧大笑。"嘲笑李建説話的時候，喜歡夾雜
笑聲。"碑"，一本作"律"。

〔四四〕鞏囁嚅：鞏，謂寶鞏。囁嚅(niè rú)，説話時吞吞吐吐，結結巴巴。
《舊唐書·寶鞏傳》載白氏曾稱鞏爲"囁嚅翁"。

〔四五〕李酺句：此李疑爲李紳。李紳喜談笑，雖至酒醉，還在戲謔寶鞏。
尤，古通猶。短，言人之短，挖苦。

〔四六〕庾醉句：庾，庾敬休；迁，指辛丘度，辛爲元、白同年，白氏《代書詩
一百韻寄微之》一詩中有"笑勸迁辛酒"之句，下自注云："辛大丘
度，性迁嗜酒。"可知"迁"當指"迁辛"。蔫(niān)，花萎曰蔫，此處
疑當作"揶揄"講。謂庾敬休雖至醉後，見辛之迁，還不肯放鬆地
在揶揄他。以上四句，寫元白諸人過去在京，酒酣耳熱，連嚷帶
鬧，備極歡洽之情。

〔四七〕鞍馬四句：白氏原注："骰盤、卷白波、莫走鞍馬，皆當時酒令。"案
古人宴會時，以游戲之勝負，定飲酒之次序。一人爲令官，餘衆皆
聽其號令，違者罰飲，謂之酒令。自周、秦以來即有之。"鞍馬呼
教住"，即自注："莫走鞍馬"；"骰盤喝遣輸"，與"連擲采成盧"，隔
句呼應。骰(tóu)，擲骰時五骰皆黑，爲最勝采，如此者爲"盧"。
這兩句意爲先擲骰得梟、犢，故令官云："遣輸"；後連擲成盧，則

又大勝。又《酒史》：“古者酒令名‘卷白波’，起於東漢，擒白波‘賊’如席捲，故酒席言之，以快人意。”按白波軍爲漢末黃巾起義軍支屬，《酒史》稱之爲賊，是封建統治者的反動説法。

〔四八〕籌併句：籌即籌碼，記勝負之數者。句意：有人不勝，看見籌碼積累過多，害怕罰酒，因而逃席。

〔四九〕觥嚴句：觥(gōng)，古代盛酒器，容七升；此處用作飲酒器，同觴，意爲耳杯。盂，盛飲食器。句意：令官觥政極嚴，負者如一時飲不下，則另置一盂積之，罰其必飲。別，一本作“列”。

〔五〇〕滿巵句：巵(zhī)，亦飲酒器。言受罰者被令官一斟滿杯，實在難於喝下。今天猶稱以酒强人爲灌。滿，一本作“漏”。

〔五一〕頹玉：《世説新語·容止》：“嵇康……其醉也，傀俄若玉山之將崩。”後世因用“頹玉”形容醉漢。

〔五二〕入視句：此自述爲翰林學士，掌“内制”時情況。“内制”，謂代皇帝視草(起草詔令)。如上所注，翰林院設在皇帝聽政宫殿近旁。其地臨近中樞，故翰林學士在當時有“内相”之稱。

〔五三〕歸乘句：内廐，指皇家馬圈，當時叫“御馬坊”，也在宫禁内。句意謂：翰林學士當值完畢，可乘御馬回邸。

〔五四〕醉曾句：言翰林學士極蒙皇帝優寵；酒醉以後，雖路遇宰相，亦不迴避。

〔五五〕金吾：即執金吾，皇帝儀衞，以手執金吾而得名。金吾是鑲金的兵器，如後世“金爪”、“玉斧”之類。唐代置左右金吾衞，爲禁衞軍之一部。

以上爲第二大段。

日近恩雖重〔一〕，雲高勢却孤〔二〕。翻身落霄漢〔三〕，失脚到泥塗〔四〕。博望移門籍，潯陽佐郡符〔五〕。時情變寒暑〔六〕，世利算錙銖〔七〕。望日辭雙闕〔八〕，明朝別九衢〔九〕。播遷分郡國，次第出京都〔一〇〕。秦嶺馳三驛〔一一〕，商山上二邪〔一二〕，峴陽亭寂寞〔一三〕，夏口路崎嶇〔一四〕。大道全生棘〔一五〕，中丁盡執殳〔一六〕，江關未撤警〔一七〕，淮寇尚稽誅〔一八〕。林對東西寺，山分大小姑〔一九〕。廬峯蓮刻削，溢水帶縈紆〔二〇〕。九派吞青草〔二一〕，孤城覆綠蕪〔二二〕。黃昏鐘寂寂〔二三〕，清曉角嗚嗚〔二四〕。春色辭門柳，秋聲到井梧〔二五〕。殘芳悲鶗鴂〔二六〕，暮節感茱萸〔二七〕。蕊坼金英菊，花飄雪片蘆〔二八〕。波紅日斜沒，沙白月平鋪。幾見林抽筍，頻驚燕引雛〔二九〕。歲華何倏忽〔三〇〕，年少不須臾。眇默思千古〔三一〕，蒼茫想八區〔三二〕。孔窮緣底事〔三三〕，顏夭有何辜〔三四〕？龍智猶經醢〔三五〕，龜靈未免刳〔三六〕。窮通應已定，聖哲不能逾〔三七〕。況我身謀拙〔三八〕，逢他厄運拘〔三九〕。漂流隨大海〔四〇〕，鎚鍛任洪爐〔四一〕。險阻嘗之矣，棲遲命也夫〔四二〕。沉冥消意氣〔四三〕，窮餓耗肌膚。防瘴和殘藥〔四四〕，迎寒補舊襦〔四五〕。書牀鳴蟋蟀，琴匣網蜘蛛〔四六〕。貧室如懸磬〔四七〕，端憂劇守株〔四八〕。時遭人指點〔四九〕，數被鬼揶揄〔五〇〕。兀兀都疑夢〔五一〕，昏昏半似愚。女驚朝不起，妻怪夜長吁〔五二〕，萬里拋朋侶〔五三〕，三年隔友于〔五四〕。自然悲聚散，不是恨榮枯。去夏微之瘧，今春席八姐。天涯書達否？泉下哭知無〔五五〕？謾寫詩盈卷〔五六〕，空盛酒滿壺。只添新悵望，豈復舊歡娛。壯志因愁減，衰容與病俱。相逢應不識，滿頷白髭鬚。

〔一〕日近：古代封建臣僚，稱皇帝爲日。白氏爲翰林學士、左拾遺，有
　　較多機會，面見皇帝，故曰"日近"。

〔二〕雲高句：古代稱做官叫"致身青雲"；句意：官爵雖高，沒有靠山，勢力反而孤單。

〔三〕落霄漢：以鳥爲喻，言被獵人彈射，從天(霄漢)上跌落下來。

〔四〕到泥塗："到"，一本作"倒"。泥塗，泥濘的道路。亦暗喻被貶到江州卑濕之地。

〔五〕博望二句：白氏原注："予自贊善大夫，出爲江州司馬。"博望，苑名。《三輔黃圖》："漢武帝爲衞太子開博望苑，以通賓客。……在長安城南杜門外五里，有遺址。"門籍，謂白氏爲贊善大夫，名在東宮，與漢代衞太子賓客，名隸博望相似。後被貶江州，不復在東宮，故曰"移門籍"。潯陽，已見前《寄微之三首》詩注。佐郡符，謂司馬爲州刺史官佐。符，印信。

〔六〕時情句：即"世態炎凉"意。

〔七〕世利句：錙銖(zī zhū)，古代極小的重量單位。一兩的四十八分之一爲銖，六銖爲錙。句意：世人唯利是圖，人事關係錙銖必較，以有利於己否定疏密。

〔八〕望日句：白氏貶江州，在元和十年八月十五，故曰望日。雙闕，在宮廷前，即以表宮廷。一本"望"作"即"。

〔九〕明朝句：白氏於十五日奉詔貶官，限令次日上路。九衢，九街，意指長安。《周禮·考工記·匠人》："國中九經九緯，經途九軌。"賈疏："言九經九緯者，南北之道爲經，東西之道爲緯。王城面有三門，門有三途(街道)，男子由右，女子由左。"

〔一〇〕播遷二句：播遷，流離轉徙。白氏自注："十年春，微之移佐通州；其年秋，予出佐潯陽；明年冬，杓直出牧澧州，崔二十二出牧果州，韋大出牧開州。"

〔一一〕三驛：白氏被貶出京，第一天住藍田驛，第二天住藍橋驛，第三天住商州驛。

〔一二〕二邘(yú)：白氏自注："商山險道中，有東西二邘。"

〔一三〕峴(xiàn)陽亭：湖北襄陽縣南有峴山，又名峴首山，山南曰陽。晉羊祜鎮襄陽，常飲酒賦詩於此。及祜卒，後人立碑其上，見者悲泣，謂之墮淚碑。亭，當指碑亭。

〔一四〕路崎嶇：白氏自襄陽以後，即改由水路。到鄂州後，江面風起，集中有《舟行阻風寄李十一舍人詩》“風吹波浪大於山”之句可證。

〔一五〕大道句：《老子》：“師（軍隊）之所處，荊棘生焉；大兵之後，必有凶年。”此句起，四句皆寫兵亂未靖。

〔一六〕中丁句：《通典·食貨》七：“玄宗天寶三載制：百姓十八以上爲中男，二十三以上成丁。”到白氏時二十五歲爲成丁，二十歲爲中男。按此句言因淮西吳少誠之亂，征役頻繁，雖中男亦皆入伍。中丁，即中男。殳，兵器名，柄長一丈二尺，刃略似矛。《詩·衞風·伯兮》：“伯也執殳，爲王前驅。”

〔一七〕江關句：言江口要道均戒嚴，還未解除。撤，《汪本》作“徹”，非。

〔一八〕淮寇句：白氏自注：“時淮西未平，路經襄、鄂二州界所見如此。”稽誅，尚未誅滅。

〔一九〕東西寺、大小姑：白氏自注：“東林、西林寺，在廬山北；大姑、小姑，在廬山南彭蠡湖中。”案彭蠡湖，即鄱陽湖。

〔二〇〕廬峯二句：白氏原注：蓮花峯在廬山北，溢水在江城南。何遜詩云：‘溢城對溢水，溢水縈如帶。’”案何遜爲南朝蕭梁詩人，兩句見《日夕望江贈魚司馬》詩。刻削，山勢嶮峻貌。縈紆，回曲旋繞之意。“溢水”，一作“溢浦”。

〔二一〕九派句：白氏原注：“潯陽江九派，南通青草、洞庭湖。”案程大昌《禹貢論·論九江》：“謂江至荊而九者，自孔安國始。其後班固之志《地理》，應劭之釋《漢志》，皆謂江至廬江、潯陽分爲九派。至張僧鑒《潯陽記》方列九名曰：申、烏蜂、烏白、嘉靡、畎、源、廩、提、菌。”青草湖，在湖南，是洞庭湖南面的一個分支。

〔二二〕孤城句：白氏自注：“南方城壁，多以草覆。”

〔二三〕鐘寂寂：言鐘聲不動。

〔二四〕角鳴鳴：角，號角；鳴鳴，悲吟。

〔二五〕春色二句：白氏以秋末到江州，故所見皆秋景。

〔二六〕悲鵙鴂：“悲”，一本作“怨”。白氏自注：“音啼決，見楚辭。”案《離騷》云：“恐鵜鴂之先鳴兮，使夫百草爲之不芳。”鵜鴂，即鶗鴃，即伯勞鳥，鳴則將寒，見《詩·豳風·七月》鄭箋。

〔二七〕暮節句：暮節，暮秋之節，指重陽節而言，即農曆九月九日，古人屆時有佩茱萸囊的習俗。《續齊諧記》：“汝南桓景隨費長房遊學累年，長房謂曰：‘九月九日汝家中當有災，宜急去，令家中各作縫囊，盛茱萸以繫臂，登高飲菊花酒，此禍可除。’景如言，齊家登山，夕還，見雞犬牛羊一時暴死。”案此句亦暗喻其被貶遭殃。

〔二八〕蕊坼二句：上句謂野菊開，下句謂蘆花飛，皆深秋景色。

〔二九〕幾見二句：謝靈運《孝感賦》：“孟(宗)積雪而抽筍”，杜甫《少年行》：“巢燕引雛渾去盡”，兩句謂被貶江州，轉眼已數易春秋，不勝傷感。

〔三〇〕歲華句：言年光的消逝迅速。

〔三一〕眇默：出神的樣子。

〔三二〕八區：八區，即八方。與上“千古”相聯，猶言緬想古今四方之事。

〔三三〕孔窮句：孔，指孔丘。《公羊傳·哀公十四年》：“西狩獲麟，孔子曰：‘吾道窮矣！’”緣，因爲；底事，什麼緣故？

〔三四〕顏夭句：孔丘的得意門徒顏淵(回)，三十二歲而死，所以說“夭”(短命)；辜，罪過。

〔三五〕龍智句：相傳神龍雖變化無常，但仍被人做成肉醬。《左傳·昭公二十九年》：“其後有劉累學擾龍於豢龍氏……龍一雌死，潛醢以食夏后。”醢(hǎi)，剁成肉醬。“智”一本作“聖”；“經”，一本作“遭”。

〔三六〕龜靈句：《莊子·外物》：“神龜能見夢於元君，而不能避余且之網；知能七十二鑽而無遺筴，不能避刳(刮)腸之患；如是則知有所困，神有所不及也。”

〔三七〕窮通二句：言人之窮通，皆由命定，雖聖哲亦無可如何！這類宿命論觀點，爲舊社會士大夫失意時所常有。

〔三八〕身謀拙：謂不善目營。身謀，一本作“謀生”。

〔三九〕厄運拘：意謂環境太險惡，政治抱負不得施展。

〔四〇〕漂流句：謂曾經滄海，閱歷過無數驚濤駭浪。“隨”，一本作“從”。

〔四一〕鎚鍛句：謂身不由己，一任折磨考驗。古人喻帝王掌政教大權，曰“洪爐”，《舊唐書·鄭畋傳》説：“鼓洪爐於聖代，成庶績於明時。”

〔四二〕棲遲句：棲遲，言投閒置散，英雄無用武之地。《詩·陳風·衡門》：“衡門之下，可以棲遲。”命矣夫，命該如此吧！

〔四三〕沉冥：見前《香爐峯下新置草堂》詩注。

〔四四〕殘藥：指大通中散、碧腴垂雲膏。前元稹病，白曾以此寄之，見《聞微之病》詩。

〔四五〕舊襦(rú)：短衣有裏者曰襦。

〔四六〕書琳二句：大意謂：久已荒廢琴書。

〔四七〕室如懸磬：語見《國語·魯語》，言家貧室內空空，如懸磬然。“室”，一本作“活”，疑非。

〔四八〕端憂句：言閑居待時，情急於古代宋國人的守株待兔。《韓非子·五蠹》篇：“宋人有耕田者，田中有株(枯樹椿)，兔走觸株，折頸而死。因釋其耒(犁)而守株，冀復得兔，兔不可復得，而身爲宋國笑。”

〔四九〕時遭句：謂失意之中，不時遭人指責譏評。一作“時遭客答難”，非是。

〔五〇〕鬼揶揄：鬼，喻庸俗人。《晉陽秋》：“羅友同府人有得郡者，溫(桓溫)爲席起別，友至尤晚；問之，友答曰：‘民首且出門，於中途逢一鬼，大見揶揄，云我只見汝送人作郡，何以不見人送汝作郡？’”揶揄，即嘲諷。以上兩句均感慨自己宦途坎坷。

〔五一〕兀兀：獃癡貌。

〔五二〕吁：歎聲。

〔五三〕抛朋侶：“抛”，一作“離”；“朋侶”，一作“朋執”。朋侶，即朋友們。

〔五四〕隔友于：僞古文《書·君陳》：“孝乎唯孝，友于兄弟。”後人因以“友于”代兄弟。此兄弟謂行簡。

〔五五〕去夏四句：白氏原注：“去年聞元九瘴瘧，書去竟未報；今春聞席八殁,久與往還,能無慚矣!"案席八,即席夔,貞元十二年舉鴻辭,於元和十二年春病殁。殂,即逝世。

〔五六〕謾寫句:意即徒自寫了許多詩文。謾,無謂;"卷",一本作"軸"。

以上爲第三大段。

此詩據元稹《酬樂天東南行詩一百韻序》,當作於元和十二年(八一七)十二月江州任所。

題　岳　陽　樓〔一〕

岳陽城下水漫漫〔二〕,獨上危樓憑曲欄〔三〕。春岸綠時連夢澤〔四〕,夕波紅處近長安〔五〕。猿攀樹立啼何苦〔六〕,雁點湖飛渡亦難〔七〕。此地唯堪畫圖障,華堂張與貴人看〔八〕。

〔一〕岳陽樓:岳陽城西門樓。不知起於何時。開元四年(七一六),張説自中書令爲岳州刺史,常與文士登此樓,有詩百餘篇列於樓壁。見《太平寰宇記》)。

〔二〕水漫漫:指洞庭湖而言。

〔三〕獨上句:危樓,高樓。憑(píng),倚。

〔四〕春岸句:言洞庭春漲,遠連雲夢,極言水勢浩瀚。雲夢澤,爲古代楚地七大澤之一。包括長江南北大小湖沼無數,江北爲雲,江南爲夢,面積約共八、九百里。

〔五〕夕波句:夕波,一本作"夕陽"。近長安,用東晉明帝"日遠長安近"故事。見《世説新語·夙惠(慧)》。此處誇寫洞庭湖壯闊晚景,亦寄作者對京城的眷戀。

〔 六 〕猿攀句：《水經注·江水》引漁者歌：“巴東三峽巫峽長，猿鳴三聲淚沾裳。”

〔 七 〕雁點句：言水闊天長，大雁亦飛不過，中間需要頻頻落水休息，則人何以堪？以上“猿啼”、“雁渡”，皆作者抒發天涯淪落之感，與上“近長安”照應。

〔 八 〕此地二句：唐人喜畫山水爲屏障，杜甫有《戲題畫山水圖歌》、《劉少府新畫山水障歌》。詩意是説：這裏的風景，只能畫成屏障，張掛在豪華的大廳裏給貴人們賞玩；至於流民逐客，哪會有這麽多閑情逸致！

　　此元和十四年(八一九)春，白氏自潯陽赴忠州刺史任，路出岳陽時所作。

過 昭 君 村〔一〕

　　靈珠產無種〔二〕，彩雲出無根〔三〕；亦如彼姝子〔四〕，生此遐陋村〔五〕。至麗物難掩，遽選入君門〔六〕；獨美衆所嫉〔七〕，終棄於塞垣〔八〕。唯此希代色，豈無一顧恩〔九〕？事排勢須去〔一〇〕，不得由至尊〔一一〕。白黑既可變，丹青何足論〔一二〕！竟埋代北骨，不返巴東魂〔一三〕。慘淡晚雲水，依稀舊鄉園；妍姿化已久〔一四〕，但有村名存。村中有遺老，指點爲我言：“不取往者戒，但貽來者冤〔一五〕；至今村女面，燒灼成瘢痕〔一六〕。”

〔 一 〕昭君村：作者原注：“村在歸州東北四十里。”歸州，唐置，在今湖北省秭歸縣。昭君，即王嬙，昭君其字，秭歸人。西漢元帝宮女。

元帝後宮妃嬪既多，不得常見；乃使畫工圖形，按圖召幸。諸宮人皆賂畫工，多者十萬，少者五萬，獨王嬙不肯，遂不得見。匈奴入朝，求美人爲閼氏（單于之后）。帝按圖，以昭君行。及見，貌爲後宮第一，善應對，舉止嫻雅，帝悔之，而名籍已定，方重信外國，故不復更人。昭君竟行，卒葬匈奴。事載《西京雜記》，其所記於史實之外，增飾民間傳說，爲白氏此詩所本。

〔 二 〕靈珠句：古人認爲龍、鳳、蛇、貝皆產珠，雜見《莊子》和《述異記》諸書，故曰"產無種"。又《述異記》載："越俗以珠爲上寶，生女謂之珠娘，生男謂之珠兒。"

〔 三 〕彩雲：李白《宮中行樂詞》："只愁歌舞散，化作彩雲飛"，"彩雲"一詞本此。案以上兩句，總謂美女不必出自名都，借喻材士不必出自高門。其曰"產無種"、"出無根"云云者，蓋即引申《史記·陳涉世家》"王侯將相，寧有種乎"的説法。

〔 四 〕彼姝子："彼姝者子"，見《詩·鄘風·干旄》及《詩·齊風·東方之日》，意爲那個美麗的女子。

〔 五 〕遐陋村：僻遠閉塞的村莊。此以昭君之生於村野，喻詩人之出自寒門。

〔 六 〕至麗二句：即《長恨歌》"天生麗質難自棄，一朝選在君王側"意。至，最；物，外物，意指旁人；遽選，驟然被選。此兩句極寫昭君之美，亦有自喻意。

〔 七 〕獨美句：《離騷》："紛吾既有此内美兮，又重之以脩能……衆女嫉余之蛾眉兮，謠諑謂余以善淫。"又《荀子·君道》："好女之色，惡者之孽也；公正之士，衆人之痤也；循乎道之人，污邪之賊也。"

〔 八 〕塞垣：長城，此處泛指塞外。王嬙嫁呼韓邪單于，初駐雞鹿塞，元帝初歸北庭（見《漢書·匈奴傳》）。按單于庭，在今蒙古人民共和國烏蘭巴托附近。

〔 九 〕唯此二句：意爲像這當世少見的美女，怎麼會得不到皇帝一顧之恩？

〔一〇〕事排句：言爲客觀環境所逼迫，其勢不得不去。

〔一一〕不得句：至尊，見前《秦中吟·重賦》篇注。句意爲由不得皇帝。

〔一二〕白黑二句：《楚辭·九章·懷沙》：“變白以爲黑兮，倒上以爲下。”丹青，本義是圖畫所用的兩種顏料，引申爲畫圖，再引申爲畫像的美貌和醜惡。兩句的意思是：昏暗的社會，連是非都可以任意顛倒，一個人相貌的好壞，就更不在話下了。

〔一三〕竟埋二句：言昭君之骨竟埋於代北，而魂不得返於巴東。代北，山西代縣北，指塞外；相傳昭君葬於青冢，在今内蒙古自治區呼和浩特市南。昭君的故鄉秭歸，則屬古巴東郡。

〔一四〕妍姿句：言昭君的美貌銷亡已久。

〔一五〕不取二句：謂有女入宮，終遭厄運，如不以昭君命運爲戒，恐使後代美女重蒙此類冤屈。往者，謂古人；貽，留給；來者，謂後人。

〔一六〕燒灼句：把臉面燒灼成疤，以免再被宮廷選中。阮閱《詩話總龜》：“余考《唐逸士傳》云：‘昭君村至今生女必炙其面。’白樂天詩：‘至今村女面，燒灼成瘢痕。’乃知炙面之事，樂天已先道之也。”

　　此詩當是元和十四年三月，白氏由江州赴忠州刺史任，路出荆門過昭君村時所作。此詩不僅感嘆昭君身世，實亦爲自己的無辜遭貶抒憤。

入　峽　次　巴　東〔一〕

　　不知遠郡何時到〔二〕？猶喜全家此去同〔三〕。萬里王程三峽外〔四〕，百年生計一舟中〔五〕。巫山暮足霑花雨〔六〕，隴水春多逆浪風〔七〕。兩片紅旌數聲鼓〔八〕，使君艫艓上巴東〔九〕。

〔一〕峽、巴東：峽，指西陵峽、巫峽、瞿塘峽三峽而言，地介鄂、川兩省交界處，長達七百里，爲長江天險。次，止宿，此處猶言"旅次"。巴東，縣名，唐屬歸州，在今湖北巴東縣西北。

〔二〕遠郡：指忠州。

〔三〕猶喜句：白氏此去忠州，係偕眷同往。與初貶江州時，不能攜家同行，情況不同，故謂。

〔四〕王程：古代官員上任，必須按照朝廷所規定的期限，這叫王程。

〔五〕百年句：言全家生命財產盡在舟中。

〔六〕巫山句：霡花雨，指春雨；足，言雨透。

〔七〕隴水句：隴水，即長江上游，因發源隴外而名之。逆浪風，即東風；浪自西來，風從東至，故云逆浪。

〔八〕紅旌、鼓：紅旌，刺史儀仗，即紅旗。鼓，古代太守或刺史出行，皆鳴鼓角。

〔九〕使君艛艓：古人稱刺史爲使君，見《後漢書・郭伋傳》。艛艓(lóu diè)，船名。

此亦元和十四年春三月作。

初 入 峽 有 感

上有萬仞山，下有千丈水〔一〕。蒼蒼兩崖間，闊狹容一葦〔二〕。瞿塘呀直瀉，灩澦屹中峙〔三〕。未夜黑巖昏，無風白浪起。大石如刀劍，小石如牙齒〔四〕；一步不可行，況千三百里〔五〕！莙藘竹篾笭〔六〕，鼓危機師趾〔七〕。一跌無完舟，吾生繫於此〔八〕。常聞仗忠信，蠻貊可行矣〔九〕。自古漂沉人，豈非盡君子〔一〇〕？況吾時與命，蹇舛不足恃〔一一〕。常恐不才身，復作無名死〔一二〕！

〔一〕千丈水：言江水之深，乃揣度之詞，與上"萬仞"均詩人誇張寫法。

〔二〕蒼蒼二句：《水經注·江水》："江水又東逕（經）西陵峽。《宜都記》曰：'自黃牛灘東入西陵界至峽口，一百許里，山水紆曲；而兩岸高山重障，非日中夜半，不見日月。絶壁或千許丈，其石彩色、形容，多所像類；林木高茂，略盡冬春；猿鳴至清，山谷傳響，泠泠不絶。所謂三峽，此其一也'。"此雖僅言西陵峽，三峽風光大抵相同。一葦，一支葦葉，古人曾用以形容舟之小。《詩經·衞風·河廣》："誰謂河廣？一葦杭（航）之。"

〔三〕瞿塘二句：瞿塘，峽名，是三峽最西面的一個峽，也是三峽中最險的一個峽。《水經注·江水》稱瞿塘峽爲廣溪峽，謂"斯乃三峽之首也……峽中有瞿塘、黃龕二灘。"後人遂以灘名峽。李白《長干行》："十六君遠行，瞿塘灩澦堆。"《太平寰宇記》一四八，山南東道、夔州："灩澦堆，周回二十丈，在夔州西南二百步蜀江中心瞿塘峽口。冬水淺，屹然露百餘尺；夏水漲，没數十丈（案：丈疑尺字之誤），其狀如馬，舟人不敢進。諺曰：'灩澦大如馬，瞿塘不可下；灩澦大如鼈，瞿塘行舟絶；灩澦大如龜，瞿塘不可窺；灩澦大如襆（帽），瞿塘不可觸。'"呀，張口狀。大江從兩峽流出，故用此形容。瀉，傾瀉。屹，峭拔狀。峙，直立。

〔四〕大石二句：據《蜀外紀》載："瞿塘，即峽內江水深沉處。灩澦乃一石笋樹兩峽之中：若青螺盤於波中，寶劍插於鏡面。"所狀可與此詩印證。

〔五〕一步二句：作者原注："自峽州至忠州，灘險相繼，凡一千三百里。"案《水經注·江水》："自三峽七百里中，兩岸連山，略無闕處……至於夏水襄陵，沿泝阻絶。或王命急宣，有時朝發白帝（四川奉節），暮到江陵（荆州），其間千二百里；雖乘奔御風，不似（原作以，據趙一清《刊誤》校改）疾也。"可與此詩互證。

〔六〕苒蒻句：苒蒻（rǎn ruò），柔弱不太堅韌的意思。篾，竹皮。笮

(niàn)，拉船用的竹繟。此句意謂：竹繟細弱，拖船上水，斷絕可憂。

〔七〕攲危句：攲危，傾斜；檝師，划槳的師傅、船工。趾，足。此句意謂：船工因逆水行舟，格外費力，因而傾斜不穩。

〔八〕一跌二句：意謂：萬一不慎觸礁，則船被撞碎，我的生命安危，完全取決於此。

〔九〕常聞二句：《論語·衞靈公》："言忠信，行篤敬，雖蠻貊之邦行矣。"此本其意。仗，依恃。忠信，忠誠守信。篤敬，厚道謹慎。蠻，古代對南方少數民族的辱稱；貊(mò)，古代對北方少數民族的辱稱。因巴蜀有少數民族聚居，故白氏有此語。

〔一〇〕自古二句：此作者以殷彭咸、楚屈原等人自比，皆因強諫得罪，或被流放(漂)，或竟沉江。他們都是正直之士。

〔一一〕況吾二句：白氏自嘆生不逢時，命運多乖。舛，義同乖；蹇，《易經》的卦名；意爲艱難。不足恃，言無以自保。

〔一二〕常恐二句：不才，出孟浩然《歲暮歸終南山》："不才明主棄。"白氏自謙語，亦憤慨語。無名，《論語·衞靈公》："君子疾没世而名不稱焉。"兩句意謂政治抱負遠未施展，而涉身險途，不勝惶恐。

此詩爲元和十四年(八一九)白氏自江州司馬調任忠州刺史，於三月(十一日入峽口)過三峽時作。

夜 入 瞿 塘 峽〔一〕

瞿塘天下險〔二〕，夜上信難哉〔三〕！岸似雙屏合，天如匹練開〔四〕。逆風驚浪起，拔篙暗船來〔五〕。欲識愁多少，高於灩澦堆。

〔一〕瞿塘峽：長江三峽的西門,在四川奉節縣東十三里。

〔二〕瞿塘句：《太平寰宇記・夔州》："瞿塘峽在州東一里,古西陵峽
也。連崖千丈,奔流電激,舟人爲之恐懼。"

〔三〕信難哉：真正艱難呀！難,一本作"艱"。曹操《苦寒行》："北上太
行山,艱哉何巍巍！"

〔四〕岸似二句：《水經注・江水》："自三峽七百里中,兩岸連山,略無
闕處。重巖叠嶂,隱天蔽日。自非亭午夜分,不見曦月。"屏,屏
風；匹練,一匹白綢。練,一本作"帛"。

〔五〕暗船：言過船皆不發聲。《水經注・江水》："峽中有瞿塘、黃龕二
灘,夏水迴復,沿泝所忌。瞿塘灘上有神廟,尤至靈驗。刺史二千
石經過,皆不得鳴角伐鼓。商旅上水,恐觸石有聲,乃以布裹篙
足。今則不能爾,猶饗薦不輟。"此種迷信習俗,一直流傳至後代。

西 樓 夜〔一〕

悄悄復悄悄〔二〕,城隅隱林杪。山郭燈火稀〔三〕,峽天
星漢少〔四〕。年光東流水〔五〕,生計南枝鳥〔六〕。月没江沉
沉,西樓殊未曉〔七〕。

〔一〕西樓：此當爲忠州(州治在今四川忠縣)西樓。

〔二〕悄悄句：極寫忠州的地僻人稀。

〔三〕山郭：忠州城建築在山上,故稱山郭。

〔四〕峽天句：忠州臨近大江,江岸兩山對峙,天宇窄小。星漢,即銀
河,此處泛指天空。

〔五〕年光句：《論語・子罕》："逝者如斯夫,不舍晝夜！"此用其意。

〔六〕南枝鳥：言生涯漂泊無定。古詩："胡馬依北風,越鳥巢南枝。"

〔七〕殊未曉：遠還没天亮。言山城日光被高山遮住，天明也特別晚。

白氏以元和十四年(八一九)三月二十八日到達忠州任所，則此詩當爲初到任時所作。

東 樓 曉〔一〕

脈脈復脈脈〔二〕，東樓無宿客〔三〕。城暗雲霧多，峽深田地窄。宵燈尚留焰，晨禽初展翮〔四〕。欲知山高低，不見東方白。

〔一〕東樓：忠州東樓。
〔二〕脈脈：含情不語的神態。
〔三〕無宿客：失眠者，白氏自稱。
〔四〕翮(hé)：鳥翅上硬翎，即以代翅字。

此亦初至忠州之作。

蚊 蟆〔一〕

巴徼炎毒早〔二〕，二月蚊蟆生〔三〕，咂膚拂不去〔四〕，繞耳薨薨聲〔五〕。斯物頗微細〔六〕，中人初甚輕〔七〕；如有膚受譖〔八〕，久則瘡痏成〔九〕。痏成無奈何，所要防其萌〔一〇〕。幺蟲何足道，潛喻儆人情〔一一〕！

〔　一　〕蚊蟆：蟆，似蚊而小，即蠓蟲。此亦寓言體詩，借蚊蟆以諷讒人。

〔　二　〕巴徼：徼(jiǎo)，邊遠之地。古代稱川東曰巴，川西曰蜀。忠州在川東，所以叫巴徼。

〔　三　〕二月：白氏在忠州，只有元和十五年在那裏度過二月，故二月當爲是年二月。

〔　四　〕咂(zā)膚：從皮膚里吮吸血液。

〔　五　〕薨薨(hōng hōng)聲：羣蚊飛聲。

〔　六　〕斯物：此物，指蚊蟆。

〔　七　〕中人：中，讀去聲。中人，即叮上了人。

〔　八　〕膚受譖：由淺入深的"浸潤之言"。

〔　九　〕瘡痏：張衡《西京賦》："所好生毛羽，所惡成瘡痏。"痏(wěi)，瘡疤。此喻被謠言誹謗所受的精神創傷。

〔一〇〕所要句：關鍵在於防止事態的開始發生。

〔一一〕潛喻句：暗用比喻，要人們提高警惕。案元和十四年白氏好友裴度、崔羣(同爲宰相)，都被皇甫鎛等造謠中傷，此詩蓋借題發揮，而以末句微言見意。

陰　雨

　　嵐霧今朝重，江山此地深〔一〕。灘聲秋更急，峽氣曉多陰〔二〕。望闕雲遮眼〔三〕，思鄉雨滴心〔四〕。將何慰幽獨〔五〕？賴此北窗琴〔六〕。

〔　一　〕嵐霧二句：嵐和霧實同物：在江曰霧，在山曰嵐。此地，指忠州。

〔　二　〕峽氣句：峽氣指霧氣。山城霧濃，陰霾經久不散。

〔　三　〕望闕句：眷戀朝廷。闕，宮門樓觀，即代宮廷。雲遮眼，言望而不見。

〔四〕思鄉句：旅居思鄉，聽雨落地，滴滴打在心頭。"雨"，一本作"淚"。

〔五〕幽獨：寂寞孤獨。

〔六〕北窗琴：晉陶潛嘗蓄無絃琴一張，又喜臥北窗下，此詩合用此二事：以寫詩人不甘寂寞而又無可如何的矛盾心理。

此詩當作於元和十四年或十五年秋季。

東坡種花二首〔一〕（選一）

東坡春向暮〔二〕，樹木今何如？漠漠花落盡〔三〕，翳翳葉生初〔四〕。每日領僮僕，荷鋤仍決渠〔五〕。劃土壅其本〔六〕，引泉漑其枯。小樹低數尺，大樹長丈餘。封植來幾時〔七〕，高下齊扶疏〔八〕。養樹既如此，養民亦何殊〔九〕。將欲茂枝葉，必先救根株。云何救根株〔一〇〕？勸農均賦租〔一一〕。云何茂枝葉？省事寬刑書〔一二〕。移此爲郡政〔一三〕，庶幾甿俗蘇〔一四〕。

〔一〕此題共二首，此其第二首。

〔二〕向暮：欲盡。

〔三〕漠漠：寂靜無聲。

〔四〕翳翳句：翳翳，陰暗貌。桃杏之類，均先花後葉，故葉茂時花已落盡。

〔五〕決渠：挖溝引水。決，一本作"鑿"。

〔六〕壅其本：壅，培土；本，根。

〔七〕封植句：封植，同"封殖"。意爲培植。《左傳·昭公二年》："宿敢不封殖此樹……”來,至今;幾時,言經時未久。

〔八〕扶疏:枝葉茂盛貌。陶潛《讀山海經詩》:“繞屋樹扶疏。”

〔九〕何殊:又有什麽不同?

〔一○〕云何:如何,怎樣?

〔一一〕勸農句:勸農,獎勵農業生産。均賦租,使勞役與租稅負擔均衡合理。按中唐以後,大地主兼併大量土地,多方避稅避役;將負擔轉嫁小土地所有者及貧户。白居易主張多地多徵,少地少徵,在當時是比較合理的政治措施。

〔一二〕省事句:省事,減少一些擾民的工役;寬刑書,放寬對人民刑罰的尺度。刑書,法律條文。《左傳·昭公六年》:“鄭人鑄刑書。”

〔一三〕移此句:把種樹的道理,移用到管理州郡的政務上。

〔一四〕庶幾句:庶幾,表示希求願望之意,此處意猶“或可”。甿(méng)俗,同“氓庶”,老百姓;蘇,使之有生機,解除其困苦。

此元和十五年春末,在忠州作。

東 澗 種 柳〔一〕

野性愛栽植〔二〕,植柳水中坻〔三〕。乘春持斧斨〔四〕,裁截而樹之〔五〕。長短既不一,高下隨所宜〔六〕。倚岸埋大榦,臨流插小枝。松柏不可待〔七〕,楩柟固難移〔八〕。不如種此樹,此樹易榮滋〔九〕。無根亦可活,成陰況非遲。三年未離郡〔一○〕,可以見依依〔一一〕。種罷水邊憇〔一二〕,仰頭閒自思。富貴本非望〔一三〕,功名須待時〔一四〕。不種東溪柳,端坐欲何爲〔一五〕?

〔一〕東澗：一本作東溪。

〔二〕野性：樸厚勤勞的稟賦。

〔三〕水中坻：《詩·秦風·蒹葭》：“宛在水中坻。”坻，讀平聲(chí)，水中小島。

〔四〕斫(zhuó)：砍伐。

〔五〕裁截句：樹，種植。把樹條裁截到適當的長度扦插。

〔六〕高下句：意謂水邊栽短柳，岸上栽長柳，則合乎因地制宜的道理。此句冒下兩句。

〔七〕松柏句：松柏成長需時，任滿尚未成材。

〔八〕楩柟句：楩柟(pián nán)，即黃楩和楠木。這兩種樹木，移植的成活率低。

〔九〕榮滋：繁榮滋長。

〔一〇〕三年：唐代官吏，三年轉任。

〔一一〕依依：《詩·小雅·東山》：“昔我往矣，楊柳依依。”垂楊長大，則柔條迎風招展，有似依依戀人。

〔一二〕憩(qì)：休息。

〔一三〕富貴句：陶潛《歸去來兮辭》：“富貴非吾願。”此本其意。

〔一四〕功名：立功成名。

〔一五〕端坐：閑坐。

此與前首，當作於同時。

贈　康　叟〔一〕

八十秦翁老不歸，南賓太守乞寒衣〔二〕。再三憐汝非他意，天寶遺民見漸稀。

〔一〕康叟：清王士禛《古夫于亭雜録》以爲即康洽。《唐才子傳》四：
　　"洽，酒泉人。……工樂府詩篇，……後經天寶亂離，蓬飄江表，至
　　大曆間，年已七十餘。"按大曆爲七六六至七七九，則至元和十五
　　年（八二〇）時，康洽已逾百歲。而非詩中之八十。疑辛文房《唐
　　才子傳》所記"至大曆間，年已七十餘"，當作"至元和間"方合。

〔二〕南賓太守：南賓太守即忠州刺史。忠州在唐曾改稱南賓，到白氏
　　被貶時已復稱忠州。

自蜀江至洞庭湖口有感而作〔一〕

　　江從西南來，浩浩無旦夕〔二〕；長波逐若瀉〔三〕，連山
鑿如劈〔四〕。千年不壅潰〔五〕，萬里無墊溺〔六〕；不爾民爲
魚〔七〕，大哉禹之績〔八〕！導岷既艱遠〔九〕，距海無咫
尺〔一〇〕；胡爲不訖功〔一一〕，餘水斯委積〔一二〕？洞庭與青
草，大小兩相敵〔一三〕；混合萬丈深〔一四〕，森茫千里
白〔一五〕。每歲秋夏時，浩大吞七澤〔一六〕；水族窟穴
多〔一七〕，農人土地窄。我今尚嗟歎，禹豈不愛惜？邈未究
其由〔一八〕，想古觀遺迹。疑此苗人頑，恃險不終役〔一九〕；
帝亦無奈何〔二〇〕，留患與今昔〔二一〕。水流天地內，如身
有血脈；滯則爲疽疣〔二二〕，治之在鍼石〔二三〕。安得禹復
生，爲唐水官伯〔二四〕；手提倚天劍〔二五〕，重來親指
畫〔二六〕。疏流似剪紙〔二七〕，決壅同裂帛〔二八〕；滲作膏腴
田〔二九〕，踏平魚鱉宅。龍宮變閭里，水府生禾麥〔三〇〕；坐
添百萬户，書我司徒籍〔三一〕。

〔一〕蜀江、洞庭湖口：長江在四川境者稱蜀江。洞庭湖口，洞庭湖水入江之口。

〔二〕無旦夕：不分晝夜，奔流不息。

〔三〕逐若瀉：後浪逐前浪，和傾瀉一般。

〔四〕連山句：此寫三峽。古代傳說，三峽爲大禹所開鑿。如劈，像斧劈那樣，截然中分。

〔五〕壅潰：泥沙淤塞，堤岸口潰決。

〔六〕萬里句："里"，南宋本作"姓"。墊(diàn)，淤塞。溺，水淹。

〔七〕民爲魚：《左傳·昭公元年》："劉子曰：微禹，吾其魚乎！"意爲：如無大禹治水，我等均將被水淹沒。上"不爾"，不如此之意。

〔八〕禹之績：大禹的功績，指治水。《詩·大雅·文王有聲》："維禹之績。"

〔九〕導岷：古以岷山爲長江源。《書·禹貢》："導……岷山之陽，至于衡山；過九江，至于敷淺原。"注："岷山，江所出，在梁州；衡山，江所經，在荆州。"

〔一〇〕距海句：《書·皋陶謨》(僞古文《尚書》析爲《益稷》)："予決九川，距四海。"注："距，至也。"此句意爲，導江至湖南，即將到海。因長江上游在山區，工程艱鉅；下游多平原，比較省工。

〔一一〕胡爲句：胡同"何"；訖功，完工。《書·皋陶謨》作"不即工"。

〔一二〕斯委積：斯，從此；委積，渟蓄積聚。

〔一三〕洞庭二句：洞庭湖週圍三百六十里，故云大；青草湖，在湖南岳陽縣西南，週圍二百六十餘里，故云小。相敵，相對，並列。

〔一四〕混合：意同"混流"，水盈滿深邃之貌。

〔一五〕淼(miǎo)茫：同渺茫，形容湖水廣袤無際。

〔一六〕吞七澤：相傳楚有七澤，雲夢最小，見司馬相如《子虛賦》。吞，包容。

〔一七〕水族：魚鱉等水生動物。

〔一八〕邈未句：言年代久遠，考查不出功虧一簣的原因。

〔一九〕苗人頑二句：《書·皋陶謨》："禹曰：外薄四海，咸達五長，各迪有功。苗頑,弗即工。"言大禹平治水土之後,分封諸侯,各立功業。只有苗人(當指其部落酋長)恃險(指洞庭與彭蠡)頑抗,使工程半途而廢。

〔二〇〕帝:指帝舜。

〔二一〕留患句:言大禹治水,未竟全功,不僅留患古人,亦且貽害今世。

〔二二〕爲疽疣:疽疣(jū yóu),膿瘡和腫瘤。言血脈停滯,則成爲疽疣。

〔二三〕鍼石:古代兩種醫療用具。針是金屬針,石是砭石。

〔二四〕水官伯:水官之長。相傳唐虞時代,大禹爲司空。《書·堯典》(僞古文《尚書》析爲《舜典》):"僉曰:'伯禹作司空。'帝曰:'俞!咨禹,汝平水土,唯是懋(勉)哉!'"司空,即司工,掌工程製造,平治水土。

〔二五〕倚天劍:即刺天長劍。宋玉《大言賦》:"長劍耿耿倚天外。"

〔二六〕指畫:指揮畫策。

〔二七〕疏流句:疏通水道,像剪紙那樣快利。《孟子·滕文公》:"禹疏九河",爲"疏"字所本。

〔二八〕決壅句:決壅,見前《新樂府·鵶九劍》注。裂帛,言輕而易舉。

〔二九〕滲作句:殘水下滲,成爲肥田。

〔三〇〕龍宮二句:案,以上凡言水族、魚鼈,及此言龍宮、水府,皆借喻藩鎮割據勢力。

〔三一〕坐添二句:坐添,平添;因此增加百萬戶。據《唐會要》八四《戶口數》條:"(德宗)建中元年十二月,定天下兩稅,戶凡三百八十萬五千七十六。(憲宗)元和戶二百四十七萬三千九百六十三。"憲宗時戶口數比德宗初年銳減一百多萬,是由於藩鎮割據和叛亂的結果。其後淮西亂平,其他藩鎮亦相率納款,唐朝得以在這樣的政治條件下清出漏戶,故穆宗長慶間戶口數又爲三百九十四萬四千九百五十九,和德宗建中初年情況差不多。則知白氏"坐添百萬戶"之句,絕非徒託空言。《周禮·地官》:"大司徒之職,掌建邦之土地之圖,與其人民之數。"至唐代,全國戶口歸戶部尚書掌握

　　唐自元和十二年十月，裴度、李愬平淮西；至十四年，李師道爲劉悟所殺，淄青鎮平；成德鎮王承宗恐懼，請以二子入質，並獻德、棣二州，輸租稅，請派官，求免死。至此，從天寶亂後所形成的藩鎮割據局面，算是表面結束。而實際上河北各方的割據勢力，仍未徹底剷除。却在"稱臣納款"的名義下，暗中保持下來。因此，過去歷史家所宣揚的憲宗中興大業，實多溢美。至元和十五年，西南桂管、容管又有少數民族黃少卿的舉事，西北鹽州有吐蕃節度論三摩等的入侵；穆宗長慶元年七月，朱克融又反於幽州，王廷湊反於成德，河北再度陷入混亂局面。白氏此詩，蓋深感於淮西亂平之後，朝廷應勵精圖治，整軍經武，名副其實地完成統一大業，以免功虧一簣，半途而廢。後來形勢，果如白氏所慮。此詩寫作年代，當在元和十五年冬，詩人自忠州被召還朝，路經洞庭湖口時。

暮　江　吟〔一〕

　　一道殘陽鋪水中，半江瑟瑟半江紅〔二〕。可憐九月初三夜，露似真珠月似弓〔三〕。

〔一〕暮江：當指曲江。見前《杏園中棗樹》詩注。

〔二〕瑟瑟：形容斜陽照水，波光閃閃；與《琵琶行》中"瑟瑟"涵義有別。

〔三〕真珠：即珍珠，露珠晶瑩有光，故以擬之。

　　此詩當爲長慶元年(八二一)秋季，白氏在長安遊曲江時所作。至長慶二年七月，白氏已離長安，不可能在那裏度過九月初三。

龍花寺主家小尼〔一〕

頭青眼眉細,十四女沙彌〔二〕。夜靜雙林怕〔三〕,春深一食飢〔四〕。步慵行道困〔五〕,起晚誦經遲。應似仙人子,花宮未嫁時〔六〕。

〔一〕此詩題中的龍花寺,在長安昇道坊西北角,南面曲江,唐高宗時創建,尋廢;中宗景龍時修復,見宋敏求《長安志》九。寺裏僧尼首領叫寺主。龍花寺和新昌坊鄰近,則此詩當作於白氏定居在那裏以後。白氏在新昌坊定居,是從長慶元年二月開始;直到長慶二年七月以前,他都在長安任職,故知此詩之作,當不出這兩年之間。這首詩是作者通過對一個少年尼姑的生活細節的刻劃,揭露封建主(世俗的和僧侶的)強迫少年人出家修道的悖情害理,有一定的積極意義。

〔二〕女沙彌:沙彌,梵語漢譯,出家人受佛教十戒者。女沙彌,即尼姑。

〔三〕雙林:《傳燈録》:"佛滅度(死)後,第一祖迦葉至雙林間號泣,佛於金棺内現出雙足。"其實此處是指寺院臥佛堂而言。臥佛堂塑釋迦牟尼佛臨終,諸大弟子痛不欲生,至有以刀刺胸者,形相至可畏怖。

〔四〕一食:佛教徒修苦行,只日食一餐,既違反生理要求,更妨礙青年發育。

〔五〕步慵句:慵,即懶倦。行道,佛教徒用語;《萬善同歸集》:"行道一法,西天偏重。繞千百匝,方施一拜。經云:‘一日一夜行道,志行報四恩,如是等人,得入道疾’。"解放前,還有僧人手拈香,口唸佛,邊走邊唸,即"行道"之遺。

〔六〕應似二句:白氏自注:"郭代公愛姬薛氏,幼嘗爲尼,小名仙人

249

子。"案郭代公即郭元振。花宮,即廟宇。李頎《宿瑩公禪房聞梵》:"花宮仙梵遠微微。"

後 宮 詞〔一〕

雨露由來一點恩〔二〕,爭能遍布及千門?三千宮女臙脂面,幾個春來無淚痕!

〔 一 〕此詩託爲後宮宮女怨恨之詞,以寄作者在政治上失意之情。
〔 二 〕雨露句:雨露恩,見前《續古詩》注。由來,從來,本來。

白集中題作《後宮詞》之七絕有二首,大意相同。

怨 詞〔一〕

奪寵心那慣,尋思倚殿門。不知移舊愛,何處作新恩〔二〕?

〔 一 〕此詩與《後宮詞》内容和情調均同,不過《後宮詞》寫集體,此則描寫個體。
〔 二 〕不知二句:諷刺封建皇帝的喜新厭舊。

初罷中書舍人〔一〕

自慚拙宦叨清貫〔二〕，還有癡心怕素餐〔三〕。或望君臣相獻替〔四〕，可圖妻子免飢寒〔五〕？性疏豈合承恩久〔六〕，命薄原知濟事難〔七〕。分寸寵光酬未得〔八〕，不休更擬覓何官〔九〕？

〔一〕中書舍人：掌管起草皇帝詔令，審議羣臣上奏等事宜。因是皇帝近侍，所以也可以進納忠言，是清要職。

〔二〕拙宦句：拙宦，是巧宦的對文，言不善爲官。語出潘岳《閑居賦》："岳嘗讀《汲黯傳》，至司馬安四至九卿，而良史書之，題以巧宦之目，未嘗不慨然廢書而歎曰：嗟乎！巧誠有之，拙亦宜然。"意思是說，既有巧宦，當然也就相對地必有拙宦；爲白氏言"拙宦"所本。實際的意思是說自己守正不阿，不善於逢迎詔媚。叨，非分而得。清貫，皇帝侍從之官，見《正字通》。《南齊書·張欣泰傳》："當處卿以清貫。"亦謂近侍之職。

〔三〕素餐：無功受祿之意。《詩·秦風·伐檀》："彼君子兮，不素餐兮。"白氏居官廉潔，《長慶集》有《讓絹狀》，就是爲了拒絕接受穆宗賜絹五百匹而寫的。

〔四〕或望句：自謂曾獻可替否(建議當作者，阻止不當作者)。白氏回朝後，先後作尚書司門員外郎、尚書主客郎中知制誥和作朝散大夫守中書舍人時，曾屢上奏摺，對國政提出不少建議。

〔五〕可圖句：此爲反詰句。意思是：能够只圖自己家口免於飢寒嗎？

〔六〕性疏句：言稟性粗疏，不善逢迎，豈能得皇帝經久不衰的倚重？

〔七〕命薄句：命運不濟，至今才知經國濟世的願望難以實現。

〔八〕分寸句：言未能報君恩於萬一。寵光，即恩惠，指皇帝的倚重和提拔。

〔九〕不休句：不作徹底休官的打算，難道還想另找甚麼別的差使？言外之意，只有徹底休官，別無出路。

案白氏罷中書舍人，是在穆宗長慶二年(八二二)七月。

長慶二年七月，自中書舍人出守杭州，路次藍溪作〔一〕

太原一男子〔二〕，自顧庸且鄙；老逢不次恩，洗拔出泥滓〔三〕。既居可言地〔四〕，願助朝廷理；伏閣三上章〔五〕，戇愚不稱旨〔六〕。聖人存大體〔七〕，優貸容不死〔八〕；鳳詔停舍人〔九〕，魚書除刺史〔一〇〕。置懷齊寵辱〔一一〕，委順隨行止〔一二〕。我自得此心，于茲十年矣〔一三〕。餘杭乃名郡〔一四〕，郡郭臨江汜〔一五〕。已想海門山，潮聲來入耳〔一六〕。昔予貞元末，羈旅曾遊此。甚覺太守尊，亦諳魚酒美〔一七〕。因生江海興，每羨滄浪水〔一八〕；尚擬拂衣行，況今兼祿仕。青山峯巒接，白日煙塵起。東道既不通，改轅遂南指〔一九〕。自秦窮楚越，浩蕩五千里〔二〇〕。聞有賢主人〔二一〕，而多好山水。是行頗爲愜〔二二〕，所歷良可紀〔二三〕。策馬渡藍溪〔二四〕，勝遊從此始。

〔一〕出守、藍溪：在封建時代，京官外放作太守、刺史一類的官，叫作出守，因爲他們負有守土之責；藍溪，指藍橋驛，在陝西藍田縣東南藍水上。

〔二〕太原：白氏祖籍山西太原。

〔三〕老逢二句：不次恩，越級提升之恩；洗，是洗刷罪過；拔，是提升官級；出泥滓，從被誣衊陷害的泥淖中拯救出來。白氏自元和十年被貶爲江州司馬，後轉任忠州刺史，雖職位略有提升，但被貶謫的處境基本未曾改變。直至元和十五年冬，才奉召回京作尚書司門員外郎、主客郎中知制誥，加朝散大夫，轉守中書舍人上柱國，再轉中書舍人。不僅再次做了京官，而且品級也超過未貶以前。

〔四〕可言地：唐制，中書省設中書舍人六人，掌進奏、參議及起草詔書。對皇帝的詔令如不同意，仍可奏請改正。實爲參議朝政的機要官員。

〔五〕伏閣：唐制：中書、門下及三品以下入閣議事，故白氏上書，稱爲“伏閣上章”。

〔六〕戇愚句：戇(gàng)，直；稱(chèn)，投合；旨，皇帝心願。案《舊唐書·白居易傳》：“時天子荒縱不法，執政非其人，制御乖方，河朔復亂。居易累上書論其事，天子不能用。”所言可與此兩句相證。

〔七〕聖人句：封建時代，臣下尊稱皇帝爲聖人。此句意爲，皇帝顧全大局，棄短從長，赦罪録功。

〔八〕優貸句：從寬處理，恕我不死。優，寬容；貸，饒恕。

〔九〕鳳詔句：鳳詔，皇帝的詔令。後趙石季龍稱帝，建戲馬觀，上以木刻鳳凰，將五色詔書置於鳳口内，大臣就鳳口受詔，因稱鳳詔。停舍人，免去中書舍人官職。

〔一〇〕魚書句：唐沿漢制，凡任郡守，朝廷將魚符(郡守憑證)左半交給他本人，右半存於郡庫，郡守到官，持魚符左半，與庫存魚符的右半相驗，以防假冒。見《演繁露》。除，任官；取免舊職、任新官之意。

〔一一〕置懷句：安下心把寵和辱等量齊觀。

〔一二〕委順句：委順，委時順命。行止，語本《孟子·梁惠王》：“行或使之，止或尼之，行止非人所能也。”意思是說進退聽命於人，失去自主。

〔一三〕我自二句：言我抱上述人生觀，已有十年。于兹，到如今。

〔一四〕餘杭：即杭州。

〔一五〕郡郭句：郡郭，即郡城。汜(sì)，江汜，指錢塘江邊。

〔一六〕已想二句：海門山，錢塘江入海處，有龕、赭二山，南北對峙如門。水被夾束，勢極猛悍，每逢潮汛，如萬馬奔騰，蔚爲奇觀，故浙江潮爲天下名勝。

〔一七〕貞元末四句：白氏《吳郡詩石記》云："貞元初，韋應物爲蘇州牧，房孺復爲杭州牧，皆豪人也。韋嗜酒，每與賓一醉一詠。時予始年十四五，旅二郡，以幼賤不得與(參加)游宴；尤覺其才調高而郡守尊。以當時心言，異日蘇、杭，苟獲一郡足矣。"羈旅，作客，意即飄泊。案，審文義，參以《吳郡詩石記》，"末"似當作"初"方合。諳(ān)，熟悉。

〔一八〕每羨句：羨慕漁父在滄浪水邊的漁釣隱逸生活。《楚辭》、《莊子》諸書，皆載《漁父篇》，爲此詩"滄浪水"所本。羨滄浪水，與上句"因生江海興"相應。

〔一九〕東道二句：當時汴軍叛亂，東出之路不通，白氏遂取道襄陽。

〔二〇〕自秦二句：詩言"五千里"，蓋是起初估量近路需用的里程；及到官，作《杭州刺史謝上表》又稱"七千里"，蓋據繞道以後實際經歷的里程而言。

〔二一〕賢主人：原州主，指前任杭州刺史元藇。藇於元和十五年，繼嚴休復爲刺史。《唐語林》二以白氏的前任爲嚴休復者，非是。

〔二二〕是行句：是行，此次赴任之行。愜(qiè)，快心，稱意。

〔二三〕良可紀：很值得記下來。

〔二四〕策馬：趕馬。

　　白氏自長慶元年任中書舍人知制誥，直至次年七月。其間，他看出穆宗是個荒淫放蕩的昏君，而宰相王播、蕭俛、杜元穎、崔植也是些無能之輩。河北復亂，朝廷命令各路藩鎮征討，久而無功。於是他在長慶二年正月初五上一封《論行營事宜狀》，建議朝廷不宜將平定河北的責任放在觀望不前的諸藩鎮肩上，而應叫他們各出少量的兵，由李光顏統一指揮，並與鎮守太原的裴度配合，剿撫並用，以奏全功。但這一番忠言，反招致穆宗的不滿。白氏氣憤之餘，申請外調。朝廷也就順水推舟，終於是年七月，外調作杭州刺史。此詩爲赴杭州任時經藍溪作。

鄧 州 路 中 作〔一〕

蕭蕭誰家村〔二〕，秋梨葉半坼〔三〕？漠漠誰家園〔四〕，秋韭花初白？路逢故里物〔五〕，使我嗟行役〔六〕。不歸渭北村，又作江南客。去鄉徒自苦，濟世終無益。自問波上萍〔七〕，何如澗中石〔八〕！

〔 一 〕鄧州：唐屬山南東道；轄縣六，治所在今河南鄧縣東南隅。

〔 二 〕蕭蕭：寒風聲。荊軻《易水歌》：“風蕭蕭兮易水寒。”

〔 三 〕坼：破裂，形容梨葉萎敗。

〔 四 〕漠漠：見前《東坡種花》詩注。

〔 五 〕故里物：指上梨、韭而言，二物白氏故鄉渭上常見，故稱“故里物”。

〔 六 〕嗟行役：感嘆出差在外之苦。三字乃簡括《詩·魏風·陟岵》“父曰嗟余子行役，夙夜無已”而成。

〔 七 〕波上萍：喻受人驅使，行役無定。

〔 八 〕何如句：何如，哪裏趕得上？澗中石，喻獨善其身；因澗石雖被水沖刷，但仍屹立不拔。

此詩長慶二年秋，白氏出任杭州刺史，路過鄧州時所作。

吉祥寺見錢侍郎題名〔一〕

雲雨三年別〔二〕，風波萬里行〔三〕。秋心正蕭索〔四〕，況見故人名。

〔一〕此詩題中之吉祥寺，可能因山而得名。《輿地紀勝》卷三十三景物下：“吉祥山，在大冶縣東。”大冶爲由武昌赴九江必經之路。錢侍郎，即錢徽。徽於長慶元年爲禮部侍郎，以試進士不受人情請託，爲段文昌、李紳所排擠，出爲江州刺史。

〔二〕雲雨句：雲雨本皆水氣，升則爲雲，降則爲雨，故以比朋友同道，升沉異路。如荀濟《贈陰梁州詩》：“已作金蘭契，何言雲雨別？”又，此時白、錢分別才一年，而言三年者，蓋據《詩·豳風·東山》“自我不見，於今三年”之語而加以誇張，且取字之平聲以諧詩律。

〔三〕風波：錢、白出任刺史，或因得罪了皇帝，或因被擠於權臣，在政治上都是小風波。而二人去江州，又皆沿長江水路而下，故曰“風波萬里”。

〔四〕蕭索：蕭條冷落。

此詩當係長慶二年(八二二)秋赴杭州途中經大冶時所作。

初領郡政，衙退登東樓作〔一〕

鰥惸心所念〔二〕，簡牘手自操〔三〕；何言符竹貴〔四〕，未免州縣勞；賴是餘杭郡，臺榭繞官曹〔五〕。凌晨親政事〔六〕，向晚恣遊遨〔七〕。山冷微有雪，波平未生濤；水心如鏡面，千里無纖毫〔八〕。直下江最闊〔九〕，近東樓更高〔一○〕；煩襟與滯念〔一一〕，一望皆遁逃〔一二〕。

〔一〕此詩題下有注云：“自此後詩到杭州後作。”領，掌管。郡政，指杭州的地方政權。杭州在隋朝，爲餘杭郡治，此時已廢郡爲州。古代官僚升堂理事叫坐衙，下班叫退衙。東樓，杭州城東樓，亦名望海樓。

〔二〕鰥惸(guān qióng)：鰥夫和孤苦零丁的人，泛指哀苦無告的老幼。

〔三〕簡牘句：文書案卷都自己親手處理。

〔四〕符竹：古代朝廷任命外官，書文字於竹板上，剖爲左右兩半。朝廷和官員各執其半，朝廷有事，遣使持半符，外官以所存之半符驗勘以取信。此處實指刺史的印信。

〔五〕榭、曹：土高曰臺，臺上有屋曰榭。曹，官署。

〔六〕凌晨：見前《採地黃者》注。

〔七〕恣遊遨：任意遊覽。

〔八〕纖毫：絲毫(指波紋)。

〔九〕直下句：錢塘江下游出口處極寬。

〔一○〕近東句：宋、元以前觀浙江潮不在海寧(今鹽官鎮)，而在杭州，明以後潮始外移。故唐代杭州城東有望海樓，樓特高，以便登臨觀潮。

〔一一〕煩襟句：被雜務干擾的心懷和鬱結不解的思慮。

〔一二〕遁逃：消逝。

此詩爲長慶二年(八二二)初到杭州任所時作。

醉後狂言贈蕭、殷二協律〔一〕

　　餘杭邑客多羈貧〔二〕，其中甚者蕭與殷；天寒身上猶衣葛〔三〕，日高甑中未拂塵〔四〕。江城山寺十一月，北風吹沙雪紛紛；賓客不見綈袍惠〔五〕，黎庶未沾襦袴恩〔六〕。此時太守自慚愧〔七〕，重衣複衾有餘温〔八〕。因命染人與針女，先製兩裘贈二君；吳綿細軟桂布密〔九〕，柔如狐腋白似雲〔一〇〕。勞將詩書投贈我〔一一〕，如此小惠何足論〔一二〕？我有大裘君未見，寬廣和暖如陽春；此裘非繒亦非纊〔一三〕，裁以法度絮以仁〔一四〕。刀尺鈍拙製未畢，出亦不獨裹一身。若令在郡得五考〔一五〕，與君展覆杭州人。

〔一〕蕭、殷二協律：蕭協律，即蕭悦，見後《畫竹歌》注。殷協律，其人當是殷堯藩。堯藩，蘇州嘉興(今浙江省嘉興市)人，元和時進士。曾爲協律郎；又辟李翱長沙幕府，後爲長樂令，有政績；擢監察御史，亦有直聲。當白氏任盩厔縣尉時，二人即已相識。《全唐詩》收其詩一卷。

〔二〕餘杭句：餘杭郡，見前《初領郡政……》詩注。邑客，非本州土著的僑居窮士。羈貧，流離窮苦。

〔三〕葛：豆科蔓生植物，其纖維可織夏衣。

〔四〕日高句：東漢時，范丹字史雲，曾爲萊蕪長，家窮時斷炊，鄰里爲之作歌："甑中生塵范史雲，釜中生魚范萊蕪。"事見《後漢書·范丹傳》。此句意爲因無米下鍋，午時將屆，鍋底塵土還未擦去。

〔五〕綈袍惠：綈(tí)，古代一種綢類。戰國時，范雎曾做魏國須賈的門客，被陷逃秦，易姓名，仕至丞相。後須賈以事至秦，范雎故意穿着破爛衣服，須賈見了，說："范叔何一寒至此?"贈以綈袍一件，事載《史記・范睢列傳》。後來就用作朋友間解衣推食的典故。

〔六〕襦袴恩：襦(rú)，短襖。東漢時，廉范字叔度，作蜀郡太守，有惠
　　　　政，百姓歌之曰：“廉叔度，來何暮(晚)！不禁火(夜作)，民安作。
　　　　平生無襦今五袴。”事載《後漢書・廉范傳》。故後世稱有惠政及
　　　　民者爲“襦袴恩”。

〔七〕太守：即刺史，白氏自稱。

〔八〕重衣複衾：重，讀平聲，重疊意；衾，即被。

〔九〕裘、吳綿、桂布：並見前《新製布裘》詩注。

〔一○〕狐腋：即今人所説“狐肷”。狐腋下皮薄毛柔，爲裘尤輕暖。

〔一一〕詩書：感謝的詩章和書札。

〔一二〕何足論：哪裏值得談論？

〔一三〕繒、纊：繒(zēng)，絲織品總名；纊(kuàng)，絲綿。

〔一四〕裁以句：此句以製裘借喻爲政撫民之道。意爲恩威並用，用法律
　　　　制裁橫暴，用“仁政”安撫善良。絮，布裏加綿叫絮。

〔一五〕五考：五年考績。唐自元和二年以後，州刺史任滿五年，經過朝
　　　　廷考查政績合格，即可轉官。故五考，是說任滿五年。

此詩當作於長慶二年或三年冬十一月。

早　興〔一〕

晨光出照屋梁明，初打開門鼓一聲〔二〕。犬上階眠知
地濕，鳥臨窗語報天晴。半銷宿酒頭仍重〔三〕，新脫冬衣
體乍輕。睡覺心空思想盡，近來鄉夢不多成〔四〕。

〔一〕興：“興”字可作兩解：一，解作“起”，讀平聲；一，解作“興會”或

　　"感想"，讀去聲。此處似以作"感興"爲長。

〔 二 〕開門鼓：早晨官衙擊鼓開門，叫"早衙鼓"。

〔 三 〕宿酒：隔夜酒意。

〔 四 〕睡覺二句：言睡醒後心境空明，因無鄉夢撩人愁思。睡覺，睡醒；
　　　　覺讀入聲。

　　白氏以長慶二年冬初到杭州，而此詩云"新脱冬衣"，故知當是長慶
三年春作。

錢 唐 湖 春 行〔一〕

　　孤山寺北賈亭西〔二〕，水面初平雲脚低〔三〕。幾處早
鶯爭暖樹，誰家新燕啄春泥。亂花漸欲迷人眼，淺草纔能
没馬蹄。最愛湖東行不足，緑楊陰裏白沙堤〔四〕。

〔 一 〕錢唐湖：錢唐，秦漢以來古縣，唐避國諱，加"土"旁爲"塘"。錢塘
　　　　湖，即西湖，在今浙江杭州市城西。三面環山，南北二高峰對峙。
　　　　湖分裏湖、外湖、後湖，風景幽美，並多名勝古迹。

〔 二 〕孤山、賈亭：孤山，在西湖後湖與外湖之間，孤峯獨秀，景物清幽。
　　　　山上有孤山寺，陳天嘉初所建。賈亭，即賈全亭。全貞元間爲杭
　　　　州刺史時所建。《唐語林》六："貞元中，賈全爲杭州，於西湖造亭，
　　　　爲賈公亭。未五六十年，廢。"

〔 三 〕雲脚：一處興雲作雨，他處望之，似匹練垂地。亦名爲雨脚。

〔 四 〕白沙堤：此爲舊堤，亦名斷橋堤。即今誤傳爲白氏所築之白堤。
　　　　其實白氏所築，則在錢塘門外，自石雨橋北至武林門一段。

此詩當爲長慶三、四年春在杭州時作。

西湖晚歸，回望孤山寺，贈諸客

柳湖松島蓮花寺〔一〕，晚動歸橈出道場〔二〕。盧橘子低山雨重〔三〕，栟櫚葉戰水風涼〔四〕。煙波澹蕩搖空碧〔五〕，樓殿參差倚夕陽。到岸請君回首望，蓬萊宮在海中央〔六〕。

〔一〕柳湖句：西湖岸上多柳，故名柳湖；或以爲指柳浦，非。按柳浦埭在鳳凰山下，與孤山甚遠，且路途所不經。孤山多松，故名松島；孤山寺多蓮，故稱蓮花寺，又一般寺院亦可泛稱蓮花寺。

〔二〕橈、道場：橈（ráo），小槳。道場，佛家説法講經和做佛事的場所，都叫道場。白氏當係參加孤山寺之法會歸程作此詩。

〔三〕盧橘：見前《東南行一百韻》注。

〔四〕栟櫚葉戰：栟櫚，一本作棕櫚，即棕樹。戰，同顫，謂因風顫抖。

〔五〕空碧：照在水裏的藍天。或稱“空綠”，《西洲曲》：“海水搖空綠。”

〔六〕蓬萊宮句：言孤山寺之在西湖，很像蓬萊宮之在東海，恍如仙境。

白居易出任杭州刺史，以長慶二年冬到任，四年夏去職，這兩年的秋天他都不在杭州。而此詩所寫是初秋景物，故知當是長慶三年（八二三）所作。

江樓夕望招客〔一〕

海天東望夕茫茫，山勢川形闊復長〔二〕。燈火萬家城四畔〔三〕，星河一道水中央〔四〕。風吹古木晴天雨，月照平沙夏夜霜〔五〕。能就江樓銷暑否？比君茅舍較清涼。

〔一〕江樓：杭州城東樓，即望海樓。
〔二〕山勢句：見前《長慶二年七月，余自中書舍人，出守杭州，路次藍溪作》注。
〔三〕燈火萬家：中唐以後，東南一路，城市經濟空前發展，故杭州城外，人煙稠密，呈現萬家燈火的繁榮景象。
〔四〕星河句：言錢塘江船舶麕集，晚間燈火輝煌，看去就像天上星河一樣。
〔五〕平沙：即平川，平地。吳人泛稱水邊、水中可爲田者曰沙。

此詩當是長慶三年在杭州時所作。

江樓晚眺，景物鮮奇，吟玩成篇，寄水部張員外〔一〕

淡煙疏雨間斜陽〔二〕，紅色鮮明海氣涼。蜃散雲收破樓閣〔三〕，虹殘水照斷橋梁〔四〕。風翻白浪花千片〔五〕，雁點青天字一行〔六〕。好著丹青圖寫取〔七〕，題詩寄與水曹郎〔八〕。

〔一〕水部張員外：即張籍，見前《讀張籍古樂府》篇注。籍當時由國子博士轉水部員外郎。水部員外郎（屬尚書省工部），位從六品上階。
〔二〕淡煙句：謂斜陽餘暉，由淡煙疏雨的間隙中射到水面。

〔三〕蜃散句：蜃，見前《東南行一百韻》注。此句係實景虛寫。

〔四〕虹殘句：言雨後虹彩如拱橋，後來虹彩漸漸消殘，映入水中，好像一座斷橋。

〔五〕風翻句：江水碧綠，浪頭噴雪，片片如花。“翻”字以詩情作畫，寫得生動。

〔六〕雁點句：雁陣經天，或作“人”字，或作“一”字。“點”字以畫筆入詩，下得有神。

〔七〕好著句：著，用；寫取，臨摹下來。

〔八〕題詩：畫上題詩。

此亦在杭州任所作。

晚　興〔一〕

極浦收殘雨〔二〕，高城駐落暉〔三〕。山明虹半出〔四〕，松闇鶴雙歸〔五〕。將吏隨衙散〔六〕，文書入務稀〔七〕。閑吟倚新竹，筍粉汗朱衣〔八〕。

〔一〕晚興：晚間雜感。

〔二〕極浦：《九歌·湘君》：“望涔陽兮極浦。”王逸注：“極，遠也；浦，水涯也。”此處當指西湖而言。

〔三〕落暉：夕陽餘暉。

〔四〕山明句：此句寫雨後新晴。雲開日出，故山明虹斷。

〔五〕松闇句：此句寫晚。鶴，詩人自養。

〔六〕將吏句：將指武官，吏指文官，皆刺史屬僚。隨衙散，刺史公畢退堂，則文武官佐亦隨之散衙。

〔七〕文書句：言爲政清簡,民鮮爭訟,故案件需要批閱的(入務)也很稀少。

〔八〕筠粉句：筠(yún)粉,新生竹竿上白粉。汗,浸溼,此處作"沾"解。朱衣,唐代刺史官服色緋紅。

此篇亦在杭州任所作。

東樓南望八韻

不厭東南望,江樓對海門〔一〕。風濤生有信〔二〕,天水合無痕〔三〕。鷁帶雲帆動〔四〕,鷗和雪浪翻〔五〕。魚鹽聚爲市,煙火起成村。日腳金波碎〔六〕,峯頭鈿點繁〔七〕。送秋千里雁,報暝一聲猿〔八〕。已豁煩襟悶〔九〕,仍開病眼昏。郡中登眺處,無勝此東軒〔一〇〕。

〔一〕海門：見前《長慶二年七月,余自中書舍人,出守杭州,路次藍溪作》注。

〔二〕風濤句：案此即浙江潮;有信,謂來時有定。

〔三〕天水句：即水天相接,混然一色意。

〔四〕鷁帶句：鷁,船頭刻鷁鳥形,曰鷁首。《淮南子·本經》篇高注："鷁,水鳥也;畫其象著船頭,故曰鷁首。"雲帆,謂帆幅輕如雲片;船帆一體,故鷁動帆搖。

〔五〕鷗：海鷗,色白或灰;性習水,隨波上下。

〔六〕日腳句：從雲層夾縫裏漏出的陽光,照在水面上,光芒點點如碎金。

〔七〕峯頭句：山寺燈光閃爍,就和美人首飾上鑲嵌的珠寶一樣,光輝燦爛。

〔八〕報暝：即報晚。

〔九〕已豁句：已經豁散了鬱結在胸懷間的煩悶情緒。

〔一〇〕無勝句：無勝，不能超過；東軒，東樓。

此亦杭州任所作。

春 題 湖 上

湖上春來似畫圖，亂峯圍繞水平鋪〔一〕：松排山面千重翠〔二〕，月點波心一顆珠；碧毯線頭抽早稻〔三〕，青羅裙帶展新蒲〔四〕。未能拋得杭州去，一半勾留是此湖〔五〕。

〔一〕亂峯圍繞：西湖三面皆山，有南高峯、北高峯、秦望山、葛嶺諸勝。

〔二〕松排山面：湖邊山際本來多松，至唐刺史袁仁敬又特加種植，自行春橋西達靈竺，路左右各三行，每行相去八九尺。蒼翠夾道，陰靄如雲，日光穿漏，若碎金屑玉，故後世以"九里雲松"爲西湖一景。

〔三〕碧毯線頭：言早稻初生，如綠毯的絲絨線頭。

〔四〕青羅裙帶：言蒲葉披風，如羅裙的青飄帶。

〔五〕勾留：即流連或停留。

此詩長慶三年或四年春，作於杭州。是時任期將滿，故末兩句有惜別之情。

采　蓮　曲〔一〕

　　菱葉縈波荷颭風〔二〕，荷花深處小船通。逢郎欲語低頭笑，碧玉搔頭落水中〔三〕。

〔一〕采蓮曲：古老民歌的一種，盛行於江南一帶，爲採蓮女所歌唱。《樂府詩集》等書，以爲梁武帝所創製，實非。

〔二〕菱葉句：菱葉浮於水面，下有長柄，水波一動，則隨之上下左右搖擺，故曰縈波。荷颭（zhǎn）風，言荷葉迎風招展。風，一本作“水”。

〔三〕碧玉搔頭：即碧玉簪。

　　此詩寫作時間不詳，姑附於此。

畫　竹　歌 并引

　　協律郎蕭悅善畫竹〔一〕，舉時無倫〔二〕。蕭亦甚自秘重〔三〕，有終歲求其一竿一枝而不得者。知予天與好事〔四〕，忽寫一十五竿，惠然見投〔五〕。予厚其意〔六〕，高其藝〔七〕，無以答貺〔八〕，作歌以報之，凡一百八十六字云。

〔一〕協律郎蕭悅：集中別有一詩，題爲《余長慶二年冬十月到杭州，明年秋九月始與范陽盧賈、汝南周元範、蘭陵蕭悅、清河崔求、東萊劉方輿同遊恩德寺……》，所云蘭陵蕭悅，當與此序所稱蕭悅是一人。唐制,太常寺設協律郎二人,掌管音律。按,唐時州府幕僚,常帶京官名銜,蕭悦當亦是帶銜。其事蹟除白詩所述,他書無考。蘭陵,治所在今山東蒼山縣西南蘭陵鎮。當是蕭悦的郡望。

〔二〕舉時無倫:即舉世無倫,"世"字因避太宗李世民諱改。意爲當代無雙。

〔三〕秘重:把自己的畫看得很重,不輕易示人。

〔四〕知予天與好事:予,我;天與,天賦,稟性;好事,好奇。《漢書·揚雄傳》:"家素貧,嗜酒,人希至其門。時有好事者,載酒肴從游學。"天與好事,指本性愛好藝術。

〔五〕惠然見投:惠,施恩之意;見投,見贈。

〔六〕厚其意:厚,形動詞;厚其意,以其意爲厚,即感其盛情。

〔七〕高其藝:欽佩他的藝術造詣很高。

〔八〕答貺(kuàng):答謝所贈。

　　植物之中竹難寫,古今雖畫無似者;蕭郎下筆獨逼真〔一〕,丹青以來唯一人〔二〕。人畫竹身肥擁腫〔三〕,蕭畫莖瘦節節竦〔四〕;人畫竹梢死羸垂〔五〕,蕭畫枝活葉葉動。不根而生從意生〔六〕,不筍而成由筆成。野塘水邊碕岸側〔七〕,森森兩叢十五莖〔八〕。嬋娟不失筠粉態〔九〕,蕭颯盡得風煙情〔一〇〕。舉頭忽看不似畫,低耳靜聽疑有聲。西叢七莖勁而健,省向天竺寺前石上見〔一一〕。東叢八莖疏且寒,憶曾湘妃廟裏雨中看〔一二〕。幽姿遠思少人別〔一三〕,與君相顧空長嘆。蕭郎蕭郎老可惜,手顫眼昏頭雪色〔一四〕,自言便是絕筆時〔一五〕,從今此竹尤難得。

〔一〕蕭郎:即蕭悦,唐人習稱男子爲郎。

〔二〕丹青以來:自有繪畫藝術以來。

〔三〕擁腫:同臃腫,肥胖而不露筋節。

〔四〕竦:挺拔而有力。

〔五〕死羸垂:委垂無生氣。

〔六〕從意生:謂胸有成竹,意在筆先。

〔七〕碕(qí)岸:曲岸。

〔八〕森森:茂密狀。

〔九〕嬋娟句:嬋娟,形容畫竹神態的秀美,左思《吳都賦》:“其竹則……檀欒嬋娟……”筠粉,見前《晚興》詩注。不失筠粉態,言其逼肖真竹。

〔一〇〕蕭颯句:蕭颯,即蕭灑;盡得風煙情,謂蕭悦不僅畫竹逼真,且能畫出在風驚煙鎖的特殊環境中的特殊神態。

〔一一〕省向句:省(xǐng),記得,與下句“憶”字互文見義。天竺寺,在杭州靈隱山。共有三寺:一在飛來峯南,叫下天竺;一在稽留峯北,叫中天竺;一在北高峯下,叫上天竺。

〔一二〕湘妃廟:在洞庭湖君山上。出名竹,上有苔瘢,如血色淚痕叫湘妃竹。

〔一三〕幽姿句:遠思,猶“遠韻”。“別”字在白詩中用法較特殊,其意近似今語“鑑賞”或“鑒別”。葛立方《韻語陽秋》十已爲指出,但未作解釋。

〔一四〕顫:一本作“戰”,義同。

〔一五〕絶筆:相傳孔丘作《春秋》至魯哀公十四年絶筆。此言蕭悦從此不再作畫。

此詩作於長慶二年(八二二)十月到四年(八二四)七月,任杭州刺史期間。

代賣薪女贈諸妓〔一〕

亂蓬爲鬢布爲巾〔二〕,曉蹋寒山自負薪〔三〕。一種錢唐江畔女〔四〕，著紅騎馬是何人〔五〕？

〔一〕諸妓：唐代有官妓，此處諸妓當亦指官妓而言。

〔二〕亂蓬句：亂蓬爲鬢，即鬢如亂蓬。巾，可能是頭巾，也可能是衣
　　　襟。巾，一本作"裙"。

〔三〕蹋：即"踏"。

〔四〕一種：一樣。

〔五〕著紅騎馬：著紅，即穿紅。明蔣一葵《堯山堂外紀》："唐時杭妓，
　　　承應宴會，皆得騎馬相從。"

　　　此詩當作於杭州刺史任所。

別　州　民〔一〕

　　耆老遮歸路〔二〕，壺漿滿別筵〔三〕。甘棠無一樹，那得
淚潸然〔四〕？稅重多貧户，農饑足旱田。唯留一湖水，與
汝救凶年〔五〕。

〔一〕別州民：長慶四年五月，作者杭州刺史任滿，臨行，州民送行，作
　　　此惜別。

〔二〕耆老句：耆老，《禮記·曲禮》："六十曰耆。"他書亦有以七十爲耆
　　　者。此處實指地方士紳。遮歸路，攔住白氏回京的去路。漢末侯
　　　霸作臨淮太守，當時天下大亂，他設法保全了一郡；後來調任，"百
　　　姓老弱相攜，號哭遮使者車，或當道而卧，皆曰：乞侯君復留！"事
　　　載《東觀漢紀》。此句用此典。

〔三〕壺漿句：壺漿，早見《公羊傳》和《孟子》諸書，意謂壺裏盛的飲料，

269

包括湯水和酒醴。然此處似以壺漿喻酒醴。別筵，餞別的筵席。

〔四〕甘棠二句：自謙沒有惠政及民，值不得州民的殷殷惜別。古代傳說，周初召伯，關懷人民，他時常在一棵甘棠樹下，審理爭訟案件。後來人民對這棵甘棠樹加意保護，並作詩來歌頌他，這就是《詩·召南·甘棠》。那得，意思是哪裏值得？潸(shān)，潸然，是淚落如雨的樣子。

〔五〕唯留二句：白氏到杭後，發覺此地春雨多，秋雨少，長鬧旱災。因而在長慶四年春天，發動州民，修築西湖周圍的堤岸。春日雨多則蓄水，秋日雨少則放水灌田。從此杭州左近約千頃田地，得減免旱災。集中有《錢唐湖石記》，以通俗淺易的語言，告訴人民儲水放水之法，見後文選。

茅　城　驛〔一〕

汴河無景思〔二〕，秋日又淒淒。地薄桑麻瘦，村貧屋舍低。早苗多間草〔三〕，濁水半和泥。最是蕭條處，茅城驛向西〔四〕。

〔一〕茅城驛：在今安徽碭山縣舊黃河道南，後世改稱毛城鋪。毛城鋪地名，見清光緒重修《泗虹合志》三。汴河流域，自唐大曆、貞元、元和、長慶，屢經兵燹，廬舍爲墟，白氏經過時，備見農村凋敝慘象。

〔二〕無景思：思，讀去聲，無景思，言景物蕭條，毫無意趣。

〔三〕間：讀去聲，雜。

〔四〕最是二句：言茅城驛西，比起汴流沿岸所見，荒涼景況最爲突出。

此詩係長慶四年(八二四)離杭州刺史任、赴洛陽途中作。

渡　　淮

　　淮水東南闊，無風渡亦難。孤煙生乍直〔一〕，遠樹望
多圓〔二〕。春浪棹聲急，夕陽帆影殘。清流宜映月〔三〕，今
夜重吟看〔四〕。

〔 一 〕孤煙：此句記節序亦記氣候。時當春末夏初，淮南氣暖，風力極
　　　微，故有此景象。乍，始。
〔 二 〕遠樹句：夏初樹的枝葉茂密，故遠望呈圓形。王維詩：“大漠孤煙
　　　直，長河落日圓”，這兩句由此脫化。
〔 三 〕清流句：何遜《胡興安夜別》詩：“月映清淮流”，爲此句所本。
〔 四 〕重吟看：唐宋人重複的“重”，皆讀仄聲。

　　此詩當爲寶曆元年(八二五)三月，白氏出任蘇州刺史，渡淮水時
所作。

霓裳羽衣舞歌〔一〕

　　我昔元和侍憲皇〔二〕，曾陪内宴宴昭陽〔三〕。千歌萬
舞不可數，就中最愛霓裳舞。舞時寒食春風天〔四〕，玉鉤
欄下香案前〔五〕。案前舞者顔如玉，不著人家俗衣服〔六〕。
虹裳霞帔步搖冠〔七〕，鈿瓔纍纍珮珊珊〔八〕。娉婷似不任

羅綺〔九〕，顧聽樂懸行復止〔一〇〕。磬簫箏笛遞相攙，擊撼彈吹聲邐迤〔一一〕。散序六奏未動衣，陽臺宿雲慵不飛〔一二〕。中序擘騞初入拍，秋竹竿裂春冰坼〔一三〕。飄然轉旋迴雪輕〔一四〕，嫣然縱送遊龍驚〔一五〕。小垂手後柳無力〔一六〕，斜曳裾時雲欲生〔一七〕。煙蛾斂略不勝態〔一八〕，風袖低昂如有情〔一九〕。上元點鬟招萼綠〔二〇〕，王母揮袂別飛瓊〔二一〕。繁音急節十二遍〔二二〕，跳珠撼玉何鏗錚〔二三〕！翔鸞舞了却收翅〔二四〕，唳鶴曲終長引聲〔二五〕。當時乍見驚心目，凝視諦聽殊未足〔二六〕。一落人間八九年〔二七〕，耳冷不曾聞此曲。溢城但聽山魈語〔二八〕，巴峽唯聞杜鵑哭〔二九〕。移領錢唐第二年〔三〇〕，始有心情問絲竹〔三一〕。玲瓏箜篌謝好箏，陳寵觱栗沈平笙〔三二〕。清絃脆管纖纖手〔三三〕，教得霓裳一曲成。虛白亭前湖水畔〔三四〕，前後祇應三度按〔三五〕。便除庶子抛却來〔三六〕，聞道如今各星散。今年五月至蘇州〔三七〕，朝鐘暮角催白頭〔三八〕。貪看案牘常侵夜〔三九〕，不聽笙歌直到秋。秋來無事多閒悶，忽憶霓裳無處問。聞君部內多樂徒〔四〇〕，問有霓裳舞者無？答云七縣十萬户〔四一〕，無人知有霓裳舞。唯寄長歌與我來，題作霓裳羽衣譜〔四二〕。四幅花箋碧間紅，霓裳實錄在其中。千姿萬狀分明見，恰與昭陽舞者同。眼前髣髴覩形質〔四三〕，昔日今朝想如一〔四四〕。疑從魂夢呼召來〔四五〕，似著丹青圖寫出〔四六〕。我愛霓裳君合知〔四七〕，發於歌詠形於詩。君不見我歌云"驚破霓裳羽衣曲"〔四八〕。又不見我詩云"曲愛霓裳未拍時"〔四九〕。由來能事皆有主〔五〇〕，楊氏創聲君造譜〔五一〕。君言此舞難得人〔五二〕，須是傾城可憐女。吴妖小玉飛作煙〔五三〕，越豔西施化爲土〔五四〕。嬌花巧笑久寂寥〔五五〕,娃館苧蘿空處所〔五六〕。如君所言誠有是〔五七〕,君試從容聽我語〔五八〕:若求國色始翻傳〔五九〕,但恐人間廢此舞。妍媸優劣寧相遠〔六〇〕,大都只在人擡擧〔六一〕。李娟張態君莫嫌〔六二〕,亦擬隨宜且教取〔六三〕。

〔一〕此詩所詠《霓裳羽衣舞》,是唐代大型歌舞之一,樂部屬法曲,調屬黃鐘商。全曲十二遍,前六遍無拍,至第七遍始有拍而舞。舞者上衣白,下裳紅,作仙人裝。此曲原爲印度舞曲《婆羅門》,開元間河西節度使楊敬述引入,玄宗李隆基又大加潤色。初唯京師帝室有之,以後流布四方,各地節鎮亦可排演,因此不斷形於唐人歌詠與筆錄。唯材料都比較零碎片段,不若白氏此作的完整集中。此詩宋本、《全唐詩》本等題中均無"舞"字。

〔二〕憲皇:即唐憲宗李純。

〔三〕昭陽:見前《長恨歌》注。

〔四〕寒食:見前《新樂府·陵園妾》注。

〔五〕鉤欄:即句欄,俳優樂工雜技獻藝之所。四週有曲欄圍繞,故名。形制略如後世的舞台。

〔六〕不著句:言舞女皆扮作仙人裝束。

〔七〕虹裳句:虹裳,以彩色如虹的衣料作成裙子。帔(pī),披於肩上之衣飾;霞帔,言此帔係柔質絲織品所造,飛舞時呈迴雲流霞之形;今存唐宋壁畫,猶可見其遺制。步搖,見前《長恨歌》注。

〔八〕鈿瓔句:鈿瓔,以黃金裝嵌的瓔珞(珠串);纍纍,成串下垂之狀;珊珊,玉珮響聲。

〔九〕娉婷句:娉婷(pīng tíng),形容舞女身段輕盈美妙。不任羅綺,極言其體態輕盈,若不勝衣。

〔一〇〕顧聽句:顧聽,注意傾聽;樂懸,伴奏樂隊的行列。實指伴奏樂聲。

〔一一〕磬簫二句：古代的磬，以石做成折腰形；唐代的磬，已經是銅鉢，和古代的形制大不相同。箏，十三絃，似瑟，因創於古秦地，亦稱秦箏。遞相攪，是交互彈奏的意思。遞，挨次；攪，攪雜。擊，承上磬言；擪(yè)，用指按孔，承上簫和笛言；彈，承上箏言；吹，承上簫和笛言。邐迤，見前《長恨歌》注。二句下白氏原注云：“凡法曲之初，衆樂不齊，唯金石絲竹次第發聲。霓裳序初，亦復如是。”

〔一二〕散序二句：白氏自注：“散序六遍無拍，故不舞也。”散序是《霓裳羽衣舞》的前奏曲，此時但奏衆樂，而無節拍，故名散序。六奏，即自注所説“六遍”。陽臺宿雲慵不飛，此以神女擬舞女，言此時尚未起舞。陽臺，楚襄王和巫山神女相會在陽臺，神女早晨變雲，晚上變雨，早早晚晚，都停留在陽臺下面。見宋玉《高唐賦》，此詩則用其事而稍變其意。宿雲，停止的雲，實指舞(神)衣。

〔一三〕中序二句：中序是《霓裳羽衣舞》的中段。白氏原注：“中序始有拍，亦名拍序。”擘騞(bò huō)，形容段落分明。此時開始入拍，有清晰的節奏段落。坼(chè)，裂。秋竹竿裂春冰坼，言中序入拍以後，音樂節奏分明，聽起來就像秋天的竹竿坼裂，春天的河冰迸碎那樣乾淨利落。

〔一四〕飄然句：此句形容舞姿輕盈。曹植《洛神賦》：“飄飄兮若流風之迴雪。”

〔一五〕嫣然句：嫣(yān)然，美妙的神態。縱送，疾進狀；游龍驚，游龍受驚，則屈伸軀幹前進。曹植《洛神賦》：“宛若游龍”，此本其意，以形容舞女前進時的飄忽之態。

〔一六〕小垂手句：吳兢《樂府解題》曰：“大垂手，小垂手，皆言舞而垂其手也。”可見它是舞蹈的一種程式動作。這種程式動作根據吳均《小垂手》詩有“廣袖拂紅塵”的描述，大約是要舞女通過垂手這一手式，揮舞輕而且柔的廣袖，從而引起觀衆一種弱柳迎風的聯想，所以白詩有“柳無力”的描寫。

〔一七〕斜曳句：這是舞女的另一種程式動作。言此時舞女用手把舞裙的下緣輕輕曳起，活像天上繚繞的流雲。白氏注以上四句云：“四句皆霓裳舞之初態。"案《霓裳羽衣舞》,中序以後開始有舞,故此四句寫舞。

〔一八〕煙蛾句:煙蛾,是用麝煙畫的眉毛;斂略,時蹙時開;不勝態,言有許多無法形容的姿態。

〔一九〕風袖句:輕風吹拂的廣袖,時而下垂,時而揚起,彷彿能夠傳達舞者的情感似的。

〔二〇〕上元句:上元,上元夫人,是道教傳說裏的尊貴女仙,她曾會過漢武帝和毛仙翁。此處爲歌舞劇中的一個角色。點鬟,指着頭上的雙鬟(唐代少女頭上皆梳雙鬟);萼綠,萼綠華。

〔二一〕王母句:王母,即西王母,也是傳說中的尊貴女神。既會過周穆王,也會過漢武帝。袂(mèi),袖。揮袂,即揚袖,作態告別。飛瓊,許飛瓊。以上兩句,白氏自注:"許飛瓊、萼綠華,皆女仙也。"

〔二二〕繁音句:繁音急節,繁富的樂聲、急促的節奏。遍,意爲章,解段落。白氏自注:"霓裳曲十二遍而終。"

〔二三〕跳珠句:跳珠撼玉,謂《霓裳曲》的音樂伴奏,就像跳動的珍珠和攪動的玉塊所發的聲音一樣。何,驚嘆詞。鏗鏘(kēng zhēng),清脆響亮。

〔二四〕翔鸞:傳說鸞和鳳凰是一類,兩翼上長着美麗的彩色羽毛;《霓裳曲》的舞裝,頗有一點像它。了,完結之意。却收翅,把展開的翅膀再收回來。此言舞罷。

〔二五〕唳鶴句:唳(lì),鶴叫;長引聲,把尾音拖得很長。白氏原注:"凡曲將畢,皆聲拍促速,唯霓裳之末,長引一聲也。"

〔二六〕凝視句:凝視,定睛看;諦聽,細心聽;殊未足,深感還沒聽够看够。

〔二七〕一落句:古代文人,往往把京城比做天上,而把外府州縣比成人間。白居易被貶以後,在江州三年多,忠州兩年,杭州兩年,蘇州一年,合計起來,約有八、九年。

〔二八〕湓城句:湓城,即今江西九江市。餘詳《琵琶行》注。魁,見前《東南行一百韻》注。

〔二九〕巴峽句:白氏原注:"予自江州司馬轉忠州刺史。"巴峽,據杜詩

《聞官軍收河南河北》,有"即從巴峽穿巫峽"之句,知唐時其地在巫峽西。此處則指鄰近忠州一帶之江道。杜鵑,見前《琵琶行》注。

〔三〇〕移領句:移,調任;領,掌管。白氏做杭州刺史的第二年是長慶三年(八二三)。

〔三一〕問:有欣賞、留意的意思。

〔三二〕玲瓏二句:玲瓏,姓高。箜篌,也叫空侯、坎侯,樂器名;器身彎而長,上張二十三絃,彈時,置懷中,兩手一齊彈奏。謝好,即謝好好。觱栗(bì lì),也叫悲篥、笳管,今稱管子,亦樂器名,本由西域龜兹傳入,形制略似胡笳,上有九孔;就中又有漆觱栗、雙觱栗、銀字觱栗等名。白氏自注:"自玲瓏以下,皆杭之妓名。"

〔三三〕清絃脆管:清絃,承上箜篌和箏說;脆管,承上觱栗和笙說。清和脆,互文見義,皆言器樂發音的瀏亮激越。

〔三四〕虛白亭:《長慶集》有《冷泉亭記》,說此亭乃前郡守相里造所作,也叫虛白堂。《長慶集》別有《虛白堂詩》云:"虛白堂前衙退後,更無一事到中心。移牀就日簷前臥,臥詠閒詩側枕琴。"看去似是白氏退衙休息之所。

〔三五〕三度按:三度,即三次;按,當時叫按習,今天叫排演。

〔三六〕除庶子:長慶四年五月,白氏解除杭州刺史政務,回洛陽,以太子左庶子分司東都。《舊唐書·職官志》:"庶子,掌侍從贊相(輔助太子,佐理政務),駁正啓奏(駁回或糾正羣臣的奏摺)。"位正四品上階。

〔三七〕今年句:白氏以敬宗寶曆元年(八二五)五月五日至蘇州。

〔三八〕角:號角。

〔三九〕貪看句:爲了爭取多看文卷,常常連夜工作。

〔四〇〕聞君:君,指元稹,稹於長慶三年即爲浙東觀察使越州刺史,其部屬多有能歌善舞的樂人。

〔四一〕七縣十萬户:浙東觀察使管七州:越、婺、衢、處、溫、台、明。共户一十萬四千三百六十七。而越州管轄會稽、山陰、諸暨、餘姚、蕭山、上虞、剡七縣。見《元和郡縣志》卷二六。故知七縣十萬戶,應爲七州十萬戶始合。

〔四二〕霓裳羽衣譜:今《元氏長慶集》已失載。宋沈括《夢溪筆談》五云:"蒲州逍遙樓楣上有唐人橫書類梵字,相傳是霓裳譜,字訓不通,莫知是非。"

〔四三〕覬形質:言恍然若見舞蹈實況。

〔四四〕昔日句:言昔日所見,今朝所想(據譜而加以回憶),完全一致。

〔四五〕疑從句:言元譜所寫有如夢中再現霓裳舞那樣逼真。

〔四六〕似著句:言元詩形象鮮明,和畫工所畫霓裳舞圖一樣。

〔四七〕君合知:您應當曉得。

〔四八〕我歌句:白氏原注:"長恨歌云。"意爲《長恨歌》中一句。

〔四九〕曲愛句:白氏原注:"錢唐詩云。"意謂《錢唐詩》中一句。

〔五〇〕由來句:從來優美的藝術總會有它的知音(鑑賞家)。

〔五一〕楊氏:白氏自注:"開元中,西涼府節度楊敬述造。"

〔五二〕難得人:難找好的演員。

〔五三〕吳妖句:白氏原注:"夫差女小玉死後,形見於王,其母抱之,霏微若煙霧散空。"妖,美豔女子。

〔五四〕越豔西施:見前《杏園中棗樹》詩注。

〔五五〕嬌花句:嬌花指容貌,巧笑指表情。巧笑,動人的笑容,《詩·衛風·碩人》:"巧笑倩兮。"久寂寥,言久已成空。

〔五六〕娃館句:娃館,即館娃宮,吳王夫差所建,以居西施。遺址在江蘇蘇州城西南靈巖山上靈巖寺。苧蘿,村名,在今浙江諸暨縣南,是西施的故鄉。此句意思是:遺跡雖在,美人已杳。從"君言此舞難得人"至"館娃苧蘿空處所"皆白氏重述元詩原意。

〔五七〕有是:語本《論語·子路》:"有是哉子之迂也!"意思是"如此"。

〔五八〕從容:慢慢地。

〔五九〕國色、翻傳:國色,最美貌的女人。翻傳,即傳譜授藝。

〔六〇〕妍媸句:妍,美;媸,醜。寧相遠,豈相遠。言人的面貌才智,相差無幾。

〔六一〕擢舉：培養鼓勵。

〔六二〕李娟張態：白氏原注："娟、態，蘇妓之名。"

〔六三〕隨宜、教取：意即因材施教。教取，意猶教給。

　　詩有"今年五月至蘇州"之句。考白氏以敬宗寶曆元年(八二五)三月四日由太子左庶子改任蘇州刺史。是月二十九日發自東都，五月五日到任，秋間作此歌和元稹，故詩題下自注云："和微之"。

小童薛陽陶吹觱栗歌〔一〕

　　剪削乾蘆插寒竹〔二〕，九孔漏聲五音足〔三〕。近來吹者誰得名？關璀老死李袞生〔四〕。袞今又老誰其嗣〔五〕？薛氏樂童年十二。指點之下師授聲〔六〕，含嚼之間天與氣〔七〕。潤州城高霜月明〔八〕，吟霜思月欲發聲。山頭江底何悄悄〔九〕，猿聲不喘魚龍聽〔一〇〕。翕然聲作疑管裂〔一一〕，詘然聲盡疑刀截〔一二〕。有時婉軟無筋骨，有時頓挫生稜節〔一三〕。急聲圓轉促不斷，轢轢轔轔似珠貫〔一四〕。緩聲展引長有條〔一五〕，有條直直如筆描。下聲乍墜石沉重〔一六〕，高聲忽舉雲飄蕭〔一七〕。明旦公堂陳宴席，主人命樂娛賓客〔一八〕。碎絲細竹徒紛紛〔一九〕，宮調一聲雄出羣〔二〇〕。衆音覼縷不落道〔二一〕，有如部伍隨將軍〔二二〕。嗟爾陽陶方稚齒〔二三〕，下手發聲已如此。若教頭白吹不休，但恐聲名壓關李〔二四〕。

〔一〕薛陽陶：此時爲浙西觀察使李德裕的樂童。後於唐懿宗咸通十

四年,爲浙東小校,曾經監押度支運米入淮南,淮南節度副大使知
節度事李蔚詢以往日蘆管之事,並令其奏技,賞賜甚厚。事詳唐
馮翊《桂苑叢談》及羅隱《薛陽陶觱栗歌》。案此題下白氏自注云:
"和浙西李大夫作"。浙西李大夫,即李德裕;時德裕爲浙西觀察
使兼御史大夫。詩由德裕首倡,元稹、劉禹錫、白居易和他。元詩
已佚,李詩殘缺,劉、白詩今存。

〔二〕剪削句:剪短和削薄(口含部分)乾葦管,做成觱栗的吹口(名嘴
子)。寒竹,寒冬採伐的竹管,質地堅牢,聲音清脆。觱栗主體,用
竹管製成,或鏃空硬木爲之。

〔三〕九孔句:九孔,當爲上八下一;今管孔則爲上七下一。五音:宮、
商、角、徵(zhǐ)、羽,是五個高低不同的基本音階。如果再加上變
宮、變徵兩個半音,則爲七音。七音迭用,可以組成多種不同的曲
調。故五音足,實有衆音俱備的意義在内。

〔四〕關璀句:關璀事不詳。李袞之名,見於李肇《國史補》下,但只言
其"善歌,初於江外,而名動京師",不言其善吹觱栗,未知與此是
否一人?

〔五〕誰其嗣:誰能繼承他?

〔六〕指點句:言其出聲成調,出於老師之指點。

〔七〕含嚼句:含嚼,即吞吐;觱栗兩種不同的吹法:含時把嘴子都吞進
去,則出寬(壯)音;嚼時把嘴子吐至脣齒之間,則出窄(高)音。吹
觱栗吐字運腔,巧妙全在這裏。此句言吐音運腔之妙,則得自天
賦。天與,天賦;氣,管樂器技藝,行家稱"氣口"。

〔八〕潤州:在今江蘇省鎮江市,爲唐浙西觀察使首府,蘇、杭兩州皆在
其治下。

〔九〕江底:一本作"水底"。

〔一〇〕猿聲句:言樂聲之妙,感動猿魚。猿的啼聲近於喘,不喘,意即不
啼。魚龍聽,古代有"瓠巴鼓瑟,而流魚出聽"的說法,見《荀子·
勸學》。

〔一一〕翕然句:翕(xī)然,即翕如,《論語·八佾》:"樂其可知也,始作,翕

如也。"舊注:"翕如,盛貌。"聲作,即聲發。疑管裂,極言吹者"氣口"之壯。唐段安節《樂府雜録》記李謩流落江東,夜聞舟中老父吹笛,數叠之後,笛遂中裂。李肇《國史補》下,記李牟事,亦有類似情況。案李謩、李牟音近,疑係一人。

〔一二〕詘然句:詘(qū)然,形容聲音截然終止。《禮記·聘義》:"其聲清越以長,其終詘然。"此本其意。刀截,猶今人言刀切。此句形容觱栗收聲的乾淨利落。

〔一三〕有時二句:婉軟,即宛轉。婉,一本作"脆"。此句言觱栗發聲,有時委婉曲折,綿軟悠揚;有時節奏分明,似有稜角。

〔一四〕急聲二句:言薛童吹觱栗,有時發出一連串急促圓轉,似斷不斷的顫聲,就如珠串一樣。轣轣轆轆,猶今言"邋邋拉拉"。

〔一五〕緩聲展引:遇緩聲時則長聲遠引。

〔一六〕下聲句:忽變低音,如重石下墜。

〔一七〕高聲句:忽變高音,如行雲在天空飄流。

〔一八〕主人句:主人,指李德裕;命樂,呼召樂工安排歌舞伎藝;娱賓客,供賓客和屬僚賞玩。

〔一九〕徒紛紛:言徒然紛紜喧擾,使人膩煩,不足以盡賓主歡暢之情。上"碎"、"細",言煩碎纖細。

〔二〇〕宮調句:言觱栗發聲雄壯,能够壓倒一切樂器。宮調,唐燕樂宮調有七,此處當指最强音。

〔二一〕覼縷不落道:覼縷(luó lǚ),依次呈現、委曲詳盡之意。不落道,意爲有條不紊,不離譜。

〔二二〕部伍:即部隊,語出《史記·李將軍傳》,此處比喻絲竹等伴奏樂聲服從主導旋律,如部伍之隨將軍。

〔二三〕嗟爾句:嗟爾,嘆美之辭;稚齒,幼年。

〔二四〕聲名壓關李:預料將來能有壓倒關璀、李衮的聲名。

此詩作於寶曆元年秋季,蘇州刺史任上。

問　楊　瓊〔一〕

　　古人唱歌兼唱情〔二〕，今人唱歌惟唱聲〔三〕；欲説向君君不會〔四〕，試將此語問楊瓊。

〔一〕楊瓊：本名楊播，先爲江陵酒妓，元稹貶江陵，和她很要好。及元
　　　稹去蘇州，又碰見她。事載元稹《和樂天示楊瓊詩》注。
〔二〕唱情：唱時注入唱者自己的思想感情。
〔三〕唱聲：不注入唱者自己的思想感情，只是消極地模擬一下歌曲的
　　　腔調。
〔四〕會：領會。

　　此詩亦作於蘇州刺史任上。

正月三日閒行

　　黃鸝巷口鶯欲語〔一〕，烏鵲河頭冰欲銷〔二〕。綠浪東
西南北水，紅欄三百九十橋〔三〕。鴛鴦蕩漾雙雙翅，楊柳
交加萬萬條〔四〕。借問春風來早晚〔五〕，只從前日到
今朝〔六〕。

〔一〕黃鸝巷：白氏原注：“黃鸝，坊名。”案此爲蘇州坊名。
〔二〕烏鵲河：白氏原注：“烏鵲，河名。”案此河亦在蘇州。
〔三〕三百九十橋：白氏原注：“蘇之官橋大數。”大數，即約數。

〔四〕交加：意即交叉。

〔五〕早晚：何時。

〔六〕前日：正月初一。

此詩作於寶曆二年(八二六)蘇州刺史任上。

自 詠 五 首（選二）

一家五十口〔一〕，一郡十萬戶〔二〕。出爲差科頭〔三〕，入爲衣食主〔四〕。水旱合心憂〔五〕，飢寒須手撫〔六〕。何異食蓼蟲，不知苦是苦〔七〕。

〔一〕五十口：白氏家庭人口本不多，此言五十口，實包括上州刺史所擁有的衆多奴婢而言。

〔二〕十萬戶：案蘇州(即吳郡)元和年間共有戶口十萬零八百八，見《元和郡縣志》二五。

〔三〕出爲句：出，指出家理政。差科頭，攤派勞役、勒索租稅的頭目。按，此自嘲之詞。

〔四〕入爲句：回到家裏又充當眷屬們吃穿的靠山。

〔五〕合：理當。

〔六〕撫：安撫，賑卹。

〔七〕食蓼蟲：蓼，氣味辛辣，然而有一種蟲子喜歡吃它，不以爲苦。故鮑照《代放歌》說：「蓼蟲避葵菫，習苦不言非。」此處自喻仕宦涯，有苦説不出。

白氏以寶曆二年秋辭免郡事，《自詠》五首當作於其前。

公私頗多事，衰憊殊少歡〔一〕。迎送賓客懶〔二〕，鞭笞黎庶難〔三〕。老耳倦聲樂〔四〕，病口厭杯盤〔五〕。既無可戀者，何以不休官？

〔一〕衰憊：衰弱疲憊。
〔二〕迎送句：言倦於世俗應酬。
〔三〕鞭笞句：笞(chī)，鞭笞，即鞭打。難，難於下手和難以爲情。高適《封丘縣作》："鞭打黎庶令心悲"，此用其意。
〔四〕聲樂：即伎樂。
〔五〕杯盤：指酒肉。

池 上 早 秋〔一〕

荷芰緑參差〔二〕，新秋水滿池。早涼生北檻〔三〕，殘照下東籬。露飽蟬聲懶〔四〕，風乾柳意衰〔五〕。過潘二十歲〔六〕，何必更愁悲？

〔一〕池上：指北池。汪立名引《姑蘇志》云："北池又名後池，在木蘭堂後，韋、白有詩。池中有隝，隝上有白公手植槐。"寶曆二年春天白氏害痰喘，墜馬，外加眼病，故詩有"風乾柳意衰"之句。時白氏年已五十五歲，其云"過潘二十歲"，則約舉整數言之。
〔二〕荷芰句：芰(jì)，即菱；參差(cēn cī)，高低不齊貌。
〔三〕檻(jiàn)：欄杆。
〔四〕露飽句：古人誤認爲蟬靠吸風飲露過活，如陸雲《寒蟬賦》即是，此句作者雖以記時令，但亦暗以蟬自託。意謂自己雖做了很長時期的官吏，但屢因直言致禍，漸亦噤若寒蟬。

〔五〕風乾句：以柳樹經秋葉落，喻自己年邁體衰。《世説·言語》：“顧悦與簡文同年而髮早白，簡文曰：‘卿何以先白?’對曰：‘蒲柳之姿，望秋而落；松柏之質，經霜彌茂。’”案白氏亦三十餘歲髮白。

〔六〕過潘句：潘岳《閑居賦序》云：“余春秋三十有二，始見二毛。”二毛，即花白髮。

此詩作於寶曆二年秋。

答劉禹錫白太守行〔一〕

吏滿六百石，昔賢輒去之〔二〕；秩登二千石，今我方罷歸〔三〕。我秩訝已多〔四〕，我歸慚已遲；猶勝塵土下〔五〕，終老無休期。卧乞百日告〔六〕，起吟五篇詩〔七〕；朝與府吏別〔八〕，暮與州民辭。去年到郡時，麥穗黄離離；今年去郡日，稻花白霏霏〔九〕。爲郡已周歲，半歲罹旱饑〔一〇〕；襦袴無一片〔一一〕，甘棠無一枝〔一二〕。何乃老與幼，泣別盡霑衣〔一三〕；下慚蘇人淚，上愧劉君辭。

〔一〕劉禹錫：字夢得(七七二—八四二)，洛陽(今河南省洛陽市)人，自稱漢中山靖王劉勝之後(中山在今河北定縣)。唐順宗時，曾助王叔文革新政治，事敗被貶。他是白居易晚年最親密的朋友。白氏以寶曆二年(八二六)八月末，完全解除蘇州刺史職務。不久，二人相遇，劉作《白太守行》一首贈白，其辭曰：“聞有白太守，抛官歸舊谿。蘇州十萬户，盡作嬰兒啼。太守駐行舟，閶門草萋萋；揮袂謝啼者，依然兩眉低。朱户非不崇，我心如重狴；華池非不清，意在寥廓棲。夸者竊所怪，賢者默思齊。我爲太守行，題在隱起珪。"對白氏在蘇政績德行,備極稱頌。白氏作此答之。

〔二〕吏滿二句:指西漢邴曼容而言。《漢書·兩龔傳》:"琅邪(邴)漢
　　　　兄子曼容,亦養志自修,爲官不肯過六百石,輒自免去,其名過出
　　　　於漢。"六百石,是漢代縣令的年禄虛數。這裏是用以代稱縣令。

〔三〕秩登二句:秩,是官俸的級别。漢代郡守秩二千石。白氏任刺
　　　　史,職位相當於郡守。此處暗用漢代疏廣、疏受叔侄故事。《漢
　　　　書·疏廣傳》:"疏廣,字仲翁,東海蘭陵人也。徙(太子)太傅。廣
　　　　兄子受,字公子,爲少傅。廣謂受曰:'吾聞知足不辱,知止不殆,
　　　　功遂身退,天之道也。今仕宦至二千石,宦成名立,如此不去,懼
　　　　有後悔。'"唐制,蘇州是上州,官級是從三品;年禄爲三百六十石,
　　　　見《新唐書·食貨志》。這裏所説的"二千石",只是虛擬漢朝制
　　　　度。但唐代三品官有職分田九頃,月俸五千一百文,雜用九百文,
　　　　實際收入也很不少。罷歸,辭職回家。

〔四〕訝:怪。

〔五〕塵土:猶"風塵",指久客於外,奔波艱辛而言。杜甫《將赴成都草
　　　　堂》詩:"迴首風塵甘息機。"

〔六〕卧乞句:唐代職事官,請假滿百日,即行免職。故白氏百日長告,
　　　　實際等於委婉辭官。白氏長告,始於五月,至八月底假滿罷官。
　　　　告,休假。

〔七〕起吟句:白氏原注:"謂將罷官自詠五首。"

〔八〕府吏:刺史衙門裏的屬員。

〔九〕白霏霏:白茫茫一片。

〔一〇〕罹(lí):遭遇。

〔一一〕襦袴:見前《醉後狂言贈蕭、殷二協律》詩注。

〔一二〕甘棠:見前《别州民》詩注。

〔一三〕霑衣:見前《長恨歌》注。

此詩作於寶曆二年八月末。

醉贈劉二十八使君〔一〕

爲我引杯添酒飲〔二〕，與君把箸擊盤歌〔三〕。詩稱國手徒爲爾〔四〕，命壓人頭不奈何〔五〕！舉眼風光長寂寞〔六〕，滿朝官職獨蹉跎〔七〕。亦知合被才名折〔八〕，二十三年折太多〔九〕。

〔一〕劉二十八使君：即劉禹錫，劉曾爲和州（治所在今安徽省和縣）刺史，故白尊稱他爲使君。當時白、劉雖俱已罷官，但仍沿用舊尊稱，此亦舊時士大夫慣例。

〔二〕引杯添酒：意即斟酒滿杯。《晉書·王羲之傳》："雖不能興言高詠，銜杯引滿，語田里所行，故以爲拊掌之資，其爲得意，可勝言邪（耶）？"杜甫《夜宴左氏莊》："看劍引杯長。"

〔三〕把箸擊盤歌：此暗用古代"擊鉢催詩"掌故。《南史·王僧孺傳》："竟陵王子良嘗夜集學士，刻燭爲詩，四韻者則刻一寸，以此爲率；蕭文琰曰：'頓燒一寸燭，而成四韻詩，何難之有？'乃與丘令楷、江洪等各打銅鉢立韻，響滅則詩成，皆可觀覽。"箸即筯，鉢即盤。這是力寫詩成神速。

〔四〕詩稱句：凡技藝成就在國內享有重名者，皆可稱國手。如裴説《詠棊》詩："人心無算處，國手有輸時。"此處則指詩文創作的大手筆；在唐代，蘇頲、張説曾被人稱爲"燕許大手筆"，意即國手。高適《封丘縣》："乃知梅福徒爲爾，轉憶陶潛歸去來。"徒爲爾，嘆白白努力，無人賞識。爾，語助詞。

〔五〕命壓句：古代人遭到不幸災殃，往往歸之於命。如《呂氏春秋·音初》篇："夏后氏孔甲田於東陽萯山，天大風晦盲（暝），孔甲迷惑，入於民室，主人方乳（産子）。或曰：'后來，是良日也；之（此）

子是必大吉。'或曰:'不勝(承受)也,之子是必有殃。'后乃取其子以歸。曰:'以爲余子,誰敢殃?'之子長成人,幕動坏橑,斧斫斬其足,遂爲守竜者。孔甲曰:'嗚呼! 有疾,命矣夫!'"這種宿命論的觀點,在古代作家政治上遭到打擊之後,也時常流露出來。不奈何,意即無可奈何。案此句和杜甫《有懷台州鄭十八司户》所説:"性命由他人,悲辛但狂顧",是同一幽憤。

〔六〕舉眼句:此句即景抒情。劉、白揚州聚首在冬末春初,東風浩蕩,烟景宜人;而逐客漂淪,猶然寂寞,是十分讓人悲痛的事。"風光"兩字,地切揚州。李益《行舟》詩:"聞道風光滿揚子,天晴共上望鄉樓。"寂寞,謂遭到冷落。

〔七〕滿朝句:意思是説:滿朝趨炎附勢之徒都成了達官顯宦;而忠正直言之士却一直被排擠,到處奔波勞碌。蹉跎,極言坎坷艱難。案此句略與杜甫《夢李白》"冠蓋滿京華,斯人獨憔悴"同意,白氏對劉禹錫因參加永貞革新,而長期被貶在外,表示深切同情。劉詩"沉舟側畔千帆過,病樹前頭萬木春"二句,即針對白氏這兩句詩所作的最真摯、最深刻的反應,所以受到白氏由衷的贊美,而成爲千古名句。

〔八〕合被才名折:意思是説:才名太大,容易招忌。語本《莊子·天運》:"名者公器,不可以多取。"又《論衡·效力》篇:"或伐薪於山,輕小之木,合能束之;至於大木,十圍以上,引之不能動,推之不能移,則委之於山林;收所束之小木而歸。由斯以論,知能之大者,其猶十圍以上木也;人力不能舉薦,其猶薪者不能推引也。孔子周流,無所留止,非聖才不明;道大難行,人不能用也。故夫孔子,山中巨木之類也。"合,意爲"當";折,挫折,摧殘。

〔九〕二十三年:案劉禹錫自順宗永貞元年(八〇五)十一月因參加永貞革新,被貶作連州(在今廣東陽山一帶)刺史、朗州(在今湖南省常德市一帶)司馬,只是在元和十年(八一五)曾一度被召回長安,旋又因寫詩觸怒當時執政,繼續被貶,出爲地方官;直到敬宗寶曆二年(八二六)始罷和州刺史,偕同時辭去蘇州刺史的白居易於冬末回到洛陽;前後延續二十二年之久。但劉、白二人詩都説"二十三年",此非誤記年月,而是爲了要調平仄,所以改"二"爲"三"。

案此詩當作於敬宗寶曆二年(八二六)冬末。即劉禹錫《酬樂天揚州初逢席上見贈》詩所指的那一篇。依劉禹錫詩題,可知二人尚係初逢,但前此劉、白傾慕已久,互有唱和,僅未面晤而已。

附:酬樂天揚州初逢席上見贈

劉禹錫

巴山楚水凄涼地,二十三年棄置身。懷舊空吟聞笛賦,到鄉還似爛柯人。沉舟側畔千帆過,病樹前頭萬木春。今日聽君歌一曲,暫憑杯酒長精神。

和微之自勸二首〔一〕(選一)

稀稀疏疏繞籬竹,窄窄狹狹向陽屋〔二〕;屋中有一曝背翁,委置形骸如土木〔三〕。日暮半爐敷炭火〔四〕,夜深一盞紗籠燭;不知有益及民無,二十年來食官祿〔五〕。就暖移盤簹下食,防寒擁被帷中宿;秋官月俸八九萬,豈徒遣爾身温足〔六〕?勤操丹筆念黄沙〔七〕,莫使飢寒囚滯獄〔八〕。

〔一〕和微之自勸:白氏於文宗大和二年(八二八)正月由秘書監改任刑部侍郎。刑部侍郎爲刑部尚書的副職,刑部職掌是管"天下刑法及徒隸勾覆、關禁之政令",是封建王朝鎮壓人民的機構。白氏既居此職,故自期以"慎死刑,清滯獄"兩者以稍紓民困,此詩即述

其懷抱,詩爲《和微之詩二十三首》中之一組,總題下原有序,但與
詩篇關係不大,茲不録。

〔 二 〕向陽屋:當指白氏在長安所置新昌里住宅,房舍不甚寬敞,故詩
云:"窄窄狹狹"。

〔 三 〕委置句:委置,抛棄,此含自我菲薄之意。形骸如土木,語本《文
子·道原》篇引《老子》:"形若槁木,心若死灰。"

〔 四 〕麩炭:稀松的炭。

〔 五 〕不知二句:無,見前《問劉十九》詩注。白氏自八〇八年任左拾
遺,至今已二十年整。

〔 六 〕就暖四句:言即使生活力求節儉,但爲刑部侍郎月俸如此之多,
仍然不能不感到内疚。

〔 七 〕丹筆、黄沙:古代法官,以朱筆決獄定刑,朱筆一下,決人生死。
故提起(操)筆來,要特别謹慎(勤)。黄沙,指法場。《教坊記》曲
調有《念黄沙》,當爲民間描述監獄、刑場黑暗之作,惜原辭已佚。

〔 八 〕莫使句:不要讓那些飢寒交迫冤苦無告的囚犯,老是滯留在監
獄裏。

此詩大和二年十二月作。

烏 夜 啼〔一〕

　　城上歸時晚〔二〕,庭前宿處危〔三〕。月明無葉樹〔四〕,
霜滑有風枝。啼澀飢喉咽,飛低凍翅垂。畫堂鸚鵡鳥,冷
暖不相知〔五〕。

〔 一 〕烏夜啼:此爲樂府歌辭,屬清商曲西曲。可能原來是民歌的一

種。杜佑《通典·樂》、《舊唐書·音樂志》以爲宋臨川王劉義慶所作,恐未必是。這裏烏字是指慈烏,集中別有一篇《慈烏夜啼》可證。慈烏就是寒鴉,體型較小,白氏認爲它的性格比較善良,所以這首詩是把它當做飢民的形象加以刻畫的。

〔 二 〕城上:東漢童謠:"城上烏,尾畢逋。"

〔 三 〕庭前句:此句暗用漢樂府《相和歌辭·相和曲》《烏生》:"烏生八九子,端坐秦氏桂樹間。唶我!秦氏家有遨遊蕩子,工用睢陽彊,蘇合彈,左手持彊彈兩丸,出入烏東西。唶我!一丸即發中烏身,烏死魂魄飛揚上天。"

〔 四 〕月明:曹操《短歌行·對酒》:"月明星稀,烏鵲南飛。"案從此以下四句,都是借物擬人,描寫廣大勞苦人民飢寒交迫的生活慘景。

〔 五 〕畫堂二句:畫堂,比喻朝廷及貴族豪門。鸚鵡,非肉類和蛋黃不肯下咽,喻公子王孫的養尊處優。冷暖不相知,揭露封建統治集團對勞動人民的啼飢號寒熟視無視。或且有另一涵義,即白詩常以鸚鵡比喻言官;此譏言官對百姓的苦難生活漠不關心。

　　此詩約作於文宗大和三年(八二九)前後,時白氏以太子賓客分司東都。

池上寓興二絕〔一〕(選一)

　　濠梁莊惠謾相爭〔二〕,未必人情知物情〔三〕。獺捕魚來魚躍出〔四〕,此非魚樂是魚驚。

〔 一 〕池上寓興:白氏於長慶四年(八二四)五月,杭州任滿北歸,秋至洛陽,任太子中庶子分司東都。是年,以杭州刺史餘俸外加兩匹馬爲代價,買下洛陽城東南角風景區履道里西北已故散騎常侍楊憑的舊宅,以備終老。宅大十七畝,有房屋、池塘、竹林、島、樹、橋、道之屬,見《長慶集·池上篇序》。池,即履道里宅中池。寓興,言詩中所敍,寓有他意。

〔二〕濠梁句:濠,水名,有東濠、西濠,皆在安徽鳳陽縣境。梁,即橋。《莊子·秋水》:"莊子與惠子(名施)游於濠梁之上,莊子曰:'儵魚出游從容,是魚之樂也。'惠子曰:'子非魚,安知魚之樂?'莊子曰:'子非我,安知我不知魚之樂?'惠子曰:'我非子,固不知子矣;子固非魚矣,子之不知魚之樂全矣。'莊子曰:'請循其本,子曰汝安知魚樂云者,既已知吾知之而問我,我知之濠上也。'"謾,任意,妄加,白費之意。

〔三〕未必句:白氏暗喻時人不識其晚年急流勇退的内心苦悶。

〔四〕獺捕魚:獺,即水獺,食魚,比喻殘暴的當權派;魚,詩人自喻。

此詩《白氏長慶集》舊編在會昌詩中,然會昌時白氏早已置身散地,遠離政治鬥争,與詩中所反映的情事不合。今據《舊唐書·白居易傳》所論:"太(案字當作"大",《新唐書》、《通鑑》亦誤)和(八二七)以後,李德裕、李宗閔朋黨事起,是(己)非(他)排(擠)陷(害),朝昇暮黜,天子亦無如之何。楊穎士、楊虞卿與宗閔善,居易妻,穎士從父妹也;居易愈不自安,懼以黨人見斥,乃求置身散地,冀於遠害;未嘗終秩,率以病免;因求分務(唐朝洛陽爲東都,京官各職,往往在洛陽設分司。此指白氏求任太子賓客分司而言),識者多之。"斷爲大和三年(八二九)白氏授太子賓客分司東都以後所作。

池 鶴 八 絕 句〔一〕(選四) 并序

池上有鶴,介然不羣〔二〕。烏、鳶、雞、鵝〔三〕,次第嘲噪〔四〕。諸禽似有所誚〔五〕,鶴亦時復一鳴。予非冶長〔六〕,

不通其意；因戲與贈答，以意斟酌之，聊亦自取笑耳。

〔一〕此八篇當與《池上寓興》爲同時之作。白氏平素愛鶴，此詩實以鶴
　　　自比。烏、鳶、雞、鵝蓋喻凡俗之士。通過"答難"、"解嘲"的手法
　　　以自賞孤芳。池，即洛陽履道里宅中池。
〔二〕介然：獨立貌。
〔三〕鳶：見前《感鶴》詩注。
〔四〕次第嘲噪：接連不斷地鳴叫。
〔五〕誚：諷刺和挖苦。
〔六〕冶長：即公冶長，孔子弟子，相傳能通鳥語。

烏　贈　鶴

與君白黑太分明，縱不相親莫見輕〔一〕。我每夜啼君
怨別〔二〕，玉徽琴裏忝同聲〔三〕。

〔一〕見輕：小看。
〔二〕夜啼、怨別：白氏自注："琴曲有《烏夜啼》、《別鶴怨》。"
〔三〕玉徽句：玉徽，古琴以玉塊作成十三個星嵌在琴槽一旁，距離長
　　　短不同，以訂音階之高下。此句代烏贈鶴，謂我倆音聲，既皆模入
　　　琴曲，則有同調之誼。

鶴　答　烏

吾愛棲雲上華表〔一〕，汝多攫肉下田中〔二〕。吾音中
羽汝聲角〔三〕，琴曲雖同調不同〔四〕。

〔一〕吾愛句：此言鶴性高潔。吾，鶴自稱。棲雲，止息於雲間。淮南

八公《相鶴經》曰："翔於雲，故毛豐而肉疏(少)。"又《續搜神記》："遼東城門有華表柱，忽有一鶴集，徘徊空中，言曰：'有鳥有鳥丁令威，去家千歲今始歸……'"

〔二〕汝多句：此言烏性貪婪。《漢書·黃霸傳》："吏出，不敢舍郵亭，食於道旁，烏攫其肉。"攫(jué)，抓取。

〔三〕中羽、角：白氏自注："《別鶴怨》在羽調，《烏夜啼》在角調。"中，讀去聲，合也。羽調相當於今日之 A 調；角調相當於今日的 E 調。A 調高於 E 調。

〔四〕琴曲句：言雖同入琴曲而格調不同。調不同，暗喻"道不同"。即生活理想和道路不同。

鳶　贈　鶴

君誇名鶴我名鳶，君叫聞天我戾天〔一〕。更有與君相似處，飢來一種啄腥羶〔二〕。

〔一〕聞天、戾天：《詩·小雅·鶴鳴》："鶴鳴於九皋，聲聞於天。"又《大雅·旱麓》："鳶飛戾天。"戾天，即冲天意。

〔二〕更有二句：言你我都靠吞食血腥過活，還分甚麼高低。啄腥羶，以鳶鶴同食羶腥，比喻官僚都要魚肉人民。贓官如此，清官又何嘗例外？

鶴　答　鳶

無妨自是莫相非〔一〕！清濁高低各有歸〔二〕。鸞鶴羣中彩雲裏，幾時曾見喘鳶飛〔三〕？

〔一〕無妨句：語本《莊子·齊物論》："故有儒墨之是非，以是其所非而非其所是。"意思是説：你(鳶)固無妨自以食腥羶爲是,但不要以己之意,度人之心,隨便毀謗別人,説別人和你同樣不乾不淨。

〔二〕清濁句：有的清高,有的卑劣,各異其趣。

〔三〕鸞鶴二句：鸞鶴羣,見前《新樂府·秦吉了》篇注。喘鳶,白詩凡難聞的鳥獸鳴聲,皆曰喘,如喘猿、喘鳶皆是。二句言鸞鶴一舉千里,非鴟鷹所能及。

新製綾襖成,感而有詠

水波文襖造新成〔一〕,綾軟綿勻溫復輕〔二〕;晨興好擁向陽坐〔三〕,晚出宜披踏雪行。鶴氅毳疎無實事〔四〕,木綿花冷得虛名〔五〕;宴安往往歡侵夜,臥穩昏昏睡到明。百姓多寒無可救,一身獨暖亦何情！心中爲念農桑苦,耳裏如聞飢凍聲。爭得大裘長萬丈,與君都蓋洛陽城！

〔一〕水波文：文,即紋。綾爲一種提花軟緞,故製成綿襖,自然呈現波狀的衣紋。

〔二〕綿勻溫復輕：以絲綿絮襖,故暖而且輕。

〔三〕擁：披在身後,不結紐帶,如擁被然。

〔四〕鶴氅句：古代官僚貴族,析鳥羽以爲裘,披之如鶴形,謂之鶴氅裘。晉代王恭曾披此裘,爲孟昶所嘆羨。毳(cuì),脆弱不堅。無實事,言不切實用。

〔五〕木綿句：花即棉絮。言棉絮不暖,空與絲綿同名。

此詩大和五年或六年冬,官洛陽尹時作。

七年春題府廳〔一〕

　　潦倒守三川〔二〕，因循涉四年〔三〕。推誠廢鈎距〔四〕，
示恥用蒲鞭〔五〕。以此稱公事〔六〕，將何銷俸錢〔七〕？雖非
好官職〔八〕，歲久亦妨賢〔九〕。

〔一〕此詩係大和七年(八三三)春，詩人將辭河南尹時作，題於官署大
　　　堂壁上，以堅去志。
〔二〕潦倒句：潦倒，懶散放任狀。三川，河、伊、洛三水流域，當時皆河
　　　南尹轄管區。
〔三〕因循句：因循，沿襲舊章，毫無興革。涉，經歷。四年，白氏從大
　　　和四年歲末受命，五年到任，七年四月因病卸任，共經歷四個
　　　年頭。
〔四〕推誠句：言審案時，對人民以誠相感，廢除舊日那種察察爲明的
　　　所謂“鈎距法”。鈎距法，初見於《漢書·趙廣漢傳》，但後來酷吏
　　　變本加厲，對人民千方刁難，萬種逼勒，使之窮於對答，被迫認罪，
　　　至爲殘酷。
〔五〕示恥句：此言寬以待下。《後漢書·劉寬傳》：“吏人有過，但用蒲
　　　鞭罰之，示辱而已。”
〔六〕以此句：此，指上兩句對待吏民的辦法。稱，讀平聲，意猶今言
　　　“應付”和“搪塞”。公事，差事。
〔七〕銷俸錢：此句言如此寬大對待吏民，不能完成朝廷所交付的任
　　　務，故感到俸錢受之有愧。按，當時常以酷刻爲能吏。
〔八〕好官職：舊社會官僚們所公認的“肥缺”。
〔九〕歲久句：年月久了，也會令人垂涎，不如早避賢路爲佳。“妨賢”，
　　　用反語，這和嵇康《與山巨源絕交書》所說：“自惟亦皆不如今日之
　　　賢能也”這一雋永辛辣之語相同。

歲　暮

　　慘淡歲云暮[一]，窮陰動經旬[二]；霜風裂人面，冰雪
摧車輪。而我當是時，獨不知苦辛[三]：晨炊廩有米，夕
爨廚有薪；夾帽長覆耳[四]，重裘寬裹身；加之一杯酒，煦
嫗如陽春[五]。洛陽士與庶[六]，比屋多飢貧[七]；何處爐
有火，誰家甑無塵[八]？如我飽暖者，百人無一人。安得
不慚愧，放歌聊自陳[九]。

〔一〕歲云暮：見前《秦中吟·歌舞》篇注。
〔二〕窮陰句：窮陰，即嚴寒；動，動輒。旬，十日。
〔三〕知：感覺到。
〔四〕夾帽：即兩層布所做的風帽。
〔五〕煦嫗(xǔ yǔ)：暖和。
〔六〕士與庶：即《孟子·梁惠王》篇所説的"士庶人"。士，是封建社會
　　　裏的知識份子；庶，平民。
〔七〕比屋：挨家挨户。
〔八〕甑無塵：見前《醉後狂言贈蕭、殷二協律》詩注。
〔九〕放歌句：放歌，高聲歌唱。聊，賴以；自陳，自述感慨。

　　此詩作於大和七年(八一三)冬，時居洛陽，爲太子賓客分司。

九年十一月二十一日感事而作[一]

　　禍福茫茫不可期[二]，大都早退似先知[三]。當君白

首同歸日〔四〕,是我青山獨往時〔五〕。顧索素琴應不暇〔六〕,憶牽黄犬定難追〔七〕。麒麟作脯龍爲醢〔八〕,何似泥中曳尾龜〔九〕。

〔一〕此詩題下白氏自注:"其日獨遊香山寺。"香山寺,香山十寺之一,在今河南洛陽龍門之東。九年,大和九年。事,即歷史上所謂"甘露之變"。大和九年十一月二十一日,宰相李訓與賈餗、舒元輿、鄭注等同謀,想殺盡當權的宦官;風聲走漏,被宦官仇士良、魚弘志等察覺,假借皇帝威權,加李、鄭等以造反罪名,統統殺害,而且株連城市許多住户,死傷慘重。這是一場統治階級内部的激烈鬥爭,以當時最有勢力的宦官集團得勝而告終。白氏此詩,同情死難者,掊擊了勝利者,同時也流露了他自己明哲保身的消極思想。

〔二〕茫茫不可期:茫茫,即渺茫;不可期,難於逆料。

〔三〕大都句:大體説來,及早抽身,接近於有先見之明的智者。

〔四〕白首同歸:語出《晉書·潘岳傳》:潘岳爲孫秀所誣,與石崇同日處死,"岳後至,崇謂之曰:'安仁,卿亦復爾耶!'岳曰:'可謂白首同所歸。'岳《金谷詩》云:'分投寄石友,白首同所歸。'乃成其讖。"當時李訓、王涯等,年歲都已不小,故用"白首"二字。

〔五〕青山獨往:《文選·齊竟陵文宣王行狀》注引《莊子要略》:"江海之士,山谷之人也,輕天下,細萬物而獨往者也。"此句以"青山獨往",自幸及早退休,有先見之明。

〔六〕顧索句:三國魏詩人嵇康被權臣司馬昭殺害,臨刑前,索得一張琴,從容地彈奏了他一生最擅長的《廣陵散》,然後遇害。見《世説新語·雅量》、《晉書·嵇康傳》等。此言遇害倉卒,連索琴亦無暇隙。

〔七〕憶牽句:秦二世時,趙高誣李斯謀叛,夷三族。李斯在臨刑前對他的次子説:"吾欲與若(你)復牽黄犬,俱出上蔡(斯上蔡人)東門逐狡兔,豈可得乎?"見《史記·李斯傳》。定難追,決難再得牽黄犬逐獵之行,意爲已無生望。白氏以李斯喻李訓,趙高喻仇士良、魚弘志等。又，王涯好彈琴，舒元輿好打獵，故作者引嵇康、李斯事爲喻，倍見其用事工切。

〔八〕麒麟句：脯是乾肉。醢(hǎi)，肉醬。麒麟脯，古代神仙故事：仙人王方平宴請麻姑，用麒麟肉作菜，見《列仙傳》。龍爲醢，見前《東南行一百韻》注。此謂“甘露之變”，正直官吏慘遭殺戮。但考之史籍，這次被殺者，並非都是好人；比以麟鳳，未免過實。

〔九〕泥中曳尾龜：語出《莊子·秋水》。莊周以泥裏拖着尾巴爬行而得以偷生的烏龜爲模楷，以申述他的“明哲保身”之道。此言龍、麟不免作脯爲醢，何如泥中曳尾之龜，猶得保全。這顯然是一種消極避世思想。

讀　莊　子

莊生齊物同歸一〔一〕，我道同中有不同〔二〕：遂性逍遙雖一致〔三〕，鸞凰終校勝蛇蟲〔四〕。

〔一〕莊生句：莊生，即莊子，是對莊周的尊稱。齊物，指《齊物論》，是《莊子》書中的一篇；也指莊子齊萬物，泯是非的整個思想體系。

〔二〕我道句：我謂同中有不同之點。同，冒下第三句；不同，冒下第四句。

〔三〕遂性句：意謂萬物能各遂其性，悠然自得(逍遥)，此點白氏與莊子觀點同。

〔四〕鸞凰句：鸞凰，即鸞鳳，古代傳說以爲鳥中之王。聲和五音，體備衆彩，不食腥膻，不踐垢穢，大詩人屈原曾引以自比。校，比較。蛇蟲，爲下等動物，形象醜惡，惹人厭惡，故古代文士常以之比陰險小人。此句意謂善惡是非，仍須分明，此則不能同意於莊子思想。

此詩汪本編於《感興》諸詩之前,當爲大和九年(八三五)前後之作。白氏晚年雖不無遁世思想,但政治上是非愛憎,仍極分明,故對莊周齊善惡、泯是非的思想,仍表異議。又,集中另有同題七絶一首,係貶江州時作。

聽 歌 六 絶 句(選二)

水 調〔一〕

五言一遍最殷勤〔二〕,調少情多似有因〔三〕。不會當時翻曲意〔四〕,此聲腸斷爲何人〔五〕?

〔 一 〕水調:爲現存的唐代完整的大曲之一。《樂府詩集》七九:“水調,商調曲也。唐曲凡十一疊:前五疊爲歌,後六疊爲入破。其歌第五疊五言,最爲怨切。”

〔 二 〕五言句:白氏自注:“第五遍乃五言調,調韻最切。”案:今存的唐水調歌,結構如下:歌第一、第二、第三、第四、第五;入破第一、第二、第三、第四、第五、第六徹。一遍皆一首絶句,除歌部第五遍是五言外,其餘皆爲七言。其第五遍原辭如下:“雙帶仍分影,同心巧結香。不應須換彩,意欲媚濃粧。”殷勤,有宛轉細膩、纏綿、動人諸涵義。

〔 三 〕調少情多:猶言“語短情長”。

〔 四 〕不會句:會,領會、理解。翻曲意,白氏所聽者爲唐朝“新水調”。翻,已見前《琵琶行》注。

〔 五 〕腸斷:謂哀怨過度。

何 滿 子〔一〕

世傳滿子是人名,臨就刑時曲始成。一曲四調歌八叠〔二〕，從頭便是斷腸聲〔三〕。

〔一〕何滿子：白氏自注：“開元中，滄州有歌者何滿子，臨刑進此曲以
　　　贖死，上竟不免。”《樂府詩集》引《杜陽雜編》：“文宗時宮人沈阿翹
　　　爲帝舞《何滿子》。調辭風態，率皆宛暢。”而評之曰：“然則亦舞曲
　　　也。”案《何滿子》，或作《河滿子》，據白詩，似當以作“何”爲是。
〔二〕一曲句：王灼《碧雞漫志》四：“薛逢《何滿子》詞云：‘繫馬宮槐老，
　　　持杯店菊黃。故交今不見，流恨滿春光。’五字四句，樂天所謂一
　　　曲四調，庶幾是也。歌八叠，疑有和聲，如《漁父》、《小秦王》
　　　之類。”
〔三〕從頭句：緣歌者無辜受刑，故從頭就充滿怨恨悲涼情調。

達哉樂天行

　　達哉達哉白樂天，分司東都十三年〔一〕。七旬纔滿冠
已掛〔二〕，半祿未及車先懸〔三〕。或伴遊客春行樂〔四〕，或
隨山僧夜坐禪〔五〕。二年忘却問家事，門庭多草廚少煙；
庖童朝告鹽米盡〔六〕，侍婢暮訴衣裳穿〔七〕；妻孥不悅甥姪
悶，而我醉臥方陶然〔八〕。起來與爾畫生計〔九〕，薄産處置
有後先〔一〇〕：先賣南坊十畝園，次賣東郭五頃田；然後兼
賣所居宅，彷彿獲緡二三千〔一一〕。半與爾充衣食費，半與
吾供酒肉錢。吾今已年七十一，眼昏鬚白頭風眩〔一二〕；但
恐此錢用不盡，即先朝露歸夜泉〔一三〕。未歸且住亦不
惡〔一四〕，飢餐樂飲安穩眠。死生無可無不可〔一五〕，達哉
達哉白樂天！

〔一〕分司句：白氏自大和三年(八二九)授太子賓客分司東都,至本年
　　　(八四二)罷太子少傅,以刑部尚書致仕,共歷十三年。

〔二〕七旬句：白氏時年七十一。冠已掛,暗喻辭官退休。《後漢書·
　　　逢萌傳》：“萌……解冠掛東都城門歸,將家屬浮海,客於遼東。”案
　　　《禮記·曲禮》：“大夫七十而致事。”故古代以七十爲官僚退休的
　　　適當年齡。

〔三〕半祿句：唐制,官僚退休,照發半俸,見《唐會要》九〇。然此只是
　　　官樣文章,實際落空的很多。《左傳·僖公二年》：“介之推不言
　　　祿,祿亦弗及。”爲此句“及”字所本,意思是發放不到。懸車,亦古
　　　代官僚退休的代詞,《漢書·敍傳》：“身安國治,致仕縣車。”縣,同
　　　“懸”,“懸車”、“致仕”實同義,即掛起車子,在家養老。

〔四〕行樂：消遣散心。

〔五〕坐禪：佛家禪宗,尚焚香靜坐,這樣叫做“入定”或者“坐禪”。

〔六〕庖童：即廚師。

〔七〕穿：破,見孔。

〔八〕陶然：悠然自得。

〔九〕畫生計：作生活安排。

〔一〇〕薄産處置：把少量的財産,處理典賣。

〔一一〕彷彿句：彷彿,約計;緡(mín),本義爲錢串,此處用同貫字,古代
　　　千錢爲一貫。

〔一二〕頭風眩：白氏在六十八歲時,得頭暈病。

〔一三〕即先句：《漢書·蘇武傳》：“人生如朝露,何久自苦如此!”古人因
　　　朝露易乾,故以比人命短暫。夜泉,冥間,地下。歸夜泉,指死亡。

〔一四〕歸：《列子·天瑞》有“古者謂死人爲歸人”之説,故歸即喻死。

〔一五〕無可無不可：語見《論語·微子》。

　　此詩爲白氏武宗會昌二年(八四二)作,時在洛陽。

哭劉尚書夢得二首〔一〕（選一）

　　四海聲名白與劉〔二〕，百年交分兩綢繆〔三〕。同貧同病退閒日〔四〕，一死一生臨老頭〔五〕。杯酒英雄君與操〔六〕，文章微婉我知丘〔七〕。賢豪雖歿精靈在，應共微之地下遊〔八〕！

〔一〕劉尚書：即劉禹錫，因爲他致仕前的最後職銜是檢校禮部尚書太子賓客。會昌二年（八四二）七月卒。劉禹錫早年與柳宗元等同參加王叔文叔姪的永貞政治革新，當時稱爲“二王劉柳”。事敗後，遭到長期放逐。白氏被貶，二人漸多往還；晚年交誼，甚至超過元稹。故劉死之後，白哭之甚慟。

〔二〕四海句：白氏《醉吟先生傳》：“退居洛下，（與）彭城劉夢得爲詩友。”又《白氏長慶集》有《劉白唱和集解》，當時詩壇，劉、白齊名，即後世亦劉白並稱。

〔三〕百年句：百年，謂畢生；交分，“分”讀去聲，友誼或交情。綢繆，《詩·唐風·綢繆》：“綢繆束薪。”意爲纏綿友愛。

〔四〕同貧同病：《莊子·讓王》敍原憲答子貢曰：“憲聞之，無財謂之貧，學而不能行謂之病。今憲貧也，非病也。”白氏本此句而廣其義，謂我二人同爲既貧又病。

〔五〕一死句：古代諺語：“一死一生，乃見交情。”臨老頭，謂臨老年之際，方來考驗此言。

〔六〕杯酒句：操，古皆讀仄聲。白氏自注：“曹公曰：天下英雄，唯使君與操耳。”案此事見《三國志·魏書·武帝紀》，使君指劉備而言，此處借喻劉禹錫。曹操，白氏自況。蓋劉、白皆熱心於政治革新，志同道合，故以英雄相推許。

〔七〕文章句：白氏自注："仲尼云：'後世知丘者《春秋》。'又云：'《春秋》之旨，微而婉也。'"丘，即孔丘。孔丘修完《春秋》，曾慨嘆説："知我者其唯《春秋》乎？罪我者其唯《春秋》乎？"見《孟子·滕文公》。又杜預《春秋左傳序》："一曰微而顯。……三曰婉而成章。"此杜預之文，非孔丘之言。此句意爲：禹錫詩婉而多諷，其微言大旨，我能知之。

〔八〕應共句：元稹死於大和五年(八三一)。元、白至交，劉、白亦至交，故云。

此詩當作於武宗會昌二年七月。

禽蟲十二章〔一〕（選三）并序

　　莊、列寓言〔二〕，風、騷比興〔三〕，多假蟲鳥，以爲筌蹄〔四〕。故《詩》義始於《關雎》《鵲巢》〔五〕，道説先乎鯤、鵬、蜩、鷃之類是也〔六〕。余閑居乘興，偶作一十二章，頗類志怪放言〔七〕，每章可致一哂〔八〕；一哂之外，亦有自警其衰耄封執之惑焉〔九〕。頃如此作〔一〇〕，多與故人微之、夢得共之〔一一〕。夢得嘗云："此乃九奏中新聲，八珍中異味也〔一二〕。"有旨哉，有旨哉〔一三〕！今則獨吟，想二君在目〔一四〕，能無恨乎〔一五〕？

〔一〕禽蟲：鳥獸蟲魚等動物的總稱。

〔二〕莊、列寓言：莊即莊周所著的《莊子》；列指列禦寇的《列子》，乃晉人偽作。二書皆喜用寓言闡明哲理。

〔三〕風、騷比興：風指《詩·國風》，騷指屈原所作《離騷》等作品。比、興，見前《和答詩·序》注。

〔四〕多假蟲鳥以爲筌蹄：筌，捕魚用竹器，削竹編排而成；蹄，捕兔具，嚴冬無草時，以果菜爲餌，誘兔使陷其蹄之器。《莊子·外物》："筌者所以在魚，得魚而忘筌；蹄者所以在兔，得兔而忘蹄。言者所以在意，得意而忘言。"爲此句所本。意謂《禽蟲》詩貌似詠物，而意在鳥獸蟲魚之外，所詠者只是媒介。

〔五〕《詩》義始於《關雎》、《鵲巢》：《詩》六義，始於十五國風；十五國風，始於《周南》、《召南》；《周南》、《召南》始於《關雎》、《鵲巢》。《關雎》首句"關關雎鳩"，《鵲巢》首句"維鵲有巢"，皆先借物引出男女婚嫁的社會現象，故《毛傳》把這兩篇詩都歸入興體。

〔六〕道説先乎鯤、鵬、蜩、鷃：道説，道家的學説。言莊周在《莊子·逍遙遊》裏，歷引鯤鵬、蜩鷃闡述他那種所謂齊物思想。

〔七〕志怪放言：志怪，紀述怪異之事。《莊子·逍遙遊》："《齊諧》者，志怪者也。"放言，見前《放言五首》題解。

〔八〕可致一哂：哂(shěn)，笑。可致一哂，即可招一笑。

〔九〕衰耄封執：意思是衰老頑固。封，閉塞，與故步自封之"封"同義。執，固執。

〔一〇〕頃：作往常解，與現代通常作"近來"解不同。

〔一一〕故人、共之：故人，老友。共之，即陶詩"奇文共欣賞"意。

〔一二〕九奏、八珍：九奏，傳説中藝術成就最高的雅樂。《史記·趙世家》："九奏萬舞，不類三代之樂。"八珍，見前《秦中吟·輕肥》篇注。

〔一三〕有旨哉：大有深意。

〔一四〕想二君在目：思念元、劉二君，如在眼前。

〔一五〕恨：生離死別、知音難遇之恨，兼而有之。

第 六

　　獸中刀槍多怒吼〔一〕，鳥遭羅弋盡哀鳴〔二〕。羔羊口在緣何事，闇死屠門無一聲〔三〕？

〔一〕中：讀去聲。被命中。

〔二〕羅弋：羅，網；弋，以繩繫矢而射。

〔三〕羔羊二句：他獸被殺時大叫，而綿羊則不叫。白氏此詩所悲不在羔羊，而是在具有羔羊性格的人。即魯迅所謂“……哀其不幸……怒其不争”（《摩羅詩力説》）之意。此詩白氏原注：“有所悲也。”意思是悲那些受迫害而不知反抗的人。

第　　七

蟭螟殺敵蚊巢上〔一〕，蠻觸交争蝸角中〔二〕。應似諸天觀下界，一微塵内鬬英雄〔三〕。

〔一〕蟭螟句：《晏子春秋·外篇》：“東海有蟲，巢於蚊睫（眼角）……命（名）曰焦冥。”案：焦冥與蟭螟字同，是古代傳説最小的蟲類。

〔二〕蠻觸句：《莊子·則陽》篇：“有國於蝸（蝸牛）之左角者曰觸氏，有國於蝸之右角者曰蠻氏，時相與争地而戰，伏尸數萬，逐北（追逐敗軍）旬有五日而後返。”案：此兩句皆暗譏當時統治集團内部的紛争儘管激烈，但皆爲私利，所争者小。

〔三〕應似二句：佛經説：欲界有六天，色界之四禪有十八天，無色界之四處有四天……總曰諸天。這當然都是主觀臆造，但如不以辭害意，則諸天又未始不可理解爲無窮無盡的大宇宙。下界，人間，實指統治階級的小天地。微塵，佛經謂人類所處的世界，與大宇宙比較，只如一粒微塵。此詩白氏自注：“自照也。”自照，就是自己引爲借鑑的意思。意爲觀照宇宙之大與人間得失之微，至爲可悲。此係曠達語，亦含消極遯世思想。

第　　十

豆苗鹿嚼解烏毒，艾葉雀銜奪燕巢〔一〕。鳥獸不曾看

《本草》,諳知藥性是誰教〔二〕？

〔一〕豆苗二句：白氏原注："嘗(原缺一字,詳上下文義,當補"聞"字)獵者説：鹿若中箭,發即嚼豆葉食之,多消解。箭頭多用烏頭,故云烏毒。又燕惡艾,雀欲奪其巢,先衛一艾致其巢,輒避去,因而有之。"

〔二〕本草：《本草》,是中國記録藥物的典籍,唐以前有《神農本草》、《吳普本草》、李勣《唐本草》、無名氏《藥性本草》、孟詵《食療本草》、陳藏器《本草》諸書。

此詩序文提到元、劉的死,考元稹死在大和五年(八三一),劉禹錫死在會昌二年(八四二),而劉禹錫曾及見其初稿,則此曾經過一段時間的修改；其最後寫定,當在會昌二年以後。

山　中　五　絶　句〔一〕(選二)

嶺　上　雲

嶺上白雲朝未散,田中青麥旱將枯。自生自滅成何事〔二〕,能逐東風作雨無〔三〕？

〔一〕此詩題下作者原注："遊嵩陽,見五物,各有所感；感興不同,隨興而吟,因成五絶。"則亦作於晚年居洛時。山,指中嶽嵩山而言。

〔二〕自生句：陶淵明《詠貧士》："萬族各有託,孤雲獨無依。曖曖空中滅,何時見餘輝?"此用其意,以抒壯懷銷盡,一事無成之慨。

〔三〕能逐句：僞古文《尚書·説命》："若歲大旱,用女(汝)作霖雨。"此用其意,以寄其平生"兼濟天下"之志。無,見前《問劉十九》詩注。

洞 中 蝙 蝠

千年鼠化白蝙蝠〔一〕,黑洞深藏避網羅;遠害全身誠得計〔二〕,一生幽暗又如何〔三〕?

〔 一 〕千年句:蝙蝠只是前肢生有肉翅,餘皆與鼠無異,故古人有鼠化
　　　蝙蝠之説。如鄭氏《玄中記》:"百歲之鼠,化爲蝙蝠"即是。
〔 二 〕遠害句:全身,保全身命;誠,儘管,雖然。
〔 三 〕一生句:幽暗以喻無所作爲,無所表現。又如何,又多麽可惜!
　　　這表明作者直到晚年,他内心裏立功立業的政治熱情和明哲保身
　　　的消極思想仍有矛盾。

開龍門八節灘詩二首 并序

東都龍門潭之南〔一〕,有八節灘、九峭石,船筏過此,例反破〔二〕,傷舟人〔三〕。楫師推挽束縛〔四〕,大寒之月,躶跣水中〔五〕,飢凍有聲,聞於終夜。予嘗有願,力及則救之。會昌四年,有悲智僧道遇〔六〕,適同發心〔七〕,經營開鑿。貧者出力,仁者施財〔八〕。於戲〔九〕!從古有礙之險,未來無窮之苦,忽乎一旦盡除去之〔一〇〕,兹吾所用適願快心〔一一〕,拔苦施樂者耳〔一二〕;豈獨以功德福報爲意哉〔一三〕!因作二詩,刻題石上。以其地屬寺〔一四〕,事因僧,故多引僧言見志。

〔 一 〕東都龍門潭:東都,即洛陽,唐以洛陽爲東都或東京。龍門潭,在

今洛陽市東南三十里龍門山下。龍門山與香山東西對峙,伊水中流,故名伊闕。

〔二〕例反破:經常撞翻,碰破。反,通翻。

〔三〕舟人:語出《詩·小雅·大東》:"舟人之子。"

〔四〕楫師推挽束縛:楫師,搖櫓船工。推挽,言船筏擱淺,前拉後推;束縛,言船筏破損,修補時,連捆帶綁。

〔五〕躶跣:躶,裸體;跣(xiǎn),光腳。

〔六〕悲智僧道遇:悲智二者,佛家認爲是僧人兩種美德。悲是慈悲,智是智慧,慈悲則喜助人,智慧則能辦事。道遇,當是僧名。白氏《修香山寺記》:"因請悲智僧清閑主張之",語法結構,與此序"有悲智僧道遇,適同發心"相同,可爲參證。

〔七〕適同發心:適同,正好和我一致;發心,決心發起鑿灘的工程。

〔八〕仁者施財:古代稱輕財好施爲仁。白氏倡導修灘,並自輸家財,促使其他的富豪們也略解吝囊。

〔九〕於戲:即"嗚呼"的古寫,驚嘆聲。

〔一〇〕忽乎:忽然。

〔一一〕兹吾所用適願快心:兹,此;用,以;適願快心,實現了願望而感到愉快。

〔一二〕拔苦施樂:救苦造福。

〔一三〕豈獨以功德福報爲意哉:意謂旁人行善,旨在功德福報,而自己則不盡在此。功德福報,佛家語。

〔一四〕寺:龍門附近有香山、玉泉、石窟等寺。此處應指香山寺。

鐵鑿金鎚殷若雷〔一〕,八灘九石劍稜摧〔二〕。竹篙桂楫飛如箭〔三〕,百筏千艘魚貫來〔四〕。振錫導師憑衆力〔五〕,揮金退傅施家財〔六〕。他時相逐西方去〔七〕,莫慮塵沙路不開〔八〕。

〔一〕鐵鑿句：古代銅、鐵皆可稱金；故鐵、金此處實互文見義。殷
　　　　(yīn)，聲音洪大。

〔二〕八灘句：八節灘、九峭石那些礁石，原來利如劍刃的，現在都被摧
　　　　毀。以上兩句寫經過勞動人民努力，八節灘基本削平。

〔三〕竹篙句：桂楫，即桂棹、桂槳。此句言船行加速。

〔四〕百筏句：言水路交通，暢利無阻。

〔五〕振錫句：錫，僧人所拄錫杖。本是梵語"喫棄羅"的譯音，意爲鳴
　　　　聲，因可以搖動作響而得名。道遇蓋雲遊行脚僧，暫時駐錫於龍
　　　　門者。憑衆力，西晉印度籍僧人法護曾譯《力士移山經》，此蓋暗
　　　　用其意。

〔六〕揮金句：《漢書‧疏廣傳》："(地節三年)，徙太子太傅……乞骸
　　　　骨……加賜黃金二十斤，皇太子贈以五十斤……廣曰：'(子孫)賢
　　　　而多財，則損其志；愚而多財，則益其過……又此金者，聖主所以
　　　　惠養老臣也。故願與鄉黨宗族共享其賜，以盡吾餘日。'"退傅，退
　　　　休的太傅。此句借疏廣故事以自喻。因此時已罷太子少傅二年。

〔七〕他時句：言將來相隨共去西方"極樂世界"。

〔八〕莫慮句：塵沙路，佛教用語，謂法門(入佛法之門)像塵沙那樣多。
　　　　此句意謂生前做了好事，死後可以往生"極樂世界"，這是宗教迷
　　　　信的説法。

　　七十三翁旦暮身〔一〕，誓開險路作通津〔二〕；夜舟過
此無傾覆，朝脛從今免苦辛〔三〕；十里叱灘變河漢〔四〕，八
寒陰獄化陽春〔五〕。我身雖没心長在，闇施慈悲與
後人〔六〕。

〔一〕旦暮身：言年壽已高，早晚之間，即將棄世。《史記‧晉世家》：
　　　　"君老矣，旦暮之人。"

〔二〕通津：大道，此處指開鑿後的龍門潭。

〔三〕朝脛：《書·泰誓》：“今商王受(紂)……斮朝涉之脛。”偽孔傳：
　　　“冬月見朝(晨)涉水者，謂其脛耐寒，斬(截肢)而視之。”白詩此處
　　　只是以朝脛借喻在寒天早晨光腿涉水的勞動者。

〔四〕叱灘、河漢：叱灘，有名的險灘，在湖北秭歸縣西二里，一名黄魔
　　　灘。河漢，即天河，古人幻想天河是水流最平穩的河流。

〔五〕八寒：白氏原注：“八寒地獄，見《佛名》及《涅槃》經，故以八節灘
　　　爲比。”八寒，地獄名，佛家説此地獄最爲陰寒。案以上二句，總言
　　　八節灘開鑿，險境變通途，地獄變人間。

〔六〕闇施句：白氏認爲：他這次倡導修龍門八節灘，並出錢鳩工，是給
　　　後代做了一件好事。但是他在作品裏，並没有充分反映出勞動人
　　　民在這一次改造自然鬥爭中所起的主要作用。

　　　這兩首詩當作於會昌四年(八四四)冬季。

題 文 集 櫃

　　破柏作書櫃〔一〕，櫃牢柏復堅；收貯誰家集？題云“白
樂天”。我生業文字〔二〕，自幼及老年；前後七十卷，大小
三千篇〔三〕。誠知終散失，未忍遽棄捐〔四〕；自開自鎖閉，
置在書帷前。身是鄧伯道〔五〕，世無王仲宣〔六〕；只應分付
女，留與外孫傳〔七〕。

〔一〕破柏：鋸開柏木。
〔二〕業文字：以創作爲業。
〔三〕七十卷、三千篇：《白氏集後記》：“白氏前著《長慶集》五十
　　　卷，……後集二十卷，……今又續後集五卷，……前後七十五卷，

詩筆大小凡三千八百四十首。"此云七十卷、三千篇,皆但舉整數。

〔 四 〕遽棄捐:馬上丟掉。

〔 五 〕鄧伯道:鄧攸,字伯道,晉代人,因兵難,絶子嗣,故後世凡言無子
　　　　嗣者,皆稱"伯道無兒"。

〔 六 〕王仲宣:漢末詩人王粲,字仲宣,當時極負盛名的前輩作家蔡邕,
　　　　見粲年少多才,盡以所藏書與之。此句白氏慨嘆自己後繼無人。

〔 七 〕外孫:白氏有女,嫁於譚氏,生子玉童,是白氏外孫。

　　此詩語氣,似是最後一次編藏文集,白集最後編定,據《後記》在會昌
五年(八四五),則此詩當作於是年。

詞選

竹 枝 詞 四 首〔一〕（選二）

　　瞿塘峽口水煙低〔二〕，白帝城頭月向西〔三〕。唱到《竹枝》聲咽處〔四〕，寒猿闇鳥一時啼〔五〕。

〔 一 〕竹枝詞：《樂府詩集》列入“近代曲辭”，題解云：“《竹枝》本出於巴渝(今川東重慶一帶)。唐貞元中，劉禹錫在沅湘(湖南)，以俚歌(民歌)鄙陋，乃依騷人《九歌》作《竹枝》新辭九章，教里中兒歌之，由是盛於貞元、元和之間。禹錫曰：‘《竹枝》，巴歈也，巴兒聯歌，吹短笛擊鼓以赴節。歌者揚袂睢舞，其音協黄鐘羽；末如吴聲，含思宛轉，有淇濮之豔焉。’”由此可見，《竹枝詞》本來是民歌的一種，劉禹錫和白居易的作品，都是在民歌的基礎上進行加工的成果。這種傳統可以追溯到屈原的作《九歌》，是我國古代進步作家與人民的口頭創作相結合的光輝範例，值得我們借鑑。

〔 二 〕瞿塘句：瞿塘峽，見前《夜入瞿塘峽》詩注。水煙，一本作“冷煙”，水上浮霧。

〔 三 〕白帝城：在今四川奉節縣東白帝山上，山與赤甲山相接，城本爲魚復縣城。《元和郡縣志補志四》：“初公孫述殿前有井，白龍出焉，因號曰白帝城。”

〔 四 〕聲咽：《竹枝詞》聲調悽苦，有似人之哽咽。

〔 五 〕闇鳥：《樂府詩集》八一作“晴鳥”。

江畔誰人唱《竹枝》? 前聲斷咽後聲遲〔一〕。怪來調苦緣詞苦〔二〕,多是通州司馬詩〔三〕。

〔一〕前聲句:斷咽,短促而略帶哽塞;遲,緩慢悠揚,餘味無窮。劉禹錫《竹枝詞序》説:"其音協黄鐘羽,末如吴聲,含思宛轉,有淇濮之豔焉。"

〔二〕怪來句:怪來,相當於今語"怪不得"。調苦緣詞苦,意思是説:《竹枝詞》聲調的悽苦是由於歌詞的内容悽苦。

〔三〕通州司馬:指元稹,元稹於元和十年(八一五)三月任通州司馬。

浪淘沙詞六首〔一〕(選二)

白浪茫茫與海連,平沙浩浩四無邊〔二〕。暮去朝來淘不住〔三〕,遂令東海變桑田〔四〕。

〔一〕《浪淘沙》:唐教坊曲名,《樂府詩集》列爲"近代曲辭",所收白居易、劉禹錫所作皆爲七言絶句。成爲長短句,乃五代和北宋以後的事。

〔二〕平沙:見前詩選《江樓夕望招客》注。

〔三〕淘:兼有沖刷、沖積二義。

〔四〕遂令句:遂令,致使。令,讀平聲。東海變桑田,喻世界處在不斷變化的過程中。《神仙傳》麻姑對王方平説:"接侍以來,已見東海三爲桑田;向到蓬萊,水淺於往者會時略半也,豈將復還爲陵陸乎?"方平曰:"東海行復揚塵耳。"

借問江潮與海水，何似君情與妾心〔一〕？ 相恨不如潮有信〔二〕，相思始覺海非深〔三〕。

〔一〕何似：哪裏像。
〔二〕相恨句：此責男方久出不歸。潮有信，李益《江南詞》：“嫁得瞿唐賈，朝朝誤妾期；早知潮有信，嫁與弄潮兒。”
〔三〕相思句：此女方自訴深情。

《竹枝詞》與此詞當作於元和十四年(八一九)，白氏從江州司馬調任忠州刺史到任以後。

花　非　花〔一〕

花非花，霧非霧〔二〕；夜半來，天明去〔三〕。來如春夢幾多時，去似朝雲無覓處〔四〕。

〔一〕花非花：《花非花》成爲詞牌始於此。前四句皆三言，是由七言絕的前兩句折腰而成。後兩句仍爲七言，有明顯的痕跡是從七言絕句演變而來。此詞通篇皆作隱語，主題當是詠官妓。第一句是説官妓的容貌如花，但非真花。
〔二〕霧非霧：意思是説：官妓女性，上應女宿。女宿也叫婺女。此詞是用雙關語，借“霧”爲“婺”。但並非雲霧的霧。
〔三〕夜半來兩句：既是説星，也是説人，語意雙關，主要是説人。官妓既不同於一般妓女，也不同於正式妻子；她們和官僚的共同生活，以此爲限度。
〔四〕來如二句：上言會短，下言別長。“夢”和“朝雲”這兩個成語，都見於《文選》宋玉所作的《高唐賦序》和《神女賦序》。兩賦寫楚襄王在夢中和巫山神女幽會。以後成爲男女幽會常用的隱語。

此詞確切寫作年代無考，然揣情度事，似以穆宗長慶二年（八二二）七月出任杭州刺史以後，敬宗寶曆二年（八二六）秋卸任蘇州刺史以前這一段時間的可能性較大。

憶江南詞三首〔一〕（選二）

江南好，風景舊曾諳〔二〕：日出江花紅勝火，春來江水綠如藍〔三〕。能不憶江南！

〔一〕憶江南：白氏原注："此曲亦名《謝秋娘》，每首五句。"《樂府詩集》八三："《憶江南》，一曰《望江南》。《樂府雜錄》曰：《望江南》，本名《謝秋娘》，李德裕鎮浙西，爲妾謝秋娘所製，後改爲《望江南》。因白氏詞，後遂改名《江南好》。"

〔二〕諳(ān)：熟悉。

〔三〕綠如藍：藍，染草名，即藍靛。綠如藍，是説綠得比"藍"還要綠。案："如"有"勝過"義，和"於"字用法一樣，《荀子·勸學》："青取之於藍，而青於藍。"

江南憶，最憶是杭州：山寺月中尋桂子〔一〕，郡亭枕上看潮頭〔二〕。何日更重遊！

〔一〕山寺句：作者《東城桂》詩自注："舊説杭州天竺寺每歲中秋有月

桂子墮。”古神話，月中有桂樹。據《南部新書》：“杭州靈隱寺多
桂，寺僧曰：‘此月中種也。’至今中秋望夜，往往子墮，寺僧亦嘗拾
得。”可見這是寺僧自神其説。

〔二〕郡亭句：郡亭，疑即杭州城東樓。餘見前《長慶二年七月，自中書
舍人出守杭州，路次藍溪作》注。

　　案《憶江南詞》當是寶曆二年(八二六)白氏卸蘇州刺史任，回洛陽以
後所作。

楊柳枝詞八首〔一〕（選二）

　　《六幺》、《水調》家家唱〔二〕，《白雪》、《梅花》處處
吹〔三〕。古歌舊曲君休聽，聽取新翻《楊柳枝》。

〔一〕楊柳枝詞：段安節《樂府雜録》：“白傅閒居洛陽邑時作，後入教
坊。”案崔令欽《教坊記》曲名，有《楊柳枝》，原來是一種民歌。六
朝時北歌有《折楊柳歌辭》，中有“反折楊柳枝，蹀座吹長笛”之語，
可知其用横笛伴奏。至唐代，仍然如此，故此詞有“古歌舊曲”、
“《白雪》、《梅花》處處吹”云云。至白氏新翻《楊柳枝》，則爲新創
歌詞和曲調，可能兼備吹、唱二者。此詞依辭句看，仍是七言絶句
詩，這正是初期詞作的常見現象。原作八首，思想情感，多不健
康，今僅選其二首，以備詞中一格。

〔二〕六幺、水調：《六幺》不僅可用於琵琶獨奏，而且也可以用於歌妓
演唱，不過開頭時要用琵琶和笛子作序引，這可由王建《宫詞》：
“琵琶先抹《六幺》頭，小管丁寧側調愁；半夜美人雙唱起，一聲聲
出鳳凰樓。”以及白氏《聽歌六絶句·樂世》(自注：一名《六幺》)：
“管急絃繁拍漸稠，《緑腰》宛轉曲終頭”之語得到證明。《水調》亦

可歌,段安節《樂府雜錄》云:"洎漁陽之亂,六宮星散,永新爲一士
人所得。韋青避地廣陵,因月夜憑欄於小河上,忽聞舟中唱《水
調》者,曰:'此永新故歌也。'乃登舟省之……"又白氏《聽歌六絶
句》,其中一首即爲聽《水調》。可見《六幺》和《水調》,確爲當時傳
唱的歌曲無疑。

〔三〕白雪句:《白雪》,古笛曲,宋玉《笛賦》:"師曠將爲《陽春》……《白
雪》之曲,假塗南國,至於此山(衡山),望其叢生,見其異形,因命
陪乘取其雄焉。"《梅花》指《梅花落》而言,亦爲笛曲。《樂府詩集》
二一《漢橫吹曲》下引吴兢《樂府解題》曰:"漢橫吹曲有《梅花
落》……",故李白《與史郎中欽聽黄鶴樓上吹笛》詩云:"黄鶴樓中
吹玉笛,江城五月落梅花。"

　　蘇家小女舊知名,楊柳風前別有情〔一〕;剥條盤作銀
環樣,卷葉吹爲玉笛聲〔二〕。

〔一〕蘇家二句:蘇家小女,謂蘇小小,爲南齊時錢唐名妓,有墓在西湖
側。然此處詩人似借以暗喻其妾柳枝(樊素)。錢易《南部新書》
戊:"白樂天任杭州刺史,攜妓還洛,後却遣回錢唐。故劉禹錫有
詩答曰:'其那(奈)錢唐蘇小小,憶君淚染石榴裙。'"其爲以古喻
今,十分明顯。下"楊柳風前別有情"句,蓋追寫樊之杭州舊居,作
者《杭州春望》詩"柳色春藏蘇小家",與此所寫當爲一事。

〔二〕剥條二句:條,柳條;銀環,手鐲。捲葉,爲唐人伎樂的一種,四川
成都王建墓石刻,猶可見其遺制。以上二句寫柳枝天真爛漫的少
女形象。此首蓋追憶過去與柳枝邂逅時情景。

長 相 思 二 首〔一〕(選一)

　　汴水流,泗水流,流到瓜洲古渡頭,吴山點點愁〔二〕。

思悠悠，恨悠悠，恨到歸時方始休〔三〕，月明人倚樓〔四〕。

〔 一 〕長相思：詞牌名，用《古詩·孟冬寒氣至》"上言長相思，下言久離別"以爲名。又名《雙紅豆》，《憶多嬌》。在白氏所作諸詞中，獨此與《憶江南》可稱正規的詞調，其餘則都不過是七絕以及雜言的古體詩而已。

〔 二 〕汴水流四句：上闋寫柳枝回南必經之路。汴水，即汴渠，亦即蒗蕩渠。自滎陽與黃河分流，向東南，以通於淮泗。瓜洲古渡，在江蘇省揚州市南長江北岸。《輿地紀勝》三七《淮南東路·揚州·景物》上："在江都縣南四十里江濱，相傳即祖逖擊楫之所也。昔爲瓜洲村，蓋揚子江中之砂磧也。砂漸漲出，其狀如瓜，接連揚子渡口，民居其上，唐立爲鎮，今有石城三面。"古渡之名，疑本於此。吳山，在浙江杭州，春秋時爲吳南界，故名。案柳枝爲杭州人，故白氏望之而生愁。

〔 三 〕思悠悠三句：白氏有《前有別柳枝絕句，夢得繼和云：春盡絮飛留不得，隨風好去落誰家，又復繼答》詩，可見柳枝回南，乃自求去者，可與此三句互相印證。

〔 四 〕月明人倚樓：此言白氏倚樓而望。白氏有《對酒有懷，寄李十九郎中》詩："往年江外拋桃葉，去歲樓中別柳枝。"即追懷此時情事。

據《白香山詩後集》《病中詩序》的紀年，此詞當係開成四年(八三九)春，即柳枝回南，白氏惜別之作。

文選

漢 將 李 陵 論〔一〕

論曰：忠、孝、智、勇四者，爲臣爲子之大寶也。故古之君子，奉以周旋〔二〕。苟一失之，是非人臣人子矣〔三〕。漢李陵，策名上將〔四〕，出討匈奴，竊謂：不死於王事，非忠；生降於戎虜，非勇〔五〕；棄前功，非智〔六〕；召後禍，非孝〔七〕。四者無一可，而遂亡其宗。哀哉〔八〕！予覽《史記》、《漢書》〔九〕，皆無明譏，竊甚惑之〔一〇〕！司馬遷雖以陵獲罪，而無譏可乎〔一一〕？班孟堅亦從而無譏，又可乎〔一二〕？案《禮》云：“謀人之軍，師敗則死之〔一三〕。”故敗而死者，是其所也〔一四〕。《春秋》所以美狼瞫者，爲能獲其死所〔一五〕；而陵獲所不死，得無譏焉〔一六〕？觀其始，以步卒深入虜庭，而能以寡擊眾，以勞破逸，再接再捷，功孰大焉〔一七〕！及乎兵盡力殫，摧鋒敗績〔一八〕，不能死戰，卒就生降〔一九〕。噫〔二〇〕！墜君命，挫國威，不可以言忠〔二一〕；屈身於夷狄〔二二〕，束手爲俘虜，不可以言勇；喪戰勳於前，墜家聲於後〔二三〕，不可以言智；罪逭於躬，禍延於母〔二四〕，不可以言孝；而引范蠡、曹沫爲比，又何謬歟〔二五〕！且會稽之恥，蠡非其罪〔二六〕；魯國之羞，沫必能

319

報〔二七〕；所以二子不死也〔二八〕。而陵苟免其微軀，受制於強虜〔二九〕；雖有區區之意，亦奚爲哉〔三〇〕！夫吳、齊者，越、魯之敵國〔三一〕；匈奴者，漢之外臣〔三二〕；俾大漢之將，爲單于之擒〔三三〕；是長寇讎、辱國家甚矣〔三四〕！況二子雖不死，無陵生降之名；二子苟生降，無陵及親之禍〔三五〕；酌其本末，事不相侔〔三六〕；而陵竊慕之，是大失臣子之義也〔三七〕。觀陵答子卿之書〔三八〕，意者但患漢之不知己，而不自内省其始終焉〔三九〕。何者〔四〇〕？與其欲刺心自明，刎頸見志〔四一〕；曷若効節致命，取信於君〔四二〕？與其痛母悼妻，尤君怨國〔四三〕；曷若忘身守死，而紓禍於親焉〔四四〕？或曰：武帝不能明察，而苟聽流言；遽加厚誅，豈非負德〔四五〕？答曰：設使陵不苟其生，能繼以死〔四六〕；則必賞延於世〔四七〕，刑不加親；戰功足以冠當時，壯節足以垂後代。忠、孝、智、勇四者立，而死且不朽矣，何流言之能及哉〔四八〕？嗚呼，予聞之古人云："人各有一死，死或重於泰山，生或輕於鴻毛。"〔四九〕若死重於義，則視之如泰山也；若義重於死，則視之如鴻毛也〔五〇〕。故非其義，君子不輕其生；得其所，君子不愛其死〔五一〕。惜哉！陵之不死也，失君子之道焉。故隴西士大夫，以李氏爲愧〔五二〕。不其然乎？不其然乎〔五三〕？

〔一〕漢將李陵論：這篇文章批判漢將李陵叛國降敵行爲，同時，也連帶批評了漢代兩個著名史學家司馬遷和班固，認爲他們在撰寫《史記》和《漢書》時，對李陵不應當採取回護和包容的態度。本文表面上雖充滿了封建倫常説教，但實質是對投降叛變的譴責，意在申張民族氣節。不過他對司馬遷和班固的譏議，却並不符合事實。司馬遷當時同情過李陵,主要是因爲漢武帝偏袒内戚(即外戚)貳師將軍李廣利,却對李陵寡恩。且在《史記》中,也以降敵爲失節,以"隴西之士,皆用爲恥焉"語作結,評價了李陵的可恥。班固的《漢書》中也承襲了這一評價。他們在當時深知事實原委,議論還是公允的。李陵(? —前七四),隴西成紀(今甘肅秦安)人,名將李廣孫。漢武帝時,爲騎都尉(武官),率兵擊匈奴,兵敗投降,病死匈奴中。事跡附見《史記・李將軍列傳》、《漢書・李廣蘇建傳》。本文《全唐文》六七七作《李陵論》,無"漢將"二字。

〔二〕奉以周旋:語本《禮記・内則》:"進退周旋慎齊。"意思是小心服侍,盡力効勞。

〔三〕苟一失之二句:意爲假若這上面一失足,這就不成其爲人臣人子了。

〔四〕漢李陵二句:《文苑英華》注:"漢,一有將字。"策名上將,意思是名列上將。《左傳・僖公二十三年》:"策名委質。"孔疏:"策,簡策也。古之仕(做官)者,於所臣之人,書己名於策,以明繫屬之也。"上將,李陵曾爲騎都尉,是較高級的武官。

〔五〕出討匈奴以下六句:《史記・李將軍列傳》:"天子(武帝)以爲李氏世將,而使將兵八百騎,嘗深入匈奴二千餘里……單于既得陵,乃以其子(按指女)妻陵而貴之。漢聞,族(殺死罪人親屬)陵母妻子。"匈奴,是我國古代北方少數民族,當時尚處於奴隸制階段,匈奴上層牧主貴族經常入侵,構成漢朝的嚴重威脅。西漢國防主要是對匈奴。王事,皇帝所交付的任務,這裏具體是指騎都尉要帶兵防守北部邊疆并回擊強敵的入侵。戎虜,古代對少數民族的蔑稱,此處指匈奴。

〔六〕棄前功二句:李陵在投降以前,對匈奴作戰,曾打過幾次勝仗;而投降以後,前功盡棄。

〔七〕召後禍二句:指陵投降以後,不久就招致滅族的慘禍,母親和妻子牽連被殺一事而言。

〔八〕四者無一可三句:意爲李陵自己不但得了不忠、不孝、不智、不勇的惡名,而且還斷送了整個家族,多麼可悲呀!

〔九〕予覽史記、漢書:覽,閱讀。《史記》,漢司馬遷撰,褚少孫補。內容包括十二本紀、十表、八書、三十世家、七十列傳,共一百三十卷。是我國第一部以紀傳體爲主的通史,也是二十四(或五)史的頭一部。歷來享有很高的聲譽。《漢書》,東漢班固撰,妹班昭與馬續續成。全書一百二十卷,爲我國第一部紀傳體斷代史。內容包括十二本紀、八表、十志、七十列傳。西漢以前史事,基本上本於《史記》。

〔一〇〕皆無明譏二句:意思是説,《史記》、《漢書》對此都没有進行公開譴責,我是很懷疑的。竊,私心,是謙辭。惑,意思是不能理解,不能原諒。

〔一一〕司馬遷雖以陵獲罪二句:司馬遷(約前一四五或前一三五一?),西漢大史學家、文學家和思想家,字子長,夏陽(今陝西省韓城南)人。太史令司馬談之子,作《史記》。李陵降匈奴,他替李陵辯解,得罪下獄,受宫刑。事詳《漢書·司馬遷傳》。而無譏可乎?意謂司馬遷撰寫《李將軍列傳》時,對他的叛國投敵罪行,不加譴責,説得過去嗎?

〔一二〕班孟堅:孟堅,班固(三二一九二)字,固。東漢史學家和文學家,扶風安陵(在今陝西咸陽東北)人。永元元年,從大將軍竇憲征匈奴,爲中護軍。憲因擅權被殺,他受牽連,死於獄中。

〔一三〕案《禮》云三句:意爲,考之古禮説:"替別人(案:指君主)部署指揮軍事,如果兵敗,就應當戰死,以身殉職。"《禮》,指《禮記·檀弓》。謀,是部署、謀畫和指揮的意思。師,軍隊。

〔一四〕故敗而死者二句:意思是説:因爲戰敗而死是死得其所的。

〔一五〕《春秋》所以美狼瞫者二句:狼瞫(shěn),春秋時晉國人。其事載《左傳·文公二年》:"晉襄公縛秦囚,使萊駒(人名)以戈斬(刺死)之。囚呼,萊駒失戈,狼瞫取戈以斬囚,禽(擒)之以從公乘。遂以爲(車)右。箕(地名)之役(戰役),先軫(晉主將)黜之(撤銷他的車右職務)而立續簡伯(人名),狼瞫怒,其友曰:'盍死之(爲什麽

不跟他拚命)？'瞑曰：'吾未獲死所……死而不義，非勇也。共用
(杜注：共用，死國用)之謂勇。'……及彭衙(地名)，既陳(陣)，以
其屬馳(奔赴、突擊)秦師，死焉。晉師從之，大敗秦師。君子謂狼
瞫於是乎君子。……怒不作亂，而以從師(戰死)，可謂君子矣！"
這裏白氏所說的《春秋》，實際指的是《春秋左氏傳》。此句"爲"
字，《文苑英華》作"謂"。

〔一六〕而陵獲所不死二句：意爲可是李陵得到了獻出生命的機會却沒
有勇氣去死，能够不加以譴責嗎？

〔一七〕觀其始以下六句：白氏概括《史記・李將軍列傳》、《漢書・李廣
蘇建傳》所附《李陵傳》的記載內容寫成。虜庭，指單于所駐的王
庭。以寡擊衆，意爲以少攻多；以勞破逸，漢軍遠道進攻，故勞；匈
奴防守，故逸(安閑)。再接再捷，意爲屢戰屢勝；功孰大焉，戰功
有誰比他再大呢？

〔一八〕及乎兵盡力殫二句：殫，竭；摧鋒敗績，劍鋒殘缺，車轍紊亂(敗績
本義，後引申爲戰敗)，形容戰敗者丟盔卸甲的狼狽相。

〔一九〕卒就生降：終於偷生降敵。

〔二〇〕噫：嘆詞。

〔二一〕墜君命三句：没有負起國君所交付的使命，敗壞了國家的聲威，
談不到盡忠。

〔二二〕夷狄：古代統治者對少數民族的蔑稱。

〔二三〕喪戰勳於前二句：以前的戰功一筆勾銷，今後的家聲掃地並盡。

〔二四〕罪迍於躬二句：迍(huàn)，逃脫；躬，自身。延，連累。"延"，《文
苑英華》作"貽"，注云：一作"移"。

〔二五〕而引范蠡、曹沫爲比二句：案從此以下一段文字，皆白氏以《文
選》李陵《答蘇武書》爲依據而發的議論。但李陵《答蘇武書》不見
載於《史記》、《漢書》李陵附傳；且文風接近六朝，不類西漢文字，
因此劉知幾《史通・雜說》篇有云："《李陵集》有《答蘇武書》，辭采
壯麗，音調流靡，觀其文，不類西漢人，殆後來所爲，假稱陵作也。"
案《答蘇武書》中有"昔范蠡不殉會稽之恥，曹沫不死三敗之辱；卒

復勾踐之仇，報魯國之羞。區區之心，切慕此耳”等語。惟《漢書·李廣蘇建傳》附《蘇武傳》中，確有“令漢且貰陵罪，全其老母，使得奮大辱之積志，庶幾乎曹柯之盟，此陵夙昔之所不忘也”等語，爲僞《答蘇武書》附會所本。

〔二六〕且會稽之恥二句：《史記·越王勾踐世家》：“勾踐聞吳王夫差日夜勒兵（備戰），且以報越；越欲先吳未發，往伐之。范蠡諫曰：‘不可！臣聞：兵者，凶器也；戰者，逆德也；争者，事之末也。陰謀逆德，好用凶器，試身於所末，上帝禁之，行者不利。’越王曰：‘吾已決之矣。’遂興師。吳王聞之，悉發精兵擊越，敗之夫椒（地名）。越王乃以餘兵五千人，保棲於會稽（山）。”此二句即指此史實，因言范蠡不能負戰敗之責。

〔二七〕魯國之羞二句：《史記·刺客列傳》云：曹沫者，魯人，以勇力事魯莊公，爲魯將。與齊戰，三戰三北（敗）。莊公懼，乃獻遂邑之地以和。猶復以爲將。齊桓公與魯會於柯（地名）。桓公與莊公既盟於壇上，曹沫執匕首劫（要脅）齊桓公。桓公問曰：“子將何欲？”曹沫曰：“齊强魯弱，而大國侵魯，亦已（太）甚矣。今魯城壞壓境，君其圖之！”桓公乃許盡還魯之侵地（侵魯之地）。爲白氏此二句所本。

〔二八〕所以二子不死也：二子，指范蠡和曹沫。子，古代對男子的敬稱。不死，不必死。

〔二九〕而陵苟免其微軀二句：意爲可是李陵只圖免得藐小的個人（微軀）一死，結果受制於强敵。

〔三〇〕雖有區區之意二句：《答蘇武書》有這樣兩句話：“區區之心，切慕此耳。”表白他企圖效法范蠡、曹沫，所以白氏針對這點，加以反駁。區區，微小；亦奚爲哉，又有什麽用呢？

〔三一〕夫吳、齊者二句：意爲：吳與越，齊與魯是處於平等地位的國家。敵，此處用爲匹敵的意思。

〔三二〕匈奴者二句：意爲匈奴不過是漢朝的屬邦，漢朝與匈奴是君臣關係。

〔三三〕俾大漢之將二句：意爲使堂堂大漢的將軍，作了單于的俘虜。俾，致使；單于(chán yú)，匈奴自稱其君長曰單于。

〔三四〕是長寇讎二句：意爲這是助長侵略者的威風，辱没朝廷聲譽的嚴重事件！長，讀去聲，義爲助長；寇讎，敵寇。

〔三五〕及親之禍：連累親屬的禍患。

〔三六〕酌其本末二句：意爲分析范蠡、曹沫和李陵的經歷，情況並不是一回事。侔，相齊，相等。

〔三七〕而陵竊慕之二句：指僞李陵《答蘇武書》中："區區之心，竊慕此耳"兩句，言李陵效法范、曹，大失臣子的應盡職責。

〔三八〕陵答子卿之書：子卿，蘇武字。此書即《答蘇武書》。

〔三九〕意者但患漢之不知二句：意爲揣測其用意，只擔憂漢朝不了解自己的内心，而不肯反省一下事情的原委和後果。"始終"，《文苑英華》作"終始"。

〔四〇〕何者：何以呢？何以如此呢？

〔四一〕與其欲刺心自明二句：《答蘇武書》有"陵不難刺心以自明，刎頸以見志"之説。

〔四二〕曷若効節致命二句：何如効忠貞之節，爲國家獻出生命，以取得國君信任？致命，《易·困》卦："君子以致命遂志。"孔疏："君子雖遭困厄之世，期於致命喪身，必當遂其高志。"意思是寧爲玉碎，勿爲瓦全。"取信於君"，《文苑英華》作"以取信於君乎"。

〔四三〕與其痛母悼妻二句：《答蘇武書》中有："上念老母，臨年被戮；妻子無辜，並爲鯨鯢……且漢厚誅陵以不死，薄賞子以守節……"等語。悼，傷悼；尤，埋怨。

〔四四〕曷若忘身守死二句：何如不顧自己的生命，守節以死，藉以排解親屬的禍殃！紓，緩解。"身"，《文苑英華》作"軀"。

〔四五〕或曰以下五句：是針對司馬遷《報任少卿書》(即《報任安書》)"僕懷欲陳之，而未有路。適會召問，即以此指，推言陵之功，欲以廣主上之意，塞睚眦之辭，未能盡明。明主(武帝)不深曉，以爲僕沮(壓抑)貳師(指貳師將軍李廣利)而爲李陵遊説，遂下於理(治獄官)"那些話而説的。流言,流言蜚語,陷害人的話。遽,竟然。厚誅,嚴重的刑事處分。"豈非負德",《答蘇武書》有"陵雖孤(辜)恩,漢亦負德"的説法。"武帝"上,《文苑英華》有"漢"字。

〔四六〕設使陵不苟其生二句:假如李陵不是苟且偷生,而是兵盡援絶,繼之以死。

〔四七〕賞延於世:恩賞延及後代。上"則",《文苑英華》作"其"。

〔四八〕何流言之能及哉:哪有流言蜚語能牽涉到你呢?

〔四九〕予聞之古人云以下四句:"人各有一死,死或重於泰山,生或輕於鴻毛",這三句話最早見於司馬遷《報任安書》中,但無第二個"死"和"生"字。白氏此文批評了司馬遷,而在這三句話上面,却冠以"予聞之古人云"六字,依文義,似乎他並不認爲司馬遷是第一個説這三句話的。《文選》李善注在這三句話下面引《燕丹子》:"荆軻謂太子曰:'烈士之節,死有重於泰山,有輕於鴻毛,但問用之所在耳。'"大概《燕丹子》裏的荆軻,才是白氏心目中的所謂"古人"。但《燕丹子》實係僞書,爲後人摭拾《史記》及其他古書杜撰而成;白氏不察,遂以爲戰國時真有此書,和他輕信《答蘇武書》爲真,情況相同。

〔五〇〕若死重於義四句:死重於義,謂死的價值,較守義爲重(不應生)的情況下死去;義重於死,謂守義的價值較死爲重(不應死)的情況下死去。於,介詞,表示比較;之,代詞,代"死"。

〔五一〕故非其義四句:此四句承上文,意爲:如果不是面臨"捨生取義"的關鍵時刻,君子決不輕生;勢至死得其所,君子就不惜一死。愛死,語出《左傳·定公八年》:"不敢愛死",意即不敢貪生怕死。"君子"上,《文苑英華》有"則"字。

〔五二〕故隴西士大夫二句:《史記·李將軍列傳》在記述李陵事蹟後説:"自是之後,李氏名敗,而隴西之士居(李氏)門下者,皆用爲恥焉。"這是此二句之所本。

〔五三〕不其然乎:事情不也正是這樣嗎?

案此文確切寫作年代無考,但以早年的可能性爲最大。

養 竹 記

　　竹似賢〔一〕,何哉? 竹本固,固以樹德〔二〕;君子見其本,則思善建不拔者〔三〕。竹性直,直以立身〔四〕;君子見其性,則思中立不倚者〔五〕。竹心空,空以體道〔六〕;君子見其心,則思應用虛受者〔七〕。竹節貞,貞以立志〔八〕;君子見其節,則思砥礪名行,夷險一致者〔九〕。夫如是,故君子人多樹之爲庭實焉〔一○〕。貞元十九年春,居易以拔萃選及第,授校書郎〔一一〕,始於長安求假居處〔一二〕,得常樂里故關相國私第之東亭而處之〔一三〕。明日,履及於亭之東南隅〔一四〕,見叢竹於斯〔一五〕,枝葉殄瘁〔一六〕,無聲無色。詢於關氏之老〔一七〕,則曰:"此相國之手植者〔一八〕。自相國捐館〔一九〕,他人假居,由是筐篚者斬焉〔二○〕,篲帚者刈焉〔二一〕,刑餘之材〔二二〕,長無尋焉〔二三〕,數無百焉。又有凡草木雜生其中,菶茸薈鬱〔二四〕,有無竹之心焉〔二五〕。"居易惜其嘗經長者之手,而見賤俗人之目〔二六〕;剪棄若是,本性猶存〔二七〕。乃芟蘙薈,除糞壤〔二八〕,疏其間,封其下〔二九〕,不終日而畢〔三○〕。於是日出有清陰,風來有清聲〔三一〕;依依然,欣欣然〔三二〕,若有情於感遇也〔三三〕。嗟乎! 竹植物也,於人何有哉〔三四〕? 以其有似於賢而人愛惜之,封植之,況其真賢者乎? 然則竹之於草木,猶賢之於眾庶〔三五〕。嗚呼! 竹不能自異,唯

327

人異之；賢不能自異，唯用賢者異之〔三六〕。故作《養竹記》，書於亭之壁，以貽其後之居斯者〔三七〕，亦欲以聞於今之用賢者云〔三八〕。

〔一〕竹似賢：此處賢，兼有"賢德"及"賢人"兩義。

〔二〕竹本固二句：義本《詩·小雅·斯干》："如竹苞矣。"毛萇傳："苞，本也。"陳奐疏："苞本者，以喻本根深固也。"此二句意爲：竹根深固，有如賢者執守德操，堅貞不拔。

〔三〕善建不拔：語本老子《道德經》："善建者不拔。"王弼注："固其根而後營其末，故不拔也。"建是樹立的意思；不拔是不動搖不倒伏的意思。

〔四〕竹性直二句：意本《孔子家語》："子路曰：'南山有竹，不揉自直。'"此二句意爲：竹幹挺直，如賢者立身之守正不阿。

〔五〕中立不倚：語出《禮記·中庸》："中立而不倚，強哉矯！"中立，意爲正直；不倚，不偏頗，不邪辟。

〔六〕空以體道：空，空明，猶今言"虛心"。言惟心地空明，方能體察天人之道。《藝文類聚》引晉江逌《竹賦》："含虛中以象道。"爲此句所本。

〔七〕應用虛受：應用，當本《老子》："天之道，不爭而善勝；不言而善應。""大成若缺，其用不敝；大盈若冲，其用不窮。"之意。虛受，語本《易·咸》："君子以虛受人。"亦即阮籍《通易論》所説："天地，《易》之主也；萬物，《易》之心也；故虛以受之，感以和之。"這些都是道家的無爲思想，與上言"體道"相應。

〔八〕竹節貞二句：《藝文類聚》引梁劉孝先《竹》詩："無人賞高節，徒自抱貞心。"此二句言：竹節之貞，啓示人們立志亦須堅貞不屈。

〔九〕君子見其節三句：意爲：君子見竹節堅勁，也就想到應當敦品勵行，無論是在平安或艱險的環境中，都始終如一，永不變節。此二句概括了《詩·衛風·淇奥》："瞻彼淇奥，綠竹猗猗（綠竹，《毛傳》以爲王芻，是一種草名；但《史記·河渠書》明言"下淇園之竹以爲

楩",則司馬遷以爲綠竹即竹而非草),有斐君子,如切如磋,如琢
如磨……"和《荀子・君子》篇:"節者,死生此者也。"(意思是:什
麼叫節?節就是堅持正義,生死不渝)等句的涵義。砥礪名行,意
即敦品勵行;夷,平,指平安順利;險,艱難險阻。

〔一〇〕庭實:原意爲:諸侯納貢於天子,把禮品陳列在天子的庭院中。
《左傳・莊公二十二年》:"庭實旅百",意爲諸侯貢獻的禮品,陳列
多至百件。白氏此處用以比喻文人雅士多喜在院中種竹。如《世
說新語・任誕》曾記:"王子猷(徽之)嘗暫寄人空宅住,便令種竹。
或問:'暫住何煩爾?'王嘯詠良久,直指竹曰:'何可一日無此
君?'"即是。

〔一一〕貞元十九年春三句:白氏進士及第後,於貞元十八年(八〇二)冬
十一月参加書判拔萃科考試,次年春中試,授校書郎,掌管校訂中
秘書(内府藏書)。

〔一二〕求假:求,尋找;假,同"借"。

〔一三〕常樂里故關相國私第之東亭:常樂里,據宋敏求《長安志》九,在
原長安城朱雀街東第五街道政坊南。故,已死亡。關相國,指關
播,《舊唐書》一三〇有傳。播字務光,衞州汲縣(今河南汲縣)人。
德宗建中三年(七八二)十月,拜銀青光禄大夫、中書侍郎、同中書
門下平章事(即宰相),所以稱他爲相國。他喜歡提拔讀書人,從
而獲得文人學士的好評。白氏對關播是懷有好感的。下文的一
段描寫,帶有濃郁的寓言意味。私第,私人住宅。東亭,疑指東
跨院。

〔一四〕履及:成語,此處履是踐的意思;履及,猶言涉足,走到。

〔一五〕斯:這裏。

〔一六〕殄瘁:殄,毀滅;瘁,憔悴。意思是:受摧殘、遭毀滅。語本《詩・
大雅・瞻卬》:"人之云亡,邦國殄瘁!"

〔一七〕詢於、老:詢於,問於;老,老僕。

〔一八〕手植:親手培育,謂有紀念價值。

〔一九〕自相國捐館:古代稱人死叫捐館,意思是他必然要離開家宅。語

本《戰國策·趙策》:"今奉陽君捐館舍。"據《舊唐書》本傳載,播死於貞元十三年(七九七)正月,距白氏作此文時已六年之久。

〔二〇〕由是筐篚者斬焉: 由是,從此。筐篚者,指編製竹器的人。在古代,形方而無蓋的竹器叫筐,形方而編織略細上有圓蓋的叫篚。此處泛指竹器。斬,砍伐。

〔二一〕篲帚者: 指作掃帚的人。篲,掃。刈,割。作掃帚須竹的枝葉,所以要割。

〔二二〕刑餘之材: 被砍被割剩下的竹子,亦暗喻當時受迫害的正直之士。刑餘之人,原指受過刑的人。司馬遷《報任安書》就曾以此自稱。

〔二三〕尋: 八尺長。

〔二四〕菶茸薈鬱: 菶(běng)茸,草長得很雜亂的樣子。薈鬱,草長得很茂密的樣子。

〔二五〕無竹之心: 無,意同蔑視,無視;心,意味,意圖。此句暗喻壞人得勢,把正士不放在眼裏。

〔二六〕長者、見賤: 長者,指故相關播;見賤,被……賤視。

〔二七〕剪棄若是二句: 剪,被摧殘;棄,被拋棄。此二句言備受摧殘之餘,其本性仍不稍變。

〔二八〕乃芟蘙薈二句: 乃,因此;蘙薈,蓋滿地面的雜草。糞壤,髒土。

〔二九〕疏其間二句: 疏,鬆土;其,代詞,指竹。封,培土。下,根部。

〔三〇〕不終日: 不到一天。

〔三一〕清陰、清聲: 皆雙關語,喻人的品德。

〔三二〕依依然: 與下"欣欣然"均用擬人法寫竹。言竹有戀人之狀,欣喜之色。

〔三三〕若有情於感遇也: 意爲: 好像竹子也表露出遇到知己,心有所感的神情。

〔三四〕何有哉: 有什麼關係呢?

〔三五〕竹之於草木二句: 意爲: 竹子高過一般草木,賢者超過凡俗之輩。

〔三六〕竹不能自異四句: 自異,自命不凡;唯人(能用賢者)異之。意思

　　是説：選擇、識別，完全在人。
〔三七〕貽：贈與。
〔三八〕今之用賢者云：現在有用人之權的當政者。云，語尾助詞。

　　此文作於貞元十九年（八〇三）春。

爲人上宰相書〔一〕

　　二月十九日，某官某乙謹拜手奉書，獻於相公執
事〔二〕。古人云：“以水投石〔三〕，至難也。”某以爲未甚難
也〔四〕。以卑干尊〔五〕，以賤合貴〔六〕，斯爲難矣。何者？
夫尊貴人之心，堅也，強也，不轉也〔七〕，甚於石焉。卑賤
人之心，柔也，弱也，自下也〔八〕，甚於水焉。則其合之難
也，豈不甚於水投石哉？然則自古及今，往往有合者，又
何哉？此蓋以心遇心，以道濟道故也〔九〕。苟心相見，道
相通，則水反爲石，石反爲水，則其合之易也，又甚乎以石
投水焉。何者？石之投水也，猶觸之有聲，受之有波。心
道之相得也，則貴者不知其貴也，賤者不知其賤也。當其
冥同訢合之際〔一〇〕，但脗然而已矣〔一一〕。其合之易也，
豈不甚於石投水哉！噫！厥道廢墜〔一二〕，不行於代久
矣〔一三〕。故貴者自貴耳，賤者自賤耳〔一四〕，雖同心同
道〔一五〕，不求相合也。今某之心與相公之心，愚智不侔
也；今某之道與相公之道，小大不倫也〔一六〕。矧又尊卑貴
賤之勢相懸〔一七〕，如石焉，如水焉，而欲強至難爲至易，
無乃不可乎〔一八〕？然則知其不可而爲之者抑有由〔一九〕：

伏以相公方今佐裁成之首〔二〇〕,當具瞻之初〔二一〕,竊希變天下水石之心,自相公始也;通天下貴賤之道,自某始也。不然者,夫豈不自知其狂進妄動哉?伏望少留聽而畢辭焉〔二二〕。幸甚,幸甚〔二三〕!

〔一〕爲人上宰相書:宰相,即韋執誼。韋是長安(今西安市)人。從吏部郎中升任尚書左丞(或作右丞)同中書門下平章事(即宰相)。他曾參加以王叔文、王伾爲領袖,以柳宗元、劉禹錫等人爲骨幹的永貞政治革新運動。運動失敗,數月後,他被貶到崖州(唐治所爲舍城,在今廣東瓊山縣東南),不久病死。白居易沒有參加永貞革新,題作"爲人",不知代誰而作,但這篇文章,却表明了白氏的政見和他對韋執誼的期望和同情。

〔二〕某官某乙句:此人可能是永貞革新的參加者。運動失敗後,白氏不願顯露他的官職姓名,故僅稱做某官某乙。拜手奉書,拱手把書信捧上去。執事,見前詩選《和答詩》注。

〔三〕以水投石:三國時魏人李康作《運命論》,其中有云:"張良受黃石(黃石公,人名)之符(兵書),誦《三略》之説,以游於羣雄(秦末割據的諸侯),如以水投石,莫之受也;及其遭漢祖(高祖劉邦),如以石投水,莫之逆(沒有一點抵觸)也。"以水投石,喻格格不入;以石投水,喻深深採納。

〔四〕某:白氏代上書者自稱。

〔五〕卑干尊:卑,卑微者,下級;尊,尊貴者,上級;干,兼有懇求和冒犯意。

〔六〕合:有投靠、迎合的意思。

〔七〕堅也,強也,不轉也:意謂他們剛愎自用,固執己見,不易轉變。

〔八〕柔也,弱也,自下也:卑賤者處於無勢無權的地位,便顯得軟弱和自卑。

〔九〕以心遇心,以道濟道:喻志同道合者,心心相印,和衷共濟。

〔一〇〕冥同訢合:冥同,默契,暗合。訢(xīn),訢合,互相感應。《禮記·

樂記》：“天地訢合，陰陽相得。”

〔一一〕脗（wěn）然：吻合。

〔一二〕厥道廢墜：厥，其；道，指上下契合。廢墜，廢棄不行。

〔一三〕代：唐人避太宗李世民諱，改“世”作“代”。

〔一四〕貴者自貴，賤者自賤：晉左思《詠史》：“貴者雖自貴，視之若埃塵；賤者雖自賤，重之若千鈞。”這八個字的意思是：貴與賤各行其是，互不相干。

〔一五〕雖：《影宋本白氏長慶集》作“維”，此從《四部叢刊》本。

〔一六〕倫：輩，類。不倫，不類。

〔一七〕矧、懸：矧（shěn），況且；懸，懸殊，差別。

〔一八〕無乃：豈非。

〔一九〕知其不可而爲之者抑有由：“知其不可而爲之”，語出《論語・憲問》。意思是：明知行不通，却還硬着頭皮幹。抑有由，還是有原由的。

〔二〇〕伏以句：伏，舊時下級對上級有所陳述時的謙詞。佐，輔助。裁成，《易・泰》：“后以裁（今本作財，假借字）成天地之道。”意爲：決斷執行而取得成功。這句話是説：您正在開始輔佐皇帝，決斷、執行朝廷政令。

〔二一〕具瞻：《詩・小雅・節南山》：“赫赫師尹，民具爾瞻。”意思是説：聲威顯赫的太師尹氏，人民都（具）仰望期待着你呢！

〔二二〕畢辭：讓我把話説完。

〔二三〕幸甚幸甚：舊時書信常用謙詞，並表希望。

某伏覩先皇帝之知遇相公也〔一〕，雖古君臣道合者，無以加也〔二〕。然竟不與大位〔三〕，不授大權，不盡行相公之道者，何哉？識者以爲先皇父子孝慈之間，亦古未有也。蓋先皇所以輟己知人之明，用賢之功，致理之德，以留賜今上也〔四〕。亦猶太宗黜李勣而使高宗寵用之也〔五〕。故今上在諒陰而特用也〔六〕；相公自郎官而特拜也〔七〕；推此二者，有以見識者之言信矣。斯則先皇知遇之恩，貽燕之念〔八〕，今上速用之旨〔九〕，倚賴之誠；相公寵擢之榮〔一〇〕，託寄之重〔一一〕；自國朝以來，三者兼之，甚鮮矣〔一二〕。故某竊惟相公自拜命以來八、九日〔一三〕，得食不暇飽，得寢不暇安，行則惶然〔一四〕，居則惕然〔一五〕，思所以答先皇之知，副今上之用〔一六〕，允天下之望哉〔一七〕，某竊以爲必然矣。況今主上肇撫蒼生〔一八〕，初嗣鴻業〔一九〕，雖物不改舊〔二〇〕，而命宜布新〔二一〕。是以百辟傾心〔二二〕，懍懍然以待主上之政也〔二三〕；萬姓注目〔二四〕，專專然以望主上之令也；四夷側耳〔二五〕，顒顒然以聽主上之風也〔二六〕。豈直若此而已哉〔二七〕？蓋待其政者〔二八〕，勤惰邪正繫其中焉〔二九〕；望其令者〔三〇〕，憂喜親疏生其中焉〔三一〕；聽其風者〔三二〕，畏侮動靜出其中焉〔三三〕；而將來理亂之根〔三四〕，安危之源，盡在於三者之中矣。如此則相公得不匡輔其政，緝熙其令〔三五〕，宣和其風乎〔三六〕？然則匡輔、緝熙、宣和之道，某雖不敏〔三七〕，嘗聞於師焉；曰：天子之耳，待宰相之耳而後聰也；天子之目，待宰相之目而後明也；天子之心識〔三八〕，待宰相之心識而後聖神也。宰相之耳，待天下之耳而後聰也；宰相之目，待天下之目而後明也；宰相之心識，待天下之心識而後能啓發聖神也。然則取天下耳目心識，上以爲天子聰明神聖者，此宰相之本職也，而爲匡輔、緝熙、宣和之道也。若宰相唯以兩耳聽之，兩目視之，一心思之，則朝廷之得失〔三九〕，豈盡知見乎？必不盡也；而況於天下之得失

乎？宰相之耳目得聰明乎〔四〇〕？必未也；而况於上以爲
天子聰明神聖乎？然則天下聰明心識，取之豈無其道耶？
必有也，在乎知與不知，行與不行耳。

〔一〕先帝知遇：先帝指德宗李适(kuò)。知遇，指受皇帝賞識和提拔。

〔二〕加：超過。

〔三〕大位：指宰相職位。

〔四〕輟己……留賜今上：謂不肯充分施展自己任賢致治的優長，是意
　　　在給下代留下施展才能的餘地。理，唐人避高宗李治諱，改"治"
　　　爲"理"。今上，當今皇帝，指順宗李誦。

〔五〕亦猶太宗黜李勣而使高宗寵用之：亦猶，也正如；太宗，唐太宗李
　　　世民。李勣，唐滑州衞南(今河南省滑縣東六十里)人。本名徐世
　　　勣，歸唐後，賜姓李。他在唐初立過許多戰功。太宗臨死前，一方
　　　面故意把他降職爲太子詹事兼右衞率、加位特進、同中書門下三
　　　品，另方面又暗囑高宗李治繼位後提升他爲尚書左僕射(即左丞
　　　相)。所以説黜於太宗而寵於高宗。這種情況和韋執誼在德宗時
　　　不顯達、順宗時被提升爲宰相有些近似。

〔六〕今上在諒陰：《論語·憲問》引《書》(簡括《書·無逸》文)："高宗
　　　(殷高宗武丁)諒陰，三年不言。"諒陰，古代帝王守孝時所居的喪
　　　廬；在諒陰，即在守孝期間。但此處，不僅暗示李誦居喪，且因"三
　　　年不言"之典，巧妙地反映了李誦生理上害了"不言"的病(風疾)。
　　　據《舊唐書·順宗紀》載：李誦從貞元二十年九月德宗尚在的時
　　　候，就已經害"風病不能言"；因此無論從傳統的禮制(居喪期)，還
　　　是從生理狀況(啞病)説，李誦當時都不能臨朝聽政，而必須由宰
　　　相攝理。

〔七〕自郎官而特拜：指韋執誼由吏部郎中升任爲宰相，是承受皇帝特
　　　恩，越級提升(唐制：吏部郎中官從五品上階，左右丞相爲從二
　　　品)。特拜，皇帝任命元臣，意義重大，稱"特拜"以示敬。

〔八〕貽燕之念：《詩·大雅·文王有聲》："貽厥孫謀，以燕翼子。"陳奐

《毛詩傳疏》:"貽,遺也;燕,安;翼,敬;言武王以安敬之謀,遺其子孫也。上言'孫',下言'子',皆互文以就韻耳。"後世遂以此爲帝王爲儲嗣選賢作輔,使成其治的代語。此句與上"黜李勣"句照應。

〔九〕速用之旨:速用,指越級提升;旨,意旨,深心。

〔一〇〕寵擢:寵信提拔。

〔一一〕託寄之重:託寄,即寄託,意爲付託。宰相是受皇帝委託總攬國家政務的最高級官員。

〔一二〕甚鮮矣:《文苑英華》作"其亦鮮矣"。鮮,稀少。

〔一三〕拜命:拜受任命。

〔一四〕慫然:慫(sǒng),戒懼狀。

〔一五〕惕然:提心吊膽的樣子。

〔一六〕副:相稱,配得上。

〔一七〕允:滿足。

〔一八〕肇撫:開始撫育,實際是開始統治。

〔一九〕嗣鴻業:繼承先帝治理國家的宏偉事業。

〔二〇〕物:指皇朝體制。

〔二一〕命宜布新:政令應當普遍刷新。

〔二二〕百辟傾心:辟的意思是國君,故百辟在古代意指諸侯。在唐則早已廢除分封制,故此處"百辟"實指朝廷和地方百官。傾心,心裏嚮往折服。

〔二三〕慺(lóu)慺然:喜悦狀。

〔二四〕萬姓:指人民。

〔二五〕四夷:指邊疆少數民族及外邦。

〔二六〕顒(yóng)顒然:温和恭順的樣子。

〔二七〕直:僅、但。

〔二八〕待其政者:期待着新任宰相的新政的人,意指百辟。

〔二九〕勤惰邪正繫其中:惰,懈怠。此句意爲:宰相鋭意革新政治,則百辟作風就趨向勤勉正派;否則他們就要走向嬾惰邪辟。繫其中,關鍵就在這裏。

〔三〇〕望其令者：指迫切期待革新政令的萬姓。

〔三一〕憂喜親疏生其中：意爲：朝廷因循守舊，則萬姓憂而疏；銳意革
新，則萬姓喜而親；他們的憂喜親疏皆由此而生。

〔三二〕聽其風者：聞風而動的，指四夷，亦即邊疆的少數民族。

〔三三〕畏侮動靜出其中：朝政刷新，則四夷畏而靜；否則他們就要侮（驕
橫）而動（侵擾）。

〔三四〕理亂：意爲治亂。

〔三五〕緝熙：語本《詩・大雅・文王》，本義是光明，此處以表示整頓刷
新的意思。

〔三六〕宣和其風：發揚國內各民族團結友好的風氣。

〔三七〕不敏：不聰明，謙詞。

〔三八〕心識：思想和見識。

〔三九〕得失：正確和錯誤。

〔四〇〕得：能够。

噫！自開元以來〔一〕，斯道寖衰〔二〕，鮮能行者；自貞
元以來，斯道寖微〔三〕，鮮能知者。豈惟不知乎，不行乎？
又將背古道而馳者也〔四〕。何者〔五〕？古者宰相以危言危
行，扶危持顛爲心〔六〕；今則敏行遜言〔七〕，全身遠害而已
矣〔八〕；古者宰相取天下耳目心識爲用，今則專任其兩耳
兩目一心而已矣〔九〕；古者宰相以接士爲務〔一〇〕，今則不
接賓客而已矣；古者宰相以開閣爲名〔一一〕，今則鎖其第門
而已矣〔一二〕。致使天下之聰明，盡委棄於草木中
焉〔一三〕；天下之心識，盡沉没於泥土間焉〔一四〕。則天下
聰明心識，萬分之中，宰相何嘗取得其一分哉？是故寵益
崇而謗益厚〔一五〕，歲彌久而愧彌深〔一六〕。至乃上負主

恩，下斂人怨〔一七〕，行止寢食〔一八〕，自有慚色者，夫豈非不得天下聰明心識之所致耶？然則爲宰相者，得不思易其轍乎〔一九〕？

〔一〕開元：見前《新樂府·新豐折臂翁》注。

〔二〕斯道寖衰：斯道，指下採羣言、上進忠諫的優良從政傳統。寖（jìn），逐漸；衰，低落。

〔三〕微：衰歇。

〔四〕古道：歷史悠久的優良傳統。

〔五〕何者：何故，爲什麼。《文苑英華》"者"作"哉"。

〔六〕古者宰相以危言危行二句：《論語·憲問》："邦有道，危言危行。"錢坫《論語後録》引孫星衍曰："《廣雅》曰：'危，正也。'釋此爲長。"此處指公正的言論和果斷的行動。扶危持顚，撑持、挽救國家與朝廷，使免於顚覆和危亡。爲心，作爲自己的理想。

〔七〕敏行遜言：《論語·里仁》："子曰：'君子欲訥於言而敏於行。'"又《憲問》："邦無道，危行言孫。"孫，同"遜"。爲白氏此句所本，意思是説：行動眼緊手快，説話低聲下氣，這是目前官場中最時興的風尚。

〔八〕全身遠害：明哲保身，遠避風險。

〔九〕自"古者宰相取天下耳目"起廿七字：通行本白集闕，據《文苑英華》補入。

〔一〇〕古者宰相以接士爲務：《史記·魯世家》："周公戒伯禽（周公子）曰：'我於天下亦不賤矣。然我一沐三握髮，一飯三吐哺（嘴裏的飯），起以待士，猶恐失天下之賢。'"務，急務。

〔一一〕開閤（gé）：《漢書·公孫弘傳》："開東閤以延（接待）賓。"注："閤者，小門也。東向開之，避當庭門而引賓客，以別於掾吏官屬（屬員）也。"

〔一二〕鎖其第門：第，古代官僚的住宅，按品級分甲乙等級，故曰"第"。"第門"，《四部叢刊》本《白氏長慶集》作"門第"，非是，此從

《影宋本》。

〔一三〕委棄於草木：委棄，廢置，遺落；草木，喻田野農村。

〔一四〕沉没於泥土間焉：“沉没”，《文苑英華》作“沉溺”。泥土，喻社會
　　　　下層羣衆。

〔一五〕寵益崇而謗益厚：君上的寵信越高，則來自下面的非議也就
　　　　越多。

〔一六〕歲彌久而愧彌深：歲，年月；彌，越是；愧，慚愧，指過失與不能
　　　　盡職。

〔一七〕斂：收受、積聚。

〔一八〕行止：行，行動，工作；止，靜止，休息。

〔一九〕易其轍：易，改變；轍，車轍，借指行徑、做法。

　　是以聰明損於上〔一〕，則正直銷於下〔二〕；畏忌慎默之道長〔三〕，公議忠讜之路塞〔四〕。朝無敢言之士，庭無執咎之臣〔五〕；自國及家，寖以成弊。故父訓其子曰：“無介直以立仇敵〔六〕！”兄教其弟曰：“無方正以賈悔尤〔七〕！”先達者用以保身〔八〕，後進者資而取仕〔九〕。日引月長〔一〇〕，熾然成風〔一一〕。識者腹非而不言〔一二〕，愚者心競而是效〔一三〕。至使天下有目者如瞽也〔一四〕，有耳者如聾也，有口者如含鋒刃也〔一五〕。如此則上之得失，下之利病，雖欲匡救〔一六〕，何由知之？嗟乎！自古以來，斯道之弊恐未甚於今日也！然則爲宰相者，得不思變其風乎？

〔一〕聰明損於上：在上位的人不肯採納羣言，集思廣益；則必然孤陋
　　　寡聞，聰明日減。

〔二〕正直銷於下：下級敢於直言正論的作風，就要消失。

〔三〕畏忌慎默之道長：畏忌，膽小怕事，顧慮重重；慎默，明哲保身，當

諫不諫;道長,這種不良風尚逐漸增長。

〔四〕公議忠讜之路塞:公議,公正的言論;讜(dǎng),坦率正直的發言。"公議"與"忠讜"爲互文。路塞,道路被堵塞。

〔五〕庭無執咎之臣:庭,同廷,與上句朝字呼應,《詩·小雅·小旻》:"發言盈庭,誰敢執其咎?"鄭玄箋:"謀事者衆,訩訩滿庭,而莫敢決當是非。事若不成,誰云己當其咎責者,言小人爭知而讓過。"意思是:朝臣個個都歸功於己,諉過於人,没有一個人敢於擔當罪責。

〔六〕無介直以立仇敵:無,勿,不要;介直,梗直;立,樹立。

〔七〕無方正以賈悔尤:賈(gǔ),招致;悔尤,《論語·爲政》:"言寡尤,行寡悔。"悔,指自感遺憾;尤,指受人指責。賈悔尤,指招災惹禍,受人打擊報復。

〔八〕先達者用以保身:先達者,指早已爬上高位的人;保身,指保住自己的高官厚祿。"身",《文苑英華》作"聲";保聲,即保持令譽。

〔九〕後進者資而取仕:後進者,指還没有取得官爵職位的人;資,藉,靠;取仕,取得官職。

〔一〇〕日引月長:相當於今語"日積月累"。

〔一一〕熾然成風:形成影響很大、流毒甚廣的歪風邪氣。

〔一二〕識者腹非而不言:識者,指世故較深的人;腹非而不言,心裏不滿意,口頭上不説。

〔一三〕愚者心競而是效:愚者,指利令智昏的庸人。心競而是效,暗地裏爭先恐後地效法這種壞作風。

〔一四〕瞽:瞎子。

〔一五〕有口者如含鋒刃:雖然有嘴,而不能發揮唇槍舌劍的戰鬥作用,意即有口難言。

〔一六〕匡救:匡正,挽救。

是以慎忌積於中,則政事廢於表〔一〕;因循苟且之心作〔二〕,强毅久大之性虧〔三〕。反謂率職而舉者不達於時宜,當官而行者不通於事變〔四〕。故殿最之書,雖具而不實〔五〕;黜陟之法,雖備而不行〔六〕;欲望惡者懲、善者勸,或恐難矣〔七〕。古之善爲宰相者,豈盡得賢而用之乎?豈盡知不肖而去之乎〔八〕?蓋在於秉鈞軸之樞〔九〕,握刀尺之要〔一〇〕,剗邪爲正〔一一〕,削觚爲圓〔一二〕;能使善之必遷,不謂善之盡有〔一三〕;能使惡之必改,不謂惡之盡無〔一四〕。成此功者無他,懲勸之所致耳〔一五〕。然則爲宰相者,得不思提其綱,使羣目皆張乎〔一六〕?

〔一〕是以慎忌積於中二句:只要内心裏老是謹小慎微、顧忌重重,則政事必定廢弛。表,外,指行動。

〔二〕因循苟且之心作:隨波逐流,得過且過的想法擡頭。

〔三〕强毅久大之性虧:强毅,見《禮記·儒行》:"强毅以與人。"鄭注:"彼來辨言行而不正,不苟屈以順之也。"意謂獨立不阿。久大,見《易·繫辭》上:"有親則可久,有功則可大;可久則賢人之德,可大則賢人之業。"意思是說:能團結衆人,才能存在得長久;能造福於社會,才能擴大自己的影響。性,品質;虧,短少,缺乏。

〔四〕反謂率職而舉者二句:反認爲認真負責的人是不達時務,奉公守法的人不會隨機應變。

〔五〕殿最之書,雖具而不實:《漢書·宣帝紀》:"地節四年詔曰:'丞相、御史課(考查官吏)殿最以聞(奏明皇帝)。'"《漢書音義》曰:"上功曰最,下功曰殿。"書,指法令;具,《四部叢刊本》、《文苑英華》均作申,此從《全唐文》卷六七四。具,具備,詳明;不實,不副實,形同虛設。

〔六〕黜陟之法,雖備而不行:《書·舜典》:"三載考績,三考黜陟幽明。"黜,貶官或撤職;陟,提升。幽,昏憒無能之輩;明,精明幹練之才。唐太宗貞觀八年,曾派遣十八道黜陟大使;二十年,又派遣大理卿孫伏伽等以六條規定巡察四方,黜陟官吏。玄宗開元、肅宗至德年間,亦屢屢派遣近臣,考察官吏。以後這種制度,就逐漸廢弛。

〔 七 〕或恐難矣:《文苑英華》作"誠難矣"。

〔 八 〕不肖:不合標準,不稱職(本義爲父賢能而子不像樣)。

〔 九 〕秉鈞軸之樞:秉鈞已見前《贈樊著作》詩注。軸,即制作陶坯用以轉輪的木軸。韓愈《酒中留上襄陽李相公》詩:"知公不久歸鈞軸(還政於朝),應許閑官寄病身。"樞,中樞。

〔一〇〕握刀尺之要:刀尺,裁衣工具,比喻掌握考察官吏而決定升降的權柄。《晉書·李含傳》曾以此爲喻。要,要害,分寸。

〔一一〕剗邪爲正:剗,同剷,剷除;剗邪爲正,即剷除邪惡,樹立正氣。

〔一二〕削觚爲圓:同"破觚爲圓",《漢書·酷吏傳序》:"漢興,破觚而爲圜(同圓),斲琱而爲璞。"觚,舊訓爲方,方的物體有稜角,能傷人,故顏師古注"破觚爲圓"爲"去嚴刑而從簡易"。意即減輕嚴刑峻法,代之以簡易(不繁瑣)寬緩(不苛刻)的政令。

〔一三〕能使善之必遷二句:能够使人向慕於做好事,而不是説把所有的事情都能做好。遷,意同"從"。

〔一四〕能使惡之必改二句:能够使做壞事的人必定悔改,而不是説壞事一樁也不再發生。

〔一五〕成此功者無他,懲勸之所致耳:能够做到這一點没有別的,只是懲惡勸善有以致之而已。

〔一六〕提其綱,使羣目皆張:《吕氏春秋·用民》:"故用民有紀有綱:壹引其紀,萬目皆起;壹引其綱,萬目皆張。"後世言"綱舉目張"本此。

是以懲勸息於此〔一〕,則賢能乏於彼〔二〕;故岳鎮闕而不知所取〔三〕,臺省空而不知所求〔四〕。今則尚書六司之官暨於百執事者〔五〕,大凡要劇者多虚其位〔六〕;閑散者咸備其官〔七〕。或曰："所以難其人，重其禄也〔八〕。"嗟乎！徒知難其人而闕之〔九〕，不知邦政日歸於下吏也〔一〇〕；徒知重其禄而愛之〔一一〕，不知稍食日費於冗員也〔一二〕。損益利害，豈不明哉？古之善爲宰相者，虛其懷，直其氣〔一三〕，苟有舉一賢者，必從而索之〔一四〕；苟有薦一善者，必隨而用之〔一五〕。然後明察否臧〔一六〕，精考真偽，得人者行進賢之賞〔一七〕，謬舉者坐不當之辜〔一八〕，自然審輪轅以相求〔一九〕，謹關梁以相保〔二〇〕。故才無乏用〔二一〕，國無廢官〔二二〕；豈可疑所舉之未精，而反失其善〔二三〕；重所任之不苟，而反廢其官〔二四〕？與其廢官，寧其虛授〔二五〕；與其失善，寧其謬升〔二六〕。但在乎明覈是非〔二七〕，必行賞罰〔二八〕，則謬升虛授，當自辨焉〔二九〕。然則爲宰相者，得不思振其領，使衆毛皆舉乎〔三〇〕？

〔一〕是以懲勸息於此：息，廢置不用；此，指朝廷。

〔二〕乏於彼：乏，缺乏；彼，指百官。

〔三〕岳鎮闕而不知所取：岳，四岳，古代用以稱諸侯之長。《書·堯典》："咨！四岳。"這裏岳鎮指唐代職掌地方軍政大權的節度使、觀察使等，亦即藩鎮。闕，同缺，出了缺額；取，選拔繼任人選。

〔四〕臺省空而不知所求：唐時以尚書省爲中臺，門下省爲東臺，中書省爲西臺，都是宰相的辦公地方，設在紫禁城内，稱臺省，是國家最高的行政決策機關。空，出了空缺；求，搜求適當人選。

〔五〕尚書六司之官句：唐代尚書省下設吏、户、禮、兵、刑、工六部，每部下各設四個司。暨，同"及"；暨於，意即至於；百執事，數以百計的任職官吏，亦即百官。

〔六〕大凡要劇者多虛其位：大凡，大致；要劇，職位重要、任務繁重的差使；虛其位，缺員。

〔七〕閑散者咸備其官：無事可做的清閑差使都是滿員。

〔八〕所以難其人重其禄也：所以，這是因爲；難其人，重要的職位勝任人選難得；重其禄，優厚的俸禄不能輕易與人。

〔九〕徒知：僅知。

〔一〇〕邦政日歸於下吏：國家的政務日益落入下級官吏手裏。

〔一一〕重其禄而愛之：把高額俸禄看得過重而吝惜不肯與人。

〔一二〕稍食日費於冗員：稍食，《周禮·天官·宫正》：“均（整齊劃一）其稍食。”賈疏：“稍則稍稍與之，月俸是也。”此處指數額較少的下級官吏薪俸。冗員，浮濫官員。

〔一三〕虛其懷，直其氣：胸懷放得謙虛，作風做得正派。

〔一四〕從而索之：按照薦舉人的意見去尋找那個人。

〔一五〕隨而用之：隨即加以任用。

〔一六〕明察否臧：明察，辨明；否（pǐ），壞；臧（zāng），好。下“精考”，《文苑英華》作“慎考”。

〔一七〕得人者行進賢之賞：推薦得人，爲朝廷進用了賢者，要受到獎勵。

〔一八〕謬舉者坐不當之辜：薦舉壞人當官，叫做謬舉；因某事受處曰坐。不當，不稱職；辜，罪過。

〔一九〕審輪轅以相求：審，慎重；輪轅，車的代稱，借指公車。漢代曾用公家的車子，一站一站地把應徵的人傳送到京都。《後漢書·光武紀》：“舉賢良方正各一人，遣詣公車。”李賢注：“公車，門名，公車所在，因以名焉。《漢官儀》曰：‘公車掌殿司馬門，天下上事及徵召皆總領之。’”相求，意指求賢。

〔二〇〕謹關梁以相保：《吕氏春秋·孟冬紀》：“謹關梁。”高誘注：“關梁，所以通途也。”謹，小心戒備；關梁，關卡和橋梁，即水陸交通要口；相保，加強防衛。此句意爲：嚴守關卡、橋梁，保證壞人無法通過。和上句相反相成。

〔二一〕才無乏用：朝廷無缺才之憾。

〔二二〕國無廢官：國家没有冗閑無用的官員。

〔二三〕豈可疑所舉之未精二句：哪能因爲懷疑被推薦的人質量不純，反而把好人也一概摒棄？

〔二四〕重所任之不苟二句：過於強調選任官員應當一絲不苟，而使有些
　　　　職位因缺員而廢事。

〔二五〕與其廢官二句："與其"和"寧其"呼應，在語法上稱比較連詞，表
　　　　示在兩者間有所選擇。寧其，寧可，寧肯；虛授，任官而不能稱職。

〔二六〕與其失善二句：失善，漏掉好人；謬升，錯舉壞人。

〔二七〕覈：考核。

〔二八〕必行賞罰：即信賞必罰。

〔二九〕當自辨焉：就自然會分辨出來。

〔三〇〕得不思振其領二句：得不思，豈能不考慮？桓譚《新論·離事》：
　　　　"舉網以綱，千目皆張；振裘持領，萬毛自整。治大國者，亦當如
　　　　此。"（《意林》引）上句是以魚網做比喻，綱舉目張；下句是以皮裘
　　　　做比喻，只要提起皮裘的領子一抖，則萬毛自然順齊。此即後來
　　　　人常說的"提綱挈領"。此處綱領，指上文所說的賞罰勸懲。

　　是以庶政闕於內，則庶事斁於外〔一〕。至使天下之戶
口日耗〔二〕，天下之士馬日滋〔三〕。游手於道途市井者不
知歸，託足於軍籍釋流者不知反〔四〕。計數之吏日進〔五〕，
聚斂之法日興〔六〕。田疇不闢而麥禾之賦日增〔七〕，桑麻
不加而布帛之價日賤〔八〕。吏部則士人多而官員少，姦濫
日生〔九〕；諸使則課利少而羨餘多〔一〇〕，侵削日甚〔一一〕。
舉一知十，可勝言哉〔一二〕！況今方域未甚安〔一三〕，邊陲
未甚靜〔一四〕。水旱之災不戒〔一五〕，兵戎之動無期〔一六〕。
然則爲宰相者，得不圖將來之安，補既往之敗乎〔一七〕？若
相公用天下之目觀而救之，夫豈無最遠之見乎？用天下
之心圖而濟之，夫豈無最長之策乎〔一八〕？策之最長者，見

之最遠者，在相公鑒而取之，誠而行之而已〔一九〕。取之也，行之也，今其時乎，時之爲用大矣哉〔二〇〕！

〔一〕庶政闕於内二句：庶政，頭緒紛繁的政務。闕，同“缺”，指有缺點錯誤。内，指朝廷。庶事，衆多複雜的事務。斁(dù)，廢弛，敗壞。外，指地方。

〔二〕户口日耗：根據杜佑《通典》七、《唐會要》八四、《舊唐書》九、《資治通鑑·唐紀》等書記載，唐代户口最高記録在唐玄宗天寶十三至十四載(七五四—七五五)，户達九百萬左右，人口達五千三百萬不足。但至憲宗元和二年(八〇七)，户口已鋭減到二百四十萬零一點(人口無確數)，不到天寶末年三分之一。足見從天寶末年安史之亂及以後藩鎮不斷叛亂的結果，户口已經大大減少。

〔三〕天下之士馬日滋：士馬，即兵馬；日滋，日益增多。據《舊唐書·憲宗紀》：“元和二年十二月己卯，史官李吉甫撰《元和國計簿》，……天下兵戎(《十七史商榷》卷七四：“戎當作戍。”)仰給縣官(皇帝)者八十三萬餘人，比量天寶士馬，則三分加一。率(平均)以兩户資(養)一兵。”(參考《資治通鑑》二三七胡三省注和《唐會要》六三《修撰》條。)

〔四〕游手於道途市井者不知歸二句：《後漢書·章帝紀》：“務盡地力，勿令游手。”古代把農業生産以外的工商業都稱爲“浮末”或“游手”。經商必須奔走道路，趕集闤鎮。市井，即集鎮所在地。託足，立腳，擇業；軍籍，軍士名册，指部隊；釋流，指佛教，佛教由釋迦牟尼首創，故亦稱釋教。反，同返。當時農民爲了抗拒繳納繁重租税，多入伍當兵或進寺院爲僧。據《舊唐書·憲宗紀》：“元和六年，中書門下奏：‘國家自天寶已後，中原宿兵；見在軍士可使者八十餘萬；其餘浮爲商販，度爲僧道，雜入色役(零工)不歸農桑者又十有五六。是則天下常以三分勞筋苦骨之人，奉七分坐衣待食之輩。’”可與此文互證。

〔五〕計數之吏日進：計數之吏，指利用掌管財物的職權，殘酷搜刮老百姓的貪污官吏。韓愈《順宗實録》記載："德宗在位久，稍(逐漸)不假(給與)宰相權，而左右(近臣)得因緣用事(依靠巴結皇帝竊取財政大權)。外則裴延齡、李齊運、韋渠牟等以奸佞相次進用。延齡尤狡險，判度支(管稅收、財務)，務刻剥聚斂以自爲功。"這就是白氏立論的事實根據。日進，每天在被提升。

〔六〕聚斂之法日興：參閱前《秦中吟·重賦》篇注。

〔七〕田疇不闢而麥禾之賦日增：田疇(chóu)，即田畝。闢，開墾，擴展；賦，此處泛指租稅。

〔八〕桑麻不加而布帛之價日賤：蠶絲和麻可以織布帛。桑麻不加，則布帛的生產不能增加；貨缺本不應賤，但因折變納稅等酷政，農民不得不賤價出售。

〔九〕吏部則士人多而官吏少二句：唐制：來自各州府縣的舉子，到長安經過禮部會試進士及第，還不能做官；必須再經過吏部專科考試登科後，始能授官。制度雖如此，實際情況却是即使進士登科，如門第不高，也仍不被任用。所以形成吏部待職士人多而合格官員少的奇怪現象。姦濫日生，官員不由科舉進身，所走不是"正路"，故曰"姦濫"。

〔一〇〕諸使則課利少而羨餘多：諸使，指節度使、觀察使等地方大員。課利少，因當時農業生產下降，正當糧絹稅收日益減少；羨餘，見前《重賦》注。

〔一一〕侵削日甚：對勞動人民的掠奪剥削，日甚一日。

〔一二〕可勝言哉：能够説得完嗎？

〔一三〕方域未甚安：方域，國土。未甚安，指割據的藩鎮如吳少誠、劉闢等正伺機搞武裝叛亂。

〔一四〕邊陲未甚靜：邊陲即邊疆。當時漢族封建主與邊疆少數民族奴隸主貴族之間時有矛盾，以致西北、西南、東北各地戰亂頻仍。

〔一五〕不戒：言對水旱等自然災害毫無戒備。

〔一六〕無期：隨時可能發生。

〔一七〕得不圖將來之安二句：得，能够，豈可；圖，謀求；補，補救；既往，
　　　　已往；敗，弊端，失誤。
〔一八〕若相公用天下之目觀而救之四句：天下，意爲天下萬民；觀而救、
　　　　圖而濟，兩個對句，實係同義互文。
〔一九〕鑒而取之，誠而行之：鑒察並加以採納；認真付諸實施。
〔二〇〕時之爲用大矣哉：意爲：時機是很重要的。《影宋本》、《四部叢刊
　　　　本》並作"爲時之用大矣哉！"此從《全唐文》六七四。

　　　古者聖賢有其才，無其位，不能行其道也；有其才，有
其位，無其時，亦不能行其道也；必待有其才，有其位，有
其時，然後能行其道焉。某竊見相公曩時制策對中〔一〕，
論風化澆淳之源〔二〕，明天人交感之道〔三〕，陳兵災救療之
術〔四〕，可謂有其才矣。又伏見今月十一日《制詞》云〔五〕：
"其代予言，允屬良弼〔六〕，必能形四方之風〔七〕，成天下之
務〔八〕。"可謂有其時矣。今相公有其才，有其位，有其時，
則行道由己，而由道乎哉〔九〕？某又聞一往而不可追者，
時也〔一〇〕；故聖賢甚惜焉〔一一〕。方今拭天下之目，以觀
主上之作爲也〔一二〕；側天下之耳，以聽相公之舉措
也〔一三〕。如此，則相公出一言，不終日而必聞於朝野；主
上發一令，不浹辰而必達於華夷〔一四〕；蓋主上輯百辟、和
萬姓、服四夷之時，在於此時矣。相公充人望〔一五〕，代天
工〔一六〕，報國之恩，正在於今日矣。

〔一　〕某竊見相公曩時制策對中：曩(nǎng)，過去。制策對，對答皇帝
　　　　所出的考試進士的策論題目。韋執誼這篇制策對原文《全唐文》
　　　　中不載，已無從查考。

〔二〕論風化澆淳之源：論，探討；風化，風俗習尚，語出《詩・大序》：
　　　　“上以風化下。”澆淳，即薄厚；源，根源。

〔三〕天人交感之道：即古代唯心的“天人感應説”，持這種説法的人，
　　　　認爲天象和人事互相感應。人禍流行，則天現災異；政治清明，則
　　　　天現瑞徵；這種唯心主義的迷信學説，由漢代董仲舒開始體系化，
　　　　爲以後歷代統治階級所信奉、利用。

〔四〕陳兵災救療之術：陳，陳述；兵災，指藩鎮叛亂所造成的戰禍，也
　　　　兼指自然災害。

〔五〕制詞：皇帝詔令，指唐順宗的《授韋執誼尚書左丞平章事制》，見
　　　　《全唐文》五五。下四句即節錄制詞中語。

〔六〕其代予言二句：其，助詞，表命令；予，順宗李誦自稱。允，誠然；
　　　　屬，算是；良弼，皇帝的得力助手，極言其職位重要。《禮記・文王
　　　　世子》疏引《尚書大傳》曰：“古者天子必有四鄰（周圍的近臣）：前
　　　　曰疑，後曰丞，左曰輔，右曰弼……可揚（推薦）而不揚，責之弼。”

〔七〕形四方之風：語見《毛詩序》。這裏的意思是説：宰相作風正派，
　　　　必然能在全國各地形成良好的風尚。

〔八〕成天下之務：《易・繫辭》：“夫《易》，開物成務。”孔疏：“言《易》能
　　　　開通萬物（民）之志（心思），成就天下之務（事務）。”

〔九〕行道由己二句：此處意爲推行自己新的治國安邦的方策，哪能按
　　　　照舊時那一套方針呢？

〔一〇〕一往而不可追者，時也：《莊子・秋水》：“年不可擧，時不可止。”
　　　　　此處“時”側重在作時機解，下段自詳。

〔一一〕故聖賢甚惜焉：《晉書・陶侃傳》：“大禹聖者，乃惜寸陰；至於衆
　　　　　人，當惜分陰。”

〔一二〕拭天下之目二句：拭，擦亮；拭天下之目，意即天下拭目。主上，
　　　　　指順宗李誦。

〔一三〕側天下之耳二句：天下側耳傾聽。擧措，行動。

〔一四〕浹辰：浹，滿；辰，十二辰所代表的十二日。《左傳・成公九年》：
　　　　　“浹辰之間”，指十二天的時間。

〔一五〕充人望：滿足人們的希望。
〔一六〕代天工：代替天子治理國家。

　　或者曰：“君臣之道至大也，可以漸合，不可以速合也〔一〕；天下之化至大也，可以漸行，不可以速行也〔二〕；賢人之事業至大也，行之以枉尺而直尋也〔三〕。”某以爲殆不然矣〔四〕。夫時之變，事之宜，其間不容息也〔五〕。先之則太過，後之則不及〔六〕。故時未至，聖賢不進而求〔七〕；時既來，聖賢不退而讓〔八〕。蓋得之，則不啻乎事半而功倍也〔九〕；失之，則不啻乎事倍而功半也。嗟乎！或者徒知漸合其道，而不知啓沃之時失於漸中矣〔一〇〕。徒知漸行其化，而不知變理之時失於漸中矣〔一一〕。徒知枉尺而直尋，而不知易失於時，則難生於漸中〔一二〕，雖枉尋不能直尺矣。近者宰相道不行，化不成，事業不光明，率由乎有志於漸矣〔一三〕。請以前事明之〔一四〕：某嘗聞太宗顧謂羣臣曰〔一五〕：“善人爲邦百年，然後能勝殘去殺〔一六〕。當今大亂之後〔一七〕，將求致理，寧可造次而望乎〔一八〕？”魏文貞曰〔一九〕：“不然！夫亂後易理〔二〇〕，猶飢人易食也。若聖哲施化〔二一〕，人應如響〔二二〕：期月而可，信不爲難〔二三〕；三年成功，猶謂其晚〔二四〕。”太宗深納其言〔二五〕。時封德彝輩共非之曰〔二六〕：“不可！三代以後，人漸澆訛〔二七〕，皆欲理而不能，豈能理而不欲〔二八〕？魏徵書生，不識時務〔二九〕；信其虛説〔三〇〕，必亂國家。”於是太宗卒從文貞之言〔三一〕，力行不倦。三數年間，天下大安，戎狄內附〔三二〕。太宗曰：“惜哉！不得使封德彝見之〔三三〕。”

斯則得其時〔三四〕，行其道，不取於漸之明效也。

〔一〕君臣之道至大也三句：國君是主宰，臣僚是奴僕，尊卑貴賤，地位懸殊，關係倫常大道，只能徐徐接近，不能很快投合。

〔二〕天下之化至大也三句：國家自上而下的政治改革，關係重大，只能循序漸進，不可操之過急。

〔三〕賢人之事業至大也二句：枉尺而直尋，語出《孟子·滕文公》下引“志曰”。意爲委屈一尺，而伸張八尺（尋），是合算的。這兩句的意思説：賢人的事業是非常重大的，應當採用小屈而大伸的方法。白集“行之”下有“可”字，疑衍，此從《文苑英華》。

〔四〕殆不然矣：恐怕不是這樣吧！

〔五〕間不容息：一呼一吸的短暫時間也不能錯過。

〔六〕先之則太過二句：過早則失於冒進，晚了又錯過時機。

〔七〕不進而求：不冒進而強爲。

〔八〕不退而讓：不退縮而失機。

〔九〕蓋得之則不啻乎事半而功倍也：之，指時間，有利時機；不啻（chì），不止。事，所費勞力；功，功效。

〔一〇〕而不知啓沃之時失於漸中矣：僞古文《書·説命》：“啓乃心，沃朕心！”孔疏：“當（應該）開（啓）汝（乃）心所有以灌溉（沃）我（朕）心；欲令以彼所見，教己未知故也。”啓沃，是年老的大臣，用豐富的政治經驗，開導新繼位的皇帝的意思。《新唐書·戴至德傳》：“高宗（李治）嘗爲飛白書，賜侍臣，賜李敬玄曰：‘資啓沃，罄丹誠（盡忠心）！’”此句意爲如果大臣用緩進的方式（漸）向朝廷獻策，那麼他們就會白白錯過向皇帝進言（啓沃）的難得良機。

〔一一〕燮（xiè）理：調理。《書·周官》：“兹唯三公，論道經邦，燮理陰陽。”故燮理指宰相籌畫國家大政。

〔一二〕易失於時，則難生於漸中：錯過了容易成事的時機，則困難就會在延緩之中發生。

〔一三〕率由乎有志於漸矣：這都是在思想上傾向緩進所帶來的惡果。

〔一四〕請以前事明之：“前事之不忘，後事之師。”爲戰國時張孟談的名言，見《戰國策·趙策》一。前事，歷史經驗。明，闡明。

〔一五〕嘗聞太宗顧謂羣臣曰：此句至“惜哉！不得使封德彝見之”一段文章，是白氏根據吳兢《貞觀政要》改寫的。

〔一六〕善人爲邦百年二句：語本《論語·子路》篇：“善人爲邦百年，亦可以勝殘去殺矣。”意爲善人當政百年，才能制止人們互相殘殺的悲慘事件。

〔一七〕當今大亂之後：指隋末唐初社會上經過一場大的動亂。

〔一八〕將求致理二句：致理，即致治，致治，即郅治，舊時形容國家極其昌盛。寧可，哪能够？造次，倉卒，立刻；望，盼望做到。

〔一九〕魏文貞：即魏徵（五八〇—六四三），曲城人，字玄成。隋朝末年，曾從李密起義，後歸唐，爲名臣，卒謚文貞。

〔二〇〕易理：易治。

〔二一〕聖哲施化：聖哲，即聖賢，意指聖君和賢相；施化，推行教化。

〔二二〕人應如響：人民聞風而動，如響之應聲。

〔二三〕期月而可二句：《論語·子路》：“如有用我者，期（jī）月而已可也，三年有成。”期月，是周一年十二個月的意思。信，誠然。

〔二四〕三年成功二句：這是魏徵對《論語》“三年有成”略加引申的解釋。猶謂其晚，還認爲時間太慢。

〔二五〕深納其言：很採納他的意見。

〔二六〕時封德彝輩共非之：封德彝，即封倫，初仕隋爲中書舍人；後入唐，逐步升官至尚書右僕射（即右丞相），是初唐時期守舊派的政治代表。輩，等人；非，反對。

〔二七〕三代以後二句：三代：夏、商、周。澆訛，衰薄而又虛僞。

〔二八〕皆欲理而不能二句：都想把國家治理好而能力達不到，哪裏是有能力而不想把國家治理好？

〔二九〕不識時務：不了解當時情勢。

〔三〇〕虛説：空談。

〔三一〕卒從文貞之言：結果太宗還是聽從了魏徵的話。

〔三二〕戎狄內附：古代蔑稱西部少數民族爲戎，北方少數民族爲狄。內附，歸服。

〔三三〕惜哉！不得使封德彝見之：當時封已死，故太宗説這話。

〔三四〕得其時：得，抓緊，掌握；時，時機。

況今日之天下，豈弊於武德之天下乎〔一〕？相公之事業，豈後於文貞之事業乎〔二〕？在於疾行而已矣〔三〕。所以主上踐阼未及十日〔四〕，而寵命加於相公者〔五〕，惜國家之時也。相公受命未及十日，而某獻於執事者〔六〕，惜相公之時也。夫欲行大道，樹大功，貴其速也。蓋明年不如今年，明日不如今日矣。故孔子曰："日月逝矣，歲不我與"〔七〕，此言時之難得而易失也。伏惟相公惜其時之易也而不失焉；慮其漸之難也而不取焉〔八〕！抑又聞濟時者道也，行道者權也，扶權者寵也〔九〕。故得其位，不可一日無其權〔一〇〕；得其權，不可一日無其寵〔一一〕。然則取權有術也〔一二〕，求寵有方也。蓋竭其力以舉職，而權必自歸〔一三〕；忘其身以徇公，而寵必自至〔一四〕；權歸寵至，然後能行其道焉〔一五〕。伏惟相公詳之而不忽也〔一六〕！抑又聞不棄死馬之骨者，然後良驥可得也〔一七〕；不棄狂夫之言者，然後嘉謨可聞也〔一八〕。苟某管見之中有可取者〔一九〕，俯而取之；苟芻言之中，有可採者，俛而採之〔二〇〕；則知之者必曰〔二一〕："至如某之見，猶且不棄，況愈於某之徒歟〔二二〕？"則天下精通達識之士〔二三〕，得不比肩而至乎〔二四〕？聞之者必曰："如某之言，猶且不棄，況愈於某之徒歟？"則天下謇諤敢言之士〔二五〕，得不繼踵而來乎〔二六〕？伏惟相公試垂意焉〔二七〕，則天下之士幸甚。

某遊長安僅十年矣〔二八〕，足不踐相公之門，目不識相公之面，名不聞相公之耳，相公視某何爲者哉？豈非介者耶，狷者耶〔二九〕？今一旦卒然以數千言塵瀆執事者〔三〇〕，又何爲哉？實不自揆〔三一〕，欲以區區之聞見，裨相公聰明萬分之一也〔三二〕；又欲以濟天下憔悴之人死命萬分之一也〔三三〕，相公以爲如何？

〔一〕豈弊於武德之天下乎：弊於，比那時壞。武德(六一八—六二六)，唐高祖李淵年號。

〔二〕後：不如。

〔三〕疾行：趕快行動。

〔四〕踐阼：《影宋本》《四部叢刊本》並作"祚"，誤，此從《全唐文》。《禮記·曲禮》："踐阼臨祭祀。"孔疏："踐，履也，阼，主人階也。天子祭祀升阼階，履(脚踩)主階行事，故云踐阼也。"

〔五〕寵命：恩詔，指任命韋執誼爲宰相的詔令。

〔六〕獻：指獻書，亦即上書。

〔七〕故孔子曰三句：見《論語·陽貨》。意思是説：日月運行不息，年光不等待人呀！視《論語》文勢及諸家注疏，二句均陽虎之言，這裏白氏誤將它當作孔丘的話了。

〔八〕惜其時之易也而不失焉二句：珍惜辦事易於收效的良機而不錯過；考慮到緩慢拖延容易帶來困難而不采取。

〔九〕濟時者道也三句：要想有補益於時代，就要行道(執行正確的方針)，要行道就得有權；而要扶植權位，則有賴於取得寵信。

〔一〇〕故得其位不可一日無其權：有位無權，則位爲空位。

〔一一〕得其權不可一日無其寵：臣無君寵，則權雖得而將復失。

〔一二〕術：方法，道路。

〔一三〕蓋竭其力以舉職二句：竭，用盡，無保留；舉職，辦事；自歸，自然到手。

〔一四〕忘其身以徇公二句：只要公而忘私地爲朝廷辦事，那麼自然會受到皇帝的寵信。

〔一五〕權歸寵至二句：大權在握（權歸）而又得到皇帝寵信（寵至），然後才能貫徹執行自己的政治主張（行其道）。

〔一六〕詳之而不忽：詳，仔細考慮；不忽，不要輕忽。

〔一七〕不棄死馬之骨者二句：《戰國策·燕策》：“燕昭王卑身厚幣以招賢者，郭隗（wěi）曰：‘臣聞古之君人，有以千金求千里馬者，三年不能得；涓（juān）人（近臣）求之，馬已死，買其骨五百金，……於是不期年（不滿一年）而千里馬至者三。今王誠欲致士（招賢納士），先從隗始。隗且見事（被任用），況賢於隗者乎？豈遠千里哉？’”後世因以“千金買骨”爲急切求賢之喻，良驥，即駿馬。按《全唐文》四五五，有韋執誼所作《市駿骨賦》，白氏此二句，蓋特表上書者和韋氏聲應氣求。

〔一八〕不棄狂夫之言二句：《史記·淮陰侯傳》：“廣武君曰：‘狂夫之言，賢人擇焉。’”嘉謨，偽古文《書·君陳》：“爾有嘉謀嘉猷”。嘉謨即嘉謀，指完善的謀略。

〔一九〕苟某管見：苟，如果。管見，《漢書·東方朔傳》：“以莞（管）闚（窺）天。”《晉書·陸雲傳》：“苟有管見，敢不盡規。”從竹管裏看天，當然所見不全。故古人用以自喻見識短少。

〔二〇〕苟芻言之中三句：芻言，即芻蕘之言。《詩·大雅·板》：“先民（古人）有言：詢於芻蕘。”《毛傳》：“芻蕘，採薪者也。”採薪者，即樵夫。俛，同“俯”。

〔二一〕知之者：知道這種情況的人。

〔二二〕愈：勝過。

〔二三〕精通達識之士：精通事理、多見多聞的人。

〔二四〕比肩：肩挨肩。

〔二五〕謇諤敢言：謇諤（jiǎn è），直言，敢於揭發批判壞人壞事。《晉書·武帝紀》：“讜（忠言）言謇諤，所望於左右也。”

〔二六〕繼踵：足跡相接。

〔二七〕試垂意焉：請加注意！

〔二八〕僅：見前《傷唐衢》詩注。

〔二九〕介者、狷者：指梗直自守，不願結交權貴的人。《晉書·向秀傳》：
　　　　"巢（父）、許（由）狷介之士。"

〔三〇〕塵瀆執事：塵瀆（dú），義同污染，冒犯；這是古代文人對達官貴人
　　　　有所陳請時的自謙套語。

〔三一〕自揆：自量。

〔三二〕裨：有所補益。

〔三三〕濟天下憔悴之人死命：濟，拯救；憔悴之人，謂困厄萎頓的人。

　　這封《爲人上宰相書》寫在唐德宗貞元二十一年（八〇五）二月。這
年正月，德宗死，由其子順宗李誦繼位，八月改元永貞。

策　　林〔一〕（選一）

策　林　序

　　元和初，予罷校書郎〔二〕，與元微之將應制舉〔三〕，退
居於上都華陽觀〔四〕；閉戶累月，揣摩當代之事〔五〕，構成
策目七十五門。及微之首登科〔六〕，予次焉；凡所應對者，
百不用其一二。其餘自以精力所致〔七〕，不能棄捐〔八〕，次
而集之〔九〕，分爲四卷，命曰"策林"云爾〔一〇〕。

〔一〕策林：策是封建時代考試舉子的文體之一。由主考官就當時政
　　　教得失，擬出題目，叫作策試；由舉子作文回答，叫做對策。策林
　　　是元和元年（八〇六）白氏爲了準備參加制舉考試而寫的習作。
　　　儘管應試時使用得很少，但作者在這裏比較全面地論述了自己對

當時的經濟、政治、軍事、外交、文化、教育等方面的觀點。原作多
至七十五目，故稱《策林》。

〔二〕罷校書郎：校書郎，見前詩選《贈元稹》注。罷，謂任滿休官。

〔三〕制舉：唐制，由天子出名考進士名曰制舉。當時白氏和元稹所應
試的是“才識兼茂明於體用科”。

〔四〕上都華陽觀：唐代稱京城長安爲上都。華陽觀，即宗道觀，在長
安朱雀街東第三街(亦即皇城東之第一街)永崇坊。本興信公主
宅，賣與劍南節度使郭英乂，其後被没收。大曆十二年，爲華陽公
主追福，立爲觀。見宋敏求《長安志》八。

〔五〕揣摩：見《戰國策・秦策》，鑽研、探討、體會之意。南宋本摩
作磨。

〔六〕微之首登科：唐代舉子，參加禮部考試録取後，只稱進士及第。
以後再參加吏部某些特科考試，再被録取，始稱登科。此次考試，
元稹得第一名，授左拾遺；白氏中第四等，因補盩厔縣尉。

〔七〕精力所致：耗費精力所得的成果。

〔八〕棄捐：丢掉。

〔九〕次而集之：編排成集。

〔一〇〕命曰策林云爾：命，即命名。云爾，語尾助詞。

人之困窮，由君之奢欲〔一〕

　　問〔二〕：近古以來〔三〕，君天下者〔四〕，皆患人之
困〔五〕，而不知困之由；皆欲人之安〔六〕，而不得安之術。
今欲轉勞爲逸，用富易貧；究困之由，矯其失於既往〔七〕；
求安之術，致其利於將來〔八〕。審而行之〔九〕，以康
天下〔一〇〕。

　　臣聞近古以來〔一一〕，君天下者，皆患人之困，而不知
困之由；皆欲人之安，而不得安之術。臣雖狂瞽〔一二〕，然

粗知之。臣竊觀前代人庶之貧困者〔一三〕，由官吏之縱欲也〔一四〕；官吏之縱欲者，由君上之不能節儉也。何則〔一五〕？天下之人億兆也〔一六〕，君者一而已矣〔一七〕。以億兆之人，奉其一君，則君之居處，雖極土木之功〔一八〕，殫金玉之飾〔一九〕；君之衣食，雖窮海陸之味〔二〇〕，盡文采之華〔二一〕；君之耳目，雖惱鄭衛之音〔二二〕，厭燕趙之色〔二三〕；君之心體，雖倦畋漁之樂〔二四〕，疲轍迹之游〔二五〕，猶未全擾於人，傷於物〔二六〕。何者？以至多奉至少故也。然則一縱一放〔二七〕，而弊及於人者，又何哉？蓋以君之命行於左右〔二八〕，左右頒於方鎮〔二九〕，方鎮布於州牧〔三〇〕，州牧達於縣宰〔三一〕，縣宰下於鄉吏〔三二〕，鄉吏轉於村胥〔三三〕，然後至於人焉。自君至臣，等級若是，所求既衆，所費滋多，則君取其一，而臣已取其百矣。所謂上開一源，下生百端者也〔三四〕。豈直若此而已哉〔三五〕？蓋君好則臣爲〔三六〕，上行則下效〔三七〕。故上苟好奢，則天下貪冒之吏將肆心焉〔三八〕；上苟好利，則天下聚斂之臣將置力焉〔三九〕。雷動風行〔四〇〕，日引月長〔四一〕，上益其侈，下成其私〔四二〕。其費盡出於人，人實何堪其弊〔四三〕！此又爲害十倍於前也。夫如是，則君之躁靜，爲人勞逸之本〔四四〕；君之奢儉，爲人富貧之源〔四五〕。故一節其情〔四六〕，而下有以獲其福；一肆其欲，而下有以罹其殃〔四七〕；一出善言，則天下之心同其善；一違善道，則天下之心共其憂〔四八〕。蓋百姓之殃，不在乎鬼神；百姓之福，不在乎天地；在乎君之躁靜奢儉而已。是以聖王之修身化下也〔四九〕，宮室有制，服食有度，聲色有節，畋遊有時〔五〇〕。不徇己情〔五一〕，不窮己欲，不殫人力，不耗人財。夫然〔五二〕，故誠發乎心，德形乎身，政加乎人，化達乎天下〔五三〕。以此禁吏，則貪欲之吏不得不廉矣；以此牧人〔五四〕，則貧困之人不得不安矣。困之由，安之術，以臣所見，其在茲乎〔五五〕！

〔一〕人之困窮，由君之奢欲：此題原爲策林二十一。人，民。唐避太宗李世民諱，民均作“人”。

〔二〕問：對策皆有問，原由主考官出，此則作者自擬。

〔三〕近古以來：語出《史記・項羽本紀贊》。然此處近古則用爲近世或近代之意。

〔四〕君天下者：君臨天下者。《禮記・曲禮》：“君天下曰天子。”君，作動詞用。

〔五〕皆患人之困：都耽心百姓的窮困。《論語・堯曰》：“堯曰：咨爾舜，天之曆數在爾躬，允執其中。四海困窮，天祿永終。舜亦以命禹。”

〔六〕皆欲人之安：都希望百姓能安逸。《論語・季氏》：“丘也聞有國有家者，不患寡而患不均，不患貧而患不安。蓋均無貧，和無寡，安無傾。”案白氏此文中，困與貧同意，安與逸同意，故下文又有“轉勞爲逸，用富易貧”之語。

〔七〕矯其失於既往：糾正過去的錯誤。

〔八〕致其利於將來：使未來的日子受益。

〔九〕審：熟察事勢。

〔一〇〕康：安泰。

〔一一〕臣聞……：自此以下爲對策正文，這是一種規定的格式。

〔一二〕狂瞽：意同魯莽愚昧，自謙之辭。

〔一三〕前代人庶之貧困者：前代與上文言近古同，是不敢明白指斥現代，因而故爲迴護之辭。人庶，即庶民。

〔一四〕縱欲：放縱其貪欲。

〔一五〕何則：何故，爲什麼？

〔一六〕億兆：極言其多。《禮記・內則》孔疏："算法，億之數今有大小二法：其小數以十爲等，十萬爲億，十億爲兆；其大數以萬爲等，萬至萬，是萬萬爲億；又從億而數至萬億爲兆。"所説正爲唐制。

〔一七〕一而已矣：僅只一個。

〔一八〕土木之功：意指興建宮殿苑囿等。《國語・晉語》："今土木勝，臣懼其不安人也。"意思是：過多地興建宮殿苑囿，則百姓不得休息。

〔一九〕殫金玉之飾：殫(dān)，極盡之意。金玉之飾，以金玉爲裝飾，漢樂府《鷄鳴》篇："黃金爲君門，碧玉爲軒堂。"

〔二〇〕海陸之味：即山珍海味。韋應物《軍中冬燕》："愧無海陸珍。"

〔二一〕文采之華：指華麗的服飾。《老子》："服文采。"

〔二二〕慆鄭衞之音：慆(tāo)，沉湎，迷戀。《禮記・樂記》："鄭衞之音，亂世之音也。"案：古人常以鄭衞爲淫蕩之音。

〔二三〕厭燕趙之色：厭通"饜"，飽足，充斥之意。古代認爲燕趙是出歌舞娼妓的地方。見《漢書・地理志》。

〔二四〕畋漁：即漁獵。皇帝出來打獵，必然要踐踏許多農田，因此又叫做"禽荒"。

〔二五〕轍迹之游：見前詩選《新樂府・八駿圖》注。

〔二六〕全、傷於物：全，或本作"合"，非。傷於物，損耗國家的物資。

〔二七〕一縱一放：謂稍一放縱。

〔二八〕左右：皇帝身邊的人，包括宦官和朝廷重臣。

〔二九〕頒於方鎮：頒，頒布；方鎮，各地的採訪、節度、觀察等使。

〔三〇〕州牧：泛指州郡級長官。唐朝的最高統治者爲了強幹弱枝，於京兆、河南、太原三府各置牧一員，而於一般的州，則置刺史。見《舊唐書・職官志》。故當時牧守有別。

〔三一〕縣宰：即縣令。唐制，六千户以上爲上縣，二千户以上爲中縣，二千户以下爲中下縣，不滿一千户皆爲下縣。見《唐六典・户部》。

〔三二〕鄉吏：唐制，五里爲鄉(百户爲里)，見上書。

〔三三〕村胥：即里胥，見前詩選《新樂府・杜陵叟》注。

〔三四〕上開一源二句：魏徵《論治道疏》：“君開一源，下生百端。”爲白氏
　　　　所本。

〔三五〕直：但，僅。

〔三六〕君好則臣爲：《禮記·樂記》：“君好之，則臣爲之。”意思是説：國
　　　　君喜愛什麼，則佞臣們都要投其所好，逢迎奉承了。

〔三七〕上行則下效：語見《周禮·太宰》賈公彥疏。意即上面怎麼做，下
　　　　面就跟着學樣。

〔三八〕貪冒之吏將肆心焉：貪冒，與貪墨、貪昧同義，意即貪污。肆心，
　　　　肆無忌憚。

〔三九〕聚斂之臣將置力焉：《禮記·大學》：“與其有聚斂之臣，寧有盜
　　　　臣。”聚斂之臣，就是盡力搜刮掠奪百姓的官。置力，猶肆力，亦即
　　　　盡力。

〔四〇〕雷動風行：喻上行下效之速。

〔四一〕日引月長：謂頽風不斷蔓延。長，讀上聲。

〔四二〕上益其侈二句：皇帝越來越驕奢淫佚，下屬也就要趁機遂其
　　　　私欲。

〔四三〕其費盡出於人二句：這些費用都得由人民來負擔，人民又怎能忍
　　　　受這樣的横徵暴斂？

〔四四〕則君之躁静二句：言君躁則民勞，君静則民逸。案白氏鑒於當時
　　　　統治階級窮奢極欲，徵斂不時，弄得人民疲勞不堪，主張與民
　　　　休息。

〔四五〕君之奢儉二句：言君奢則民貧，君儉則民富。

〔四六〕一節其情：謂稍一節制其情欲。

〔四七〕罹其殃：遭他的殃。

〔四八〕一出善言四句：《易·繫辭》：“君子居其室，出其言善，則千里之
　　　　外應之，況其邇者乎？居其室，出其言不善，則千里之外違之，況
　　　　其邇者乎？”爲白氏所本。

〔四九〕修身化下：言身體力行，以儉德率下。

〔五〇〕宫室有制四句：這是在承認皇帝的生活可以超過一般的臣民的

前提下，防止他們過分驕奢淫佚的主張。

〔五一〕徇：順從。

〔五二〕夫然：只有這樣。

〔五三〕誠發乎心四句：至誠發自內心，美德見於行動，仁政施於人民，王
　　　　化行乎天下。這是《禮記·大學》"正心、誠意、脩身、齊家、治國、
　　　　平天下"那一套儒家治國安邦的傳統理論。

〔五四〕牧人：治民。

〔五五〕其在兹乎：大概就在此吧。其，推斷詞。

論　和　糴　狀〔一〕

今年和糴折糴利害事宜〔二〕

　　右臣伏見有司以今年豐熟〔三〕，請令畿內及諸處和
糴〔四〕，令收賤穀，以利農人〔五〕。以臣所觀有害無利。何
者？凡曰和糴，則官出錢，人出穀，兩和商量〔六〕，然後交
易也。比來和糴，事則不然〔七〕。但令府縣〔八〕，散配戶
人〔九〕，促立程限，嚴加徵催〔一〇〕；苟有稽遲，則被追
捉〔一一〕；迫蹙鞭撻，甚於賦稅〔一二〕；號爲和糴，其實害人。
儻依前而行〔一三〕，臣故曰：有害無利也。今若有司出錢，
開場自糴〔一四〕，比於時價，稍有優饒〔一五〕；利之誘人，人
必情願。且本請和糴，只圖利人；人若有利，自然願來；利
害之間，可以此辨。今若除前之弊，行此之便，是真得和
糴利人之道也。二端取捨，伏惟聖旨裁之〔一六〕！必不得
已，則不如折糴〔一七〕。——折糴者，折青苗稅錢，使納斛
斗〔一八〕；免令賤糴，別納見錢〔一九〕；在於農人，亦甚爲利。

況度支比來所支和糴價錢，多是雜色匹段〔二○〕；百姓又須轉賣，然後將納稅錢〔二一〕。至於給付不免侵偷〔二二〕，貨易不免折損〔二三〕；所失過本，其弊可知。今若量折稅錢，使納斛斗；既無賤糴麥粟之費，又無轉賣匹段之勞〔二四〕。利歸於人，美歸於上〔二五〕；則折糴之便，豈不昭然〔二六〕？由是而論，則配戶不如開場，和糴不如折糴，亦甚明矣。臣久處村閭〔二七〕，曾為和糴之戶，親被迫蹙，實不堪命〔二八〕！臣近為畿尉，曾領和糴之司〔二九〕，親自鞭撻，所不忍覩〔三○〕！臣頃者常欲疏此人病，聞於天聰〔三一〕；疏遠賤微，無由上達〔三二〕。今幸擢居禁職，列在諫官〔三三〕，苟有他聞，猶合陳獻〔三四〕；況備諳此事〔三五〕，深知此弊。臣若緘默〔三六〕，隱而不言，不唯上孤聖恩〔三七〕，實亦內負夙願〔三八〕。猶慮愚誠不至，聖鑒未迴〔三九〕；即望試令左右可親信者一人，潛問鄉村百姓〔四○〕："和糴之與折糴，孰利而孰害乎？"則知臣言不敢苟耳〔四一〕。或慮陛下以敕命已下，難於移改；以臣所見，事又不然〔四二〕。夫聖人之舉事也，唯務便人，唯求利物〔四三〕。若損益相半，則不必遷移；若利害相懸，則事須追改〔四四〕。不獨於此，其他亦然。伏望宸衷，審賜詳察〔四五〕！謹具奏聞。謹奏〔四六〕。

〔一〕《論和糴狀》：狀是臣下論事的奏章的格式之一。和糴，是從北魏以後，歷代各王朝除正稅外，向民間強行徵購糧食的措施。不過官方文告，往往把理由說得冠冕堂皇。例如《唐會要》卷九○載興元元年(七八四)閏十月德宗李适下詔："江淮之間，連歲豐稔；迫於供賦，頗亦傷農；收其有餘，補其不足，宜令度支於淮南、浙江東、西道加價收糴三百五十萬石，差官般(搬)運，於諸處減價出糶。貴從權便,以利於民。"從詔令看,目的是調盈劑缺,處處爲便利百姓着想,實則是害民的弊政。白氏此文論述和糶的極度擾民,要求退而求其次,改爲折糶,以期稍紓民困。

〔二〕此爲論狀的提綱,通稱"狀由"。

〔三〕右臣伏見有司以今年豐熟:古代臣僚給皇帝上奏狀,必須在前面寫上自己的職銜和名字,故稱"右臣"。伏見,竊有所見;謙辭。有司,即官吏,職有分司,故曰有司。今年,看下文,當是元和三年(八〇八)白氏始拜左拾遺的那一年。豐熟當指這一年秋收而言。若到冬季和四年春季以後,則關中開始亢旱,絶無豐熟之可言了。

〔四〕請令畿内及諸處和糶:請求皇帝下令畿内和外地辦理和糶。畿内,指國都周圍方圓千里以内的地方。

〔五〕令收賤穀二句:這是主張辦理和糶者編造的藉口。意謂國家收購,可免穀賤傷農。

〔六〕兩和商量:買賣雙方互相協商。

〔七〕比來和糶二句:意思是説:近來和糶的實際情況,并非這樣。比來,近來。

〔八〕但令府縣:唐朝在京城長安左近,設京兆、馮翊、扶風三個府,是縣以上的地方行政機構。

〔九〕散配户人:散配,即攤派;户人,人户,民家。

〔一〇〕促立程限二句:迫促地訂立限期,嚴厲地進行徵購催逼。促,短暫;程限,規定的限期;徵,徵購;催,逼迫。

〔一一〕苟有稽遲二句:倘或稍有遲延,就立刻遭到逮捕。稽,延緩。追捉,逮捕。

〔一二〕追蹙鞭撻二句:追逼鞭打比催租還凶。

〔一三〕依前而行:還照過去辦事。

〔一四〕開場:開設市場。

〔一五〕稍有優饒:比照時價,稍超過一點。

〔一六〕二端取捨二句:是按照過去老章程辦事,還是要採取新辦法,希望皇帝拿主意作出決斷!二端,兩種不同的辦法;裁,決斷。

〔一七〕折糴：《唐會要》卷九〇："貞元二年(七八六)九月(《舊唐書·德宗紀》作十月)，度支奏：'京兆、河南、河中、同、華、陜、虢、晉、絳、鄜、坊、丹、延等州府，夏秋兩稅青苗等錢物，悉折糴粟麥，所在儲積，以備軍食……'詔可之。"可知折糴亦非創舉。

〔一八〕折糴者三句：意爲：什麼叫"折糴"呢？就是把農民交納青苗地稅需要交錢的部分，折價收糧。白氏所以如此主張，可參看詩選《贈友》五首《私家無錢爐》注釋。斛，十斗。斛斗，量糧器，這裏用以代稱粟麥等糧食。

〔一九〕免令賤糴二句：免得農民過賤地出賣糧食，另湊現錢交稅。見，同"現"。

〔二〇〕況度支比來所支和糴價錢二句：況且度支近來付給農民的和糴價款，不是銅錢而是雜色的綢絹。度支，唐代中央掌理財稅的機構。《舊唐書·職官志》："戶部：度支郎中一員，員外郎一員。郎中、員外郎之職，掌判天下租賦多少之數，物產豐約之宜，水陸道途之利，每歲計其所出而度其所用……"天寶以後，宰相常兼領度支。支，支付。雜色，規格不齊，次等。匹段，借指綢絹等紡織品。

〔二一〕百姓又須轉賣二句：農民拿到綢絹，既不能穿，又不能用以交稅；只能降價賣錢，然後拿去納稅。

〔二二〕侵偷：刻扣，從中漁利。

〔二三〕貨易：變賣。

〔二四〕今若量折稅錢以下四句：現在如果以糧價估計(量折)農民應交的賦稅錢數，讓他們改交糧食(納斛斗)；既可以使之免受賤價糴糧的損失(費)，又可節省許多道轉賣綢絹的麻煩手續。

〔二五〕利歸於人二句：意思是說：得好處的是人民，享美名的是皇帝。

〔二六〕昭然：明顯狀。

〔二七〕臣久處村閭：我長時間住在鄉下。閭(lú)，古稱二十五家爲閭，此處村閭，泛指農村。

〔二八〕親被迫蹙二句：親身受過追逼，實在是感到不堪忍受。"民不堪命"，見《國語·周語》韋昭注："言民不堪暴虐之政令。"

〔二九〕臣近爲畿尉二句：我最近以前也當過京城近郊的縣尉，曾經掌管和糴的政務。根據《新唐書·百官志》：“縣尉分判衆曹，收率課調。”掌管税收，所以也兼領和糴。

〔三〇〕親自鞭撻二句：親自下令鞭打百姓，目不忍看。兩句和高適《封丘縣作》那首詩所説：“鞭撻黎庶令心悲”感受相同。

〔三一〕臣頃者常欲疏此人病二句：我前此常想奏陳民間疾苦，使之傳達到皇上的耳邊。疏，上書奏明；人病，民間疾苦；人，“民”諱字，注見前。天聰，古代臣僚尊稱皇帝的耳朵（聽覺）。

〔三二〕疏遠賤微：因爲和皇帝關係疏遠，地位微賤。

〔三三〕今幸擢居禁職二句：現在幸運地被提拔任近侍之職，屬於諫官之列。擢，被提升；禁職，指門下省。辦公處設在宮禁中。左拾遺是其屬官，故稱禁職。又左拾遺（右拾遺同）是諫官中的最下級，故稱列在諫官。

〔三四〕苟有他聞二句：如果聽到旁的事件，尚且應該條陳上奏。陳獻，陳事獻言。

〔三五〕備諳：完全熟悉。

〔三六〕緘默：閉口不言。

〔三七〕孤：同辜，負也。

〔三八〕夙願：素願，平生懷抱。

〔三九〕猶慮愚誠不至二句：我還在擔憂自己的愚忠没有盡到，致使皇上的看法未能轉變。愚誠，封建時代臣僚表示忠心的謙稱。聖鑒，是對皇帝的看法的尊稱。

〔四〇〕潛問：秘密下鄉訪問。

〔四一〕苟：輕率，馬虎。

〔四二〕或慮陛下以敕命已下以下四句：有人擔憂皇上會因爲詔令已下不便輕易改變；照我的看法，這也是不對的。敕命，詔令，皇帝的指令。移改，追改，變更。

〔四三〕夫聖人之舉事也三句：意思是説：皇帝舉辦政事，只求有利於民，只求使他們多得一些好處。務，力求；物，古人稱身外曰物，所以和"我"是對文。此處則指君的對方。與上"人"(民)爲互文。

〔四四〕若損益相半以下四句：如果利害各佔一半，則不需變更，如果利
害相差懸殊，則必須追改。

〔四五〕伏望宸衷二句：敬希您留心，加以審度，賜予詳細地考察其利害。
宸，原指帝王住所，引申爲皇帝的代詞。衷，内心。審，審度詳察，
過細地加以考慮。

〔四六〕謹具奏聞二句：謹慎地準備了如上一篇奏摺，請你知聞。現在我
把它遞上來。這是古代臣下上奏章的套語。

此文當作於憲宗元和三年(八〇八)秋季。

奏閺鄉縣禁囚狀〔一〕

虢州閺鄉湖城等縣禁囚事宜〔二〕

右伏聞前件縣獄中〔三〕，有囚十數人，並積年禁
繫〔四〕；其妻兒皆乞於道路，以供獄糧。其中有身禁多年，
妻已改嫁者；身死獄中，取其男收禁者〔五〕。云是度支轉
運下囚禁在縣獄〔六〕，欠負官物〔七〕，無可塡賠〔八〕；一禁其
身，雖死不放。前後兩遇恩赦，今春又降德音〔九〕，皆云節
文不該〔一〇〕，至今依舊囚禁。臣伏以罪坐之刑〔一一〕，無
重於死；故殺人者罪止於死〔一二〕，坐贓者身死不徵〔一三〕。
今前件囚等欠負官錢，誠合塡納〔一四〕；然以貧窮孤獨，唯
各一身，債無納期，禁無休日；至使夫見在而妻嫁〔一五〕，
父已死而子囚，自古罪人，未聞此苦。行路見者，皆爲痛
傷。況今陛下愛人之心〔一六〕，過於父母；豈容在下有此窮

人〔一七〕？古者一婦懷冤，三年大旱〔一八〕；一夫結憤，五月降霜〔一九〕。以類言之，臣恐此囚等憂怨之氣，必能傷陛下陰陽之和也〔二○〕。其囚等人數及所欠官物；并赦文不該事由，臣即未知委細〔二一〕。伏望與宰相商量，兼令本司具事由分析聞奏〔二二〕。如或是實禁繫不虛〔二三〕，伏乞特降聖慈，發使一時放免〔二四〕。一則使縲囚獲宥〔二五〕，生死皆知感恩；二則明天聽及卑〔二六〕，遠近自無冤滯。事關聖政，不敢不言。臣兼恐度支鹽鐵使下諸州縣〔二七〕，禁囚更有如此者。伏望便令續條疏其事奏上〔二八〕。

〔一〕奏閿鄉縣禁囚狀：閿鄉，見前詩選《秦中吟·歌舞》注。禁囚，關押在獄的囚犯。

〔二〕虢州、湖城：虢(guō)州，在唐屬河南道，首縣弘農，即今河南靈寶縣治所在地(虢略鎮)。湖城，虢州屬縣，在故閿鄉縣東四十里，縣早廢，轄區併入靈寶。

〔三〕右伏聞前件縣獄中：舊時奏狀，開頭或言“右臣”，已見前注；或但言“右”；作“右”者當係省略。前件縣，謂奏狀前面所開列的閿鄉、湖城等縣。

〔四〕禁繫：拘禁在獄中。

〔五〕男：兒子。

〔六〕云是度支轉運下囚禁在縣獄：云是，據說是；度支，見前《論和糴狀》注；轉運，即轉運使，掌管由江淮等外地向兩都運輸糧米，亦往往以宰相或尚書兼領。下，交下來。

〔七〕官物：官家的東西，實際是指租稅。

〔八〕填賠：即補償。

〔九〕德音：見前詩選《新樂府·杜陵叟》注。

〔一○〕皆云節文不該：都藉口説詔令的條文(節文)並不包括(不該)欠租者亦可赦免這一項。

〔一一〕罪坐：罪犯。坐，見前《爲人上宰相書》注。

〔一二〕殺人者死：《漢書·刑法志》：“漢興，高祖初入關，約法三章曰：‘殺人者死……’”《唐律疏議·名例》一：“故曰以刑止刑，以殺止殺。”

〔一三〕坐贓者身死不徵：《唐律疏議·名例》四：“諸以贓入罪……已費用者，死及配流勿徵。”疏議曰：“及雖非身被刑戮，而別有死亡者，本犯之贓，費用已盡，亦從免例。”坐贓，即因貪污犯罪；不徵，謂不再追還其贓物。

〔一四〕誠合填納：誠然應當歸還。

〔一五〕見在：見(同現)在，謂現時還活着。

〔一六〕愛人：即愛民。

〔一七〕窮人：即窮民，指有冤無處訴的苦難人民。

〔一八〕一婦懷冤二句：相傳漢朝東海郡有一年輕寡婦，奉養婆母很孝，婆母很受感動，認爲她守寡無益，勸她改嫁，她不肯，婆母於心不忍，上吊身死，使她免除牽掛。但小姑却誣告她謀殺。郡太守竟把她判成死罪，結果大旱三年。事見《漢書·于定國傳》。這種“天人感應”之説，自係迷信，但封建時代，勞動人民有冤無處訴，則是事實。

〔一九〕一夫結憤二句：《太平御覽》一四引《淮南子》：“鄒衍事燕惠王盡忠，左右譖(毀謗中傷)之，王繫之獄，仰天哭，夏五月天爲之下霜。”又張説《獄箴》：“匹夫結憤，六月飛霜。”

〔二〇〕傷陛下陰陽之和：陛下，封建臣僚尊稱皇帝之辭。陰陽之和，指生殺予奪的正確執行。

〔二一〕臣即未知委細：我還不太了解真實詳細情況。

〔二二〕本司具事由分析聞奏：本司，指度支、轉運等使而言。具事由分析聞奏，把拘禁者的案情事由，分別報知。

〔二三〕是實禁繫不虛：如確實拘禁許多窮苦人民在監獄中，並非虛傳。

〔二四〕發使一時放免：派遣使臣把這些苦人同時釋放出來，並且免追積欠。

〔二五〕縲囚獲宥：縲(léi)，被捆綁；獲宥(yòu)，得到寬大處理。

〔二六〕天聽及卑：見前詩選《寄唐生》詩注。

〔二七〕鹽鐵使：唐代鹽鐵、轉運往往由一官兼任，故此狀上稱轉運，下稱鹽鐵，實際是以偏概全。

〔二八〕便令續條疏其事奏上：馬上指令繼續分別把情況呈報上來。其，南宋本白集作“具”，此從《全唐文》六六八。

　　此狀當作於元和三年(八〇八)或四年(八〇九)以後，時白氏爲左拾遺。

論王鍔欲除官事宜狀〔一〕

　　右臣竊有所聞云：王鍔見欲除平章事〔二〕。未知何故有此商量〔三〕？臣伏以宰相者，人臣極位〔四〕，天下具瞻〔五〕；非有清望大功〔六〕，不合輕授。王鍔既非清望，又無大功；若加此官，深爲不可。昨日裴均除平章事〔七〕，內外之議，早已紛然。今王鍔若除，則如王鍔之輩，皆生冀望之心矣〔八〕。若盡與，則典章大壞〔九〕，又未感恩；若不與，則厚薄有殊，或生怨望。倖門一啓〔一〇〕，無可奈何。又聞王鍔在鎮日〔一一〕，不卹凋殘，唯務差稅〔一二〕；淮南百姓，日夜無憀〔一三〕。五年誅求〔一四〕，百計侵削，錢物既足，部領入朝〔一五〕，號爲羨餘〔一六〕，親自進奉；凡有耳者，無不知之。今若授同平章事，臣恐四方聞之，皆謂陛下得王鍔進奉而與宰相也。臣又恐諸道節度使，今日以後，皆割剝生人〔一七〕，營求宰相，私相謂曰：“誰不如王鍔邪〔一八〕?"故臣以爲深不可也。其王鍔歸鎮與在朝,伏望並不除宰相〔一九〕。臣尚未知所聞信否〔二〇〕,貴欲先事而言;或恐萬一已行,即言之無及〔二一〕。伏惟聖鑒〔二二〕,俯察愚衷,謹具奏聞,謹奏。

〔 一 〕王鍔欲除官:元和三年(八〇八)九月,淮南節度使王鍔入朝,納進奉,賂宦官,謀爲宰相。白氏時爲左拾遺,力諍其不可,結果王鍔這一陰謀沒有得逞。王鍔,字昆吾,自稱太原人,湖南團練營將出身,事蹟詳《舊唐書》一五一本傳。欲除官,即將任宰相。

〔 二 〕平章事:《新唐書・百官志》:"貞觀八年,僕射李靖以疾辭位,詔:'疾小瘳,三兩日一至中書、門下平章事。'"平章事之名,從此開始。至中葉以後,凡非侍中、中書令而居宰相位的,通加同中書門下平章事,或平章軍國重事。

〔 三 〕商量:擬議。

〔 四 〕人臣極位:曹操《讓縣令》云:"人臣之位已極。"極位,意即最高職位。

〔 五 〕天下具瞻:具瞻,見前《爲人上宰相書》注。天下具瞻,言全國都注目仰望。

〔 六 〕清望:很高的聲望。

〔 七 〕裴均除平章事:裴均,曾爲荆南節度使,依靠進奉,得入朝爲尚書右僕射,不久又作同中書門下平章事,時當元和三年九月,見《舊唐書・憲宗紀》上。白氏有《論于頔、裴均狀》及《論裴均進奉銀器狀》,均當作於此狀之前。

〔 八 〕冀望:希望。

〔 九 〕典章:制度規章。

〔一〇〕倖門:見前詩選《雜興三首》注。

〔一一〕在鎮:在淮南節度使任上。

〔一二〕不卹凋殘二句:卹(xù),同恤,憐憫。凋殘,民生凋敝,社會殘破。務,盡量;差稅,役使和勒索人民。《舊唐書》本傳,説他在鎮四年,

"錢流衍天下",可見是當時最大貪污官吏之一。

〔一三〕無憀(liáo)：憀,意同"賴"。無可依賴,惶惶無告。

〔一四〕誅求：即勒索。

〔一五〕部領：同簿領,即登記財物的清單。此處作動詞用。

〔一六〕羨餘：見前詩選《秦中吟·重賦》注。

〔一七〕割剥生人：即剥削人民。

〔一八〕邪：同"耶"。

〔一九〕其王鍔歸鎮與在朝二句：唐制,宰相可以留在朝廷,也可以兼領節鎮銜外調。白氏主張無論王鍔在朝或歸鎮,都不能任命他作宰相。並,均、皆。

〔二〇〕信否：確實與否。

〔二一〕即言之無及：就是諫諍也已嫌過晚。

〔二二〕伏惟聖鑒：伏惟,即拜求;聖鑒,封建臣僚尊稱皇帝的察閱斷事爲"聖鑒"。

與 元 九 書〔一〕

月日〔二〕,居易白〔三〕,微之足下〔四〕：自足下謫江陵至於今〔五〕,凡杠贈答詩僅百篇〔六〕,每詩來,或辱序,或辱書〔七〕,冠於卷首〔八〕,皆所以陳古今歌詩之義,且自序爲文因緣與年月之遠近也〔九〕。僕既受足下詩〔一〇〕,又諭足下此意〔一一〕,常欲承答來旨〔一二〕,粗論歌詩大端〔一三〕,並自述爲文之意,總爲一書〔一四〕,致足下前。累歲以來〔一五〕,牽故少暇〔一六〕,間有容隙〔一七〕,或欲爲之,又自思所陳,亦無出足下之見〔一八〕,臨紙復罷者數四〔一九〕,卒不能成就其志〔二〇〕,以至於今。今俟罪潯陽〔二一〕,除盥

櫛食寢外無餘事〔二二〕,因覽足下去通州日所留新舊文二
十六軸〔二三〕,開卷得意,忽如會面〔二四〕,心所蓄者〔二五〕,
便欲快言,往往自疑,不知相去萬里也〔二六〕。既而憤悱之
氣〔二七〕,思有所洩,遂追就前志〔二八〕,勉爲此書,足下幸
試爲僕留意一省〔二九〕。

〔 一 〕與元九書:是一篇詩論的傑作。詩人在這裏提出了自己的詩歌
　　　創作主張,總結了自己的詩歌創作經驗,同時也給自《詩經》以來,
　　　中國歷史上的詩歌創作的各種傾向作了概括的評價。在中國文
　　　學批評史上佔有重要的地位。作爲一篇散文來看,也情文並茂,
　　　真摯動人。

〔 二 〕月日:當爲十二月某日。

〔 三 〕白:同啓,意思是有話奉告。

〔 四 〕足下:古人給朋友寫信時對對方的敬稱。

〔 五 〕自足下謫江陵至於今:從元和五年(八一〇)元稹被貶作江陵士
　　　曹參軍算到今年(指元和十年)。謫,見前詩選《偶然二首》注。

〔 六 〕凡枉贈答詩僅百篇:凡,總計;枉,屈尊就卑,對人之敬辭。僅,見
　　　前詩選《傷唐衢》注。

〔 七 〕或辱序二句:辱,義同上"枉"字,猶今言"惠承"。《元氏長慶集》
　　　三十有《敍詩寄樂天書》,與白氏此書同體,即寄自通州司馬任上,
　　　可以參看。

〔 八 〕冠:讀去聲,前置。

〔 九 〕因緣:本爲佛家用語,義是內因和外因。此處則用同今語
　　　"原因"。

〔一〇〕僕既受足下詩:受的意思是接到。南宋本作"愛"。

〔一一〕諭:領會。

〔一二〕承答來旨:就你的論點有所回答。

〔一三〕粗論歌詩大端:粗,略;大端,重要問題。

〔一四〕總爲一書：合寫一信。

〔一五〕累歲：連年。

〔一六〕牽故少暇：被事務牽絆得很少空閑。

〔一七〕間有容隙：間或有些空閑的時間。

〔一八〕亦無出足下之見：也沒有什麼超出您高見之處。

〔一九〕臨紙復罷者數四：有好幾次鋪開紙要寫信而又作罷。

〔二○〕卒不能成就其志：終於沒有了卻這個心願。

〔二一〕俟罪：見前詩選《端居詠懷》注。

〔二二〕盥櫛：洗臉和梳頭。

〔二三〕軸：卷。唐人無印本，書均手寫，卷端有軸，以便舒捲。一軸即
　　　　一卷。

〔二四〕忽：恍忽、彷彿。

〔二五〕蓄：存留。南宋本作"畜"。兩字古通。

〔二六〕相去：相隔。

〔二七〕憤悱之氣：《論語·述而》："不憤不啓，不悱不發。"此處則謂作者
　　　　無辜遭貶，懷有憤慨不平之氣。

〔二八〕追就前志：補償過去的心願。

〔二九〕省(xǐng)：省察，考慮。

　　夫文尚矣〔一〕，三才各有文〔二〕：天之文，三光首
之〔三〕；地之文，五材首之〔四〕；人之文，六經首之〔五〕。就
六經言，《詩》又首之〔六〕。何者？聖人感人心而天下和
平。感人心者，莫先乎情，莫始乎言，莫切乎聲，莫深乎
義〔七〕。詩者，根情，苗言，華聲，實義〔八〕。上自聖賢，下
至愚騃〔九〕，微及豚魚〔一○〕，幽及鬼神〔一一〕，羣分而氣
同〔一二〕，形異而情一〔一三〕：未有聲入而不應，情交而不感
者〔一四〕。聖人知其然〔一五〕，因其言，經之以六義〔一六〕；緣

其聲，緯之以五音〔一七〕。音有韻，義有類〔一八〕。韻協則言順，言順則聲易入〔一九〕；類舉則情見，情見則感易交〔二〇〕。於是乎孕大含深〔二一〕，貫微洞密〔二二〕。上下通而二氣泰〔二三〕，憂樂合而百志熙〔二四〕。五帝三皇〔二五〕，所以直道而行，垂拱而理者〔二六〕，揭此以爲大柄〔二七〕，決此以爲大寶也〔二八〕。故聞“元首明，股肱良”之歌，則知虞道昌矣〔二九〕；聞“五子洛汭之歌”，則知夏政荒矣〔三〇〕。言者無罪，聞者足戒〔三一〕，言者聞者，莫不兩盡其心焉。洎周衰秦興，采詩官廢〔三二〕。上不以詩補察時政，下不以歌洩導人情〔三三〕；乃至於諂成之風動，救失之道缺〔三四〕，於時六義始刓矣〔三五〕！《國風》變爲《騷辭》〔三六〕，五言始於蘇、李〔三七〕。蘇、李騷人，皆不遇者〔三八〕，各繫其志，發而爲文〔三九〕。故“河梁”之句〔四〇〕，止於傷別；澤畔之吟〔四一〕，歸於怨思；彷徨抑鬱，不暇及他耳。然去《詩》未遠，梗概尚存〔四二〕。故興離別，則引“雙鳧”、“一雁”爲喻〔四三〕；諷君子小人，則引香草惡鳥爲比〔四四〕；雖義類不具〔四五〕，猶得風人之什二三焉〔四六〕。於時六義始缺矣。晉、宋以還〔四七〕，得者蓋寡〔四八〕：以康樂之奧博，多溺於山水〔四九〕；以淵明之高古，偏放於田園〔五〇〕；江鮑之流，又狹於此〔五一〕。如梁鴻《五噫》之例者〔五二〕，百無一二焉。於時六義寖微矣〔五三〕！陵夷至於梁陳間〔五四〕，率不過嘲風雪、弄花草而已〔五五〕。噫！風雪花草之物，三百篇中豈舍之乎〔五六〕？顧所用何如耳〔五七〕！設如“北風其涼”，假風以刺威虐也〔五八〕；“雨雪霏霏”，因雪以愍征役也〔五九〕；“棠棣之華”，感華以諷兄弟也〔六〇〕；“采采芣苢”，美草以樂有子也〔六一〕，皆興發於此，而義歸於彼〔六二〕。反是者可乎哉？然則"餘霞散成綺，澄江淨如練"〔六三〕，"離花先委露，別葉乍辭風"之什〔六四〕，麗則麗矣，吾不知其所諷焉！故僕所謂諷風雪、弄花草而已。於時六義盡去矣！唐興二百年，其間詩人不可勝數〔六五〕。所可舉者，陳子昂有《感遇》詩二十首〔六六〕，鮑防有《感興》詩十五首〔六七〕，又詩之豪者，世稱李、杜〔六八〕。李之作，才矣奇矣，人不逮矣〔六九〕。索其風、雅、比、興，十無一焉〔七〇〕。杜詩最多，可傳者千餘首。至於貫串古今，覼縷格律〔七一〕，盡工盡善，又過於李；然撮其《新安吏》、《石壕吏》、《潼關吏》、《塞蘆子》、《留花門》之章〔七二〕，"朱門酒肉臭，路有凍死骨"之句〔七三〕，亦不過十三四〔七四〕。杜尚如此，況不逮杜者乎？

〔一〕尚矣：謂由來已久。

〔二〕三才：即下面所説的天、地、人。

〔三〕三光：日、月、星。

〔四〕五材：即五行：金、木、水、火、土。

〔五〕六經：《詩》、《書》、《禮》、《樂》、《易》、《春秋》。

〔六〕《詩》又首之：言六經次第，以《詩》爲首，《莊子·天運》、《禮記·經解》均列《詩》爲六經之首。

〔七〕感人心者五句：《毛詩·大序》説："詩者，志之所之也。在心爲志，發言爲詩。情動於中而形於言……情發於聲，聲成文謂之音。治世之音安以樂，其政和；亂世之音怨以怒，其政乖；亡國之音哀以思，其民困……先王以是經夫婦，成孝敬，厚人倫，美教化，移風俗。"爲此五句命意所本。"情動於中而形於言"，故"莫先乎情"；"發言爲詩"，故"莫始乎言"；"情發於聲"，故"莫切乎聲"；因係體現政俗民情，故"莫深乎義"。義，正確的思想内容。

〔八〕根情、苗言、華聲、實義：以果木的生長的過程爲喻，説明詩歌的四個要素：情如果木之根，言其苗葉，聲律如其花朵，内容如其果實；如内容空虚，即爲無實之花，徒悦目而無用。

〔九〕愚騃(ái)：即癡呆之人。

〔一○〕微及豚魚：微，渺小；豚，小猪。

〔一一〕幽及鬼神：渺茫以至於所謂“鬼神”。

〔一二〕羣分而氣同：羣分，就人説，指上文聖賢和愚騃。氣同，謂同有視聽言動。

〔一三〕形異而情一：形異，就物説，指上文的豚魚、鬼神；情一，謂同有喜怒愛憎。

〔一四〕未有聲入而不應二句：謂未有聞聲而不起反應，感受激情而無動於衷的。

〔一五〕知其然：知其如此。

〔一六〕經之以六義：經，貫穿，使之綱要化。六義，見前詩選《讀張籍古樂府》注。

〔一七〕緯之以五音：緯，組合。五音，見前《詩選》《小童薛陽陶吹觱栗歌》注。但此言五音，涵義更要廣泛些，如平仄、押韻之諧調，音韻中之唇、齒、喉、舌、顎等規律皆屬之。

〔一八〕義有類：六義當中，風、雅、頌，是以體裁分類；賦、比、興，是以作法分類，性質各不相同，故曰“義有類”。

〔一九〕韻協則言順二句：詩歌的聲韻叶調，則誦讀起來順口；誦讀起來順口，則容易被人接受。

〔二○〕類舉則情見二句：類舉，謂觸類旁通，由此及彼，如以小喻大，以淺喻深，以古喻今等，亦即比興法。情見，見，同“現”，謂感情充分呈現。感易交，謂容易喚起共鳴。

〔二一〕孕大含深：孕同“蕴”，孕與含，互文見義，大指思想的廣度，深指思想的深度。

〔二二〕貫微洞密：揭露生活的底蕴，洞察心靈的奥秘。

〔二三〕上下通而二氣泰：此句借《易》理説《詩》。二氣，别本或作“一氣”，非是；此從《舊唐書》及《唐文粹》。此句上下、二氣，皆指天地。泰，是《易經》卦名，乾下坤上，表明天地二氣互相貫通，用之於《詩》，則爲《詩大序》所説：“上以風化下，下以風刺上。”

〔二四〕憂樂合而百志熙：《孟子·梁惠王》：“樂以天下，憂以天下，然而不王者，未之有也。”爲此句所本。言上下感情如能交融，則衆心和悦。

〔二五〕五帝三皇：黃帝、顓頊、帝嚳、堯、舜爲五帝，燧人、伏羲、神農爲三皇。古代認爲那時是歷史的黃金時代。

〔二六〕直道而行，垂拱而理：直道，謂人君無偏私。《書·洪範》：“無偏無黨，王道蕩蕩；無黨無偏，王道平平；無反無側，王道正直。”垂拱而理，理，即治。謂治天下不費力，垂衣拱手，無爲而治。僞古文《尚書·武成》：“惇信明義，崇德報功，垂拱而天下治。”

〔二七〕揭此以爲大柄：揭，高舉。柄，武器。《禮記·禮運》：“故聖王修義之柄。”疏：“柄，操也。謂執持而用者。”

〔二八〕決此以爲大竇：決，打開；大竇，孔穴。《禮記·禮運》：“故禮義也者，……順人情之大竇也。”此句猶言藉詩以打通羣衆的心竅。《叢刊本》、《南宋本》白集作“大寶”，非。此從《舊唐書》、《全唐文》。

〔二九〕故聞“元首明”二句：相傳大舜在位時，天下大治，他和皋陶作歌唱和，其中有一首是：“元首明哉，股肱良哉，庶士康哉！”見《書·皋陶謨》（僞古文《尚書》析爲《益稷》）。昌，昌明或昌盛。

〔三〇〕聞“五子洛汭之歌”二句：《尚書》有一篇《五子之歌》，是一篇僞古文。據説夏王太康荒淫無道，他的五個兄弟在洛水旁邊（洛汭）等候他，他好久不來，於是他們作歌加以諷刺。

〔三一〕言者無罪二句：《舊唐書》“足戒”作“作誡”，餘見前詩選《新樂府·采詩官》注。

〔三二〕洎周衰秦興二句：洎（jì），義同“及”。餘見前詩選《新樂府·采詩官》注。

〔三三〕上不以詩補察時政二句：在上者不肯博采詩歌來補救檢查自己

的施政得失,在下者也不吟詠詩歌來傳達人民的思想感情。

〔三四〕諂成之風動二句:諂成,阿諛上峯,虛構成績。也就是虛僞的歌功頌德;風動,風氣流行起來。救失之道缺,糾正錯誤的方法消失。

〔三五〕刓(wán):殘缺。

〔三六〕《國風》、《騷辭》:《詩》有十五《國風》,風,爲民歌,是《詩》中的主要和精彩部分。故白氏即以《國風》代《詩》。戰國時,楚人屈原作《離騷》,故《楚辭》亦稱《騷辭》。

〔三七〕五言始於蘇、李:《文選》有蘇武、李陵贈答詩,是五言體,實爲後世無名氏作品,嫁名蘇、李者。

〔三八〕蘇、李騷人二句:蘇武使匈奴,被留十九年,守節不屈,歸國後亦未被重用。李陵,見前《漢將李陵論》注。騷人,指《離騷》作者屈原,亦泛指詩人。屈原愛國憂民,終被放逐,投水而死。所以白氏稱他們都是不遇者。不遇,言不逢明時,不遇明主。

〔三九〕各繫其志二句:每人都依據自己的切身感受,抒發成爲詩篇。

〔四〇〕故"河梁"之句:《文選》蘇武《贈李陵》詩第三首:"攜手上河梁,游子暮何之?徘徊蹊終側,恨恨不得辭。行人難久留,各言長相思。安知非日月,弦望自有時。努力崇明德,皓首以爲期。"

〔四一〕澤畔之吟:《楚辭·漁父》:"屈原既放,游於江潭,行吟澤畔,顏色憔悴,形容枯槁,……"此處泛指屈賦。

〔四二〕梗概:大略。

〔四三〕故興離別則引"雙鳧""一雁"爲喻:興,感;"雙鳧"、"一雁",蘇武歸國時留別李陵詩:"雙鳧俱北飛,一雁獨南翔。"上句喻蘇、李二人,下句蘇自喻。

〔四四〕香草惡鳥:王逸《離騷序》曰:"離騷之文,依詩取興:故善鳥香草以配忠貞,惡禽臭物以比讒佞。"

〔四五〕雖義類不具:雖六義原則,不復完備。

〔四六〕風人、什二三:風人,猶言詩人,取古太史陳詩以觀民風意。什二三,十分之二三。

〔四七〕以還：以來。

〔四八〕得者蓋寡：蓋，傳疑之詞，有“大概如此”意。寡，少，句意爲：一般説，能掌握六義者少了。

〔四九〕以康樂之奧博二句：康樂，即謝靈運，見前詩選《讀謝靈運詩》注。靈運讀書極多，著述亦富，而又精研玄理，故曰“奧博”。但所寫詩，只是模山範水，很少反映社會生活。故曰“多溺於山水”。

〔五〇〕以淵明之高古二句：淵明即陶潛，見前《效陶潛體十六首》注。陶詩風格，超逸典雅，故曰“高古”。陶詩以寫田園生活者爲多，故曰“偏放於田園”，放，有自由放浪之意。

〔五一〕江鮑之流二句：江即江淹(四四四—五〇五)，梁朝詩人；鮑即鮑照(四一四—四六六)，劉宋時詩人。

〔五二〕梁鴻《五噫》：東漢詩人梁鴻，路過洛陽，見朝廷大興土木，老百姓疲勞不堪，作《五噫歌》：“陟彼北邙兮，噫！顧瞻帝京兮，噫！宮闕崔巍兮，噫！民之劬勞兮，噫！遼遼未央兮，噫！”

〔五三〕寖微：漸漸衰落。

〔五四〕陵夷至於梁陳間：陵夷，或本下有“矣”字，非是。句意是衰敗到了梁陳時代。

〔五五〕率不過嘲風雪、弄花草而已：大都不過嘲風弄月、流連光景的無聊作品罷了。

〔五六〕三百篇中豈舍之乎：三百篇，即《詩》。豈舍之乎，難道説就摒棄不要嗎？

〔五七〕顧所用何如耳：但看怎樣應用就是了。

〔五八〕設如“北風其涼”：設如，譬如；“北風其涼”，《詩·邶風·北風》首句；全詩是諷刺殘暴統治者的。

〔五九〕“雨雪霏霏”二句：“雨雪霏霏”，是《詩·小雅·采薇》最後一章中的一句。《采薇》篇，《毛詩小序》以爲“遣戍役也”。與白氏“愍征役”之説相近。愍，同情；征役，出征的服勞役者。

〔六〇〕“棠棣之華”二句：棠棣，植物名，果實如李子，略小，花兩三朵爲一綴。詩人看到棠棣之華(花)兩三朵彼此相依，聯想到兄弟應當和睦團結。案：《棠棣》，《毛詩》作《常棣》，白氏所據爲《魯詩》。

〔六一〕"采采芣苢"二句："采采芣苢(fù yǐ)"，是《詩·周南·芣苢》的首句。《詩序》謂"婦人樂有子矣"。爲白氏下句所本，但後人均不信此解。

〔六二〕皆興發於此而義歸於彼：謂興發於風雪花草，而義歸於諷刺愍惜之類。

〔六三〕"餘霞散成綺"二句：是謝朓《晚登三山還望京邑》詩中的名句。

〔六四〕"離花先委露"二句：是鮑照詩《翫月西城廨中》的名句。

〔六五〕不可勝數：多得數不過來。

〔六六〕陳子昂有《感遇》詩二十首：陳子昂，見前詩選《初授拾遺》注。今本《陳伯玉集》有《感遇詩》三十八首。

〔六七〕鮑防有《感興》詩十五首：鮑防，襄陽人，天寶十二載進士。代宗時官太原尹兼節度使，他是當時有名的詩人。其十五首《感興》詩，今已亡佚。

〔六八〕李、杜：李白、杜甫，俱見前注。

〔六九〕逮：及。

〔七〇〕索其風雅比興二句：索，求，尋找。按此二句對李白評價，似嫌過苛。

〔七一〕覼縷格律：覼(luó)縷，委曲詳盡，此處言細密推敲。格，謂體制；律，指音律。

〔七二〕然撮其《新安吏》、《石壕吏》、《潼關吏》、《塞蘆子》、《留花門》之章：撮(cuō)，擷取；《新安吏》以下，《舊唐書》、《四部叢刊》本白集、南宋本白集並作"新安、石壕、潼關吏、蘆子關、留花門之章"，與杜詩原來篇名不甚相合，此從《全唐文》六七五。案"三吏"、"三別"和《塞蘆子》、《留花門》，皆杜甫現實主義詩篇的代表作。

〔七三〕"朱門酒肉臭"二句：杜甫《自京赴奉先詠懷五百字》中名句。

〔七四〕亦不過十三四：十三四，諸本作三四十首，似嫌過少，此從《四部叢刊》本白集。十三四，即十分之三四。

　　僕常痛詩道崩壞〔一〕，忽忽憤發〔二〕。或廢食輟寢〔三〕，不量才力，欲扶起之。嗟呼！事有大謬者，又不可一二而言〔四〕，然亦不能不粗陳於左右〔五〕：僕始生六七月時，乳母抱弄於書屏下，有指"無"字"之"字示僕者，僕雖口未能言，心已默識。後有問此二字者，雖百十其試，而指之不差；則知僕宿習之緣〔六〕，已在文字中矣。及五六歲，便學爲詩，九歲諳識聲韻〔七〕，十五六始知有進士〔八〕，苦節讀書〔九〕。二十已來，晝課賦〔一〇〕，夜課書，間又課詩，不遑寢息矣〔一一〕。以至於口舌成瘡，手肘成胝〔一二〕，既壯而膚革不豐盈〔一三〕，未老而齒髮早衰白，瞥瞥然如飛蠅垂珠在眸子中者〔一四〕，動以萬數〔一五〕。蓋以苦學力文之所致，又自悲矣。家貧多故〔一六〕，年二十七方從鄉試〔一七〕，既第之後〔一八〕，雖專於科試〔一九〕，亦不廢詩。及授校書郎時〔二〇〕，已盈三四百首。或出示交友如足下輩，見皆謂之工〔二一〕，其實未窺作者之域耳〔二二〕。自登朝來〔二三〕，年齒漸長，閲事漸多，每與人言，多詢時務；每讀書史，多求理道〔二四〕；始知文章合爲時而著，歌詩合爲事而作〔二五〕。是時皇帝初即位，宰府有正人〔二六〕，屢降璽書〔二七〕，訪人急病〔二八〕。僕當此日，擢在翰林〔二九〕，身是諫官〔三〇〕，手請諫紙〔三一〕；啓奏之外，有可以救濟人病，裨補時闕〔三二〕，而難於指言者〔三三〕，輒詠歌之，欲稍稍遞進聞於上〔三四〕。上以廣宸聰，副憂勤〔三五〕；次以酬恩獎，塞言責〔三六〕；下以復吾平生之志〔三七〕。豈圖志未就而悔已生，言未聞而謗已成矣〔三八〕。又請爲左右終言之〔三九〕：凡聞僕《賀雨》詩，而衆口藉藉，已謂非宜矣〔四〇〕；聞僕《哭孔戡》詩，衆面脈脈

盡不悅矣〔四一〕；聞《秦中吟》，則權豪貴近者相目而變色
矣〔四二〕！聞樂遊園寄足下詩，則執政柄者扼腕矣〔四三〕；
聞《宿紫閣村》詩，則握軍要者切齒矣〔四四〕。大率如此，
不可遍舉。不相與者，號爲沽名，號爲詆訐，號爲訕
謗〔四五〕。苟相與者〔四六〕，則如牛僧孺之戒焉〔四七〕；乃至
骨肉妻孥〔四八〕，皆以我爲非也。其不我非者，舉不過三、
兩人〔四九〕：有鄧魴者〔五〇〕，見僕詩而喜，無何而魴死；有
唐衢者〔五一〕，見僕詩而泣，未幾而衢死；其餘則足下，足
下又十年來困躓若此〔五二〕。嗚呼！豈“六義”、“四始”之
風〔五三〕，天將破壞，不可支持耶？抑又不知天之意不欲使
下人之病苦聞於上耶？不然，何有志於詩者不利若此之
甚也！

〔一〕痛詩道崩壞：痛惜詩歌創作正確原則的崩潰和敗壞。

〔二〕忽忽憤發：急於奮起。

〔三〕或廢食輟寢：或本作“或食輟哺，夜輟寢”。意思是到吃飯時不吃
飯，到夜間不睡覺，似可並存。

〔四〕事有大謬者二句：事情有與願望太相違背的，又不可能一一
說明。

〔五〕粗陳於左右：粗陳，略述。左右，言侍奉於左右之人，寫信時對朋
友的尊稱，表示不敢直指其人，與用“執事”之意略同。

〔六〕宿習之緣：佛教徒的迷信說法。說“前生”喜好熟習什麼，“轉世”
後亦然。

〔七〕諳識：意即通曉。

〔八〕始知有進士：唐代朝廷取士，有明經、進士諸科。始知有進士，才
曉得讀書人可以通過考中進士，求取功名一事。

〔九〕苦節：刻苦自勵。

〔一〇〕晝課賦：以學作賦爲日課。

〔一一〕不遑：無暇。

〔一二〕手肘成胝：胝(zhī)，厚皮，俗稱老繭。

〔一三〕膚革：皮膚，此處實兼皮肉而言。

〔一四〕瞥瞥然如飛蠅垂珠在眸子中者：瞥(piē)瞥，眼花的樣子。《舊唐書·白居易傳》作"督督"，此從南宋本白集。眸(móu)子，即黑眼球。

〔一五〕動：同俗語説"動不動"。

〔一六〕多故：遭遇到許多變故。

〔一七〕二十七方從鄉試：七當作"八"。白氏二十八歲才有機會參加鄉貢考試。公元七九九年，白居易在宣城(今安徽宣城縣)參加鄉貢考試，考取後被送到京城長安參加進士考試。

〔一八〕既第之後：指八〇〇年白氏考中進士。

〔一九〕專於科試：唐朝舉子，進士及第，不能馬上做官，還要經過吏部各種特科考試，如"書判拔萃"、"才識兼茂明於體用"等。登科後，才能實授官職，故仍須準備應考。

〔二〇〕授校書郎：白氏於貞元十九年春授校書郎。校書郎是秘書省的官屬，掌管校理內府藏書。

〔二一〕工：精美。

〔二二〕作者之域：域，當爲"閾"之借字，意爲門徑。

〔二三〕自登朝來：指從元和三年(八〇八)爲左拾遺、翰林學士到而今。

〔二四〕理道：即治國安邦之道。因避唐高宗李治諱，唐人以"理"代"治"。

〔二五〕始知文章合爲時而著二句：文章應當爲了反映時代而寫，詩歌應當爲了反映現實而作。這是白氏最鮮明的現實主義詩文創作主張。

〔二六〕宰府有正人：元和初宰相有武元衡、杜黃裳、裴垍等，爲官都比較正派。

〔二七〕屢降璽書：璽(xǐ)，皇帝所用印章。璽書即詔書；降，下。

〔二八〕訪人急病:人即民;急病,困難災殃。

〔二九〕擢在翰林:擢(zhuó),提拔;在翰林,在翰林院當學士。翰林學士
　　　　是皇帝左右文學侍臣,可以參加商議軍國大事,起草詔書。

〔三〇〕身是諫官:指爲左拾遺。餘見前詩選《初授拾遺》注。

〔三一〕諫紙:見前詩選《初授拾遺》注。

〔三二〕裨補時闕:補救時政的缺點。闕,與"缺"同。

〔三三〕指言:指事直言。

〔三四〕欲稍稍遞進聞於上:想有一部分能展轉地傳達到皇帝的耳朵裏。

〔三五〕廣宸聰、副憂勤:擴大皇帝的見聞,爲皇帝操勞國事之助。

〔三六〕酬恩獎,塞言責:報答皇帝的恩情,略盡言官的職責。

〔三七〕復:實現。

〔三八〕豈圖志未就而悔已生:豈圖,哪裏料到;就,實現;悔,《公羊傳》襄
　　　　公二九年:"尚速有悔於予身"的"悔",意爲罪咎。

〔三九〕終言之:徹底地講一下。

〔四〇〕凡聞僕《賀雨》詩二句:白氏於元和四年,曾寫一篇《賀雨》詩,建
　　　　議皇帝改善人民生活。藉藉,議論紛紛。

〔四一〕聞僕《哭孔戡》詩二句:《哭孔戡》詩,見前詩選。脈脈,相視貌,此
　　　　處猶怒形於色而口不言。

〔四二〕相目:面面相覷。

〔四三〕聞樂遊園寄足下詩二句:樂遊園寄足下詩,即詩選《登樂遊園
　　　　望》。扼腕,握緊手腕,表示憤怒不平。

〔四四〕聞《宿紫閣村》詩二句:《宿紫閣村》詩,即詩選《宿紫閣山北村》那
　　　　一篇。握軍要者,掌軍事大權的,指做神策軍中尉的大宦官。切
　　　　齒,咬牙痛恨的表情。

〔四五〕不相與者四句:不相與者,不交往、不熟悉的人。沽名,騙取虛
　　　　名;詆訐(dǐ jié),惡言攻擊朝廷的缺點。訕(shàn)謗,譏諷毀謗。

〔四六〕苟:即使。

〔四七〕牛僧孺之戒:見前詩選《和答詩》注。

〔四八〕妻孥(nǔ):即妻子。

〔四九〕舉不過三、兩人：總共不過兩三個人。

〔五〇〕鄧魴：《白氏長慶集》有《鄧魴張徹落第》、《讀鄧魴詩》兩首，説他的詩很像陶淵明，但是連個進士也考不上，妻子離了婚，無病而死在道路上。餘事無考。

〔五一〕唐衢：見前《寄唐生》詩注。

〔五二〕足下又十年來困躓若此：元稹在元和元年爲左拾遺時，即因屢屢上書論事，執政惡其直言，貶爲河南縣尉；五年，因爲得罪宦官，貶爲江陵士曹參軍，十年，再遷通州司馬，前後整整十年。困躓(zhì)，即艱難坎坷。

〔五三〕四始：《史記·孔子世家》："《關雎》之亂，以爲《風》始；《鹿鳴》爲《小雅》始；《文王》爲《大雅》始；《清廟》爲《頌》始。"這裏"六義""四始"之風，實際指的是《詩》的現實主義傳統。

然僕又自思，關東一男子耳〔一〕，除讀書屬文外，其他憮然無知〔二〕；乃至書畫棋博，可以接羣居之歡者〔三〕，一無通曉，即其愚拙可知矣〔四〕。初應進士時，中朝無緦麻之親〔五〕，達官無半面之舊〔六〕；策蹇步於利足之途〔七〕，張空拳於戰文之場〔八〕。十年之間，三登科第〔九〕，名入衆耳，迹昇清貫〔一〇〕，出交賢俊，入侍冕旒〔一一〕。始得名於文章，終得罪於文章，亦其宜也。日者又聞親友間説〔一二〕，禮、吏部舉選人〔一三〕，多以僕私試賦、判，傳爲準的〔一四〕；其餘詩句，亦往往在人口中。僕恧然自愧〔一五〕，不之信也。及再來長安，又聞有軍使高霞寓者〔一六〕，欲聘倡妓〔一七〕，妓大誇曰："我頌得白學士《長恨歌》〔一八〕，豈同他妓哉？"由是增價。又足下書云：到通州日，見江館柱間有題僕詩者，復何人哉〔一九〕？又昨過漢南日〔二〇〕，適遇主人集衆樂娛他賓，諸妓見僕來，指而相顧曰：“此是《秦中吟》、《長恨歌》主耳〔二一〕！”自長安抵江西三四千里〔二二〕，凡鄉校、佛寺、逆旅、行舟之中〔二三〕，往往有題僕詩者；士庶、僧徒、孀婦、處女之口，每每有詠僕詩者。此誠雕蟲之戲〔二四〕，不足爲多〔二五〕；然今時俗所重，正在此耳。雖前賢如淵、雲者〔二六〕，前輩如李、杜者，亦未能忘情於其間哉！古人云：“名者公器，不可以多取〔二七〕。”僕是何者〔二八〕，竊時之名已多。既竊時名，又欲竊時之富貴，使己爲造物者，肯兼與之乎〔二九〕？今之迍窮〔三〇〕，理固然也。況詩人多蹇〔三一〕，如陳子昂、杜甫，各授一拾遺〔三二〕，而迍剝至死〔三三〕；李白、孟浩然輩，不及一命〔三四〕，窮悴終身。近日孟郊六十，終試協律〔三五〕；張籍五十，未離一太祝〔三六〕。彼何人哉！彼何人哉！況僕之才又不逮彼。今雖謫佐遠郡〔三七〕，而官品至第五〔三八〕，月俸四、五萬〔三九〕。寒有衣，飢有食，給身之外，施及家人，亦可謂不負白氏之子矣。微之，微之，勿念我哉！

〔一〕關東一男子：白氏生於河南新鄭縣，在古時所謂關東地帶。男子，猶言常人，和杜甫稱“布衣”略同。

〔二〕懵然：懵(méng)，無知貌。

〔三〕書畫棋博可以接羣居之歡者：書法、繪畫、下棋、賭博，可以和人羣在一起聯歡的項目。

〔四〕即：則。

〔五〕中朝無緦麻之親：中朝，即朝中；緦麻，本意是細麻布；古代“五服”中最疏親屬的喪服。這句是説朝廷裏連個五服以內的親屬都沒有。

〔六〕半面之舊：相見一次曰“一面之交”，半面爲誇大之詞。

〔七〕策蹇步於利足之途：趕着瘸驢和坐着馬車的人賽跑。東方朔《七諫·謬諫》：“駕蹇驢而無策兮。”又《荀子·勸學》：“假輿馬者，非利足也，而致千里。”白詩以利足代輿馬(高車快馬)。

〔八〕張空拳於戰文之場：拳，當作“弮”，有弓弩而無矢曰“空弮”。《漢書·司馬遷傳》：“張空弮”，顏師古注，以爲作“拳”者大誤，謂“‘拳’則屈指，不得言‘張’”。案以上二句，白氏自述科舉登第，完全是憑自己真實本領；不像旁人那樣攀親靠友，依附權貴。

〔九〕三登科第：指貞元十六年進士及第，十八年書判拔萃登科，元和元年才識兼茂明於體用登科而言。

〔一〇〕清貫：見前詩選《初罷中書舍人》注。

〔一一〕冕旒：冕，是古代皇帝所戴的平頂冠；旒(liú)，冕前下垂的珠串；冕旒，實指皇帝。

〔一二〕日者：日前。

〔一三〕禮、吏部舉選人：唐朝制度，進士考試由禮部主持，考取後，再經吏部復試，方可授官。

〔一四〕私試賦判，傳爲準的：私試，李肇《國史補》：“進士將試前，羣居而賦，謂之私試。”賦，唐進士參加禮部考試時，必作詩賦；參加吏部考試特科“書判拔萃”時，必作判狀。判即官吏審案的判決辭。今《白氏長慶集》尚有《判》五十道。準的，即規範。

〔一五〕恧(nù)然：慚愧狀。

〔一六〕軍使高霞寓：高霞寓，范陽人，隨高崇文討叛將劉闢有功，後爲唐、鄧、隋節度使。軍使即節度使的異稱。

〔一七〕聘：以財禮娶妻妾。

〔一八〕白學士《長恨歌》：白居易曾爲翰林學士，故稱白學士。《長恨歌》，見前詩選。

〔一九〕復何人哉：這又是誰呢？

〔二〇〕漢南：即湖北襄陽，白氏貶江州，路經此地。

〔二一〕《秦中吟》、《長恨歌》主：《秦中吟》和《長恨歌》的作者。

〔二二〕江西：唐朝設江西觀察使，轄洪、饒、虔、吉、江、袁、信、撫八州，江州亦在其治下。此處實際專指江州。

〔二三〕鄉校、逆旅：封建時代,州縣以下的學校,都叫鄉校。逆旅,旅館。

〔二四〕雕蟲之戲：漢朝揚雄晚年悔作辭賦,認爲這是雕蟲小技,不是大丈夫應當耗費精力的玩藝兒。

〔二五〕不足爲多：不值得稱道。

〔二六〕淵、雲：漢王褒,字子淵;揚雄(前五三——一八),字子雲,都是當時著名文學家。

〔二七〕名者公器二句：語見《莊子‧天運》。意爲：名譽是世人共有的東西,個人不應該奪取得太多。

〔二八〕何者：什麼人。

〔二九〕使己爲造物者二句：造物者,語見《莊子‧大宗師》,猶宗教之言上帝,此句意爲即使我自己是主宰命運的人,肯把名譽和富貴都賦與一個人嗎?

〔三〇〕迍窮：艱困。

〔三一〕蹇：困頓,不得志。

〔三二〕陳子昂、杜甫各授一拾遺：見前詩選《初授拾遺》注。

〔三三〕迍剥：迍,同"屯","屯"和"剥"都是《易經》裏的卦名。兩卦表示艱困和受損。

〔三四〕李白、孟浩然輩不及一命：唐代九品官一命。李白生平只作過一次翰林供奉,無正式品級;孟浩然也未入仕,餘見前詩選《李白墓》和《遊襄陽懷孟浩然》注。

〔三五〕近日孟郊六十二句：孟郊(七五一——八一四),字東野,唐武康人。年六十,猶爲協律郎(樂官),官正八品上階。"協律"上疑脱"一"字。

〔三六〕張籍五十二句：太祝,是替皇帝掌祭祀的官。餘見前詩選《酬張十八訪宿見贈》注。

〔三七〕謫佐遠郡：謂貶江州爲司馬。

〔三八〕官品至第五：江州屬上州,司馬官從五品下階。

〔三九〕四、五萬：四、五萬(當時通用制錢)是虛數,實際唐朝五品官月俸是三千，外加食料、雜用六百文。見《新唐書·食貨志》。另一種可能是，"月"字乃"年"字之誤。

　　僕數月來，檢討囊帙中〔一〕，得新舊詩，各以類分，分爲卷目〔二〕。自拾遺來，凡所遇所感，關於美、刺、興、比者〔三〕；又自武德迄元和〔四〕，因事立題，題爲《新樂府》者〔五〕，共一百五十首，謂之"諷諭詩"〔六〕。又或退公獨處〔七〕，或移病閑居〔八〕，知足保和〔九〕，吟翫情性者一百首〔一〇〕，謂之"閑適詩"〔一一〕。又有事物牽於外，情理動於內，隨感遇而形於歎詠者一百首〔一二〕，謂之"感傷詩"〔一三〕。又有五言、七言、長句、絕句〔一四〕，自一百韻至兩韻者四百餘首，謂之"雜律詩"〔一五〕。凡爲十五卷，約八百首。異時相見，當盡致於執事〔一六〕。微之！古人云："窮則獨善其身，達則兼濟天下"〔一七〕，僕雖不肖，常師此語。大丈夫所守者道，所待者時〔一八〕。時之來也，爲雲龍〔一九〕，爲風鵬〔二〇〕，勃然突然，陳力以出〔二一〕；時之不來也，爲霧豹〔二二〕，爲冥鴻〔二三〕，寂兮寥兮〔二四〕，奉身而退〔二五〕。進退出處〔二六〕，何往而不自得哉〔二七〕！故僕志在兼濟，行在獨善〔二八〕，奉而始終之則爲道，言而發明之則爲詩〔二九〕。謂之"諷諭詩"，兼濟之志也；謂之"閑適詩"，獨善之義也。故覽僕詩者，知僕之道焉。其餘"雜律詩"，或誘於一時一物，發於一笑一吟，率然成章〔三〇〕，非平生所尚者〔三一〕；但以親朋合散之際，取其釋恨佐歡。今銓次之間〔三二〕，未能刪去；他時有爲我編集斯文者，略之可也。

〔一〕檢討囊帙中：檢討,意爲檢查尋找。囊帙,即書套。唐人藏書,以十卷爲一帙。

〔二〕卷目：各本多作卷首,今從《舊唐書》。卷目,即卷數。

〔三〕美刺：歌頌和諷刺。

〔四〕武德：唐高祖李淵年號(六一八—六二六)。

〔五〕新樂府：已見詩選。

〔六〕諷諭詩：白氏"諷諭詩"分古調和新樂府兩種,內容有美有刺,而刺多於美。

〔七〕退公獨處：下班回家。《詩·召南·羔羊》："退食自公。"

〔八〕移病閑居：因病請假。移病,寫信告病假。但古代官僚退休,也常以此爲託辭。

〔九〕知足保和：《老子》："知足不辱。"又《易·乾卦》："保合大和。"

〔一○〕吟翫情性：《詩·大序》："吟詠性情,以諷其上。"

〔一一〕閑適詩：這是《白氏長慶集》詩歌的第二大類。

〔一二〕感遇：對遭遇的感受。

〔一三〕感傷詩：這是《白氏長慶集》詩歌的第三大類,所收多爲抒情詩。

〔一四〕五言、七言、長句、絕句：此句頗不易解,古人稱長句,即指七言,此處別出"七言",疑有誤字。或長句係指篇幅較長超過絕句之詩,即指近體律詩、排律及古體;絕句則指近體五、七言絕詩。

〔一五〕雜律詩：是《白氏長慶集》詩歌的第四大類。雜律,指律詩和其他雜體詩。

〔一六〕致於執事：致,送呈;執事,見詩選《和答詩》注。

〔一七〕窮則獨善其身二句：《孟子·盡心》："窮則獨善其身,達則兼善天下。"

〔一八〕大丈夫所守者道二句：大丈夫所堅持的是真理,所等待的是時機。

〔一九〕雲龍：《易·乾·文言》："雲從龍,風從虎,聖人作而萬物覩。"

〔二○〕風鵬：見前詩選《寓意》注。

〔二一〕勃然突然二句：勃然,興盛的樣子。《論語·季氏》："陳力就列,不能者止。"陳力,貢獻出才力。

〔二二〕霧豹:豹藏霧中,喻隱晦避害。《列女傳·賢明》:"陶荅子治陶三年,名譽不興,家富三倍,其妻曰:'妾聞南山有玄豹,霧雨七日而不下食者,何也?欲以澤其毛而成文章也。故藏而遠害。'"

〔二三〕冥鴻:高飛之鴻,喻避世之士。《揚子法言·問明》:"鴻飛冥冥,弋人何篡(或作"慕")焉?"

〔二四〕寂兮寥兮:語出《老子》,意思是不聲不響。

〔二五〕奉身而退:全身退隱。奉,恭持之意。

〔二六〕出處:出,出仕;處,退居。

〔二七〕何往而不自得:怎麽做都没有不心安理得的地方。

〔二八〕志在兼濟二句:言立志原在兼濟,但迫於形勢,實踐上衹能獨善其身。按白氏此語是牢騷,也是遁辭。

〔二九〕奉而始終之則爲道二句:始終奉行"志在兼濟,行在獨善",是處世原則,用語言文字表達這種信願,便是詩。發明,表述闡揚。

〔三〇〕率然成章:隨意成篇。

〔三一〕尚:重視。

〔三二〕銓次:選編。

　　微之!夫貴耳賤目〔一〕,榮古陋今〔二〕,人之大情也〔三〕。僕不能遠徵古舊,如近歲韋蘇州歌行〔四〕,才麗之外〔五〕,頗近興諷;其五言詩又高雅閑澹,自成一家之體。今之秉筆者〔六〕,誰能及之!然當蘇州在時,人亦未甚愛重;必待身後,人始貴之。今僕之詩,人所愛者,悉不過"雜律詩"與《長恨歌》以下耳〔七〕。時之所重,僕之所輕。至於諷諭者,意激而言質〔八〕;閑適者,思澹而辭迂〔九〕:以質合迂,宜人之不愛也。今所愛者,並世而生〔一〇〕,獨足下耳。然百千年後,安知復無如足下者出而知愛我詩哉？故自八、九年來，與足下小通則以詩相戒〔一一〕，小窮則以詩相勉〔一二〕，索居則以詩相慰〔一三〕，同處則以詩相娛。知吾最要〔一四〕，率以詩也。如今年春遊城南時〔一五〕，與足下馬上相戲，因各誦新豔小律，不雜他篇。自皇子陂歸昭國里〔一六〕，迭吟遞唱〔一七〕，不絕聲者二十里餘。樊、李在傍〔一八〕，無所措口〔一九〕。知我者以爲詩仙，不知我者以爲詩魔。何則，勞心靈，役聲氣〔二〇〕，連朝接夕，不自知其苦，非魔而何！偶同人當美景，或花時宴罷，或月夜酒酣，一詠一吟，不知老之將至〔二一〕。雖驂鸞鶴、遊蓬瀛者之適〔二二〕，無以加於此焉〔二三〕，又非仙而何！微之，微之！此吾所以與足下外形骸〔二四〕、脫縱迹〔二五〕、傲軒鼎〔二六〕、輕人寰者〔二七〕，又以此也。當此之時，足下興有餘力〔二八〕，且欲與僕悉索還往中詩〔二九〕，取其尤長者，如張十八古樂府〔三〇〕、李二十新歌行〔三一〕，盧、楊二秘書律詩〔三二〕，竇七、元八絕句〔三三〕，博搜精掇〔三四〕，編而次之，號《元白往還詩集》。衆君子得擬議於此者，莫不踊躍欣喜，以爲盛事。嗟乎，言未終而足下左轉〔三五〕，不數月而僕又繼行。心期索然〔三六〕，何日成就？又可爲之嘆息矣。

〔一〕貴耳賤目：語出張衡《西京賦》，和“貴遠賤近”義近。

〔二〕榮古陋今：猶今言“厚古薄今”。

〔三〕大情：常情。

〔四〕韋蘇州歌行：韋蘇州，即韋應物（七三七—？），曾爲蘇州刺史，擅五言詩。歌行，古體長詩。

〔五〕才麗：才情詞藻。

〔六〕秉筆：持筆，指作詩。

〔七〕悉：均。

〔八〕意激而言質：思想激烈，語言樸素。

〔九〕思澹辭迂：意趣恬澹(言不熱中於功名利禄)，立論迂闊(言不合時宜)。

〔一〇〕並世：同時。

〔一一〕小通：稍稍得意。

〔一二〕小窮：稍受挫折。

〔一三〕索居：即獨居。《禮記・檀弓》："吾離羣而索居，亦已久矣。"

〔一四〕知吾最要：你之所以了解我的最主要的途徑。

〔一五〕如今年春句：今年，指元和十年。城南，指長安城南。

〔一六〕自皇子陂歸昭國里：皇子陂，在今陝西西安城南。《太平寰宇記》曰："陂北原上有秦皇子(悼太子)冢，因以名之。"昭國里，唐長安朱雀街東之第三街永崇里南。白氏曾寓此。

〔一七〕迭吟遞唱：反復唱和。

〔一八〕樊、李：樊宗憲與李景信，一說樊宗師和李建。

〔一九〕無所措口：没法插嘴。

〔二〇〕勞心靈二句：意即絞腦汁，費力氣。

〔二一〕不知老之將至：《論語・述而》中語。

〔二二〕驂鸞鶴句：意爲"成仙"之樂。驂鸞鶴，似鸞鶴爲坐騎；蓬瀛，即蓬萊、瀛洲，道教傳說中的仙山。適，樂趣。

〔二三〕加於此：超過這些。

〔二四〕外形骸：見前詩選《和答詩序》注。

〔二五〕脱縱迹：在行動上擺脱禮法的拘束。

〔二六〕傲軒鼎：軒，是大夫所乘的車子。鼎，是古代貴族煮肉用的鍋。鐘鳴鼎食，貴族家吃飯時的排場。句意爲蔑視生活豪奢的權貴。

〔二七〕輕人寰：輕視世俗社會，實際上專指官場生活。

〔二八〕興有餘力：興致未盡。

〔二九〕還往：往來，指交往之人。

〔三〇〕張十八古樂府：張十八即張籍，見前詩選《讀張籍古樂府》注。

〔三一〕李二十新歌行：見前詩選《編集拙詩成一十五卷因題卷末戲贈元九李二十》注。

〔三二〕盧、楊二秘書：盧拱和楊巨源。

〔三三〕竇七、元八：竇鞏和元宗簡。

〔三四〕博搜精掇：博採精選。

〔三五〕左轉：見前詩選《和答詩序》注。

〔三六〕心期索然：情緒銷沉。

　　又僕常語足下：凡人爲文，私於自是〔一〕，不忍於割截〔二〕，或失於繁多。其間妍媸〔三〕，益又自惑，必待交友有公鑒無姑息者〔四〕，討論而削奪之，然後繁簡當否〔五〕，得其中矣。況僕與足下，爲文尤患其多；己尚病之，況他人乎？今且各纂詩筆〔六〕，粗爲卷第，待與足下相見日，各出所有，終前志焉。又不知相遇是何年？相見在何地？溘然而至〔七〕，則如之何！微之，微之，知我心哉！潯陽臘月，江風苦寒，歲暮鮮歡，夜長無睡。引筆鋪紙，悄然燈前。有念則書，言無次第；勿以繁雜爲倦〔八〕，且以代一夕之話也，微之，微之，知我心哉！樂天再拜。

〔一〕私於自是：偏向於自以爲是。

〔二〕割截：割愛刪節。

〔三〕妍媸(chī)：美醜，即好壞。

〔四〕公鑒、姑息：公允的鑒別力叫公鑒；姑息，遷就。

〔五〕當否：恰當與否。

〔六〕詩筆：有韻爲詩，無韻爲筆。

〔七〕溘(kè)然：忽然，謂忽然死亡。

〔八〕倦：厭煩。

此書作於元和十年(八一五)冬臘月。

草　堂　記〔一〕

匡廬奇秀甲天下山〔二〕。山北峯曰香鑪〔三〕，峯北寺曰遺愛寺〔四〕。介峯寺間，其境勝絶，又甲廬山。元和十一年秋，太原人白樂天見而愛之，若遠行客過故鄉，戀戀不能去。因面峯腋寺〔五〕，作爲草堂。明年春，草堂成。三間兩柱〔六〕，二室四牖〔七〕，廣袤豐殺〔八〕，一稱心力〔九〕。洞北户，來陰風，防徂暑也〔一〇〕；敞南甍，納陽日，虞祁寒也〔一一〕。木斲而已，不加丹〔一二〕；牆圬而已，不加白〔一三〕。砌階用石，冪窗用紙〔一四〕，竹簾紵幃〔一五〕，率稱是焉〔一六〕。堂中設木榻四，素屏二，漆琴一張〔一七〕，儒、道、佛書各三兩卷。樂天既來爲主，仰觀山，俯聽泉，傍睨竹樹雲石〔一八〕，自辰及酉〔一九〕，應接不暇〔二〇〕。俄而物誘氣隨，外適内和〔二一〕；一宿體寧〔二二〕，再宿心恬〔二三〕，三宿後，頹然嗒然〔二四〕，不知其然而然。自問其故，答曰：是居也，前有平地，輪廣十丈〔二五〕；中有平臺，半平地；臺南有方池，倍平臺。環池多山竹野卉，池中生白蓮、白魚。又南抵石澗〔二六〕，夾澗有古松老杉，大僅十人圍〔二七〕，高不知幾百尺。修柯戛雲〔二八〕，低枝拂潭，如幢豎〔二九〕，如蓋張〔三〇〕，如龍蛇走。松下多灌叢〔三一〕，蘿蔦葉蔓〔三二〕，駢織承翳〔三三〕，日月光不到地，盛夏風氣如八、九月時。下鋪白石，爲出入道。堂北五步，據層崖積石，嵌空埠塊〔三四〕，雜木異草，蓋覆其上。綠陰蒙蒙〔三五〕，朱實離離〔三六〕，不識其名，四時一色。又有飛泉植茗，就以烹爟〔三七〕，好事者見，可以銷永日〔三八〕。堂東有瀑布，水懸三尺，瀉階隅，落石渠，昏曉如練色〔三九〕，夜中如環珮琴筑聲〔四〇〕。堂西倚北崖右趾〔四一〕，以剖竹架空，引崖上泉，脈分綫懸，自簷注砌〔四二〕，纍纍如貫珠，霏微如雨露〔四三〕，滴瀝飄灑，隨風遠去。其四傍耳目杖屨可及者，春有錦繡谷花〔四四〕，夏有石門澗雲〔四五〕，秋有虎谿月〔四六〕，冬有鑪峯雪。陰晴顯晦〔四七〕，昏旦含吐〔四八〕，千變萬狀，不可殫紀覼縷而言〔四九〕，故云甲廬山者。噫！凡人豐一屋〔五〇〕，華一簣〔五一〕，而起居其間，尚不免有驕矜之態；今我爲是物主，物至致知〔五二〕，各以類至，又安得不外適內和，體寧心恬哉？昔永、遠、宗、雷輩十八人〔五三〕，同入此山，老死不反；去我千載，我知其心以是哉。矧予自思：從幼迨老，若白屋〔五四〕，若朱門〔五五〕，凡所止〔五六〕，雖一日、二日，輒覆簣土爲臺〔五七〕，聚拳石爲山，環斗水爲池，其喜山水病癖如此！一旦蹇剥〔五八〕，來佐江郡，郡守以優容而撫我〔五九〕，廬山以靈勝而待我，是天與我時，地與我所，卒獲所好，又何以求焉？尚以冗員所羈，餘累未盡，或往或來，未遑寧處。待予異日，弟妹婚嫁畢，司馬歲秩滿〔六〇〕，出處行止，得以自遂，則必左手引妻子，右手抱琴書，終老於斯，以成就我平生之志。清泉白石，實聞此言！時三月二十七日，始居新堂；四月九日，與河南元集虛〔六一〕、范陽張允中〔六二〕、南陽張深之〔六三〕、東西二林寺長老湊公、朗、滿、晦、堅等凡二十二人具齋施茶果以落之〔六四〕，因爲《草堂記》。

〔一〕草堂記：白氏在廬山香鑪峯下營構草堂，蓋有杜甫在成都營構草堂之遺意。

〔二〕匡廬奇秀甲天下山：晉僧慧遠《廬山記》：“有匡續先生者，一作裕（又或作俗），出自殷周之際，遯世隱時，潛居其下，後人感其所止……之廬而名焉。其山大嶺凡有七重，圓基周迴垂五百里。風雲之所攄，江山之所帶，高巖仄宇，峭壁萬尋。幽岫窮（或作“穿”）崖，人獸兩絕。天將雨，則有白氣先搏而縈絡於山嶺下；及至觸石吐雲，則倏忽而集。或大風振巖，逸響動谷，羣籟競奏，其聲駭人。……”匡廬即廬山，在今江西九江市南，此山三面臨水，層巒疊嶂，雲影瀑流，互相映發，爲我國名山之一。

〔三〕香鑪峯：見前詩選《香鑪峯下，新置草堂，即事咏懷，題於石上》注。

〔四〕遺愛寺：同上。

〔五〕面峯腋寺：對山傍寺。因兩腋在人身旁，故引申爲“傍”。

〔六〕三間兩柱：一間堂屋，兩間側室，合計三間。正側三間，中以柱隔之，故曰兩柱。又作者《香鑪峯下新卜山居，草堂初成，偶題東壁》一首，其第一句爲“五架三間新草堂”，則似側房中分爲二，前後各一間；或堂室之前，又有兩間耳房，故云五架三間。

〔七〕牖(yòu)：窗户。

〔八〕廣袤豐殺：東西叫廣，南北叫袤(mào)。廣袤，就是面積大小。豐殺，即省費。豐是費，殺是省。

〔九〕一稱心力：完全和意願與財力相稱。

〔一〇〕洞北户三句：洞，穿；陰，涼；徂暑，即盛暑。《詩·小雅·谷風》：“六月徂暑。”

〔一一〕敞南甍三句：南甍(méng)，即房的南脊；虞，防；祁寒，嚴寒；僞古文《尚書·君牙》：“冬祁寒。”

〔一二〕木斲而已二句：木材只用斧子斫削，不加油漆彩畫。

〔一三〕牆圬而已二句：圬(wū)，抹上一層泥，不再粉刷。

〔一四〕幂：蒙，糊。

〔一五〕紵幃：麻布作帳幕。
〔一六〕率稱是焉：大體上和草堂規格是一致的。言一切以樸素適用爲準。
〔一七〕木榻四素屏二漆琴一張：《文苑英華》"二"下多一"素"字，則當斷爲"木榻四素，屏二素，漆琴一張"。但"素"不能作單位名，且"素屏"與下"漆琴"相對，必無上屬之理。有"素"字者，當係衍文；又，或將"張"字下屬，亦不安。
〔一八〕睨（nì）：流覽。
〔一九〕自辰及酉：古代以十二地支記時：辰，約在上午七點到九點；酉，約在下午五點到七點。
〔二〇〕應接不暇：言景物繁多，使人來不及欣賞。《世説・言語》："王子敬云：'從山陰道山行，山川自相映發，使人應接不暇。'"
〔二一〕俄而物誘氣隨二句：俄而，不久；物誘，景物迷人；氣隨，興趣自然也就轉向那裏。外適，環境相宜；内和，心情舒暢平和。
〔二二〕體寧：身體安適。
〔二三〕心恬：心情恬靜。
〔二四〕頽然嗒然：頽然，懶散狀；嗒然，心境空虛，物我兩忘之狀。《莊子・齊物論》："嗒然若喪其偶。"
〔二五〕輪廣：方圓。
〔二六〕石澗：即石門澗，在廬山西。慧遠《廬山記》："西有石門，其前似雙闕，壁立千餘仞，而瀑布流焉。"
〔二七〕僅：見前詩選《傷唐衢》注。
〔二八〕修柯戛雲：修柯，即長枝；戛（jiá），摩或刺。
〔二九〕幢（chuáng）豎：幢，古代刻有經文的石柱。豎，立。
〔三〇〕蓋張：張開的傘蓋。
〔三一〕灌叢：叢生的灌木。
〔三二〕蘿蔦：旋花科，一年生蔓生草，莖細長，攀緣他木上，夏日開花。《詩・小雅・頍弁》："蔦與女蘿，施於松柏。"
〔三三〕駢織承翳：駢織，即交互糾纏；承翳，遮蓋。

〔三四〕嵌空垤塊：嵌空，玲瓏透剔貌。杜甫《鐵堂峽》詩："嵌空太始雪。"
　　　　　垤(diè)塊，疙疙瘩瘩。四個字合起來是在形容堂北石山的奇特
　　　　　形狀。

〔三五〕蒙蒙：茂密貌。

〔三六〕離離：串串累累之狀。

〔三七〕烹燀(chǎn)：即烹煮。

〔三八〕可以銷永日：可以磨銷長日。諸本無"銷"字，依《文苑英華》補。

〔三九〕練：白綢子。

〔四〇〕筑(zhù)：古擊絃樂器，形狀像瑟而頭大。

〔四一〕右趾：右山脚。《文苑英華》作"石趾"。

〔四二〕砌：石階。

〔四三〕霏微：霏，細雨，此處狀水沫飄灑。

〔四四〕錦繡谷花：錦繡谷，在廬山中。陳舜俞《廬山記》云："由天池直下
　　　　　山十五里，谷名錦繡谷。舊録云：'谷中奇花異卉，不可殫述。三
　　　　　四月間，紅紫匝地，如被錦繡，故以爲名。'"

〔四五〕石門澗雲：廬山諸道人《遊石門序》云："遊觀未久，而天氣屢變，
　　　　　霄霧塵集，則萬象隱形；流光迴照，則衆山倒影；開闔之際，狀有靈
　　　　　焉，而不可測也。"

〔四六〕虎谿月：虎谿在東林寺前，舊有慧遠居東林寺，送客不過虎谿之
　　　　　説。李白《廬山東林寺夜懷》詩云："霜清東林鐘，水白虎谿月。"

〔四七〕顯晦：明暗。

〔四八〕含吐：即藏露。

〔四九〕不可殫紀覼縷而言：殫(dān)紀，意爲詳盡的描寫；覼縷，見前《與
　　　　　元九書》注。

〔五〇〕豐一屋：豐，作動詞用，增添；豐一屋，意即興建一間房屋。《易·
　　　　　豐卦》："豐其屋。"

〔五一〕華一簀：華，作動詞用，精製；華一簀，意即精製一張竹席。《禮
　　　　　記·檀弓》："華而睆者，大夫之簀歟？"

〔五二〕物至致知：言外面的景物反映進來，自然腦裏要留下印象。《禮

記・大學》:"物格而後知至。"格即至意,爲白氏此詩所本。

〔五三〕永、遠、宗、雷輩十八人三句:無名氏《蓮社高賢傳》,載僧人慧遠、慧永、慧持、道生、曇順、僧叡、曇恒、道昺、曇詵、道敬(或作法安)、佛馱邪舍、佛馱跋陀羅及隱士劉程之、張野、周續之、張銓、宗炳、雷次宗十八人在廬山東林寺共結白蓮社事。

〔五四〕白屋:《漢書・蕭望之傳》顏師古注:"白屋者,白蓋之屋,以茅覆之,賤者所居。"

〔五五〕朱門:見前注。

〔五六〕所止:所住。

〔五七〕簣(kuì):土筐。

〔五八〕蹇剥:見前《與元九書》注。

〔五九〕郡守以優容而撫我:此即《白氏長慶集》一七《山中酬江州崔使君見寄》詩:"眷昒情無限,優容禮有餘,三年爲郡吏,一半許山居"意。使君,是對州刺史的尊稱。其人姓崔,名無考。

〔六○〕歲秩:任期。

〔六一〕河南元集虛:河南,唐設府,在今河南洛陽市。元集虛,少好羣籍,仕爲協律郎。南遊,愛廬山之勝,結溪亭於五老峯下。

〔六二〕范陽張允中:范陽,唐郡名,其故治在今北京市城區。張允中事蹟無考。

〔六三〕南陽張深之:南陽,縣名,唐時屬鄧州,即今河南南陽市。張深之事蹟無考。

〔六四〕東西二林寺長老湊公、朗、滿、晦、堅等:東林寺,晉太元時慧遠建。西林寺,慧永建。僧人年德俱高者叫長老。湊公,即神湊;《白氏長慶集》卷二四有《唐故江州興果寺律大德湊公塔碣銘序》稱其俗姓成,京兆藍田人。又同書卷二六《遊大林寺序》記東林沙門,有智滿、士堅,當即此文的滿、堅;其餘朗、晦二人待考。

此文作於元和十二年(八一七)四月九日。

江州司馬廳記〔一〕

自武德以來〔二〕，庶官以便宜制事〔三〕：大攝小，重侵輕。郡守之職，總於諸侯帥〔四〕；郡佐之職，移於部從事〔五〕。故自五大都督府至於上中下郡，司馬之事盡去〔六〕，唯員與俸在〔七〕。凡内外文武官左遷右移者遞居之〔八〕，凡執役事上與給事於省寺軍府者遥署之〔九〕，凡仕久資高〔一〇〕，昏耄軟弱〔一一〕，不任事而時不忍棄者實蒞之〔一二〕。蒞之者，進不課其能，退不殿其不能〔一三〕，才不才一也〔一四〕。若有人蓄器貯用〔一五〕，急於兼濟者〔一六〕，居之雖一日不樂；若有人養志忘名〔一七〕，安於獨善者〔一八〕，處之雖終身無悶〔一九〕。官不官，繫乎時也〔二〇〕；適不適，在乎人也〔二一〕。江州左匡廬，右江湖〔二二〕，土高氣清，富有佳境。刺史守土臣，不可遠觀遊〔二三〕；羣吏執事官，不敢自暇佚〔二四〕；惟司馬綽綽〔二五〕，可以從容於山水詩酒間。由是郡南樓山、北樓水〔二六〕、溢亭〔二七〕、百花亭〔二八〕、風篁〔二九〕、石巖、瀑布〔三〇〕、廬宫〔三一〕、源潭洞〔三二〕、東西二林寺〔三三〕、泉石松雪，司馬盡有之矣。苟有志於吏隱者〔三四〕，捨此官何求焉？案《唐典》，上州司馬秩五品，歲廩數百石，月俸六七萬〔三五〕，官足以庇身〔三六〕，食足以給家。州民康〔三七〕，非司馬功；郡政壞，非司馬罪。無言責〔三八〕，無事憂〔三九〕。噫！爲國謀〔四〇〕，則尸素之尤蠹者〔四一〕；爲身謀，則禄仕之優穩者〔四二〕。予佐是郡，行四年矣〔四三〕。其心休休如一日、二日〔四四〕，何哉？識時知命而已〔四五〕。又安知後之司馬，不有與吾同志者乎〔四六〕？因書所得，以告來者。時元和十三年七月八日記。

〔一〕江州司馬廳：見前詩選《司馬宅》注。

〔二〕自武德以來：武德，見前《與元九書》注。自武德以來，言自唐初經肅宗至德中原用兵，以迄憲宗元和藩鎮割據的年代。

〔三〕庶官以便宜制事：庶官，指掌握地方軍政大權的各地節使方鎮。高祖李淵爲了鞏固自己新的統治，把全國行政系統納入軍事管制之下，容許掌方面大權的軍政官能當機斷事。這在皇朝的中央統治鞏固的時期，一定程度上提高了政治效能；但自中唐以後，地方割據勢力興起，節使方鎮就在便宜制事的名義下，各自爲政。這乃是中央集權解體的表現，和開元天寶以前中央政權鞏固時期性質大異。故李肇《國史補》云："開元以前，於外則命使臣，否則止。自置八節度、十採訪，始有坐而爲使，於是有爲使則重，爲官則輕。"大攝小，重侵輕的現象，即由此産生。

〔四〕郡守之職二句：唐代郡太守和州刺史的名義來回變易。"煬帝罷州爲郡，武德改郡爲州，州置刺史；天寶改州爲郡，郡置通守；乾元元年，改郡爲州，州置刺史。"見《舊唐書·職官志》。諸侯帥，指唐代所設置的地方最高的行政長官。地位相當於古代諸侯，而且掌握兵權，故稱諸侯帥。職衔有採訪使、觀察使、節度使、經略使、都督等。其治下管兩三個到十來個不等的州，也就是一般所説的藩鎮。元和時，江州屬江西觀察使管轄。唐代一般州刺史，多無兵權，兵權爲節使所掌握，而政權亦很少能自主。

〔五〕郡佐之職二句：郡佐，長史和司馬都是，因爲他們"掌貳府州之事，以綱紀衆務，通判列曹。"（見《舊唐書·職官志》及《新唐書·百官志》）所謂列曹，即功曹、倉曹、户曹、兵曹、法曹、士曹等，各曹有主、副官，即下文所謂"羣吏執事官"。刺史實權既爲諸侯帥等所掌握，故長史、司馬職權，亦由諸侯帥所屬佐貳所侵奪。

〔六〕故自五大都督府二句：五大都督府：揚、幽、潞、陜、靈。上州，户滿四萬以上；中州，户滿二萬以上；下州，户不滿二萬。上都督府設司馬二人，中都督、下都督以至州刺史，皆設司馬一人。

〔七〕員與俸：名額和俸祿。

〔八〕左遷右移遞居之：左遷，見前詩選《琵琶引序》注。右移，即升官。遞居之，都以此爲過渡階梯。

〔九〕凡執役事上句：執役事上，指宦官。事上即侍候皇帝。唐代宦官爲司馬者，如李輔國，在肅宗朝，即曾爲判元帥府行軍司馬，這是頭號大宦官。等而下之，宦官居禁中而兼外州司馬者，當亦大有人在。給事於省寺軍府者，給事，即任職。省，唐代有尚書、中書、門下三省；寺，唐代有大理寺、太常寺；軍府，唐代有左右衞、左右監門衞、左右羽林軍等，皆有自己的辦公衙門。遥署，封建時代，不授實職，但授空名領俸者，謂之"遥授"或稱"遥署"；宋代更以"遥郡"爲定制。

〔一〇〕仕久資高：作官年久，資歷較高。

〔一一〕昏耄：年老昏瞶。

〔一二〕涖（lì）：臨，到任。

〔一三〕進不課其能二句：稱職的也没人紀録他的才幹；不稱職的也没人敍明他的庸碌。古代封建官吏考績，好的稱最，壞的稱殿。殿，最下等，此處作動詞。

〔一四〕才不才一也：能幹不能幹，都同樣看待。

〔一五〕蓄器貯用：意即儲才待用。古代稱有材能的人爲大器。《老子》："大器晚成。"言大材不易速成，故曰"蓄器"；大功待時而就，故曰"貯用"。

〔一六〕兼濟：見前詩選《新製布裘》注。

〔一七〕養志忘名：《後漢書·王丹傳》："隱居養志。"又《顏氏家訓·名實》："上士忘名，中士立名，下士竊名。"

〔一八〕獨善：亦見前詩選《新製布裘》注。

〔一九〕無悶：《易·乾·文言》："遯世無悶，不見是而無悶。"無悶，謂不感到苦悶。

〔二〇〕官不官二句：謂司馬之官，有名無實，這是與時代相關的。

〔二一〕適不適二句：謂作一名冗員閑官，感到舒適與否，在乎各人的志趣。

〔二二〕左、右：東西。

〔二三〕刺史守土臣二句：《舊唐書·職官志》：“刺史不可離州。”

〔二四〕羣吏執事官二句：刺史府中各曹的屬員。言須按時上班辦公，不得無故曠職。據《唐律疏議·職制》：“刺史私出界，杖一百；在官應值不值，應宿不宿，各笞二十，通晝夜者，笞三十。若點(名)不到者，一點笞十。”

〔二五〕綽綽：悠閑餘裕貌。

〔二六〕南樓山、北樓水：言南樓可以看廬山，北樓可以看大江。

〔二七〕溢亭：《白氏長慶集》有《八月十五夜溢亭望月》詩。

〔二八〕百花亭：《輿地紀勝·江南西路·江州·景物》：“百花亭，在都統司。梁刺史邵陵王綸建。梁元帝詩：‘極目繞千里，何由望楚津？落花灑行路，垂柳拂砌塵。’”

〔二九〕風篁：即風竹。

〔三〇〕瀑布：廬山有名的瀑布共十餘處。

〔三一〕廬宮：即廬山三宮，《輿地紀勝·江南西路·江州·景物》：“三宮，張僧鑒記，廬山東南有三宮，所謂天子都也。……”

〔三二〕源潭洞：無考。

〔三三〕東西二林寺：見前《草堂記》注。

〔三四〕吏隱：古代士大夫，把職務不繁劇、地位不重要的小官，看作隱遁，稱爲吏隱。宋之問《藍田山莊》詩云：“宦遊非吏隱，心事好幽偏。”

〔三五〕案《唐典》以下四句：《唐典》，正名爲《唐六典》，唐玄宗撰，李林甫注。該書卷三：“倉部郎中、員外郎掌出給禄廩之事；從五品一百六十石。”此言歲廩數百石，月俸六七萬，誇張了幾倍。餘見前《與元九書》注。

〔三六〕庇身：即庇護自身。

〔三七〕康：安樂。

〔三八〕無言責：語見《孟子·公孫丑》。指不作諫官，已無向皇帝獻言的責任。

〔三九〕無事憂：《詩·唐風·蟋蟀》：“職思其憂。”言有官有職的人，要經常考慮把工作做好；司馬既然有官無職，當然就無事憂了。

〔四〇〕爲國謀：爲國家着想。

〔四一〕則尸素之尤蠹者：尸素，即尸位素餐的簡語。僞古文《尚書·五子之歌》：“太康尸位。”謂太康做皇帝不盡職，空佔着寶座。又《詩·魏風·伐檀》：“彼君子兮，不素餐兮。”素餐，意爲白吃飯、不作事。尤蠹者，尤其有害者。《戰國策·秦策》：“是則一舉而壞秦蠹魏。”高注：“蠹者，病其中也。”

〔四二〕禄仕優穩：俸禄優厚，官位穩固。

〔四三〕行：將。

〔四四〕其心休休：《尚書·秦誓》：“其心休休焉。”休休，悠然自得的神態。

〔四五〕識時知命：東漢末年，劉備訪問世事於司馬徽，司馬徽對他説：“儒生俗士，豈識時務？識時務者，在乎俊傑。”（見《三國志·蜀志·諸葛亮傳》裴注引《襄陽記》）爲白氏“識時”所本，但語意較司馬徽的原話爲消極。又《易·繫辭》上：“樂天知命故不憂。”這種宿命論的觀點，正反映白氏在被貶官後的消極情緒。

〔四六〕同志：具有同樣志趣的人。

三　遊洞序〔一〕

平淮西之明年冬〔二〕，予自江州司馬授忠州刺史，微之自通州司馬授虢州長史〔三〕。又明年春〔四〕，各祗命之郡〔五〕,與知退偕行〔六〕。三月十日,參會於夷陵〔七〕。翌日〔八〕,微之反棹〔九〕,送予至下牢戍〔一〇〕。又翌日,將別未忍,引舟上下者久之〔一一〕。酒酣,聞石間泉聲,因捨棹進策〔一二〕,步入缺岸。初見石,如疊如削〔一三〕;其怪者如引臂,如垂幢〔一四〕。次見泉,如瀉如灑〔一五〕;其奇者如懸練,如不絕綫〔一六〕。遂相與維舟巖下〔一七〕,率僕夫芟蕪刈翳〔一八〕,梯危縋滑〔一九〕,休而復上者,凡四、五焉〔二〇〕。仰睇俯察〔二一〕,絕無人迹。但水石相薄〔二二〕,磷磷鑿鑿〔二三〕,跳珠濺玉,驚動耳目。自未訖戌〔二四〕,愛不能去。俄而峽山昏黑〔二五〕,雲破月出,光氣含吐〔二六〕,互相明滅,晶瑩玲瓏,象生其中〔二七〕;雖有敏口〔二八〕,不能名狀〔二九〕。既而通夕不寐,迨旦將去〔三〇〕,憐奇惜別〔三一〕,且嘆且言。知退曰:"斯境勝絕〔三二〕,天地間其有幾乎〔三三〕?奈之何俯通津,縣歲代,寂寥委置,罕有到者乎〔三四〕?"予曰:"借此喻彼,可爲長太息者,豈獨是哉〔三五〕!"微之曰:"誠哉是言!矧吾人難相逢,斯境不易得,今兩偶於是〔三六〕,得無述乎〔三七〕?請各賦古調詩二十韻,書於石壁。"仍命予序而紀之。又以吾三人始遊,故目爲三遊洞〔三八〕。洞在峽州上二十里北峯下〔三九〕,兩崖相嶔間〔四〇〕。欲將來好事者知〔四一〕,故備書其事〔四二〕。

〔一〕三遊洞序:三遊洞,在今湖北宜昌市西北二十里長江北岸,西陵峽口。白氏此序緣由及洞之命名,詳見本文。陸游《入蜀記》六對此洞亦有描寫如下:"繫船與諸子及證師登三遊洞。躡石磴二里,其險處不可着脚。洞大如三間屋,有一穴通人。然陰黑峻險,尤可畏。繚山腹,傴僂自山下至洞前,差可行。然下臨溪潭,石壁十餘丈,水聲恐人。又一穴,後有壁可居,鍾乳歲久,垂地若柱,正當穴門。”

〔二〕平淮西之明年：唐將李愬以元和十二年冬十月擒吳元濟,淮西亂平。其明年,則謂元和十三年(八一八)。

〔三〕虢州長史：唐虢州屬河南道,治弘農,即今河南靈寶縣。長史,州郡刺史輔佐官,幫助刺史執行政務,監督屬下,年終去朝廷彙報政務。

〔四〕又明年春：謂元和十四年春。

〔五〕祗命之郡：祗(zhī),敬,引申爲敬奉。句意爲奉命到郡上任。

〔六〕知退：見前詩選《別行簡》詩注。

〔七〕參會於夷陵：三人相遇於夷陵。唐之夷陵,即今湖北宜昌市。

〔八〕翌日：明天,指三月十一日。

〔九〕反棹：反,同返。元稹下峽,原係坐船東行;現又掉轉船頭西行。

〔一〇〕下牢戍：也叫下牢鎮,又叫下牢關,在宜昌西二十八里,隋峽州所在地,形勢險要。陸游《入蜀記》六云：“船過下牢關,夾江千峯萬嶂：有競起者,有獨拔者,有崩欲壓者,有危欲墜者,有橫裂者,有直坼者,有凸者,有窪者,有罅者,奇怪不可盡狀。初冬草木皆青蒼不凋,西望重山如關,江出其間,則所謂下牢谿也。”

〔一一〕引舟上下：言元、白互送,故東西反復不已。

〔一二〕捨棹進策：捨棹即捨舟。全句意謂：捨舟上岸,拄杖登山。

〔一三〕如叠如削：如人工故意堆叠和劈削而成。

〔一四〕其怪者如引臂二句：引臂,伸着胳膊;垂幢,即垂柱。此二句乃描寫石鍾乳。

〔一五〕如瀉如灑：言泉流或如傾瀉,或似噴灑。

〔一六〕其奇者如懸練二句：練,即白綢子。此二句寫瀑布。

〔一七〕相與維舟巖下：元、白各自有船,故言相與。維舟,即繫船。

〔一八〕率僕夫芟蕪刈翳：僕夫,即奴僕。芟、刈,割掉;蕪、翳,遮蓋山路的雜草。

〔一九〕梯危縋滑：遇到危險處,則開出階梯;滑溜處,則垂繩牽引。

〔二〇〕凡四、五焉：共四、五次之多。

〔二一〕仰睇俯察：睇(tì)，義同"察"。意思是上下觀察。

〔二二〕相薄(bó)：互相衝擊。

〔二三〕磷磷鑿鑿：同粼粼鑿鑿，並狀水清石見。語出《詩·唐風·揚之水》。

〔二四〕自未訖戌：古代分一晝夜爲十二時，每時等於現在的兩小時。過午爲未(下午一點到三點)，黃昏爲戌(下午七點到九點)。訖，至。

〔二五〕俄：不久。

〔二六〕光氣含吐：言月光與雲氣，交相吞吐。

〔二七〕晶瑩玲瓏二句：晶瑩玲瓏，即玲瓏透剔。象生其中，美妙的景象就從這裏面生出來。

〔二八〕敏口：即巧嘴。

〔二九〕名狀：形容。

〔三〇〕迨旦：到早晨。

〔三一〕憐奇惜別：愛景之奇，惜友之別。

〔三二〕斯境勝絕：這裏的風景，幽美之極。

〔三三〕其：推斷詞。

〔三四〕奈之何俯通津四句：奈之何，即爲甚麼；俯通津，下臨大江；緜歲代，遲延到這麼多的年代；寂寞委置，冷落地被人遺棄；罕有到者乎，很少有人到此一遊呢？

〔三五〕借此喻彼三句：言山川無主，固然可惜；英材被貶，尤其可悲。太息，即嘆息。屈原《離騷》："長太息以掩涕兮，哀民生之多艱！"是，此，指三遊洞附近風景。

〔三六〕兩偶：謂會良友，遇勝境。

〔三七〕得無述乎：能不把它記錄下來嗎？

〔三八〕目：命名。

〔三九〕峽州：唐代治所在今湖北省宜昌市。

〔四〇〕歆(qīn)：攲傾。

〔四一〕好事者：見前詩選《畫竹歌》序注。

〔四二〕備書：詳述。

此序作於元和十四年(八一九)三月十二日。

荔枝圖序〔一〕

荔枝生巴峽間〔二〕，樹形團團如帷蓋〔三〕；葉如桂，冬青；華如橘，春榮〔四〕；實如丹〔五〕，夏熟；朵如蒲萄〔六〕，核如枇杷，殼如紅繒〔七〕，膜如紫綃〔八〕，瓤肉瑩白如冰雪〔九〕，漿液甘酸如醴酪〔一〇〕，大略如彼，其實過之。若離本枝，一日而色變，二日而香變，三日而味變，四、五日外，色香味盡去矣〔一一〕。元和十五年夏，南賓守樂天命工吏圖而書之〔一二〕。蓋爲不識者與識而不及一、二、三日者云〔一三〕。

〔一〕荔枝：亦作荔支、離枝，或稱丹荔。屬無患樹科，原產我國廣東、福建、四川等地，常綠喬木。葉爲羽狀複葉，小葉銳尖。花無花瓣，果實形圓，大於龍眼。皮面包被鱗片，有皺紋。其可食部分爲假種皮，肉質，味甘。可鮮食，亦可乾貯。范成大《吳船錄》下："至忠州，有荔枝樓，樂天所作。"

〔二〕巴峽：此巴峽在今四川重慶朝天門東長江上，自西而東：石洞峽，銅鑼峽，明月峽，亦稱"巴郡三峽"。巴東東爲涪州，故蘇軾《荔枝嘆》有"天寶歲貢取之涪"之句；並目注云："唐天寶中，蓋取涪州荔枝，自子午谷路進入。"忠、涪爲近鄰，知白、蘇所言，正是一處。

〔三〕帷蓋：古代官僚所張布繖。

〔四〕榮：開花。

〔五〕實如丹：荔枝果皮色赤，故曰如丹（中國丸藥，多以硃砂爲衣）。

〔六〕朵如蒲萄：果把（bà）兒叫朵。蒲萄即葡萄。如蒲萄，言其果把兒多細小分枝，和葡萄有相似之處。

〔七〕紅繒：繒（zēng），疙瘩綢。如紅繒，言其果皮色紅而表面多小突。

〔八〕膜如紫綃：膜，肉外薄皮。綃（xiāo），薄綢子。

〔九〕瑩白如冰雪：言果肉晶瑩如冰，潔白如雪。

〔一○〕甘酸如醴酪：言甜如醇酒，酸如奶酪。

〔一一〕去：消失。

〔一二〕南賓守：《舊唐書·地理志·山南東道·忠州》："貞觀八年，改臨州爲忠州；天寶元年，改爲南賓郡；乾元元年，復爲忠州。"故南賓守，實即指忠州刺史。

〔一三〕識而不及一、二、三日者云：識，見過荔枝；不及一、二、三日者，没有趕上看到新由樹上摘下，在三天以內，色香味不變的。云，語尾助詞。

冷　泉　亭　記〔一〕

東南山水，餘杭郡爲最〔二〕。就郡言，靈隱寺爲尤〔三〕。由寺觀，冷泉亭爲甲。亭在山下水中央，寺西南隅。高不倍尋，廣不累丈〔四〕，而撮奇得要，地搜勝概，物無遁形〔五〕。春之日，吾愛其草薰薰〔六〕，木欣欣〔七〕，可以導和納粹〔八〕，暢人血氣；夏之夜，吾愛其泉淳淳〔九〕，風泠泠〔一○〕，可以蠲煩析醒〔一一〕，起人心情〔一二〕。山樹爲蓋〔一三〕，巖石爲屏，雲從棟生〔一四〕，水與階平。坐而玩之者〔一五〕，可濯足於牀下；臥而狎之者〔一六〕，可垂釣於枕上。矧又潺湲潔澈，粹冷柔滑〔一七〕，若俗士，若道

411

人〔一八〕，眼耳之塵，心舌之垢〔一九〕，不待盥滌〔二〇〕，見輒除去；潛利陰益，可勝言哉〔二一〕！斯所以最餘杭而甲靈隱也〔二二〕。杭自郡城抵四封〔二三〕，叢山複湖，易爲形勝。先是領郡者，有相里尹造作虛白亭〔二四〕，有韓僕射皋作候仙亭〔二五〕，有裴庶子棠棣作觀風亭〔二六〕，有盧給事元輔作見山亭〔二七〕，及右司郎中河南元藇最後作此亭〔二八〕，於是五亭相望，如指之列。可謂佳境殫矣〔二九〕，能事畢矣〔三〇〕。後來者雖有敏心巧目，無所加焉。故吾繼之，述而不作〔三一〕。長慶三年八月十三日記。

〔一〕冷泉亭：原在杭州靈隱寺西南隅水中，爲白氏前任杭州刺史元藇所建。田汝成《西湖遊覽志餘》二三《委巷叢談》云：“冷泉亭，建於唐時；至宋時，郡守毛友者乃拆去之。今所建，又不知起於何時也。”清雍正九年修《西湖志·園亭》則云：“冷泉亭，在飛來峯下雲林寺前，唐刺史元藇建。舊傳冷泉深廣，可通舟楫，亭在水中，宋郡守毛友移置岸上，亭倚泉而立。《西湖遊覽志》云：‘冷泉二字，白樂天書；蘇子瞻續書亭字，今皆亡矣！’”

〔二〕餘杭郡：見前詩選《醉後狂言，贈蕭殷二協律》詩注。

〔三〕靈隱寺爲尤：靈隱寺，東晉咸和元年，僧人慧理首創，葛洪榜其門曰“絕勝覺場”。羅處約《重修武林山靈隱寺碑記》云：“斗牛之下，有郡曰錢塘；浙水之右，有山曰武林；居山之寺曰靈隱，其得境之勝地乎！觀其羣山環侍，一峯中斷，平湖鑑物，洪濤駭人。雲生欲趨，石怪欲語。……”尤，特異。

〔四〕高不倍尋二句：《國語》韋昭注：“八尺爲尋。”累丈，謂兩丈。此亭高不過丈六，寬不過兩丈。

〔五〕撮奇得要三句：言建築物的地勢部位，選得美妙（奇）恰當（要），因而視野可覽盡左近的一切勝境美景，毫無遺漏。

〔六〕草薰薰：草上發出薰薰香氣。江淹《別賦》：“陌上草薰。”

〔七〕木欣欣：春日樹木生機蓬勃貌。陶潛《歸去來辭》：“木欣欣以
　　　向榮。”

〔八〕導和納粹：導納，即古代道家所謂的吐納，亦即深呼吸。嵇康《養
　　　生論》：“呼吸吐納，服食養身。”和粹，指溫暖而又清新的空氣。

〔九〕泉渟渟：謂泉水十分澄清。謝朓《侍筵西堂聯句》：“泉渟知潦
　　　收”，即王勃《滕王閣序》：“潦水盡而寒潭清”意。

〔一○〕風泠泠：泠(líng)泠，涼爽宜人。東方朔《七諫·初放》：“下泠泠
　　　而來風。”

〔一一〕蠲煩析酲：蠲，見前詩選《新樂府·杜陵叟》注。彼處當訓爲免，
　　　此處當訓爲除。析，散；酲(chēng)，飲酒過量，心胸煩悶。

〔一二〕起人心情：興奮人的精神。

〔一三〕蓋：傘。

〔一四〕雲從棟生：郭璞《遊仙》詩：“雲生梁棟間。”

〔一五〕甗：見前詩選《杏園中棗樹》注。

〔一六〕狎：遊玩。

〔一七〕矧又潺湲潔澈二句：潺湲(chán yuán)，水聲。潔澈，潔淨。粹冷，
　　　清涼；柔滑，柔軟滑潤。案此兩句，白氏實有意把冷泉寫得像佛家
　　　所説“八功德水”那樣美妙。《稱讚淨土經》云：“何等名爲八功德
　　　水？一者澄淨，二者清冷，三者甘美，四者輕軟，五者潤澤，六者安
　　　和，七者飲時除飢渴等無量過患，八者飲已定能長養諸根，四大增
　　　益。”故又有以下八句。

〔一八〕若俗士二句：若，或，凡是；俗士，指佛教徒所説的“在家人”。道
　　　人，古代僧尼亦稱道人。

〔一九〕眼耳之塵二句：佛家謂眼、耳、鼻、舌、身、意爲六根，此六根與外
　　　境(他們以爲是假象)接，則生色、聲、香、味、觸、法六識，亦稱六
　　　塵。何以稱爲六塵？《法界次第》云：“塵以染污爲義，以能染污情
　　　識，故通名爲塵也。”佛家認爲要明心見性，必須不爲外物所累，白
　　　氏與唐代士大夫一樣，常接觸禪理，故套用佛家語。

〔二○〕盥滌：洗濯。

〔二一〕潛利陰益二句：感覺和意識不到的好處，豈能盡述？

〔二二〕最餘杭而甲靈隱：最、甲同義，謂列爲第一。

〔二三〕抵四封：到達四界。

〔二四〕相里尹造作虛白亭：相里，複姓，尹，官名。或作"君"，雖亦可通，但下列造亭諸人，均具官銜，當以作"尹"爲是。造爲其名。相里造，大曆時人，獨孤及《毘陵集》二〇有《祭相里造文》，其人先爲江州刺史，後移杭州，又爲河南少尹，故白氏稱之曰"尹"。各本"造"字下皆脫"作"字，蓋由不知"造"是人名，誤認與"作"爲同義字，致與以下幾句皆用"作"字體例不合，應補。《白氏長慶集》二〇有《虛白堂》詩，言退衙之後，常到此處休息，與此所言虛白亭當爲一處。

〔二五〕韓僕射皋作候仙亭：韓皋，韓滉之子，德宗貞元末爲杭州刺史；至穆宗長慶初，爲尚書右僕射；二年，轉左僕射。《舊唐書》一二九，附見《韓滉傳》。又《白氏長慶集》二〇有《醉題候仙亭》詩。

〔二六〕裴庶子棠棣作觀風亭：裴棠棣，吳人，太子中允春卿孫，見《新唐書·宰相世系表》。其爲杭州刺史，在元和元年至二年。見《淳祐臨安志》及《咸淳臨安志》。

〔二七〕盧給事元輔作見山亭：盧元輔，字子望，盧杞子，曾任杭、常、絳三州刺史，有清白聲。後徵爲吏部郎中，遷給事中。其爲杭州刺史，在元和八年至十一年。《舊唐書》一三五附見《盧杞傳》。見山亭，《輿地紀勝·兩浙西路·臨安府·景物》："見山亭，郭祥正詩云：'不須飛鳥去，已在畫屏間。'"可見是個遊覽勝地。

〔二八〕右司郎中河南元藇：藇(xù)，《文苑英華》作"蕡"，《困學紀聞》作"璵"。《元氏長慶集》四八《元藇杭州刺史等制》曰："勅饒州刺史元藇等"云云，則藇爲自饒州遷杭者。考藇之刺杭，始元和十五年，則白氏爲其繼任。

〔二九〕殫(dān)：盡。

〔三〇〕能事畢矣：語本《易·繫辭》："天下之能事畢矣。"此處則謂冷泉亭等建築的工程設計，盡美盡善。

〔三一〕述而不作：語本《論語·述而》，此處是説作者祇想陳述他人作亭勝舉，而自己不擬效尤。

錢唐湖石記〔一〕

錢唐湖事，刺史要知者四事，具列如左：

錢唐湖一名上湖〔二〕，周迴三十里。北有石函〔三〕，南有筧〔四〕。凡放水溉田，每減一寸〔五〕，可溉十五餘頃；每一復時，可溉五十餘頃〔六〕。先須別選公勤軍吏二人，一人立於田次〔七〕，一人立於湖次，與本所由田户〔八〕，據頃畝〔九〕，定日時〔一〇〕，量尺寸，節限而放之〔一一〕。若歲旱，百姓請水，須令經州陳狀〔一二〕，刺史自便押帖所由〔一三〕，即日與水〔一四〕。若待狀入司，符下縣，縣帖鄉，鄉差所由，動經旬日，雖得水，而旱田苗無所及也〔一五〕。大抵此州春多雨，夏秋多旱〔一六〕。若隄防如法〔一七〕，蓄洩及時〔一八〕，即瀕湖千餘頃田〔一九〕，無凶年矣〔二〇〕。自錢唐至鹽官界〔二一〕，應溉夾官河田〔二二〕，須放湖入河，從河入田；准鹽鐵使舊法〔二三〕，又須先量河水淺深，待溉田畢，却還本水尺寸〔二四〕。往往旱甚，即湖水不充〔二五〕；今年修築湖隄〔二六〕，加高數尺，水亦隨加，即不啻足矣〔二七〕。脱或不足〔二八〕，即更決臨平湖〔二九〕，添注官河，又有餘矣〔三〇〕。俗云決放湖水，不利錢唐縣官，縣官多假他詞以惑刺史；或云魚龍無所託，或云菱菱失其利〔三一〕。且魚龍與生民之命孰急〔三二〕？菱菱與稻粱之利孰多〔三三〕？斷可知矣〔三四〕。又云放湖即郭内六井無水，亦妄也。且湖底高，井管低，湖中又有泉數十眼，湖耗則泉湧，雖盡竭湖水，而泉用有餘。況前後放湖，終不至竭，而云井無水，謬矣！其郭中六井〔三五〕，李泌相公典郡日所作〔三六〕，甚利於人。與湖相通，中有陰竇〔三七〕，往往堙塞〔三八〕，亦宜數察而通理之〔三九〕，則雖大旱而井水常足。湖中有無稅田約十數頃，湖淺則田出，湖深則田沒。田戶多與所由計會〔四〇〕，盜洩湖水，以利私田。其石函南筧，並諸小筧闥〔四一〕，非澆田時，並須封閉築塞〔四二〕，數令巡檢，小有漏洩，罪責所由，即無盜洩之弊矣。又若霖雨三日以上，即往往隄決，須所由巡守，預爲之防。其筧之南，舊有缺岸，若水暴漲，即於缺岸洩之。又不減〔四三〕，兼於石函南筧洩之〔四四〕，防隄潰也〔四五〕。予在郡三年，仍歲逢旱〔四六〕；湖之利害〔四七〕，盡究其由〔四八〕。恐來者要知〔四九〕，故書之於石。欲讀者易曉〔五〇〕，故不文其言。長慶四年三月十日杭州刺史白居易記〔五一〕。

〔一〕錢唐湖石記：這是白氏在杭州刺史任上所寫的一篇修治西湖水利以灌田、瀹井、通漕的文告。計劃周密，語言通俗，不獨内容可取，且亦風格特殊。錢唐湖，見前詩選《錢唐湖春行》注。

〔二〕上湖：西湖地勢較高，東湖（亦即臨平湖）地勢較低，故針對後者稱下湖而名上湖。

〔三〕北有石函：《嘉慶重修大清一統志・浙江・杭州府・隄堰》："石函橋閘，在錢塘縣西北錢塘門外。西湖漲溢，則開此閘，瀉水於下湖，唐白居易有《石函記》。"

〔四〕筧（jiǎn）：用竹筒連結起來作成的灌田水管，適用於排灌高地或山地。

〔五〕每減一寸：言湖面水位降低一寸。

〔六〕每一復時，可漑五十餘頃：西湖的水源，據田汝成《西湖遊覽志》
　　　說：“西湖三面環山，谿谷縷注；下有淵泉百道，潈而爲湖。”故湖水
　　　引出灌田以後，不久又可恢復原來水位。

〔七〕別選公勤軍吏二人，一人立於田次：別選，即挑選，揀選；公勤，心
　　　公身勤；白氏刺杭，全銜是朝議大夫使持節杭州諸軍事守杭州刺
　　　史，故得派遣軍吏。田次，田旁。

〔八〕本所由田戶：本地界農戶。唐人稱地界胥吏爲所由，錢易《南部
　　　新書》丁：“蕭廩新爲京尹，楊復恭假子抵罪，仍毆地界。廩斷曰：
　　　‘新除京尹，敢打所由；將令百司，難逃一死。’”

〔九〕據頃畝：根據田地的面積。

〔一〇〕定日時：約好放水時日。

〔一一〕量尺寸二句：算好放水尺寸。節限，搏節，依限。

〔一二〕經州陳狀：往州衙遞呈狀紙。

〔一三〕刺史自便押帖所由：刺史立刻批回地界。

〔一四〕即日與水：當天放水。

〔一五〕若待狀入司七句：如果等待狀紙遞進州府所屬的各曹各司，州府
　　　　的公文下行到各縣，縣裏再發通知至各鄉，鄉再差遣所屬地界胥
　　　　史，動不動就是十天半月的耽擱，就來不及了。言公文層層遞轉
　　　　費時，恐旱苗早已枯死。

〔一六〕夏秋多旱：夏秋或本單作“秋”，此從《南宋本》。

〔一七〕若隄防如法：如果隄防修築得合乎規格。

〔一八〕蓄洩及時：雨季及時蓄水，天旱及時放水澆田。

〔一九〕瀕(bīn)：臨近。

〔二〇〕無凶年矣：此句下白氏自注云：“《(杭)州圖經》云：‘湖水漑田五
　　　　百頃’，謂私(各本原作“係”，費解。下文有“公私田”之文，此當作
　　　　“私”無疑。)田也。今案水利所及，其公私田不啻(衹)千餘頃。”

〔二一〕鹽官：即今浙江海寧縣鹽官鎮。當時爲杭州屬縣，在杭州東北一
　　　　百二十里。今海寧縣治已移峽石鎮。

〔二二〕官河：即運河。唐時兩京至江淮漕運，一直通到杭州。

〔二三〕准鹽鐵使舊法：准，按照之意。唐代鹽鐵使，兼管漕運。《唐會要·轉運鹽鐵總敍》："肅宗寶應元年，以通州刺史劉晏爲户部侍郎、京兆尹、度支鹽鐵轉運使，鹽鐵兼漕運，自晏始也。"舊法，即老規矩。

〔二四〕却還本水尺寸：使官河水位還原。

〔二五〕即湖水不充：即，則；不充，不足。

〔二六〕今年修築湖隄：清雍正九年修《西湖志》七："白公隄，在錢塘門北，由石函橋北至餘杭門，築以蓄上湖之水，漸次以達於下湖。"

〔二七〕即不啻足矣：就差不多够用了。

〔二八〕脱或：倘或。

〔二九〕即更决臨平湖：就再挖開臨平湖。

〔三〇〕添注官河二句：使湖水流入官河，則更可以增加水量，使之有餘。此下白氏自注云："雖非澆田時，若官河乾淺，但放湖水添注，可以立通舟船。"

〔三一〕或云魚龍無所託二句：無所託，即無地安身。茭，茭白，即菰和蔣，生於淺水，其嫩芽及果實皆可食。案：白氏興修水利，造福州民，遭到地方頑固勢力的反對，這和謝靈運在會稽，求决回踵湖以爲田，遭到會稽太守孟顗的阻撓，靈運謂顗非存心利民，正慮决湖多害生命（見《宋書·謝靈運傳》），頗爲近似。所不同者，謝氏爲己，遠不如白氏之爲人民謀利。

〔三二〕孰急：哪個要緊？

〔三三〕茭菱與稻粱之利孰多：這句話有兩層涵義：其一是茭菱產量小，稻粱產量大；其二是吃茭菱的富人少（唐代江南茭白，運到長安供富人享受的數量是驚人的），吃稻粱的平民多。

〔三四〕斷可知矣：明確地可以知道了。

〔三五〕郭中六井：杭州多苦水，前刺史李泌率領人民鑿井六口。《咸淳臨安志》（卷三，山川門）："六井：相國井，在甘泉坊側；西井，在相國祠前，水口在安國羅漢寺前；方井，在三省激賞酒庫西；白龜池，水口在玉蓮堂北;小方井,在錢塘門内裴府前;金牛井。"

〔三六〕李泌相公典郡曰:李泌,唐京兆人,字長源,其爲杭州刺史,在代宗時。德宗時,曾爲宰相。典郡,即掌握郡政,指爲杭州刺史。

〔三七〕陰竇:下水道。

〔三八〕堙(yīn)塞:即堵塞。

〔三九〕數察而通理:數(shuò),屢次,經常;察,檢查;通理,通治,疏通。

〔四〇〕計會:互相勾結,營私舞弊。

〔四一〕小筧闈:小水管出口;闈,門。

〔四二〕築塞:意即堵住。

〔四三〕又不減:謂水位仍不下降。

〔四四〕兼於石函南筧洩之:言把北面石閘、南面竹筧,同時開放洩水。

〔四五〕防隄潰也:此句下白氏自注:"大約水去石函口一尺爲限,過此須洩之。"

〔四六〕仍歲逢旱:連年遇到旱災。

〔四七〕湖之利害:湖水在哪種條件下,有利於人民;在哪種情況下,不利於人民。

〔四八〕盡究其由:都找出了它的規律。

〔四九〕來者:指繼任的刺史和本地的後代人民。

〔五〇〕曉:知曉,明白。

〔五一〕長慶四年:即八二四年。

《劉白唱和集》解〔一〕

彭城劉夢得〔二〕,詩豪者也〔三〕;其鋒森然〔四〕,少敢當者〔五〕。予不量力,往往犯之。夫合應者聲同〔六〕,交争者力敵〔七〕,一往一復〔八〕,欲罷不能〔九〕。由是每製一篇,先相視草〔一〇〕；視竟則興作〔一一〕，興作則文成。一、二年來，日尋筆硯〔一二〕；同和贈答〔一三〕，不覺滋多〔一四〕。至大和三年春以前〔一五〕，紙墨所存者，凡一百三十八首。其餘乘興扶醉、率然口號者〔一六〕，不在此數。因命小姪龜兒編錄〔一七〕，勒成兩卷〔一八〕，仍寫二本：一付龜兒，一授夢得小兒崙郎〔一九〕，各令收藏，附兩家集。予頃以元微之唱和頗多，或在人口。常戲微之云："僕與足下，二十年來爲文友詩敵，幸也，亦不幸也：吟詠情性，播揚名聲〔二〇〕，其適遺形〔二一〕，其樂忘老，幸也；然江南士女，語才子者，多云元白；以子之故〔二二〕，使僕不得獨步於吳越間〔二三〕，亦不幸也。"今垂老復遇夢得，得非重不幸耶〔二四〕？夢得，夢得！文之神妙，莫先於詩〔二五〕；若妙與神，則吾豈敢？如夢得"雪裏高山頭白早，海中仙果子生遲"〔二六〕，"沉舟側畔千帆過，病樹前頭萬木春"之句之類〔二七〕，真謂神妙！在在處處，應當有靈物護之〔二八〕。豈唯兩家子姪祕藏而已？己酉歲三月五日樂天解〔二九〕。

〔一〕《劉白唱和集》解：劉即劉禹錫，白即白居易。古代朋友詩歌往還，首作叫唱，回答曰和。《劉白唱和集》，原書今不傳，然其詩則保存於二家專集者不少。解，即序言。劉禹錫父名溆，與"序"同音，故避而不用。寫作時間，已具文內。

〔二〕彭城劉夢得：彭城，在唐爲徐州首縣，在今江蘇省徐州市。禹錫實洛陽人，稱彭城，或稱中山，係據劉姓郡望。餘詳見前詩選《答劉禹錫〈白太守行〉》。

〔三〕詩豪者也：在詩人中，是傑出的。

〔四〕其鋒森然：其詞鋒如刀槍林立。

〔五〕當者：抵擋的。

〔六〕夫合應者聲同：夫，發語詞；合應，應和。聲同，即同聲；《易·乾·文言》：“同聲相應”，爲此句所本。

〔七〕交爭者力敵：交爭，競賽，指寫作而言。力敵，猶言“旗鼓相當”。

〔八〕往復：即往返。

〔九〕欲罷不能：語本《論語·子罕》。

〔一〇〕視草：閱讀草稿。

〔一一〕興作：詩興發生。

〔一二〕日尋筆硯：意謂天天作詩。

〔一三〕同和贈答：解見前詩選《和答詩序》。

〔一四〕滋多：漸多。

〔一五〕大和三年：大和，唐文宗年號。三年爲八二九年。

〔一六〕率然口號：不太經意，順口吟出。

〔一七〕齙兒：白行簡子。

〔一八〕勒：這裏作分編解。

〔一九〕崙郎：當即劉承雍。後亦中進士，有才藻，附見《舊唐書·劉禹錫傳》。

〔二〇〕播揚：傳播，宣揚。

〔二一〕其適遺形：語本《莊子·達生》：“忘足，履之適也；忘要（腰），帶之適也。”猶言得意忘形。

〔二二〕子：您。

〔二三〕吳越：即今江浙一帶。長慶三年（八二三），白氏爲杭州刺史。是年冬，元稹遷浙東觀察使、越州刺史。當時二人往來唱和很多，故云。

〔二四〕今垂老復遇夢得二句：垂老，將老；得非，豈非；重，讀平聲，再一次。案此二句是贊嘆語，而出之戲謔，特覺雋永有味。

〔二五〕先於：超過。

〔二六〕“雪裏高山頭白早”二句：此劉禹錫《蘇州白舍人寄新詩，有嘆早白無兒之句，因以贈之》詩中兩句。上句意在開解白氏自嘆“早白”，下句意在開解白氏自嘆“無兒”，對生活所持的態度比較樂觀,曠達。

〔二七〕"沉舟側畔千帆過"二句：此劉禹錫《酬樂天揚州初逢席上見贈》詩中的兩句。這兩句詩主要是作者截取自然景物和社會生活的兩個片段作比喻,用以抒發他在長期被棄置的政治環境中所產生的憤憤不平之氣。但無意中却揭示了自然界和人類社會中新生事物總是要代替腐朽事物這一不以人們意志爲轉移的客觀規律;不但形象鮮明,而且意義深刻,一向爲人傳誦。

〔二八〕靈物：指鬼神。

〔二九〕己酉：即大和三年。

《中國古典文學名家選集》已出書目

王維孟浩然選集　　／王達津選注

高適岑參選集　　　／高文、王劉純選注

李白選集　　　　　／郁賢皓選注

杜甫選集　　　　　／鄧魁英、聶石樵選注

韓愈選集　　　　　／孫昌武選注

柳宗元選集　　　　／高文、屈光選注

白居易選集　　　　／王汝弼選注

杜牧選集　　　　　／朱碧蓮選注

李商隱選集　　　　／周振甫選注

歐陽修選集　　　　／陳新、杜維沫選注

蘇軾選集　　　　　／王水照選注

黃庭堅選集　　　　／黃寶華選注

楊萬里選集　　　　／周汝昌選注

陸游選集　　　　　／朱東潤選注

辛棄疾選集　　　　／吳則虞選注

陳維崧選集　　　　／周韶九選注

朱彝尊選集　　　　／葉元章、鍾夏選注

查慎行選集　　　　／聶世美選注

黃仲則選集　　　　／張草紉選注